姚立发 作品

广厦万象

姚立发 著

人民文学出版社

图书在版编目（CIP）数据

广厦万象 / 姚立发著 . —北京：人民文学出版社，2013
ISBN 978–7–02–010151–1

Ⅰ. ①广… Ⅱ. ①姚… Ⅲ. ①长篇小说—中国—当代Ⅳ. ① I247.5

中国版本图书馆 CIP 数据核字（2013）第 249184 号

责任编辑　　安　静　龚勤舟

出版发行　人民文学出版社
社　　址　北京朝内大街 166 号
邮政编码　100705
网　　址　http://www.rw-cn.com

印　　刷　北京天正元印务有限公司
经　　销　全国新华书店等

字　　数　360 千字
开　　本　710×1000 毫米　1/16
印　　张　24.375　插页 3
版　　次　2013 年 11 月北京第 1 版
印　　次　2013 年 11 月第 1 次印刷

书　　号　978-7-02-010151-1
定　　价　60.00 元

如有印刷质量问题，请与本社图书销售中心调换。电话：01065233595

——谨以此建筑业产业小说
　　　　　　献给共和国的建设者们

人物介绍

贾　　星——群星建设集团董事长
强太周——蟒河市市长
周晟俊——蟒河市副市长
胡　　敏——贾星夫人，群星建设集团副董事长、总设计师
贾日辰——贾星之子，群星建设集团副董事长
贾月辰——贾星之女，蟒河市建设局副局长
周　　悦——周晟俊女儿，《蟒河日报》记者
宋　　星——贾星同学，群星建设集团副董事长、钢结构研究院院长
年新立——群星门窗厂总经理
赵欣然——群星建设集团副董事长
姬丹枫——群星建设集团副董事长、总工程师
张秀琴——群星建设集团副董事长、总会计师
李永刚——群星集团市政工程处处长
黄薇娜——李永刚夫人，群星大酒店副总经理
李建达——外号"大北"，群星建设集团企业文化部建设部部长
刘梦芬——外号"小北"，群星建设集团企业文化部建设部副部长
徐洪刚——群星钢结构公司总经理
甄　　铁——群星金属结构厂厂长
陈望新——群星房地产和地下工程公司经理
曾　　实——群星建设集团法律顾问、律师
成钢新——群星钢结构研究院院长
胡　　高——胡敏侄儿，蟒河市日报社记者
唐小桃——原全能宾馆总经理
末　　莉——贾日辰夫人
郝华能——原市一建总经理，市交通局局长（入狱）
全督佑——原市一建副总经理，全能公路工程公司总经理（入狱）

目　录

第一章　坠梯人亡 ·· 001

　　"娘，你可要显灵哟，保佑儿一帆风顺啊。儿给你磕头了。"郝华能一边说，一边不停地磕头，屁股都蹶到天上去了。

　　全督佑筹建了公路工程公司，唐小桃娇娇地说："好吧，为了你的公司，也为了你的事业，我就牺牲一回吧。男人没有一个好东西。"

第二章　楼房坍塌 ·· 014

　　李永刚手里握着酒杯，很不情愿离开酒桌，他问贾星说："啥事呀？这么急。"

　　三人走出大门，贾星说："郊区一号楼坍塌了！"

　　李永刚、赵欣然不相信这是真的，异口同声地问道："消息确切吗？"

第三章　海恩法则 ·· 029

　　强市长说："这件事必须一查到底，给人民群众一个满意的交代，无论牵涉到谁，市政府绝不姑息。"

　　崔奕铭好几个晚上处于失眠状态，他躺在床上，眼睛却瞪得大大的。

　　有人在黑处骂道："他妈的，进来也不给爷爷上供，讨揍呀。"骂声没落音，一群亡命之徒蜂拥而上。

1

第四章　官商勾结 ·· **043**

　　市公安局接到报案后，立即赶到郊区西河沟，漂浮的尸体已经打捞上来。

　　抓捕市机关事务管理局局长张朝，理由充分正当，涉嫌强奸，伪造通奸照片陷害他人。

第五章　抱团取暖 ·· **056**

　　群星公司的问题虽然不多，但郊区一号楼坍塌是重大事故，自然要严肃处理。

　　一幅字迹未干的大标语上书写着：团结奋进、同舟共济、再创辉煌。贾星鼻子一酸，眼泪夺眶而出。

第六章　兵行"腐"道 ·· **072**

　　正在厨房收拾的胡敏听见贾星的喊声，跑了进来，她问："出什么事了？"

　　贾星示意胡敏不要讲话，电话里断断续续传来张秀琴有气无力的声音："五号高——高——速路——塌方，车毁——毁——人——人亡，快呀，贾总，快派人来呀。"

第七章　警钟长鸣 ·· **095**

　　李永刚神秘兮兮地比了三根手指头说："三千五百万。"

　　贾星被震住了。

真正把贾星震住的不是李永刚的三根手指头，而是站在办公室门口的市监察局局长。

第八章　实力夺标 ·············· **108**

成院士走马上任当院长的那天，有人在院门口书写了一副对联：山不在高，有仙则名；水不在深，有龙则灵。贾星说好，提笔写了横批：群星创业。

第九章　院士遇难 ·············· **124**

门突然被撞开了，闯进来一个蒙面人，胡敏吓得尖叫，蒙面人说："闭嘴，我不是捉奸的，我是要命的。"突然拿出来一把尖刀对着院士说："你是成钢新？"

成院士问："你是谁？"

第十章　群星璀璨 ·············· **133**

主持会议的周晟俊给大家半个钟头的阅读时间。人们看着看着便发出自己的感叹：写得好。够全面的，很有价值。

年新立说起门窗产品，真是如数家珍，滔滔不绝。

第十一章　伯乐识才 ·············· **155**

刘有才爬上一台挖掘机，同样试了试车，然后下来对贾董事长说："董事长，查查谁开这台车，简直混账得很，没有机油，把瓦都给烧了，多可惜呀。真是儿卖爷田不心痛啊。"

第十二章　群情激昂 ………………………………… 171

　　金属结构厂厂长叫徐志钢，他向贾星介绍厂里的现状后说："厂里还有五十吨钢材，一台龙门吊车，如果群星建设集团援建用得上，全拿去好了。"

　　贾星笑了起来，他对钢结构厂总经理徐洪刚说："两个厂长，都姓徐，名字又接近，我看这是天意嘞！"

第十三章　建者大爱 ………………………………… 190

　　"听说你们在灾区，把孩子的领养、供养之事瓜分完毕了。有没有这回事？要有的话，我看不作数。这么大的事，要召开董事会或扩大会来定。"在家的副董事长和总经理一起嚷嚷起来。

第十四章　城市抗灾 ………………………………… 208

　　一位代表站起来说："我们老百姓不瞎，亲眼目睹了这几年我市的发展变化，但我们老百姓也不傻，看到我们的城市抗灾能力越来越低，可以说是王小二过年，一年不如一年。"

第十五章　政企共担 ………………………………… 221

　　小兰拉着张立仁去阳台看月亮，张立仁对小兰说："今晚的月亮真好，你就是嫦娥。"小兰说："那你就是小兔子。"话音未落，只听轰隆一声，五层楼的一角坍塌了。

第十六章　援建英雄 ································ 234

年新立在电话里笑了,他说:"周悦姐,你真是个好参谋。要生在三国,诸葛亮哪敢三气你祖宗。有你在,还不把诸葛亮给气吐血啦?"

赵欣然、年新立闻讯赶过来,眼前发生的景象惨不忍睹,赵欣然大声叫喊起来,"董事长""快来人啊""徐总!徐洪刚!"

第十七章　真金火炼 ································ 254

"俺也要做懂事长。"刘有才的媳妇说:"懂事长有腿伤,俺俩一听说,就急得不行。俺俩商量说,俺来家里当保姆,伺候你一辈子,俺也得懂事啦。"

第十八章　子承父业 ································ 275

会场上响起了热烈的掌声,贾星边鼓着掌边向儿子贾日辰说了一声:"谢谢!"他对大家说:"这是我听到的最严厉的批评,把我从沾沾自喜中拉了回来。我们原先总是拿援建工程作为骄傲资本,现在我清醒了。"

第十九章　鲁班奖项 ································ 292

周悦在颁奖现场采访贾日辰时,他一句话都说不出来,脑子里只有一首诗,他记得这首诗是艾青的。贾日辰想诗人一定是写给建设者的,于是,他深情地看着周悦说:"为什么我的眼里常含满泪水,因为我对这土地爱得深沉。"

第二十章　高层防火 ········· 307

　　他咳了两声，严肃地说："这不是追究什么责任问题。蟒河是我们的母亲河，是全市人民赖以生存的生命之河。污染了这条河，就是对蟒河人民的犯罪。一个造纸厂，没有污水处理设施，简单的粗放式生产，亏你还是知识分子、是专家，这最起码的知识都没有。况且，纸厂竟然建在蟒河上游，简直令人不敢想象。"

第二十一章　绿色建筑 ········· 326

　　"你又不是魔术大师。"赵欣然说，"就是玩魔术，也不可能在众目睽睽之下玩。"贾日辰想了想，干脆把想法趁早和盘托出，不然到时候不能统一，特别是刚才他们谈到的政治问题，真的传到周晟俊市长耳朵里，即使将来再好的设想，都有可能被枪毙。

第二十二章　走出国门 ········· 349

　　在饭桌上，阿勒特问贾日辰："能不能建一座中国古典式大酒店？"贾日辰用英语同他交流，"别说中国古典式大酒店，只要先生愿意，再造一座阿房宫都不成问题。"

尾声　未来建筑 ········· 363

　　人的一生虽然漫长，但关键时刻却只有那么几步。贾星想了想自己人生的几步，最重要的一步还是当年的下海创业，这的确是要点勇气的。放下铁饭碗，在那个年代，特别是当他走到了市一建副总的位置上，要下这个决心，谈何容易啊。

后记 ………………………………………………………… 377

第一章　坠梯人亡

郝华能站在十三层经理办公室，透过落地式的玻璃窗，遥望着市区东北角，道路、绿地、山坡、公园，一片又一片高楼大厦。满城绿树婆娑，婀娜多姿，摇曳万种风情，密匝匝地盛开着红艳艳的牡丹，把城市装点得如同仙境一般。最让郝华能激动的是市一建十多台高耸入云的塔吊，块块巨大的钢筋混凝土板被塔吊悬在空中，缓缓移动着。他知道那里是正在建设中的高校群落，要不了一年的时间，依山而筑，错落有致，鳞次栉比的一幢幢红墙绿瓦的教学大厦、图书馆、科技实验楼，就会拔地而起。

市一建集团正在用鲁班精神，托起一座新兴的城市。早几年刚刚落成的蟒河市工业园区、高新科技园区和文化生态园区，为市一建集团赢得了巨大的荣誉，在全国建筑行业评比中，市一建获得了五项鲁班奖提名。耸立在城市中心的国际会议中心、摩尔登国际大酒店、广播电视大厦，不仅是蟒河市的标志性建筑，更主要的是提高了蟒河市的城市品牌和知名度。全国科技学术研讨会、工业园区现场经验交流会、城市建设规划观摩会、世界建筑未来发展学术研讨会等一大批全国各行业的大会接二连三地在蟒河市召开，扩大了蟒河市的美誉度。最让市委、市政府风光的当数市一建集团承办的世界性会议，十几位名牌大学的校长和顶尖级的建筑学专家都来了，他们不会中文，但在市长跟前伸出了大拇指。大拇指一伸，不知道是说好，还是高，反正市长笑了。

蟒河市政府很重视城市建设，自然也就重视市一建的发展。市长坐着

轿车,每周都去建设工地转一圈。郝华能不是陪书记,就是陪市长。郝经理说,城市是发展起来了,但基础设施建设跟不上,他形象地比喻说:"蟒河市像养在深闺的大姑娘,没有路出不去啊。"市长都同意他的观点。市长说,基础设施建设,要发扬市一建人的精神,公路交通建设,要拿出市一建的劲头。市长的话经过很多人相传竟走了样,传到市一建人的耳里时,却变成了郝经理要提拔。

郝经理要提拔这个传言,使市政府的领导都信以为真了。副市长们都以为是市长放出的风,而市长认为这是干部、群众的呼声。弄得郝华能侧着耳朵打听。有想提前迎合书记、市长心意的人,在会上公开提出郝华能提拔之事。提到什么地方去呢?无巧不成书,市交通局出问题了,问题严重,性质恶劣,已移交司法机关。正好符合传说中的事情,那就去市交通局吧。

市一建总经理去市交通局任局长,属平级调动,但地位不同,职权也不一样,这个职位历来都是副市长的跳板,十多年都没破过戒。所以,盯着这个位置的人不是少数。

市委组织部的领导来考察了。照说可以不考察,平级调动,下个文件便完事了。但历次都考察,为了下一步的升迁作铺垫。考察也就不便公开。郝华能表现得很坦然,他在市一建职代会上一再表示,要把一生奉献给建筑事业。班子成员都没看出他有走的意愿。其实,郝华能很渴望交通局局长的职位。由于竞争激烈,官场里属于深水区,有些地方较为凶险,所以,郝华能低调行事,耐心等待。

郝华能接到蟒河市委的任命文件时,竟然独自在办公室嚎啕大哭起来。不是因为当上市交通局长的缘故,而是市委任命文件上的日期,勾起了他的伤心事。三月二十八日正好是郝华能母亲五周年的祭日。郝华能双手捧着市委的任命文件,面朝正南方跪了下去,一把鼻涕一把泪地给母亲磕着头说道:"孩儿不孝啊,娘!你老人家一直保佑着孩儿,孩儿要给娘烧高香呀!"

郝华能母亲去世那年,他在蟒河市第一建筑安装工程公司任副经理。市一建是全市唯一的一个大型国有建筑企业,这个企业有着骄人的成绩。这样说吧,蟒河市的建设有多气派,市一建就有多骄傲。别说市一建的经理、副经理有多牛,就是在市一建当个水泥工,走起路来都是昂头挺胸的。蟒河市的姑娘托人也要找市一建的小青年,能谈上市一建的管理员,那还不把周围的女孩子羡慕死呀。

第一章 坠梯人亡

市一建的办公大楼坐落在蟒河市的龙脉上，第一任经理在选址盖楼时，曾跑到灵隐寺请来一位高僧。高僧在蟒河市走了一圈，便看中了这片荒地，他什么都没说，用手指指脚下这块地就走了。第一任经理心存感激提拔到市计委，然后一步步走上去。事情就是那么凑巧，从那以后，市一建的领导一茬又一茬往上走。现在蟒河市委、市政府、市人大、市政协班子成员，也有市一建的影子。当然，他们并不是从市一建直接上去的，市一建是跳板，就像杂技团里的那种能跳高也能跳远的跳板。

就在郝华能母亲病重的时候，他就着手给自己的母亲准备后事了。郝华能受过高等教育，有知识、有文化，他知道母亲得了绝症，北京、上海几家大医院都去过，医生说："回去吧，老人家想吃点啥，就给她做点啥吧。"郝华能当时心都凉透了，他泪流满面求医生说："能不能再想想办法，我可只有一个妈呀！"

主治医生是个近视眼，他推推鼻梁上的眼镜说："我看你不像没文化的人啊，咋不相信科学呢？这病全世界都解决不了。我看还是回去吧，晚了可能就回不去了哦。"

郝华能擦了一把眼泪，给父亲和母亲，还有他哥、嫂买了返程火车票，自己却跑到了峨嵋山，请来一位道士。道士年岁不详，满头白发，手拿一把黑色的纸扇子，哗啦一声合上，在郝家湾遛了一圈，指着一块山上的大石头说："石下是福地。"郝华能请来工匠，照道士的说法把石头凿开，众人惊讶极了，石头下面竟然是一座天然墓穴，东西走向。

办完母亲的丧事，郝华能回到蟒河市，刚下火车便看到单位的领导和一群中层干部站在月台上。最先跑上前接过郝华能手里行李的是全督佑。他小声说："郝经理，市委任命你当经理了。"郝华能明白全督佑的话。他在送母亲看病那段日子，就听说市一建的经理要提拔到市发改局任局长，可没想到经理的位置竟然会被自己坐上。

现在，郝华能手捧市委的任命文件，回想那年任市一建经理的情景，他深深感到对不起他死去的娘。娘的在天之灵一直护佑着他，可他这五年忙得没给母亲磕过一个头，真是不孝啊。郝华能想到这里，身子突然一颤，冥冥之中，他好像听到娘的哀怨声了。

郝华能转过身子，拿起手机拨给全督佑。全督佑是他一手提拔起来的，在公司任副经理，主管安全生产，算是他的得力左膀。还有副经理贾星，工作上的右臂，但日常生活中算不上知己。郝华能知道贾星同他并非一条

心,那人正直,干什么事都死板,很讲原则。

电话通了,郝华能听到全督佑在叫经理。郝华能说:"督佑呀,能不能陪我走一趟?"

全督佑在电话上问:"郝经理,想去哪里呀?"

"我想回老家看看。"

"家里有什么事吗?"

"没有。我就想去给我母亲上上坟,烧烧香。"郝华能有点哭腔,"五年了,这五年我都忙了些啥呀?"

全督佑听出来了,郝经理音调里透出一种伤感的情绪,他意识到郝经理心里有事,不然这么风光的大经理不会有这种悲伤情绪的。全督佑在电话里一股奴才腔,他说:"我这就去买票。想带点什么东西回去呢?"

"不用买票,开车回去。"郝经理在电话里说,"你叫小车班的刘师傅把面包车准备好,马上就走。"

"来回上千公里,你受得了吗?"全督佑提醒郝经理说道。

"没问题。我家在农村,很偏僻,开车方便。"

全督佑想得很周到,他给刘师傅找了一个副手,两位驾驶员轮流开,整整在路上跑了一天一夜。第二天晌午,才到郝华能的老家郝家湾。

这是一个很典型的南方小山村。村子里有百十户人家,房屋盖在小山腰间,星罗棋布,树木葱葱,一条小溪穿过村子,在东边山道间一拐弯便不见了。村寨周围全是梯田,禾苗全都转青了,村子里的石板路平整而又光滑。郝华能他们的白色面包车在村中央刚停下来,便被一群大人孩子给围住了。

村里的狗叫了起来,大人、小孩也喊了起来。他们说的是方言,全督佑听不懂,只有郝华能知道他们在喊啥。一个老人拄着拐杖过来了,郝华能扒开人群,快步加小跑,一口一个爹地叫着。老人抓住郝华能的手,老泪横流,他说:"能儿,你回来了。你娘想你了,知道不?"

郝华能大声对爹说:"我知道。爹,我就是来看娘的。"

郝华能家的哥嫂,还有长成大人的侄儿、侄女,全都围上来问好。郝华能让侄儿、侄女去车上搬东西,他说:"也没什么好捎带的,算我一点小小心意吧。"五六个人把车上的东西卸下来,领着郝华能回到爹的老屋来。

郝家湾好几家亲戚都过来了,把屋子挤得满满的。村里的大人、小孩把院子也站满了。郝华能掏出好烟敬村里的人,拿一袋子奶糖分发给孩子们。他抬头看看天，回头朝爹说："我想去娘坟上看看娘。"

郝华能他爹、他哥嫂忙着准备什物，郝华能对爹说："爹，我从蟒河市给娘带的有。日子好了，让娘也享受享受高档物品。"村子里的人很是开了眼界，第一次看见这么大的红烛高香，还有礼花炮，上供的烟酒食品都是高档的，乐得郝家湾的孩子们屁颠屁颠的。他们知道，按照风俗，这些上供用品全是给他们准备的。

全督佑陪着郝华能去坟地，当郝华能给他娘烧纸的时候，他看见蟒河市委的任命文件。郝华能复印来一大沓纸，一张又一张在他娘坟前烧，他告诉他娘，说他要任交通局局长了，从交通局局长的位置上，去当副市长。"娘，你可要显灵哟，保佑儿一帆风顺啊。儿给你磕头了。"郝华能一边说，一边不停地磕头，屁股都蹶到天上去了。

站在郝华能身后的全督佑，心咯噔咯噔跳了几下。郝经理提拔去了市交通局，留他一人在市一建，这是一件很尴尬的事情。平时仗着有郝经理撑腰，干什么事便有些专横。市一建的员工在背后骂他是狗腿子，甚至说他是郝华能喂养的一条狗。这些话全督佑都清楚。他那时想，有郝经理在市一建，谁都别想着翻天。现在怎么办？市一建班子成员的贾星，知道这件事心里还不乐开花呀？三十六计，走为上策。全督佑想到《孙子兵法》。这几年企业管理人员都在学习《孙子兵法》，商场如战场，讲究谋略。全督佑年轻，脑子灵活，平常有事没事爱找些军事题材的战争片看看，对《孙子兵法》吃得很透。他在郝华能的老家郝家湾谋划出"走为上"的方略。

从郝家湾回到蟒河市，全督佑一路上无话。郝华能在老家没有休息好，上车就睡着了。这便给全督佑留下了思考的空间。

全督佑在市一建召集了几个技术人员和业务骨干，一连好几天泡在蟒河市一家叫净福的茶楼里，商讨的主题是下海办企业、开公司。最终得到一个统一的意见，那就是靠山吃山，背靠郝华能的交通业务干事业。全督佑一巴掌拍在大腿上，"这条路子好，蟒河市高速公路正在大力发展期，就凭郝华能对咱们的关照，不愁我们的公司没饭吃。公路工程公司这条路子我们选对了。"

郝华能对全督佑在背地里的筹划一无所知，他只知道这几天全督佑上班不积极，大多数时间看不见人影子。郝华能没有多想，只顾同新上任的市一建经理办交接。郝华能对市一建是有感情的，他带着新经理到各个工地作详细介绍，顺便同下面的管理人员、技术人员和认识的老员工道个别。

人嘛，在什么地方待长了，都会有感情的，这是人之常情。

蟒河市政府办公室给郝华能打了多次电话，通知他尽快去市交通局上任，郝华能却一点也不急。市长强太周忍不住了，他打电话让郝华能到市长办公室来一下。郝华能从电话里听出强市长的不满情绪，他不敢怠慢，急匆匆地赶到强市长办公室。

强市长没有客套话，只问郝华能为啥迟迟不去上任。郝华能笑着说："市一建有五六处工程都在节骨眼上，全是自己负责的，一时半会儿放不下。百年大计，质量第一，我怕工程出问题，便去各处检查强调了一番，同时给新任经理介绍一下市一建的情况。"

"孰重孰轻你应该是知道的。"强市长说，"市高速公路建设，城市水泥路改柏油路工程，乡镇村村通任务，这可是全市最压头的事。经济要发展，交通要先行。目前,市交通局处于瘫痪状态，这个烂摊子你尽快给我拾起来，绝不能让道路工程拖了全市的后腿。"

郝华能想说点什么，嘴还没张开，就被强市长给堵上了。强市长手指敲着桌面说："没有条件可说，明天你必须到位，市一建的事你就别管了。好了，你走吧。我还有个会要开。"

蟒河市交通局一潭浑水，郝华能原本不想过早往里蹚。他想再等等，等市纪委、市检察院、反贪局把里面的事情彻底弄清后，他走马上任也不迟。市交通局前任局长、副局长，一群鼹鼠通通进去了，市纪委、市检察机关把交通局查了个底朝天，全局干部职工思想混乱，说啥话的都有，情绪低落得很。郝华能一上任，首先抓局机关干部职工的思想整顿，尽快启动停下来的道路工程。

郝华能经过一个多月的努力，让市交通局恢复了元气，但他感到十分疲惫，每次回到家，往沙发上一坐便睡着了。老婆还是很心疼的，天天做些好吃又营养的饭菜，给他补身子。郝华能需要的不是这些，他想要的老婆知道可老婆不行，四十岁就病退在家，年纪轻轻就绝经了，对那种事不感兴趣，不许碰她，夫妻之间过着相敬如宾的日子。郝华能想，这样也好，相安无事。

全督佑筹建的公路工程公司已有眉目。万事俱备，只欠东风。全督佑知道东风来自郝华能。没有郝华能的明确表态和鼎力相助，全督佑他们是不敢把公路工程公司端出来的，更不可能丢掉市一建的铁饭碗。全督佑在等待，他在寻找机会，要在郝华能身心轻松之时，把筹建公司的事情告诉他。

第一章 坠梯人亡

机会终于等来了。全督佑在街上碰见市交通局项目科的袁科长，他们是老熟人了，曾一道去省理工大学培训过，说起来也算是同学。现在这个社会什么关系最可靠，老百姓总结得好：一道扛过枪，一起同过窗，一块儿分过赃，一路嫖过娼。全督佑和袁科长是同窗，虽说在一座城市工作，也有很长一段日子没见着了。袁科长对全督佑讲述了市交通局的事，他说现在郝局长把整个局面打开了，一切都过去了，市交通局又步入正轨了。

全督佑决定请老领导郝华能吃饭喝酒，摆家宴最感亲切。他想到这里，便回家同老婆唐小桃商量。

唐小桃在蟒河市樱花大酒店当大堂经理，去过大酒店的人都知道唐小桃。她是那种让男人看一眼就忘不掉的女人。她出生在江南水乡，天生一副美人坯子，咋看咋漂亮。唐小桃结婚三四年，一直没有怀上孩子，心里急得跟猫抓似的，对那种事很渴望又迫切，看男人的眼神也不同于一般的女人，流露出一股夜来香的气息。但唐小桃最怕看见郝华能，两人眼光一对上，便能碰出火花来。唐小桃心里明白，郝华能器重全督佑，是自己起到了决定性的作用。

"来家里吃呀？"唐小桃心跳地说，"我可不会做饭哟。"

全督佑说："请个南方厨师，但不说是厨师做的，就说是你亲自烧的，这样郝华能会高兴的。"

唐小桃装着生气的样儿说："你不会拿我给家宴添色彩吧？就为了你的破公司。"

"你说哪里话。"全督佑一把搂住唐小桃，"我爱你都爱不过来，谁舍得呀？这不是让领导高兴嘛。郝华能我了解，他一高兴，什么事全都成了，钱也不愁了。"

唐小桃娇娇地打了全督佑一拳，说："好吧，为了你的公司，也为了你的事业，我就牺牲一回吧。男人没一个好东西。"她说着便拉全督佑进卧室。全督佑心知肚明，明明知道自己能力不行，为讨得小桃欢喜，他不得不拼一次老命，尽一份丈夫的义务。

满桌都是郝华能喜欢吃的菜。酸椒肚尖、宫保鸡丁、香酥小牛排、清蒸鲈鱼、糖醋排骨、红烧甲鱼、手撕鸡、龙凤炖老汤，外加五香花生米和小盘卤菜。酒自然是茅台。郝华能看着丰盛的菜，嘴里一个劲地夸小桃，"这菜做得地道，像南方女人做出的菜。"

全督佑拧开酒瓶盖，给郝华能斟上，自己也倒上一杯。"小桃，老领导来了，你不敬一杯呀？"

唐小桃解下围裙说："那还用说。郝经理，噢，不！郝局长是我最敬佩的人，喝一杯表不了我的心意，最少喝它三杯！"

唐小桃的话很悦耳，郝华能举杯说："我借花献主，敬你俩一杯。"

全督佑摆手说："郝局长，这可使不得，敬还是我和小桃敬你，老领导。"

话虽这么说，不管谁敬谁，第一杯碰了，都喝了下去。唐小桃给郝华能斟酒。

全督佑见郝华能情绪好，一连敬了三杯后，他便说起自己这段时间在市一建的日子，"刚上任的经理是外行，会上会下闭口不谈安全生产，天天问进度。我这个负责管理安全生产的副经理，根本插不上话。安全这东西说不清楚，说不定从哪里窜出来，弄死几个人，倒大霉的肯定是我呀。老领导，我这辈子只想跟你干。"全督佑举着杯子说道。

郝华能把全督佑举杯的手按下，"怎么跟我干？我又不是组织部长，说把你调来就调来了。我现在是鞭长莫及呀。"

唐小桃给郝华能夹菜，她对全督佑说："你一身技术，还怕没有立足之地呀？此处不养爷，自有养爷处。办个公司，挂到郝局长老领导的大船上，不就什么事情都给解决了？"

郝华能哈哈笑着说："我看小桃不仅是江南美女，更是江南才女。这个点子有风险呀。"郝华能说着便举杯同全督佑碰了一杯。郝华能从唐小桃的话中听出了一点意思，但还不明白他们葫芦里到底卖的是什么药，他必须弄明白，绝不能稀里糊涂就往里面钻。郝华能说："督佑呀，交通局局长是个高危岗位。不说全国，就拿蟒河市来说，前前后后倒了好几位局长。这个职位比市一建经理重要，权力也大得多，可待遇比起我们市一建来说差远了。拿钱不多，操心不少。"

全督佑给郝华能杯里斟满酒，放下酒瓶说："什么风险行业，高危岗位，要我看只一个字，那就是钱。如果不沾钱，我看什么事都发生不了。"

唐小桃说："屁话！当官不爱钱，男人不爱女人，这可能吗？只能说爱财要取之有道，钱又不是坏东西。"

唐小桃的话把两个男人逗得捧腹大笑。郝华能用纸巾擦了一下眼泪说："小桃说的话，让我想起前段时间看到居民家门上贴的一副对联。对联写得没错，问题出在横批上。上联：办实事做好事为人民服务；下联：讲党性倡廉洁两袖清风。横批却写道：查无此人。"郝局长把唐小桃逗得简直是喘不过气来，笑声把整个屋子塞得满满的。

全督佑要的就是这种气氛，有了这种气氛，郝华能什么都会答应。"老领导，不瞒你说，我们成立了一个公路工程公司，市一建六七个技术员和业务骨干跟着我下海了。"

"噢，这倒挺新鲜的。"郝华能说，"放着好好的铁饭碗你们不要，去担这个风险。说来听听。"

"我们经过市场调查和分析。"全督佑说着从一旁提包里抽出一摞子资料，他说："蟒河市高速公路建设正在起步，还有市县道路白改黑工程、乡镇村村通公路工程，每年只要拿到十分之一的工程，那就发大财了。所以，我们合计着打算注册自己的公路工程公司。"全督佑说着看了唐小桃一眼，又接着说："当然，这事不经老领导点头，没有局长您的支持，我们是不会瞎撞的。"

唐小桃很会配合，她有点严肃地说："开公司讲市场规则，只要不违法违纪，不让郝局长为难，我看老领导会支持你们的。同时，郝局长今后的开支也方便，省得报个销还被交通局嚼舌头。"

唐小桃的话，正合郝华能的心思。前几任局长之所以倒台，关键点是有些开支被审计抓了把柄，然后顺藤摸瓜摸出来的。如果有个民营企业，同交通局财务不沾边，问题就好办多了。郝华能面无表情地问："公司叫什么？"

全督佑说："我想到一个，不知可否？就叫全能公路工程公司。"

郝华能一听便明白，取了一个姓，又加了他的名字中的一个字。"全能"好呀，外人以为是什么工程都能干，都会干的意思。郝华能说："好呀，你们干吧，只要在我管辖的范围内，能给予帮助支持的，我尽可能支持。"

"有您这句话就够了。"全督佑按捺不住心中的兴奋，"我跟您没跟错，这辈子都跟定了。"他说着自己像表忠心似的，一口干了一大杯。

餐桌上的敬酒，碰杯像是加快了节奏，郝华能耍了滑头，要么不干杯，要么用纸巾擦嘴，把酒吐在纸巾里。唐小桃开始不在意，后来她注意到了郝华能的举动。唐小桃知道，今天全督佑非喝倒不可，现在阻止已经来不及了。全督佑醉了，他抱着酒瓶不放手，一个劲地同郝华能碰杯。郝华能笑着，也一个劲地劝全督佑喝。

全督佑身子倒靠在椅背上，脚下滋溜一下，整个身体滑到桌子下面去了，烂醉如泥，不省人事。那时唐小桃正在厨房为全督佑备些酸汤，用来醒酒，便听见郝华能叫着："小桃，小桃，快来帮我。"唐小桃急忙放下手里端着的汤碗，架着全督佑的双腿，把死猪一样的大活人，放置在卧室的床上。小桃拉开一床被子，为全督佑盖上掖好。郝华能说没事，睡一觉醒来便好了，在市一建成天都是喝高的男人。郝华能摆着手去了客厅。不一会儿，全督佑鼾声如雷。

唐小桃笑着出了卧室，她为郝华能沏上一杯龙井茶。"郝局长，喝杯茶醒醒酒吧。"唐小桃放下茶杯，正要转身，郝华能一拽便把她搂在怀里。唐小桃早有思想准备，这一天这一刻，随时都会发生的。小桃没有反抗，很顺从地靠在郝华能怀抱里，双手不自觉地搂着他的腰。"我一直都喜欢你，你没看出来吗？"

"坏男人。"小桃在坏男人怀里说，"第一次看到你的眼光，我就知道有这么一天。竟然让我等了好几年。"

郝华能扑哧地笑了："谁知道你的心思呀，平时装得像个淑女，正儿八经样。"

小桃在男人胸口上吃吃笑着，"哪有女人主动的事。你没听说过，十个女人，九个肯，就看男人追得狠不狠。你们当官的道貌岸然样儿，其实坏着呢。"

郝华能双手抱起唐小桃，走向另一间卧室说："你也没听说过吗？男人不坏，女人不爱。我不坏你咋会爱呢？"小桃双手握成小拳头，雨点一样密集地打在郝华能胸脯的肌肉块上，郝华能整个身子瞬间被火燎的燥热……房屋那边的卧室，全督佑传来一阵高过一阵的鼾声。

全能公路公司第二天果然挂牌成立了。全督佑一下子从市一建带走七八个技术人员和业务骨干。市一建上上下下对全副经理都表示出不满情绪，有人甚至破口大骂。挖市一建的墙脚，这些败类，休想把我们市一建搞垮。话是这么说，气也该这么生，但作为今后的合作伙伴，市一建还得从长计议，不得不派副经理贾星去出席全能公司挂牌仪式。

全能公路工程公司成立这天，全督佑很有派头，西装革履，满面春风，他立在公司牌子下面，抱拳拱手向前来贺喜的各民营企业老板还礼，口里不停念着："同喜，同喜。共同发财。"当市一建的副经理贾星出现在大门口时，他举着手招呼一声："老贾。"随即跑着下了阶梯，老远便把手伸了过去，"谢谢光临，谢谢光临。"贾星是个实在人，脸上露着憨笑，没有说话。

"这几年我得感谢你的帮助呀。"全督佑握着贾星的手说，"不是你天天敲打我，把安全生产时时挂在嘴上，我可能早就出事故了。现在好了，市一建有你这位重视安全生产的领导亲自抓安全，我想市一建的安全生产就没问题了。"

市一建在全督佑辞职的当天，便调整了领导班子的分工。贾星接替全督佑以前所分管的工作，特别是安全生产这块。贾星摆摆手说："话可不能这样说，干什么工程都要把人的生命放在首位，人命关天呀。企业要倡导以人为本。公路建设安全问题也不少，你可要多加小心。"全经理装得谦虚，他说："谢谢关心，今后本公司有困难，你可得拉小弟一把哟。"贾星不想在这里多停留，随口说道："市场竞争是对手，建设发展是朋友。今后我们相互帮助，共同开创蟒河市的明天。我想以后合作的机会多得很。"

全督佑热情地送走贾星，他望着贾星的背影想，这个贾星走一路说一路安全生产，现在的市一建经理不重视这个，那么贾星的日子会好过吗？出了问题还得去给人背黑锅，有你老贾受的。全督佑不满意贾星，过去尽挑我全副经理安全生产管理方面的毛病，现在去挑吧，让他自己挑自己的吧。

全能公路工程公司是幸运儿，公司营业执照还没办妥，便得到郝局长的关照，承接了一段高速公路的施工任务。有公司提出疑问，全能公路工程公司没有营业执照，根本就不能承接工程。这事反映到郝局长那里，郝华能很生气，他说："我要查一下这是谁办的，必须追究责任。工程已经开工了，可以不停，但必须严格把守质量关，如有质量问题，重罚！"

对郝局长公正无私的态度，反映情况的人很满意，这样的局长敢抓敢管，不和稀泥，有铁面无私的气魄，好。全能公路工程公司的全督佑也满意，只要不收回，就有钱赚，应付质检员还不是小菜一碟。当然，第一手工程要做漂亮，要拿红旗。于是，全经理和公司技术员全都待在工地，有时都和工人在一起吃住，他们要拿下红旗标段，从而展示一下全能公司的技术实力。特别要让告状的没话说，让郝局长脸面光彩。

全督佑的忙碌，正好给郝局长和唐小桃提供了机会，他们三天两头苟合在一块，为避人耳目，还采取游击战术，今天在家，明天去樱花大酒店，反正是打一枪换一个地方，狡兔三窟。郝华能说："这一辈子的艳事，全在这段时间享受尽了。"

唐小桃知道心疼人，她为郝局长熬参汤。郝华能一脸红润，走路昂首挺胸，还得到老婆的表扬，她说："交通局的工作看起来很适合你嘞。"

就在全能公路工程公司一帆风顺的时候，市一建出了安全事故。建筑工地上的电梯从高空坠落，造成八人死亡的特大事故。问题是除了几名民工外，还有蟒河市周晟俊副市长的女婿，一位名牌大学的优秀人才，在市一建担任工长助理。而周副市长的女儿周悦，是本市有名的记者。

这事可麻烦了。郝华能心想，贾星这回凶多吉少，这要看调查的结果。他对全督佑说："你离开了，事情没落在你头上，算你幸运。"

全督佑笑着说："我是福星。"

郝局长挥手止住了全经理的话，"你不要幸灾乐祸，有空还是去看看他，毕竟在一块摸爬滚打过来的嘛，别让人家说我们的闲话。"

全督佑说："是，我去看看到底是什么情况。"

贾星和安全质检员李永刚，被关进市公安局看守所，谁都不让见，等待处理结果。事情过去一段时间了，郝华能忙着高速公路招投标的事，竟把贾星的事忘到脑后去了。那天，唐小桃风风火火来到他的办公室，告诉他贾星和李永刚出来了，他才猛然想起贾星来。

唐小桃不是为贾星的事过来的，她是为全能公路工程公司招投标的事来的。小桃有一手，进来不谈主题，先把手里的小皮箱朝郝局长桌下一放，也没说是什么，这种事不便挑明，大家都心领神会。前段时间承接的那段高速路段完工了，还评上了优质红旗工程，你说公司能送什么呀。唐小桃东拉西扯讲一通蟒河市的市井新闻，便说到当前的招投标上来了。唐小桃说："全督佑死脑子，报价高出标底百分之十，搞什么科技含量嘛，即使搞科技含量，你在标书上明说呗，非搞保密，生怕别人把技术偷跑了。再说市政府缺头脑，好端端的工程项目，眼睁睁被外省市的企业抢过去，本市的一些工程队没活干。全市这么多人怎么就业，饿死人还不是你政府负责任。这些事我一个女人不该管，我这不是为郝局长你分忧吗？说远了，是为强市长操心。我这是瞎操心。我走了，你忙吧。"唐小桃说着话扭着屁股转身便往门口走，临了又倒回来，问："郝局长晚上干啥？"没等郝华能回答，她又说："今晚我值夜班，命苦呀。"小桃抛了个媚眼，转身离开了。

唐小桃刚出门，郝局长桌上的电话铃响了起来，郝华能拿起电话接听，是市一建的经理打过来的，贾星和李永刚两人辞职了，听说要自己成立一个群星建筑公司。贾星自封什么总经理，这不是对着干吗？更可气的是，贾星带走了一二十个技术人员和业务尖子。市一建经理在电话那头滔滔不绝，满腹牢骚。郝华能在听电话时很冷静，他给市一建出了个主意，在全国招收人才，名牌大学毕业的优秀生锻炼一两年就能用。路是人走出来的。

放下电话，郝华能转身站在窗前，蟒河市中心建筑从这个角度看，非常壮观，各种建筑鳞次栉比。他知道，这座城市的建设，市一建流汗最多，付出最大，创造辉煌的市一建还能重振雄风吗？全督佑和贾星下海，使市一建大伤元气。郝华能想到市一建的现状，内心很有些伤感，那里毕竟是他起步的地方，谁不念旧情呀，他想今后有机会，能帮他们一把还是帮他们一把，尽点心吧。这样想心情轻松起来了。这也是自然规律，市场经济要的是竞争。市场像大海一样宽阔，大海不仅有美丽如画的风光，更有险恶的惊涛巨浪。弱肉强食，适者生存，这是自然法则。这个法则是否也适合市场经济呢？郝华能被自己问住了。

在寻找不到答案的时候，唐小桃给他发来了一条信息：难道你叫全能公路工程公司夭折呀？我都为你折腰了。

郝华能突然想到桌下的皮箱，他拎起来，锁进保险柜里，双手搓搓脸，理了理头发，朝外走去，转身进了电梯。交通局五号高速公路招投标办公室设在八楼，工作人员都在忙碌着，主任见郝局长走进来了，便热情地叫了一声"郝局长"，接着忙着搬椅子，一位工作人员递上一杯热茶。

郝局长没有坐下，他一只手扶在椅子的靠背上，亲切地朝大厅里的专家和工作人员问候道："大家辛苦了！"郝局长提高声音说："市政府指示我们在公开、公正、公平的原则基础上，要尽可能地考虑到本市民营企业的生存。这不仅关系到蟒河市的社会稳定，还关系到本市的民生问题，民生无小事呀！市里的领导考虑问题是从大局出发的，我们在具体工作中要认真领会市里的意图。好吧，你们工作吧，我下面还有个会。"

在五号高速公路专家论证会上，一位老专家反复看了全能公路工程公司的方案，他认为报价确实高了些，但是有可取之处，就拿新材料、新技术、新工艺来说，很有代表性和前瞻性。他说："我的意见是，不妨让他们先试行一步，让他们中一个标段。"

一年多时间过去了，全督佑和贾星两个民营企业干得都不错。郝华能心里清楚，这两个民营企业走的路子不一样。群星企业靠的是自身实力，全能公司靠的是人际关系。在市场经济大潮里，是靠金钱人脉关系，还是靠自身实力，两条路子谁能让企业发展得更好呢？不说郝局长看不透，很多人也没看透，只好拭目以待吧。

第二章 楼房坍塌

贾月辰好不容易盼来了一个双休日。大清早一起床，她便开始收拾自己，先是在卫生间洗了个澡，然后精心地整理发型，对着梳妆镜描眉。贾月辰平时是个不爱打扮的女孩子，上大学时学的专业是建筑学，工作分配到蟒河市建设局后，便同她爸妈一样，成天同图纸打交道，绘图、晒图、测量、计算。她有时在想，这活到底适合女人，还是适合男人？得不到明确的答案，看来是个中性的职业。不像医院里医生的职业那么分明，接生女人的活，动刀男人的事。当然也可以反过来，接生男人的事，动刀锯腿女人的活。贾月辰扑哧一声笑出声来。她常常被自己的突发奇想逗笑。贾月辰在高中时代，理想是学医，她爸贾星坚决反对，这丫头哪是学医的料，打小毛手毛脚的。"你绣朵花给我看看。"贾星对女儿说。月辰呵呵笑着，一脚把足球踢在一个男孩的屁股上。男孩奋力又把足球踢过来，月辰抱着足球追男孩，看我不把你给踢扁喽。

贾星指着丫头月辰，问老婆胡敏说："你看她是哪块料？"胡敏用食指推推眼镜说："砌砖。"贾星捂着嘴一个劲地笑。后来贾星把话传达给贾月辰，月辰眼泪巴沙地问她妈说："我有那么粗吗？"胡敏很认真地回答："没有。稍野。"哭着的贾月辰笑了，她说："你是说我粗野，恶毒。"贾月辰一跺脚走了。

没办法呀，高中毕业的贾月辰只好按爸妈的旨意，报考建筑专业。后来她感觉不错，从小就在图纸、水泥、砖块的环境里长大，进到土木系真还有那种感觉。就是有一点不好，不招男孩子喜欢。月辰记得第一次恋爱，男生不错，学中文的，小说、散文、诗歌都写得很好，还获得过诗歌大奖。那次月辰领着他去工地，爬上新建的三十一层高楼，他们站在顶层，月辰是好意，让他俯下身子看蟒河市的景色，看能不能写首诗歌。谁知男孩有恐高症，趴在水泥墙上朝下看，人像蚂蚁，车像甲壳虫，他晕了。轰的一声，幸好是朝里倒。男孩再也不敢了，非要月辰改行。后来贾月辰谈了好几个对象，都在恐高症上过不了关。月辰她爸妈对月辰很有意见："找对象就找对象，又不是挑选空降兵，为什么跟你爬三十层的高楼呀。"

贾月辰很有理由，她说："老婆是搞建筑的，老公楼都不敢上，有事怎么敢找我？"

母亲胡敏听不下去了，她把手里的书一摔说："难道你比楼还高？"

贾月辰反唇相讥："难道楼比心高？"

贾月辰是一个心高的人，在市建设局，不到二十七岁，便升到副处的位置上了，干起工作来就连处里的几个男人都顶不过她。

贾月辰很长一段时间没有享受过双休日的清闲了，不是开会就是加班，再就是熟人朋友找上门来设计这个，设计那个。星期四那天，她翻书柜时，从上面滑落一张照片，那是爸妈的结婚纪念照，发黄的相片上写着四个字"结婚纪念"。月辰差点叫出声来，三十年珍珠婚不容易啊，吊在一棵树上三十年，让现在的小青年想都不敢想。月辰当时就想，纪念日那天非得给爸妈庆祝一下不可。在结婚纪念日之前，她觉得先得给爸妈补一张现代版的婚纱照。妈多委屈啊，一个知识女性，一生竟没穿过伊丽莎白婚纱装。不行，得给妈补上。贾月辰在星期四那天，便把周末日程设计好了。

贾月辰的电话响了好几回，不接，坚决不接。快要出门的时候，电话又响了。电话铃声响得很执着。贾月辰还是接听了，是处长打来的。他在电话里说："局长通知你，陪同他去参加城北的奠基仪式。"贾月辰心里生起一团火，她想朝处长大骂，刚一开口便把火压了下去，朝他发什么火，又不是他惹你。月辰调侃说："今天我休息，雷打不动。你告诉局长，别说他叫我，就是他爹来请我，我也不会去。"贾月辰在电话上一阵大笑，处长那边没了声音。

贾星和胡敏在小院里修剪着花枝，一盆盆绿油油的花卉，生长茂盛，月季、牡丹鲜艳灿烂，还有一盆狮子绣球，火红耀眼。花的芬芳在院子里飘来荡去。贾星用喷壶给花淋着水，淋着淋着，喷壶僵在空中，他看见站在门口的贾月辰，仔细打量一番，并朝胡敏喊道："唉，你看这丫头今天是咋了，漂亮得连我都认不出来了。"胡敏有意抬头看天，她指着太阳的方向问道："那是西边吗？"

贾月辰朝他爸妈噘着嘴，不服气地说："我什么时候不漂亮了？单位上上下下谁不叫我美女处长。"

贾星拿扫帚扫院子，贾月辰放下包帮胡敏捆绑花架子。贾星问："月辰这么早干啥来了？"

月辰说："陪爸妈逛街呗。"

"我不上街，要去你和你妈去。"

贾月辰扶着老爸的膀子说："我发奖金了，今天就想孝敬你们一下。爸，你得给我个面子哟。"

贾星笑得很开心，"好吧，好吧，我有一阵子没上街逛了。"

市中心商业区人山人海，熙熙攘攘。街道两旁的商店橱窗里琳琅满目，巨大的电子广告牌画面上的美女更是靓丽。贾月辰一手挎着妈，一手挽着爸。当他们路过一家摄影店的时候，月辰突然兴奋起来，她提议进去照相。贾星使劲朝前走，嘴里说："照哪门子的相？又不逢年又不过节的。"他拉贾月辰走，那劲头就像躲瘟疫似的。贾月辰拉着爸爸说："是你说的，今天我漂亮。那么，我何不趁机会留个影呢？"

胡敏说："陪女儿照一张吧，好多年没在一块照相了。"贾星想想也是，便跟着进去了。化妆师认识贾月辰。她来预约过。于是，把他们领进一间化妆室里，同时跟进来两三个化妆助理师。贾月辰把化妆室的门反锁上，她怕老爸不干，门一锁，不干都不成。

贾星被化妆师摆弄了差不多两个钟头，一个大男人，那滋味不好受呢，贾星脸上的每个器官，被几个人弄来弄去，弄到最后，全都弄没了。鼻子、眼睛、嘴巴都还长在原来的地方，但对着镜子看，没有一样是自己的，胡敏的妆化得好。贾星发现，五十多岁的老婆不减当年，仍然那么眉清目秀，漂亮端庄。

当贾星看到照片的时候，他说："真没白受罪，值！"三十年后补照的这张结婚照，谁看谁说好。摄影店的化妆师、摄影师还同贾月辰商量，看能不能放进橱窗，给他们做个广告，条件是免费，贾月辰同意，"这多好啊，算是照了一次不花钱的结婚照。"

贾星不愿意，他说："我们又不是羊头，根本就挂不出去。挂出去那还不让认识我们的人笑掉大牙啊！不挂不挂，不能挂！"

贾星又说："我们从来就不干这档子事！"

贾月辰比他爸妈还骄傲，拿着这张结婚照到处炫耀，没有别的想法，无非是照片的确照得好，还有就是她干成这档子事很不容易啊。那天她跑到好朋友周悦那里，把爸妈的结婚照给她看，还把过程叙述得有声有色。

周悦看见照片惊叫了一声："哇噻！"她抬头看看月辰说，"你妈妈简直是个大美人。"周悦说这话的时候，脑子里产生了一个想法。

"难道我爸不帅吗？"贾月辰问道。

"男才女貌，生下活宝。"周悦有意逗着月辰。

贾月辰显摆出一副活宝样，大大咧咧的，"别的啥我都不管，活宝也好，宠物也罢，只要爸妈开心，尽到孝心就行了。"

周悦说："就这点孝心呀？我问你，是真孝还是假孝？"

月辰不解地问道："孝心还有假的？做儿女的谁不想尽孝，让爸妈高兴呀。"

周悦起身，匆匆忙忙收拾了一下，说："好吧，跟我走一趟。"

"去哪里？"贾月辰笑嘻嘻地问周悦。

"别管，到地方你就知道了。"周悦说，"我要检验一下你是真孝还是假孝。"

周悦驾车，不一会儿就来到蟒河市最豪华的一家大酒店。她俩下车，大门口的服务生向她们问候，并带着两人进了大厅。这时大堂经理很热情地走过来，脸上露出亲和的笑容。周悦说："我们有业务，想见见你们的老总。"大堂经理迟疑了一下，马上做了一个请这边坐的手势，有服务员从柜台上送过来两杯咖啡，大堂经理礼貌地说："请两位慢用，稍等片刻。"大堂经理说着便转身走开了。

贾月辰好像明白了，她说："好呀，悦姐是想宰我一回啊。用这样的方式来检验我的孝心。"周悦不说话，笑眯眯地用小勺搅动着咖啡。贾月辰突然反应过来，感觉到自己上当了，她问："你这个方式让我犯糊涂，这到底是孝敬你，还是孝敬我爸妈呀？"

周悦扑哧一下把喝到嘴里的咖啡喷了出来，她说："谁让你当处长啦，不宰你，难道还要我这个小记者买单吗？"周悦拿纸巾擦拭桌子和小盘子上的咖啡液，又说道："你当处长，还没请我吃过饭呢。"

贾月辰认了，"宰就宰吧，看你能吞下一座金山。"

大酒店总经理有一股子派头，大腹便便，皮鞋擦得亮锃锃的，头发朝后梳着，是领导人的那种发型。他不卑不亢，很得体地来到周悦、贾月辰跟前，分寸恰当地弯腰问道："两位女士是找我吗？"

周悦站起身来，把手伸过去同总经理握了握说，"我是市报的记者周悦。"大酒店总经理笑了，"我们见过，谁不知道周记者啊！今天打扮得我都认不出来了。你过来也不事先打个电话，对不起啊，招待不周。"

在总经理说话时，大堂经理走过来了，"总经理，会客厅安排好了，请您陪客人到会客厅说话。"总经理呵呵笑着，请周悦和贾月辰去了客厅。周悦在迈步的时候，向总经理介绍贾月辰说："这是本市的美女处长，这座大酒店便是她设计的。"总经理呀呀几声，十分恭敬地同贾月辰握手，嘴里不停地夸贾处长才貌双全。

三人进入客厅坐下。周悦说："今天来纯粹为私人之事，请总经理不必客气。"

总经理摆手说："来的都是客，客人是上帝。有什么事周记者尽管吩咐，看我们酒店能不能做。"

周悦笑着说："贾处长打算给她爸妈搞一次婚庆，三十年算是珍珠婚，不容易呀。人活着不容易，况且两个老人恩恩爱爱。"周悦说着就从贾月辰包里取出她爸妈的婚纱照，起身递给总经理。

总经理双手接过，仔细看了看说："这不是贾总吗？我们民营企业在一起开会，每次他都给我不少教诲。"他一边说一边看看贾月辰，"难得你一片孝心。为贾总，这次庆宴我买单。"

"那不行。你买单谁尽孝心呀？别抢了贾处长的功劳。再说咋也轮不到你呀，我都得靠边站呢。"

贾月辰坐在一旁不知说啥好，她根本没有一点思想准备，脑子被这突如其来的事给弄懵了，这个周悦姐真会捉弄人，事先也不跟我商量商量，搞得我这么被动，而且木呆呆地坐着像傻子，像个局外人。贾月辰想周悦姐这个主意出得真好，我咋就没有想到呢？这样也好，省得我操心，装傻就装傻。

就在贾月辰想心思的时候，周悦同总经理后面谈的啥，她一句都没有听进去。只见周悦和总经理两人高兴得不得了，握一次手又握一次手。临走的时候，贾月辰脸上只好堆上笑，有一种被别人卖了还帮着数钱的感觉，嘴里还不停说着："谢谢，谢谢你。"

第二章 楼房坍塌

胡敏煲了一锅鸡汤，她解下围裙让贾星给女儿挂个电话，上个礼拜不是说好要回家的吗？又不知疯到什么地方去了。胡敏正和贾星说着女儿的事，小院的门吱的一声被人推开了。贾月辰和周悦有说有笑地从门洞里挤进来，不大的小院顿时热闹了起来。胡敏从房里出来，见她俩不知为啥事高兴得又是唱又是跳，便冲她们喊了声："小心别把花盆打破喽。"

贾星也从屋里走了出来，他说："周悦呀，是不是你胡阿姨炖鸡的香味把你给招来了？我说你就是有福气，昨天才从乡下弄来一只土鸡炖上，刚开锅，你就跑来了。"

"早听说胡阿姨做得一手好菜，不来品尝岂不是怪可惜的？"周悦说着便去胡敏那里摘蒜苗。她亲热地叫了一声："胡阿姨。"

胡敏哎了一声，一把夺过周悦手里的蒜苗："进屋歇着去，一会儿就吃饭了。"周悦还没离开，胡敏便又问道："你俩到什么地方去了？高兴得像是飞了魂似的。"

贾月辰说："吃饭，吃饭。吃了饭再汇报，免得你们生气没胃口。"

贾星在一旁说："神秘兮兮的？这可不是你的风格呀。竹筒倒豆子，说来听听。"

胡敏说："和大记者在一起，免不了新闻。会不会是爆炸性的，我看很难说。"

周悦做了一个鬼脸，"啥事都瞒不过胡阿姨的眼睛。不是重磅的，但还算有点威力，反正你二老会被吓一跳。"

饭桌上，贾星忍不住，问周悦："啥新闻，说来听听。"

周悦让月辰说："你操持的事你说。"

贾月辰反应快，马上把皮球踢过去，说："你是庆典主持人，你说。"

周悦哈哈地笑了起来，她指着月辰说："我啥时候成庆典主持人啦，这帽子我可戴不下呀。"

贾月辰认真了，敲了敲碗，"这可是铁板钉钉的事。你不当谁当？还有比你更适合的人选吗？说一个我听听。"

"霸道，独裁。"周悦拿筷子敲碗，"总得商量一下呀，商都不商量，你就任命了，这个职务我怕是担当不起哟。"

"你大记者都当了，还怕当主持人。我就独裁这一回，主持人非你莫属。"

周悦笑得更欢了，她指着贾月辰说："好。等市委换届，你去当组织部长，看把你美的。"周悦和月辰你一句我一句的，饭桌上旁若无人。

贾星和胡敏两人你看我一眼，我看你一眼，丈二和尚摸不着头脑。贾星说："什么事说出来呀，只听到你两个推来推去，也不知道是个啥事情。打哑谜啊。"

周悦把碗往前推了推，便向贾星和胡敏说起筹备三十年珍珠婚庆典的事情。"这是下一代孝敬老人的一种方式，现在的年轻人缺失孝道，搞个仪式，让老人开心，同时也能教育年轻夫妇。"

贾星说："这很好呀，大行孝道是中华民族的传统美德。"

胡敏插话说："不对呀，你爸结婚早过三十年了。你今年该有三十二了吧？"

胡敏的话提醒了贾星，他说："时间要搞准确哦。我和你爸交往这么多年，周副市长好像不是二婚呀？"

贾月辰和周悦笑得人仰马翻，她俩又是拍桌子又是跺脚的，笑得上气不接下气。在两个孩子的笑声中，胡敏反应过来了，她对贾星说："闹了半天，她们是在给我们筹办呀。"

贾星的脸一下子红了起来，他双手在空中摇摆着说："不、不、不行！我们不搞这个！"

贾月辰接过爸爸的话说："嗯，你刚才还说好呀，大行孝道是美德。怎么这么快就反悔了。爸，你不是出尔反尔的人呀。"

"老贾，我可没办法了啊。"胡敏收拾碗筷说："你自己钻进圈套，谁都救不了你。你平时爱说'君子一言，驷马难追'，这下你追去吧。"

贾星没辙了。他点了一根烟，敲着桌沿自言自语地说，"阴谋，阴谋。两个小阴谋家的阴谋。"胡敏、周悦、贾月辰三人在厨房，一边洗涮一边窃窃地笑。

晚上，贾星躺在床上翻来覆去睡不着，脑子里还在想白天的事。胡敏态度不同，她认为孩子们要办，就让她们办去吧。到时候叫上一帮子朋友，坐在一起吃吃饭，喝杯酒，叙叙旧，也不错。平时大家都忙，无非是找个由头聚聚。

贾星听了胡敏的想法，突然翻身坐了起来，"你的这个想法不错，我看还得搞大，不如趁这个机会，把群星建筑公司的技术人员、管理人员和业务骨干，通通请来，算是我这个总经理感谢他们，这五年来所走过的路，实在太艰难了。群星建筑公司能取得这么大的成就，全靠他们这班人马。"

第二章 楼房坍塌

胡敏听贾星这么一说，也得到很大的启发，"群星建筑公司，通过五年多的奋斗，有了骄人的成绩，在这个节骨眼上是得敲敲警钟了。我们的婚庆，有两个目的，一是团结聚气，再鼓鼓劲，争取把群星做大做强；二是克服骄傲自大的情绪。古人说：'富贵不骄易'，在道德礼仪尚存的社会，做到富贵不骄是容易。但现在是市场经济，在商品大潮冲击下，道德礼仪严重缺失，想做到富贵不骄，就没有那么容易了。你看那些大款，还有一些腐败分子，张扬得很。我们要让群星的中坚力量，保持清醒的头脑，败不馁，胜不骄。"

贾星很佩服胡敏的敏锐，分析问题、对待事物有一副冷静的头脑，而且深刻。胡敏的话，更坚定了贾星的决心，"明天我要把这个想法告诉给周悦，让她在策划和筹备中，把这些元素加进去。"

贾星和胡敏三十年婚庆，安排在周五下午三时，原则上没有向外单位发邀请，但还是有几家民营企业的老总来了。周悦早料到这个情况，特意留了两套豪华包间。群星公司来的人，坐大厅，人数控制在十五桌左右。

婚庆那天，豪华大酒店扎了彩门，彩门两旁分别悬挂四个氢气球悬浮大标语。全是各大民营企业祝贺、祝福类的内容。大门阶梯，一直到门口的小广场，铺上了崭新的红地毯，进门的两旁站着打扮得体的礼仪小姐。贾星和胡敏佩戴红花，笑容可掬地迎候嘉宾。

让周悦万万没有想到的是，豪华大酒店小广场上，来了五六十个粗壮汉子，有群星建筑公司的民工，也有市一建退休职工，还有几个民工的遗属。他们没有朝门口去，在一旁商议着什么。有人在收份子，十元的，二十元的，五十元的，一百元的，码在手里有一厚沓。站在高处的贾星一眼便看见这群人，他拉着胡敏，快步走下台阶，丢下来宾，直奔过去。

民工和退休工人的感情朴实，他们把贾星、胡敏紧紧地围在中间，把手里不多的钱，不管是大票还是小票，一个劲地朝他们兜里、手里塞。嘴里又是祝福，又是问好，弄得贾星和胡敏不知咋办好了，泪花噙在眼里，鼻子酸酸的。

有两个女人挤了进来，手里捏着一卷十元、二十元的票子，抓着贾星和胡敏的手，流着泪感谢他们对她们的关怀。"滴水之恩，涌泉相报。"一个女人说，"我们一辈子报答不了贾总的大恩大德。"

眼前这个女人，贾星称刘嫂。实际年龄要比贾星小十几岁，生活的艰辛，让她满头青丝早已花白。男人曾是市一建的老民工，木匠活做得地道，一次塔吊事故，让他命丧黄泉。这么多年，贾星一直帮衬着她的家庭。两个孩子，一个在读书，另一个在群星建筑公司，日子算是过得去了。另一个女人，胡敏叫她小妹，男人因公伤躺在家里。孩子该上小学了，上面还有年迈的公婆。胡敏每年都抽空去看望他们五六次，送些生活用品和现金。胡敏把小妹安排在工地食堂，有些收入，可以维持家庭的基本开支。

周悦在门口朝那边望着，她心里急坏了。这边来这么多嘉宾，而贾星、胡敏那边又脱不开身。她彬彬有礼地向客人解释，代表主人向来宾表示感谢。弄得来宾和客人误以为是她的婚礼或婚庆呢。费了不少口舌，有时竟然还说不清楚。贾月辰也在大厅招待着客人和来宾。周悦想这事不能去埋怨月辰，当初她俩分工明确，一个负责里边，一个负责外面。周悦正想着眼前的局面，便看见民工朝贾星夫妇塞钱的一幕，她知道贾星是脱不开身了。

贾星夫妇一再感谢都无济于事，正在一筹莫展时，周悦出现了。她说："这钱，我代表贾总收下了。你们放心，我会给你们一个满意的结果。"周悦说着便把钱和一张礼单全部装进挎包里。她说："现在都去大厅，时间不早了。"

民工们都不愿进去，有的还往外走。贾星不愿意了，他说："今天谁走了，谁就不是我的朋友。看不起我们两口子的，那就走吧。"有人说："好吧，我们就去给婚庆凑凑热闹吧，添几份喜庆。"贾星开怀大笑："这就对了嘛。是朋友就不分彼此。走呀！"他高声吆喝一声，一群人步入大厅。这是他们第一次走进这么豪华的地方，有点像《红楼梦》里的刘姥姥进大观园的味道，他们看啥都稀奇，东摸西瞧，惊诧不已。

贾月辰爸妈的三十年婚庆，搞得很隆重，大酒店的乐队一时找不到合适的曲子，有合适的一时也练不出来，怎么办呢？周悦说："来首《生日快乐》吧，反正都一样。"乐队演奏歌曲的时候，一张贾星和胡敏的婚纱结婚照在巨大的白色屏幕上出现了，大厅响起热烈的掌声。

周悦今天的妆化得美极了，她走上台开始主持庆典。首先请上贾星和胡敏夫妇。然后周悦宣布："请贾先生给我们讲讲他们恋爱、婚姻、家庭的故事。"

贾星一下子蒙了，这在事先议程里是没有的。但台下掌声又那么热烈，看来是躲不过去了，他只好朝前迈出一步，清了清嗓子，整了整麦克风。他开始讲述大学读书、恋爱、婚姻、家庭的历史。贾星口才好，他把家庭事业结合得很智慧,省略了许许多多浪漫的故事,又赢得听众的满意。最后他讲到群星建筑公司的发展,为在座的绘出一幅公司未来的宏伟蓝图。群星建筑公司来参加庆典的人,非常激动,当贾星把公司未来的蓝图绘制讲完时,他们从座位上站起来,拥到台前,把手里的鲜花献给贾星和胡敏。

贾星端着一杯酒,在麦克风前高声提议,"为群星公司的未来,为我们美好的明天,干杯!"台下一片干杯声,酒杯碰撞得叮叮当当,响声不断。贾星和胡敏在主持人周悦的引领下,一桌又一桌地向来宾敬酒。

胡敏眼皮老是在跳,她对周悦说:"这酒不能喝了,我面部神经是不是出啥问题了,眼皮跳得厉害。"周悦俯在胡敏耳边说:"让月辰替你喝,她酒量好,当处长,练出来了。"贾星兜里的手机响了,贾星忙着和敬酒的客人碰杯,胡敏提醒说:"手机响了,你没听见呀?"

贾星笑了笑说:"听到了,这不是没顾上嘛。"他说着便放下手中的酒杯,掏出手机,号码不熟悉。他放在耳边接听,对方声音很急促,像死了人似的,大声叫喊着。大厅一片嘈杂声,根本听不清。贾星对着电话说:"你慢着,我这里吵得很,等我出来。啥事呀,你是谁呀?"

接听完电话的贾星,在大厅门前傻站了一会儿,瞬间他便反应过来了,小跑着到赵欣然、李永刚跟前,没有说话,一把拉过他俩往外走。李永刚手里握着酒杯,很不情愿离开酒桌,他问贾星道:"啥事呀?这么急。"

三人走出大门,贾星说:"郊区一号楼坍塌了!"

李永刚、赵欣然不相信这是真的,异口同声地问:"消息确切吗?"

贾星快步走到车跟前,他说:"不会错,工地保安和市政府办都来电话了,快走,快走。"他们的车刚发动,大街上的消防车、救护车鸣着笛呼啸而过。

群星建筑公司承建的郊区一号楼,位于市北郊,是市政府的重点工程。一号楼是十一层建筑,总面积五万多平方米。贾星暗自思忖,大楼怎么会坍塌呢,三天前我还去看过,下个月就要交付使用了,整个大楼已售出百分之三十,售楼款已用于二期工程。贾星清楚地记得,那天他去一号楼时,清扫工作都完成了。

贾星、李永刚、赵欣然到达一号楼时,周围的群众已把现场围得水泄不通,一号楼不见了,大约有六七层楼高的一堆混凝土坍塌物瘫在地上,场地上空的粉尘还没散尽,一片狼藉,乌烟瘴气。

李永刚看见这个场景,心都凉透了。他掏出手机把电话打到胡敏那里。

豪华大酒店大厅内，还有几个人也接到同样的电话。人们一下子骚乱起来，喊着叫着朝外跑。大厅里的服务员不知发生了什么事，"什么事？""发生什么事了？"她们相互询问，吓得脸都变色了，也跟着人群往外跑。

在坍塌现场，贾星扒开人群，用尽力气往里挤。他一把夺过一名消防战士手里的电喇叭，站到一块水泥板上，对着周围的群众高声喊话："我是施工单位的总经理，对不起大家了，为了安全，请父老乡亲配合我们，谢谢大家啦！听我的口令，向后退出五十米。"

贾星站在废墟上扯着嗓子喊叫："南面的群众，朝后退！再退，再退！东北角，请退后。大家不要妨碍救援人员的工作。谢谢大家了。"消防官兵和公安干警用绳索拉出了一条警戒线。数百名武警战士跑步进入事故现场。

赵欣然爬到废墟上，气喘吁吁地向贾星报告："贾总，工地大楼里只有四人在十楼值班。有没有其他闲杂人员尚不清楚。"

贾星听到这个情况，立即跑到现场救援指挥长身边，"指挥长，我是施工单位负责人，现已确定坍塌楼里有四名值班人员，值班室设在十楼，其他情况还不清楚。"

指挥长当机立断，组织搜救人员进入废墟，开始进行搜救工作。

群星建筑公司参加婚庆宴的人群，从大厅拥出来的时候，警车、救护车拉响刺耳的警笛，从好几个路口冲出来，在豪华大酒店门口拐个弯，一路向北疾驰而去。"出大事了，肯定是出大事了。"有人在人群中大声议论。胡敏心跳得厉害，恐惧笼罩着她。有人调来几辆大客车，群星公司的人员全部上了车。

周悦从一间豪华包间走出来，她在里面向几个民营企业的老总敬酒，一直脱不开身。她这时站在大厅过道上，看见大厅空空的，只有菜饭在桌上放着。她以为自己是不是喝多了，用手拍了拍脸，正常呀。人呢，百十人咋就在眼前蒸发了呢？就在周悦犯迷糊的时候，一位服务员走过来说："阿姨，听人说市郊一号楼坍塌了。十一层的高楼倒了。"

周悦啊了一声，问："死人了吗？"

服务员摇头说："不知道。"

周悦感到脚在旋转，眼前一黑，身子晃动两下，并没有倒下去。服务员赶紧扶住她，"阿姨，你怎么了？"

在服务员的搀扶下，周悦走到椅子跟前，坐了下来，手捂着额头："谢谢。我没事的。"

听到建筑工地发生了特大事故，周悦的心都快碎了，这是她最怕听见的消息。六年前，大概也是这个季节，市一建集团发生一起电梯高空坠落事件。周悦当时正在市区采访，接到总编室的电话，周悦第一时间赶到现场。八位遇难者的尸体被人从电梯里抬出来，一个挨着一个放在一块塑料布上。周悦无意间朝停放尸体的方向望了一眼，一件乳白色的休闲服吸引了她的注意，她朝前迈了两步，男人的相貌清晰地出现在她的眼前。她刚想张口喊一声什么，突然双眼一黑，朝前扑了下去。

周悦作为一个新婚女人，第一次感受到痛不欲生。当贾星、李永刚遭到公安部门拘留审查时，她便将贾星、李永刚视为仇人。为了扳倒不共戴天的仇人，周悦踏上了艰辛的调查之路。就在事故原因的调查过程中，她才逐渐认清了真正的贾星。

开始的时候，周悦带有浓重的个人情绪，怀着一种复仇的心理介入案情。当她走访百十名市一建集团干部职工后，她的思想发生了一百八十度的转变。贾星不是腐败分子。所有的被采访者全部发自内心，说了真话。贾星是受工人爱戴的好干部。他不管有多忙，凡是市一建开工的地方，他都到工地给一线工人讲安全生产知识，讲操作规程，讲生产安全制度条例。人身安全无小事，告诫人们要关注生命，珍惜生命，关爱自己的生命，就是关爱家人，关爱别人的生命，就是关爱社会。

市一建安全员李永刚，常常将生产一线的不安全因素反映到贾星那里。那时，贾星是市一建集团分管安全生产的副经理，在得不到总经理支持的情况下，他想办法为一线工人解决实际困难，比如说，一百多个工人，安全帽只有三十个。贾星没钱买新的，便向兄弟企业交涉调剂。诸如此类的大小事，贾星处处操心，事事过问。就拿出事故的电梯来说，李永刚发现钢绳磨损严重，必须尽快更换，报告写了一份又一份，总经理说不碍大事，再坚持两三个月也不要紧。贾星不同意，坚决封闭。封条贴上去又被别人撕下来，在没有专业操纵人员的情况下，谁都可以任意操作。

就在这次事故发生的前一个星期，分管安全生产的副省长下来检查工作，市政府强市长为得到省政府的表彰，光挑好听的说。在实地考察时，市一建尽给省领导检查组看好的一面。贾星忍不住了，他说报喜不报忧，是对工人生命的不尊重，是不负责任的犯罪行为。他当着副省长的面，对蟒河市建筑工程安全工作提出一整套合理化建议，并就当前存在的安全隐患，从思想意识、安全理念到人员培训、设备检修等一系列问题，一针见血给予批评。市政府的官员被搞得很尴尬，脸色绯红。强市长对贾星揭短很不满意。省安全生产检查组铁面无私，认定市一建为安全不合格单位，限期整改。

特别让周悦感动的是，贾星、胡敏两口子，长期关怀发生安全事故的工伤职工和民工的家属，为他们解决生活上的困难，帮助孩子们读书，给有工作能力的寻找就业岗位。周悦通过调查、采访中掌握的第一手资料，写了一篇有分量的纪实通讯——《生命第一是建筑的最高准则》，全文一经发表，便在社会上引起广泛的关注和影响。从此，周悦对建筑、矿山、交通、运输等行业的安全问题，又进行了大量的深度报道，有好几篇文章上了新华社的内参，引起高层领导人的重视。

贾星、李永刚走出看守所，向单位递交辞职报告，组建了群星建筑公司，这几年取得骄人的成绩，没有出现一起安全生产方面的事故。为了树立典型，蟒河市政府分管副市长亲自联系这个民营企业，恰好联系领导又是周悦的父亲。于是，周悦同贾星、胡敏及整个群星公司，越走越近，以至于成为忘年交。周悦和贾月辰成了形影不离的好姐妹。

周悦独自坐在大厅，脑子里像过电影一样，把不堪回首的过去又过了一遍。这次的事故有多严重，周悦不敢想象，更不愿亲临现场，她怕看那种场面，死难者亲属撕心裂肺的哭喊，老婆孩子抱着遇难的亲人，死死不肯撒手。白发老人坐在泥地上欲哭无泪，那是一种无声的悲痛。周悦的泪水，顺着腮流到下巴，一颗颗，吧嗒、吧嗒地砸在桌面上。

她突然想到贾星和胡敏，她想他们是否能经受得住这突如其来的打击。好人的命为啥总是这么苦啊。她反复拷问着自己。这时手机铃响，把她吓了一跳。

报社总编打过来的。周悦看了一眼手机显示屏，犹豫了一下，还是接听了。总编说市郊一号大楼事故，引起市民的不安和恐慌，社会上流传多种版本的小道消息。市长要求搞清事故真相，至少要把事故现场真相告诉群众。

"周悦呀，摄影记者已经赶过去了，你抓紧时间采写文字，版面给你们留着，明日见报。"总编在电话里说道。

事故现场一片忙碌，武警官兵正在紧张有序地开展施救。倒塌下来的水泥板，被敲打成碎块，柱子被消防队战士切断，众人用手、用肩掀开大板，搬开立柱，有的战士手上、腿上划破了，仍在坚持战斗。

市郊一号楼，五层以下向北倾斜，五层以上全部坍塌，这给救援工作带来难度，所有的人都是攀爬到三楼高的废墟上，然后在高空中进行清理。贾星、李永刚、赵欣然组织群星公司的干部、职工和民工，参加救援行动。他们熟悉情况，特别是对方位判断很准确。武警战士发现废墟下面有人呼救。贾星他们跑过去，朝里面喊话。外面的人用手电筒朝里面照，看见一只手臂，人在楼板、墙板和柱子之间的夹缝里。

贾星俯下身子，他朝着里面问道："能听见我说话吗？"里边发出呻吟。贾星问："你是谁啊？"让外面人惊喜的是下面回应了，他说他是陈光明。贾星、李永刚、赵欣然他们拼命叫着：陈光明，不要慌，我们会救你的。光明坚持住啊！

陈光明身处的地方，一下子变成了主战场。武警战士和消防队员很有经验，他们先把大块的物件挪开，从一旁掏出一个洞口，用单人传递的办法，把洞口的碎石搬出来，终于接近了被困人员。武警战士把陈光明背了出来，抢险现场一片掌声。

陈光明神志清醒，他指着左前方说，还有三个工友在下面，应该是那个位置。陈光明用手指了指一根柱子的地方。楼倒塌的时候，他们应该离我不到十米，是西南方向。

市政府周晟俊副市长从外地赶来了，他在周边的县里开会，接到电话便朝市里赶。周副市长调来二百多名机关干部和工人，还从外地求援到生命探测仪。周副市长指挥大型机械清理周边废墟。人们齐心协力，清理现场井然有序。

工地上另外三名值班人员的尸体找到了。他们被一块巨大的钢筋水泥板压住了，身子压扁了。当他们被一个个抬出来的时候，死者的家属只能从衣着上来分辨，哭声很悲切，让人心寒。

强市长给现场的周晟俊打电话，询问现场抢救情况。周晟俊向强市长汇报了目前的进展，伤亡人员都找到了，但清理工作仍在进行。

强市长十分愤怒，他在电话上要求司法部门追究贾星的责任，要拘留贾星和相关责任人。周晟俊冷静了一会儿。他对强市长说："贾星是人大代表。这得走程序，否则……"周副市长把话传递过去。

强市长犹豫了一下，说："好吧，暂时不作拘留，但必须实施监控，不许他离开蟒河市，随时接受传讯。"

群星建筑公司项目经理赵欣然、监理公司总监等人被刑事拘留。赵欣然没有说话，当右腿上车的时候，他对旁边的胡敏说："建筑材料，问题肯定出在材料上！"

胡敏若有所思地对他点头说："放心，我们会查的，多保重！"

群星公司一两百名干部职工堵住警车，他们不让车走，说："这事不公平，还讲不讲理了。事情都还没查清楚，怎么就抓人呀！发生事故原因是多方面的，这能怪他们几个人的工作呀！不行，不能抓人！"

周副市长挥手让围车的群众让开，不要妨碍执法人员执行公务。"你们知道这样做的后果吗？让开，让开！"堵车的群众不听，他们要个说法，随便抓人不行。

贾星站在周晟俊身后，他见这样对峙也不是办法，影响不好。不仅不能解决问题，反而会把事情变复杂。于是，他大步跨上前来，高声向公司的职工说着道理。"我们相信政府，这事一定能有一个公正的结论。如果你们想让群星公司还有明天，那就先回家吧，我感谢大家了！"

围车的群众听贾星这么一说，纷纷闪开一条道，警车鸣着笛开走了。

蟒河市的群众把市郊一号楼的坍塌事故说得五花八门，什么议论都有，市场秩序这么混乱，能不出事呀。现在有权有势的人贪污腐败，什么都要吃回扣，倒房子的算什么哟。

群众的街谈巷议，给蟒河市政府造成很大的舆论压力。

第三章　海恩法则

　　蟒河市郊区一号楼的坍塌事故引起省政府的高度重视。省政府副秘书长带着省长的批示风风火火地赶到蟒河市，督促事故原因的调查工作。

　　强市长在市长办公会议上态度非常强硬。在会上，他拍着桌子，瞪着大眼，两个嘴角挂满了白沫子大声阐述着工程事故对蟒河市造成的负面影响。在强市长看来，市里的工程出现生产安全事故，就是给市政府脸上抹黑，就是让他在上级面前难堪。强市长说："这件事必须一查到底，给人民群众一个满意的交代，无论牵涉到谁，市政府绝不姑息。"

　　参加会议的副市长、秘书长没有插话，他们见强市长发这么大的脾气，想说的话都给咽了回去。强市长看看在座的各位，明知故问道："按照分工，这事该谁负责呀？"

　　周晟俊放下手里的笔说："这块儿工作是我分工负责的事。"

　　强市长看了一眼周晟俊，他想这个屎盆子是该找个人端去倒掉了，你周晟俊不去倒，谁还帮你倒啊？强市长有种预感，这项工程事故兴许会拔出萝卜带出泥。要真是这样，就是最理想的结局，不仅查明了事故的真相，同时还惩治了腐败，能够更好地向市民交上一份满意的答卷。他想到这里，便宣布成立以周晟俊副市长为组长的事故调查组。强市长把身子朝前倾斜着，他想对周晟俊说："解铃还须系铃人。"但话从嘴里说出来的，却变成了客套的征询："怎么样？"

　　此时的周晟俊并不关注强市长阴阳怪气的脸，他早就知道这事会落到他头上。当郊区一号楼坍塌事故发生时，他就知道强市长会看他的好戏。因为负责这项工程的建筑单位是群星建筑公司，况且又是他周晟俊联系的民营企业。强市长对他扶持群星公司打心底里是不高兴的。特别是群星公司的总经理贾星，从市一建辞职出来办民营企业，压根就是拆市一建的台。市一建一直是强市长重点树立的典型，在强市长眼里，支持国有企业是正道。强市长曾问过其他人："周晟俊支持一个民营企业，同国有企业搞竞争、争饭碗，他到底是什么动机？"

强市长对民营企业存有偏见，他最不高兴的就是贾星创办的群星公司。在多次重大工程项目招投标会议上，强市长出面干预、推翻专家的意见。很多专家纷纷向周晟俊诉苦。专家们说："领导也应该按客观规律办事，招投标要看施工方案和报价，现在好了，领导一句话便成了铁板上的钉子，还搞招投标干什么？"专家一边说一边拍打手里的资料。周晟俊不便说什么，他在这种情况下，往往是维护大局，苦口婆心地做专家们的思想工作。

周晟俊听到强市长问他怎么样时，便把笔记本打开。他在开会前就这项工作有所考虑，做出了一个完整的工作计划，"为了更客观地调查这次事故真相，为人民负责，也是为政府负责，我认为应该抽调精兵强将，调查组必须有专家和业务骨干参加。我拟了一个名单……"

强市长打断了周晟俊的话，"关于调查组的组成人员，我看就不用在会上讨论了，那是你分管的事。我要的是工作方案、工作进程。"他一边说一边整理桌上的文件，"当然，我们在座的都希望看到调查组的结果。散会。"

强市长说着站起身来对秘书长说："写个会议纪要，要尽快报上去。哦，还有，要把省里来的人安排好呀。"

秘书长点头说是。

周晟俊副市长没有离开座位，他把一份名单交给秘书："通知上面的人员马上来市政府开会，我在这里等他们。"

秘书看看名单说："相关单位负责人来吗？"

周副市长说："不来了，不搞那么多形式。开会要讲效率，会后马上开展工作。"

不到半个钟头，陆陆续续来了七八个人。周晟俊伏在办公桌上写着什么，顾不上抬头。秘书一边连忙招呼来人就座，一边请公勤员帮着倒茶。十几分钟后，秘书走到周晟俊身边轻声说："周副市长，人都到齐了。"

周晟俊抬头看了看参加会议的人员，说："时间紧，任务重，我们开个短会。我不说，你们也明白叫你们来干什么。"

参加会议的人员相互打量着，在座的有市建设局招标投标处处长杨东、总工程师崔奕铭、建筑管理处处长王小民，还有地质部门、设计院的几位专家。这些都是建筑业的精英，他们当然明白，还不是为了郊区一号楼的事。但具体干什么，大家确实不知道。

为缓解会场气氛，杨东处长打趣地说道："不是叫我们来吃午饭的吧，快到下班时间了。"

大家一听杨东的话，全都大笑起来，绷紧的神经也放松了许多。周晟俊分管建筑工作已经多年，同建设局、设计院里的中层以上干部都熟悉，大家也知道周副市长的脾气，没拿他当外人。杨东的俏皮话把会议室的气氛调节得恰到好处。

周晟俊笑了笑，"吃饭不成问题，开了会我请客。但不准喝酒，工作餐，下午还有重要工作要干。"

周副市长向与会人员传达了刚结束的市长办公会议精神，并对成立调查组作了说明。周晟俊说话很有感染力，参加会议的人员懂得了自己的重要性，还明白了责任重于泰山。他们都作了表态发言，这让周晟俊心里更踏实了。

听完大家的发言后，周晟俊根据工作任务宣布成立三个调查小组：第一小组为市场调查组，组长由市建设局招标投标处处长杨东担任，主要任务是对郊区一号楼项目招标投标过程进行调查；第二小组为技术审核组，组长由市建设局总工程师崔奕铭担任；第三小组是建筑施工管理组，组长当然是由市建设局管理处处长王小民担任。周晟俊宣布完毕后，杨东便提出自己的意见，他说："市政工程招标投标工作，我都参加了，有的项目还是我亲自主持进行的。就拿群星建筑公司承建的郊区一号楼来说吧，不仅整个过程我参加了，最后还是我签的字。周副市长，这调查工作咋进行？这不是自己调查自己吗？这项工作我担当不起，您另请高明吧！"

"你这是什么态度？怕承担责任，还是自己对自己的工作缺乏信心？"周晟俊没有了笑容，语气很严肃，"照你这样说，我也该撂挑子？我分管的工作由我任调查组长，我也可以不干。这不行呀，这可不是负责任的态度。"

杨东说："老领导，您别说了，我明白了。我向您保证，就是我参加的招标投标，也得认真地回头梳理一遍。"

"这就对了。现在最后一项，我请大家吃个便饭，下午各就各位。"

大家笑着为周副市长鼓掌。

群星公司接到市政府停业整顿的通知，在此期间，要全力配合市政府调查组的调查，相关人员一律不准出境。贾星在接到市政府通知后，立即召开全体干部职工会议，要求大家为了群星公司，积极配合调查组的调查，绝不容许扯皮、推诿，更不能刁难、顶撞调查组，这是一条纪律。人正不怕影子歪，如果你没做亏心事，就不需要遮遮盖盖。做人要坦荡，要真实。贾星的态度诚恳至极，"大家要讲真话，不隐瞒任何细节，要敢于亮家丑。希望大家帮助我、批评我，甚至揭发我。我向你们保证，我不搞打击报复，不搞秋后算账那一套。谢谢大家！请各自为调查组的到来做准备吧。"

市政府调查组十几个人在副市长周晟俊的带领下，进驻群星公司。虽说贾总经理召开过干部职工动员会，做过他们的思想工作，但调查组来到群星公司，员工们都热情不起来，冷脸冷屁股地对着他们，总是带着一股对立的情绪，思想上转不过弯，见着调查组的人，都躲得远远的。

周晟俊看到这种状况，心里凉透了。他想，群星公司的这种情绪不利于调查组开展工作。要调查生产事故的真相，没有群星公司广大干部职工的积极支持和主动配合是不行的。他掏出手机，拨了贾星的电话。在电话里他批评贾星，说谁让你回避的，你不仅不能回避，还要主动配合。你是群星公司的老总，你躲起来，让调查组怎么开展工作呀。你马上过来，把干部职工集中起来，请大家放下思想包袱，消除对立情绪，向调查组提供资料、证据，让大家能畅所欲言发表意见。

贾星匆匆忙忙地从家里赶过来，召集公司全体员工听周晟俊作指示。周副市长开诚布公地讲了调查组工作的目的、意义。随后，调查组各位组长向大家讲解了各组的任务，态度非常诚恳。调查组的真诚相见，赢得了群星公司全体员工的掌声，相互之间的隔阂也就消除了。

周晟俊组织召开的见面会收到了很好的效果，最让调查组感到意外的是，当调查组有关人员讲话完毕时，群星建筑公司的中层管理人员纷纷发言，他们大胆地亮出了自己的思想，阐述了各自的意见和建议，表示一定积极支持、配合调查组的调查工作，尽快让事故真相大白于天下，重振群星公司的雄风，重树群星的信誉。

蟒河市市政府郊区一号楼事故调查组的调查工作开展得十分顺利。各层面的座谈会、事故原因分析会以及个人谈话，查寻资料同时开展。周晟俊抓得很紧，工作再忙，也抽出时间召开不定期的汇报会，大多数的会议都是放在晚上，一开就是小半夜。

崔奕铭负责的技术审核组，工作量最大，作为市建设局总工程师，他同各建筑公司都熟悉，在日常工作中，各建筑公司的工程技术人员同他打交道就像家常便饭，谈起话来自然也就亲切。那天，崔奕铭查阅了郊区一号楼所有的技术资料，就施工方案一事，他找到了群星公司的总工程师姬丹枫。姬丹枫文文静静，中等个头，鼻梁上架一副金丝边眼镜，看谁都是笑眯眯的模样。在群星公司，上上下下都叫她姬大姐。其实她年龄不大，四十二三岁，给人稳重成熟的感觉，天生一副大姐的样儿。姬丹枫笑着同崔奕铭握握手，请他坐下，热情地为崔总沏了一杯上好的铁观音，"我知道你会来找我的。"

崔奕铭笑了，他抿了一口茶说道："你是群星公司的总工程师，负责工程技术的头儿，不找你找谁？"

崔奕铭非常有工作经验，并没有一坐下来就谈主题，他有条不紊地谈工作，谈当前建筑领域的高端技术，还谈了一会儿生活琐事。由于他俩从事的专业相同，学习、工作阅历也相似，于是有了很多共同的话题，相谈甚欢。

实质性的问题，还是崔奕铭提起的，他问姬丹枫，"郊区一号楼就没有施工技术上的问题吗？"

姬丹枫很自信，也很坦诚，她说，"崔总呀，郊区一号楼是全市工程的重点项目，群星公司之所以能中标，关键是设计方案、施工方案起了很大作用。我们在混凝土的浇筑，包括梁、柱、板的吊装工序上，全都采取了先进的工法。唉，对了，这个项目还成为建筑业十大新技术示范工程你是知道的啊，你们市局还召开过现场会。我没记错的话，那次现场会你也参加了，你还发过言。"姬丹枫说着便起身去书架，她在不停地翻找记录笔记本。

姬丹枫是一个在工作上一丝不苟的女人，每次参加会议，不论重要不重要，她都认真做记录，强市长的讲话，周副市长的讲话，还有贾星的讲话，她从来就没疏忽过。崔奕铭摆着手让她别找了，说："你没记错，在后来的总结会上，我对这个工程给予了肯定，但问题出在哪里呢？"

姬丹枫皱下眉头，"我可以以人格担保，在技术上绝对没有问题。"

崔奕铭同姬丹枫谈话以后，又带着几个人去审查郊区一号楼的施工管理人员，他们把郊区一号楼所有的自检、互检、交接检记录一一查对，连人员签名这种小细节都不马虎，对记录人员进行了个别交谈。崔奕铭很细心，他把郊区一号楼进场材料的合格证书、各种材料试块记录，仔仔细细翻阅了一遍，仍然没有发现问题。

一线技术人员同姬丹枫介绍的情况也相吻合。群星公司去年通过了ISO 9001质量管理体系认证，公司员工全都经过了培训，施工现场管理人员必须在考试合格后，才能进入工作岗位。否则，继续学习培训，直到考试过关才有可能上岗。姬丹枫对此充满了自信。

其实，在调查的过程中崔奕铭已经知道群星公司职工对ISO 9000质量管理体系认证的理解，因为，"说你所想的，做你所说的，记你所做的"已经贯穿在他们工作的每一个细节。群星公司的一线管理人员曾说："贾总说，ISO 9001用于证实组织，具有提供满足客户要求，适应法规要求的产品的能力，其目的在于增进客户的满意。在进行认证的过程中必须牢记的三句话：一是该说的必须说到。要说实话、真话，说有用的话。不说假话、大话、废话、空话。二是说到必须做到。不能说一百做八十。不能做语言的巨人，行动的矮子。三是做到的必须记下来。要认真及时、真实地做好各项工程记录，不能提前填写，也不能等检查时追补填写。"尽管郊区一号楼事故的原因还在调查之中，但崔奕铭不得不佩服贾星在管理上还真有一套。让崔奕铭纠结的是，他这个调查组如果查不出原因，那郊区一号楼坍塌便会成为一个谜团。一座刚刚盖起的大楼，总不会无缘无故地就这样倒塌下去的吧？

技术调查组的工作进入困惑期，下一步该从何处入手呢？崔奕铭束手无策。他召开调查小组工作会，想对策，寻找突破口。大家同崔总一样，该走访的走访了，该审核的审核了，技术资料都翻来覆去查看多遍了。导致楼房坍塌的原因是什么？他们都反反复复追问着。

崔奕铭好几个晚上都处于失眠状态，他躺在床上，眼睛却瞪得大大的。无法入睡的崔奕铭索性起来，披上衣服，他想到外面走走。夜深人静，蟒河市繁华的大街依然通明，灯光给街道抹上了一层金黄的色彩，巨大的广告牌更是鲜艳夺目，街道两边的香樟树、银杏树，在微风的吹拂下，发出沙沙的响声，就像有成千上万张嘴朝崔奕铭质问一个相同的问题——郊区一号楼为何会坍塌？崔奕铭很烦恼，他甚至有些恼怒，他想怒吼：我怎么

第三章 海恩法则

知道？！他站在一棵银杏树前，抬手抚摸着树身，他想自己是干什么的，单凭一句"我怎么知道"就能回答别人的质问吗？别人一口一个专家的叫着，一张嘴便唤着崔总，在平时他感觉很好，别人叫着喊着，让他很舒心。但此刻他突然感到脸上有点发热，他问自己，你配得上这个称呼吗？

一辆出租车在崔奕铭身边停下来，崔奕铭意识到是驾驶员误会了他的手势。那个时候，他正手拍着树身拷问着自己，出租车司机还以为他在向他招手。崔奕铭将错就错，省得别人骂自己神经病，他弓身钻进车里。

"去什么地方？"驾驶员问道。

"去什么地方？"崔奕铭被出租车驾驶员问懵了，自己也随口反问了一句。出租车驾驶员是个小青年，他笑了，歪着头看看钻进车坐在副驾驶的乘客。崔奕铭反应过来了，他随口说道："郊区一号楼。"见小青年一脸疑惑，崔奕铭用手指着前方说："就是前面坍塌的那座大楼。"小伙子"噢"了一声，脚踩油门，朝前冲了出去。

我去那个地方干什么呀？崔奕铭在车上想，怎么会想起那个地方呢？难道还没被这座坍塌的大楼折磨够吗？莫名其妙。崔奕铭在心里责备自己。开车的小青年说话了，他说："半夜三更去那儿干啥，你不怕吗？那里可死了几个人。听人说人头都压成了肉饼子，可惨了。这些当官的没一个好东西，都是吃回扣闹的，全是豆腐渣工程。建桥桥断、修路路陷，老百姓住的房子也能坍塌，这又不是建猪圈，砸的是人呀！"

崔奕铭没有搭腔，他在想小青年话中的一个词——豆腐渣工程。这话听着刺耳，尤其对一个建筑工程师来说，听到这个词就像钢针扎心。是豆腐渣工程吗？一个优质的工程，绝对不会出现这类情况，看来问题还是出在建筑材料或者施工的某一个环节上。小青年说的话无疑是有代表性的。群众不知道更多的内情，但他们往往能从表面现象看到实质。说到实质性问题，还是工程技术或材料出了问题。崔奕铭决心从这个点上重新再梳理一遍，肯定是工作中疏漏了什么。崔奕铭突然间打起精神，他在座位上伸了伸腿，腰板挺了起来。

一个无眠之夜，让崔奕铭有所收获。郊区一号楼坍塌现场漆黑一片，像一座无碑的大坟墓。周边的工程全都停了下来，杂乱无章的建筑垃圾以及倒塌的断壁残垣，远远望去，如同大坟墓的守灵者，低头耷脑，没有丝毫生机。崔奕铭前个月曾到过这里，那也是一个夜晚，是群星公司总工程师姬丹枫请他过来的。那时候的这片工地，灯火通明，人声鼎沸，机器的轰鸣声，催人奋进。崔奕铭喜欢这样的场面。

现在他站在漆黑一片的废墟前，心里发凉，脊背发寒。站在同一个地方，感受竟然是这样的天差地别。崔奕铭小心地摸着跟前的残垣碎片，在一块水泥板上坐了下来。他掏出香烟点上，狠狠地抽了两口，咳、咳、咳，他被呛得透不过气来。

"谁？"黑处不远的地方传来一声吼叫。

"在工地干啥嘞？"

"工地不许进入！"

"……"

崔奕铭听出好几个人的声音。他从水泥板上还没站起身，四五束手电筒光照在他脸上。崔奕铭眯着眼，拿手遮着刺眼的光，大声回答对方说："我是市建设局的，我叫崔奕铭。"

说话间，一位年纪稍长的工人提着木棍走到跟前，他声音洪亮地叫道："崔总！"

老工人转头对身后的人说："是崔总，我认识。来我们工地检查施工时，我见过。"

崔奕铭客气地说："师傅们辛苦了！"

几个守工地的工人围了上来，崔奕铭说他睡不着，特意来坍塌的现场走走。工人们七嘴八舌地说起这坍塌的大楼，还打着手电带着崔奕铭在废墟走了一圈。有人无意间向崔奕铭提了一个奇怪的问题，他问崔奕铭说："崔总，你说这楼倒的出奇不出奇，五楼以下朝北歪，而五楼以上全塌了。就是地震也弄不出这个样子来。"

崔奕铭突然停下脚步，从工人的对话里他好像悟出了一点什么来，是什么呢？他想想又什么都不是。"五楼以上全塌了"，猛然间他抓住了一个词：坍塌。因为大家都忽视了这个问题，坍塌不是歪倒，不是倾斜，这两种状态不是一回事。五楼以下倾斜，五楼以上坍塌，他搞建筑三十年来从未遇见过这种现象。崔奕铭有种豁然开朗的感觉，他认为只要找到这两者之间的关系，就能找到这座大楼坍塌的原因。崔奕铭突然问身边的人，"谁有车，送我回家，快送我回家。"

第三调查组在调查过程中，有了新的发现。在检查施工管理时，一位施工班长说到一件事：在事故发生前几天，我无意间发现一号楼一层的南墙出现了水平的裂缝，曾向技术员反映此事，技术员同他一道去查看，技术员说这道水平裂缝是在允许值之内，没有大问题。

正当这位班长说这事的时候，提醒了另外一位施工班长，他说：如果这也算问题，那我遇到的比你更有问题了。就在第七层浇筑楼板时，我还同我们副班长发生了一件不愉快的事，副班长搅拌了一大堆混凝土，老婆来电话说儿子生病了，他就撂下活走了。我第二天来工地看见这堆混凝土堆在那儿，就批评了他。他说这么大的工程，不就是一小堆水泥嘛，有什么大惊小怪的。当时我就站在旁边，看着他清理。照理说这堆混凝土早该凝固了，用镐也难刨开，没想到副班长用铁锹几下子就铲干净了。

调查组人员严肃地问道："你们当时怎么没报告？"这位班长口气严肃起来，不像刚才那样松松垮垮的样儿，他说："反映了，真的反映了，不信你们去查监理日记。当时总监还把这事当着我们大伙儿的面记录下来了。他亲自去检查了这批水泥的产品合格证，结果没有问题。"

"没有问题怎么会出现你说的情况呢？"调查人员问施工班长。

班长做了一个无奈的动作，双手朝外一摊："鬼知道这事。"

调查人员让班长在调查记录上签名画押。

市政府郊区一号楼坍塌事故调查组经过半个月的调查，工作成效不大，原因并没有查清。周晟俊副市长想召开一次分析会，请强市长等政府相关部门的负责人一起参加，也好掌握一些近期的调查情况，为下一步的深入调查，制订一个可行的工作方案和计划。强市长说可以，但必须邀请市人大、市政协的相关代表参加。周晟俊一下子便明白了强市长的矛头指向，这样规模的会议，性质完全被改变了。

既然市长发话了，周晟俊也没办法，只能遵照他的指示办。开吧，让人大代表、政协委员监督调查过程，也不是什么坏事。周晟俊一时还摸不透强市长的想法，他搞不清楚强市长为何在还没有调查结果的情况下，让人大代表、政协委员提前介入。代表委员们的介入，必然给周晟俊的调查组带来诸多不利因素。代表委员们会给自己提出哪些问题呢？周晟俊知道，他们的例行询问，锋芒毕露，一针见血，而作为副市长的他，又必须作出令人信服的回答。周晟俊独自想着这些事。

事故分析会在市政府第二会议室举行。强市长没有来，听秘书长说市长陪省政府的一个调研组下乡去了。市长没来，却来了一群记者，有省报、省电视台，还有本市几家新闻单位的记者。周晟俊知道这是强市长安排的，他常说要接受媒体舆论的监督，这几乎成了强市长的口头禅。

会议气氛开始有些紧张，人大代表、政协委员们都是带着问题来的。当听取了三个调查小组组长的工作汇报后，他们对郊区一号楼事故原因的调查比较满意，虽然没有得出调查结论，但从中他们看到了各调查组认真负责的态度，了解了大量翔实的证据、资料和调查记录，总体认为调查方向正确，调查工作细致。特别是听了第二小组组长崔奕铭总工程师的汇报，代表、委员们感到这是一次技术性、专业性很强的调查。周晟俊副市长的态度很坚决，他并没有因为是自己主管的工作，避重就轻，谈一些无关紧要的环节。在崔奕铭汇报郊区一号楼工程问题时，说群星建筑公司，在工程中采用了大量的新技术、新工法，很多技术在其他工程中也得到了好的应用。周副市长明显不遮掩问题，他严肃地问道："你说的都是好的，是先进的，是一流的，那么，我问你，大楼为什么倒了？说来说去没说到实质问题。"

崔奕铭总工程师认真了，他扯开了嗓门："各位领导、各位代表，委员们，请注意两个词，倒塌和坍塌。这两个词有本质的区别，我们大家过去没有注意到这当中的不同。郊区一号楼这个奇怪的事故，是我们市技术力量解决不了的。十一层大楼，五层以下向北侧倾倒，倾倒应该是一个什么样的情况呢？大家日常生活中会发现，倒转或倾斜的容器，容器里面的东西一定会倒出来。而一号大楼，五层以上则是坍塌。要是五层以上是倒塌，这就容易解释了，关键问题是它没有倾倒，而是坍塌。现在我们已向国内权威专家发出邀请，请他们来实地帮助我们共同分析这个奇特的现象。到那时，我想我们的调查会给各位领导、各位代表和委员们一个满意的结论。"

出乎周晟俊的意料，参加会议的人大代表、政协委员在崔奕铭发言之后，给予了热烈的掌声。周副市长非常感谢参加会议的代表、委员们对他工作的理解和支持。他想，一个人只要真心去为人民认真地办事，人民群众是会支持的，哪怕事情还没办好，遇到了阻力和障碍，人民群众也是理解的。俗话说得好，人民群众心中有杆秤。郊区一号楼事故原因，一定要查个水落石出，不管查到什么人头上，绝不讲情面。

周晟俊摆了摆手，把会场的掌声压了下去，他清了清嗓子，说道："刚才听了几个调查小组的工作汇报，我十分感动，从你们身上我看到了一种可贵的精神，看到了你们为蟒河市人民群众负责的工作态度。说真心话，我要向你们学习，我代表市政府向你们表示感谢。"周晟俊说着便起身向调查组的同志和参加会议的全体人员深深地鞠了一躬。全场再次响起一片掌声。

接着，周晟俊归纳了调查组的工作经验和做法，在讲成绩的同时，还对调查中发现的问题进行了分析。他说："这让我想起海恩法则。这个法则是德国飞机涡轮机的发明者帕布施·海恩提出的一个在航空界关于安全飞行的法则。海恩法则认为，每一起严重事故的背后，必然有二十九次轻微事故和三百起未遂先兆，以及一千起事故隐患。照这个法则分析，当一件重大事故发生后，我们在处理事故本身的同时，还要及时对同类问题的'事故先兆'和'事故苗头'进行排查处理，以此来防止类似问题的重复发生，及时解决再次发生重大事故的隐患，在事故萌芽状态发现问题、解决问题。"

周晟俊环视大家，他见人们注意力很集中，便端起桌上的茶杯喝了一口，接着说道："同志们呀，我之所以要讲海恩法则，是因为这个法则对我们的调查有启发，有帮助，它强调两点：一是事故隐患的发生是量的积累的结果；二是再好的技术，再完善的规章，在实际的操作层面也无法取代个人自身的素质和责任心。这就同我们现在的实际情况相吻合，我们不是在调查中发现不少疑点吗？那就让我们一起来，按照海恩法则，去寻找那二十九起轻微事故，三百起未遂先兆以及一千起事故隐患。我相信，通过我们大家的努力，一定能给全市人民一个明明白白的交代。"

周晟俊的话音刚落，参加会议的新闻记者便蜂拥而上，他们都想采访周晟俊，生产安全无小事，各媒体都非常关注这个焦点问题，老百姓也关心这个热门话题。周晟俊急忙对着麦克风说，"坐下，请坐下，会议还有最后一个议程。"新闻记者后退了几步，但仍然时刻准备着抢占最有利的采访位置，等待最后一个议程的结束。

为了争取时间，尽快得出调查结果，周晟俊决定，再抽调一批精兵强将，组成另外三个调查小组，即设计小组、监理小组和材料设备小组。他说，"各组组长的任命，会后市政府下文，希望新成立的三个调查小组尽快投入工作。"

周晟俊开了一天的会，回到家里坐在沙发上便疲倦地睡着了。周悦下班回家，一肚子的气没处撒，咣当一声推开门，周晟俊吓了一跳，让他从睡梦中惊醒过来，睁眼便看见女儿周悦站在沙发跟前。周悦伸了伸舌头，她知道把爸吵醒了，很不好意思，但又压不住心里的火。她是记者，耳目宽广。今天有人悄悄对她说了一件事，让她感到异常的惊讶和愤怒。周悦为了讨好她爸，一屁股坐在周晟俊的身边，她说，"对不起，市长大人，小女子把你吵醒了，向你赔不是。"

周晟俊轻轻拍了拍周悦的后脑勺，"净耍贫嘴。进门气鼓鼓的样，谁又招惹你了？"

"爸，今天听到一件让人气愤的事，你还不知道吧？强市长在你成立调查组的时候，又另外成立了一个调查组，这个调查组人员是由公安局经济科、反贪局行贿受贿专案科和监察局组成的，专为调查郊区一号楼事故背后的事情。"

周晟俊这才意识到问题的严重性，强市长早就对贾星不满，现在群星建筑公司又出了这么大的安全事故，这是明摆着的事。周晟俊回想这几年那么热忱地支持、帮助群星公司，很可能引起了强市长的猜疑。强市长背地里成立调查组，暗查贾星的经济问题，表面上是指向群星公司，其实质是指向周晟俊的。周晟俊想，强市长通过这次安全事故调查，一石二鸟。不怕。他对女儿周悦说："别大惊小怪、一惊一乍的，我问心无愧，俗话说'不做亏心事，不怕鬼敲门'，现在鬼来敲门了，你害怕了，这说明你心中有鬼。"

周悦笑了，"谁怕了？我只是气忿。"

周晟俊开玩笑地说："千万别气呀，气坏身子，搞鬼的人可不赔你呀，身体是自己的。"

"爸，我不是这个意思嘛，我是提醒你，害人之心不可有，防人之心不可无。"

周晟俊摆着手说，"不，不是这样的。做人要行大道，光明磊落是根本，要襟怀坦荡。再说官场哪有平静的，总是树欲静而风不止呀。还是当记者、学者好，可以自得其乐嘛。"

周悦她妈在厨房伸头喊他们吃饭，周晟俊和周悦不约而同地抬头看向副市长夫人，两人都哈哈大笑起来，原来周悦她妈的脸上抹了一道黑杠杠。

蟒河市各家媒体第二天便就郊区一号楼安全事故调查情况作了重点报道。新闻报道着重突出了周晟俊抓调查的决心和信心，同时还有人大代表、政协委员们对调查组工作的肯定。强市长刚打开办公室的门，就看见放在桌上的报纸，周晟俊主持汇报会的新闻图片抢眼，这可惹得强市长不高兴了。他让秘书打电话过去问问，省里来的农村工作调研组的新闻为啥不上。

蟒河日报社社长在电话中没有解释，说一会儿带着总编当面汇报。不一会儿，社长带着总编拿着一摞子新闻稿件来到强市长办公室。看到社长、总编诚惶诚恐的样子，强市长气不打一处来。总编说："强市长，省农村调研组的稿件写好后，我们征求副省长的意见，副省长不让上，你看这是副省长对稿件的意见。"

强市长早就知道这件事，挥挥手说："知道了，去吧，去吧。"

社长、总编知道强市长是为啥生气。社长向总编示意了一下，两人钻进电梯。社长说，"是不是因为对事故分析会的报道占用的版面太大，引得领导不高兴了？"总编说："不是版面大小的问题，是位置有些突出。"两人会意地一笑。

在调查组开展工作这段时间里，日子最不好过的是监理公司总监和赵欣然两人。看守所没有地方，便将他俩同刑事犯罪嫌疑人、吸毒贩毒、拐卖妇女儿童等嫌疑犯关在一间。他俩一进去，一位"瘾君子"便扑了上来，赵欣然大喝一声"滚开"。他不喊还好，一喊便把睡在地铺上的人全唤醒了。

在黑暗的一个角落，有人冷笑着说："他们身上可有好烟哟。"

赵欣然没有看清屋里人的面孔，呼呼啦啦一阵响动之后，就被冲上来的嫌犯们按倒在地，眨眼时间，他们被人扒了个精光。黑暗中只听到被人抢去的衣裤哧哧嚓嚓的撕裂声，一群人喊叫着争夺战利品。赵欣然两人从地上爬起来，背靠背作出相互保护的架势。

有人在黑处骂道："他妈的，进来也不给爷爷上供，讨揍呀。"骂声没落音，一群亡命之徒蜂拥而上。刚开始赵欣然两人还能招架一阵，后来不行了，几十只拳头像下冰雹似的噼里啪啦直朝头上砸。赵欣然见势不妙，把头对着小门的探望窗喊叫。看守所的管理人员带着两名武警开门进来，"干什么呀，你们干什么呀？"一名管理人员训斥道。

一个像瘦猴一样的年轻人，尖声尖气地说："报告政府，房屋太黑，人一进来，就摔了个狗吃屎。"管理干部一把推开瘦猴，拿手电筒照着地上的衣裤，捡起来扔给赵欣然。赵欣然鼻青脸肿，用手擦着，一把一把往墙上抹。他穿上只有一条腿的裤子，衣服袖子还少了一只。他知道好汉不吃眼前亏，什么事等明天再说，在这黑洞洞的房屋里，吃亏的往往是新进来的嫌犯。

贾星领着几个同事一道去看望赵欣然，总得送点吃的和换洗的衣物吧。谁知道看守所不让见，贾星不得不亮出人大代表的身份。贾星见他俩被弄成这个样子，他像一头愤怒的狮子一把抓住管理人员的衣襟领口，真想狠揍这人一顿。管理人员说："你不知道呀，这里就是这条件，谁进来都这样儿。"

　　知道总监、赵欣然的遭遇后，群星公司的员工不愿意了，他们在工地上有的拿铁棍，有的拿钢条，带头吵着吼着要教训教训那群打人的浑蛋。警卫战士堵住建筑工人的路："站住！再不站住我们就鸣枪了。"见阻挡不住愤怒的职工，一名警卫向天空射了一枪，几百人的脚步总算停了下来。

　　强市长知道群星公司的人要闯看守所的事后责问贾星："你们群星公司想闹事呀？"

　　贾星说："强市长，你去看看我们的高级技术人员，关进去，在问题没查清前，便遭到非人的待遇。政府总不能视而不见吧？"

　　强市长害怕事情闹大，"我已经通知公安部门，严查凶手。另外，我已经让他们想办法改善他们的条件，毕竟他们不是刑事嫌犯。"

　　赵欣然两人的待遇有所改善，可以独处在一间小黑屋里。他俩在里面度日如年，对外面的事焦急万分，却又无能为力。他们备受着精神的煎熬，面无血色，胡子、头发乱糟糟的。

第四章　官商勾结

蟒河市群星建筑公司又死人了。刚开始大家并不知道死者是群星公司的职工，更不知道死因。市公安局接到报案后，立即赶到郊区西河沟，漂浮的尸体已经打捞上来。尸体已经腐烂，鼻子、眼睛可能是被鱼吃掉了，面目全非，惨不忍睹。但是男是女还是看得出来。西河沟的两岸堆满了人，公安干警用警戒带拉出了隔离带。围观的人议论纷纷：是谁家男人呀，又在外拈花惹草了？可能是赌博欠了人家的钱，还不起呗，那也说不准，兴许是吸毒、贩毒的呢……反正说什么的都有。

围着尸体转来转去的是法医，从不同的角度拍照，还把腐臭的尸体翻过来覆过去。最后法医得出结论：死者男，年龄在45岁至50岁之间，体无外伤，溺水而亡，死因不详。于是，市公安局很快在市区张贴认尸启事。

群星公司的工人看到认尸启事上公布的衣物，认定是群星公司的人，因为只有群星公司的员工才有那种款式的工作装。电话打到贾星家里，贾星一询问，才知有个叫王实的人，失踪大约一个礼拜了。

王实的妻子叫于玲，在市机关事务管理局办公室工作，个头中等，身材匀称，白白静静的瓜子脸上，长着一双勾人的丹凤眼，她是个一眼望过去便能吸引人眼光的女人。公安人员是中午过来的，于玲正好下班在家。

一位公安干警进门问道："你丈夫是叫王实吗？"于玲吓了一跳，她没经历过这种阵势。另外两位公安在房里东瞅西瞧，于玲意识到出事了。心里有事的人，对事是最敏感的，也最沉不住气。她想是谁出事了，是男人王实，还是局长张朝？男人出事不打紧，张朝可千万别出事。于玲的脸一下子白了起来，她嘴唇哆嗦着，半天才回答公安的问话，她说："是。"

搞刑侦的公安很敏锐，两眼盯着跟前的女人。于玲不敢抬头，她就是不抬头，也能感觉到头上那双锐利的眼睛。公安人员看出这女人内心的恐惧，难道这个文弱的女人是杀害男人的凶手？不可能。从女人惊慌的表情上看，肯定还有另外的帮凶。帮凶是谁？女人肯定是知道的。询问于玲的公安人员装着很轻松的样子，走到于玲身边的沙发上坐下，跷起二郎腿，不紧不慢地从兜里掏出香烟点上。

"你男人最近都在忙啥呢？"公安人员抽着香烟问道。

于玲的膝盖在发抖，大腿肌肉不停地抽动着，她的双手不停地拧着衣角。她说："前不久，他们工地倒了大楼，我看他挺着急的。我说你一个小小的材料员，操什么心呀。他突然朝我发火说女人懂什么。从那之后，他三天两头不回家，说是工地忙，我也很少过问他的事，这一个星期没回家，我去工地看过，单位的人全都忙疯了，我想他可能也在工地上忙呗。"

于玲讲述着王实的事，紧张的情绪慢慢缓和下来。她知道王实出不了大事，老实巴交的人，又能有多大能耐呢，无非是花钱玩个女人，工地上的人除了喝酒，还能干什么？现在的女人可会挣钱了，哪里盖大楼有工地，美容美发店、按摩店就跟到哪里。她过去以为王实不会干那事，自从张朝局长给她看了照片，她才相信男人没一个好东西。那个时候，她巴不得公安将他男人抓获，狠狠地惩罚他，甚至劳教他三个月，看他还敢不敢。于玲这时好像明白了，肯定是王实被抓了，还有那个和他睡觉的女人。

"我没钱。我真的没钱。"于玲朝着公安说。

抽烟的公安愣了一下，"拿钱干什么？"

于玲显得很生气，"你们不是来叫我拿钱赎王实的吗？"

另一名大个子公安，从公文包里掏出一张溺水死亡者的照片，"别东拉西扯，先看看这个。"

于玲以为又是张朝局长前次拿给她看的那种照片，便一把夺过来，定睛一看，眼前一黑，扑通一声栽倒在地。三个公安手忙脚乱地把她抬到沙发上，掐人中，不多会儿于玲便苏醒了。醒过来的于玲号啕大哭，心想着是那个婊子婆娘杀了我男人。不用说我就知道是她，肯定是她。

公安干警说："你冷静一下，这样大哭大叫解决不了问题。你要为我们提供证据，这样我们才能尽早抓到凶手，破了案子，才能为王实报仇嘛。"

第四章 官商勾结

经过公安的一番说服，于玲不那么激动了。但是，于玲拿不出证据，她从没有见过那个女人，更不知道那个女人在哪里。公安干警反复问她，"你说的那个女人是谁？"于玲始终不开口说话。她明白只要一开口，张朝便会被牵连进来，这样一来，她和张朝的事便会大白于天下。公安人员只好把于玲带到局里，他们要作进一步审查，这是王实死亡原因的唯一线索，必须得让于玲交代清楚。

公安局找来两位女干警，同她拉家常，说女人的艰辛，说女人的善良，还说到爱情、婚姻、家庭、儿女。她们你一言，我一语地说，在这个社会上，女人付出得太多太多，就拿一个家庭来说吧，女人为丈夫、子女作出了大量牺牲。然而，男人仍然不理解。外面工作累了，或者是受委屈了，回家就朝着女人发脾气，女人成了他们的出气筒了。更有甚者，女人对男人千好万好，男人还是要在外面拈花惹草，负心汉让女人寒心呀！做女人真难……

于玲被两位女干警说得一把鼻涕一把泪的。她动情地说："我以为公安不是动枪就是动棍，都是五大三粗的呢，谁知道还有你们这样理解人的。说的是呀，话都说到我心里去了。我那男人原来很老实，见我给他生的是一个女儿，就嫌弃我了，居然在外面找女人了。那张照片，你们都看到了吧？我第一次看到时，差点气死过去。"

一位女干警说："你真行，还有本事偷拍到这种照片。当时为啥不冲进去抓他们呀，把他们扭送到公安局来，我们也好为你出口恶气。"

"我哪有这能耐，照片是张朝给我的。"

坐在一边的另一位干警问："张朝？张朝是干什么的？"

于玲傻眼了，她知道自己说漏嘴了。于是，再也不开口了。

刑侦人员调出本市户籍电子档案，叫张朝的有三十八人，排除老人和小孩，最大的怀疑对象有三人，工商局个协的张朝，第五中学教师张朝，还有机关事务管理局的张朝，到底是哪一个张朝呢？解铃还须系铃人。刑侦科长说："还是我来吧！"

第二天，在公安局审讯室里，刑侦科长在于玲进门时，有意对身边的一名干警："你们负责询问张朝，我来做于玲的工作。好啦，去吧。"于玲刚跨进门槛，被张朝这个名字给震住了。她立在地上像根木柱子，两眼呆呆地没有一丝光泽，像死鱼眼睛，脸上露出了绝望的表情。刑侦科长笑着叫了一声大姐，走过去扶她在椅子上坐下。刑侦科长说："大姐是知道点法律知识的，我就不多说了，隐瞒事实真相或者胡编乱造伪证，不仅要负法律责任，情节严重者那后果就不堪设想了。我想大姐不会丢下女儿不管吧。女儿刚刚失去爸爸，总不能再没有妈妈呀。"

听了刑侦科长的一番话，于玲意识到似乎杀害她丈夫的凶手是张朝，她一惊，急忙说："我只和张朝有男女之间的事，其他事我真的不知道啊。"于玲这两天也往这方面猜测过，但都被她否定了。现在公安把张朝抓来了，刚才又说出那么严重的话。她怕公安怀疑是她同张朝合谋干的事，所以急忙说出了她与张朝的隐情。

刑侦科长顺势而下，"其他事你参没参与，那得看调查结果。现在摆在你面前的事是把你同张朝的关系说清楚。"于玲感觉到案情重大，男女之事同合谋杀夫比较起来算不得什么。所以，她一五一十地把她同张朝的事向公安人员作了交代。

于玲与张朝是上下级关系，因为工作原因经常打交道，张朝对颇有姿色的于玲很有好感。他俩发展到男女之情是三年前的事。有一天，因为工作没有干完，于玲临时加班，恰好张朝也加班，张朝让秘书叫上于玲一起吃宵夜，从此，于玲对这位体贴下属的局长产生了好感。张朝深谙女人心，时不时打电话给于玲，不是嘘寒就是问暖，很会关心人。于玲的女儿生病了，张朝安排办公室主任联系最好的医生，并嘱咐工会给予相关的经济补助。于玲的女儿小升初，张朝又帮着找最好的学校和班级。他们之间的交往就这样密切起来，但每当张朝半开玩笑半认真地提出那方面要求时，于玲都婉拒了。

一连几天张朝都没有看见于玲，张朝像丢了魂一样。得知于玲身体不适在家休息的消息，尽管是倾盆大雨，张朝依旧打着雨伞来到于玲的家中看望。看到张朝来访，于玲挣扎着要起来给张朝倒水。张朝从于玲口中得知，她爱人王实因单位抢工期，吃住在工地上，很少回家，即便知道于玲生病也不能请假。在张朝的眼里，病中柔弱的于玲更有一番风韵，张朝一把将于玲搂在怀里，随后把她按在床上。尽管于玲奋力挣扎了一番，因怕动静太大被邻居听到影响不好，碍于脸面，她不再反抗。从那以后，于玲再也不理张朝了，见到他就像躲瘟神一样，躲得远远的。敲门不开，电话不接，张朝急得快要发疯了。直到一天，张朝拿来一张照片，就是王实和一位漂亮小姐一丝不挂睡觉的那张，于玲才放弃了自己的底线。张朝说："你家王实表面上老实，其实一点都不老实，你看呀，背着你在外面不照样偷腥啊。你咋这么傻呀，还为他守着。再说我也不是坏人。"

于玲红着脸，听张朝这么一说，扑哧笑了。张朝也笑了："你什么都好，就是太小气，我不知咋说你才好。"张朝说这话时没有笑。就这样，张朝三天两头、隔三岔五地到于玲家。

刑侦科长问于玲："张朝是从哪里弄到这张照片的？"

于玲恍然大悟，是呀，张朝是从哪里搞来的，我过去怎么没有问问他呢？刑侦科长判断，这张照片跟王实的死，有着必然的联系。

强市长同意抓捕市机关事务管理局局长张朝，理由充分正当，涉嫌强奸，伪造通奸照片陷害他人。市政府分管政法的副市长说，为了不造成社会影响，先让他去检察机关说明情况，他大小也是个政府官员。

张朝不服，在市检察院理直气壮地大吼，你们冤枉好人，制造冤假错案，要负法律责任。检察员对张朝说，把你请到这里来，是有道理的，你先看看这个。检察员说着便把王实同女人睡觉的照片递给他看。张朝早有思想准备，王实死亡的消息一传到他耳朵里，他就在想对策。

"这照片与我有什么关系？"张朝的目光从照片上移开，直视着检察员问道。

检察员说："这不是你拿给王实爱人的吗？"

张朝说："我是偶然从一个民工手里买下来的，拿给王实的爱人于玲，只是想开个玩笑，别无他意。"

检察员用鄙视的口气说："不是这回事吧？你强奸于玲这该是事实呀。后来于玲拒绝你，你便拿这张照片去激起她对王实的气愤，以趁机占有她。是这样吧？"

检察员有些咄咄逼人，说话的口气看似轻松，但每句话都点到了张朝的穴位。张朝不知道公安、检察机关到底掌握多少证据，知道多少内情。不管怎样，张朝不愿束手就擒，他仍在百般抵赖。不甘失败，抱有一线希望的侥幸心理。张朝大声说："请你不要血口喷人！请尊重别人的人格！你这是在诽谤我！"

坐在对面的检察官笑了笑，"我干检察工作十几年，这点法律知识是懂得的。我说的每句话，都有事实依据。没有依据，检察官是不会乱说话的。"他从座位上走下来，把于玲交代的笔录递给张朝说："这是于玲交代的材料，你看看吧。"

张朝没有接材料，他想于玲一个弱女子被弄进来，这事就无话可说了。

对一个女人来说，这阵势还不把她给吓死呀，她是经不住公安、检察机关的拷问的。张朝把他同于玲的事在脑子里过了一遍，没有想到更多的破绽，他与她无非就是男女之事，说破天也只是作风问题。想到这里，张朝像是看到了光明，有种"柳暗花明又一村"的感觉。他说："'强奸'之词严重了，我总不能强奸她一年呀。"

一听张朝说这话，检察官便意识到了他的狡猾。但他们一眼就看透了他的内心世界，他这是在避重就轻，最后来个金蝉脱壳。现在男女之事算不得什么，不像过去那么"左"，很多男女作风上的事都处理不下来，即使处理了，不久又给拨乱反正了。单凭男女交代，很好翻供，到头来猪八戒倒打一耙，说你搞逼供信。检察官不同他纠缠这个，暂放一边另行处理，现在是破案要紧。他说："男女关系的事，这自有组织上来处理。张局长，你再看看这张照片。"检察官说着，便把王实的尸体照递过去。

张朝见过这张照片，大街小巷贴得多着呢。他说："这跟我有什么关系，你们是怀疑我，我在你们眼中成了杀人犯了。那好吧，你们把我拉出去毙了，不就了事了吗？"

检察官严肃起来，丝毫不客气，他不再称张朝张局长，直呼其名。他说："张朝，你可看清楚这是什么地方，这是市检察院，不是你的机关事务管理局。我们叫你来，就说明我们是掌握证据的，不然也不会叫你过来。这个我想你是知道的。"

张朝在官场混了多年，这种场面虽没经历过，但没吃过猪肉总见过猪跑，所以他还算镇定。平时在饭局酒桌上，一群大小官员难免要谈些腐败案例。谁谁进去了，怎么进去的。检察院是如何审讯的，当事人又是如何应对的。算是官场上的经验交流吧，议论这些事，不是在公开场合，借用文艺人士的话说，叫"沙龙漫谈"。张朝见检察官严肃的样儿，他也挺了挺胸膛，整理着西装上的衣领，强压着自己的心虚，装得很平静，他问检察官："要我交代什么呢？说吧。"

检察官见张朝摆出一副很不配合的模样，不知他又要玩什么花样。从以往的经验判断，事情是不会顺利进行下去的，对付这样一个有反侦察经验的人，必须敲山震虎，捡最要害、最致命的事情说，只有这样才能达到目的，收到效果。

"根据公安侦察，这两张照片之间，有着必然的联系。"检察官把两张照片并举在张朝眼前说："这一张的拍照人是关键。"检察官把右手的照片放下，用手指指着左手那张接着说："找到拍照人，就能找到杀害王实凶手的线索。"

"我刚才不是说了吗？这照片是我从一位民工手里买来的。谁拍的我怎么知道呢？"

检察官摆摆手说："这照片当然不是你拍的，这点我相信。但它是你提供给于玲的。你是这张照片来源的唯一线索。你说公安、检察机关会放弃这个线索吗？当然不会，人命关天。这是对人民负责，对死者及家属负责的大事。司法机关不管，还要我们做什么。凶手逍遥法外，这社会不就乱套了吗？你好好想想，是从谁手里弄到的，这人是高是矮是胖是瘦，长什么样儿，在什么时间、什么地点、出了多少钱，这一系列的情况你都得说清楚。"检察官说完，起身向外走去，把张朝一人留在那里。

张朝双手抱着头，弓着身子坐在椅子上，他在想，这事能够闹多大？

王实的死，引起郊区一号楼事故调查组的高度重视。一号楼工地一个建筑材料员不明不白地死了，这中间会不会同一号楼的事故有关系呢？周晟俊有一种感觉，不管怎样，兴许通过这个蛛丝马迹能够找到事故的突破口。他立即召开调查小组长会议，重点分析王实与一号楼事故之间的关联。

崔奕铭在会上突然想到五层楼以上的坍塌，他大胆提出一个设想，要求将一号楼五层以上的建筑材料同五层楼以下的建筑材料进行一次对比。他的提议顿时引发了大家的热议。这个设想很好，按说我们早该想到这一点。有人兴奋地说："你们是说我们过去的调查忽略了这个问题。是这样的，我们过去的调查只看生产厂家、合格证书、进料单据。崔总的设想有道理，古时候就有一出'狸猫换太子'的事，崔总是不是说在建材上，也有人搞'狸猫换太子'呀。很有可能，目前市场秩序混乱，不仅普通食品掺假，就连婴儿喝的牛奶都敢掺假，把孩子的头吃得像气球，医学界称作'大头娃'。现在商人与官人勾结，什么事都干得出来，利益驱使，以次充好，弄得老百姓吃穿住行都不放心。"

周晟俊拍板："马上就办，分层检验，发现新情况新问题，我们再开会研究。你们抓紧时间去做这件事。散会。"

调查组五个小组人员，他们快步走出会议室，召集各路人员直奔郊区一号楼事故现场。

各层楼混凝土碎块，钢筋检验很快就有了结果，六层以上所使用的水泥、钢筋等建筑材料均不符合标准，五层楼以下使用的建筑材料合格。两者对比，材料质量有很大的差距。化验员说，六层楼以上使用的水泥，别说盖大楼，就是盖猪圈都成问题。

市质监局关于一号楼钢筋检验的报告也出来了，质监员拿着单子说："你们看看，一号楼使用的钢筋，五层以下全合格，六楼以上没有一根是合格的。"

调查组感到蹊跷的是，郊区一号楼所有的水泥、钢筋填报的材料进料单据，完全是同一个厂家。水泥是高强水泥厂生产的，钢筋是安固轧钢厂生产的。这就不对了，一个厂家生产的产品，怎么会有如此天壤之别呢？会不会是生产厂家出了问题，带着疑问，调查组分别去了水泥厂和轧钢厂。

高强水泥厂和安固轧钢厂是蟒河市中型国有企业，它们两家生产的水泥和钢材，市场销路很好，无论是产品质量，还是售后服务，都得到了用户的好评，它们以质量和信誉赢得了市场。两家厂的领导层全都同市建设局的人熟悉，说起来还是一家人呢。

调查组的人向高强水泥厂总经理介绍了情况，并且说明来意。总经理很认真地说："高强水泥厂不会出现这么大的问题，小问题有时会发生，一旦发现，我们厂会马上妥善解决好。像这样的大问题，我还是第一次听说。不管事情发没发生在高强厂，这次你们来，算是给我们敲了一次警钟。"

总经理带调查组人员先到销售部，销售部经理看了看群星建筑公司的进料单据，"不对。郊区一号楼工地上半年是进高强水泥厂的水泥，但这大半年，我们从没有给他们发过水泥。总经理让检查组的同志查看销售记录、财务账本，都没有群星公司的。"

总经理气愤地说："这些进料单不是我们的，单子是伪造的，我们敢断定是有商家冒充高强水泥厂的产品。请调查组为我们调查清楚，还我们一个清白。这还了得！假冒我们的产品，破坏我们高强厂的声誉，这不是要砸我们的牌子吗？"

安固轧钢厂总经理态度更是鲜明，他叫一位副总经理协助调查组，一定要把扰乱市场秩序，败坏轧钢厂声誉的不法商家查出来。他还通知法律顾问和律师，提前介入调查工作，收集第一手资料，轧钢厂一定得起诉冒名厂家。

情况及时汇报到周晟俊那里，周晟俊翻看调查材料问："群星公司的建筑材料谁负责，说具体的，就是郊区一号楼工程的材料供应谁主管？"

"这事得问一问贾星。"

第四章 官商勾结

周晟俊想了想，"是的，是得问问他。"

周副市长亲自打电话给贾星，电话接通了好半天也无人接听。周晟俊脸上挂不住了，这个贾星怎么搞的，怎么不接电话呢？他要来了贾星爱人胡敏的电话，把电话打到了胡敏那里。胡敏不知道是谁打来的电话，很客气地问候了一声，继而惊叫道："哎呀！是周市长呀！"周晟俊问："贾星咋不接电话？"胡敏说："老贾被叫到监察局谈话去了。"周晟俊心里一紧，他没把话说出来，但他知道这是另外一个调查组的事。所以，他索性就直接问胡敏有关一号楼材料的事。

胡敏在电话上开玩笑地说："市长亲自调查啊，这件事我知道，当时我也参加了研究。最初，群星公司提出建筑材料招标投标。但甲方不同意，机关事务局张朝局长说，水泥、钢筋的供应商要找大企业，这在质量上才有保证。甲方的意见，我们研究过，监理部门认为可以。于是，水泥、钢筋由张朝他们负责。"

周晟俊的思路打开了，难道问题出在机关事务管理局？张朝在这中间可能搞了偷梁换柱的勾当。他当着调查组成员的面，把电话打到市检察院，把调查情况告诉检察院办案人员，他说："郊区一号楼建材问题肯定出在张朝身上，一定想办法让他交代。两个知情人，王实死了，张朝可不能出问题呀，不然再找线索就难了。"

贾星在市监察局待了两个小时，他被监察局两个工作人员搞得一头雾水。他们不询问一号楼安全事故的事，只谈钱。一会儿问群星公司给哪位市领导送过礼，一会儿又说群星公司得到市政府的大力支持，特别是重要领导的扶持，问是不是都没有报答。

贾星一听这话，知道他们别有用心，也就不客气起来。他说："当然要报答喽，滴水之恩，涌泉相报，这是中国人的传统美德，一个有良心的中国人，都会这样做。"贾星问两位询问人员，"你们有良心吗？"

他们两人被问得面红耳赤，"贾总经理，你误会了，我们不是这个意思，是这个。"一个监察干部抬手，用大拇指和食指在空中搓了搓。监察干部不说钱，只用肢体语言。

贾星笑了，他想你们不说钱，我也不提钱字，谁提谁就被人抓住了把柄。贾星"噢"了一声，表示明白了。他说："你是说数数，也就是红包、礼包之类的东西吧。我告诉你们，这事得去问问强市长，如果强市长指控我，说我贿赂过他，那你们就把我移交检察院。你们想，强市长是最高行政长官，他都没得到我的贿赂，我还贿赂谁去？我没贿赂过你们俩吧？"

监察干部被贾星问得很尴尬，他俩机械地摇头说："没有，没有。"

贾星非常严肃地对他们说："年轻人，搞你们这一行，不要总把别人当腐败分子看，不要看谁都用怀疑的眼光。我承认这个社会腐败盛行，也出现了成千上万的腐败分子，老百姓深恶痛绝。但是，我们大多数同志是好的，主流是好的。千千万万的人民大众是积极向上的，是他们支撑着这个国家。年轻人，你们这项工作是光荣的，是社会的清洁工，是国家的卫士，是社会风气的清洁剂，所以要有光明的心态。我贾星这辈子最恨的就是官商勾结、权钱交易，最不愿意干的就是拿钱开道。就是我的群星公司办不下去，我宁可困死、饿死，都不会去干昧良心的龌龊之事。这就是我贾星的为人。一个人活着什么最重要，不是金钱,也不是美女,是人格,是良知！"

监察局的两个年轻干部被贾星慷慨激昂的语言说怔住了，愣愣地坐在椅子上，像是被贾星审判一样。贾星站起身来问道："没有啥事了吧？"

两位监察干部像才醒过来似的,机械地回答说："没有了。没有啥事了。"

贾星笑着从监察办公大楼走出来。楼外阳光明媚，和贾星的心情一样。

张朝的情绪低落到了最低点，两眼惺忪，白眼球发红，脸色苍白，平时很讲究的发型，现在却像小鸟窝。当检察院办案人员将他带进审讯室时，他的双腿像得了软骨病，快要撑不住身子，差点跪了下去。有人将他架着，送到检察官对面的椅子上。

检察官感觉到张朝的状态，眼前这个人已经崩溃，无须再作智慧上的较量了。

"想好了吗？"检察官开门见山地问。

张朝的脑子乱七八糟，根本就理不出一个头绪。"想了一整夜，不知你们需要什么，要我从何说起。"张朝早想好了，他决心再顽抗一次，采取一套衰兵必胜的战术，希望赢得检察官的同情。

检察官说："还是自己交代的好，可以争取个主动。态度好，交代的好，能为整个案子提供线索，揭发坏人坏事，算是主动。说吧，还是从照片说起吧。"

张朝抬头看了看检察官，一副包公相，两眼凸出，皮肤黝黑，脸上有几粒麻点。张朝学过一点看相术，知道落在这种面相的人手里，算是彻底完蛋了。检察官刚才说了，检举揭发可以立功，张朝不知哪来的勇气，他大声说:"我要立功。郊区一号楼工程后来用的水泥、钢材是市南郊一家叫'飞马建材经销公司'提供的,公司老板是黑社会一个小头目,照片也是他提供的,不知其真名,社会上的人都叫他'梅花五',但王实是不是他们谋害的,我确实不知道。"

检察官打断张朝的话说:"你能检举揭发制假窝点,这是好事,表明你有悔过之心。你不要东一榔头西一棒槌的,从头说起,把来龙去脉说清楚。"

"好,我坦白,彻底交代。"

据张朝交代,干好郊区一号楼工程以及那一带的市政工程,建筑材料是大事,开始还好,用的全是国营大企业生产的水泥、钢材。后来"梅花五"找到他,出手很大方,第一次就给了他十万元。此后,"梅花五"安排了一个很漂亮的女人成天陪着张朝的老婆逛街、购物,从不让张朝老婆买单。张朝的老婆高兴极了,胃口也越来越大,从金银首饰到昂贵的奢侈品,越买价格越高。俗话说得好,吃人家嘴软,拿人家手短。此后,张朝的老婆总在张朝面前替飞马公司说话,说飞马公司的产品价廉物美。张朝平时就对老婆言听计从,再说,看着老婆通过飞马公司给家里置办的东西,对飞马公司说不出半个"不"字。张朝的老婆说:"啥大不了的事,用谁家的水泥、钢材不是用?底线当然是产品质量喽,人家手续齐全,是有资质的企业。"张朝想想也是这个理,只要有合格证,怕什么呀。

飞马公司过了张朝这一关,可是过不了王实这一关。王实说:"这不行,半途更换水泥、钢材供货商,群星公司是不会答应的。"王实态度很硬,几乎没有商量的余地。"梅花五"就请客,把所有手续和几个产品的质量报告、合格证书通通拿给王实看。王实那小子还是摇头。"梅花五"大度地说:"生意不成交情在,今天不谈这个了,吃饭喝酒。"王实酒量不行,就是行也得倒下,他们在王实的酒杯里做了手脚。

王实醉得不省人事,"梅花王"一伙人为他在酒店开了房。他们把王实扒光放在床上,"梅花五"让他的情妇,就是带张朝老婆买金戒指的漂亮女人扮"艳照"的女主角。那女人其实只脱了上身,下身没脱干净,摆了一个姿势而已。

检察机关审讯了"梅花五",他说:"王实用不着谁去杀他,是他自己扛不住,跳河自尽。郊区一号楼刚出事故,王实去飞马公司找过我,那会儿我正在赌桌上,我说我们的产品是合格的,不信现在去库房看看,出事故了关我们什么事呀。"一大群人像狼一样，狂笑起来。根本不把这当作一回事。王实像得了抑郁症，眼睛没有光泽，印堂发暗，他根本就承受不了那么大的压力。有位挖河泥的民工说，那天他见照片上的人，一直在那一带转悠，他以为他肯定遇到不顺心的事啦，八成是同老婆吵架了。民工说他也是这样，一和老婆吵架，在河边转悠转悠，看看河水就什么事也没有了。这个人傻呀，跳哪门子河嘛。

调查组的调查基本结束了，正在向市政府写调查报告。周晟俊说他有个接待公务，他的老师——中国工程院钟院士，带着几个学生来蟒河市考察调研，他不能不去。

在同老师聊天的时候，周晟俊向老师讲述了郊区一号楼的事。谁知道钟院士对这次事故很感兴趣，他说他要带学生过去看看。周晟俊说："老师，吃过饭我陪你去。"钟院士是急性子，说去就得马上去。周晟俊只得听老师的，他打电话让调查组所有人员都去事故现场，听听院士的意见，算是听泰斗的一堂专业课。

钟院士在两位学生的搀扶下，围着事故现场看了一圈，当他来到群星公司二期工程的施工现场时，吃了一惊。一号楼的坍塌原因就在脚下。"小周呀，缺乏科学论证，这样干不科学哟。"钟院士把学生们召集过来说，"你们都是博士生了，在今后的工程施工中，一定要考虑到周围环境、地质结构等诸多原因。"

咳——咳——咳——，钟院士咳了好一阵子。周晟俊说："老师，这里风大，我们回去吧。"

"不，这个事故是个好教材。"他抬头望了一下一号楼的废墟，继续说道，"你们看那座大楼，五层以下向北侧倾倒，而五层以上用了不合格的材料，坍塌是肯定的，迟早的事。那么，问题是五层以下为什么会倾倒了，答案就在我们脚下。看呀，打桩机打了二十多根桩，这二十多根桩的横向推力是多大啊，你们计算过吗？再看一号楼所处的地质条件，恰是江北淤泥地层。"钟院士激动了，他一讲起他的工程学理论，就兴奋。他把手里拄着的一根棍朝淤泥里一插，"如果在棍的南面，给它来上一定的横向推力，试想这根棍会发生什么变化，肯定沿着受力方向倒下去。"

有学生问："钟老师，一号楼采用预制灌注桩是否科学？"

钟院士说："可以。在没有横向推力的情况下，采用这种预制灌注桩是完全可行的。"说完他又看看周晟俊，"小周呀，这么大的工程，今后一定要进行科学论证才是噢。你当了这么多年的官，专业怕是荒废喽。"

周晟俊笑了，他对老师说："工作不忙时，也看看专业书籍和杂志，但科学发展太快，过去学的东西，早就不够用，甚至淘汰了。"

钟院士一行的考察调研，无意间给周晟俊解决了一个大难题。调查组写出的调查报告，得到省里的好评，分管副省长在一次大会上说："今后这方面的调查报告都要像蟒河市那样，要有科学分析，用科学理论作支撑。"

蟒河市郊区一号楼安全事故真相大白，贾星、总监、赵欣然以及群星公司是清白的。这一天，也是总监和赵欣然走出来晒太阳的日子。群星公司几十人去接他俩，还专门为他俩设了宴席。

在饭桌上，有人提议贾星和胡敏得重新请客，说是几个月前的婚庆宴席不算数，不仅酒没喝好，饭都没吃饱。贾星、胡敏举着酒杯，向总监和赵欣然敬酒。贾星说："好啊！群星公司再振雄风那天，保证请大家吃好、喝好。来来来，大家干一杯！"

第五章　抱团取暖

蟒河市政府大楼里，最忙的科室当属办公室综合科。一个综合科要应对政府市长和多位副市长，天天都得早早到达办公室，把各位市长、副市长当天要处理的文件提前准备好，市长、副市长一来，就得送上去。

负责给市长送文件资料的工作人员叫吴霞，她是秘书长指定担任此项工作的。刚开始综合科的人不理解，为啥偏偏要吴霞送呢？吴霞性格活泼开朗，处事大方，在科室里是个活跃人物，她说："不为啥，关键在着装。在大机关工作，女孩子的着装要讲究，不能超时尚，又不能不时尚，超时尚是社会上的女孩子，不时尚呢，又显不出你的品位和气质。"所以，吴霞在政府大楼里，就着装这一点上，那是处理得最好的一个女性。大楼里女人少说也有二十多个，她们时不时拿着新买的衣裳请吴霞帮助出主意怎样搭配更漂亮。

吴霞给强市长送文件资料，强市长打心眼里喜欢。处于疲惫状态的强市长，在座位上一抬头，便能看见弯腰整理文件的吴霞。吴霞低头弯腰数文件，她不看强市长，也知道强市长在看什么。吴霞送来文件便转身离开了市长办公室。强市长有些茫然若失，他好像什么都没看到，猛然又回过神来，继续看手里的报告。强市长正在看周晟俊搞的郊区一号楼事故的调查报告。关于郊区一号楼的安全事故，自己是否看到了全貌。没有看到呀。他认为他看到的只是这份调查报告，事件背后的东西他一点都没有嗅到。

蟒河市郊区一号楼事件没有按照强市长所预想的方向发展，这个事故

第五章 抱团取暖

刚发生时他内心不是为死伤者担忧,他当时的第一感觉就是周晟俊完了,进不进班房说不准,罢官撤职是肯定的了。分管安全的副省长说过,照周晟俊这样搞下去,很可能要出大事。现在看来副省长的估计也不一定正确。明明是一件重大的责任事故,结果却变成了政绩。省长在领导干部大会上还专门谈到这份调查报告,说它有科学技术含量。一个泰斗级的院士,也写赞美之词。强市长根本无心看事故的调查报告,他看不进去,一看便分心。强市长暗自思忖,这事不能回避呀,在会上总得表个态吧。这个态咋表,也跟着说好听的?强市长正想着这烦心事的时候,市交通局的郝华能进来了。

"市长在忙啊?"郝华能满脸堆笑。

"瞎忙。"强市长做了一个手势,请郝华能在沙发上就坐。

郝华能拉开公文包说:"我刚从省厅开会回来,这是厅长给市政府的感谢信,年底了嘛,厅里说感谢市长对交通工作的重视和支持,这是厅长亲手签名的信函。"

"听说市交通局又得了全省先进,这是第几次了?"强市长一边抽出信函一边问郝华能。

郝华能谦虚地笑着说:"连续三年了。"

强市长点点头,"不错。很好嘛。"

"呦——呦——"郝华能嗷了两声说,"差点忘了。"随即从包里取出一个信封,鼓鼓囊囊的厚厚一叠,放在强市长眼前。

强市长一本正经地问:"这是干什么啊?"

郝华能说:"省厅的奖励。奖给谁呀,没有市长的领导,没有市长的亲切关怀,能有先进奖励吗?"

强市长话锋一转,不谈这个话题。这就是领导风范,区区小事,没有什么好谈的。谈点别的。强市长说:"奖给我不行,不能这样做。全市交通基础建设任务重,明年还得加大投资,没有通道,就没有发展。你们还得保先进,夺先进。"

郝华能说:"难!在这个岗位上一干就是五年,没有新鲜感了。这人一没有新鲜感,就丧失了创造性,就玩不出新的花样来。现在都讲创新。"郝华能一边说一边猜测强市长的想法,他的意思强市长是清楚的。在他去交通局任职的时候,强市长表过态,干三年,最多不超过五年。现在五年多了。郝华能见市长若有所思的样子,接着说:"在我这个位置上,哪一届都没有我待的时间长。"

强市长说："有些事急不得，位置没腾出来，也不知道省里市里怎么考虑人事安排？本来这次是个机会，谁也没有料到，他竟然能把这事给翻过来，不仅无碍，反倒是成绩了。我原来想，挪出位置，让你来当我的助手，现在看来不那么容易了。"

"问题的关键是没有抽掉他的根基。"

强市长说："这里没有外人，你有话就敞开说，不要遮遮掩掩打哑谜。"

郝华能喝了口茶，说："周晟俊靠什么？就拿这次事故说，成也萧何，败也萧何。只要拿掉贾星的群星公司，我看他什么戏都唱不成！"

强市长点点头说："有道理。但怎么拿掉一个民营企业呢？你总不能行政命令说撤就撤呀！"

郝华能心狠毒，他虽同贾星共事多年，但尿不到一个壶里，群星公司是全督佑的天敌，在市场竞争中，这条大鱼是会把全督佑吃掉的。在这一点上，郝华能看准了，所以，拿掉群星公司，是一举两得的好事，"郊区一号楼事故，正好为我们提供了一个机会，年底就搞一次质量安全大检查，当然重点是建筑行业。群星建筑工程公司出这么大的事，能在检查中过关吗？我看很多指标是达不到的。不合格就停业，不允许它进入建筑市场。这样还不急坏贾星了？为了群星公司的生存，贾星找谁去，还不是要求周晟俊。现在办事谁不是金钱开道。到那个时候便水到渠成了。"

强市长脸上露出了阴阳怪气的笑样，"你对建筑行业熟悉，你来制定个检查标准怎样？"

郝华能急忙说："不行呀，老领导，我没有资格，再说我出来有点不伦不类。我认为崔奕铭总工程师是个合适的人选。这人办事认真较劲，是一根筋的那种人。再说他是市里的专家，建设局出面牵头，顺理成章。你找他谈谈，把标准定死就行了。"

"好。这办法可行，人也选得准。"强市长说，"这事我明天就安排部署。"

果然，第二天在市政府第三会议室里，强市长主持召开了全市质量安全年终检查工作会议。这次的年终质量安全大检查工作，重点是建筑行业，但其他部门也必须行动起来，比如交通、电力、通信、运输等部门，以自查为主，在自查的基础上，进行抽查。在质量安全检查工作中，防止官僚主义、形式主义。"谁要搞形式，走过场，搞上有政策下有对策那套把戏，后果自负。"强市长说，"我可把丑话说在前头了，到时候处分可别说政府

第五章 抱团取暖

不讲情面啊。"

市政府秘书长传达了政府的通知，并宣布各检查组组长、成员名单。在这份文件通知上，特别强调了建筑行业的质量安全问题，以崔奕铭为组长的检查组，是个大组，人员十二名，全是高级职称以上的专家、技术骨干，一个行政领导都没有，建设局长、副局长连名都没有挂一个。参加会议的企业负责人，感觉到这次质量安全检查是动真格了，你看名单，全是行家里手。

周晟俊对全市质量安全大检查工作表示赞成，他分管的工作，压力最大的就是安全这一块，通过专家、技术人员的全面检查，对全市的生产建设有好处，是一次推动。他从自己的工作中了解到，各检查组工作认真，标准严格，许多企业叫苦连天。周晟俊支持检查组的工作，他说，"好得很，质量安全的标准就应严厉，不放过任何环节，这是对人民群众生命财产的负责态度。"

全市质量安全大检查工作刚结束，崔奕铭便把检查报告送上来了。工作一贯认真的崔奕铭把报告装帧得也很精致，厚厚一叠，像本正规出版物。报告开门见山写道：

我市的建筑工地主要存在魅力观感通病、使用功能通病、结构安全通病三方面的问题。其中，魅力观感通病存在墙面粗糙、不平整等九个问题；使用功能通病存在门窗不严等五个问题；结构安全通病具体表现在基础下沉、开裂等十二个问题。

此外，崔奕铭还结合郊区一号楼事故以及国内近年来较大建筑质量事故，总结出十三项质量通病问题及后果。

强市长对崔奕铭的工作非常满意，他一边翻阅报告一边不停地在报告上加注批语或评语。崔奕铭的检查报告不仅突出了存在的问题，还有实例和分析。拿群星公司当靶子，有理有据地把其问题晾出来，以引起业内人士注意，是崔奕铭从专业技术上来考虑的，但这正合了强市长的心意。

崔奕铭还提出了质量安全的整改措施，对存在严重质量安全隐患的五家建筑企业进行了处罚，并向市政府建议：五家建筑企业要认真整改，整改未达标的企业不能参与投标。五家存在安全隐患的建筑企业中，群星公司的问题虽然不多，但郊区一号楼是重大质量事故，自然要从严处理。

强市长在报告上大笔一挥，签了"同意专家意见，批准市建设局监督执行"的批示。

贾星接到以市政府文号转发下来的通知，当时就傻眼了，他左手捂住额头，有种五雷轰顶的感觉。未达标不允许参与投标，这个验收的标准尚不明确，这个期间不能参与投标，公司怎么生存？且不说目前在项目上的两千多位民工的工资，拿什么留住公司的两百多位技术人员和管理人员啊？

贾星把通知揣在兜里，他不想把这事告诉胡敏。回到家像没事一样，躺在沙发上。胡敏下班较早，正在厨房做饭，一股红烧鱼的香气弥漫过来，胡敏端着盘子，叫贾星吃饭。她问他要喝一盅不？贾星闭着眼睛在沙发上苦思，他一点胃口都没有，也不理胡敏。

胡敏解下围裙说："不吃拉倒。我就不信你两年不吃不喝。"

闻听胡敏话中有话，贾星翻身跃起，"你什么意思？"

胡敏笑了笑，说："月辰早给我打电话了，文件从她局里签发，送到市政府转发，这事瞒得住谁，全公司的人都知道了。现在都是什么时代了——地球村。村里谁家炒什么菜，满村人都能闻到味。还对我保密呢。"

"唉——"贾星叹了口气，一屁股坐在饭桌旁边的椅子上。

胡敏拧开酒瓶说："来，我陪你喝几盅。"

"你说这事咋办？"贾星端起酒盅吱溜一声下喉了，他又接着说，"下步该走哪步棋？"

胡敏也喝了一盅，说："只要你不倒下，群星就没问题；你倒下了，下步可没辙了。"贾星换了个大杯，解开外套，说："我又不是泥捏的，当初敢下海，就想到有这一天。"

胡敏说："我也来个大杯的。"

贾星一把摁住她的手，"不行，得留个清醒的。"说着两人大笑起来。

突然有人在家门口说话，"都什么时候了，火烧屁股了还笑得这么欢啊？我们可是愁死了。"

贾星转头就看见姬丹枫跨门进屋，屋外小院里好像还有人在争论着什么，听不清，从嘈杂声里可以听出，那是李永刚和赵欣然在抬杠。贾星和胡敏一同从饭桌跟前站起身来。贾星还没开口，李永刚等已走进来。李永刚大声地说："贾总，政府做这事对咱们太不公平了，是把人往绝路上逼。实在不行，我们就到市政府门口抗议。"

胡敏上前拉着姬丹枫的手说："大家不要着急，活人还能被尿憋死？不要说不吉利的话，不要办违法的事。"

第五章 抱团取暖

大家七嘴八舌，好像是炒豆瓣里啪啦地在锅里炸开了。贾星笑了，转身拿出几瓶酒，说："走，咱们今天一醉方休，谁都不能来孬的。"大伙儿站着不动，他把酒举到众人眼前晃着说道："今天这是咋了，看看，看看，这是多好的酒，平时你们闻都闻不到。"

赵欣然反应快，"屋里也坐不下这么多人，不如找个地方喝酒说话去。"他附和贾星的话说："走啊，贾总的酒不喝白不喝。"他一边说一边转身朝外推搡着众人。大家一看贾星这么精神，在家和胡敏有说有笑，悬着的心落到了肚子里。他们相信，办法总比困难多。

第二天上班，贾星特意早去了半个钟头，他想全面了解群星公司员工的状态。一个企业走顺风路的时候，单位职工一般都能遵守制度，不仅可以做到按时上下班，而且还能保持良好的工作效率。当企业这艘大船遭遇冰山或海啸的时候，乘坐在船上的人会是怎样的表现呢？肯定是五花八门，有同困难搏斗的勇士，也有跳海逃生、自谋出路的胆小鬼，还有哭哭啼啼怨声载道的颓废者。贾星想：这个时刻，最能考验人，也最好考察人。

让贾星想不到的是，他来晚了。公司大楼里欢声笑语，不知是谁发起了大扫除运动，大楼里，有擦玻璃的员工、有清扫楼道的员工，看着院内的绿化树被修剪得整整齐齐，一幅字迹未干的大标语上书写着：团结奋进、同舟共济、再创辉煌。贾星鼻子酸了一下，眼泪夺眶而出。

企业员工的精神状态，可以说是企业的灵魂，就像一座框架结构的大厦，支撑大厦不倒的是柱和梁。一座大厦不仅要有柱和梁，还要有基础、有墙板、有门窗，有大厦所需的一切要素。贾星知道，群星公司这座架子还在，企业要的不是架子，是出路。可出路在哪里？贾星就这个课题，拷问自己不下一百遍了。昨天贾月辰回家，她说："几天没回来，爸爸鬓角全白了。"胡敏说："没事，比伍子胥强多了。"全家人哈哈大笑，只是不像以往那么欢快，几乎是含着泪花的笑。贾月辰走的时候说了一句话，"找出路得有资金，群星公司没资格向银行贷款，这是最要命的事。"

贾星突然想到，这几天老在考虑出路的事，怎么不去看看家底子。以往家大业大效益好，贾星从来没有过问企业资金的事，无非是年终看看报表。那时候手头阔多了，一个工程上马，几千万元、上亿元地投，大笔一挥完事了。贾星不知道缺钱是什么滋味。那时，银行的工作人员找上门来，求着群星公司帮帮忙多贷些款。为了与银行建立长久的合作关系，贾星让财务科派人与银行协商，尽最大可能支持银行工作。常言道：穷在闹市无人问，富在深山有远亲。目前群星公司这个现状，一定会遇到意想不到的困难。贾星想到这些的时候，脑子里无意识地跳出了《红楼梦》中的贾府，他一个激灵，出了一身冷汗。

财务科的五六个人埋头忙着，总会计师张秀琴正在整理着一堆报表。贾星进来的时候，谁都没有注意到他。贾星不想打扰他们，直接来到张秀琴跟前。张秀琴感觉有人过来，忙得顾不上抬头即说："你把这几份表拿去汇总就行了。"见来人没有动静，张秀琴抬起头，看见是贾星，她满脸绯红，连忙站起身来说："对不起，贾总。我还以为是……"

贾星用手止住张秀琴道歉的话，搬了一张椅子在张秀琴桌前坐下。他问张秀琴现在的财务状况怎么样。

张秀琴说："去年效益较好，利润可以说是群星公司最好的一年。"

"明年公司的日子就难过了。"贾星对张秀琴说，"你不知道目前公司的处境吗？"

"知道，我正在汇总全年报表，结果还没有出来。这几天全在加班干，我知道你会来问我的。一个家，在困难来临的时候，当家的不可能不过问柴米油盐酱醋茶。"

贾星笑了起来，他说："您很精明，不愧是群星的好管家。"

"哎，哎——"张秀琴打断了贾星的话，说，"贾总，您别本末倒置。一个家庭，一个企业，乃至一个国家，全靠一个好当家的。谁不知道大海航行靠舵手？"

"好，好。别把话题扯远了。"贾星笑着说，"我们还是商量一下今后怎样走。"

张秀琴是位老会计，她说起话来滔滔不绝，且有理有据，最关键的是张秀琴对群星公司忠心耿耿。贾星就爱听她说话，会计是用数据说话的，而张秀琴不仅有数据，还有分析、有预测，她给贾星交了个底。她说："目前，公司的资金运行正常，完全有能力保证明年一年的运转。我同几家银行交涉过了，建筑工程行业不能贷款，其他项目一律开绿灯。实在没有退路，公司有几家工厂，还有办公楼做抵押。"

张秀琴的一番话，给贾星吃了一颗定心丸，这让他有了底气。张秀琴说得好，主业不成，咱们就搞副业。贾星很受启发，常言说得好：一个篱笆三个桩，一个好汉三个帮。是呀，三个臭皮匠还顶个诸葛亮呢，怎么不开个诸葛亮会议？况且群星公司专家多着呢，听听大家的意见，说啥都比自己苦思冥想要好得多。

贾星组织召开了群星公司中层干部会议，四五十号人把会议室坐得满满的。会议之前，就在通知上写明白了，这次会议的主题是——"敢问路在何方"。要求大家畅所欲言，群策群力，献计献策。

大家发言十分踊跃，说啥的都有，发牢骚的也大有人在。有人说，别有用心的人，拿郊区一号楼做文章，这是明摆着的事。群星公司这几年的快速发展让有些人忌妒了，这恰恰说明群星是一流的，连民工都看到了，所以，几千民工不愿离开群星建筑工地。

李永刚是个炮筒子，"建筑是我们的本行，是我们的专长，好比一名大厨师，你不让他上灶台，受损失的是谁？是老板、是顾客。我说，不上灶台也行，那就去切菜，反正不能在一棵树上吊着，干哪方面都行。干出个样儿，叫他们看看。"

赵欣然说："永刚说得对，主业搞不成搞副业，我们下面还有金属结构厂、门窗厂嘛，加强两厂的技术力量，加大投入，扩大再生产，就凭我们在座的，在全国建筑行业都有同学、朋友。好呀，我们就利用人脉资源跑市场。"

有人提议，群星公司再成立个服务公司，利用坐落在花园广场旁的楼房开办餐饮业，安置目前多余的企业员工。多想办法，开辟更好的就业岗位。绝不能让员工流失，培养一个称职的员工不容易，这是群星公司的宝贵财富。

胡敏和姬丹枫提议，利用未知的间歇，把群星公司中级、初级技术人员进行一次全面培训。平时工作忙，知识得不到更新。要知道,在当今社会，竞争激烈，靠什么？关键是靠知识，知识改变命运。办脱产培训班，或者把业务骨干、技术尖子送去大学学习一年。总之，要利用这个机会，提高公司员工的素质。磨刀不误砍柴功。到那时，群星公司才是最棒的。

贾星最后作了会议总结，他指定七八个人跟着他下去搞调研，去金属结构厂、门窗厂蹲点。责成胡敏、姬丹枫筹备开办培训班的事宜。李永刚负责成立群星服务公司，尽可能多办几个服务性的门店。基于群星公司当前的形势，贾星提出十六字工作方针——"减员增效、开源节流、抱团取暖、自立创新"。

大家对"减员增效"这条很敏感，会议室里立刻有了叽叽喳喳的议论。贾星笑着说："群星公司能发展到今天的规模，与大家的支持、帮助是分不开的，任何时候，我都不会抛弃与我、与群星公司共患难的兄弟们。我所说的'减员增效'是要通过持续重组和深化用工制度改革，使员工总量逐年减少、员工队伍素质逐年提高、员工队伍结构逐步趋于合理，人工总成本得到有效控制，劳动效率有较大幅度提高。"

贾星的话音未落，会议室便爆发出雷鸣般的掌声。贾星很感动，这个会开得很成功。他站起身来，深深地给大家鞠了一躬。抬头时，已是热泪盈眶。

胡敏、姬丹枫这两位女将主抓的业务培训，在第二天就开始招收学员了，通知发下去，管理人员、技术人员都跑来报名。负责报名的工作人员把花名册送到胡敏手里，她和姬丹枫轮流翻看，姬丹枫说："学员素质参差不齐，开设的科目和授课的内容都无法兼顾，三个月下来，收不到效果。"

胡敏说："以提高员工素质为目的，让他们进来听听也是好事。"

姬丹枫不同意，"公司在困境中，拿出这么一大笔经费，只搞科普教育达不到目的。"胡敏坚持自己的看法，她说："我理解你的意思，搞一个提高型的培训班，为公司将来的发展准备一批业务尖子很好。可是，就目前公司的现状，即使培养出来也用不上。用不上，还不如办一期科学技术的普及教育。"

"大姐，这是第一期培训班，千万别把高级、中级、初级放在一锅煮。讲浅了，中高级的没兴趣，听着听着就走人了；讲深了，中初级的听不懂或跟不上，听着听着也走人。到那个时候，我们就被动了。"

胡敏想想，也是这个道理，她问："你看怎么办？让谁参加，让谁不参加，我认为都不好办。"

"设门槛，通过考试，一视同仁。"

胡敏还是有些犹豫。贾星在办公室听到她俩的争论，本想过去发表自己的意见，站起身子时，想着她们再争论一下也好。这倒还真是个问题。贾星想，她们两个人的主张都有道理，办科学技术知识的普及教育，这对提高员工的整体素质是很重要的，随着科学技术的发展，建设者队伍必须是一支高素质的队伍，不能像以往那样，只会使使瓦刀，弹弹墨线，看看图纸。建筑工人也要有科技知识，掌握科技技能。姬丹枫的想法似乎更前卫，更符合群星公司的实际。虽说公司高级管理人员和技术人员优秀，但毕竟有一二十年没有再学习深造了，今天这个时代是知识经济时代，是知识大爆炸的年代，科学知识正在以幂指数增长。过去我们大学学的那些知识，早成老黄历了。就是后来的研究生、博士生，他们的知识也到了捉襟见肘的地步了，一个企业有没有一批掌握高新科技的拔尖人才，关乎着企业的生死存亡。"

贾星想明白了，姬丹枫的建议的确带有前瞻性。如果能用三个月短平快的培训方式，提高一下群星公司高中级人员的本领，帮助他们知识更新，转变创新理念，即使现在用不上，也可以放到群星金属结构厂、群星门窗厂等下属单位去，说不定副业升级为主业，为群星公司的发展另外开辟出一个天地。贾星激动地从椅子上站起来，兴奋地向胡敏和姬丹枫的办公室走去。

胡敏和姬丹枫两人达成协议，各自将自己的主张做成方案，并写出报告送公司研究，两人都非常认真。贾星像孩子一样，猛冲进她们办公室，大喊一声道："好啊！"

胡敏、姬丹枫被突如其来的声音吓得不轻，异口同声地发出尖叫声。胡敏脸吓得变白，她大声埋怨贾星说："你进来也该敲敲门嘛，吓死人了。"

贾星见姬丹枫不停地拍胸口，大笑着说："我又不是吃人的老虎，有那么可怕吗？"

"老虎怎么能到这？"姬丹枫说，"你没听人说吗，就怕人吓人。冷不丁来那么一下，真要命！"

贾星笑着直摇头，说："女人呀，真是难以捉摸，强大时，可以撑起半边天；胆小时，一句话就可以吓得半死。"

姬丹枫起身为贾星沏茶，贾星把椅子抽过来，坐在她俩对面，随后伸手接过姬丹枫递过来的茶杯，说："你俩的讨论我都听见了，各有道理，对我有启发。"贾星吹了吹浮上茶杯里的叶片，用征求意见的口吻说："你们看这样行不行，同时办两个班，一个侧重科技知识的普及，一个侧重科技知识的应用。简单地说，就是要让大家学以致用。"

"这样恐怕会超出预算的。"姬丹枫说，"张总可是一把铁算盘。"

胡敏表示，她同意贾星的建议，还自告奋勇承担普及班的相关工作。胡敏说："我来当普及班的班主任吧。这样可以让我重温教师的生活，多好呀！"胡敏好像在回味大学教书的那段日子。

贾星说："那姬丹枫就来当应用班的班主任。至于经费的事，我找张秀琴协商。"

姬丹枫问："贾总，人员该如何分配？"

"这个你刚才不是说了吗？设门槛，一视同仁。我首先带头考试。"他想了想又说，"择优录取，高级班名额四十个，封闭式学习。"

胡敏问："什么叫封闭式？咋封闭？"

贾星喝了口茶水，说："我进门的时候就在想，要学就认认真真地学。这么多年，忙这忙那，学业荒废了，更新知识的愿望越来越迫切。这三个月请全国一流的专家、教授，两院院士，来给我们充充电。"贾星发自肺腑的话打动了胡敏和姬丹枫。想想也是这回事，成天忙在工地，泡在实际工作中，想坐下来静心读本完整的书都难，凭老底子吃饭，遇到新课题、新问题，真是力不从心呀。公司里的高工都说现有的知识跟不上趟了，被时代淘汰的危机感从没像现在这么强烈过，21世纪毕竟是科技创新的时代。

"贾总，谈谈你的想法。"姬丹枫说，"按照你的想法，我来实施。"

贾星在左右衣兜里使劲摸了半天也没有摸到一根烟。胡敏说："不许抽、不许抽，我们这里可是无烟室。"姬丹枫笑了笑，起身去隔壁办公室讨来半盒香烟。贾星抽着烟，一副很陶醉的样子。他说："公司南面不是有一个部队的招待所嘛，张秀琴同部队熟。我打算把东面的小楼租三个月，吃住都在小楼里。小姬，你负责布置一间教室，一间阅览室。白天上课、讨论交流，晚上读书、写论文。三个月除周末放假回家，其余时间一律军事化管制。"

"普及班就不搞封闭式学习了。"胡敏说，"我联系几个参观点，再到几个大企业学习一些管理上的经验，让他们感受一下知识、科技的力量。"

贾星说："这很好，我们要利用自身的人脉资源，有的教授我们亲自拜访，有的请我们的大学老师出面，更为妥当。"贾星说完，便起身朝外走，在门口他又转身来对她们交代，"去大学找几个教授，帮助我们出些考题。还有考试的事，要通知下去，不要搞突然袭击。"

群星公司的科技班开学了。这件事被蟒河日报大肆宣传。周悦采写的长篇通讯《群星有路"学"为径》被放在一版突出的位置上，引起了全市国营、民营企业的热议，大多数企业给予群星公司很好的评价。但郝华能、全督佑他们的看法与报道的观点相反，认为这是群星公司的无奈之举，没工程干，总得找点事做吧，闲着也不是回事呀。更有甚者向市政府写匿名信，说蟒河日报不发挥政府喉舌的功能，却报道一个出过重大安全事故的企业，是对安全生产大检查的诋毁，也是对市政府处罚决定的不满。强市长看到群众来信，批评报社说："要注意舆论导向，维护市政府的权威。一个哗众取宠的企业，值得用这么大的篇幅，在这么重要的位置上进行宣传报道吗？"

贾星不知道这些背后的议论，那个时候，他正在专心致志地听EMBA培训班秦教授的课。秦教授的课让贾星触动很深，课堂记录记得很详细。秦教授讲课幽默，他说："我搞了一辈子的建筑，未来建筑到底是个什么样？出路在何方？"紧接着掰着指头说，"五十年代是茅草房，六十年代是砖瓦房，七十年代加上外走廊，八十年代建楼房。现在，全国城市建筑同质化严重，体现不出差异来。目前，在改革开放的前沿城市，都快变成混凝土的森林了。早几天，我陪同一位外国专家到一些大城市去考察，外国专家怎么说呀，他的话很刺耳，也令我这个搞建筑的惭愧。外国专家说，他们国家建的是钢结构建筑，给子孙后代留下的是可循环利用的钢材，而我们建的混凝土结构的建筑，给子孙后代留下的是一堆垃圾。各位建设者们，我听到这句话，扎心的痛呀。"

贾星的心也疼。外国专家的话虽然刺耳，却道出了实情。中国人有句话叫"良药苦口,忠言逆耳"。谁说不是这样呢？外国专家的话从正面理解，无疑是给我们敲响警钟。如果再作深层的思考，这位专家何尝不是在为未来的建筑指明方向呢？

课后，贾星打电话给女儿贾月辰，请她搜集国内外关于钢结构建筑的资料，无论是最新的著作，还是学术刊物，他都要。他说："只要涉及钢结构的信息，统统给我送来。越快越好，我这里等米下锅呢。"

贾月辰知道爸爸的脾气，他是个雷厉风行的人，说干啥就干啥。贾月辰平时可以撒撒娇，在这类事情上她绝不会拖拉。贾月辰动用她所有的关系，不几天便给贾星送来三大捆书籍资料。贾星还不满意，他对女儿说："月辰啊，再给爸帮个忙，过来给我们讲堂课。"

贾月辰的脸唰的红了，她说："我能给你讲课？"

贾星说："咋不能，你们年轻人接受新事物快，再说在建设局具体操作业务工作，信息灵通。哪怕给我们讲讲观念、理念的东西也好，算是帮我们洗洗脑嘛。"

贾月辰搞了一次讲座，把全国建筑行业的信息传递了过来。她的一段不经意的话引起了贾星的兴趣。月辰说："上个月，我参加了一次全国性的学术会议，有专家透露，中国申办第二十九届夏季奥运会的成功率很大，如果申办成功，届时需要新建、改扩建一些体育场馆，就目前来说，只有钢结构建筑可以满足体育场馆建设的时间紧、跨度大、外观迥异的要求。"听到这里，贾星认为机会的大门已向群星公司敞开。

贾星不仅专心致志地阅读有关钢结构建筑的书籍，还邀上几个人一起潜心研究钢结构的理论及应用问题，贾星说："首先，我们要掌握钢结构建筑在国外奥运会体育场馆的应用情况；其次，我们要讨论分析钢结构建筑在中国被采用的可能性；再次，我们要掌握钢结构建筑的知识；最后，从最简单的项目进行实践，为承揽钢结构工程做好准备。"于是，群星公司的"闲人们"废寝忘食地饱览钢结构建筑的有关书籍、资料，大家越看越觉得钢结构建筑比传统的建筑有优势，不约而同地开始做笔记。

三个月一眨眼就过去了。培训班结束的那天晚上，全体学员仍然待在阅览室。阅览室里鸦雀无声，只有翻书和写字的沙沙声。贾星提着洗漱用品从楼上走下来，见二楼阅览室灯火通明，他以为是姬丹枫在整理图书、资料，便大步走了过去。只见阅览室内座无虚席，黑压压一片人头，个个都专心致志地干着自己的事。

"咋呀，你们都还没走啊？"贾星惊诧地问了一声，埋头读书的人全都抬起身子，他们说今晚不能浪费。"贾总，这电充得好，但还是没有充到位，越充越感到自己的不足。"阅览室里的人跟贾星说话，流露出一些埋怨。贾星说："是啊，十多年没有坐下来了，像这次如此系统地读读专业书，帮助不小，收获颇丰，今后我们要坚持这个办法。"贾星说着说着，便放下手里的行囊，一屁股坐了下来，就他们反映的时间短、学得不过瘾的话题说，"学一个阶段，回到实践中去，在实践中去检验一下，把新的问题、新的矛盾，新的困惑梳理一遍，再回到书本上来。这样反复经过实践、认识、再实践、再认识，我们就能获取真知，成为既有理论又有实践经验的建设者，用我们的智慧把群星公司做大做强，成为中国最有实力的群星建筑集团。"

群星公司两个班的培训工作结束了。贾星在家认真研究了培训人员各自的特长，精心挑选出四十名技术员和管理人员下派到群星钢结构厂和群星门窗厂去了。赵欣然要求去门窗厂帮助工作，他说他这个项目部经理，应该到公司下属厂锻炼锻炼。胡敏带着设计院的几位骨干去了群星金属结构厂。姬丹枫见贾总名单上没有自己，不愿意了，"我这个总工程师闲在公司干啥，这段时间我研究了德国的一些技术资料，下去看能不能帮一把。"贾星答应了她的请求，她说，"部件生产也有大学问，更有大市场。"

有意思的是李永刚,他参加的是普及班的培训。这几个月他可真是个大忙人,组建了公司下属的服务公司,出了一把子力气,通过这两个月的试运作,还行。一家饮食店,承包了第十八中学生的早餐,两三千学生让他们忙得不亦乐乎。李永刚找来一群建筑工人,改造出了一个大澡堂,名字起得好,叫"平民洗浴中心"。"这路子走得对!"贾星这样夸了他几句,他尾巴便翘了起来,这天他趁贾星心情好,又送上来一份报告,说要组建群星建筑公司市政工程处。道理说得很像回事,他说:"我们有那么多优秀的技术工人,修水管,架电缆,铺道路,什么不会干?不许盖大楼,市政设施总可以干吧?"贾星对经商办服务公司,特别是搞小饭馆、澡堂子、剃头铺子,还有这商店,那商店的,其实是最鄙视的。他常说无商不奸。在贾星眼里,建筑是崇高的,给人们一个温暖的房子,谁比得上这项事业。公司开始讨论多种经营时,有人提出办服务公司的事,他心里便咯噔一下。大家有热情,他也不便打击,现在看还有点成绩,便任命他为公司市政工程处经理,领导着二三百名工人。

姬丹枫是个好强的女人,她组织技术人员对德国门窗生产技术进行消化吸收,在他们的基础上再创新,推出了一系列节能、隔热、隔音的环保产品,市场一度出现供不应求的局面。群星门窗厂不得不扩大再生产,尽最大努力满足市场。

群星水暖器材厂过去生产的产品只在国内销售,通过技术革新,产品种类更加丰富了,很多外商在展览会上看到他们的产品爱不释手,纷纷与群星水暖器材厂签约,使群星的水暖器材走出了国门。他们还针对欧洲国家的气候条件和文化理念,设计并生产出深受欧洲人喜欢的产品。单从外型上看,不仅美观,还有欧洲国家的文化元素,非常符合他们的审美观念和消费心理。群星水暖器材厂一连建了三个新车间,上了两条生产流水线。工厂办得非常红火。

贾星带着一批技术骨干下去走了一圈,听取了各厂家的工作、生产、市场、管理等方面的汇报,为各厂家解决了不少实际问题。这一年,虽说群星公司没有参与建筑行业的投标,也没有从事建筑工程,但是,群星公司的日子不算难过,就业岗位、福利待遇不像别人说的那样差,群星公司的员工有亲身的感受。鞋子合不合脚,只有脚知道。

胡敏站在群星金属结构厂的大门口,早早地等着了。贾星电话上告诉她,他要来群星金属结构厂住上几个月,我们夫妻不是很长一段时间没有团圆了吗？好啊，准备一副钢架床，好好睡上一觉。胡敏在电话里扑哧笑了出来，她说："我说你能不能说点正经的。"

贾星受到群星金属结构厂厂长等一班人的热烈欢迎。厂长说："贾总啊，你有些日子没来厂里看看了。"

贾星笑着说："在会上好几次说来厂里蹲点，事情总是忙不完，这次来我就多待一段时间。"

车间里机器轰鸣、弧光闪耀。贾星在厂长的陪同下，仔仔细细地参观，并详细询问生产情况、技术环节、安全生产措施、车间工人的工资、福利待遇等。贾星说，焊工是钢结构建筑的缝纫师，他们操作的每一道焊缝的好与坏都关系到建筑的质量，一定要重视焊工的培训和焊工的安全。

晚上，贾星召开了全厂中层以上技术人员、管理人员工作会议，在会上他充分肯定了群星金属结构厂对群星公司所作出的贡献。贾星说，"目前，群星金属结构厂已能承揽一些厂房工程，这在钢结构建筑中是最简单的，我们要把做门式刚架厂房作为一个起点，逐步发展到可能做更多的钢结构工程。从总体来说，外部环境是非常有利于钢结构建筑发展的。因为，我国的钢铁产量正以百分之二十的速度增长，已位居全世界钢铁产量第一，是名副其实的钢铁大国，这就为钢结构建筑提供了一个前提条件。过去，我们搞这个没有条件，受钢铁产量的限制，现在是我们大显身手的时候了。从目前来看，随着我国经济实力的增强，国际政治地位的提高，在中国举办奥运会是大势所趋，人心所向的事。在发达国家，标志性建筑无一例外都是钢结构建筑，我相信，国外的今天就是中国的明天，到那时，钢结构建筑将遍布全国各地。"

"同志们呀，我们要有所准备。机遇往往留给有准备的人。为此，我决定把钢结构研究所扩大，更名为'群星建筑钢结构研究院'，一定要争取成立博士后工作站。"贾星的讲话博得一片掌声。

厂里的几位工程师向贾星建议加快设备更新。现在正在承建的两个钢结构厂房，二十四小时轮班工作已经快供不应求了，如果再有承建项目只能望洋兴叹了。引进一条现代化的钢构件加工生产线，已经迫在眉睫，不办就来不及了。

贾星问几个工程师："你们准备进口哪个国家的设备？"

工程师们异口同声回答："德国。"

贾星转头看了看厂长，厂长说："资金流转是个大问题，几个工程投入太多，预计明年才有好的回报。银行不懂这个新兴产业，贷款非常谨慎，手续繁杂。贾总，我也不怕揭家底，厂里现有资金不过一千万，离上条生产线差得太远。要是等到明年上设备，那就太晚了。到那时，能不能上，都得考虑。你不搞，怕是别人都跑到前头去了。"

贾星说："不能等明年，今年就上，钱的事我来筹措。"他的话让全厂参加会议的中层领导激动万分，大家在一片掌声中不停地叫好。贾星指着几位工程师说："你们明天就着手选定设备、确定价格，越快越好。"

张秀琴给贾星打电话，她核算了一下，能动用的资金全凑上来，还有五百万的缺口。不是公司没有钱，有些钱都有了去处，全在节骨眼上。贾星在电话上说："再难还难得住你？你得想办法。"

张秀琴说："办法有一个，得等你回来。你不回来，这钱就难了。"

贾星匆匆忙忙赶了回去，他问张秀琴："我又不是印钞机，我回来就能变出钱来？"

张秀琴说："你作个动员，群星人集资办大事！"

"这是个好主意。"贾星签署的通知刚刚发出去，群星市政工程处的几百名民工第一时间来了，他们手里拿着上千元或几百元的钞票，拥到公司办公大楼的过道里，张秀琴维持着秩序，七八个财务人员在给他们开收据。民工说："公司有难处，我们大家来帮助。"

贾星赶到办公大楼，他高声喊着，让财务人员停下来，"公司再难，也不收民工的集资款。"他严厉地批评张秀琴，"民工养家糊口的钱，你也敢要呀！"话没说完，一位年纪稍长的民工，把手里攥着的几张百元钞票呈上，他说："贾总，公司有难处，就像一个家庭有难处一样。那年，我孩子上大学，交不上学费，不是你发起募捐的吗？今天，无论如何也要让我报答一下呀。"贾星一看是老林，马上拉着他的手，激动地对他说："好吧，同意你集一点。"周围的民工高兴了，那我也集一点，我也集一点。张秀琴朝贾星摇头，露出一副无奈的表情。

财务室通宵达旦地数着钱，因为是集资，小额钞票居多，把财务人员忙得不敢上卫生间，生怕错了重数。见此情景，张秀琴从公司又找来十几个人，加了两天的班，整理出八百多万元。贾星说："将来一定要高息偿还，不能让员工吃亏，我们要的是精神。"

第六章 兵行"腐"道

　　李永刚领导的群星市政工程处虽没有承接大工程，却也有干不完的小工程，一句话，不缺活干。但小活毕竟赚不到大钱，这让李永刚很伤脑筋。好在民工们并没有不满情绪，他们说："目前群星公司遇到麻烦，能够养家我们就心满意足了。"他们还劝慰李永刚不要着急。李永刚哪能不急？群星公司处在困难期，不能为群星公司分担压力，不能为公司多创收，就不是他的脾性。

　　那天，李永刚正为工程的事发愁时，有人告诉他，"六号高速公路快要招投标了，你咋不去试试？"李永刚的心跳了一下，高速公路是个来钱的活儿，如果能获得其中的一段标，不仅市政工程处的日子好过了，还可以为群星公司分些忧。李永刚想到这里，便朝着市建设局的方向走去。

　　李永刚在市建设局作了详尽的咨询，局长明确答复他，虽然群星公司暂时不能参与建筑行业的招标投标活动，但不影响群星市政工程处，市政工程处可以参与高速公路投标。李永刚心情激动，情绪有些失控，双手抓着局长的手，感激的话说了一大堆，弄得局长不知所措。

　　群星市政工程处潜能巨大，它背后是群星公司。李永刚背后请了全能公路工程公司的七八个技术人员，用先进的施工技术，优化的资源配置，最大限度地降低成本，精心做方案。

　　在评标时，专家组的一致意见是：群星市政工程处中标，报价接近标底，方案是最优秀的。专家们说："无论是商务标，还是技术标，都没有说的，他们不中标，谁中标呀？！"

事情在最终评标这个环节起了变化，业主方在查看资质时，发现群星市政工程处不是独立法人单位，法人代表是群星公司总经理贾星。业主方说不能违规操作，群星建筑公司目前还在处罚中。李永刚急了，他说："我们市政工程处，不是在干一些市政工程吗？其他业主也是认可的。"终极评标组的人笑着回答："你们过去干的活也叫工程呀，充其量只能算是做小工，高速公路可是大项目。"

李永刚没辙了，出门正好碰见全督佑。全督佑在市一建分管安全生产时，李永刚在他手下当安全检查员。李永刚叫了一声全总。全督佑停下脚步问道："你咋也在这里呀？"李永刚把事情的前前后后讲了一遍。全督佑说："这事归市交通局管，你找找郝局长，看能不能帮你一把。"李永刚的眼睛突然亮了一下，他说："我咋没想到呢？"

市交通局门卫拉住李永刚，不让他进去，说是找局长必须事先预约。李永刚不听门卫的，他对门卫说："你打电话给局长，就说市一建李永刚求见。"

门卫不敢打这个电话，李永刚看出来了，硬逼着门卫打，他说："打呀。不让我进去，误了局长的事你负责。"李永刚说着假装回身走人。

门卫一听这人的口气，知道有点来头，立即换了口气说："要进去也行，请在'来访记录本'上签名，把事情写清楚。"

李永刚一边写一边问："怎么这般严格？市政府也不像这样嘛！"

门卫说："都是招投标的事闹的呗。"

李永刚走进郝华能办公室的时候，有三个人谈完事正要离开。李永刚开口就喊郝华能："老领导。"

郝华能转头见是李永刚，他问："什么风把你给吹来了？听说这几年跟贾星干得不错嘛。"

李永刚点头哈腰，脸上堆满了笑，说："混口饭吃，只是混口饭吃罢了。"

郝华能示意李永刚坐下，他问李永刚："说吧，找我有啥事？"

李永刚坐下来，又起身回答郝华能的问话："无事不登三宝殿，火烧眉毛了。手下两三百人想找口饭吃。"

"你坐下慢慢说。"

李永刚又小心地坐下来，他知道郝华能的秉性，郝华能这人喜欢哈巴狗，像全督佑那号人。求他办事要装孙子，不装办不成事。

"老领导啊，您是不知道，这次六号高速公路投标，专家一致认为我们是最好的。市交通局说我们不是独立的法人代表单位，没有资格。有资格的贾星，又在处罚期。这些您都是知道的。"李永刚哭丧着脸说道。

郝华能一听就知道是咋回事了。他点上一支烟抽了两口，寻思着，按说可以给他开个绿灯，这没啥大不了的，属于那可办可不办的事。但一想到群星公司的贾星，他便决定不办，不能对强市长阳一套阴一套的，要支持强市长的想法，尽量给群星公司设置障碍。

李永刚看着郝华能，等着他表态，为市政工程处说句话。郝华能一思考，李永刚认为有希望了，如果不行，郝局长还用得着思考吗？一句"不能违反相关政策"不就解决问题了？现在郝局长把一支烟抽到半截了，说明他在给自己想办法。李永刚这样想的时候，郝华能开口了，他说："我的想法是，你找个中标单位挂靠，一起中标，一道上工地干。"

"这能行吗？"李永刚说，"哪家公司肯带我们呀，现在没人搞慈善。"

郝华能开始拨全督佑的电话，电话接通了，他说："李永刚在我这里，我看他怪难的，你们帮帮他嘛……唉，这就对了嘛。"郝华能放下手机对李永刚说："去吧，找找全督佑，说两句好话这事就成了。"

李永刚找到全督佑，全督佑满口答应："行，就挂在全能公司名下吧。"

但后来，很多事都让李永刚搞不明白，全能公司中标了，就连李永刚中标的那个段，都是以全能公司签下的合同。李永刚是哑巴吃黄连，有苦说不出。民工工资由全能公司发，利润绝大多数归全能公司。李永刚算了算，大概只能拿到百分之十的利润，这让市政工程处如何运转？

全督佑狠毒，他的意思再明白不过了，当初让你挂靠就不错了，要干就干，不干拉倒。你们那段，我们照样可以发包出去，想干的人多的是。李永刚这才体会到什么叫寄人篱下。

群星市政工程处二百多个民工上阵了，他们的活干得像回事，质检员、安检员都说干得好。小半年下来，民工除了领取基本生活费外，什么都没拿到。市政工程处的民工当然得找李永刚讨要。李永刚找谁要去？他跑了一趟又一趟，全督佑说他不管这些小事，去找项目办。项目办说去找财务科。财务科问李永刚要批条，李永刚摊开双手问："什么批条？"财务科长说："没有全总的批条，我凭什么付款，就凭你一句话呀。你以为你是国务院总理啊！"

李永刚被他们像踢皮球一样踢过来踢过去，踢到最后他真找不着北了。

民工知道事情的真相后，气得直骂娘。有几个年轻小伙气不过，跑到全能公司讨要工资。全能公司门口站着一群保安，不让进。几句话没说好，保安和民工便打了起来。

寡不敌众，民工不是保安的对手。全能公司保安手里有棒子，人手一根。棒子是特制的，涂有红白相间的油漆，一看便是早有准备。打伤三个民工：一个头部出血，血流得满脸都是；另一个很可能是肋骨被打断了，站不起身子；再一个是后腰挨了几棒，直不起腰来。他们相互搀扶着朝门外走去。

工友讨要工资挨打了，消息传到工地上，两百来号民工愤怒了，抄起工地上的钢条、铁锤等工具，吼着喊着，一窝蜂朝全能公司奔去。大街上的民警见势头不妙，立即向公安局指挥中心报告，公安局又向分管建筑的副市长周晟俊报告。

势态被控制住了，一排公安干警拦在民工与保安之间。民工义愤填膺，破口大骂全能公司的保安是土匪，一群地痞流氓。"出来啊！看老子不揍扁你！"民工们的手从公安干警的肩上越过去。

那群保安也不是吃素的，他们人高马大，是经过培训的，格斗擒拿身手不凡，他们从里往外冲，被公安警察制止住。双方隔着一道"警"墙，吵得满大街都是骂声。车辆、行人把整个大街堵得水泄不通。大多数市民都向着民工，说全能公司不要脸，干了活不给工钱，旧社会的地主都还没有这般黑。

有人在人群里为民工打气，说："国家总理都关心这档子事，去省里、北京告他们。"街道上许多过往人都参与议论这种事，这里一堆人，那里一堆人，说着社会腐败的事。哇啦——哇啦——，远处有警车的警笛声，人们都朝着警车来的方向看。几名公安人员拨开人群，口里喊着："请让一下，请让一下……"

周晟俊和公安局长从人群里挤过来，他在现场了解情况，叫身边的人通知市交通局和全能公司、群星公司的负责人过来。然后站上一个高台阶，双手在嘴边做成喇叭状，大声说："民工弟兄们，我是副市长周晟俊，这里发生的事，我知道了，请你们放心，我一定把你们的薪金讨回来！"

黑压压的民工朝前涌着，他们高喊"严惩凶手"的口号，民工的声音压过周晟俊的声音。周晟俊知道这个工作不好做，在这样的情绪浪潮中，根本的问题无非是解决民工工资，再就是抓捕打人凶手。周晟俊问一位公安干警说："受伤的民工如何处理的？"

公安警察敬礼后回答说:"请周市长放心,受伤的民工已经送往医院。"周晟俊点点头说:"好,做得好。"

郝华能、全督佑、贾星都赶到了。周晟俊很生气,"看看,看看吧,"周晟俊指着手握钢条、高呼口号的民工对他们说,"酿成大祸,你们谁也脱不了干系。"郝华能、全督佑都在作解释。周晟俊说:"这里闹哄哄的,说不成事。找个会议室,要快!"

全督佑领着周晟俊、公安局长、交通局长和贾星等人朝着办公室走,他们围坐在全能公司会议室里,周晟俊问全督佑欠民工多少工资。全督佑答不上来,把项目部经理叫了过来,这个经理向周晟俊汇报说:"三百万元左右。"

郝华能生气地说:"上个月不是拨了五百万元给你们了吗?你们财会人员说是民工工资。你们压住不下发,这责任谁负得起?"郝华能怕责任落在他头上,一开口就往外推。

"现在不是追究责任的时候。"周晟俊说,"先把工资兑现了再说。"项目经理意识到问题的严重,全总经理告诫过他,天大的事也不能牵扯到郝局长,那可是公司的财神菩萨。刚才,郝华能的话,就是一种暗示,必须尽快把这个事给摆平。

"民工工资是一个方面,从民工情绪上看,不严惩凶手,今晚谁都睡不成觉。谨防出大事。"公安局长把了解的情况向各位作了通报。他说,"被打伤的三个民工,有十几个亲戚在民工里边,他们喊着血债要用血来还。单凭思想工作,恐怕收不到效果。"

周晟俊严肃起来是很有杀气的,他对大家说:"我们要学会换位思考,假如我们是一个民工,没有任何生活来源,家里还有老人、孩子,干了小半年的活,没有得到一分钱,我想你也会去拼命的。所以,对民工的情绪,我们要理解。要学会尊重人,特别是尊重劳动者,是他们用双手,用肩头,把这个城市建设起来的。"周晟俊很动情,他见身边的人不停地点头,认为大家是认可的。于是,话锋一转说,"这起群发性事件就地解决,绝不允许节外生枝。第一,谁打伤民工,不管是谁,先按治安条例拘留,以教育为主,视其态度再作后期处理;第二,连夜加班发放拖欠的民工工资,直到发清为止;第三,全能公司领导要去看望住院的伤者,医疗等费用由全能公司负责。"

周晟俊的三条决定,得到了全能公司门外民工的拥护。围观的群众也为周副市长叫好，满大街一片掌声，一片欢呼声。郝华能瞪了全督佑一眼，全督佑低头不敢吭声。郝华能抬头看天，天色不早了，他打算趁没有下班，去向强市长作个汇报。强市长知道这件事，会怎样说自己呢？无形中为周晟俊树立了群众威信。郝华能犹豫着，他不知道自己是该去，还是不该去。

贾星回到办公室便把李永刚批评了一顿，他让李永刚写检查，不仅要给公司写，还要向周晟俊作检讨。群发性事件，不是闹着玩的，是会搞出人命的，引发社会动乱的严重事情。

李永刚申辩说："我想给公司分忧，也想给民工找碗饭吃。"

他不说这话还好，说这没脑子的话，贾星更气愤，"好心办坏事，不如不办。工程不仅没得到承包，反而给别人做了嫁衣。再说，你自作主张，这事，这么大的事，你请示公司哪位领导了？无组织无纪律！"

"我错了。"李永刚低头说，"给你、给公司添麻烦了，我肠子都悔青了。"贾星拍了拍李永刚的肩膀说："好了，事情总算过去了。"他掏支烟递给李永刚，"做事要学会动脑子，走正道。"贾星说着坐在李永刚身边，他俩谈了很长时间的心。

李永刚不辞而别，他辞去群星公司市政工程处经理的职位，干脆投到全督佑手下去了。群星公司上上下下炸开了锅，说李永刚这小子真不是东西，不仗义。"群星公司对他不薄呀，贾总哪点对不起他啊？背信弃义，小人……"群星公司的人把李永刚往死里骂。

贾星清早来公司才知道李永刚的事。他纳闷，昨天下午我们才推心置腹的谈了心，今天怎么就不辞而别了呢？贾星想了想，猜不透李永刚葫芦里到底卖的什么药。但他相信一点，李永刚不会背叛他，说他投到全督佑那里去了，他更不相信，他和全督佑根本不是一条道上跑的车。这小子莫非仿效关羽，唱一出身在曹营心在汉的戏？贾星想到这里，真为李永刚担心，这小伙别干出什么傻事来。

听到群星公司员工的议论，贾星说："你们别大惊小怪的。当今都什么年代了，下海的，跳槽的，辞去公务员不干的，给官不做的，多的是了。人往高处走，水往低处流，群星公司一波三折，有出路谁不想走。天要下雨，娘要嫁人，由他去吧。"看着大家的神情，贾星觉得好笑，他接着说："今后不管谁离开，都不要在背后议论，要理解。再说，地球离开谁不转了？铁打的营盘流水的兵。好了，好了，该干什么干什么去吧。"

当人们从过道上散开的时候，贾星独自回忆着他前一天和李永刚的谈话，没听出他对群星有什么不满意的。他也没看出李永刚有什么反常的举动。他们的促膝谈心是真诚的啊。贾星摇着头笑了，他自己都感觉自己笑得莫名其妙。

和贾星谈心后，有一个疙瘩在李永刚心里解不开。贾星是建筑行业的专家，科班出生，一身正气。不仅懂业务，而且懂市场，有头脑，又有眼光。而全督佑要专业没专业，要文化没文化。这样两个人在市场大潮下比拼，谁胜谁负就是和尚头上的虱子，明摆在那里的。但是，为什么群星公司步履维艰而全能公司一帆风顺？李永刚太想搞明白这件事情了。

李永刚就这毛病，想干什么，任着性子就干。他和贾星谈话后，回到家里仔细想了又想，老觉得心里堵得慌。于是，提上水果、糕点便去了全督佑家。全督佑的老婆唐小桃见是李永刚，一口一个大兄弟叫着，她说："好久不见大兄弟了，过去在市一建时，还常到家里坐坐，发财了，就不认我这个嫂子了。"

李永刚最怕唐小桃那张嘴，挖苦人像拿刀子挖肉，让你心里真的痛。李永刚说："别说发财的事了，连饭都快吃不上了。这不，讨上门来了。"

两人说着话，全督佑从里屋走出来了，他一见李永刚，心里有说不出的怨气。民工的钱刚发出去，这个李永刚又来干什么？心里的事，归心里的事，表面上还得装着没事儿一样。全督佑知道李永刚脑子好使，能办事。在市一建那阵子，安全生产工作没少出力，为他这个分管安全生产的副经理承担了许多工作。在这一点上，全督佑感谢他。后来，他跟了贾星，这让全督佑很恼火，按道理说，从市一建辞职下海，也该来投奔全能公司呀，毕竟曾是上下级关系，毕竟他还成天"大哥、大哥"地叫着。

全督佑在沙发上坐下来，见李永刚提着礼物来的，他问："你不会是来感谢我的吧？今天发给你的工人工资，一下子弄出去三百万元。幸好没捅出大篓子。"

李永刚叹口气说："兄弟我走投无路了。下午贾星朝我大发雷霆，跟我摊牌了。"

全督佑一听便来了兴趣，他早就想从群星挖人了，一直不知从何下手。如果李永刚能过来，一个经理都能倒戈，这个影响可想而知。接下来很可能是技术员、工程师，说不定赵欣然、姬丹枫他们都会跑过来。商品经济时代，有奶就是娘，谁不想钱，谁不想发财，除非他是傻子。全督佑想到这里，他很想听听这里面的事，便对李永刚说："贾星不念旧情，嫌你闯祸了？"

李永刚说："可不是吗？我对他那么忠心，他说不要我干了，就不要我干了。"李永刚学着贾星的样子说："你干事咋不动脑子呢？工程没有承包到手，反而给人家帮了大忙。你今天的事差点没闹出人命案，我看你是存心想让我蹲大牢呀。再说了，你擅自把工程队带去修高速路，你跟谁说了？你分明是想肢解群星公司，简直是无法无天了。群星公司不能留你了。"李永刚愤愤不平地说："贾星说完这些话，背着手就走了。把我一个撂在那里。气得我回家连饭都吃不下。"

唐小桃觉得李永刚讲得精彩，心眼儿也实在："当初你们全经理也是这样。我对他说，此处不留人，自有留人处。人挪活，树挪死。大兄弟，就跟你大哥干吧，他不会亏待你的。"

全督佑问李永刚说："你愿意跟我干吗？你过来，我这里正好有个投标办副主任的位置。"

李永刚喜上心头，但他并没有喜形于色，他不想把事情做得过分顺利，他得欲擒故纵。他说："我不懂投标业务，我只想干个安检员。"

唐小桃说："你真傻，放着高薪不拿，为什么？"

全督佑笑了，他把话说得很轻松，"什么懂不懂的，就是跑跑关系，搞搞社交。"他说，"关系就是生产力，老贾不懂这个，不知人善用。永刚，我相信你！"

于是，李永刚走马上任了。让全督佑高兴的是，李永刚几乎把群星公司市政工程处的人全都带过来了。全能公司看好的是李永刚手下的这支民工队伍，这是群星公司多年培养出来的一支熟练的工程施工队伍，既能吃苦耐劳，又做得一手好活，这给全能公司的工程添了不少彩。

全督佑在大小会上多次表扬李永刚，说他办事认真、干练，社会关系也广，白道黑道都能行。公司上下对李永刚很客气，特别是他敢当着众人叫全督佑为大哥，这让公司的人另眼相看。由于李永刚能办事、会办事，全督佑、唐小桃去哪里都叫上他，日子长了，他也变成郝华能局长办公室的常客了。郝华能、全督佑、唐小桃和李永刚经常一起喝酒吃饭，不分你我。

李永刚喜欢到全能宾馆吃饭，不是因为全能宾馆的菜饭有多好吃，而是他相中了宾馆里的一个女孩子。这女孩眉清目秀，一张白皙的脸上透着淡淡的红晕，光泽的肌肤。脖子上挂着一条细细的铂金项链，举止大方。

李永刚这辈子还没看上过女孩子，他曾想打一辈子光棍，为这父母快被他气疯了。好在有弟弟已经结婚，他父母做了爷爷、奶奶，对他的事便唠叨少了。唐小桃是宾馆的总经理，又在男女之事上特别敏感，一眼就看出李永刚的心思。她想，年龄是悬殊了点，不过这不碍事，俗话不是说身高不是距离，年龄不是问题嘛。

唐小桃为李永刚说媒，果然是郎有意，妹有情，一撮合便成，两人恋爱上了。

那天，他们四人又在宾馆吃饭。席间，郝华能对全督佑说："全能公司同港澳的BT合作洽谈该启动了，这事要抓紧。"全督佑说："我电话联系过了，钱先生让我们随时过去。"

"好。"郝华能说，"这个季节最好，就定在下周吧！"郝华能说着便问李永刚："你跟着去一趟好吗？"李永刚不知道说的什么事情，便支支吾吾不回答。正好李永刚的女友进来斟酒。郝华能笑起来说："知道了，是舍不得分开呀！"

全督佑说："李永刚去比较合适，到那边也得有个跑跑颠颠的人才是。"后来李永刚才知道是怎么回事，去年全能宾馆开业，请来了香港的李先生和澳门的钱先生，全能公司同他们商谈了BT合作事宜。澳门的钱先生邀请郝局长、全经理去澳门考察，事情一多，就把这事给放下了。

现在的全能公路工程公司家大业大，实力雄厚，开展BT业务是有条件的了。市交通局郝华能实际上就是全能公路工程公司不挂名的当家人。全能宾馆的建设就是郝华能一手策划的，原来打算建交通宾馆。郝华能想，一个行政单位，搞一座大宾馆，肯定会遭人非议。国家改革政策强调政企脱钩，建好的宾馆一脱钩，交给谁呀，还不是机关事务管理局篮子里的菜。

郝华能有眼光，于是，他指示全能公司来建造，然后由市交通局租赁。租赁过来的宾馆，又交给全能公司来经营。来往账目像团乱麻。这样从中一倒腾，国家的钱便无形地蒸发掉了。其实，市交通局也不是铁板一块，不乏正义之人。这事有人往上告，市审计局过来审计，结果只得到一张市消防支队的证明书。

唐小桃出任全能宾馆的总经理，郝华能认为没选错。当得知有人议论交通局同全能宾馆之间经济不清的时候，全能宾馆财务室突然起火。市消防队的救火车开来两辆，可是他们来晚了。别指望消防人员能给你救出什么东西来，连桌椅板凳都被火烧得无影无踪了，最后是一张火灾财物损失清单。财务室能有什么财物啊,无非是些现金、账簿、发票凭证之类的东西。

审计局不来则罢,一来全能宾馆,唐小桃就请审计局做主,说是去年市交通局欠宾馆几十万元接待费。她拍着巴掌数落着,你们看呀,业务往来,业务洽谈,各种大小会议,一年到头吃喝拉撒睡,得多大的开支,你们得叫他们补上。

审计局工作人员被唐小桃数落得头皮发麻,只好逃之夭夭,最后给市政府报告说,市交通局欠全能宾馆几十万元接待费。郝华能在局职工大会上说:"国家利益高于一切,宾馆自己说不清道不明,就是两清了。"怎么两清了?市交通局每年租金付出上百万元,宾馆经营少说得支付局里百万元。宾馆倒好,猪八戒倒打一钉耙,反倒欠它们几十万元。这场火烧得也太大了呀。有职工在下面暗自想。

郝华能任用唐小桃,唐小桃保护着郝华能,两人越裹越紧,越来越亲密,也就越陷越深。全督佑早已察觉到了一点什么,他也曾审问过唐小桃,唐小桃说:"企业还办不?"

全督佑说:"这跟企业有联系吗?"

唐小桃不屑一顾地说:"你说呢?"全督佑大把大把地捞钱,花花绿绿的钞票把他们之间的关系遮蔽起来了。

一个人的人生轨迹是很难被自己设计出来的。郝华能一个农民的儿子,从小山村考学出来,凭着自己的奋斗,一步步走到领导岗位,想想确实不容易。在市一建他很想干一番事业,就是重用到市交通局,他仍然想干一番事业。干着干着他就心灰意冷了。同是局长,工作能力、政绩远不如他的人都上去了,他只能眼睁睁地看着。久而久之,他对自己放松了,今天捞把钞票,明天搂个女人,上面看不起自己,自己别亏了自己。于是在人生轨迹的另一个方向上,越走越远。他感觉这也好,人生能有几回醉,莫将金樽空对月。

李永刚跟着郝华能、全督佑真是开眼界了,没吃过的吃了,没喝过的喝了,没见过的见到了。他们三人一到澳门,李永刚新鲜得不得了,看啥都是个景。郝华能批评他,别一惊一乍的,让别人看笑话呀,就是没看见过的,也得装着看见过,没啥稀罕的,埋在心里仔细瞧瞧就是了。李永刚装不出来,新鲜的东西太多,澳门不大,建筑风格别致,大桥、剧院、夜总会、葡京大酒店,甚至葡国公鸡都能让他惊叫。

郝华能、全督佑他们得到了钱先生的热情接待,参观考察了不少地方,双方的 BT 合作商也谈得十分顺利，钱先生可是个大忙人，事情办完之后，他说："澳门可看的地方多着呢，这里跟内地不一样，你们尽兴地玩吧。我就不陪你们了。"

钱先生走了，郝华能伸了伸懒腰说："晚上去试试手气如何？"

全督佑说："好啊，我也正想提这事呢！"

在饭桌上，郝华能和全督佑大谈赌局上的新鲜事。李永刚说他不大入门，便不扫他们的兴，埋头吃饭。饭碗一放，郝华能问李永刚："跟我们去开开眼界吧？"

李永刚说："我想去海边看夜景，多好的风光，我还没看够呢！"

全督佑笑眯眯地说："澳门的夜景在夜总会。"郝华能哈哈大笑，他们提着包出去了。

李永刚回到大酒店不见两人的影子，这都半夜了，咋还没回来呀，李永刚想着，便想给他们打个电话。手机还没掏出来，两人的笑声便从走廊上传过来了。全督佑进门朝李永刚说："你小子没财运呀，今天可说有惊无险，搞了个大翻盘。"

李永刚不懂，他好奇地看着全督佑说："肯定赢了。看你高兴的样儿。"

郝华能点上烟说："不在结果，主要是过程。"他好像在回味过程给他带来的刺激，说他们开始小心翼翼，很谨慎地押注，这赌局就是和小心眼儿的人过不去，你越小心，它越是欺负你。眼看输局已定，老子豁出去了。

全督佑把郝华能的话接过来，绘声绘色地说："领导就是领导，真有股子气派。"全督佑说着捲起衬衣袖子，比画着说道："郝局长把包提上桌，好了，就这些了。"他卖着关子问李永刚，"你猜结果咋了？"

李永刚看了一眼郝华能，郝华能吸着烟没看他俩，抬头望着天花板，脸上一副很得意的表情。李永刚说："赢！"

郝华能把烟头掐进烟灰缸里，一下从椅子里跳起来说："大赢！"

李永刚从全督佑那里知道了事情的精彩，一百万元下去，不仅把输出去的钱扳回来了，还倒赢了三万多元。李永刚吓得吐舌头，"妈呀，要是我在局上，非弄成心脏病不可。"他们俩指着李永刚哈哈大笑，说他真是个傻帽儿。

李永刚说："要是不等你们，我早就睡下了。"

全督佑真替他遗憾："你还年轻人呢，这里的夜生活才开始。"

郝华能不服地说："年轻能干什么，姜要吃老姜，枪要使老枪。"

第六章 兵行"腐"道

全督佑朝李永刚说:"叫一个陪陪。"

李永刚举起双手,他说:"我不是老枪。"一句话把郝华能、全督佑笑得前俯后仰。

在他们狂笑的时候,有人敲门,全督佑开门,便进来一位三十岁出头的女人,她给全督佑鞠了一躬,说:"先生,你要的保健员我带来了。"两个女孩子站在门外,朝房间里妩媚弄眼,模样倒还娇俏动人。

郝华能、全督佑睡到大晌午。李永刚在澳门现代商场买了一大包东西。全督佑问他:"都买的啥呀?大包小包的。"

李永刚笑着说:"给爸妈买的。"

"没给对象买呀?"郝华能不相信地问道。李永刚拿出一对很雅致的金手镯问:"郝局长,你们要买吗?我带你们去。"

全督佑整理着领带说:"啥破玩艺,还用得着买呀!"

太阳还没下山,郝华能、全督佑便嚷着去葡京,李永刚被他们拉着拽着,跟着去了。李永刚也想去看看。在家时他听很多人说澳门葡京,说得神秘兮兮,今天就去看看。不看不知道,一看还真给吓一跳,金碧辉煌,富丽堂皇,咋形容都不过分。可以说人山人海,绝大多数是内地过来的,各层面的人都有,大老板、富豪、商人和一般人士,他们来葡京的目的是大不相同的,有人是来博一把的,大多是来玩个新鲜,体验一下澳门赌博场,看看到底是个啥模样的。

郝华能、全督佑就是那种寻找刺激、博上一把的人,他俩提着皮箱昂首走进来。那架势不算多大派头,有派头的是身边有人跟着,身后有人提箱子。从你身边走过去,让你心里直跳。当然胳膊里还得有女人挎着,女人脸上充满自信或者无所谓的表情,只是来玩玩而已。

李永刚进来了,他没有玩。这么多大厅,一处看一小会儿,都够你看的。他在八号厅看得出神,那是两个人的博弈。两个人并非仇人,微笑对着微笑,只是同钱过不去。他俩都把心机、仇恨、蔑视撒在钱上,一叠叠用钞票换来的筹码,就像是他们指挥的千军万马,在宽大的桌面上驰骋拼杀。李永刚一会儿抬头看看左边的主人,一会儿又转头看看右边的主人。李永刚判断,左边是位官员,举止动作沉稳,表情作深思状,手上的皮肤白净光滑;右边一看就是富豪或老板,手掌肥厚,手指粗壮,曾经卖过苦力。膀大腰圆,后来暴发了,一歇下来就长赘肉,脸上一副我是流氓我怕谁的表情。两人身边都坐着女人,官员身边是情妇,气质高贵。富豪身边是二奶,刚生孩子没多久。李永刚想到这里扑哧地笑喷了,一个保安或者说是一个保镖过来了,推了他一掌,问他是干什么的。李永刚吓得不轻,一再道歉,一再解释。赌局双方都举牌示意休息。李永刚一个喷笑,打乱了两人的谋略,幸好没惹出什么岔子来。趁他们休息,李永刚转身逃也似的离开了。

郝华能、全督佑两人在下楼时,正好碰见李永刚。李永刚见两人空着手,便提醒全督佑说:"你们的皮箱忘了。"

郝华能头都没回,他说:"空皮箱有何用处?"全督佑摆摆手示意李永刚别说,随后伸出三根手指头。

李永刚小声问道:"三十万元?"

全督佑摇头,再次伸出三根手指头,李永刚自言自语说:"三百万元呀!"

他们三人走出海关,郝华能苦笑着脸,回头看看海关大楼,说:"下个月再来试试,我就不信我们有那么背。"

李永刚说:"这地方还是不来的好。那么多钱打了水漂,怪让人心疼的。"

郝华能笑笑,说:"古人说得好,'天生我才必有用,千金散尽还复来'嘛。"

李永刚问:"'千金散尽还复来'是谁说的?"他俩没有答话,照直朝前走。

郝华能、全督佑回到蟒河市的时候,蟒河市正下着倾盆大雨。进城的路堵得像条长龙。李永刚朝车外望去,心想总得有十公里长。有交警过来,他们向车主行礼,请他们改道绕行。

全督佑问交警说:"五号高速是不是发生车祸了?"

交警忙着指挥车辆,只说一句:"前面路段塌方。"

蟒河市五号高速公路二十八公里处塌陷,出现二百多米长的深坑地段。群星公司总经理贾星在第一时间得到消息。贾星刚吃过午饭,他有雷打不动的午休的习惯。刚上床闭眼电话就响起来了。他公司里的人都知道他的习惯,多年来,没有天大的事,从不在这个时间打电话。贾星从床头柜上拿起手机接听,电话是张秀琴打过来的,声音微弱得几乎听不见。贾星心头一紧,意识到出事了,八成是车祸。上午才决定,群星金属结构厂厂长和张秀琴去省城办手续,德国厂商要求支付外汇。这事只好由张秀琴总会计师去办了。贾星从床上坐起身子,大声对着电话喊:"张秀琴,出什么事了？"

正在厨房收拾的胡敏听见贾星的喊声，跑了进来，她问："出什么事了？"贾星示意胡敏不要讲话，电话里断断续续传来张秀琴有气无力的声音："五号高——高——速路——塌方，车毁——毁——人——人亡，快呀，贾总，快派人来呀。"

贾星急忙对着电话喊了一嗓子："挺住，我马上就到！"他一边急忙拨打"110"电话，一边让胡敏打"120"。叫司机马上过来。贾星的电话通了，是"110"的。贾星说："五号高速塌陷，请赶快去事故现场。"

"110"台回答说："我们已经知道，公安、交警已经出发了。"

贾星穿上鞋，提着衣服向胡敏交代事项。赵欣然接到胡敏的电话，在办公楼叫上几个青年人便朝楼下跑，他自己驾车，火速赶到贾星家。贾星拉开车门坐到副驾驶座上，转头看了一眼后排三四个青年人。他一边穿衣服一边说："快！"小车飞快地冲了出去。

在离出事地点约二百米的地方，被一辆辆警车挡住，警车上的红蓝灯交替闪烁，发出让人烦躁的声音。贾星在车还没有停稳时，便从车上跳了下来，身后是赵欣然和几个青年人。公安、交警不许通过，贾星喘着粗气，一把推开一名公安人员，他嚷着说："我们公司有人掉坑里了，刚打了求救电话，请你们帮着找一找。谢谢啦！"

几个交警堵住他。贾星又急又气，拼着老命向前撞。一名公安局的科长看见了他，朝他跑来："贾总，这里不能通行。"

贾星认识他，是贾月辰的同学。一时叫不上姓名，他说："让我过去，救人要紧！"

科长朝交警挥了挥手："放行。"他们一行拼命地向前跑去。

事发现场不堪入目，塌陷地带的坑下，一辆车骑着一辆车，有的小车被大货车压扁在身下。公安、武警从塌陷带朝上抬着死者和伤者，到处是散落的货物，还有衣服、鞋子，地下这里一摊血，那里一片红。贾星拨打张秀琴的电话，铃声就在前方不远处响着，白色的轿车被另一辆轿车压着。赵欣然和几个青年人跑了下去，他们喊叫着。

赵欣然钻进车身，抓住了张秀琴的手。张秀琴不能动弹，被车座前后夹着，她说："总算见到你们了。"

赵欣然拍了拍她的手，又从车下钻出来，他朝左边的武警、消防战士喊："快来，快过来，这里有人需要帮助。"

七八个战士冲了过来，掀翻车顶上的小车，用钢钎、铁棍撬开车门，再撬开车座。张秀琴被武警、消防战士抬了出来。医护人员送来担架，贾星纵身跳了下来，他抬着担架的中间部位，大步蹬上土坎石堆，把张秀琴送上救护车。贾星掏出电话打给胡敏，他说："救护车已出发，市第一人民医院，快去。"

　　群星金属结构厂的厂长和设备科长，还有年轻的驾驶员，他们三人的遗体排放在路边，上面盖着白布单。贾星肃立在他们跟前，泪流满面。悲痛，极度的悲痛充满了他的心。

　　"这是一起由劣质工程导致的特大恶性交通事故。"周晟俊副市长说，"必须严查严办。"

　　强市长也接到了省里的电话，副省长说："这是全国第一宗类似情况的最大事故。"

　　强市长感到了头上的巨大压力，坐在会议室里，头还在嗡嗡作响，听到周晟俊的发言，他问："这条路是哪个公司承建的？"

　　有人回答说："五号高速是分段招标投标，这得查记录。"

　　参加会议的人大代表是一位公路工程专家，他说："这条路开通三年，翻修两次。蟒河市的群众反映，蟒河一到，汽车就跳，只是说路面不平。其实路基更有问题，每一年的人代会都有代表提出检查一下五号高速路的质量问题，但意见都没有被采纳。现在看来，这个工程就是一个豆腐渣工程。"老专家气愤至极。

　　"查，彻底清查。"强市长说，"立即组织调查组。老周呀，这次还由你牵头，郝华能算一个。半月之内，要有结论，省里催得紧，全总领导又来电话询问此事，我明天就去省里汇报情况。"强市长一拍桌子，宣布散会。他心情沮丧，这个会实在是开不下去了。

　　《蟒河日报》在头条位置对五号高速二十八公里处的塌陷事故作了长篇报道，文章是周悦撰写的。文章的标题非常醒目：豆腐渣工程夺去多条人命。这是全国首次出现的一个词汇——豆腐渣工程。蟒河市民问什么叫豆腐渣工程？有人说就是腐败工程，偷工减料工程，害人工程。全国许多家媒体、报刊都对这篇报道作了转载。人们都说揭露得好。只有郝华能、全督佑看后骂娘。郝华能说："这是全盘否定交通局的成就，别有用心。"全督佑说："这个小娘们儿，仗着自己的老爹是副市长，谁都不放在眼里，等犯在我手上，看我怎么收拾她。"

第六章 兵行"腐"道

蟒河市特大交通事故调查组成立了，周晟俊副市长任组长，交通局局长郝华能、安监局严局长任副组长。调查组成员有工程学专家、人大代表、政协委员，还有纪检、监察部门的人员。调查组首先查封了五号高速公路段的施工资料和档案。

周晟俊打电话请示省交通厅，要求省厅给予支持，全面检查五号高速公路的质量问题。省厅的态度非常坚决，支持周晟俊的工作，派工程技术专家到蟒河市协助调查工作。周副市长连夜召开调查组工作会议。

全督佑四处打探消息，从各方面传来的信息对全能公路工程公司十分不利，有的消息还非常致命。全督佑慌了手脚，他有种"山雨欲来风满楼"的感觉，这次绝对不是雷声大、雨点小的事情了，弄不好要出大事。他交代唐小桃："想办法把资金、财物转移出去。"

唐小桃问："有那么严重吗？你别自己吓自己好不好。"唐小桃想想说，"有郝华能这棵大树，他不倒，我们没事。"

全督佑、唐小桃去了郝华能家。郝华能的老婆不在家，去美国陪女儿读书了。全督佑知道，早几天才给她汇过二十万美金。昨天来电话说，又看中了一套别墅，让打钱过去。塌陷事情一出来，没顾得上，只好过几天再说了。全督佑想这事的时候，郝华能从书房出来了，他那色眯眯的眼睛盯着唐小桃。唐小桃明白郝华能眼光的意思，作了一个只有他俩明白的示意。

全督佑的心思全在怎样做好事故的善后工作上面，就是看见郝华能、唐小桃眉来眼去也无暇过问了。全督佑说："老领导，这事恐怕要闹大呀。"

郝华能坐下来抽烟。唐小桃见郝华能抽烟皱眉，以她对郝华能的了解，她知道郝华能胸有成竹。郝华能说："可以让他们做不成事嘛。"

全督佑突然像抓到了救命稻草似的，他说："你的意思是说……"

全督佑没有把话说出来，只是用手比画个杀人的动作。

郝华能把烟掐灭："愚蠢！现在公安局什么案子不能破？只要想破，谁都逃不掉，特别是杀人案。我们才不做傻事。"

唐小桃明白了，她说："让他们做不成事，是指分散注意力，找点其他事给他们做。"

郝华能眼睛一亮，他再一次对唐小桃刮目相看了。他说："你太有才了，小桃，我正是这个意思。"郝华能说这话的时候，就在想唐小桃这个女人，她怎么就嫁给了全督佑，他什么地方配得上她呀，生孩子没有能力，死精；

做生意没有头脑，木瓜头；遇事应变能力差，缺心眼儿。唉，这个唐小桃命真不好，找了这么个男人，看来，她天生就应该与我有缘。郝华能脸上露出了笑容。

全督佑不知郝华能这时候怎么还能笑，见郝华能半天没说话，他怯怯地问："下一步该咋办？"

郝华能又从烟盒里抽出一支烟。唐小桃反应快，拿茶几上的打火机给郝华能点上，顺便坐在郝华能身边。她拿眼朝全督佑挤了挤，全督佑不明白唐小桃的意思，正往深处想的时候，唐小桃却给了他一个答案。

唐小桃搂着郝华能的肩膀，娇滴滴地用丰满的胸脯轻轻碰撞他的身子，说："郝局长呀，我们可是一家人哟，这个家可是你当着的呀。"全督佑感觉唐小桃做得对，他还有种感觉，就是做得不够，不到位。在这个节骨眼上，只要能让他和他的全能公路工程公司过了这一关，什么事，怎么做，都不过分。

"我们几个人不够。"郝华能说，"你去找几个铁心的，在全能宾馆开个小会，我们把这事谋划谋划。你去安排一下。"

"好。"全督佑起身的时候，郝华又补充了一句，他说，"找的人一定要铁心。我和小桃随后就到。"

全督佑说："放心，我这就去安排。"他说着，就像听到家里失火的消息，急急地跑了出去。

见全督佑没了人影，唐小桃在郝华能脸上亲了亲："你也太明目张胆了。"

"世上没有傻子，你以为他不知道呀，我看他早知道了。"

郝华能把唐小桃拉到床边，唐小桃爬上床说："让他们等呗！你不在场，他们开不成，也散不了。"唐小桃说着，便躺了下来，微微闭上眼睛，等待着郝华能。

全能宾馆的一间小会议室里，四五个人在等郝华能，全督佑叫来李永刚，还有公司项目部经理、财务科长和办公室主任。除李永刚外，这几个人都是跟全督佑一块摸爬滚打多年的弟兄，是那种"一起嫖过娼，一起分过赃"的铁哥们。全督佑说："今天不走了，事后在宾馆一人找个小姐，事情办好了还有高额奖金。"

李永刚不知是什么事，但敢肯定是见不得人的大事。他们要干什么呢？

破坏事故现场？李永刚听全督佑说过，搞一吨炸药，把塌陷的地带炸个面目全非。李永刚看看在座的几个人，不像是干这类事的人。他们来干什么呀？总不会是专程过来玩小姐的。他听自己的女朋友说，郝华能经常来找唐小桃，只要郝华能一来，他俩就关着门不许服务员进去。服务员担心有一天他俩的事情被郝华能的妻子知道找上门来，唐小桃会责怪服务员走漏了消息，自己的饭碗保不住。

全督佑他们正等得不耐烦的时候郝华能进来了。随后唐小桃领着两个服务员送来了水果。郝华能开门见山地说："最近，我收到一些举报信，内容都是关于全能公司的，有人要整治你们全能公司，我看是醉翁之意不在酒，是想搞市交通局。你们公司不能束手就擒，要以其人之道还治其人之身。"

全督佑说："请郝局长指示，我们该从哪方面入手？"他吩咐办公室主任作记录。

郝华能装得很随意，漫不经心地说："目前，我收到的举报材料有反映贾星找人大代表为周晟俊拉选票的，有反映贾星和周悦关系不正当的，还有反映群星公司非法集资的，其他我就不清楚了。"

唐小桃说："还有一件事，你们肯定不知道，贾星有个儿子在外国读书，读了高中，上大学，现在听说在念博士，哪来的钱？贪污腐败分子是贾星，蟒河市头号贪污犯。"

然后，大家七嘴八舌议论开来，你列一条，他列一条，整理一下有十几条。郝华能说："够了，就这些也能让他们喝一壶的了。"

全督佑说："现在大家就动手，每人写一封检举信，有理有据。请唐经理为他们每人安排一个单间房，弄几个"重磅炸弹"，把蟒河市给我掀翻喽。"

郝华能起身，他说："我得写个材料，明天一大早还有个会。希望我能在会上看见你们的材料。"他说着便朝门口走去,在出门的时候又回头说,"我在会上点他们一把火。"

强市长组织召开调查组工作会，他刚刚从省里回来，蟒河市五号高速公路的塌陷事件在全国影响很坏，强市长被省长、副省长狠狠剋了一顿，省长要求要把事故原因调查清楚，把坏事变成好事，总结经验教训。副省长更严厉，他要求一查到底，该处分的处分，该移交司法机关的，坚决依法办理。强市长把省领导的指示精神向各位作了通报，接着研究具体事项。

郝华能首先发言，他把这几年的交通基础设施建设成绩大肆渲染了一通。任务重，人手少，时间紧，出些差错在所难免，但交通局十分重视工作中的查找环节，经常不定期进行回头看，一旦发现问题，立即给予纠正。话说得漂亮，强市长一个劲地点头认可，在中间还插了两次话。郝华能说："五号高速公路塌陷，局里的工程技术人员，认真探察，认为是自然灾害造成的，连续几天大雨，地基下陷。质量问题也存在，比如路面不平，有轻微坡度等。"

大家有不同的看法，特别是两个工程专家和安监局严局长不同意塌陷归结到自然灾害这个结论，认为有些牵强附会。这才几天的大雨，照这样说，几场暴雨还不把几条高速公路都给毁了？水泥又不是豆腐。

会议有了很大的争议，强市长强行控制着会议局面，办公室主任送来一封急件。强市长拆开看时，脸都变色了。拿到会场的是告状信，抬头有送市里的，有送省里的，甚至还有送中央、国家部委的。一大摞，厚厚的一沓。告状人很巧妙，现场开会人员人手一封，信封上写有每位参会人员的尊姓大名。办公室主任挨个发送着。

这个会开不下去了，有这件事横在眼前，谁还能开下去。强市长不知该咋办？郝华能讲话了，他匆匆看过手里的信件后，开始点火了。郝华能做好了破釜沉舟的准备，这次事故调查，本身就是一场你死我活的斗争，鱼死网破，不如来个先发制人。美国的海湾战争不就是采取这个手段吗？最后咋样？当然是取得胜利喽，现在的法则，谁先咬上一口，谁就取得主动权，这叫先发制人。后来者叫打击报复。

郝华能说："作为一名共产党员，要敢于坚持真理。"他有意犹豫了一下，看了一眼周晟俊说："有人反映周副市长有大问题，信上说他拉选票，在竞选中搞非法组织活动。还说长期同强市长对着干，暗地活动当市长，等等。我建议周副市长不能担任调查组长，应该回避。我这是从政治大局、组织纪律、组织原则上提出的，我本人绝对没有个人的什么成见。请周副市长谅解！"

参加会议的人员都惊讶地看着郝华能，像这样的直言坦诚，是多年没有看到过的了，真是久违了。但大家总感觉到有些别扭，话中带刺不是那股子正味，有邪气透出来。周晟俊是什么样的干部，大家心里是清楚的，总不能凭几封匿名信就这么轻率说话啊。

周晟俊看到这几封告状信，怒火中烧，他在心里骂着无耻、卑鄙。他想这个时候弄出这些东西来，又发到调查组会议上来，这是干什么，用意何在呢？别出心裁？哗众取宠？不是！他否定了自己朝那个方向的猜测。扰乱调查组的工作程序或者为了转移调查视线，从而改变调查方向。五号高速公路有严重问题，在工程背后，肯定隐藏着不可告人的事情。他在脑子里分析着问题，郝华能发言了，周晟俊万万没有想到郝华能会把话说得那么直白。

周晟俊脸上好像爬满了蚂蚁，郝华能的话把他推到非常难堪的角落里，他怒也不是，笑也不是，哭也不成，一脸窘态。大家都把眼光放在他的脸上，这种感觉让他终生难忘。但周晟俊毕竟在官场滚爬多年，还是有一定的临场应变能力的。他埋头看桌上的资料，其实一个字都没看进去，但他必须装着看的样子，时不时还翻动两页，以躲过人们的目光，遮掩住脸上尴尬的表情。

强市长也有为难处。周晟俊是蟒河市的副市长，他的政治命运并不在市长的手里，他是省管干部，不是市长叫他下去他就下去了，事情没有这么简单。况且，告状信里又牵扯到两个人的事情，他要夺市长的位子。当着这么多人的面，咋能摊开说呢？你总不能当着大伙儿的面去质问他，老周，你想当市长呀？这样不把场面搞砸了吗？如果周晟俊一气之下，撕开脸面，市长和副市长互揭底子，怕是要弄出全国性的政治笑话出来。但这种场合，作为会议主持人又不能不说两句，既然郝华能在会上把球发过来了，不接或回避都不是最好的选择。这个郝华能今天是咋了？吃枪药了，火药味十足，又道貌岸然地把话说得圆滑，软刀子不像软刀了，直刺心脏。这个郝华能在政治上成熟起来了。

接到郝华能扔过来的球，强市长在手里掂了掂，他干咳了几声，把场上的气氛调节了一下，他说："会议的主题被中断了，不碍大局。郝华能同志就事论事，敢于直言坦诚地给我提意见，我这个市长也就说两句。"强市长微笑着看了看周晟俊，端起茶杯揭开盖子，动作很慢，一方面他借机观察大家的表情，想知道大家想听到什么；另一方面他在寻找说话的证据，怎么说才能让周晟俊无话可说，像郝华能的那种发言，既坚持了原则性，又没把周晟俊往死里打。这种场合千万防止"老虎跳墙"的事发生。

强市长放下茶杯继续说："我们不能仅凭几封告状信就作结论，这是对同志不负责任的态度。但信中反映的问题，我们在没有调查研究之前也无法给予反驳。我想最好的办法是回避，有也好无也罢，那是上级组织的事，我们管不着。"强市长说话的口气挺硬的，大家一听是在为周晟俊说话，最起码是在关心着周晟俊，强市长要的就是这种效果。

"老周啊，你看这样行不行？"强市长把手里的球传过去说道。

周晟俊听出了强市长的话外之音，他知道强市长还要得寸进尺说下去。周晟俊面对检举信的内容，问心无愧，他知道结果是什么样的，所以很轻松地说："强市长说了算，只要对工作有利。"

强市长笑着说："好啊，不背思想包袱就好。回避是把回击告状人的利剑。过去告我的人还少了？告我什么，我就回避什么，自有组织公断。要你回避，就来个彻底的，看他们有什么话说。好啦，你分管的那块工作，我先代管几天。"强市长把最后一句话说得很随意，像没有办法的办法似的。

"事情堆得像山，忙都忙不完。我说这些人呀，真是吃饱了撑的，净给我们添乱。"强市长说着挥挥手说，"散会吧！"

周晟俊回到家，把手里的包狠狠砸在沙发上，什么回避，说白了就是停止工作。有这样对待同志的吗？就凭几封匿名信，简直是乱弹琴。

贾星这几天一直待在殡仪馆，他哪里都没去。早上群星公司的全体员工在殡仪馆为死难的同事举行了追悼会。告别仪式上，贾星紧紧握住甄铁家属的手，泪水止不住地往下流。贾星说："你们的亲人因公殉职，是为群星公司而死的。今后，我们群星公司的每个人，都是你们亲人。孩子的一切，都由群星公司负责，直到成家立业……"贾星痛苦得再也说不出话来。群星金属结构厂厂长甄铁是全国劳动模范，他的先进事迹，曾在全国各大媒体上进行过广泛地宣传。甄铁的奉献精神在蟒河市是家喻户晓的，他的殉职惊动了省政府领导。蟒河市政府在全市人民中开展了向新时期全国劳动模范甄铁学习的活动，学习他的奉献精神和社会责任感。

忙完殡仪馆的事，贾星又赶到市医院，胡敏说："张秀琴从手术室出来了，大夫说手术很成功，没有刺伤内部器官。大腿骨折，手术已经完毕，她在病房休息，不能说太多的话。"

贾星点着头说："知道了。"

在胡敏的陪同下，贾星轻轻走进病房，张秀琴躺在病床上，身上连着几台监控仪器，鼻孔插着输氧管，手上打着吊针，药水滴的非常缓慢。贾星在病床跟前坐下，两眼注视着张秀琴没有血色的面容。

张秀琴哼了一声，她感觉到贾星在她身边。一只纤细的手从被窝里伸出来，停留在床沿边。贾星轻轻握住，两只手紧紧地握在一起，没有话语。张秀琴的手指在贾星手背上摁了两下，贾星知道她在说"谢谢"。他也在她手背上按了几下，告诉她说："安心养病，群星感谢你，我会天天来看你的。"为了让她能明白，贾星特别俯在她耳边，亲切地说了这句话。

临走时，贾星特别交代张秀琴的丈夫和孩子，每天必须电话汇报情况，有什么要求打电话给胡敏，她会安排好的。张秀琴的丈夫是大学教授，一身书生气，出这种事他简直束手无策，只是一个劲地感谢贾星，感谢胡敏。张秀琴的女儿很聪明，她在医学院任教，她说："请贾总放心，我正在上高级护理班的课，每天带四名学生过来实习。不会有大事的。"

贾星一直喜欢这个丫头，就像自己的女儿月辰一样，调皮机灵得要命。贾星说："学生的护理费，全由群星公司承担。"

丫头拉着贾星的手，说："谢谢伯伯。"话音未落泪水便流下来了。胡敏拍了拍丫头，这丫头竟扑在胡敏的身上哇哇大哭起来。

"闺女疼娘！"贾星说着快步离开了，他怕看这样的场面。

贾星还没进院门，就听见院子里吵翻了天。推门进去一看，才知道是贾月辰、周悦、赵欣然几个在推搡着李永刚。贾月辰拿扫帚揍李永刚的屁股，"你这个白眼狼，揍死你。"

李永刚不闹也不叫，只是说："我把天说破了，你们还不信我的话，好吧，打呀，打死我算了。"

贾星进门便喝住了贾月辰，"你这孩子野得没样儿，他是你能打的呀？进屋说吧，有什么重大事情报告？"

"你怎么知道我要向你报告？"李永刚问。

"不知道吧，我告诉你，我吃的盐比你吃的饭还多，过的桥比你走的路还多。"贾星指着李永刚说，"你这点小把戏，也敢在我跟前耍？"

李永刚从提包里掏出一大堆材料，摊在手上说："这是郝华能组织人写的检举揭发材料，有送市里的，也有送省里的，还有送中央各部委的。"他又分捡了一些说，"这是我写的检举揭发材料，时间、地点、事情经过，证明人都在上边；这是全能宾馆我女朋友和宾馆服务员揭发郝华能、唐小桃乱搞男女关系的材料；这一份是外汇管理局的朋友写的一份证明材料，早几天唐小桃给郝华能老婆汇了二十万美金。还有、还有……"李永刚掏提包，拿出一盒录音带，"这是郝华能召开秘密会议的录音，他们怎样虚拟罪状，又怎么进行分工，还在宾馆嫖娼，全在这里了。"

"贾总，对不起了，我不辞而别，就为这个。"李永刚说着便问，"你不会不要我了吧？"

贾月辰重重一掌拍在李永刚肩头上，她说："看不出来，你还有克格勃的潜质。"

周悦接过话茬："你谈女朋友了？是真谈，还是假谈？如实招来。"两个女子抓住李永刚推来推去，像是斗争坏分子一样。

李永刚举手发誓说："真谈！"

周悦、贾月辰高兴得直拍手。她们嚷嚷道："请客呀，一定要大出血！"

第七章　警钟长鸣

蟒河市因五号高速公路的塌陷引发的一系列事件在省里和中央部委挂上了号。老百姓说，好事不出门，丑事传千里。这比在电视上做广告强多了，电视上的广告，人们看了也就看了，不会往心里去。可蟒河市这一摊子烂事，人们又是议论又是猜测，说什么的都有。看来要把群众的思想和情绪扭转过来、统领起来，光靠宣传、说教是不行的。还必须实实在在地做事才行。

宣传部叫苦连天，他们花了大力气，自上而下、自下而上开展的思想、道德教育，一夜之间就鸡飞蛋打了。"一粒老鼠屎，坏了一锅汤。辛辛苦苦抓了两年，白干了。"宣传部长在一次会上说，"说得天花乱坠，不如做出个样子。纪检、监察要下大力查案，给人民群众一个满意的答卷。"

市委书记在中央党校学习，还没结业，不得不请假回来。省里、中央部委把告状信转到他手里，上面的批示措辞很严厉。据说省里还要派工作组下来，协助蟒河市的调查工作。协助只不过是一种委婉的说法，是给蟒河市一个面子，场面上的人一听就明白，他们是来督办、督察的，有些事还要亲自调查办理的。比如省交通厅，来了一个专家组，还带有先进仪器设备，他们对五号高速公路作了全面的质量检查。他们只埋头做事，什么事情或者什么情况都不和蟒河市说。他们只对省政府、省交通厅负责。这是好事，希望他们能有个结论。蟒河市自身在干什么？强市长说，原先有个工程质量调查组，正在对塌陷路段进行调查时，却出现这一堆告状信、举报信，告的是调查组组长周晟俊。调查组组长回避了，调查组的工作也就停下来了。

但蟒河市还有一个调查组正在紧张有序地工作着,这就是由市纪委、监察局、检察院、反贪局人员组成的联合调查组。他们这两天忙着呢,找周晟俊谈了四次话,了解情况,几乎是车轮战术。周晟俊态度强硬,对他们说:"这些事你们不该来问我。我说没有,你们相信吗?所以,你们该去走访人民群众。还有郊区一号楼事故问题上,说我包庇坏人,收了贾星钱财。要我回答,我就说无耻,写这信的人是恶意造谣诽谤。"周晟俊的肺都快要气炸了。

周晟俊听说市委书记从北京回来了,他必须作一次汇报,把蟒河近年来发生的事作个系统分析。他认为蟒河市有股子邪气,似乎是有人在暗中助长了这股邪气,一定要尽快斩断背后的这只黑手。

贾星得知周晟俊的处境,愤愤不平。这是什么事嘛,就凭几封匿名信,便混淆黑白、颠倒是非呀,正义何在?!良心何在?!贾星把李永刚送来的材料整理了一下,郑重其事地递交到市人大常委会。市人大立即严肃认真地对待了这件事情,行使人大常委会的职能权力,召开了特别例会。

强市长立即通知联合调查组停止对周晟俊的调查,撤消联合调查组,执行市人大常委会的决议。市委决定由检察、公安机关立案审查郝华能、全督佑、唐小桃等人的违法犯罪行为。市检察院、反贪局、公安局行动快速,派出最得力的骨干人员,对郝华能、全督佑、唐小桃等人执行拘监审查。

郝华能、全督佑、唐小桃三人刚开始还百般抵赖,气焰嚣张。郝华能说:"你们这是在打击陷害优秀领导干部,你们可知道,我是省劳模,连续五年被评为全省先进工作者,你们要对自己的行为负责!"

检察官义正严辞地说:"任何人都必须在法律范围内活动,功臣也不例外。功劳和犯罪,可以说车是车,马是马。我告诫你,看清形势,在法律面前争取主动。在历史上,像刘青山、张子善这么大的功臣,也没逃过法律的制裁。"

郝华能在事实依据面前,无法再作有力的狡辩。于是,他转变态度,妄图搞避重就轻的战术。检察官早已洞察出他的心理:"现在两条路摆在你面前,坦白从宽,抗拒从严。你自己选择吧!"

"我承认错误,"郝华能说,"现在回头想想,我是被全督佑、唐小桃两口子拉下水的。"郝华能额头上冒出了豆大的汗珠,他彻底崩溃了,"他们蓄谋已久,编织圈套让我朝里钻啊,我是无辜的。还请检察机关明察呀！"

省交通厅五号高速公路专家调查组的调查报告出来了,这条高速公路,由全能公路工程公司中标建设,几乎全部不合格。主要问题是路基,该清除淤泥的路段,没有彻底清理,需要回填沙石料的路段,回填不够；在材料上以次充好,偷工减料；路面沥青厚度不达标,而且用料不合格,造成第三号路段报废,必须彻底翻修。

蟒河市各大班子领导集体听取了省专家调查组、市人民检察院的汇报,万分震惊。这么大的事件,之前竟然没有丝毫察觉,这给国家造成多大的损失啊。几大班子领导意见高度统一,依法没收全能公路工程公司及下属分公司、企业全部资产,冻结该公司所有银行账户,收归的资产及企业,由市一建负责重组。对案件所涉及的犯罪嫌疑人,责成司法机关依照法律程序,从快从严,绝不姑息,给全市人民一个交代。

市领导班子集体研究决定,处理善后工作事宜,由副市长周晟俊全权负责。

蟒河市法院对郝华能、全督佑、唐小桃以及全能公司的项目经理、财务科长、市交通局招标投标办主任等十几人进行了宣判。那天,市法院大厅内外,人山人海,为了让广大群众受到教育,法院还在大厅外架起了两只高音喇叭。审判员义正词严地宣读判词,彰显着法律的威严。每宣判一名,大厅内外就响起了群众雷鸣般的掌声。

市纪委和市委宣传部抓住这一反腐倡廉的典型,编写了一本警示教育读本,把郝华能、全督佑他们的腐败案例,作为反面教材编入读本,并要求各单位、各行业结合自己的工作实际,开展"讲理想、树正气"的教育活动,从而为蟒河市社会发展营造良好的社会风气。市委书记返回中央党校学习之前,特别强调了开展教育活动的重要意义。通过一系列的教育活动,狠狠打击了歪风邪气。让想干事的能干事,能干事的干大事。上下拧成一股绳,一心一意谋发展,从而推动全市经济建设快速发展。他说："在开展教育活动取得成效的基础上,要召开干部大会,总结经验教训,使我们的工作取得更优异的成绩,以回报蟒河市人民对我们的信任。"

强市长在主持召开的小结工作会上,先后听取市纪委、宣传部关于教育活动的汇报,周晟俊关于五号高速公路第三路段的翻修工作汇报。不知为什么,强市长突然又想起了郝华能他们搞的那几封举报信。于是,他打断周晟俊的汇报,向参加会议的纪委、监察局的负责人问道："群星公司非法集资，扰乱社会金融秩序这件事，查的情况怎么样了，我咋没听到结果呢？"

市监察局长红着脸说："这一阵子案件多，没有顾过来。还有另外一个原因，那就是写检举信的一伙人，统统是涉案人员，他们写的全是捏造的东西。所以，就没有去调查这档子事。"

强市长颐指气使地说："对问题的严重性认识不足，重大线索不可忽视。非法集资不仅扰乱金融秩序，有没有诈骗行为，资金挪用，贪污现象是不是存在？不要认为检举人被绳之以法了，就不管不问了。说不定他们当初的动机是好的，是想立功赎罪。监察局要尽快立案，政策上的事，可咨询人民银行嘛。"

强市长一句话，市监察局长回到单位就安排部署关于调查群星公司非法集资案的事。在市监察局立案调查的过程中，有人得到可靠消息，说是群星公司非法集资数额超过千万元。监察局长一听这个数额，当时就向市纪委领导作了汇报，并与市公安局进行沟通。市纪委书记召集三家开会，把贾星列为大案要案的重点人物。

贾星被纪检监察和公安机关视为嫌疑人的时候，他一点都不知道。经过五号高速公路塌陷事件和郝华能一伙造谣污蔑、匿名举报等一系列的折腾，群星建筑公司急在眉梢的事一再耽搁。他在事件平息之后，专程去了钢结构厂，重新组建厂的领导班子，任命新厂长。徐洪刚总工程师接任厂长后，为把耽搁的时间抢回来，钢结构厂各个车间连班倒，生产机器也没停过。

贾星又在钢结构研究院待了几天，这是一个新组建的单位，面临着许许多多的困难，资金不足，人才匮乏，资料欠缺，同大专院校、科研院所的交流不够多，缺乏重量级的学科带头人。贾星召开座谈会，发挥研究院现有的条件，把钢结构研究的课题做起来。

就在市纪检监察和公安机关准备调查他的时候，他还在群星建筑设计院开会。胡敏提出设计院工作重心转移，由钢筋混凝土的建筑设计逐步转移到钢结构建筑设计上来。贾星知道，实现这个转移，不是一句话就能解决问题的。设计院大多数专家、设计师，过去学的和现在做的都离钢结构相差甚远，必须加大学习和培训的力度，才能实现这个转变。贾星在设计院，听取了方方面面的建设性意见。

为了群星建筑公司的转型，贾星这段时间累得不轻。他回到办公室，

第七章 警钟长鸣

屁股刚坐到椅子上，水都没来得及喝一口，李永刚便跑来了，他大口大口喘着气，端起贾星桌上的茶杯，咕嘟咕嘟就灌了几大口，缓过一口气来，才对贾星说："贾总，我要开一份公函，还有公司的介绍信。"

"公函朝哪儿开？"贾星看他急匆匆的样子，问他："开介绍信出国去呀？"

"公函开到市会计律师事务所。"李永刚说："晚了可不行了，我这就要。"

"会计律师事务所？"贾星不解地问道："财务有纠纷了，我咋没听张秀琴说过这事呢？"

李永刚说："不是群星的财务，是我们市政工程处的事。现在，正在清理没收全能公路工程公司的财物。全能公司还欠工程处六号高速公路施工款项，这得追回来。"

贾星说："当时那段标是全督佑签的合同呀，这咋能行，人家也不会承认。"

"共产党讲实事求是，那路段是我们中的标，又是我们干的。他签合同，他定的分成比例，太不合理，我不信真正的施工单位要不回钱来。"

贾星想想有道理，分成比例没有在合同中注明，仅凭全督佑说了算，那是不算数的。做了工，全能公司不付款，盈利被截留，完全有据可查。贾星想到这里，说："张秀琴还没出院，她帮不了你。这事你给会计律师事务所讲清楚，取得他们的帮助，千万不要使性子。"贾星提醒李永刚，随后又问："多少钱？"

李永刚神秘兮兮地比了三根手指头说："三千五百万。"

贾星给震住了。

真正把贾星震住的不是李永刚的三根手指头，而是站在办公室门口的市纪委副书记、监察局局长等六七个人的到来，让他呆在了原地。贾星最不愿看到的就是这帮人，群星公司的事堆积成山，很多事不抓紧时间办理，发展的机遇就稍纵即逝。今后想再补回来，那是不可能的事了。公司又出什么事了？贾星在脑子里把这段时间的事快速地滤了一遍，没发生什么事呀。没发生什么事，他们来干什么？没嗅到腥味，猫是不会上锅台的。

一群人走了进来，贾星连招呼都不想打一个。他在办公桌前埋头看材料，手里的事太多了。改革开放，发展竞争，很多科技项目你不抓紧，就会被别人抢过去，特别是在钢结构这个项目上，一定要快。时间不等人呀，人们常说的一句话，叫时不我待。可是，进来的这帮人，不停地干扰你的正常工作，让想干事的人干不成事。贾星想到这里，抬头看了看站在办公室里的人。

纪检监察机关是有备而来的。在他们来之前，便将手里已经掌握的证据材料，向强市长作了汇报。强市长的态度是：贾星要是配合调查，可以让他在单位一边工作一边交代问题；如果他不配合调查，先按组织程序，实行双规。

纪检监察机关有个"双规"机制，这是中国人的独创。所谓"双规"，就是把当事人带到一个指定的地点，与外界割断一切联系，有专人看管。吃喝拉撒睡，全在这里头。在规定的时间期限，规定的地点，叫你集中时间、集中精力交代问题。贾星今天这个态度，非双规不可了。

贾星被他们带走了，去了哪里谁都不知道。群星公司大楼顿时炸开了锅，什么事把贾总带走了？双规可不是闹着玩的事，进去的人很少出来。这回贾星可能是完了。关心他的人给胡敏挂了电话，给赵欣然打了电话。李永刚在去会计律师事务所的路上，也接到了电话。李永刚停住脚步，他想他当时就在贾总办公室，进来一群人，他还认为是找贾总谈工作的。谁知道竟是来抓贾总的。他在电话上问为什么把贾总带走，电话里的同事说谁都不知道，莫名其妙就被带走了。

贾星是在一间房间里得知情况的。带他进房间的几个人，郑重其事地找他谈话，并告知他说："对你实行双规，这是组织的决定。其目的是让你有充分的时间，集中精力，交代群星公司非法集资的问题。"

监察局长说："老贾呀，你要珍惜这个机会，这是组织上对一个同志的关怀。在这里把问题说清楚，是最好的选择。问题还没移交到司法机关，还属于人民内部矛盾嘛。"

贾星问监察局长说："说了半天，你到底要我交代什么呀？不就是集资的事情吗？这是明摆在那里的。我告诉你，集资的事是有目的的，但非法不非法，我倒吃不准。"

监察科长递过来一叠写交代材料的纸，他说："不仅仅是性质问题，更重要的是资金流向，有没有贪污、挪用。挂羊头卖狗肉，搞诈骗的事，现在多的是了，扰乱社会金融秩序不是小事。"

贾星听科长说这混账话，气不打一处来，他拍桌子说："集资是集了，至于其他事情，你们可以去查嘛。总会计师张秀琴和财务人员都知道，你们调查好了。什么狗屁交代，告诉你，我一个字都不会写。要杀要剐，你们看着办吧。"贾星说着便解衣、脱鞋、上床睡觉。

调查人员连躺在病床上的张秀琴也不放过，有事没事就到病房找她谈，让她无法安心养伤。张秀琴在病床上感觉到贾星的压力。一个一心谋发展、干事业的人，咋就这么难呀？像贾总这么正直的人，在往后的道路上，还会碰到多少沟沟坎坎？改革开放，中国社会经济取得巨大的成就，人民群众的生活水平有了很大提高，这是有目共睹的事。但是，在市场经济发育成熟的过程中，有许多负面的东西也在滋生，比如腐败现象、不文明行为，还有中华民族优良的传统美德、社会道德的沦落，以及人与人之间的关系复杂化等，贾星都无法去适应，也不会去迎合。这些张秀琴都知道，共事多年，她太了解他了。张秀琴躺在病床上想着这些事，翻来覆去怎么也睡不着。

"谈谈吧。"调查人员说，"你要站稳立场，检举揭发是立功的表现。你要明白自己的处境，组织上是关照你的，否则的话，你也得双规。"

张秀琴笑了，她说："我这状况，跑得掉呀。告诉你们，集资是我向公司提出来的。当然，贾总是同意的。至于金额、用途，你们可以去查公司的账目。我财务部的所有人，都可以告诉你们。"她说完，便闭上眼睛休息了。随你问什么，她都不再应答。

监察局也知道自己干这些事是多此一举，甚至还不那么仁义。但他们必须这样干，是干给强市长看的。双规贾星，医院病床询问张秀琴，强市长感觉到监察局抓工作的力度，有股子狠劲。其实，群星财务上，专门为集资款项建立了独立账簿，在银行开有专项户头。为钢结构厂购设备，买材料花销多少，钢结构研究课题费用多少，在账簿上一目了然。

群星公司的集资款，没有贪污，没有挪用现象，至于花销开支是否浪费，监察局专门去查了钢结构厂的财务账。事关职工利益，钢结构厂也专门列了一笔账，集资款的开支，为钢结构厂带来巨大的利润。利钱没有动，有按集资分红的说法，职工都盼着呢。

强市长拿不准政策界限，讨论群星公司集资事情的时候，把市法制办、财政局、人民银行、银监局的经济师、会计师等专家都请来了，还有三四个律师。他们对群星公司的集资问题，讨论得非常认真，有位经济师发言大胆，他说这是经济发展的必然，很可能是一种趋势。有很多事情要做，国家又没有钱，集民间资金办国家、政府管不过来的事情，在国外是很普遍的，但要有政策规范，有法律保障才行。

强市长不爱听、不想听这些大道理。他心里什么都清楚，这些道理还要你来说。邓小平关于政治体制改革的报告、讲话不是谈到了嘛，政府管了一些不该管、管不好、也管不了的事。融民间资金，办企业急需办的事情，就是属于这样一类的范畴。现在的问题是，国家不是还没出台政策嘛，法律不是还没有明文规定嘛。他说："今天我们不扯远了，就谈群星集资这件事。"

监察局局长说："群星公司内部职工共集资一千一百万。另有一百多万是外部的，也就是说，是同群星公司职工有亲属关系的外单位的人员。集资账目清楚，投向去处清楚。在调查中，没有发现任何贪污、挪用现象，不存在什么诈骗职工钱财之说。"

"我补充一点。"监察科长说，"集资款项用于购买设备、原材料和研究经费，有上百万的利润。集资人员盼着分红利，这事如何处置，要有一个回复。"

在座的法制办主任和几位律师认为，群星公司的集资没有违法，就目前也没有分配红利。但向社会集资部分，是不是扰乱了社会金融秩序，在法律这一块，还没法界定。

人民银行是金融部门的管理机构，银监局是金融部门的监督单位，参加会议的人员都把目光转到他们身上。人民银行分管业务的副行长说："集资不违法，这在单位、企业内部是常有的事，比如集资建房等。至于向外集资扰没扰乱社会金融秩序，主要看利率。群星公司并没有以高利息去招揽人，但向社会集资是不允许的，应提出批评。"

强市长总算有了笑脸，错误还是有的嘛，集资的事也是有的，说明检举的人并不是空穴来风，胡乱编造。调查一下也好，敲敲警钟，防患于未然。强市长在为自己当初的决定找台阶。他抬头看了一眼周晟俊，说："老周，你的意见呢？"

周晟俊当初对调查群星公司集资问题就有意见。后来双规贾星，又是在周晟俊不知道的情况下背地操作的。现在强市长在众人面前，和气地征求自己的意见，这分明是把事情推到他身上来。明白事情真相的还好说，不明白事情来龙去脉的咋想啊？周晟俊想，这事生米已煮成熟饭了，贾星在里面已经待上半个多月了，还不把他急疯了。想到这里，周晟俊知道该做什么了。在这个时候，同强市长碰撞毫无意义，吃亏的只能是贾星。当务之急是让贾星走出来。

第七章 警钟长鸣

"强市长说得对。"周晟俊心平气和地说,"监督是对干部的关心和爱护,没有事敲敲警钟,也是有必要的。反腐防变,关键在于防。把工作做好,让贾星不要背思想包袱,出来工作当紧。"

"这点很重要。"强市长指着市监察局局长说:"按周副市长的意见办,你去落实吧。思想工作第一位,让他放下包袱,不要对组织有怨言。好吧,今天的会就开到这里吧。"

贾星不明不白被双规了半个多月,从里面走出来的时候,心头好似打翻了五味瓶,酸甜苦辣咸,弄得他不知如何是好了。组织上找他谈话说,不要有怨气,不要背包袱,这是组织对他的帮助和爱护。再有度量的人,遇到这种事不可能没有气。一个把事业放在心上,成天任劳任怨的人,一个一心一意谋发展、干大事的人,今天被调查一番,明天抓进去关上一个月半个月,怎么可能没有思想包袱,怎么可能没有想法和怨言?更让贾星不可思议的是,还美其名曰组织的关怀和爱护。真是站着说话不腰痛,有这样关怀和爱护人的吗?一天到晚没人和你说一句话,不准睡觉,不准吸烟,不准跨出房屋。成天只问你一个问题,让你回忆,让你交代,让你写清楚。即使不把你折腾个半死,也要把你整治疯了。想到这些,贾星气得直跺脚。

在家待不住,他得出去走走。贾星在大街上满街转,走了花园路,再走奋进道,大街小巷几乎被他转悠了一遍。还是不行,得找人倾诉,倒一倒心头的苦闷。找谁诉说呀,大街上人倒是多,有谁能和他说说知心话呢?天地之大,哪一块才是清静之地呢?贾星沮丧之极,抬头望着星空。

贾星站在一条林荫道上,树冠遮蔽着大街上的霓虹灯光,他高声念道:"念天地之悠悠,独怆然而涕下。"在暗处他真想喊叫几声,将久积于胸的郁闷喊出来,喊得丝毫不留。就在这时,身旁二楼的一盏电灯突然开启,从窗帘缝隙射出一道亮光,正好照在贾星的身上。他侧脸朝上一看,这不是周晟俊的家吗?我怎么转到这里来了?天意,真乃天意啊!贾星的心一下子敞亮开来。

他急匆匆地走上楼,按响门铃,开门的是周悦,她惊叫一声:"贾总!"

周晟俊从沙发上嚯地站了起来,大步朝门口走去,他见贾星站在门外,便伸手去拉他,嘴里埋怨着说:"老贾,站在门外干啥?快快快,进来,进来。"周晟俊握着贾星的手,一直把他拉到沙发跟前,拿手按着他的肩,让他坐在沙发上。

"妈——"周悦朝屋里叫，"贾伯伯来了。"

周悦的母亲从书房间走出来，见贾星面容憔悴，便吃惊地问："老贾，你这是咋了，面黄肌瘦的样儿，是不是生病了？"

贾星从沙发上站起来，笑着摊开手说："我这不是好好的吗？啥病都没有。"

周悦的母亲摇头看看贾星，察颜观色已成习惯。她是市医院有名的儿科专家，一副慈祥的面孔，高鼻梁上架着金边眼镜，她认真地对贾星说："你抽空过来，我找几个大夫给你检查检查。"

"我这身子骨壮着呢。"贾星说，"要说有病，也是思想病，你看不了，这得找周市长给我瞧瞧。"

"那好，你俩好好唠唠。我娘俩去街上转转。"她说着便同周悦出门了。

周晟俊握着贾星的手，在沙发上并排坐着，他仔细打量了他一会儿，叹口气说："你受苦了，你现在的心情，我是完全理解的。"

贾星内心涌起一股热流，鼻子酸酸的，眼泪在眼眶里直转悠，他强忍着不让泪水流出来，便把脸扭了过去。贾星知道周晟俊是最了解自己的，在很多场合中，他都力排众议，顶着压力为他和群星公司说公道话。就因为这些，周副市长受了不少牵连，甚至被纪检监察机关调查。即使在这种处境下，这位副市长仍坚持原则，实事求是，同邪气进行不妥协的斗争。有这样一位好领导，贾星认为是自己的福气，也是群星公司的幸事。现在，有千言万语想同他说说。

周晟俊见贾星不吭声，便拍拍他的手背说："说吧，把心里的不快吐出来，我听着的。"

贾星说："调查、双规我都不怕，我是受些委屈，想想也就过去了。"他说着，便摇摇头继续说道："我是烦瞎折腾，对企业家来说，时间不单单是金钱，更是生命。周市长，改革开放形势这么好，我们要珍惜呀！要加快发展步伐，争夺先机，蟒河市要打造全国一流企业，要把国营的、民营的、各行各业的企业做大做强。只有这样才能在市场竞争中，立于不败之地。企业要讲诚信，要靠科学技术来支撑，在市场竞争中拼的是综合实力。任何企业，无论是工程建设，还是商品的生产加工，都关系着人民的利益。凭关系，靠投机，那是万万使不得的。"贾星一口气像打机关枪一样，把这段时间里思考的事，都抖了出来。

第七章 警钟长鸣

周晟俊心里很高兴，眼前这个企业家没有被压趴下，腰杆子还是这么硬，这么直挺，他打心眼儿里佩服。当年，市一建两员大将下海，一个成立了全能公路工程公司，一个组建了群星建筑公司。那时，周晟俊便看出来了，两个企业跑的不是一条道。全督佑走的是关系道，权钱交易之路，确实红遍了蟒河市，扎扎实实火爆了一阵子，结果怎样呢？总以为自己聪明，别人都是傻蛋，后来应了中国人形容愚蠢人的一句老话：搬起石头砸自己的脚。一害自己，二害人民，到头来，吃亏的还是自己。贾星的群星公司可不一样，讲诚信，凭实力，尊重市场经济法则，在大江大海中搏击风浪，迎接挑战，敢于竞争，善于竞争。虽说受到了来自各方面的打击，毕竟站稳了脚跟。从这个意义上说，贾星和他的群星公司一连受到这么多挫折，却把坏事变成了好事，群星公司等于是做了一系列不花钱的广告。

听了贾星的一番肺腑之言，周晟俊想到了强市长的一句话。蟒河市近一年来收到来自企业的告状信、检举信和乱七八糟的匿名信，不下百十件，强市长曾戏称那是蟒河市的"企业文化"。为什么告状信、检举信和匿名信，成了企业的一种常见现象了呢？强市长把这种现象冠名为文化现象，无疑是自嘲，是讽刺。那么，问题的根源出在哪里呢？周晟俊想还是出在企业文化上。企业文化，应该是一种包含精神价值和生活方式的生态共同体，它是通过一个企业历史的积累，现实的引导，创建出来的企业精神和企业品格。

周晟俊把自己的思考，同贾星交换了意见。他俩谈得很投机，从社会风气，谈到企业发展，从改革开放说到蟒河市的未来。周晟俊说："未来的企业，是个什么状况的企业呢，科技创新、科学管理，靠什么来支撑呀，我说是企业文化。一个国家，一个民族跻身于世界民族之林，占有一席之地，最终比拼的也是文化。"

"企业文化？"贾星仿佛意识到了什么，但一时又没有琢磨透。

"难道不是这样吗？"周晟俊说，"现在我们企业最欠缺的就是文化，企业文化就是企业的精神，企业的灵魂。没有企业文化，不重视企业文化，就是不重视未来。没有企业文化，就没有正气，没有拧成一股向上的力量。企业不仅做不强，做不大，就是强了大了，也不可能长远。"

贾星兴奋地一拍大腿，说："就是这个理。我在 EMBA 培训班上听过这一课。你不提，我还真把它给忘了。"贾星握着周晟俊副市长的手，说了一大堆感激的话。正准备离开，周悦和她母亲回来了，手里又是烧鸡又是卤鸭的。周悦非让贾星留下来陪她爸喝两杯不可。贾星一摸肚子说："哎呀，我真的饿了呢。"

群星公司中层以上干部企业文化培训班，紧锣密鼓地开始了。贾星特意请来 EMBA 培训班的老师来为群星公司的干部讲课。让贾星他们想不到的是，一大批班组长、机关各部室人员都来了，他们把不大的课堂塞得满满的，走廊过道上都坐的是人。老师见群星职工这么有积极性，课也上得特别带劲。

EMBA 的教师很有水平，也很有实践经验，他们的课深入浅出，结合实际生活，把课上得生动活泼。企业文化是个系统工程，从外延上说，有经营文化、管理文化、教育文化、科技文化等；而从内涵上看，包括企业精神、企业文化行为、企业文化素质和企业文化载体。这一套套的理论，从老师的嘴里讲出来，听课的职工一点都不觉得枯燥。为了便于职工的理解，增强对企业文化理论知识的记忆，老师列举了身边看得见、摸得着的事例。比如说，讲到企业的文化氛围，老师说好的氛围能使不干活的人坐不住，闲不下，相互影响，比学赶帮，力争把事干好。而不好的文化氛围呢，是想干事的人干不成，干事越多的人越倒霉，越吃亏。就像打麻将，四个人相互防备，看住对家，瞄着上家，卡死下家，你要的牌，我就是不给，我和不了，你也别想和。大家都在水里游，谁也别想上岸。一件事我没干成，你也别想干成。我得不到提拔，你也别想提拔，大家在一个锅里煮着却可以相安无事。课堂上一片笑声，大家频频点头，是这么回事，生活工作中，常常遇到这码子事。

企业文化的培训搞完后，贾星还在公司进行了三天的大讨论，以科室班组为单位，为公司文化建设提合理化建议。贾星归纳大家的意见和建议后，提出"一个理念、两个建设"。理念就是以人为本。两个建设，一是学习型组织建设，车间、班组、科室和公司，都要建设成学习型单位；二是良好文化氛围的建设。他还强调"两个家"的理念，一个是充满亲情的家，父母、夫妻、儿女，这叫天伦之乐；另一个是单位、同志、同事，充满友情的家。人人为我，我为人人，志趣相投，志同道合，共同干一番事业。

贾星抓工作有一股子劲头，他专门成立了企业文化部，并为企业文化部拟定了十大工作任务。贾星对四五个刚刚进入公司的大学生说，要把这十项工作抓好，年终公司就拿这个考核他们。他正在给几个大学生布置任务，李永刚跑进来了，他没头没脑地说："我支持企业文化部的工作，今年弄二百万元给文化部作为启动资金。"

"你哪来的钱？"贾星问。

李永刚调皮地做了个立正："报告贾总，三千万元资金已到公司账户，工程处自留五百万元。"

贾星脸上笑开了花，他指着李永刚说："你小子行啊！"贾星说完，脸马上拉了下来，严肃地对李永刚说："先去把婚结了，人家都把状告到我这里了，说是三四天没见你的人影了。"

李永刚立正挺胸，声音洪亮地喊了一声："是！贾总，结婚。"几个大学生吓了一跳，贾星指着自己的鼻子说："我结婚，还是你结婚？"房间里哄的一声，笑开锅了。

第八章　实力夺标

　　蟒河两岸的柳树吐出了嫩芽，远远望去，一团团淡黄的薄雾笼着树枝，在阳光照耀下，柔和的景色让人赏心悦目。弯弯的柳枝悬挂在清澈的水面上，如同姑娘美女梳妆的秀发。微风吹拂，美女扭摆着腰肢，露出些许羞涩之色，让人浮想联翩。河边坐着一排垂钓者，他们闲了一个冬天，到了春暖花开的季节，便情不自禁地来河边钓上两竿子。

　　群星公司也迎来了自己的春天。自从郊区一号楼坍塌事故开始，群星公司并没有躺倒不干，而是用自己的方式，小心翼翼却又大刀阔斧地行走在一条蹊径上。仿佛在不经意间，他们为公司构建起了庞大的框架，除原来的群星建筑工程队、建筑设计院、钢结构厂、门窗厂外，又发展组建了市政工程处、钢结构研究院、暖器设备厂、房地产开发公司、建筑装饰公司、建筑材料厂、劳动服务公司等二十八家单位。

　　一年半的休整给群星公司一个苦练内功的机会。高级班、科普班培训，企业文化建设培训，使群星公司上至高层、下至普通职工，整体素质有了飞跃性的提升。贾星在回顾这一两年群星公司的艰难历程时，认为不亏反而赚了。不然哪有时间抓企业自身建设，更不可能强化职工素质，培养出一支干练的职工队伍。还有更特别的一点，那就是钢结构研究院的组建，这是最具前瞻性的一步棋。

　　贾星这一年多的精力几乎都花在这项工作上，一个人能不能干成一件大事，有方方面面的因素。干得成还是干不成，在干的时候便能意识到。

种种利好的巧合，总是突然出现在面前，这就是上苍给你送来的吉祥的征兆。任何事情在成功或者失败之前，都会出现人们意想不到的征兆。吉祥的、有利的征兆，预示着你的成功。倒霉的、不吉利的，注定着人的失败。贾星是唯物论者，他不信这一套。不信归不信，但它确实存在着。征兆不来，你求也没用，求也不会来。征兆来时，你想躲都躲不掉。

钢结构研究院成立时，院长人选让贾星感到很为难，没有合适的人选。过去钢结构研究所所长，只能应付一下钢结构厂生产上的事。研究院成立起来了，总不能是个不健全的班子呀。贾星决定让研究院全体科研人员搞一次推举。那天，贾星早早起床，洗漱之后，他感觉精神很爽，浑身上下都轻松。贾星哼着小曲，打着领带，把灰色西服穿在身上。就在这时，西装内兜里的手机响了，来电号码不熟悉。贾星按了接听键，对方说的是上海普通话。

"喂，谁呀？"贾星漫不经心地接着电话，右手还在整理领带上的结。

对方大笑着喊贾星的名字，"猜不到吧，老同学，我是宋星。"

贾星、宋星，在大学里是一个班的同学，同学们叫他俩双子星座，一个在北方，一个在南方。大学毕业后，两人联系不多，特别是这几年，根本就没有什么联系，突然接到老同学的电话，贾星感到意外，他在电话里也哈哈大笑起来，他问："咋想起给我打个电话了？"

宋星说："我原打算过来一趟的，手里事多走不开啊。老同学，有事求你办一下哩。"

贾星说："啥事呀，搞得这么客套，只管说，我能办的尽量办。"贾星在电话里听宋星叽里呱啦说上一大通后方知宋星后来读博，成钢新是他的博导，成钢新还是中国工程院院士，研究钢结构的。宋星在电话里就给贾星讲解了一番钢结构学科的基本原理，扯来拐去才回到托贾星办的事上来。

"贾星呀，我的老师也是你的老师。"宋星还在客套，上海人就是这样，让你办点事，要把道理说透，把好话说够。他说："成老师年事已高，他退下来了。老家是你们那里的。落叶归根嘛，这是老年人的情结。我想找人过去看看他，这不是想到你了嘛。"

贾星眼睛一亮，一个搞钢结构的院士，泰斗级的专家，这可是上帝给我送过来的宝贝啊。贾星说："好，好。我这就替你去看望老师，行了吧。蟒河市这么大，总得给我个地址才行。"

"大同路8号。"宋星说，"老同学还是那么重感情。哎，你千万别空着手去，得替我买点啥。帮人帮到底，才是帮人。"

"这还用你交代？看望老师我什么时候空过手？买啥你说。"

"你们北方的大红枣，个大的那种。"宋星说，"成老师喜甜，怕酸。"

贾星挂断电话，心里有种说不出来的甜，真像是喝了蜜一样。他在不大的客厅走了几个圈。胡敏从卧室出来，提上包准备去上班，见贾星乐滋滋的样儿，问他发啥癔症，"一大清早，碰见啥好事了？"

贾星笑着，搓着拇指和食指，他说："给我点钱。"贾星平时身上从不带钱，也不管钱。

"要钱干啥呀？"胡敏一边问，一边从包里掏出一个封信，"这个月的工资没动，够吗？"

贾星点头，装在衣兜里转头便向外走。他一边走一边想，见到院士要说些什么，如何说，这是很关键的事。从没和成老师打过交道，初次见面就直奔主题，这能行啊？还不如照直说：我是代表宋星过来看看老师的。老师身体好吗，生活上有什么困难，您老只管说。我和宋星是同学，您老是宋星的老师，那也就是我的老师。您的那本关于钢结构的著作，我读了又读，其中有几个问题，等您老有空的时候，我还得请教请教。搞钢结构工程难呀，没有专家指教，就是建造出来，也是一堆废钢材堆在那里。贾星在心里盘算，又在脑子里打着腹稿。

贾星在市中心最大的一家集贸市场挑选最上等的大红枣，可品种实在太多了，有山东的，河南的，还有山西、新疆的。贾星拿不定主意，他问驾驶员小陈，小陈人年轻，从没买过这东西。贾星只好打电话问胡敏，胡敏笑着嗔怪道："你买啥菜呀，还跑到集贸中心去。大枣不多得是，谁要呀？"

"给一位老人买，你就说买哪一种吧！"

"给老人买？"胡敏不解地问，"老人有多老？"

贾星心里急，他说："就当给你爸买吧，咋那么多话呢？"

胡敏心里咯噔一下，"你可别把信封里的钱买完了，照着山西的称上几斤就是了。"胡敏担心他掌握不了分寸，特意交代他。有次让他去买西红柿，没交代清楚，他给扛回来小半筐，吃得嘴里冒酸水了都没吃完。

称几斤咋行啊，别小家子气。贾星想，去看老师，就提这点枣，太小气了。这个宋星，书咋越读越倒回去了。贾星想着成院士损宋星的样儿，便扑哧一下笑出声来了。卖枣的吓了一跳，弯着身子低下头去看贾星。

贾星意识到自己失态了，摆动着手指了指口袋说："山西的，来一袋子。"

成院士是个开朗的老头,高高大大的个儿,腰不弯,背不驼,说话声音洪亮,笑起来,两眼眯着,红光满面,很和善。他听了贾星的来意,见到一口袋大红枣,呵呵呵地笑着说:"这个宋星,想把老头子我给撑死呀,真是个榆木脑袋。"

贾星摸着自己的脑袋,不好意思地说:"对不起,老师,这事是我办的。"

成院士感觉到自己骂错人了,摆着手说:"没事,没事。"他说着便请贾星到沙发上坐,回头叫老伴沏壶翠芽茶。

贾星很想坐下多待会儿,又怕打扰成院士,便开口说:"不多打扰了,等老师空闲时,我一定登门请教。老师的那本钢结构专著,我倒是读了两遍,有几个问题老是没弄明白。"

成院士认真了,他拉着贾星的胳膊,"慢慢说,来来,坐下慢慢说。"成院士问他说:"你发现什么问题了?这本书我正在作修改和补充。出版社说下个月要再版,要听听我的建议。来,谈谈你的观点,是哪一部分?"

贾星说:"这本书目前是我院的教材,哪有什么问题!学术价值是一流水平。"

"你在哪所学院工作啊?"成院士听他说是院里的教材,误以为是学院或大学。

"不是学院,是我下属的钢结构研究院。刚刚组建起来,没经验,也没有学科带头人。正愁着呢。"贾星很诚恳地表达着求贤若渴的心情。

"蟒河市还有钢结构研究院?"成院士既惊诧又兴奋地说:"不简单哟,这是一个很有眼光的决策。你看看我们的城市,清一色钢筋混凝土建筑,远看着像一座一座碉堡,再这样发展下去,必然要坏事。"成院士思维十分敏捷,他转而又问贾星道:"你在什么单位?"

贾星说:"蟒河市群星建筑公司。"

"一个建筑公司,下面就搞了个钢结构研究院?"成院士感到很好奇地说,"这就更不简单了。看来你也是学钢结构专业的喽。"成院士说着站起身来,他朝另一间屋里走去。不大一会儿,便拿着一摞子东西过来了,他放在茶几上整理着,从中抽出一沓稿纸,对贾星说:"你先拿去看看,有空找人帮我打印校对,不知道麻不麻烦你?"

贾星接过来翻了翻,是关于钢结构住宅产业化研究报告。贾星的手在颤抖,他说:"太珍贵了。成院士,您真是雪中送炭啊,那我们就先睹为快了。"

成院士说:"这是科技部的一个研究课题,才搞完,没时间打印。唉,要是交通方便,我还真想去你们研究院走走,待在家里,连谈专业的人都没有。"

贾星想都不敢想,成院士愿意出去走动走动,这可是求之不得的大好事。"成院士,钢结构研究院离这里不远,车就在您家门口停着。"贾星掩饰着内心的喜悦,把话说得很委婉。

成院士是个性情中人,他爽朗地笑着告诉贾星,他要去,这就去。果然,他对老伴说:"我得出去走走,午饭可能不回来吃了。"

老伴递过来一件外套,春天风大,叫老头子披上,她问:"孩子们回来,我咋说?"

成院士披上外套说:"就说我去研究院看看,下午便回来,有事打电话嘛。"

群星钢结构研究院是块福地,天上掉下个"林妹妹",把研究院的人给乐坏了。成院士走马上任当院长的那天,有人在院门口书写了一副对联:山不在高,有仙则名;水不在深,有龙则灵。贾星说好,提笔写了横批:群星创业。

成院士在钢结构研究院聘他为院长的大会上,感慨地说:"退休下来,本以为已经是老朽的人了。现在看来还是好事哩,没有那么多公务缠身,也没有社会活动了,压力减轻不少。原本想在家颐养天年,不料又遇到了梦寐以求的好事。好吧,我就领着大伙干吧,为国家钢结构事业作出贡献。"会场响起一片掌声。

成钢新院长上任后,首先把自己多年设想的研究院的发展蓝图亮了出来,他和贾星、胡敏谈了五点意见,他说:"创立这样的研究院是我多年的梦想,今天梦想成真,就要抓紧、抓实这么几件事:一是信息情报,现在对此不重视,对此我想成立一个钢结构图书馆,这个馆要尽可能的收集,整理有关钢结构的图书,资料和信息,这一点我和我国内外的同学,同行正在联系,他们不仅愿意帮忙还想参与其中,做出力所能及的贡献。二是建立、健全钢结构网络并和相关研究机构,相关企业联网。三是聘请国内外有关专家当顾问成立专家委员会。四是研究院自身的人力资源不足,我已和我指导的博士研究生打了招呼,他们愿意到这里来工作的有三位,下个月能来报到。五是要和工程紧密结合起来,不搞闭门研究,要开门研究,重视项目研究,努力使研究成果形成生产力。"

贾星听了,激动地对成院士说:"您是我的老师,老师的指教我一定照办，您就大胆规划建设一个政府、企业、社会联办的现代化的研究院吧。"

成院长说："放心，我会尽力而为的，我会尽全力，不尽全力我就不来了，另外前些日子我在工程院时，跟科技部申报了一个软课题项目是关于钢结构住宅产业化研究的，已经基本完成，这次我把这个项目也带到研究院来。还有关于钢结构的标准、规范很重要，有人说当今三流企业卖劳力，二流企业卖产品，一流企业卖技术，超一流的企业是卖标准。标准分四类，有国家标准、行业标准、地方标准，这三类标准是政府部门的事，专家和企业要协助政府去完成。还有一类是企业标准，我们群星钢结构公司应该建立群星钢结构企业标准，才能提升我们的钢结构设计，施工水平。"

群星钢结构研究院是在群星设计院的建筑研究所的基础上改名成立的，过去的建筑研究所规模小，缺少相应的专业人才队伍，如今的群星钢结构研究院却一改过去的面容，成为一家以钢结构全球发展的信息情报研究、钢结构的技术研究、钢结构标准规范的研究、钢结构住宅产业化的研究为主要研究方向的科研机构。研究院所要研究的内容是当前行业发展的关键，所以就必须引进高素质的研究人员和先进的研究设备。成院士雄心勃勃，创建世界一流的研究院是他的梦想。不到一年时间，他完成了图书馆的建设工作，收集了全世界钢结构的信息情报和图书资料。购买仪器设备，建立了钢结构实验室。他还出面聘请了国内专家、学者当顾问，成立了一个专家委员会。由于人手不够，他把几个优秀的博士招了过来，连贾星的老同学宋星也被拉过来了。

宋星是南方人，不习惯北方的生活，特别是干燥的气候和北方的风沙。他给贾星打电话，说他真不想来，老师又下死命令，老婆的意见也大着呢。贾星知道宋星的重要，钢结构工程的总工程师，群星公司正缺着呢。贾星在电话上说："照你这么说，俺北方人就别活了。气候干燥还不好解决呀，我在你房间多安几个淋浴喷头，保证叫你湿润。"宋星在电话那头笑，他说："干脆修个池子，我就泡在里面工作，那不更好嘛。"他们两人在电话里有说有笑，宋星真被贾星给拉过来了。

钢结构研究院经过一年多的运行，成效很大，一共承担了十二个课题，国际知名的三家科技刊物先后发表群星钢结构研究院六篇学术论文。

春天，果然给群星公司送来了好运。

李永刚的市政工程处以及那支骨干队伍没有被市一建合并掉，当初只是参与六号高速公路工程建设，工程处之所以参与这个工程，是因为他们中标了，但没有独立的法人，所以只好挂靠在全督佑的全能公路工程公司的旗号下。李永刚找出大量有利的证据资料，在会计律师事务所的帮助下，没费多大劲，便讨回了所有承包工程的款项。李永刚在感谢市审计局、财政局时说："哪有干活不给钱的，全督佑比地主老财还狠，比资本家还毒。结果，怎么样了呢？"李永刚双手并在一起，比画着被铐上的模样说，"进去了！"

三千五百万，这可不是一个小数目。贾星想，购一套钢结构部件生产线，足够了。贾星表扬李永刚，会办事，也能办事。大家都要像李永刚这样，要学会运用法律去维护自己的权利，用法律来保护自己。在法律范围内，从事我们的工作。

人逢喜事精神爽，群星公司这一段时间好事喜事接踵而来，不单单是李永刚的事，也不光是钢结构研究院完成几项课题的事。最让群星人兴奋的，是政府下发通知，恢复了群星公司招投标资质，意味着群星公司有了参与投标的权利。

消息不胫而走，群星公司各单位的负责人都来了，把贾星的办公室塞得满满当当的，插脚的地方都没有了。贾星脸上笑开了花，他说："不请自到，我看都到齐了。那好，我们去会议室开个会，把当前的工作讲讲。"贾星说着起身，他挥手将满屋子的人往外赶。

蟒河市政府提前恢复了群星公司的招投标资质，让群星公司重新获得了投标的权利，无疑是雪中送炭、饥中送粮。大家都知道，蟒河市大剧院正准备招标建设。这座大剧院，是蟒河市的标志性建筑工程，也是全市的形象工程。就在早几天，蟒河市多家有资质的建筑单位，还在讨论这件事。而群星公司只能坐在一边旁听。当时，贾星、胡敏、姬丹枫、赵欣然等都参加了会议，看见别人叽叽喳喳、交头接耳的热情劲头，心里凉透了。这是多么好的一个大工程哟，只可惜没有群星的份儿。

贾星能沉住气，他一言不发坐在那里听。他想，各家的发言都没有命中要害，大剧院是个大跨度工程，不可能再沿袭以往的传统搞土木工程。引领建筑航向的，只能是科技含量更高的钢结构建筑。那时，贾星心里就有数了。别看这些建筑工程单位闹得欢，投出去的标，不会中，绝对不会中。

姬丹枫作为总工程师，她看到了问题的实质，面对像大剧院这样的现代工程，她，包括他们这一批人，过去学的知识是不够用的。从这一点上，她佩服贾星的眼光，钢结构必然是今后发展的大趋势。

第八章 实力夺标

在群星公司会议室，贾星组织大家把市政府的文件通知学习了一遍。贾星说："这个通知下达得非常及时。说它及时，是因为蟒河市正准备进行大剧院招标投标工作，这个机遇让我们群星公司赶上了。"贾星的话，激发了大家的热情，于是会议室你一言我一语地议论开来。

赵欣然高声说："我们群星公司要抓住机遇，争取中标。大剧院是我市的标志性建筑，是形象工程。同时，它也是我们群星公司的标志性建筑，更是我们群星公司的、我们群星人的形象工程。"全场响起一片热烈的掌声。

有人高声附和道："洗刷我们群星人耻辱的时刻到了！"

"重振群星公司的雄风，让全市人民看看，我们群星是一群什么样的人……"

会议室一片欢呼声，大家都憋着一股劲，扬眉吐气的这一天终于来到了。

贾星不得不站起身来，双手在空中摆了好一阵，又将双手朝下压了压，他高声说："我和大家的心情一样，激动万分。不信你们来摸摸，心脏跳得扑通扑通的。"大家哈哈大笑。贾星接着说："单凭豪情壮志还不够，同时还要有冷静的头脑。我想呀，明天通知全公司中层以上干部，特别是工程技术人员，到小礼堂听成院长的讲座，一个都不能少。"

有人问贾星："现在手里的事多得干不完，讲座推一推行不？"

"不行！"贾星说："这是当务之急的大事，是我们群星公司面临问题的关键，不听听专家的课，我们就解决不了问题。"

成院士的课的确讲得精彩，主要围绕钢结构建筑工程来讲的。他向听课的群星人介绍了西方国家的情况，分析了钢结构建筑的未来前景。讲了钢结构设计理论和工程施工要求。特别是把钢结构建筑同钢筋混凝土建筑作了一个全方位的比较，以此来转变群星人的观念，加深对钢结构建筑的了解和认识。让听课人懂得，钢结构建筑方案设计，也就是形象设计，远比钢筋混凝土建筑设计灵活得多，造型也更加生动。但在设计理念上，既要造型美，又要有利于施工，不搞奇形怪状的东西，一定要传承民族建筑的特色。钢结构别看是一堆钢架组合成的，其实它是最轻的工程。所以，在受力计算上要优化，一个好的钢结构工程，应该是用钢量最少、最合理的工程。蟒河市现在要搞的大剧院，我想应该是钢结构建筑工程，如果群星公司中标，那么，我们每一个群星人，都将面临着一场考验，一次重新学习实践的大好机会。

小礼堂寂静无声,直到这时,人们才明白,贾星为什么要举办这堂讲座了。

第二天,贾星又召开了一次群星中层以上干部会议。他说:"昨天我们听了讲座,相信大家都对钢结构建筑有了一个清晰的认识。那好呀,我们今天就在这样一个基础上,召开工作会议。首先,我要问大家,大剧院这个标,我们群星公司投不投?"

参加会议的人交头接耳,贾总今天咋了,这么大的工程能不去竞标吗?早几天的会上,大家不是热火朝天地议论过这事吗?有人从会议室座位上站起来说:"这不是群星公司早定的事嘛,哪能拱手让给别人呀。投,一定要投。"

贾星说:"有两个方案,投哪一个?一个是传统的老本行,钢筋混凝土建筑设计方案和施工方案;另一个是钢结构建筑设计方案和施工方案。大家说说。"

赵欣然发言说:"投钢筋混凝土建筑方案,我们同市一建可以比拼一下,但不一定能中标,有风险,也有竞争。如果投钢结构建筑方案,市一建就远远不是我们的对手。但我们一旦中标,设计、施工等技术因素,包括部件生产,现场安排,是否跟得上,这不得不考虑。"

赵欣然不说这话还好,一说这话便把钢结构研究院、钢结构设计院和钢结构厂的一群人惹火了。宋星操着一口上海话说:"这是什么话嘞,不看我们研究院的科研水平,那可是全国一流的。就拿钢结构设计来说,全国有几家啊?他们占的市场份额才多少哟,根本不在我们的话下。我干钢结构总工程师,这几年所干的工程全是一流的嘞,不说吹牛的话,大剧院如果搞钢结构建筑,非我群星不可嘞。"

钢结构厂的厂长噩地站起来说:"刚上一条德国进口的生产线,加上原有的一套部件生产线,什么原料都可以加工,什么样的部件我们都能生产。新生产线的技术人员和操作工人,马上请德国工程师来厂培训。没有什么能难倒群星人的。你这个项目主任,只要把项目给我们拿下,我们就干给你看。"

他们几个人的发言掷地有声,大大鼓舞了参会人员的信心。贾星说:"好!我们现在就作个大动员,工作上也搞个大分工。项目部赵欣然负责同市招标投标办公室打交道,负责投标工作;宋星、姬丹枫负责工程施工方案的设计工作;胡敏会同钢结构设计院、钢结构研究院一道设计总体方案和施工设计,各个部门都要拿出最佳的成果。"

张秀琴说:"工程报价不可忽视,等其他部门方案出台,一道进行核算,不知行不行?"

贾星看了看张秀琴,本想问问她身体是否吃得消,但话到嘴边又咽回去了,他朝她点点头说:"我和你还得去谈工程保险和担保事宜,这也是件大事。"

蟒河市发展担保责任有限公司坐落在经济开发新区,笔直的一条大道,同市区主干道花园路相连接。大道两旁栽种的玉兰树,盛开着洁白的花,飘荡着阵阵清香。发展担保公司大厦高耸在新区中间,这里视野开阔,一望无际的麦地,郁郁葱葱,在温暖的阳光里,你可以听到咻咻嚓嚓的拔节声,春风吹来,一垄垄茂盛厚实的麦苗,欢快地摇摆着身子,远远望去,像碧波荡漾的湖泊。

担保公司二十五楼会议室,正在召开经理业务分析会。他们担保的几家大公司在工程进度上出现了一些问题,特别是中东的业务,因受国际政治局势的影响,石油开采和铁路建设的几家公司不能正常施工,断断续续。几个副经理去考察回来,把情况向公司作了报告。

王总经理听了报告,背着手站在窗户跟前,眺望着绿色的辽阔原野,他在分析中东局势。要把困难想足,把情况通报给几家集团公司,预防国家利益受到损失。他的指导思想非常明确,要有大局意识,不能仅仅站在公司利益的角度考虑问题,国家利益至高无上。一个公司赚钱盈利,而国家蒙受损失,到头来受损失的还是我们自己。宁可这几笔业务不赚钱,也不能让国家利益受到损失。王总经理想到这里,转过身来说:"情况非常明了,必须通报给几家集团公司,让他们有所准备,减少不必要的损失,就算是我们这几笔业务没做成好了。"

参加会议的几位副总经理按照公司的决定,必须得把情况同几个集团公司磋商。他们收拾着会议桌上的文件,准备起身离开。办公室主任进来了,他向王总报告,说是群星公司的贾星总经理来了。

王总经理明白,群星公司很可能是来寻求担保的。贾星是蟒河市有争议的人物,还有,他那个群星公司惹事不少。听说这两年整顿得不错,报纸上常有正面的宣传报道。但现在的事很难说,不说写篇文章,就是评先进、选劳模的事,有人也敢往里掺水。但贾星的事又不能小觑。他想还是不见的好，先让副手去应付一下，事后进退都好办些。于是，王总经理安排一位副总经理去，并且交代了一系列事项后，便忙自己的工作去了。

贾星、张秀琴，还有办公室主任三四个人，坐在会客厅一边喝茶，一边商量着工作上的事。突然一阵笑声传进会客厅里，随着笑声进来一个瘦高的中年男子，西装革履，穿着得非常讲究、得体。他进门便朝贾星问道："是贾星总经理吧？真不好意思，让你们久等了。"他说着便递上自己的名片。

贾星站起身来接过名片，看了一眼，脸上堆着笑，把手伸了过去握了握说："你好，陈总。"陈副总经理的确很老道，热情得让人有些受不了，他又是递烟，又是倒茶的。贾星坐也不是，站也不是，便陪着他忙前忙后。陈副总经理递过来一杯新沏的茶水，很客气地请贾星坐下。

他问："贾总来公司，有业务呀？"

"我们群星公司准备投标大剧院，当务之急是寻找一家担保公司。"贾星如实说明来意，他对陈总说道："贵公司誉满全球，实力雄厚，我们想请贵公司出面担保，帮助我们拿下这个标。"贾星说着便把一沓资料递给陈总，"这是我们的相关资料。"

陈副总经理翻了翻资料说："贾总，你看这样吧，我们王总经理出国考察去了，等他回来，我们抓紧研究，如果可能，我给你打电话。"陈副总经理又说："王总不在家，这事只好先这样处理，不知贾总的意见如何？"

贾星一听便明白，这是在推辞搪塞。他苦笑了一下，开诚布公地说道："这事还请陈总给予支持帮助，群星公司发生了一起坍塌事故，是坏事又是好事。通过两年的整顿，群星换了面貌。我代表公司全体员工，欢迎发展担保有限公司来我公司考察。"

陈副总经理不好意思起来，他感觉到贾星已窥视到自己的心理，看出公司对群星的态度，便认真地说："请贾总放心，大剧院是个好项目，如果你公司各方面的条件，符合我公司的要求，我一定促成这项合作。"

贾星知道今天的事只能做到这一步，便很客气地说："感谢陈总的支持。"说着他站起身来同陈副总经理握手道别。陈副总经理一直把贾星他们一行送到大楼门口，直到贾星的小车离开，他才转身回到楼里去。

陈副总经理向王总经理汇报了贾星的来意，并把贾星送来的资料递给王总经理。王总经理看了看资料，说："你先带几个人去考察，主要看资金情况、技术力量以及近期业绩成果。"他想了想，又说："班子运转和职工精神面貌也很重要。考察结果出来后再报告我，然后再决定谈不谈的事。"

第八章 实力夺标

陈副总经理给贾星打电话,他告诉他明天将对群星公司进行考察,请贾星做好准备。贾星在电话里首先感谢陈副总经理,并表示欢迎的诚意。但他们过来的具体时间电话里没有说,贾星也不好问得太详细。考察性质有多种,有明察,也有暗访。贾星想还是给别人一点自主权好,反正群星是经得起检验的,这样才能让对方获得真实情况,全力支持我们群星公司。

果然,陈副总经理在早上上班不过十几分钟的时间,便带着四五个人过来了。门卫询问了他们,说是联系业务的。门卫值班人员很客气,让他们登个记便放行了。他们几个人在办公大楼上上下下看了一遍。各个科室都在忙碌着,办公室窗明几净,清洁整齐,职工精神饱满,不是他们想象的那样,一个同水泥、砖块打交道的公司,竟然一尘不染,井然有序。陈副总经理一下子改变了对群星的看法。

贾星办公室有人进进出出。一般员工,中层干部和高层管理人员穿着整齐,彬彬有礼。碰见陈副总经理一行,他们开口问好,主动询问找哪个科室,办理什么样的业务。陈副总经理不好意思,说是找贾总。两名工作人员便热情地把他们带了过去。

贾星见陈副总经理等人走进办公室,急忙起身迎候,伸出双手同他们一一握着,他说:"对不起,上班进办公室便脱不开身了,也没下去恭候陈总。"他说着便领着他们去会议室。不多大一会儿,群星公司下属单位的头头们都到齐了。贾星说:"我先向你们介绍一下公司的全面情况,然后听听各单位的汇报,你们看行吗?"贾星谦虚地征求陈副总经理的意见。

"上午听听情况,下午我们就到各单位实地看看。王总的意见是以看为主,一揽子计划,不如一个行动。从我们进到办公大楼开始,我们就一直在看。贾总,你先说吧。"

贾星便开始了他的介绍,特别讲了两年来的艰难困境和群星公司的不足,基本上没有一句掩饰群星公司的话。他说:"我们群星公司有血的教训,我们从失败中,找到了成功的信心。从事故中看到了我们管理的缺陷。群星公司真正把失败、事故看作财富。月月讲、年年讲,失败、事故是我们最大的一笔财富,我们群星人永远忘不了啊!"

发展担保有限公司做过无数集团、公司、企业的担保业务,每笔业务都必须对担保对象的情况,进行全方位的考察,而所有被考察的对象,几乎都是炫耀自己的政绩,忌讳自己的不足。群星公司不一样,他们坦诚。陈副总经理他们没有听到一句赞美自己的词语,这让他们非常感兴趣,有一种下去走走看看的冲动。

发展担保有限公司三天走访考察了群星下属七个单位，钢结构研究院、钢结构设计院和钢结构生产厂，这是他们必看的。因为群星公司准备以钢结构建筑方案来投标市大剧院这个项目，所以，围绕群星钢结构的科研、设计、生产加工等，进行考察是很重要的。

陈副总经理他们看了研究院的科研成果，查看了完成国家部委钢结构研究课题，还参观了研究院钢结构实验室。成院士很热情地讲解了钢结构建筑原理，向他们介绍了国外钢结构建筑工程以及群星公司在国内承建的几个工程情况。成院士的介绍、讲解，让陈副总经理他们对钢结构建筑有了一个科学的认识。他们意识到，国内建筑业将发生一次革命性的变革。

发展担保有限责任公司按说对群星公司有了一个比较好的印象，考察组把情况向总经理作汇报后，王总经理仍然有些不放心，贾星这个人真是个能人呀，在这一两年时间里，就把群星整顿得这么好，让人不可思议，同时也让王总产生一丝疑问。第二天，他又派总会计师去考察群星公司财务方面的情况。

总会计师首先走访了同群星公司有业务往来的几家银行，群星公司不仅没有不良贷款记录，还是金融部门授予的AAA级单位。群星公司财务部总会计师张秀琴全面汇报了群星公司的财务情况。他们还检查了财务规章制度的执行情况，发展担保有限公司的财务考察组还带走了群星公司一套资料，那是关于企业文化建设的材料。考察组说："这可是宝贵的东西，带回去学习学习。"

王总经理听了总会计师的汇报后，又把群星公司关于企业文化建设的资料认真地研究了一遍。他高兴地说："我们也得学习一下群星公司，企业文化建设必须下大力抓起来，这无论对企业，还是职工，都大有好处呀！"王总经理坐不住了，他又带着一班人马去了群星公司，两家召开了一个高层人员的座谈会。在会上，王总经理说："我们全力以赴支持群星公司的投标。从今天起，我们就是一个藤上的两个瓜。"在热烈的掌声中，王总经理和贾星签订了合同书。

赵欣然项目组的工作似乎不那么顺利，大剧院投标报名单位有十好几家。不仅有蟒河市的建筑单位，还有外省市的，中央直属企业也过来了三四家。第一轮资质审查，没有大问题，投标的企业几乎全部过了第一关。第二轮商务投标，群星公司也没有大事，总会计师张秀琴精打细算，没有忽视任何细小的环节，基本接近标底。参与投标的七家单位落榜，还剩五家。

贾星一看中央几家直属企业落下来了，心里悬着的一块石头落地了。他和赵欣然分析了其余四家的实力，有两家是外省市的，投的方案全是钢结构的。贾星把成院士请过来，让他来分析一下这两家的钢结构方案。成院士认为这两家搞钢结构建筑，没有实力，设计方案有明显的破绽。他认为，大剧院的建设方案，是采取钢结构建筑，还是钢筋混凝土建筑，谁都说不准。肯定得有个专家委员会来评估论证，最后才能得出结论。成院士说："这些我们无法决定，关键是做好自己的活。"

群星公司第三轮的设计方案标，投出去以后，赵欣然便开始失眠了。他像热锅上的蚂蚁，一会儿跑到招标办公室，一会儿又跑回群星公司，来来往往，不停地打探、传递着消息。屁股坐不下来，一坐下来，心里就发慌，额头便冒汗。赵欣然不是打电话给宋星，就是打电话给胡敏、姬丹枫，询问他们对自己设计有几分把握，有没有疏漏的地方。

宋星也在焦急等待着消息，他被赵欣然一个又一个电话惹毛了，在电话里吼着："小瘪三，你再打骚扰电话，我举报你啦。"

赵欣然在电话那头嘿嘿嘿地笑，他说："骂得好呀，你一骂，我这心里踏实多了。"

大剧院设计方案争议很大，设计投标，准确地说是一场设计竞赛。关于是采用钢结构建筑设计方案还是钢筋混凝土建筑设计方案，专家委员会的专家们产生了很大分歧，两种主张可以说是针尖对麦芒，各不相让。他们之间达成一致意见是把钢结构建筑设计方案和钢筋混凝土建筑设计方案，各挑选一个，报市政府裁决。群星公司采用钢结构的现代建筑设计方案被选送了，市一建钢筋混凝土的民族建筑风格的设计方案也被选送了。

赵欣然是在第一时间获得这个消息的。他站在招标投标办公室的过道上，一连拨打了十几个电话，把喜讯告诉贾星、宋星、胡敏、姬丹枫他们。他对贾星说："贾总呀，我的任务算是完成了，最后确定谁中标，我可管不到这么多了呀，我又不是市领导，我得回家睡两天，不批假也得睡。"他在电话里说着，便呵呵笑了起来，电话没有挂断，钻进车后座便呼呼睡着了。

贾星在电话里说着什么，司机停下车，拿起赵欣然的电话说："贾总，赵主任睡着了，都打呼噜了。"贾星对司机说："你把他送回家，让他好好休息两天好了。"司机知道，赵欣然这段时间累坏了，他把车开得极其平稳，生怕颠醒了赵欣然。

强市长主持召开市长办公会,特别邀请招标投标办专家组列席会议。市大剧院招投标办主任,向各位市长介绍了专家组的意见分歧,在阐述完双方主要观点后,又汇报了市民意见。

市招标办公室将两个设计方案以及专家组两种截然不同的观点,通过城市规划局广泛听取市民意见和建议,发出问卷五万份,走访社区,群团和单位五十六家,走访市民五百六十八人,百分之九十四点五的被访对象,又经过反复协商,赞同钢结构现代化建筑设计方案,并建议市政府组织专家,对现在的钢结构设计方案,进行修改完善。

强市长说:"我们的群众多好呀,他们把蟒河市视为自己的家,热情关注自己的家园建设。方案评比,就是在市民中开展了一场爱市教育,这么多人参与,这么高比例人群的关注,可见,大剧院的建设牵动人心。我们应对人民负责。"

周晟俊说:"我同意绝大多数市民的意见,新世纪应该有一座现代化的标志性建筑,钢结构建筑是世界建筑发展趋势,大剧院应该建成一座一两百年后不被淘汰的建筑工程。"

市长办公会上,大家畅所欲言,展开了热烈的讨论,意见逐步统一,经集体研究决定,采用群星公司的钢结构建筑设计方案。专家提出对这个设计方案要进行修补完善,吸收采纳其他公司设计方案的合理内容,从而优化群星公司的设计方案。市政府这个决定便意味着群星公司中标了,这让群星公司全体员工得到了巨大鼓舞。

接下来是专家组对群星公司施工方案的评标,这项工作取得专家组的一致认可,认为群星公司提出的施工方案,是切实可行的。他们按照统筹法,编排的施工期控制比招标投标办制定的标底工期短,照群星公司的施工方案,整个工程将提前三十天竣工。

专家组对群星公司 ISO 9000 质量管理和保证体系,给予了高度评价,认为在质量控制、安全控制等方面是严密科学的。比照国际 FITIC 条款,编制的合同管理,令人佩服。并且引进了保证担保机制。在这次施工方案评标会上,发展担保有限公司王总经理也发了言,他说:"我们公司对群星公司进行了全面的考察,认为群星公司团队精神强。严格执行 ISO 90000、ISO 14000、OHSAS 18000 和 SA 8000 这四大国际标准体系进行经营管理。在财力、物力上是完全可以胜任的,公司同四家银行合作,得到金融部门的鼎力相助。还有科研单位的合作,仅他们自己,这两年获得五项科研专利,研究总结出八项成熟工法。所以,我们公司愿意为群星公司担保,并出具正式保函文件。"

贾星很激动,他说:"感谢各位专家的信任,我们群星公司决心以实际行动,向社会证明,我们是新时代合格的建设者。我们保证用一流的设计、一流的施工,创造出一流的成果。"

市招标投标大厅,响起一片掌声。贾星在掌声中走向合同签字台。

备受瞩目的大剧院建设工程让群星建筑公司一举夺标,民众的眼光顿时转到群星公司。特别是贾星在大剧院工程合同签字仪式后,接受记者采访,通过电视播放,更让市民了解了群星公司。许多市民给报社写信,给群星公司写信,寄托市民对群星公司的祝福,为群星公司加油呐喊。

贾星和他的群星公司既感到光荣和自豪,又感到自身的责任无比重大。

第九章　院士遇难

市政府对大剧院的建设工程特别用心，他们集全市工程技术之力，又从全国各地邀请专家，对群星建筑公司的设计方案进行科学论证和补充。专家认为，群星公司的设计方案具有可行性，且建筑造型优美，但施工难度会很大。

强市长在全市干部大会上的讲话对群星建筑公司寄予了厚望，他要求群星公司发挥全体科技人员和建设者的勤劳智慧，建设出世界一流的建筑，谱写新的建设篇章。他对周晟俊说："告诉贾星，把压力转化为动力，有困难，找政府，我们当他们的后勤部长。"

近一个时期，贾星全身心地扑在大剧院工程施工方案的制订上。他带着成院长、宋星、姬丹枫、胡敏和一大批工程技术人员，与群星钢结构研究院邀请的两院院士对大剧院工程施工措施进行反复推敲，对所要采用的新技术、新材料逐一进行研究、讨论，并将确定的工程技术方案，形成文字，明确分工，落实到具体的责任人。

群星钢结构厂进口的生产线已安装调试完毕，德国的技术专家应邀来到钢结构厂，对技术人员和一线操作人员进行培训。尽管贾星工作很忙，但他依然要抽出时间去听课，并跟着技术人员到设备旁进行实践操作练习。他的率先垂范，鼓舞着全厂干部、职工，很快大家都掌握了进口设备的技术要领、操作程序。德国专家伸出大拇指，对钢结构厂的工程技术人员、一线工人表示由衷的赞赏。

第九章 院士遇难

大剧院的施工准备工作在紧张有秩序地进行着，群星公司下属各单位第一季度的生产任务也都超额完成。贾星审阅着各单位的报表，心里乐开了花。贾星自言自语地说："群星公司自从成立以来，还没有这么顺利过。"

其实，真实的情况并非像贾星看见的那样。在周晟俊的手里，关于贾星的匿名告状信已经有很大一摞了，这些告状信全被他压下来了，未交与纪检部门核查。周晟俊想，在这个关键时期，千万不能让这些匿名告状信干扰贾星的正常工作，要让他集中精力抓好大剧院工程的建设工作。但是，目前他已经无能为力了，房开公司因群星门窗厂的产品质量问题将贾星告上了法庭。

贾星接到法院的传票，很诧异，群星公司门窗厂技术力量雄厚、产品信誉度高，门窗远销欧美等国家，怎么会出现产品质量问题呢？尽管如此，贾星还是要求办公室通知门窗厂准备相应的材料应诉，并请门窗厂厂长侯天歌向他汇报近期情况。

面对贾星，侯天歌支支吾吾了半天，才绕着圈子说出门窗厂出口产品赚取外汇的事情。见此情景，贾星便知其中定有问题。贾星说："你别避重就轻，直接说明情况。"侯天歌知道事情的严重性，便一五一十地把事情前前后后向贾星做了汇报。

原来，群星门窗厂因为产品适销对路，市场销路非常好，但苦于忙不过来，侯天歌计划暂时放弃生产普通门窗，专心做出口高端的门窗。恰好此时胡敏到门窗厂视察，侯天歌便将想法向胡敏说了。胡敏说，这么好的市场，暂时放弃今后还要重新开拓市场，不如建个分厂，组织几个技术员，再招一批农民工。侯天歌认为胡敏说得很有道理，就按照胡敏的建议做了。事后他也没再向贾星汇报，他想，胡敏的建议也许就是贾星的意思。此后，胡敏又将他的远房侄子胡高安排在门窗厂的分厂担任厂长。

听到这里，贾星猛然想起胡敏好像确实跟他提起过胡高工作的这件事，当时胡敏说小伙子大学刚毕业，想到厂里锻炼锻炼，他没在意，但不知道胡敏让胡高去当分厂厂长，这不是乱弹琴吗？贾星想，现如今，谁对谁错，总归要通过司法程序解决问题。当前，了解事情的真相最重要。贾星对侯天歌说："你马上把胡高叫来。"

贾星这是第一次看见胡高。此前，只是听胡敏说这孩子爱读书，几乎到了两耳不闻窗外事的地步。胡高看见贾星，敬畏之心油然而生，当贾星问："收到法院传票的事知道了吧？"胡高毕恭毕敬地说："知道。"胡高随后又轻声补充道："但我觉得这事跟我们厂没关系。"

贾星闻听此话就气不打一处来。事情都到这一步了，还说同你们没关系。为了缓解气氛，贾星接过侯天歌递来的茶水，一边喝，一边问胡高："我听听，咋就跟你们没关系？"贾星的气好像被茶水化解了。

胡高仍然毕恭毕敬地站着。他说："门窗分厂这两年的生产、市场销售很好，这主要是侯厂长派来的副厂长和几个技术员熟悉业务，他们过去都是门窗厂的业务骨干。"贾星心想，在这方面胡高还不呆，还有自知之明，不争功。胡高接着说："去年，分厂想扩大生产规模，找附近大李庄的村长买了块地，因为大李庄的村民几乎全是分厂的工人，事情很快就办成了。不久，大李庄的村长李金旺说，他有一个堂哥在县城办了个门窗厂，想请我们帮帮忙，把我们中标的房开公司的一个工程合同让给他。我想，人家给了我们很大支持，把这笔生意给他也算还了人情。事情的经过就是这样。"

"胡扯！"贾星把茶杯往桌上一放，"人家房开公司明明告的是群星门窗厂，而且产品经过市质监局的检验，属于不合格产品。你能解释清楚吗？"

"贾总，我叫胡高，不叫胡扯。"胡高认为贾星把他名字弄错了，认为有必要澄清一下。

贾星被胡高气得哭笑不得，说："你以为我不知道你叫胡高？我是说你刚才讲的话是胡扯。我问你，既然房开公司的工程使用的不是群星厂的产品，人家怎么会告群星？"

胡高自知理亏，红着脸说："知道惹官司后，李金旺才跟我说，他堂哥怕房开公司不认他们的产品，他们生产的门窗贴的是群星牌商标。他们点名要房开公司的合同是因为房开公司的一位副总经理跟李金旺也沾亲。"

贾星和侯天歌明白了，县里的那家门窗厂将生产的伪劣产品贴上群星门窗厂的商标，使房开公司误认为是群星门窗厂的，因此，引发了这场诉讼。贾星走到胡高面前，问道："下一步你打算怎么办？"

"我从省里请来了曾实律师，全权交给他处理。"胡高说。

"曾实？"贾星一听这名字，如雷贯耳。谁不知道大名鼎鼎的曾实律师啊，他所代理的案子，均在不利的条件下反败为胜。贾星这时才露出笑脸，说："既然你能请到曾律师，具体事情你处理吧。"

曾实接到胡高的电话后，便从省城赶了过来。案子的事实真相，胡高在传真报告里写得清清楚楚。原来，胡高在大学期间选修了律师这门课程，曾实作为胡高所在学校的客座教授曾教过他。曾实很喜欢这位书生气十足的学生，尤其是胡高的一篇论文探讨的是律师的公正与良知，从中，曾实看到了一位有良知的大学生。

曾实与胡高有好几年没有来往了，当曾实知道胡高竟然当上了群星门窗厂分厂的厂长时，好奇感油然而生。曾实所居住的这座高层公寓，门窗都是群星牌的，难道这些全是胡高所在工厂生产的？所以，当接到胡高的电话时，他便一口答应了。

曾实根据胡高提供的线索，没有费多少时间和精力便收集到了所需要的证据。律师们常说，打官司其实打的就是证据。有经验的律师，往往根据证据即可对案子的结果有大致的判断。曾实认为，这个案子并不复杂，当事人开始并不知道那家门窗厂贴的是群星厂的商标，且房开公司的副总经理在此案中还有关系。

尽管如此，曾实还是到市质监局查看检验报告，然后又马不停蹄地赶到大李庄，找到李金旺。李金旺一听是省城来的大律师，便知道事情可能闹大了。为了推卸责任，李金旺便一五一十地把事情的来龙去脉告诉了曾实。李金旺说，印刷群星公司门窗的假商标、假合格证都是他堂哥的主意，与他没有关系；帮助把假冒群星牌门窗用到房开公司楼盘的是房开公司的副总经理，他只是介绍他们相互认识，除此外什么事情都没有参与。曾实不愧是位经验丰富的律师，在与李金旺谈话的过程中，他不仅将过程录音，还将李金旺的讲述做了现场记录，并请李金旺签字确认。为了不让自己吃官司，李金旺对曾实的要求一一照办。

在李金旺的带领下，曾实来到他堂哥的门窗厂。知道惹了官司后，李金旺的堂哥早已跑得没有了踪影，主管厂里工作的是李红军副厂长。见到曾实，李红军便叫苦连天地说："大律师呀，这个官司的结果会怎样？这厂可是我们几个人卖房凑钱办起来的，现在贷款都没还完。"

曾实说："官司的结果现在还不好说，你最好把厂长找回来。司法机关在办案的过程中是以事实为依据，以法律为准绳，他这一跑，司法机关怎么能了解事实？只有积极配合，提供相应的证据，通过司法程序才能确定责任。"曾实一边跟李红军闲聊，一边拍照、录音取证，曾实让李红军在谈话记录上签名，李红军却说："事情的经过我可以说，但名字不能签。"曾实告诉他："你的证明，也许就能保住你们厂。"闻听此言，李红军才不情愿地在曾实的笔录上签字。

曾实不愧是闻名遐迩的大律师，在有关当事人还没有意识到怎样去应诉时就及时地调查取证，工作很有成效。当曾实拿到有关证据来到群星公司面见贾星时，贾星对曾实的工作效率由衷地敬佩。贾星握着曾实的手说："曾律师，不管这个官司的结果怎样，群星公司希望聘请您做我们的法律顾问，不知意下如何？"

曾实说："感谢贾总的信任，我也愿意为像群星这样的公司提供法律支持。"贾星和曾实谈得非常投机，两人有相见恨晚的感觉。

根据法院确定的开庭时间，下午三点将正式开庭，此时的原被告双方均已通过安检在法庭外等候。当书记员通知大家可以进入法庭时，房开公司总经理、房开公司材料部经理及律师径直走到原告席上；贾星、胡高和曾实也坐到了被告席上。在旁听席上，有蟒河市的各界人士以及新闻媒体，法庭内寂静得连地上掉一根针都能听见。

法官、审判员、人民陪审员从侧门走进来了，他们依次坐定。主审官宣布开庭，向大家告知了法庭纪律，原告、被告双方交换了证据。

作为原告，房开公司的律师陈述了起诉群星公司的缘由。他提出诉讼："群星建筑公司应对其公司做出相应的经济赔偿。"

法官请被告对原告的诉求提出辩解。法官话音刚落，原告代理人曾实即站起身来说："我是群星公司的法律顾问，我们改为：房开公司提出的诉讼请求是否合理，请求法院对他们提供的证据不予采用。"

在法庭上，曾实陈述了群星公司拒绝房开公司诉求的理由，并请房开公司有关人员仔细看群星公司提供的证据，最关键的是，曾实又提供了其与房开公司副总经理就有关门窗是其为了照顾亲戚的谈话录像。

面对群星公司有理有据的证据，房开公司的律师无言以对。见此情景，法官征求原告、被告双方，是调解还是等待法院判决？这时，贾星向法官举手示意有话要讲，经过法官允许，贾星站起来说，我们同意调解。房开公司总经理见群星公司并没有得理不饶人，也表示同意调解。这样，一场来势汹汹的官司，在曾实精心收集的证据面前得到化解。群星公司与房开公司的关系应验了"不打不相识"那句老话，他们不仅没有因为这场官司成为冤家，相反，在房开公司以后的项目中，均优先使用群星公司的门窗。贾星在这场官司中镇定自若的表现，使胡高对贾星越发地钦佩，同时也深感到自己的诸多不足。胡高意识到，公正与良知不仅是律师应该具有的，每一个人都应该受到法律、道德的约束。

第九章 院士遇难

官司刚刚结束了，贾星又接到周晟俊的电话，让他到市政府去一趟。看见贾星，周晟俊拿出一摞子信件说："老贾呀，公司要发展，也要考虑职工的情绪呀。"贾星是何等聪明，周晟俊不说，他就知道周晟俊的话与他手里的这些信有关系。

周晟俊说："企业在发展的过程中，领导人要懂得抓大放小。"

贾星说："我何尝不懂这个道理？市长有没有什么建议？"

周晟俊说："领导要解放思想，敢于放权，愿意放权，我看你们可以成立集团公司。"

贾星也曾想过这种事，如果没有郊区一号楼坍塌的事故，也许建筑集团公司早就成立起来了。目前，群星公司的有关单位业绩都不错，现在成立集团公司的条件成熟了。想到这里，贾星将想成立股份有限公司的想法对周晟俊合盘托出。周晟俊沉思了一会儿对贾星说："我建议分两步走，第一步成立集团公司，运行一个时期，摸索出一套经验后，再考虑成立股份制集团公司。"周晟俊说："这是我个人的意见，仅供参考。"

贾星思考着，他认为周晟俊的建议是稳妥的。要成立集团公司，首先得搭建好一个班子，各公司的经理应该是集团公司的副董事长。

贾星回到家，便同胡敏商量成立集团公司的事，胡敏表示赞成。

在群星公司领导班子会上，贾星提出组建群星建设集团的想法，原群星公司所属的各单位一律成为独立的法人单位。他希望大家就此事开诚布公的提出建议、意见，尽早将意见落实到文字上，形成方案。

群星公司研究制定集团公司方案的会议刚刚结束，胡敏便风尘仆仆地专程赶往成院士办公室向他请教钢结构的有关问题。胡敏问院士："钢结构设计和钢筋混凝土结构设计有哪些不同和相似？"

院士说："你指哪个方面？是方案设计还是结构设计。"胡敏都想听一听。从方案设计或者说结构设计，钢结构要灵活得多，造型更加灵活多变，成院士接着又说："在进行结构设计时要重视两个方面的问题：第一，要体现科技创新、体现当今建筑业的发展。设计要具有先进示范性，实现建筑与结构、形式与内容的合理统一。第二，要体现钢结构的优势。通过设计，要体现钢结构在使用上的合适性、经济上的合理性及其符合节能、环保、可持续发展等特点。"

胡敏听着听着仿佛自己正在实现一个转换，即从钢筋混凝土设计转向钢结构设计,她听得很入神。就在这时,门突然被撞开了,闯进来一个蒙面人,胡敏吓得尖叫起来。蒙面人说:"闭嘴,我不是来捉奸的,我是要命的。"蒙面人突然拿出来一把尖刀对着院士说:"你是成钢新?"

成院士问:"你是谁?"

蒙面人说:"我是你在十年前开除的工程师!"

没等院士说话,蒙面人上去就是一刀,捅在成院士的腰间,鲜血直外流,胡敏猛地抱住了蒙面人,蒙面人一转身就将她推倒在地板上,尖刀刺破了她的左手衣袖,鲜血直流,蒙面人又向院士连捅三刀,并带上了门。胡敏挣扎着爬起来,院士的手在颤抖,胡敏赶紧拨通了贾星的电话,没人接,她马上又拨通了"110",高喊着:"救命呀,杀人了……"这时外面有人听到声音推门进屋,是院办主任工会主席等人,大家开始不知所措,胡敏一手捂着带血的手臂,一边喊快叫救护车,十分钟后救护车赶到了现场,院士和胡敏被抬到了救护车上,可惜的是在去医院的路上,院士因失血过多闭上了双眼。救护车刚走,警车就来到了现场,拉起了警戒线,三个警员在勘察现场,现场破坏严重,十多人的手印、脚印无法辨认,好在旁边还有一把带血的尖刀,他们把它装进塑料带,在周围照了很多相片,就回局里去了。

这件事又被传的神乎其神,沸沸扬扬。真的假的,小的大的,莫须有的统统来了。有的说贾星要倒大霉了,他夫人胡敏也不知怎么的,还有的说贾星三顾茅庐请院士出马,结果是送了院士的老命。还有的说贾星是个克星,跟着他太危险了……公安局刑侦队对尖刀经行了化验,一把多年的老式尖刀并不锋利,市场早就没有卖的了。胡敏晕倒过两次,经过输血治疗,终于清醒。第二天早上,公安人员在她床边基本上问清了一些问题,蒙面人四十岁左右,北方口音,长头发、细高个,露出两只布满血丝的眼睛,这个人还说自己是十年前被院士开除的工程师。公安局随即展开了全面调查。消息很快传到强市长和周副市长那里,他们震惊了,要求公安部门尽快破案,捉拿凶手。案件很快被侦破,一个因个人原因被开除的工程师,逾十年走不出阴影,将责任归咎到时任院长的成钢新,最终将这位泰斗级的专家杀害了。

成钢新的追悼大会那天来了很多重量级的人物,有中国工程院的领导、省里的领导、市里的领导,还有成钢新生前的好友,大家怀着悲愤之情与成钢新告别。贾星、胡敏、宋星等群星公司的职工守在成钢新的遗体旁,

第九章 院士遇难

始终不愿离开。他们知道,成院士有好多夙愿未了,他就这样带着遗憾离开了这个世界、离开了群星人。

不久,经市工商局审核,群星公司成立集团公司的申请得到了批准。

经研究,贾星担任群星建设集团董事长,胡敏、宋星、赵欣然、年新立、姬丹枫等担任副董事长。群星建设集团挂牌成立那天,贾星的儿子贾日辰特意从国外打来电话,祝贺群星建设集团公司的成立,希望爸爸、妈妈多保重身体,并汇报了自己的近况。

接到贾日辰的电话贾星特别高兴,短短的几句话,说明儿子非常懂事。贾星对胡敏说:"咱们的儿子该回来了,还有半年就能获得博士学位,是为国家、为群星作贡献的时候了。"

听着贾星的话,胡敏从抽屉里拿出几天前收到的贾日辰的来信。她说:"儿子现在在实习阶段,英国那家建筑公司是百年老字号,通过实践,日辰能学到书本上学不到的东西。"

"这孩子长大了,出国五六年,也长了不少见识。"贾星一边看贾日辰的书信一边说。

胡敏突然向贾星提出一个问题:"儿子这次来信,对你有什么启发?"

贾星想了想,说:"儿子在信中说,国外的建筑都是工业化生产,以构件预制化生产、装配式施工为生产模式,以设计标准化、构件部品化、施工机械化为特征,能够整合设计、生产、施工等整个产业链,实现建筑产品节能、环保、全生命周期价值最大化的可持续发展的新型建筑生产方式。这种方式不仅节省工期,还可以降低成本,提高工作效率。这对我的启发很大,我们也应该这样做。"

胡敏点头说:"是的,但这只是其中之一。儿子在信中还谈到一个观念,虽说话语不多,但对我启发很大,读那段信时,心跳了一下,我想那肯定是触动了自己。"她指着信上的那段话,给贾星念道:"外国公司也重视思想政治工作,同国内相比较,只不过是形式、内容不同罢了。外国建筑行业强调建设者的建设,特别是职业经理人的建设。"

贾星抬头看着胡敏,一拍大腿,说:"好,我马上起草文件,算是建设集团一号文件吧。只谈建设者的建设问题,提出一个职业经理人必须具备的条件。"贾星越说越兴奋,他拿着贾日辰的书信,一头钻进了书房。

胡敏知道,贾星不仅要反复看贾日辰的信,还要挑灯夜战。胡敏想,贾星年龄也不小了，儿子学成后应该接班了。想到这里，胡敏拿起电话，拨通贾月辰的电话，让她给弟弟写封邮件，把蟒河市的发展、群星集团的现状以及未来告诉日辰。贾月辰在电话里娇嗔地说："都写了两封了，就知道心疼你们的宝贝儿子，偏心眼儿。"

贾月辰哪里知道胡敏的想法。胡敏认为，从现在起就要让儿子知道蟒河市的所有情况，以便他回国后对所有事情都不生疏。

第十章　群星璀璨

好一个瑰丽的清晨。

初夏的太阳还没有爬上地平线，它的火焰却把东方的白云燃烧起来，五彩云霞，飘逸在蟒河市的上空，楼房、大街、花草、树木，还有林间的小鸟，全被涂染得金黄。城市周围，一望无际的田野，麦浪滚滚。正是麦穗扬花的季节，芬芳的花粉弥漫着这座城市。

群星建设集团大厦坐落在北京路上，鹤立鸡群，格外壮观。大厦黑色的大理石墙面，远远望去，有股帝王之气。大厦广场正中央，一排彩旗簇拥着国旗，在灿烂的阳光照耀下，随风飘扬。广场左右两侧，停放着一辆又一辆各种牌子的轿车。早上刚上班不多会儿，前来办事的人进进出出，络绎不绝。

贾星心里很清楚，群星建设集团的组建，为群星的事业发展带来了天时、地利、人和的新气象。天赐良机，必须紧紧抓住。任何机遇，都是为有准备的人提供的。群星是有准备的。两年的沉默，两年的历练，才换取了群星的今天。如果说两年前的郊区一号楼坍塌事件让群星公司脱胎换骨，那么贾星起草的《建设者的建设》便是集团建设思路、发展轨迹上的又一次漂亮的转身。

开始，贾星写这篇《建设者的建设》时，只打算向集团领导人提出要求，压根就没想搞什么大动作。但是群星建设集团的副董事长们认真了，这个提笔修改几处，那个提笔补充几点。后来是一位分管集团文化建设的副董事长把修改成熟的这份东西印刷成手册，分发给集团经理以上的管理人员。

《蟒河日报》记者周悦在走基层的采访中无意发现了这本小册子，她翻开看了看，笑着对被采访的经理说："群星建设集团真牛！"经理没弄明白周悦的意思，他问："牛啥？"

周悦拍着小册子说："这叫《白皮书》，职业经理人建设白皮书。"

周悦把小手册带回家，对周晟俊说："爸爸，贾星搞了本《白皮书》。"说着，她便从包里掏出小手册，递给周晟俊看。

"《白皮书》？"周晟俊接过小册子问道："《白皮书》可不是谁都可以随意摆弄的。"

周悦嘿嘿笑了起来，她见老爸一惊一乍的样儿，便说道："是我给起的名字，你看咋样？像回事吧？"

周晟俊开始并没在意，只是随便翻看了一下，读了两条，就放不开手了。他一边吃饭，一边读。看完后，周晟俊一拍饭桌，叫了一声："好！"饭桌上的碗被他不小心弄翻了，鸡蛋汤洒了一桌子。

周夫人吓了一跳："犯啥毛病了？有气别往汤碗上撒呀！"

周晟俊不知咋回事，怎么就把汤碗给弄泼了呢？他傻愣愣地盯着桌面上一摊鸡蛋花，脑子转不过弯来了。周悦看着老爸憨态可掬的样子，扑哧，把嘴里的饭给笑喷了。

周夫人倒犯糊涂了，这爷俩今天是咋了，神经病了是不是？"存心气死我呀？"她说着起身拿抹布。周晟俊和周悦你看我，我看你，哈哈大笑起来。

周晟俊下午上班，召集了市经贸局、市工商局、市工商联和市企业家协会负责人，就群星建设集团的这本小册子召开了座谈会。参加会议的人第一次看到这玩艺儿，都感到挺新鲜的，一个集团，竟给自己的职业经理人编写了一份手册，很有创意嘛。起初人们并没有认识到它的意义。主持会议的周晟俊给了大家半个钟头的阅读时间。人们看着看着便发出自己的感叹：写得好。够全面的，很有价值，管用。有人大声说："周副市长，这本小册子，全市企业、工商界人士，都应人手一册。"

周晟俊说："今天召开这个会，就是讨论这个问题的。"

市企业协会主席说："我们回去就办，翻印出来，发到全市企业家手头。"

周悦抢先在《蟒河日报》企业家论坛栏目，摘录发表了小册子的核心部分内容，题目就叫：建设者的建设。报纸发出后，市一建中层干部率先

学习。他们放下国有大型企业的架子,虚心向群星建设集团学习。总经理在中层干部学习讨论会上,用洪亮的声音边读边讲:

我们必须要从八个方面来加强职业经理人的修炼:

第一,世界眼光。企业家要有世界眼光,不能小家子气,不能坐井观天。任何企业的发展都是这样的,我们都知道,山外有山,人外有人。过去企业都习惯纵向比较,不习惯横向比较,自己和自己比,和五年前、十年前比是前进了、发展了。但更要横向比,和国际上的大企业比,我们差距在哪里?我们要用世界眼光看中国的发展,企业也是如此,应该有世界发展的眼光。目前,经济全球化,世界各国人民是在一个地球村工作,中国建筑市场也是世界建筑市场的一部分,所以要有世界眼光。作为中国的企业,要了解世界的市场信息,了解世界市场信息是为了走出去,去实现更多的目标。中国的钢结构企业在迪拜的钢结构建筑中展现技能,联邦大厦也有我们的钢结构企业在那里干活,我们的钢结构只有走向世界,和国际水平比较,才能找到差距,不断推广,占有更大的国际市场。

我们讲原始创新,集成创新,引进吸收消化再创新,不是闭门造车,是掌握人类已经掌握的技术往前走。要了解人类最新的钢结构技术是什么,要为我所用。一个企业要实行跨越发展,必须了解世界的管理信息,学习世界上的管理经验,学习的目的是什么?是追赶,超越,使企业真正做大做强。还要了解人才信息,我们的钢结构专家,不仅能在国内讲学,还要能去国际上讲学,同时外国的专家,我们也可以请到中国来,专家是跨国的,也是国际型的。人才是我们事业发展的第一资本。

第二,战略思维。战略思维很关键。任何一个企业,从小到大,从组建到发展壮大,当企业原始积累完成后,将逐步进入快速发展、扩张式发展时期,企业家的战略思维非常重要。从我国的情况看,有相当一部分企业不太重视企业发展战略的规划。一些企业往往是找几个笔杆子,写一本企业发展战略,写完了,就放在那里不用了,现实生活中这样的事情不胜枚举。一个企业发展战略的选择,决定了其发展方向,决定了企业的经营活动。在发展战略选择上,要摆脱传统的经济成长模式的束缚,按照自身经济的要求,依靠知识信息资源的利用，形成强大的生产力，谋求企业的发展。在投资战略上要加快对高新技术投入，重视高新技术的推广利用，不断地自主创新。在品种发展战略上，要利用高新技术研制开发新的、有较多知识含量的、生产有知识品位和文化内涵的产品。对建筑业，要着眼于国内外市场考虑，着眼于建设全过程能力的发挥，着眼于与工程相关的技术咨询、新产品的开发。在文化发展战略上，要引进先进的管理理念，要珍惜、培养有中国特色的企业文化，将这种文化渗透到企业各个方面，充分利用网络优势，开展有效的需求合作，包括技术合作。我们的建筑企业往往缺乏战略管理的理念，缺乏长远的战略考虑，目光较短，而研究企业发展战略，是企业发展最急切、最艰难、最困难的一项工作。没有战略眼光的企业家，不管短期成就如何辉煌，命运注定只能是流星，而不可能是恒星。

企业家的战略思维要求企业家瞄准同行业的最好水平，不断地提高市场竞争能力和市场创新能力，创造产品使用价值和剩余价值的能力，发展生态市场的能力，引入世界产业的成果和经济产业的循环方式，做到为实现战略目标不断调整战略，紧紧围绕战略目标组织实施、勇往直前。

第三，儒商诚信。我们要承认，做建筑也好、做钢结构也好，建筑承包商首先是商人。作为一个商人，特别要强调的是做儒商，中国商人自古就有儒商诚信品德，应该看到，我们现在出现了一些问题，我国的市场经济还处在不断完善阶段，或者说还不太完善。我们和企业家们座谈，就谈到现在好东西卖不出去，到处压价、围标，能讲出很多市场不规则、不公正的行为。现在市场上是存在吹、假、赖行为，吹牛不上税，能吹尽量吹。一个小公司也叫集团、十几个人也叫董事长，盖的房子不叫大楼，叫大厦、叫山庄、叫花园、叫广场。开发商盖几千平米的房子，中间挖个坑，放上水，在做广告宣传时就说本小区碧波荡漾。饺子店不叫饺子店，叫饺子城，再开就叫饺子世界。能做假都作假，假烟、假酒、假药什么都有假的，世界上有的我们都有，但是假货充斥。还有赖，干活赖账不给钱，拖欠工程款，我们有些人真够呛，还研究怎样用人家的钱发财，用赖账的办法发财，就是不讲诚信。这些问题，毕竟是在市场经济发展不完善的过程中的表现，在当前的市场经济环境中，有的企业飞速发展，有的企业停滞不前，有的企业怨声载道，有的企业信心百倍，什么样的人创造什么样的业绩。所以要讲究诚信，讲究社会责任，要让血管里流淌道德血液，对社会负责。

第四，智商才智。在科技发展的今天，聪明才智对企业家非常重要，科学技术是第一生产力，科学管理是企业发展的重大动力。从管理科学来讲，我们要不断地创新，人类的管理科学，从美国科学家研究的动作管理，到行为管理，到日本的全面管理，全员、全过程、全方位的管理，到今天国际上的比较管理，发展到信息管理、知识管理、文化管理，必须要有管理的科学理念，实现管理的创新。

对钢结构工程来说，特别强调质量管理，工程质量不光是结构质量，建筑结构质量要好，也不能把房子都盖成碉堡，还有其他功能质量、魅力质量、可持续发展质量，质量的概念要完全。要真正树立生命第一是建筑的最高准则，把人的生命视为企业经营的最高原则。

强调科技创新，要认真推行的十大新技术，钢结构十大新技术包括在建筑业十大新技术中,有地基技术和地下空间的设计、混凝土技术、钢筋与混凝土技术、模板与脚手架技术、钢结构技术、绿色安装技术、防水技术、抗震加固技术、信息化技术等，现在还要加上一个太阳能应用技术，要考虑创新，要有自己本企业的专利，创造自己的工法。

要善于资本经营，从经营来讲，智商不单单讲生产经营，还有讲资本经营，都要有所创新。在各种经营中，要围绕资本经营有所创新，企业的根本目的是实现资本增值。比如说企业上市，现阶段上市肯定是对企业有好处的，但上市后企业家的责任更加重大。作为企业家，要紧紧围绕企业转轨、机构调整、企业改制、增长方式转变进行研究，实现低成本扩张经营，避开和化解经营风险，增强企业的实力。

第五，人力资源。节约土地、用水、节约能源讲得很多，讲得少的是如何节约人力资源，现在最大的浪费是人力资源的浪费。作为一个企业家要做到尊重知识、尊重人才，有本事有能力的企业家应该把自己身边的人都培养成人才。中国有个武大郎，生怕别人比自己高一点，武大郎是绝对搞不好企业的。美国的营销之父叫卡耐基，他的墓志铭是："一个高度重视比他能力高的人葬于此地"，作为企业家，就要高度重视比自己能力强的人，发挥他的作用。人是最关键的，人力资源是第一资源，人力资源是企业最重要最宝贵的资源，要真正重视人力资源，把企业搞好，首先要有一个创业团队，任何一个企业家、老板、经理是这个企业人力资源策划部的总经理。

第六，竞合理念。竞合理念是当今倡导的新理念，我们不要光看到竞争，过去说市场经济就意味着竞争，竞争是残酷的、无情的、你死我活的，现在更多的是合作的关系，合作是更高层次的竞争。在一些场合下，两个企业共同投标是竞争对手，在更多的情况下是合作伙伴。现在国与国的关系更多的是合作关系，金砖五国、上海合作组织、博鳌论坛、东盟合作组织等统统讲的是联盟、合作。中国与很多国家建立了战略性合作关系，企业也是如此，要有竞合才能，强调合作，强调目光远大。竞争与合作形成一个新的理念，叫竞合理念。还有竞合才能就是竞争和合作的才能。

第七，文化自觉。我们说文化是客观的，个人、企业都有文化内涵，它是精神和物质的总和。但是要有文化自觉，要用社会主义先进文化改造、引领本企业文化，这是至关重要的。要培养本企业的企业精神，要在社会上打造企业形象，做到以人为本。要把企业变成学习型组织，全世界都在强调这个问题，美国提出要变成人人学习之国，日本要把大阪神户变成学习型城市、新加坡提出2015学习计划，德国提出终身学习的口号。我们的企业要成为学习型企业，我们的员工要成为知识型员工。

第八，自我修炼。自我修炼对企业家来说至关重要。企业家的自我修炼是与社会相对应的，建设法制社会，法律是无情的，相当一部分企业家过去非常有名，头上戴着全国人大代表、"五一"劳动奖章获得者的光环，最后也锒铛入狱。这是绝对不行的，可以这样说，职业经理人面临的诱惑很大，面临的陷阱很多，很有可能从成功走向失败。

蟒河市国营企业也好，民营企业也罢，没有谁号召，却自发地组织一拨又一拨地来到群星建设集团。来干什么呢？贾星刚开始不知道，只听办公室的人说找董事长。贾星去了，一出场便被兄弟企业的人给包围起来。他们围着贾董事长问这问那，没有他们不问的，弄得贾星不敢进办公室。

贾星想这是好事呀。不单单对群星建设集团是个宣传，还是个促进。同时，还可以推动全市企业的建设和发展。他打电话给各位副董事长，要求各单位要热情接待，尽可能地满足参观、学习人员的要求。坚持实事求是，介绍工作经验或做法，不添枝加叶，也不要保守。把好经验、好方法讲给别人听。古人说得好：一花独放不是春，百花齐放春满园。难道我们不希望春满园吗？

姬丹枫建议抓紧时间编写一本图文并茂的集子，客人来了送一本，既可以宣传，又可以给客人作纪念，可以随时翻看。贾星说："这个建议好，让企业文化部那群大学生干，他们年轻，有创意。"

姬丹枫把贾星董事长的意见给几位副董事长通报了，他们在一起一合计，认为这不过是个短期行为，主张建一座群星建设集团博物馆。意见转到贾星这里，贾星一听这个建议，他问谁提出来的？

姬丹枫说："大家呗！"

贾星朝姬丹枫伸出大拇指："真牛！"

群星建设集团大厦附楼，就是一座现成的博物馆。修建附楼的时候，集团公司准备用它来展示建筑模型和其他产品。现在正好派上用场。贾星对博物馆要求很严，不仅要展示集团公司的成就，更要展示自己的失败。郊区一号楼事故，占了整整一间展厅，排位也靠前，列为二号厅。贾星说："这是我们集团公司最重要的一笔财富，全集团公司的员工每年至少要到这个展厅，认认真真地看上两遍，牢记血的教训。"

集团公司企业文化建设部的那帮年轻人以二号展厅为主题，坚持开展征文比赛活动，对集团公司员工的征文，设一、二、三等奖。贾星喜欢这群年轻人，他们的创意常常给他很大的启发。在一次董事会上，贾星提议集团公司开设年度创新奖，不仅生产工艺、科学技术有创新奖，集团公司的自身建设也要有创新奖。对敢于创新、善于创新的人，要奖得别人眼红，奖得别人心跳，从而形成一个良好的创新环境氛围，这样，群星建设集团才有生机，才能立于不败之地。

胡敏说："姬丹枫副董事长和企业文化建设部该拿创新奖，这次他们的创意，对群星建设集团自身的建设，有着深远的意义。"

赵欣然说："群星门窗厂总经理年新立，也可以拿创新奖，我建议大家都去看看，门窗厂真是新人新气象，工作局面也打开了。"

宋星说："设创新奖很有意义，集团公司每年拿出一笔钱来作奖励，没问题。一个创新，能给建设集团带来巨大的经济效益和社会效益。现在最关键的是制定一个评奖标准，形成一个工作机制，把它固定下来，如生产革新奖、科技进步奖、工作创新奖、科研奖等。"

"好啊！"贾星指着宋星说："我看你是把这事想透了。你先拟草一个方案，我们再讨论。要尽快搞出来，发下去，让大家都来申报，都参与推荐。"

群星建设集团的成立，让贾星感到肩上的担子减轻了许多。过去他是事必躬亲，像消防队员一样，这里着火扑过来，那里着火扑过去，人累散了架，事情不仅没有做完，还没有干好。现在他轻松了，只管大政方针的事，研究商议，最后拍拍板。

贾星回到家里，胡敏的饭也做好了。他说："当了董事长，饭也吃得香了，觉也睡得安稳了。"

胡敏笑着说："我们天天喊解放生产力，就是不去做。建设集团一成立，下面的总经理权利都有了，我看就像是解开了膀子上的绳索，他们可以甩开膀子干了。"

贾星和胡敏说着话，正准备上桌吃饭，小院的门被人推开了。贾星从窗户上望出去，见是周悦和贾月辰说说笑笑。贾月辰还没进房门，便大声叫着："饿死了，饭做好了吗？"

胡敏埋怨道："月辰要回家也不事先打个电话，这饭真难做。多做了不来，不做多又来了，叫我咋伺候大小姐哟。"

周悦说："阿姨，不用忙，煮碗面条就行了。"

"你吃面条？我可吃米饭。"贾月辰说着便端起她妈胡敏的饭碗，大口大口吃了起来。

胡敏不让周悦下厨房，她说："你坐下歇歇，我给你下碗鸡蛋面条，一会儿就好。"

贾星给周悦盛了碗米饭，把饭递给周悦说："先垫垫，你看月辰那吃相，哪像女孩子的样？女孩子要像女孩子的样，成天跟假小子似的。"

"怪谁呀，还不是你宠的。"胡敏端着一大碗鸡蛋面条说："嫁出去就好了，到了婆家，有婆婆收拾她。"

贾月辰嚼着饭说："谁当我婆婆谁倒霉，不信你们看好了。"

周悦笑着捶了她膀子一下："我看你是鸭子死了嘴壳子硬。阿姨，今天月辰表现得很温柔，你们是没看见呢！"

"她能温柔到哪儿去？"胡敏把面条递给周悦说，"胎投错了，该和她弟弟日辰换换。"周悦正想开口，贾月辰给她使了个鬼脸，两人笑成一团。胡敏感觉不对劲，便追问周悦说："你俩今天又疯到哪里去了？"胡敏说着把碗递给周悦。

第十章 群星璀璨

周悦接过碗，拿筷子挑了两下说："今天累得不轻，月辰拉我去了群星门窗厂参观，非让我给她同学写篇采访不可。"周悦笑嘻嘻地看着贾月辰，不说了。她知道贾星会刨根问底的。

"同学是谁？"贾星又转头问月辰说，"我怎么不知道你有同学在门窗厂？"

贾月辰想敷衍过去，她装着事不关己的样子说："高中同学，那小子竟然当了总经理，竟然干出了名堂。建设局还给他们颁发了绿色节能环保门窗示范企业牌匾。"

贾星说："总经理叫年新立，是刚提拔起来的。"说到年新立，他突然就想到在会上，赵欣然说过这件事。由于事情多，他当时没在意，现在听贾月辰说上了建设局的信息，便感觉到事情的重要。市建设局比他这个当董事长的还敏锐，这说明什么问题？说明他这个董事长工作作风不够深入。集团公司成立后，他就没有下去过，成天浮在上面，这不行，得下去看看。

胡敏一眼就看出贾月辰的敷衍，这恰恰说明她是"此地无银"。胡敏想请周悦把这事给撮合撮合，女儿的事是她最操心的事，平时没有挂在嘴上，可心里总是在担忧着：月辰心高，一般人她是瞧不上的，这终身大事总是定不下来，该如何是好。今天，她能拉周悦过去给年新立写采访报道，这其中肯定是有事的。胡敏心里暗自高兴，毕竟月辰不小了，她是小三十的人啦。

胡敏把想法对周悦说了一遍。周悦哈哈一笑："哪还用得着我来撮合，我早被人出卖了。他们俩混在一起的时候，大家都还没醒来。"周悦说着便看了贾月辰一眼。月辰忙着在网上查资料，她听年新立说，门窗厂要去德国考察，邀请她一同前往，费用当然是厂里出。月辰想叫弟弟贾日辰过来见见面，毕竟好几年不见了。

"这丫头城府深。"周悦小声对胡敏说，"等着年底抱外孙好啦。"

胡敏惊诧得瞪着大眼珠看着周悦，她问："你是说未婚先孕？"周悦拿手捂着嘴，脸被笑憋得通红，头一个劲地摇着，说："都什么年代了？措施先进。"

贾月辰回头见周悦在说悄悄话，心里再清楚不过了，能说谁的事？肯定是说她和年新立呗。贾月辰哈哈笑着，跑到周悦跟前，一屁股坐在她们中间的空位子上，用手胳肢着周悦。周悦用手护着身子，又是笑又是叫的。月辰说："我要除掉叛徒！你这个大叛徒！我叫你告密，看你还告不告密！"

两个人像孩子似的，在沙发上打闹着。

贾星提着公文包从书房走出来，笑着说："你们什么时候才能长大呀。"说着便朝外走去，临到门口又转身对胡敏说："这几天我得下去调研，走马观花也比坐在办公室里强。"说完便出了门。

"老贾。"胡敏想起什么事，在他身后叫着。贾星在门外停了下来。胡敏走出来，随手把房门关上了，她对他小声说："考察一下年新立，月辰和他恋爱上了。"

贾星笑了，他说："谁的婚姻谁做主。"他几乎是俯在胡敏耳朵上说，"少管！"

"我就不信你不管，看你就知道稳不住。"他俩在门外小声笑着。

贾星带着赵欣然、张秀琴、李永刚一行，到建设集团的下属公司搞调研，为各公司、各厂家解决实际困难。他们一行首先去了大剧院工地。工地上一片繁忙景象，十多台大吊车轰轰隆隆起吊着钢架，超大型货运车进进出出，哨子声、敲击声和机器轰鸣声混杂在一起，在工地上飞来跑去。宋星、姬丹枫在一块空地上铺上图纸，一群一线技术人员在图纸跟前，听姬丹枫讲着什么。工地噪声大，姬丹枫每说一句话，几乎是在大声叫喊着，他们之间的交流很吃力。宋星双手挥着，然后手掌往下压，他让技术员蹲下来。宋星蹲着，手不停地在图纸上比画来比画去。有位技术人员拿手做着喇叭形，对着宋星的耳朵说着话。

贾星一行来到他们身边，姬丹枫同贾星握握手，又向张秀琴点着头。赵欣然和李永刚两人向姬丹枫伸出大拇指。在这种场合，说话费劲，听着也费劲，肢体语言是最便捷的交流方式，一个手势，很能解决问题。

宋星笑着从地上站起身来，他握着贾星的手，使劲摇了两下，大声向贾星介绍五六个年轻技术人员。贾星对他们笑着，嘴里喊着："辛苦啦，辛苦啦。"几个年轻的工程技术人员，争着和贾星董事长握手，他们说："感谢董事长的关怀！"

贾星一行戴上安全帽，进入大剧院建设工地，贾星询问了建设进度、安全措施以及一线技术人员和工人的生活情况。宋星一一作了汇报，宋星说："目前有四支工程建筑队伍协同施工，工作效率很高。我和姬丹枫主抓施工技术上的工作。"

贾星强调："要格外重视施工安全，坚决杜绝违规违章操作，把工人安全放在第一位。安全员要坚守各自的岗位，切不可掉以轻心。形象工程，

第十章 群星璀璨

就必须干出个形象来。"

赵欣然对姬丹枫说："要注意同集团各大公司对接好，调上来的工程施工队伍一定是最棒的，必须持有上岗培训合格证。特别是要把好现场焊接这个关口，千万不可大意。"

贾星点头说："好！百年大计，安全第一，质量第一。"

宋星和姬丹枫在贾星他们临走时承诺："请集团公司放心，安全、质量、进度，我们都要。"贾星很高兴地同宋星、姬丹枫握手告辞。在走出大剧院工地时，李永刚请贾董事长去服务公司讨论报告，说那里的几位老总来电话了，他们正等着呢。

贾星点头说："报告我看过了，这不，我把张总会计师带来了。"

群星服务总公司这两年发展势头不错，随着旅游业的发展，第三产业增长速度大得惊人。总公司经过考察，市场走访，反复论证，最后报告群星集团公司。他们已在服务公司旁边购置了二十亩土地，这是蟒河市的黄金地段，现牵涉到百户居民搬迁以及修建群星五星级大酒店资金贷款等事项。贾星好几次说来视察，都没来成，这次，他现场办公，决定把服务总公司的事解决好。群星集团公司的确应该有自己的大酒店，服务总公司已不适应形势的需要，这件事是集团公司发展规划的重点项目。

今年群星集团公司的开支数目惊人，大剧院工程、钢结构厂引进生产线建设、钢结构研究院实验室、门窗厂扩大再生产项目、太阳能公司的组建等都需要资金。幸好有张秀琴这个称职的管家，否则,真不知怎么办才好。

贾星一行来到群星服务总公司，这间面积不大的会议室里，中层以上干部坐得满满的。当贾星、赵欣然、张秀琴、李永刚走进来时，会议室爆发出热烈的掌声。贾星朝大家挥手，向在座的各位问好。"对不起大家呀，在大剧院工地耽搁了一些时间，让大家久等了。"

服务总公司的一位副总经理把今年一季度的工作作了简要汇报。总经理便接着话茬谈目前的工作，主要谈了群星大酒店的问题。贾星听后点头说："我们群星建设集团公司，可以说是处在最好的发展时期，所属的二十七家分公司，合同多多，生产任务和生产能力饱满，不是找不到事做，而是有干不完的活。大剧院建设昼夜不停，钢结构厂的生产线这几个月就没停下来过，钢结构研究院的研究成果、研究项目更是喜人；门窗厂的产品供不应求，正在扩大生产规模；群星房地产公司，手里有四个小区的开发建设；太阳能公司，几支队伍全都拉上去了；群星市政工程处又中标二百公里的高速公路建设；建设设计院更是超负荷运转，在为三四个省市的新经济开发区、科技园区、商业园区和城市综合体搞规划设计。同志们呀，形势喜人，形势逼人。表面上看集团投入很大，但今年的回报，据张总会计师测算，应该达二十个亿。"

贾星的即兴讲话很有鼓动性，会场再次响起了热烈的掌声，大家都很激动，很兴奋。有人大声说："今年奖金怎么定啊？"

贾星高兴地做着手势说："上不封顶！"

小会议室一下子热闹起来，参加会议的人兴奋地议论着。贾星挥着手说："除奖金之外，集团公司研究决定，设科技创新奖、工作创新奖等十几个奖项，只要大家干得好，对公司、对集团有贡献，都能拿到奖。"

服务总公司业务部一位副经理向贾星反映说："服务行业人员认为，在服务部门工作吃亏，很多奖项挨不到边，只能看着其他公司拿奖。这个思想工作不好做，干这一行低人一等。"

贾星笑了，"我不这样认为，社会有分工，职业没有贵贱。要我说，为别人服务光荣。假如我是你们的总经理，我就要设立文明服务奖、文明礼貌奖、助人为乐奖，通过这些奖励，树立社会文明新风尚。"贾星说着转头问总经理："你说是不是这样？"

总经理说："既然董事长说了，我们马上就去落实，遵照行业规律，多设几个奖项，树立一批文明服务的模范。"贾星带头为总经理鼓掌，大家噼里啪啦地跟着响起掌声。

"现在就说建设群星五星级大酒店的事，报告和方案集团公司看了，也研究过了，一句话是必须建。群星设计院正在着手规划设计，当务之急是筹钱，钱的事请张秀琴跟大家说说。"

张秀琴说："按照集团公司的决定，主要是银行贷款。服务总公司不简单，二十亩地没向银行贷一分钱。群星市政工程处李永刚表态了，为服务总公司垫资五千万。市建设银行的贷款事项也谈得差不多了，银行方面还要来考察论证，现在的问题是拆迁。"

"社会稳定是大局，不能因为拆迁影响稳定。集团公司考虑一个方案，那就是就地安置。在西北角建高层楼房全都安装太阳能，由太阳能公司负责安装。大酒店和居民小区享受同样待遇，用电不要钱，就这样去做拆迁户的工作。"

贾星一行从群星服务总公司出来，便马不停蹄地来到群星门窗厂。新

第十章 群星璀璨

任总经理年新立事先得到贾月辰的电话，知道贾董事长要来门窗厂的事。贾月辰的意思不是通报什么情况，而是让年新立有一个好的表现，老爸可能知道他们之间的关系了。"周悦是叛徒，把我们给出卖了，所以，要特别谨慎。"贾月辰向年新立交代着。

年新立没把这事当回事。他今天按工作计划是要同门窗科研组一起讨论窗户的节能、环保问题。厂区内停有六七辆大货车，工人正在库房装车，一批批门窗产品从这里拉出去。各车间的生产都很繁忙，第四车间的普通型门窗生产更是紧张，这是市场需要量最大的产品，车间里里外外堆满了门窗包装箱，等待装车外运。

贾星他们在生产车间看了一圈，又去第四车间旁边检查大李庄新建的生产车间建设情况。新建的车间全部采用钢结构建筑，使新车间更加高大，空间宽阔，适合现代化大型生产设备的操作。

有工人跑来找年新立，他告诉年总经理："贾董事长他们来厂里检查生产，现在去了大李庄新车间工地。"

年新立说："谢谢，我知道了。"

来报信的工人一走，年新立想想便独自笑了起来，这个董事长，搞微服私访呀，他是来检查工厂，还是暗自考察未来的女婿？两者都有吧，公私兼顾。"公私兼顾。"年新立自言自语地说。

身边的几个技术人员抬头看着年总经理，他们不明白地问道："什么公私兼顾？"

年新立回过神来，脸有点发红，他挥挥手说："今天我们就讨论到这里，集团公司贾董事长来了，你们一道跟我去汇报。"技术人员把图纸、资料哗啦啦折叠起来，跟着总经理年新立往外走。

在厂区，年新立以及他的几个技术人员与贾星他们碰面了。贾星、赵欣然他们被太阳烤得满头是汗。张秀琴用一纸报纸遮挡着脸，她的气色不太好，身上的衬衣汗湿一大片。李永刚看见年新立，大声喊道："我说年总啊，来你厂水都喝不上一口呀，躲着我可以，贾董事长你总得见嘛。"

年新立小跑过去，他不好意思地说："领导来视察，事先也不打个电话，我们正在开会呢，刚听到消息，便到处找你们。"他说着，便伸手同贾董事长握手，回头叫人把会议室门打开，泡一壶好茶送过来。

贾星这才感到口渴了，他舔舔嘴唇，转头问张秀琴："累不累？"

"没事。跑跑走走，倒挺新鲜的。"张秀琴说着又对年新立说，"你们财务室在什么地方,我得过去看看,第一季度的财务报表,有处数字吻合不起来。"

年新立叫人带张总会计师去财务室,他说:"请你多批评。数据不吻合是大事,找找原因,让财务室重新报一份上去。"

张秀琴摆摆手:"没那么严重,工业会计不好搞,可能是统一口径的问题。"

"门窗厂生产抓得紧啊,这才两个月吧,面貌发生了变化。"贾星说:"我听贾月辰说,你们在搞节能门窗,是绿色环保产品,节能门窗的关键是热传导系数K值要降下去。"

年新立一听贾星说话,就知道是个内行。成天要管那么多单位,无论是传统建设、钢结构建筑学、太阳能利用,甚至规划设计,他都有研究,说起来头头是道。真不简单。贾月辰说过她老爸在他所干的领域,只要有新动向,新的科研成果,他便会挤时间去学习研究。月辰最佩服她老爸的,就是他的学习态度。年新立听到贾星的问话,便高兴地说:"我正打算向你汇报这件事呢。"

厂办公室主任提着一壶茶水走进了会议室,给贾董事长他们每人倒上一杯。赵欣然一口气喝了大半杯,贾星看着心疼得要命,他说:"这茶给你喝,纯粹是糟蹋呀,你知道是啥茶吗?"

赵欣然举着玻璃杯看了看,颜色鲜红,他知道这叫红茶,"谁不知道,这是红茶。"贾星把茶壶提过来,不让再给赵欣然添茶,他做出很小气的架式,说:"我一品,就知道这是上品茶,是大红袍吧?"他问年新立。

年新立说:"我不懂茶,年前去福建谈业务,福建门窗厂的业务科送的,听人家说是上等好茶,回来没舍得喝,也不会喝。今天几位董事长来了,才叫办公室主任泡上一壶,孝敬各位董事长。"

贾星笑了,"你很会说话嘛,年轻人虚心是美德。"

"时候不早了,谈正事吧。"贾星喝了口茶说,"年新立,说说你们厂的新产品吧。"

年新立说起门窗产品,真是如数家珍,滔滔不绝,从选材用材到生产工艺改革,从降低生产成本到市场客户调查,一直谈到国际门窗热传导系数的标准。让别人一听,就知道这个人很用心,也很有心。贾星打心眼里喜欢这个年轻人,这得感谢胡高向他举荐了这个人。要是门窗厂没有发生那桩官司的事,这么优秀的人才,不知还要埋没多久。贾星突然想到一件事，那就是开展集团公司人才调查摸底，让能干、有才华的人真正出来干事。董事长、副董事长，还有总经理，都应该成为伯乐，要善于发现人才。集团公司应该有政策，要形成不拘一格荐人才的氛围。他知道自己的事情多，把想到的这个问题，记在笔记本上，并在这段话的上方，重重地画上三个AAA，以便提醒自己。

年新立把工作汇报完后，又作了自我批评，他说："各位董事长，有件事没有事先请示，厂里便作出了决定，那就是去德国学习考察。对方已经联系好了，签证手续也办理了。"

贾星知道这件事，他听贾月辰说过。月辰说门窗厂还特意请她也去一趟。贾星心里清楚，年新立是公私兼顾，于公来说，贾月辰是分管建筑的处长，不仅掌管着政策，还有丰富的行业资源、人脉资源。门窗厂利用起来，对门窗总厂的发展是有利的。于私来看，年新立与贾月辰是同学，现在又有那么一层关系。从严格意义上讲，不请主管部门的官员去，也是可以的。主管部门也不会把你怎么样。年新立自以为聪明，自以为别人不知道。贾星想想独自笑了笑，这事现在别人不知道，今后万一两人走到一块了，别人就会反过来想你今天的事。当然，兴许别人会想，他们可能是在出国以后，才有那回事的。无所谓了，以后是以后的事了。生米煮成熟饭，面粉蒸出馒头，总有揭锅的时候。

贾星说："只要对你们厂有利的，可以不请示。为什么成立集团公司，就是放权于下属单位，让你们有责、有权、有利。大小事都请示，那还要总经理干什么？去学习考察，又不是游山玩水，今后集团公司发展了，高管要出去，中层管理人员和技术人员也要出去。"

"董事长，不是不请示。"门窗厂一位高级工程师说："主要是来不及请示，德国举办世界门窗博览会，我们得到的信息较晚，怕翻来覆去折腾赶不上这个机会。"

张秀琴进来了，她一进门便对年新立说："好个年新立，我说咋对不上账，你们有成绩不报啊。第一季度赢利千万元，真能干哟。"说着，她端起杯子喝起茶来，把杯子放下后，又继续说："这笔钱，我先调过来。服务总公司正等着呢。"

年新立脸都吓白了，他站起身来，双手合抱成拳，向张秀琴作揖，"张总，求你高抬贵手，这点钱我有大用场呢。"

张秀琴笑了，她说："看你年轻轻的，这么抠门，快变成地主老财了。

我告诉你，这叫利滚利。你先垫支，利息不会低于银行贷款，半年保证连本带利退给你。"

贾星笑着说："我看可以。内部结算，总比去银行贷款划算。肉烂在锅里，就是这个道理。"

年新立说："好吧。等到门窗厂抓急的时候，也请张总帮一把啊！"

贾星突然想到市政府交办的一项惠民活动。为开展社会主义新农村建设，让农民享受到改革开放的成果，各级政府都要组织农机下乡、家用电器下乡等惠民利民公益活动。于是，强市长结合蟒河实际，在抓农村危房改造和新农村建设工作中，进行一次送门窗下乡活动。这项任务落到群星建设集团的头上，贾星认为这是一项政治任务，代表政府形象，一定要办好。他把这项任务向年新立他们作了交代。

"选择哪个乡呢？"年新立询问着贾董事长。

"你们自己定。"贾星说，"考虑长远利益，可以帮助建一个建筑之乡。活动完毕后，要有总结。"

"好吧。我们门窗厂分头进行，出国考察和送门窗下乡，两不误。一定让政府满意，让农民兄弟得到实惠。"

贾星朝年新立点头说："你们就着手办吧。"

年新立选择柳树乡作为送建材下乡的试点，他从电视新闻中得知，柳树乡所属的那个县是全国百强县，又是省里的试点，派了一批大学生担任领导职务，其中该县的县长，年新立读过他的事迹报道。

柳树乡对群星建设集团送建材下乡很欢迎，乡办公室主任小杨表现得最为热情，活动进行得非常顺利。县长知道了，跑了过来，要求在全县开展活动。县长说："我明白，大规模建设让县里的财政趋紧，我县的事我们自己有能力解决。我们是全国百强县，县财政有力量，我们想出一个鼓励更换塑窗的政策，县政府和县人大都讨论过了。农户每换一平方米塑窗，县财政补助一百元钱，但这需要市里审核批准，不要到时候说我们违反财经纪律。"

年新立说："这太好了，我们一平方米塑窗也就是三百多元，这就等于是送给农户嘛。"

县长说："就是送也是应该的，因为财政收入大部分来于农民，也应该用于农民。"

周副市长在电话上说："我亲自给你批，只要是能为农户着想的，我

第十章 群星璀璨

们就坚决支持。"

说来真怪，这个政策一宣布，年新立马上就显得不适应了。农户排队登记要求换塑窗，年新立深深感受到政策的威力实在是大。塑窗下乡，家家换窗，冬暖夏凉，幸福安康。大家都在讨论着，都觉得现在的农村生活过得甜滋滋的，幸福着呢。

但意想不到的事情发生了，这天下午，为了减少农民排队等待，年新立组织安排了几台大卡车送来一百多樘塑窗，堆放在农场上，上面盖着几块苫布。白天多派一些工人去安装，刚开始工作进行得很顺利，第三天晚上，家家户户都在吃晚饭了，突然看到农场堆放门窗的地方起了大火。这么多的塑窗被大火吞噬着，远处传来呼喊声："起火啦！大家赶快去救火啊！"喊的人越来越多，救火的人也是万人空巷。有的提起水桶，有的拿着脸盆，外面的风还很大，火势也越来越猛，大家拿来的家伙起不了太大的作用。县里的消防车半小时后才赶过来，将这场大火熄灭，但这一百多樘塑窗已被烧得不成样子，几乎全部报废。

县长赶到时，周副市长早已来到现场，大家都很纳闷，怎么会起火呢？县长让消防队认真清理现场，一定要弄清起火原因，究竟是天灾还是人祸。

就在郑大爷提着水桶冲出去和大家一起去救火的时候，一个黑影窜到了郑大爷家里，差点把郑大娘吓晕。这个黑影立在郑大娘跟前喊："妈！妈！是我，二蛋。"

郑大娘在漆黑处认出了二蛋，说："你这个东西，吓死你妈了。"

二蛋问："妈，爸呢？"

"农场失火，他去救火了。我想拦他，他就冲出去了，一个病老头，能有多大的作用啊。"郑大娘说到这，突然想起什么似的，问："这么晚了，你怎么来的。"

二蛋说："我骑车来的。"

郑大娘又问："这么晚来干什么？是不是孩子病了？还是家里出什么事了？"

二蛋回答道："没有，就是没什么事，我才骑车过来看看你们。"

"你吃饭了没有？你爸没吃两口就跑出去了，我先给你热点剩饭啊？"

二蛋说："不了，等老爷子回来一起吃吧。"

郑大娘说："也好，你骑车累了，我先给你烧点热水洗洗脚，今天就别回去了，明天早上再回去。"

二蛋说："您甭管了，我自己来。"

他过去接水时，郑大娘闻到他身上有股子汽油味，便问："你身上怎么这么大的汽油味？"

二蛋说："有吗？中途自行车掉链子了，我修了一下。"

郑大娘也没有说什么，就让他洗脚，但总觉得他身上汽油味太大。又一想，不对啊，自行车掉链子怎么会用到汽油呢？她感觉二蛋不大对劲，神情上慌慌张张，话说得不是那回事。

郑大娘还是有所怀疑，"那这么大的汽油味哪儿来的，我看你裤子上有油。"

二蛋说："就是修自行车修的。"

郑大娘说："瞎说，自行车哪用汽油啊！"

二蛋想，反正跟丈母娘说也没事，就实话实说吧，"妈，您坐下，我慢慢跟您老说，那农场上的火是我放的。"

郑大娘顿时心里一惊，"你干什么要放火啊？"

"妈，您不知道，我们钢门窗厂发不出工资了，他们塑窗下乡这么火，我们钢窗没人要，已经停产半个多月了。看来厂子要黄了，我们两口子都快没活路了，你们小外孙谁养啊？"

"那也不能放火啊，杀人放火要蹲大狱的。"郑大娘又气又恨，怎么这么蠢啊。大娘想了想，还是先稳住他吧，等老头子回来再说。郑大娘心里很矛盾，二蛋如果被公安局抓了一家老小可咋办呀。

过了一会儿，郑老汉被人架了回来。原来是他在救火时跌倒了，被人扶着送了回来。送来的人一眼就看到了二蛋，说："原来姑爷在家呢，快来扶老人家坐下。"二蛋一靠近老汉，他们说："姑爷怎么弄得一身汽油味？"说完转身就走了。郑大爷也在纳闷，这么晚，他来干什么。什么汽油味？哪儿来的？

别人走后，二蛋就给郑老汉跪了下来："爸，我是来放火的。"接着他把他们厂被逼的要破产的事情告诉了郑老汉，说自己实在咽不下这口气，就用汽油把他们的塑窗烧了！

郑老汉立马站起来对他大吼："你个王八蛋！快点起来！赶紧自首去！"

"我不去，他们又不知道是我。"

郑老汉说："他们不知道我知道，我活了一辈子了，活得堂堂正正，哪儿能违法乱纪。想把我们气死是吧？"

"不是，怎么能呢？"

郑大娘说："听你爸的，跑得了和尚跑不了庙。你要替你爸妈还有老婆孩子想想，现在去自首还可以从轻处理。"

郑大爷拿了一捆绳子，套在了二蛋脖子上，说："走，是我扶着你，还是你扶着我。"

郑大娘说："我也去。"

郑家老两口用绳子绑着二蛋往乡政府走去，一进去郑大爷就看到县长，还有群星公司的贾星、年新立、消防队的战士以及公安局的警官。二蛋一眼就看到了自己带过来的汽油桶。他们三人一进屋，县长就明白了。因为他们在现场发现了汽油桶，就断定肯定是有人纵火。而就在刚才，有两个老乡来报，说他们扶郑大爷回家的时候看到他姑爷二蛋在家，而且他身上有很浓的汽油味。这些情况串到一起就基本清楚了。郑老汉这么一来，县长等人马上说："你们二老太好了，你们不送来，我们今晚也要把他抓回来，现在他自己来了，我们还可以算他自首。"

县长对乡长说："先把二老送回家吧，安顿好二老。"

郑老汉忙说："不用了，谢谢县长。是我们有罪啊。"

县长说："不，你们二老不但没有罪，还是有很大功劳的。"

公安人员马上对二蛋进行了突击审讯。他的如实交代弄得大家哭笑不得。县长心想：钢窗厂也是我们县的企业，我怎么就没有想到他们的处境呢？贾星也想到：我们抢了人家的饭碗，明天过去看看吧。

第二天，贾星和年新立来到了县门窗厂，门窗厂的厂长孙成功把他们请到了接待室，心想：这二位是来登门问罪的吧？我们又没派他去纵火。心里虽然这么想，嘴上却说："实在对不起，我们还想到你们那里去谢罪的，毕竟二蛋是我们的职工。"

贾星喝了口水说："我们过去不知道，昨天才知道你们这个厂，我们是来了解了解你们厂的情况，看看有没有合作的可能。"

孙厂长一听要谈合作，马上来了精神，详细讲述了厂里的状况，包括眼前的困难，特别是塑窗下乡以后，都要走上绝路了。

接着，贾星说："能不能先带我们去看看你的车间。"

孙厂长说："没问题，咱们现在就走。"

就在他们要去车间的时候，县长也赶到了，他们一道去看了车间，贾星说:"车间不小,环境也挺好,工人呢?"

孙厂长说:"工人都回家了,因为没有活干。"

贾星说:"现在建设规模这么大,门窗市场很大,咱们一起合计合计吧。把你们的技术骨干一起找来,讨论一下好吗?"

孙厂长非常高兴,立即通知技术人员来会议室。这时,贾星问县长:"找我有事儿吗?"

县长说:"可能我们想到一起了,咱们一起说说吧。"

在会议室里,大家你一言我一语说了很多,从谈话中,贾星觉得他们基础不错,完全可以谈合作。贾星站起来说:"看了你们的车间,觉得有非常好的合作条件。由此,我提出两个意见,由你们决定。一是按照群星门窗厂的企业标准,在群星指导下,我们共同做好开工前的设备安装以及原材料的准备,以后组织生产承担当前塑窗下乡的全部工作。二是你们的钢窗可以考虑改作大型厂房的部品,或者高档住宅的部件生产。这两个方面你们都具备条件。我们先是合作,以后也可以完全成为一家。"孙厂长等人热烈鼓掌,一致赞同,还说贾星成了自己的救星,年新立成了他们的依靠。

最后请县长讲讲,县长先高度评价了贾星具有现代企业家的素质,接着又说:"请允许我直说,不对的请大家见谅。办企业一定要有胆识,我承认,现在市场经济不光存在不正当竞争的行为,还有很多困难。但咱们都是在中国,都是在市场不完善的时机中,有的发展了,有的却停滞不前,有的还怨天尤人,这不行。当年,第一次国内革命战争时期,蒋介石发动的'四一二政变',共产党被打到了地下。毛主席说,'星星之火,可以燎原'。刚才贾总说的我完全赞成,无论是塑料还是铝窗、钢窗,都有自己的发展空间。你们不能只满足群星给你们带来的市场,最主要的是学习群星的创新、创业、创造。衷心祝愿大家在深化合作的基础上,创造更美好的明天。"

贾星这次的走访又使群星合作的领域更广泛了,合作的方式更加灵活。这一合作实现了群星和县钢窗厂的双赢,而且,加快了塑窗下乡的步伐。

二蛋纵火造成的损失达两万多元,原本要判两年,后来考虑到本人在郑老汉的带领下主动自首,所以给予了从轻处理,判一年缓刑一年执行,而且还不用进监狱,可以在厂里工作,算是戴罪立功。

德国世界门窗博览会规模浩大,世界各地八十多个国家的产品参展。

年新立他们一天都没闲着，几乎天天泡在展览馆里。有些国家很保守，门窗材料、生产工艺等资料不愿提供给他们。年新立也很理解，各国都有自己的商业秘密，再说门窗市场竞争激烈，人家凭什么给你呀？不给不要紧，他们几个人一合计，那就认真看、仔细看，看总可以吧。

中国人是最聪明的，有些门道，一看就明白，甚至还能看到别人的不足，看见别人的破绽。记在心里，回来一研究，便可以消化吸收，在别人的基础上加以改进和提高，做出世界一流的东西。从无到有，从优到精，大多都是这样得来的。

快回国的那两天，年新立宣布放假一天，各自根据爱好，出去放松，游览观光也是有益的。打开眼界，增长见识，就是在这样的环境中取得的。其他人去风景点、博物馆或现代商业城，年新立和贾月辰却去了德国人的乡下小镇，在那里他们度过了浪漫的一天。

德国之行后，贾月辰像换了一个人似的，回来便向胡敏、贾星，还有周悦一群好友宣布："金秋十月结婚。"

贾星说："爱情真有力量，都说江山易改，本性难移。爱情能改变贾月辰，你们说这是多大的力量。"大家都欢心大笑，都拿贾月辰开心，笑话一个接一个，弄得满屋子都是笑声。

年新立顾不上他和贾月辰，新房装修、家具购置等琐事，全由贾月辰作操办。年新立在给市政府写报告，同时搞了一个群星门窗厂五年发展规划，建议蟒河市在五年内打造国际门窗城。

贾星接到年新立的报告和关于打造蟒河市国际门窗城的规划方案后，高度重视，组织专家和社会各界人士进行讨论。

副市长周晟俊建议把专家论证和社会各界人士的意见向强市长汇报。这段时间，强市长去大剧院工地视察过两次，对群星建设集团公司给予了客观的评价。他对周晟俊说："这个贾星真能干，而且还敢干。在工商企业界，起了好的作用。"强市长看了报告和规划方案，心里没底，蟒河市有没有这个能力来做这件事，特别是群星门窗总厂，从生产规模到技术力量，能不能当全国门窗行业的龙头，他犹豫不决地问周晟俊："你的意见如何？"

"先不作结论。不如搞调研，去群星门窗总厂看一看。"

强市长说："光我们去还不行，请专家、人大代表、政协委员一道去，可以开个现场会。"

年新立在市长、专家学者、人大代表和政协委员的现场会上，全面介绍了群星门窗厂的生产情况，特别介绍了门窗厂的技术力量，他说："中国是世界最大的建筑市场，伴随着建筑业成长的门窗行业，同样也是需求量最大的一个产业，最大的门窗厂应该在中国。群星门窗厂有这个能力充当中国门窗厂生产的龙头企业，只要市政府给予政策支持，一定能在短期内打造出一个国际门窗城。"

强市长问年新立："建国际门窗城，需要多少土地？"

年新立扳着指头算着，门窗制造中心、研发中心、展览中心、物流中心，还有国际交流中心，他说："二百亩。"

强市长和周晟俊咬了耳朵，然后抬头对年新立说："好，就两百亩。你得立个军令状，五年建成国际门窗城。"

年新立得寸进尺，又提出门窗热传导系数问题，他要求市政府尽快修订标准。他列举了德国的例子，说德国热传导系数 K 值定在 1.3 以下，而我们却在 3.0 以上，与国际标准的差距拉得太大了。应该根据国情，把窗户的热传导系数 K 值定在 1.5 以下，建成国际门窗城后，再定到 1.0 以下，高于国际标准水平，这对节能环保将会产生深远的影响。

强市长听不懂那么专业的知识，但他知道是好事，就像低碳排放量、汽车尾气排放量那样，国际标准是目标。

年新立的努力得到了市政府的鼎力相助，贾星说："后生可畏呀，还是年轻人敢闯。"

周悦说："贾月辰有眼光，在水泥、砖头堆里，找到了一块金子。"

贾月辰作怪似的大笑着说："明天我再去砖头堆里找找，看能不能给周悦姐找块发光的金子。"

贾星突然说："有啊。赵欣然就不错。"

胡敏见周悦脸红到脖子根上，便装着生气地说贾星："乱点什么鸳鸯谱啊，人家周悦这么优秀，还要你们瞎操心。周悦，别理他们。"

周悦笑了，她笑得很不自然。心里藏着的这点东西，一下子被别人晾出来了，感到很不好意思。她想她的这点事，什么时候被贾星看出来了。有空得问问贾月辰，是不是她在背后嘀咕什么了，这丫头是有心眼的那种。

第十一章　伯乐识才

　　流经蟒河市区的那条蟒河，明静透亮，像一块大镜子，水面上没有波褶，也不起涟漪。两岸的树木郁郁葱葱，格外茂盛。榆树叶片黑油油地绿，玉兰花凋谢后，生长出手掌大的树叶，厚实而坚挺。柳树不再像初春的那般娇嫩，垂下的枝条成熟丰润，万物都在茁壮生长。

　　柳树下的那张情人椅上，依偎着一对情侣，茂密的垂柳枝条，把他们两人封闭在自我的空间里，狭小的天地荡漾着甜蜜的欢声笑语。

　　"你真会找地方！"这是男人说话的声音。

　　"难道不好吗？"女人有点自豪。

　　"是不是浪漫了些，这可不是在德国乡间小镇。"男人胆怯地说。

　　女人发出银铃般的笑声："你是不是不愿到这地方来？我约你早点出来，是怕这地方被别人占领喽。"

　　"你常来这里约会？"男人话里有点醋意，他看着对方的眼睛。

　　女人坦然地点着头："这可是读书的好地方。清静，让人舒心。"

　　男人想起了什么事，禁不住呵呵地笑了起来。女人脸红了一阵，"笑啥？"

　　男人说："我真没想到当年的贾月辰有朝一日会当上处长，二十七八就冒头当处长了。当年的你，可不是这个样子。一身功夫装，连鞋都是武当山那种。读中学时，我看你走路的步子，真以为你会功夫。"

　　贾月辰捶了他一下，"损我呀，我有那么野吗？"她靠在男人的肩头上，说:"说起来,处长就那么回事,可什么不是那么回事呢?活着就那么回事,有那么回事,总比没有那么回事好。就说提拔这事吧,一个人就是另外一个人的心思,那人心思往左边一偏,你就荣了,往右边一转,你就枯了。大多数人的大多数心思都放在那些人的心思上,一切的一切,都是使那些人的心思朝左边偏,如果人家往右一转,你就完了,完了还不知道自己是怎么玩完的。"

男人把靠在身上的贾月辰扶正了,他惊讶地说:"你这话准确地讲述了我的成长史。早些年我倒霉透了,喝凉水都塞牙。"

贾月辰听了没做声,好一会儿才在他手背上拍着说:"新立啊。"

年新立解释说:"其实我比谁都聪明,我明白怎么操作才是正确的,可心里总有东西别着我,明白也没用。"

贾月辰说:"我知道你,知道你。"

"唉!"年新立叹息一声说:"我们这些人,谁没有一点骄傲?可守着这点骄傲,舍不得委屈自己。那怎么办?要世界来迁就你,那不可能。"

贾月辰点头说:"是啊,什么东西都是想要才会有,而且想要就会有,你试一试。"

年新立双臂紧紧搂抱着贾月辰,他说:"我想要,我真的想要。"

贾星下去调研,不仅了解了各单位的情况,还解决了问题。由于群星建设集团的业绩,强市长也改变了对贾星的态度。周晟俊副市长在中间起了大作用,他是真切关心、支持群星建设集团的。但常常又是左右为难。周晟俊了解当前的体制,有时他也很被动,感到孤掌难鸣。周晟俊采取两步走的办法,首先让群星建设集团干出样子来,在社会上有好的口碑。这两年,群星建设集团这样做了,而且做得很好。周晟俊在向强市长汇报工作时,凡涉及群星建设集团的事,都表达得较为委婉,采取低调处理。这样使强市长比较容易接受。

强市长对建造世界门窗城很有兴趣,他不仅划拨土地,还亲自审核规划设计方案。他认为五年规划时间拉得太长,提出三年打造的计划。所以,催着开工,有时间便到施工现场跑一圈。

群星建设集团不敢懈怠,不仅把太阳能公司一大半的力量调拨过去,还把胡敏总设计师和姬丹枫总工程师派到工程上去了。即使这样,强市长仍感到进度太慢,他多次给周晟俊打电话,要他多抓一抓这个项目,提前建成，提前获利。强市长说："蟒河市经济发展实施世界品牌战略，像世界门窗城这样的项目太少了。"

群星大酒店工程也已破土动工，因为在大酒店西北角，要建一个居民小区，群星建设集团不得不考虑到居民的居住环境问题。规划设计方案报到市建设局，恰好是贾月辰所在的处室分管的事，她向局领导建议，把规划在那片地域的人民公园一起列入设计建设中，大酒店、人民公园、居民小区合为一体，同步建设。

人民公园建设投标被市一建获得，负责这个项目施工单位的是市一建第二建筑工程处。在这块土地的西边，比较低洼，雨季时常有积水，深处可达一米至二米。公园规划里有人工小湖泊工程，群星建设集团从实际情况出发，提出置换，居民楼房朝北移一移。第二建筑工程处不同意，虽说西边有利于人工湖的建设，但施工困难。贾星几次出面协调，都没有结果。而第二建筑工程处抢先开工，弄得群星建设集团很被动。

贾星找到周副市长，又打电话到强市长那里，还把利弊向市政府作了书面报告。周晟俊打电话让市建设局通知第二建筑工程处停工，等待设计方案科学修订后再施工。周晟俊为避免两家形成矛盾，特意邀请市里的一批专家、人大代表，去实地看了一遍，并在第二建筑工程处施工指挥部召开了联席会。专家和人大代表们建议，人居住房向高处挪挪，很有必要，民生无小事。第二建筑工程处虽不反对，但又不得不考虑建设成本，他们说："这个标本来就没多大利润，这会给公司带来亏损。"周晟俊副市长同建设局长商量，同意第二建筑工程处的意见，考虑给予补助。

贾星和市一建的领导姿态都很高，在人工湖土方工程上各自为第二建筑工程处承担三分之一的经费，不拿市财政的补助。事后，群星建设集团同市一建多次召开联席会议，共同为这项工程建设的许多细节问题进行协商沟通。贾星提议，人民公园里的人工湖就命名为"团结湖"。市一建总经理说："这名字有意义。"贾星请市一建总经理为团结湖书写湖名，他说："我听说你擅长书法，你写，我负责把它刻在石头上。"

两位老总双手紧握，市一建总经理说："要我们两家说历史，其实就是一家哩。"

贾星中午喝了点酒，脸红得跟关公似的。原不打算去单位，他认为喝酒去上班影响形象，还违反了集团的规定。但他想到了一件事，又不得不去办。他对胡敏说："这事咋办，一进单位，那不成了自己打自己的耳光了？

上行下效，更不好了。"

胡敏忙得要命，吃了饭就没闲下来，为世界门窗城的事好几天没睡好觉把她眼圈都给熬黑了。她说："活该你违规，谁叫你贪杯！"

贾星说："那是市一建，娘家人。宁可伤身体，也不可伤感情。"

"你能不能不去集团大楼？"胡敏说，"把要办事的人招到服务总公司，找个地方不就把事给办了？"

贾星笑着说："上有政策，下有对策，看来你也学会了。"

胡敏收拾桌上的资料，呼啦啦装进包里，她说："我可是对你负责啊，否则扣发全年奖金。"

贾星给单位企业文化建设部的"二北"打电话。"二北"是企业文化部的两个年轻人，"二北"源于单位职工给他们起的外号，一个北大毕业，一个北师大毕业，两人都在企业文化建设部任正副部长，大北叫李建达，小北叫刘梦芬，人们不叫名字，叫"大北"、"小北"。两人在一起时就称二北，这样简单。贾星先打通了小北的电话，让她通知文化建设部全体人员下午三点半在服务总公司会议室开会。另外，他告诉小北，三点钟的时候，千万来个电话提醒他。

贾星倒在沙发上的时候，已是中午一点二十分，他想还可以打会儿盹儿。胡敏走时，拿了一条毛毯给他盖上，把他的手机闹铃调到三点差一分。她想，还要别人提醒，自己不知道定闹钟呀，真是醉糊涂了。

群星服务公司会议室里坐着七八个年轻人。贾星走进来的时候，他们正在讨论企业文化节的活动。贾星的出现，让会议室顿时安静了下来，一群年轻人纷纷站起身来，贾星笑容满面，他缓缓地环视了一圈，悠悠地点着头，摆了摆手示意大家坐下，然后他才徐徐坐下来。贾星很随意地问二北："在讨论什么事情呀？这么热闹。"大北站起身来准备说话，被贾星止住，他对大家说："今后大家都坐下说话，不必这么拘束。"

大北笑着坐了下来，他向贾董事长汇报说："我们在讨论举办一场企业文化节活动。大家提出了几种方案，需要统一认识。"贾星脑子转了一下，认为这个创意很好，开展丰富的文化活动，不仅可以丰富一线工人的文化生活，还可以激发全体员工的建设热情，他说："好啊。你们说说，都提了些什么内容的活动方案？"

大北朝小北看了一眼，请小北来汇报大家的意见。小北慢慢翻开笔记本，说："大家提出的活动方案有四个，搞一台《建设者之歌》大型文艺晚会；

第十一章 伯乐识才

开展劳动模范、先进工作者事迹的巡回宣讲；走访慰问一线建设工人和家属；举行群星建设集团总结表彰大会。当然，还有许多建议。"小北想了想，谈活动就谈活动的事，建议不方便在这里谈。她把冒到嘴边的话咽了回去，然后合上笔记本坐着听董事长的意见。

企业文化建设部的年轻人兴高采烈，他们鼓掌请贾董事长作指示。

"关于文化活动事项，几个内容的方案，相互之间不冲突。大型文艺晚会由小北负责，就叫《建设者之歌》，这名字响亮、有力，地点就设在市政府大礼堂，大剧院没建好，等到建成了，我们建设者们肯定要演第一场。"贾星的话把大家逗乐了，笑声一片。

贾星指着大北说："你负责巡回演讲这件事。演讲内容不在多，要精挑细选，一定要有代表性，要感人，不要宣传领导层，要宣传一线工人。集团的总结表彰大会和走访慰问一线工人，这事我来抓。"说完，贾星朝在座的人看了一圈，然后问："你们看这样行吗？还有什么意见？"

大北说："我们保证圆满完成任务，把企业文化节的活动办好，请董事长放心。"

贾星喝着茶水，翻阅着笔记本上的记录，他想查找那天在门窗厂调研时的一段记录。整整一大段，他默读了一遍后，笑着对年轻人说："你们提出的问题，我们办完了，现在该我向你们提出问题了。"

二北他们笑起来了，他们说："我们都猜到了，董事长给我们布置工作任务来了。"

贾星笑着说："全是些机灵鬼！"

他在没有具体说任务之前，向在座的年轻人介绍了门窗厂的情况，像讲故事一样把年新立的事给大家叙述了一遍，着重说了年新立任门窗厂长后的变化，特别是建设门窗制造中心、研发中心、展览中心、物流中心和国际交流中心。蟒河市政府对群星门窗厂项目大力支持，决定不遗余力地打造世界门窗城。

贾星说："关键问题是发现了一个人，启用了一个人，而这个人多年被埋没，他被什么埋没的呢？是体制。群星建设集团的事业蒸蒸日上，企业的发展人才是关键，没有人才，一个企业寸步难行。建设集团目前处在求贤若渴的地步，今天，我把你们给召集过来，就是让你们下到各单位去，为群星建设集团发现人才、挖掘人才。"

大北说："有什么具体要求，我们如何下手呢？"

"两方面的工作：一是把各单位的人才档案分类整理，统一建档入库，建立一个人才信息库；二是调查了解，到生产实践中去发现，寻找有真才实学的人才，把他们推荐上来。三十六行，五花八门，只要他们有一技之长，我们都要为他建档。"

贾星把任务交代布置后，在座的都发了言，提出了一些问题。贾星在作解答时说："就在你们部门，设立一个人才管理处。先过渡一下。我想这个处室今后要扩大为人才中心，肯定是这样一个发展趋势。处长就在你们中间产生，群众推荐，民主评议，集团考察，张榜公示，按组织程序办理。"

散会的时候，贾星笑着说："和你们年轻人在一块儿，办事都充满青春活力，很有效率。"他交代二北把今天的议事作个会议纪要，要在董事会上传阅，让大家都了解一下情况。他说："每个会议，每份文件、报告，都是我们群星建设集团的历史，都是我们的脚印，都要把它记录下来。"

群星建设集团的企业文化节比过大年还要热闹。"建设者之歌"文艺晚会，原计划是演出一场，后来又增加了一场，仍然满足不了工人的需求，特别是一线工人，他们日夜在大剧院施工、在车间加班、在群星大酒店工地，根本就下不来。有工人把意见提到贾星这里来了，说是文艺节目演给谁看的，建设者看不到"建设者之歌"的节目。贾星哈哈笑了，意见提得挺尖锐的嘛。那好吧，再演两场，白天和晚上，不是一线工人不发票。贾星打电话给小北，问小北有没有困难。小北说："就是有天大的困难，我们也能克服。这是一线工人对我们的信赖！"

两场文艺晚会，让一线工人沉浸在幸福之中。文化局派出了市里著名的四位歌唱家来到晚会现场。工人的情绪调动起来了，平时只能在电视上看见的大歌星，一下子到了他们中间。工人的热情感染着歌唱家们，有的歌唱家一连唱了四首，工人们还是舍不得她们离开，雷鸣般的掌声经久不息，这让歌唱家们很感动。没办法呀，她们四人同台又是小合唱，又是二重唱，最后每人又来一首独唱，这才过了关。

因为这场晚会，建设工地上的工人们议论了好几天。那几天工地上到处是歌声，活动结束后，贾星率领群星建设集团的董事长们走访慰问了演出团队，还特别嘉奖了企业文化建设部的那群年轻人。贾星说："我们群星建设集团有人才呀，文艺节目搞得很好，不次于专业人员。小品写得好，也演得活灵活现的。还有那个独幕话剧，真是催人泪下。好呀，不要松劲。

第十一章 伯乐识才

我们国庆、元旦、春节都要自办晚会，为集团建设提供正能量。"

群星建设集团的企业文化建设得到了省总工会的重视，省总工会把先进材料报送到省长那里，省长作了专门批示，要求省报、省电视台给予宣传报道。"这是什么，这是一个企业的软实力。没有文化的军队，是愚蠢的军队。同样，没有文化的企业，是没有前途的企业。"贾星在一次董事会上强调重视企业文化建设工作。他说："工会今后不仅要给工人送物资，还要送书籍。要让我们的工人读好书，读生活中的闪光之书。"

那天下班，贾星带着一份好心情回到家里。这段时间真够他累的，周晟俊副市长多次说他，要放权，不要事无巨细，事必躬亲。贾星是放权了，各单位的总经理是名副其实的法人代表了，责权利集一身，大小事都可以拍板了。但贾星就是这样一个人，他调研、协调、检查指导，为各基层单位排忧解难，认为这样踏实，日子也充实。贾星坐在沙发上，闻着菜香。

贾月辰回来了，后面跟着尾巴。年新立时不时过来混顿饭，贾星和胡敏都很高兴。特别是贾星，他喜欢年新立过来，这样他就有人陪着喝两盅了。今天，贾月辰手里捧着一束玫瑰花，依然是唱着、跳着回家的，像快活的小鸟一样幸福。

"咋买了花，啥好日子？"贾星问她说。

贾月辰在换花瓶里的花，她说："采的，谁去买花呀，我是浪漫的人吗？"

胡敏端着菜盘子说："采摘别人家的花可不好。"

贾月辰理直气壮地说："这是建门窗城要动土的那个花坛里的，眼看着就要开工了，谁还顾得上去那里欣赏花呀。这花开得多灿烂，开在那里，就是开在寂寞里。我可是怜花惜玉，把它们摘回家，让它们开在热闹里。"一家人被她说笑了。

热闹在快端碗的时候果然来了。二北和他们的同事，来了四五位。一进屋便叽叽喳喳向贾董事长问好，向胡董事长问好，向贾处长问好，向年总经理问好。贾星摆着手说："好了，好了，说群口相声的来了。月辰，拿碗加筷！"

他们一阵风似的地围到桌边，一股青春的气息。贾星很高兴，他喜欢和年轻人搅在一起，掺杂在一块儿，他感觉到自己也变得年轻了许多。胡敏的感觉却不大一样，女人生理上的变化不像男人，女人敏感，也很现实。她在做事的时候，无意间从镜子里看到自己的脸，她用手摸了摸，她甚至怀疑镜子中的那张脸不是她的。愣了一下，她却笑了，哪来这么多惆怅啊！

二北他们同贾月辰、年新立有说不完的话，从新世纪超市谈到《不能承受生命之轻》，又从国际要闻回过头来谈国内趣闻，就像天底下没有他们不知道的事，满嘴里吐着的都是新鲜的词儿。

就在窗外最后一缕阳光消失的时候，贾月辰突然问小北："你和大北成天形影不离，是不是那个上了？"小北吓得从沙发里弹了起来，急得在地上踱着碎步。身边的两个女孩子笑得东倒西歪。大北装着羞答答的样儿，低着头，双手搓着，声音涩滞地说："我倒是没意见。"

小北在地上转着圈，寻找可以解围的目标，周围全都是坏笑，弄得她只好叫："月辰姐，好姐姐，求你别再说了。"贾月辰呵呵地笑，小北身着小碎花连衣裙，样子很可爱。

大北说："夏天的女人都是美人！"

小北总算找到目标了，她立定站稳，对着大北说："大北，给你梯子别往上爬啊。"有女孩子上来咯吱小北，满屋子都是叫声，满屋子都是笑声。

年新立看傻了眼，几个如花似玉的女孩，打闹时，裙摆不停地飘舞着，白光闪闪，很抓眼。"年新立，眼睛放老实点。"贾月辰捅了捅他。年新立肚子一缩，身子一颤，他有一种在繁华大街上作案被便衣警察逮住的感觉。年新立朝厨房看去，动作有些夸张。厨房里哗啦哗啦的洗刷声分散了贾月辰的注意力，她起身朝厨房走去。年新立得意地笑着，他玩了一出金蝉脱壳的小聪明，不然贾月辰是不会放过他的。

贾星从书房走了出来，客厅顷刻间安静了许多。他知道二北来家里是有事要说的，趁着空余时间，贾星在他们旁边坐了下来。大北便调整了坐姿，叫了声："董事长。"顿了顿又接着说："今天下到建筑公司，了解了一件怪事，还碰到几个古怪的人。"

贾星眼睛一亮，他对大北说的怪事怪人很感兴趣，"哦——说来听听。"

大北说："各工程队的建筑任务都繁忙，大型机械连班转，压根儿就没歇下来过，所以，故障很多。一台一台停在工地上，等人来修理。工程建筑队有位农民工，打小就喜欢捣鼓机器什么的，曾经给公司修理过两次，之后却再也不摸了。为啥呢？问他不说倒罢了，连理都不理，古怪得要死。听工人说，这人有绝技，蒙着眼能把一台发动机给拆了，不到一个时辰还能给装上。到他家一看，租的一个院子，停的全是等待修理的车辆和工地上使用的机器设备，他手下还有一群小徒弟。"

"有这手艺，还在建筑公司打小工？"贾星不解地问道。

第十一章 伯乐识才

"问题就在这里。"大北说:"她老婆哭着闹着不让他摸机器。在老家就因捣鼓电器、机器,弄死了两个人。本来还算殷实的家,被整得一贫如洗,这才举家进城打小工的。"

"哦,还有这等人物。"贾星说:"给公司经理说说,让他给公司干修理工。"

"这人姓刘,叫刘有才。"说到这里,大北突然变得有些气愤起来,他问董事长:"你猜公司经理说什么?公司经理说他不是修理工,怎么能领修理款呢?"

贾星一听这话便火冒三丈,"这是什么逻辑?简直是混账话!"

"财务制度也有问题。"小北说:"会计说,机械修理要有正规的修理发票,给小工支付修理费,这账咋做。"小北建议集团公司应该组建自己的修理厂,把刘有才这样的人组织起来搞修理,背个工具箱,进入工地巡回检修,像农村的赤脚医生一样。

贾星笑了,他对小北说:"小小年纪还知道农村赤脚医生的事?这个比喻倒是蛮恰当的。"贾星想,这样很便利,机械有点小毛病、小故障什么的,就可以不往修理厂跑了,既省力又省时还省钱。

小北也笑了,她说:"在老家听奶奶那辈人说的。赤脚医生,天天背着药箱子,满村庄转悠,今天到这家,明天去那家,赤脚医生吃喝不愁。"小北把大家都给说笑了。他们开小北的玩笑,可惜小北没学医,你看那双小手,要是用来接生什么的,可灵巧了。小北便拿小拳头去捶打笑话她的一伙人。

"说正事。"贾星说:"明天带我去见见这个刘有才,我找他谈谈。"

贾星在二北他们的带领下,来到刘有才家,这是城郊的一片旧城区,破旧的砖瓦房等待着改造。原来居住在这里的居民户大多有了新住房,空着一片片房屋,全是外来务工人员租住着。刘有才家在顶头,旁边有一个院子,正如二北所说,院子里堆满了农用车、推土机、货车等需要维修的机械。贾星数了数,共有八辆之多。

贾星他们来到门口时,刘有才的媳妇客气地笑了笑,她说:"有才上工去了,不在家。"

小北忙上前介绍说:"这是群星集团贾董事长。"

有才的媳妇说:"认识。电视上看见好几回了,和电视上一个样儿。"

贾星被她逗乐了，一个劲地笑着问道："我像电视里的那个人吗？"

"像，像。录像，录像，哪能不像呢？"

二北他们也大笑起来，有才的媳妇从屋里搬出几条长凳子，她说房子小，又脏又乱的，就委屈着外面坐吧。屁股后面跟着两个孩子，大的是女孩，十一二岁，小的是男孩，有五六岁的样子。

贾星拉过女孩的手，在板凳上坐下来，问她叫什么名字，女孩梳着两条小辫子，眼睛大大的，是个漂亮丫头，她叫刘亚菲，一边说一边还在贾星手上比画着，贾星问她："怎么不上学呀？"

"学校不收，说是没有户口。"刘亚菲眼泪都快流下来了，她低着头说："我想读书。"

贾星颤了一下，他把亚菲紧紧搂在怀里，好几分钟没有说出话来。

刘有才的媳妇性格开朗，她对贾星说："城里人道道多。早知道孩子不能上学，我们就不来了。你看现在弄得，孩子上不了学，我也只好待在家里。这辈子还没享过这份清福呢。"

贾星掏出手机，开始拨打电话。电话接通后，他对着电话说："周悦呀，你给我帮个忙，找个小学，有孩子要读书。"

"是贵族的，还是平民的？"周悦在那头笑着问。

贾星说："这个我不管，一个工人的孩子，十一二岁还上不了学，只要孩子能读书，花多少钱都行。"

周悦听出了贾星急迫的口气，她说："行，我明白，联系好了我打你电话。"

"老板。不，不。董事长。"有才的媳妇不知说啥好了，她说："这要我咋感谢你呀！"她说着话，想去握贾星的手，又不好意思，手也不知道往哪里放才好，一会儿在空中，一会儿又往衣服上擦着、搓着。

是贾星把手伸过去的。他握着有才媳妇的手说："是我们做得不好，对不住你们。孩子两个多月没有学上，没有书读。不说你当母亲的，就是我们也感到难受啊。"

"那怎么能怪你们呢。"有才的媳妇有些文化，嘴里有词儿，她说："不过我是想再苦也不能苦了孩子呀！"

"今天我们来，就是想叫你家刘有才出来为群星集团做些事。有才有技术，懂机械修理，听说是你挡着不让干，是吗？"

刘有才的媳妇吓了一跳，她提起什么电呀机呀的，心里就难受，她说：

第十一章 伯乐识才

"人呀，一辈子只能干一回蠢事，如果再干第二回，他就不是人了。原来我们在乡下那个家，不说在全乡最富，起码在周围三两个村算是数得上的。一个事故，差点落了个家破人亡，房子和地全都赔出去了。"

"哦。是这回事呀。"贾星想了想："现在有群星集团公司顶着，天塌下来压不倒你家有才。我们只想办个自己的修理厂，请刘有才当师傅，你看咋样？"

"唉，这样也好，他就爱摆弄这些，这几个月也没闲着，他以为我不知道，都是半夜三更起来搞修理。我睡得着吗？哪天不是在为他提心吊胆？跟着董事长，他也会懂事的。"

"那就谢谢你啦。"贾星说着话，兜里的手机响了，一接听，是周悦打过来的。她在电话上声音很大，校园里孩子吵得厉害，贾星听见了。周悦说："第八小学说好了，下午把孩子领过来，找徐校长好了。没事，她是我中学同学。"

贾星挂掉电话，对小北说："下午带孩子去第八小学找徐校长报名。"小北点着头说好。贾星摸了摸两个孩子的头，然后带着一行人向有才的媳妇道别，转身回车上去了。只有小北站着没有走，刘有才的媳妇对小北说："怪不得人家能当懂事长，懂事长就该由懂事的人来当。"小北噗哧一下笑岔气了，她捂着嘴，脸笑得通红，她说："不是懂事长，是董事长。"

"你这丫头，我是说的懂事的长，和你说的一样呀。"

小北被搞晕了，她说："和你说不清楚，董事长不是懂事的长。"

"懂事的长难道不是董事长吗？"刘有才的媳妇也晕了，愣在地上，抱着板凳想着。她又问小北说："你说我们差在什么地方了？"小北朝她笑着，不知道该怎么回答她。

群星机械修理厂挂牌那天，贾星特意把集团的几位副董事长叫了过来，让大家看看群星集团的土人才。刘有才和他的那帮徒弟还真争气，把不大的修理厂布置得很有气派，大门两旁请人书写了一幅对联：精益求精，打遍天下。

宋星还没进大门，便感觉浑身不自在，他说这也太张扬了吧。贾星开始也有这种感觉，夜郎自大，是骄傲了些，但反过来想，也说明有才这人很自信。他听刘有才说过，八岁那年就在乡镇农机站给他大伯当下手。家里穷，上小学就开始谋生计，初中毕业那年，乡里大多数人家的拖拉机、收割机、柴油机、抽水泵，都是他摆治，没有三下两下，谁敢在少林寺脱衣褂？

贾星事先有过安排，他也想考考刘有才，特意请了几位工程师，调来几台需要修理的大型机械，让刘有才现场给诊断诊断。一台大型起重机工作很不正常，让刘有才上去看看。刘有才一个箭步蹬上驾驶室，轰隆轰隆试了试车，走下来对几个徒弟说："记住，这台车左缸没有工作。"

刘有才又爬上一台挖掘机，同样试了试车，然后下来对贾董事长说："董事长，查查谁开这台车，简直混账得很，没有机油，把瓦都给烧了，多可惜呀。真是儿卖爷田不心痛啊。"

站在一旁的几个工程师，为刘有才鼓起掌来，他们说："有才，确实是'有才'，棒！"

贾星向刘有才揭了谜底，"这只是拿几台有毛病的车考一考你而已。"

刘有才摸着后脑勺，"那现在我可当机械修理师了吧？往后也得给我们定个级。"

宋星佩服地说："当然该定级，按我们上海厂的规定，一年试用，两年转正，三年定级。"

"我看可以提前，一年转正，两年定级，不考英语。"贾星把大家说笑了。人们都知道，现在考级都得考英语，画幅画，写幅书法，想深造不考英语，连门都没有。中国老祖宗，书法绘画几千年，谁学英语了？还不是照样把中国文化传承下来了？"不搞不切实际的事。小平同志就讲实用。"

人们正在说笑的时候，李永刚跑来了，提包里鼓鼓囊囊的，不知装着啥东西。人逢喜事精神爽，贾星看见李永刚时，心跳了一下，看他满面春风的样子，像是吃了一串糖葫芦。李永刚恭恭敬敬走到贾星和各位老总跟前，先发糖，上海的大白兔、阿尔卑斯、酒心糖果，每人一把。宋星笑着问："什么喜事哟，让你屁颠成这样？"

"明天结婚，千禧大酒店，欢迎光临。"李永刚塞一把糖说一句，直到包里的糖发完了，嘴却还在说。

贾星想起来了，他问李永刚："是不是全能大酒店那位同志，没换人吧？"

李永刚不好意思地笑了起来，"是呀，你是见过的，叫黄薇娜。去上海读书三年，取得酒店高管资格证书才回来。"

贾星一怔，酒店高管他是知道的，那里面学问大着呢。贾星说："酒店高管得懂两门外语。"

"她考了三门，西班牙语稍差些。"李永刚有些得意，却谦虚地说："还得继续学。"

刘有才站在一旁，朝李永刚说："刚才贾董事长还在说，外语不考。你咋又弄出一个啥西班牙语，你以为要参加斗牛呀？"刘有才误以为在谈他们的事，插话说道。

大家笑了一阵，说："刘有才呀，你听明白了吗？人家是说大酒店。"

贾星说："大酒店管理人员必须会外语，不然外国人来了，在酒店住下来，你怎么给别人服务呀。永刚，你给黄薇娜捎个口信，明年群星大酒店开业，我们集团聘请她。"

李永刚的新婚庆典很时尚，高雅别致，最出彩的当然是新娘黄薇娜。洁白的婚纱遮掩不住她细长柔美的身段，一双大眼睛不停地朝宾客闪动着，像一潭清泉，荡漾着春天的光芒。

贾星胡敏是证婚人，贾月辰当伴娘，四个童男童女在新娘身后牵扯着婚纱的长摆，他们一行通过金色大厅长廊。长廊扎有数道彩门，先过平安门，再上幸福桥，踏进恋爱亭，背着新娘入洞房，坐上夫妻床。突然，红枣、花生从天而降，哗哗啦啦铺得满床甜香。

大厅响起了热烈的掌声，数百人齐声高喊："李永刚，亲一个！李永刚，亲一个。"声浪一阵高过一阵。人们坠入了新婚庆典的欢乐海洋。

在新郎、新娘向来宾敬酒的时候，贾星在人群中远远地看见唐小桃的身影。贾星揉了揉眼睛，没有看错，是唐小桃。他不动声色地拉了拉胡敏的衣角，小声对她说："唐小桃咋出来了？左前方，看见了没？"胡敏也闹不清楚，她算了算时间，还不到时间呀，该还有两年呀。她感到很惊诧，回头望望，见唐小桃正在同几个人说话。

贾星把李永刚拉到一旁，问："唐小桃是咋回事？"

李永刚对贾星和胡敏说："唐小桃有重大立功表现，她揭发郝华能、全督佑两件大案，为国家挽回经济损失数亿元。仅追缴、没收赃款就多达四个亿。"

"我说嘛，当时审判郝华能时，我就有一种预感。"贾星说。

李永刚说："法院已经改判，定为死缓。郝华能在全国都够典型的。"想了想，他又说："唐小桃改过自新，现在还在酒店工作。"

"惩前毖后，治病救人。只要改过自新，重新做人，就是好的。"贾星对胡敏、李永刚说:"对这样的人,社会不仅要接受,还要给她一条出路。永刚呀,不管她以前对群星什么态度,你带话给她,只要愿意到群星大酒店工作,我们一概欢迎。要知道她毕竟是干过酒店总经理的人,有一定的管理经验。你告诉她,就说是我说的。"贾星说这话时,脑子里一定想起了许多往事,唐小桃对群星的伤害太大了,按说对这样的人应采取不理不睬的态度,但他想得更多的是别人的生活出路,要给这些人更多的关心、爱护,从而增强他们对新生活、新人生的信心。

李永刚感动万分,他冲进人群,把事情告诉唐小桃,并拉她来到贾星和胡敏跟前。唐小桃向贾星、胡敏深深鞠了一躬,抬起身子的时候,早已泪流满面。胡敏最怕看见别人伤心的眼泪,她向前两步,为她递上了湿巾。唐小桃无法控制自己的情绪,俯在胡敏肩上哭着说:"我对不起你们!"说着,她便嚎啕起来,发自内心深处的悲怆,让人感动又感慨。

贾月辰怕影响新婚的喜庆,急忙走过来,扶着她走进旁边的休息间。许多曾经在全督佑手下当过差的人都过来安慰她,向她伸出友情之手。这让唐小桃感受到了人世间的温暖。只有在监狱里待过的人,只有备受寒冬煎熬的人,才能体验到这份真情、这份温馨。

黄薇娜的婚礼,她小姑黄小阳也从南京赶过来了。其实黄薇娜一直在做小姑的思想工作,让她换个环境。小姑是金顶大酒店的高管,美国商学院毕业的。人不仅长得漂亮,还很有才气,就是家庭婚姻不顺利。结婚六七年,一直没能生孩子,男方是独苗苗,公公婆婆不愿意了,最后两人离婚了。黄小阳好几年都走不出阴影,黄薇娜趁着结婚的日子,把她给请过来了。当人们劝着唐小桃时,黄小阳正站在贾星、胡敏身边。

贾星不认识黄小阳,李永刚便向贾董事长作了介绍。胡敏仔细看着黄小阳的脸,总感觉这人有点像电影《红楼梦》里的哪位演员,相貌一看就是个内向的人。贾星听了李永刚的介绍后,伸手向黄小阳握了握,他说:"欢迎你到群星大酒店来,我们正在创业,需要你的帮助和支持。"

黄小阳不好意思地说:"董事长和夫人这般平易近人,真让人感动。就凭你们的人格,我都要为群星大酒店作贡献。"

胡敏笑着说:"都是一家人了,别客气。今后有啥困难,说一声,大家都会照顾你的。"

黄小阳躬了一下身子说:"谢谢你了!"

李永刚的婚庆快要结束时,办公室主任慌慌张张跑了进来,他说:"董

第十一章 伯乐识才

事长,不好了,国家出大事了。"

贾星吓了一跳,他问:"啥大事?"

主任拉着他朝会议室跑。会议室电视大屏幕上,一组又一组让人惊心动魄的画面,向世界人民播放着。中国的西南发生八级地震。贾星一屁股坐在椅子上,八级!当年唐山抗震救灾,贾星是参加了的,他亲身感受过那种悲痛的场景。成千上万的父老乡亲被埋在废墟里,压在石板下。孩子失去母亲,老人失去儿女,丈夫没有了妻儿。哭声喊声,声声撕心裂肺。

没有人发出通知,群星建设集团大楼里的工作人员全都拥在大会议室里,观看来自灾区的报道。人们屏息静听播音员在一线现场的讲解。震区一座学校,整个校园被震塌,没有一栋完整的教学楼,没有一间完好的教室,十几个孩子被压在三层楼钢筋水泥的废墟下,坍塌的横梁,倾倒的水泥墙,把孩子们挤压在狭小的空间里。

救生犬发现了这群孩子,狂叫不停。解放军战士冲过来了,洞口太小,人钻不进,拿手电筒朝里照,可以看见孩子的小脸,孩子的小手,还有被水泥压住的瘦小身躯。没有大型设备,解放军战士用手掏,拿肩扛。钢筋立柱一环扣着一环,天公又不作美,黑云压顶。解放军救援队只好向下喊话:"不要怕,不要哭,叔叔在这里陪着你们。"灾区的孩子仿佛一夜之间长大了,懂事了,他们用稚嫩的声音喊出了最强音:"我不哭,叔叔。我不怕,叔叔。"瞬间把人们的心提到了嗓子眼。孩子感动中国,灾区人民不屈不挠的意志和精神,感动着中国。

看过电视后,贾星通知办公室主任说:"群星集团中层以上干部,连夜开会,一个都不能少。"

会议室的气氛十分沉重,人们眼圈还是红红的。贾星悲痛地介绍了地震灾区目前的情况。"七十二小时的黄金时间,刚刚过去十分之一。我们解放军战士、武警官兵、消防队员正在一线昼夜抢救。我们的祖国遇到了灾难,我们群星人怎么办?绝不能袖手旁观,国家兴亡,匹夫有责!一方有难,八方支援。我们群星集团要向灾区人民伸出援助之手。用我们建设者的双手,为灾区人民重建美好家园。我明天就代表群星建设集团,去市里请缨,要求分给我们最艰巨的任务。"

贾星的讲话,激情燃烧,他照亮了群星集团人的心。贾星最后宣布:群星建设集团每一个中层以上干部,都要下到基层去,到一线工地上去。我们要用实际行动,为祖国贡献力量,为灾区人民贡献力量!

大会散了。群星建设集团的董事长们接着开会，各公司的总经理列席了这次会议。他们对群星建设公司如何支援灾区议题，展开了热烈的讨论。这次会议一直开到东方既白。

第十二章　群情激昂

群星建设集团大厦的广场上，上午人排着队缓缓朝前移动。人多广场小，队伍转了好几道弯。前来募捐的除了群星的员工，还有大批附近的居民。这场募捐活动是二北他们发起的。一群年轻人连夜搭建了两个台子，台前安放着四个爱心募捐箱。

募捐不仅仅是向灾区人民捐钱捐物，更是一次教育活动。企业文化建设部制作了三百多幅抗震救灾的图片，分为"灾难深重""众志成城""一方有难，八方支援""中国，加油！"四个部分，悬挂在广场四周。

二北他们组织的这场向灾区募捐活动很成功，让全市人民受到了教育。群星建设集团五十多万元的捐款及时送到了灾区人民的手里。

此时的贾星却再也坐不住了，他知道市政府向灾区派去了三支队伍：两支抗震救灾抢险队，一支卫生医疗队。贾星去市政府好几次，他请求市政府给集团布置任务。灾区人民房屋倒了，为什么不让我们去，我们是建设专业队伍，可以建筑起新的高楼大厦。灾区人民需要我们啊。贾星磨破了嘴皮子，也不管用，市政府还是没有给他们派任务。

周悦从外地打电话给贾星。他不知道她在哪里，"你咋用外地电话？"

周悦的声音显得很疲惫，"我在地震灾区，这里通信中断，还没有恢复。"

贾星突然间兴奋起来，他在电话里问这问那，问他所关心的一切。周悦说："我用的是军用电话，只能长话短说，告诉你一个消息，现场指挥部领导、专家谈到恢复家园时，意向是钢结构住房。我想国家会用到群星钢结构这支队伍的，要作好准备啊。"电话突然中断了。

贾星把周悦电话里提供的信息向周晟俊副市长作了汇报，周晟俊说："这件事中央部委正在紧急征求两院院士和专家的意见。灾区处在龙山大断层带，建设家园，不考虑抗震是不行的。"

贾星说："目前抗震能力最强的当数钢结构建筑，这在日本、台湾地震高发地区，早已检验证明了的。周市长，那就派我们去吧！"

周晟俊双手一摊，他说："我们哪有这个权力，听中央统一部署。据我分析，钢结构建筑一定会派上大用场的，你们确实要作好准备。一声令下，说走就走。"贾星明白，目前灾区的主要任务是抗震抢险，人命关天。把废墟里的生命抢救出来以后，重建家园的任务不会轻。到那时，全国的建筑队伍兴许都要拉上去。听周副市长的意思，重建家园的时间不会拖得太长了，灾区人民要过冬啊，没有房屋怎么抗寒。

贾星见周晟俊那里很忙，办公室门庭若市，他不想多占用周晟俊的宝贵时间，便起身告辞说："周市长，有消息一定要在第一时间通知我们呀。"

周晟俊笑了："什么时候把你们给忘过？有事会找你过来商量的。"

贾星回到家中，一家人坐在屋子里静静地看着电视。

贾月辰说："妈，你是搞设计的。如果有朝一日，群星建设集团去灾区重建家园，我请您带领您的团队，在地震废墟上，为他们做一件有意义的事情。"

贾星对年新立说："新立呀，你们门窗生产要再努力，加班加点多生产节能环保型窗户，越多越好。灾区重建家园，一定能派上用场。"

"你是说我们群星建设集团有援建任务？"年新立说，"我第一个报名，要求去参加灾区重建工作。"

"国家正在制定重建规划和方案。"贾星说，"地质勘探正在进行，重建得选址，不搞清地质构造不行。新的家园，要抗更高级别的地震才行，钢结构建筑是最优选择。"

"我去吧，你在家管理大局。"胡敏说，"我们家总得去一个，我去比较合适。"

"那哪行呀，我不去不行。"贾星说，"明天开会，董事会得分工，一半人马抗震救灾、重建家园，另一半留下来抓生产和工作。"

群星建设集团董事会开了一整天，没有得出结果。把现有董事会划分

第十二章 群情激昂

成两班人马，大家都同意，支援抗震救灾和集团公司的日常生产，两方面的工作都不能忽视。关键问题是谁留在后方抓生产，谁去抗震救灾第一线，争得不可开交。大家都争着要去一线，去最困难、最危险的灾区，没有一个人同意贾星去。"谁去都可以，就是你不能去。第一，你是班长，要指挥全局；第二，你年龄最大，说什么都该年龄小的同志去。"大家都是这个态度，无论贾星怎么说，也说服不了大家。

贾星真没办法，在董事会上，他不便独断决策。这又不是什么生产任务，不是经营方向决策，而是大家对他的关爱。但他知道这件事的决定权不在这里，在市政府。市政府一声令下，强市长、周副市长会作决定的。于是，贾星把自己去不去灾区一线暂时搁置在一边，先讨论分工。贾星提出让宋星、胡敏、李永刚、年新立和钢结构厂总经理准备去抗震灾区的事宜，对车辆、机器设备和队伍组建等在内的问题提出了具体要求。组建年龄必须在四十岁以下，并且是业务骨干、熟练技术工人的精锐施工队伍。

大家同意贾星的意见，还就当前的工作和建设工地的施工进度等问题进行了认真的分析。任务最压头的是钢结构厂，不仅要保证大剧院的建设，还要做好灾区重建家园的准备工作。门窗厂同样面临着严峻的考验，在保证市场需求的情况下，要把最优质的节能环保门窗产品准备充足，时刻准备运送到灾区重建工地。赵欣然认为援建工程队要以钢结构工程为主，如果是这样在组建赴灾区的人员队伍上，势必会同大剧院、世界门窗城、群星大酒店等工程发生矛盾，可能会出现争人员、争技术的情况。

宋星的意见是首先保证抗震救灾援建队伍的需要，技术工、熟练工不够，可就地培养、培训，而到了灾区，就没有这么多时间了。胡敏说："既然大家都看到了这个问题，现在就开始培训，把钢结构施工队伍扩大一倍，不仅抗震救灾用得上，今后的建设任务也能用上。"

贾星归纳了大家的意见，他说："张秀琴要组织资金，备足建筑材料，主要投向钢结构厂和门窗厂。没有充足的原材料，怎么生产他们的产品。由宋星负责钢结构施工工人的培训，姬勇斌负责太阳能施工队伍的培训。现在不知援建任务的规模大小，但一百人的施工队伍是不能少了，特别要抓技术人员的培训。任务重，最容易忽视的是安全生产问题，李永刚要负责这一块的培训工作。"

董事长会议进一步研究了群星大酒店的筹建工作，招聘酒店管理人员的事项必须提前，打造蟒河市一流的大酒店要依靠专业管理人才，没有这方面的管理人才，要把群星大酒店晋升为五星级标准的酒店是不可能的。贾星提出由黄薇娜、黄小阳等人来筹备组织专业团队，但大家对黄小阳有不同看法，认为还需进一步考察。贾星也心存疑虑，他说："就通过招聘团队人才这件事考察她吧。"

散会后，贾星便给周晟俊副市长打了电话，把赴灾区抗震救灾重建家园的准备工作向周副市长作了汇报，周晟俊说："好啊，未雨绸缪。"他在电话里还告诉贾星说："周悦下午就回蟒河了，到时候可以听听她对灾区情况的介绍，做到心中有数。"

贾星回到家里，胡高提着大包小包行李从屋里出来，贾星站在小院里问胡高："好长时间没见你，你这是干啥去呀？大包小包的。"

胡高笑着说："去赶火车，报社派我去灾区替换周悦老师。"胡高称周悦为老师，是周悦手把手地教他写新闻报道的缘故，周悦曾经说胡高有新闻眼。敏感是新闻记者的第一要素。

胡高去灾区做新闻采访报道，贾星很高兴。这孩子最近写了几篇较长的深度报道文章，的确有些天赋。一个人呀，天生就是某一方面的料。一个人的成功，关键点在个人的志趣上，科学家发现每个人身上都有某种特殊才能的基因。大诗人李白说"天生我才必有用"，便揭示了这个道理。科学实验证实，每个人都具备成功之才，就看这个人是否捕捉得到自己的才能，并沿着这条路，坚韧不拔地发挥下去。贾星想着胡高的成长，也恰恰证明了这一点。贾星说："吃了饭再走嘛。"

胡高说："我吃过了，过来和你们打个招呼就走，去灾区锻炼是我最高兴的事，我真想快点赶过去，那里需要我。"他一边说一边朝外走。

胡敏从屋里出来，手里拿着一叠钞票，叫住胡高说："带些钱在身上，遇到什么事也方便些，千万注意安全呀。"她说着便把钱塞进胡高包里。

胡高提着包走了。贾星看着他的背影对胡敏说："这孩子出息了。"

七月流火。群星建设集团各建筑施工工地格外沸腾。

大剧院钢结构主体工程基本完工，但后期工程任务仍很繁重，并且琐碎。世界门窗城已建成初步模式，强市长每月至少来工地督察两次，在他的关心和过问下，一切进展顺利。这却把姬丹枫累得不轻，她几乎天天扑在施工现场，还要及时将工程进度和难点通报给市长办公室。周晟俊副市长说："这很好嘛，强市长亲自过问，不仅有利于世界门窗城的建设，还

第十二章 群情激昂

有利于群星集团的整体性工作。"

市一建第二建筑工程处承建的公园主体工程也快完工了，与之相邻的群星大酒店、民居小区也是同步竣工的。两家的关系协调得非常好，特别是团结湖那一块，更是倾注了第二建筑工程处设计人员的心血，沿湖岸边杨柳下，安装着许多健身器材，就连湖边的休闲板凳也考虑得很周到，适合老年人和小孩，又注意到了安全因素。

群星建设集团把第二季度安全生产、生产质量检查工作，放在七月初。一大群领导班子成员和各公司总经理对所检查单位实行无记名量化打分，安全、质量采取一票否决制。被检查单位没有不同意见，严格检查是集团这几年铁的规定，用贾星的话说：人命关天，质量第一，两样都要抓，少一样都不行。

就在群星建设集团进行第二季度工作检查时，蟒河市领导正在召开紧急会议，国家分配给蟒河市抗震救灾、重建家园的任务下达了。市政府看到文件通知，便召开会议，统一思想，明确分工，争取保质保量完成光荣任务。其他事情商定好之后，强市长问周晟俊："你看把援建任务放给谁来完成，是市一建呢，还是群星建设集团？"

周晟俊副市长说："灾区重建工作是件大事，照说两家都是最棒的。但考虑到灾区实际情况，新家园首先得防震，抗得住八级地震。所以，钢结构建筑是最佳方案。因此，我认为群星建设集团在完成援建任务上更有优势。"

"大剧院怎么办？群星建设集团钢结构队伍去灾区，大剧院工程就得停下来呀。"强市长说，"当然，这得服从大局。就是停工缓建，也不能误了灾区人民住房建造，那里的人民要越冬啊，灾区属高寒山区。"

"援建是政治任务，我同意强市长的意见，就是大剧院停工缓建，也要不惜代价去完成援建任务。晚上，我就召开群星建设集团负责人会议，尽快落实下去，我的意见是越快越好，不然很难保证在冬季来临前完成任务。"周晟俊说。

"好，给群星建设集团援建工作提供一切保障，火车运输等事项由市政府办同铁路部门接洽，一定要保证大型机械早日抵达。有什么事，尽早同我联系。"强市长想了想说："老周呀，你这次亲自去，可要多保重呀，那个地方余震不断，要保护好你自己和同志们的生命安全。"

"放心吧，我一定把强市长的关心和指示传达到群星建设集团，鼓鼓他们的干劲，同时草拟出工作方案，向市政府汇报。"周晟俊说过后，便同强市长交接了工作。他所分管的工作暂时由市长亲自代管。

强市长说："多则半年，少则三四个月，累不垮我。"他俩不约而同地笑起来。

群星建设集团办公室接到了市政府的电话。电话是从周副市长办公室打过来的，那时离下午下班只有二十分钟了。办公室主任说集团公司的领导都下去检查工作了，有事请说吧。市政府办公室那边说："按照周副市长的指示，晚八点钟在群星建设集团会议室召开紧急会议，安排抗震救灾、重建家园工作。参加会议人员是董事长、副董事长、总经理、各单位部门经理，请你们通知人员到会。市政府方面有周晟俊副市长、市建设局、民政局等部门主要负责人参加。"接过电话，群星建设集团办公室里的工作人员们开始电话分头通知。

办公室主任首先把电话打到贾星董事长那里，把周副市长的指示转告给贾星。贾星一听电话内容就知道事情来了，他要求办公室主任尽快通知下去。"一个都不能少，不许请假，不许迟到。"贾星在电话上强调着。

站在贾星身边的副董事长和总经理们，他们的电话都响起来，他们接到同样的通知内容，转瞬间围了过来，大家看着贾星。贾星说："第二季度的检查工作到此结束，请大家赶回各自的岗位，准备晚上召开的紧急工作会议。"他说着便钻进轿车，回集团总部去了。

群星建设集团参加会议的人员在家放下碗筷便早早地出发了，会议室里中央电视台播放灾区的实况，当地灾民仍住在板房里。山脚下那片堰塞湖被人民解放军某部工兵营打通，余震不断。值得庆幸的是，灾区民众是安全的。全国人民支援的生活物资、医药器材，基本上能维持居民的生活，重伤员还在陆续朝外转移。两个月的时间，通往灾区的道路已经打通，这个时候，大型机械能开进去了，这为灾区重建家园提供了条件。

大家一边看电视，一边议论着。他们都向集团写了请战书、决心书，要求到灾区最艰苦的地方去，帮助灾区人民重建家园。所以，他们都很自信，这次援建任务非自己莫属。个个都志在必得，摩拳擦掌，谈重建工作计划和个人打算，就像自己已经到了灾区似的，那认真的劲头是很较真又较劲的。

贾星知道关于谁去谁不去是个难题，好在上次董事会议上讨论过一次。原则上分两块，初定去灾区援建的人员是：赵欣然、年新立、李永刚副董事长，还有太阳能公司总经理姬勇斌和钢结构厂总经理徐洪刚。自己上次在董事会上没有通过，他专门向周晟俊副市长作了汇报，还请周副市长从工作大局考虑，把自己列到副指挥长的位置上去，这样大家就无话可说了。

周晟俊当时并没有表态。今天晚饭时，贾星又打电话给周晟俊表明了自己的态度。周晟俊告诉他，强市长专门点了他的将，委任为蟒河援建工作队副总指挥长。贾星高兴地差点跳了起来。所以，他今晚走进会议大厅，精神爽得要命。

周晟俊副市长同各局主要负责人来了，随着他们进来的还有崔奕铭。贾星看到他的时候，心里明白了，建设局总工程师也要去灾区，那么肯定是全权负责工程技术把关。太好了，有崔总给援建工程把关，可以在很大程度上减轻他的工作压力。

周副市长环视着会议大厅，座无虚席，个个都精神抖擞。他向在座的各位高管、经理们问了好。没有过多的废话，便开门见山传达了市政府紧急会议精神。经市长办公会研究决定：抗震救灾、重建家园的使命，由群星建设集团承担。周晟俊还没说完，便被热烈的掌声把话给打断了。他也鼓起掌来，台上台下掌声一片。周晟俊宣布市政府关于援建工作指挥部人员任命文件：总指挥长周晟俊，副总指挥长贾星。会场又是一片掌声。他们都非常激动，他们为群星建设集团骄傲。

周晟俊压了压手说："援建工程队总工程师崔奕铭，总设计师胡敏，施工指挥长赵欣然，安全指挥长李永刚，工程施工队长徐洪刚、姬勇斌，建筑材料保障由年新立负责。另外，群星服务公司抽派二十人，承担后勤工作。蟒河市已派往灾区的医疗队，同时担当援建工程队的医疗工作。市政府将委托群星建设集团快速组建三百人的援建队伍，一支钢结构工程施工队，一支土木建筑工程施工队，另一支是大型建筑机械施工队。为减轻灾区地方政府的负担，人员应严格控制在三百五十人左右。"

周晟俊讲话以后，是市建设局长讲话，他的话同样简短有力，他说："同志们，这次任务非常艰巨，国家建设部下达给我们的援建任务是三十万平方米！时间三个月。"会场里爆发出一阵惊叹，声音从各个位置上发出来。于是，会场上开始议论，三百五十人的工程建筑队，三个月时间内完成三十万平方米的建筑任务。天呀，谈何容易哟！

周副市长听到下面的议论，他知道大家的心情。但也看出了一点门道，大多数对此有些怀疑，好像没有多大的信心。他说："怎么了，知道难了吧。

如果没有信心,不要紧,我们还有市一建。"周晟俊是用激将法来说话。

果然有人沉不住气了,第一个站起来说话的是钢结构厂的总经理徐洪刚,他说:"灾区人民敢同八级地震斗争,他们都没有被吓倒。还有那些孩子,都是那么坚强,何况我们八尺汉子。周市长,我表个态,钢结构厂早已准备好了,保证完成任务,我带头立军令状,请蟒河人民放心!"

下面的总经理、经理纷纷表态,有人还把请战书递交到了周晟俊手里。周晟俊笑了,他说:"蟒河市把援建任务交给群星建设集团,这个决策正确。"

市民政局长说:"给你们两天准备时间,后天第一批工作人员就动身。民政部的救灾列车已经联系好了,大家要尽快准备。"

周副市长及部门领导离开会场后,贾星把崔奕铭总工程师留了下来,他说:"集团的会还要继续开,你给我们当顾问,支支招。"崔奕铭没有走的意思,他知道有许多工作要连夜布置。

贾星让李永刚马上回去准备,明天一早就带市政工程处十几个人先走,搭建指挥部的板房,起码要先建二十套。去挑选人吧,搭建板房的材料,宋星已经和上海联系好了。李永刚站起身就朝外走了。

"后天第一批出发人员有胡敏的设计人员,必须在大队人马之前,把建筑图纸、施工图纸搞出来。还有赵欣然,要尽快拿出整个施工计划方案来,规定进度,一天的进度没完成,就不能吃饭、睡觉。"贾星说:"后天运走的大型机械就是两台打桩机,必须提前完成组装、架设。"

赵欣然说:"钢结构建筑材料明天必须启运,先把大剧院的材料装车运出去。建议徐洪刚不随第一批人走,打好桩,再随大队人马去,腾出几天时间准备材料。我就担心建筑材料跟不上。"

崔奕铭问道:"工程队伍组建,人员确定了没有?"

在场的人都笑了起来,他们对崔总说,人员筛选十天前就完成了,并且都作了体检。崔奕铭看了一眼贾星,朝他伸出大拇指说:"有远见。"

贾星说:"崔总,现在不是表扬的时候,快提提要求,看我们还有什么没有想到的事。"

崔奕铭摇头说:"灾区我们都没有去过,所以很难把事情考虑周全。随时随地都会遇到想象不到的困难,这就要求我们每位领导和工程队员要学会随机应变,遇到突发事件不推诿,不讲价钱,敢于承担。这样,一切困难和问题都会得到克服。"

贾星说:"崔总说得对,在不了解前线的情况下,全靠大家团结一心,齐心合力。每个人在困难和问题面前，都要敢于担当，善于担当，没有什么困难能把我们吓倒，这条要写进工作要求中去。"

群星建设集团员工连夜奋战了一个通宵，贾星与其他的集团领导在黎明时，到火车站送李永刚一行十几人登上了南下的火车。李永刚的新婚妻子黄薇娜勉励他说："去灾区干出个样儿来，我等你的喜报。"有人把头伸出窗外，朝黄薇娜喊着说："别忘了给李总生个大胖小子啊！"车厢里一片欢笑。车上车下相互告别，火车缓缓移动着，驶向南方。

钢结构厂陆续向火车站运送的钢结构建筑构件，堆在五号站台上。旁边两台打桩机的集装箱，摆放得整整齐齐。姬勇斌朝着站台方向跑了过来，他对贾星说："为了不挤占有限的车皮，太阳能制品可以缓运，先让重型机械和钢结构构件走，其他物资等待命再发货。"

贾星说："这样比较好，现在运输力量紧张，分批运送可以采取轻重缓急的办法，安装人员可以后走。"贾星正在火车站月台上检查物资堆放情况，兜里的手机响了，他掏出手机看了一眼，心想，周悦咋在这个时候打电话呀，莫非家里出啥事了？他急忙接听手机，周悦说话的声音很急，她说："爸爸熬了一个通宵，血压升高，幸亏我们发现得早，吃了药刚刚躺下，问题是他说明天跟你们一道走，我母亲的意思是看能不能缓两天。"

"谁叫他随我们走啊？"贾星焦急地说："灾区那边指挥部房子搭好后，周副市长才能动身，这是强市长的指示。请转告周市长，让他静养几天，否则，他可能哪里都去不了……好吧，我抽空去看看他。"贾星说完便把电话挂断了。他要赶紧把手里的事情做完，时间紧，而事情堆积成山。按照自己的时间安排，他还必须去群星规划设计院，去钢结构研究院、钢结构厂、门窗厂。

这几个单位任务重，压力大。援建任务能不能完成，关键在于他们的工作做得怎么样。

赵欣然和宋星都劝贾星回家休息，一个总指挥长、一个副总指挥长，如果都累垮了、病倒了，那么蟒河市的援建任务也就有可能要瘫痪了。贾星平时很少发这么大的火，今天不知怎么了，他听到这话就不顺耳。他说："这世上离开我，就不生活了？没有了指挥长、副指挥长，地球照样转，工作也照样干。我不是还没垮嘛，还没病倒嘛，就躺下不干了算啥？你们少说废话，都什么时候了，我看你们比我还急，咱们这是急到一块去了。"他不顾旁人的劝说，自己钻进了轿车。

赵欣然和宋星站着不动,他们对贾星的做法有意见,想以此来约束他。贾星从车里伸出脑袋说:"你们不是叫我休息吗?那还不快点去把该办的事办了,磨蹭啥呀?存心不想叫我休息。"赵欣然和宋星做出一副无可奈何的样子,很不情愿地钻进车里。

群星规划设计院工作室灯火通明,一张张图纸铺在大案桌上,周围站着一圈设计师。胡敏在休息间躺下了,头又痛又胀,闭上眼睛脑袋嗡嗡叫。贾星他们进来的时候,她听见了,但浑身酸痛,她也就没有起身。

贾星、赵欣然、宋星认真听取了设计师们的介绍,宋星说:"施工设计方案不一定适合灾区现场的实际情况,但是理念是正确的。可以针对现场的实际情况进行修改,不碍大局,建筑设计也是如此。"

赵欣然认为,"目前也只能这样,有个方案和理念当然好。大家都很辛苦,把这些图纸都带上,多准备几套,省得到时候抓瞎。"

贾星点着头说:"我看这样吧,大家先睡几个钟头,下午再集中研究一次,晚上就不要再加班了,坐火车也不是一件舒服的事,剩下的事我们火车上讨论。"

他没有打扰胡敏,带着赵欣然和宋星走了。在车上,贾星问宋星:"有件事不知你是否记得,钢结构研究院曾经在实验室搞过一次实验,是针对地震研究的一个课题。"

宋星笑了笑说:"这事哪能不记得呢,当时研究院条件有限,还请来地化所、地质勘探队等相关部门一起论证,不是没有得出结果吗?你怎么又想到这件事了?"

贾星用双手使劲搓着脸,他感到有些困倦,他说:"当时我们的预见不够,实验失败了便没有坚持搞下去,假如那时把这个课题研究出来,今天可就派上用场了。"贾星感到有些遗憾,他想科学研究需要前瞻性,假设往往是科学的前奏,没有假设,也就没有科学的发展。贾星想到这里便想起成院士,假如成院士还活着,对群星的援建工作会有很大的帮助呀。唉,贾星叹了口气,心情沉沉的。

贾星来到钢结构研究院时,天色已大亮。研究院各个处室的研究人员都在埋头工作,一天一夜,除了吃饭时间,全都围绕一个问题进行专题研究。桌上堆的全是日本、台湾地区关于钢结构建筑与地震的最新研究资料。他们的目标再明确不过了,那就是为群星集团援建工程寻找最佳的科学论证,用于支撑钢结构建筑设计方案,在灾区创世界抗震优质工程。

第十二章 群情激昂

宋星在听取汇报时，着重强调如何把当今世界先进钢结构建筑研究成果运用到这次抗震救灾援建工程中去。他也说了大剧院钢结构建筑，采取的科学施工法的经验，一定要搬到灾区建设上。要用大剧院钢结构建筑标准，去建设灾区钢结构的民宅建筑，同样要做到一流水平、优质工程。贾星知道他的这位老同学，在钢结构建筑工程上是专家，在工作中要求严格，几乎到了苛刻的地步。所以，贾星没有再提什么要求，只是勉励大家，拿出最新成果，为灾区人民作出自己的贡献。

年新立这时给贾星打电话，他在电话里说："遵照建设集团的要求，现已调运门窗厂一二号库所有门窗产品，火车南站仓库告急，我想暂不往车站运送，等待命令再作打算。"

贾星问他："门窗库存量现有多少，能否保证市场供应和救灾援建工程。"

年新立说："全厂工人嗷嗷叫，干劲大得很，提出日夜奋战三十天，把优质产品献灾区，我现在就在火车南站做协调。"

年新立办事让贾星很放心，宋星听说门窗厂的情况后，便对贾星说："好了，你该回去休息了吧。如果时间抓得紧，可以睡四五个小时。午饭后，我们再陪你去大剧院、世界门窗城、群星大酒店和群星学校工地看看。老同学，你就放心吧。"

贾星回到家里没有睡觉休息，等赵欣然他们前脚离开，他后脚便出门了，他去了周晟俊副市长的家。周晟俊还在睡觉，服了药睡得很沉。周悦说："家里今天包韭菜猪肉饺子，你中午陪我爸一块儿吃吧，顺便谈工作。"

贾星摆摆手说："不吃了，事情还多着呢。"说着，他便在沙发上坐下来，继续说道："明天就要奔赴灾区，家里一摊子事，心里不踏实，老是怕出个什么差错。"

周悦见贾星双眼充满血丝，知道他已是疲惫不堪，她说："我给你冲杯牛奶，你吃个面包先垫一下吧。"

周悦端着一杯滚烫的牛奶过来，只见贾星靠在沙发上，呼噜一阵紧接着一阵，她找来一条毛毯，给他盖上，又把脚上的皮鞋给他脱掉，换上一双棉绒拖鞋。

贾星是被香喷喷的韭菜猪肉水饺给诱醒的。闻到韭菜猪肉的香味，便做了一个吃水饺的梦。梦着梦着醒来了，睁开眼便看见饭桌上摆放着一大盘热气腾腾的水饺。他吓了一跳，这是在哪里呀，怎么这么巧合，梦到水饺，便有了水饺。他用手搓了把脸,这不会梦想成真吧?周晟俊笑着叫贾星:"起来吧,老伙计,饺子都凉了,也没敢叫你一声,怕搅了你的好梦。"

周悦走上前来,给贾星递上一条热毛巾。贾星接过毛巾胡乱在脸上抹了两圈,趿拉着拖鞋走到了饭桌跟前。周晟俊的老伴给贾星搁了一小碟醋,几颗大蒜瓣放在盘里,周晟俊打开一瓶好酒,他对老伴说:"今天都得喝一杯,这酒我珍藏多年了,不是贾星来,还真舍不得开呢!"

贾星自从来到周晟俊家,便想了一招,为了让周晟俊不跟第一批人员一道奔赴灾区,他拿火车车皮说事,货运站长和调度员已被贾星买通,让他们在周副市长跟前叫苦,就说这事难,那么多救灾物资要从这里发,先发谁家的都不行。这阵子来催的、来要车皮的,恨不得把我给剥了生吃。贾星教他说:"你说严重些,只要能拖住周晟俊几天,灾区那边指挥部的板房就建好了,然后再赔罪,把事情推到群星建设集团头上来。"

韭菜猪肉饺下酒,那可是美味佳肴、有讲究的一餐饭哟。常言说得好:好吃不如饺子。北方人最喜欢吃的就是这玩意儿,加上储藏十几年的好酒,豪华大酒店也吃不上呀。贾星端着酒敬周晟俊,他说:"还请周市长多操心呀,火车皮紧张得要命,明天的几节货车厢,我是好不容易才抢到手的,为这我都差点跪下叫爹了。"

周晟俊脸色一怔,他问道:"有这回事?不是说好了民政部提供救灾列车嘛,怎么又变卦了?"

贾星摆着手说:"这也不怪货运站,救灾物资堆得跟山似的,民政部只给三个车皮,不够用呀。我好说歹说弄了六个车皮,还得有人盯着。"

周晟俊听贾星这么一说,认为这还真是件大事:"我让市政府办公室出面,把车皮联系的事给盯紧点。"

贾星放下酒杯说:"不管用,没有你亲自出面,天王老子说了都不算,我们是政治任务,那人家就不是政治任务了?屈着指头算算,从这经过的省、市救援物资有多少,你就知道站长的难处了。"

贾星拨通了站长的电话,刚说出后天要车皮五个,那边不说话,把电话掐断了,贾星做出一副无奈的样子给周晟俊看。周晟俊说:"你拨,我说话。"贾星又拨,通了电话,便递给周晟俊。周晟俊怕对方再掐电话,开口便说:"我是市政府周晟俊,后天群星建设集团有救灾物资,必须保障五个车皮。"电话那头喊道:"周市长,不行呀,谁都保障不了,除非你亲自到现场坐阵。还有一个办法,就是直接打铁道部的电话。"

第十二章 群情激昂

周晟俊知道问题的严重了，要是问题不严重，站长不敢这样说话。"好，我这几天就在车站亲自坐阵，为你们当好后勤部长。"周晟俊说着，端起酒杯便自饮了一杯。

贾星装着十分感谢的样子，他端起酒来敬周晟俊，说："对不起周市长了，这么具体的事还要你操心。但是，你不操这个心，谁都操不了。"

周悦明白了，她想这个贾总还真有办法。货运站的事也弄得太假了，关于救灾物资的运输问题，周悦看过计划书。她早几天采访时，站长拿出来给她看过，一切畅通，并且车辆很充足。贾星的造假，同市场上的假冒伪劣产品一样，只需稍认真，就能看出个大概。周悦知道，能瞒天过海一天，就是好计策。等周晟俊知道内情时，他也跟不上去了。周悦站起身来，她要敬贾总一杯，她说："你家胡高干得不错，写了几篇有分量的文章，并就有关重要内容写了一份内参，已经引起有关领导的高度重视。"

贾星看见端着酒杯的周悦，她不停地在拿眼睛说话。他知道自己编造的理由有些破绽，但不妨碍事情的结局，能留他一两天，李永刚那边就有两天的时间，总不能让周副市长过去睡在露天野地里。他对周悦说："谢谢你的帮助，胡高那孩子全靠你的栽培。"他俩把酒杯碰了碰，干了。

蟒河市货运站悬挂着几幅欢送标语，市政府官员、群星建设集团领导和员工，都来给贾星他们出征送行。贾月辰给胡敏提着行李，年新立买来一大袋水果。二北他们一群年轻人忙着往车上送吃的，缠着贾星说这说那，要求把他们派过去。贾星严肃地说："在家好好工作，这又不是去旅游，有你们的活儿，我自然会安排的。"

第一批援建人员共六十人，两节卧铺车厢挂在货车上。这是货运站长给他们出的主意，救灾物资一路绿灯，时间比客运列车快得多。两台打桩机和钢结构建筑部件装了五六个车皮。火车拉响了汽笛，二北他们向着群星建设集团出征的英雄们挥手致意。

援建的列车向南奔驰。贾星、胡敏、赵欣然、徐洪刚、姬勇斌和一些技术骨干没有时间欣赏沿途风光，他们挤在一个狭小的空间里，筹划第一个月的建筑任务。贾星说："这个月必须完成五万平米建筑计划目标，为第二个月十万平米的建筑计划打下良好的基础。有前两个月的经验和基础，我们拼命在第三个月拿下十五万平米的任务。"

赵欣然说："如果条件允许，第一个月我看应实现五万平米以上的计划，越往后拖，人越疲惫。最怕的是有临时任务，这谁也预料不到。"

"实在不行,我们在不增加当地政府和国家负担的前提下,可以再派援建队伍,或者把身体支撑不住的病号轮换回去,从而保证人员和效率的正常运转。你们几个……"贾星用手指了一圈说,"必须得挺住,坚持到最后胜利完成任务。"

列车长过来征求贾星的意见,援建的大型机械停靠在什么地方为好。贾星对列车长说:"这条路你跑得多,你给我们出出主意,坚持一条原则,越快越好。"

列车长把情况作了分析,贾星当机立断,确定停靠地点后他们便打电话告知前线的李永刚。

李永刚一行二十多人早到两天,这两天对群星建设集团的援建工作起了大作用。一帮人到地方了顾不上休息,说实在话,也没有地方让他们休息,总不能同灾区百姓抢帐篷、板房住。既然没有休息的地方,那就干吧,自己为自己搭活动板房。

他们按照国家建设部的规划图,找到了自己援建工程的位置。李永刚和几个技术人员认真测算,选择了一个最佳地势搭建指挥部,指挥部离建设工地不能太远,又不影响建设施工,他说就在一座小山坡腰间开辟出一块地方吧。这座小山坡泥层厚,满山生长着南方常见的杉树和枫树,杉树树干有的高达二十多米,枫树高大,有一抱多粗。夏天这个地方凉爽,在一棵大枫树下,还有一泓山泉,泉口有手腕粗细,水质清澈不说,还凉得透骨,当地村民常来这里取水。

刚到的那天,他们一鼓作气搭建了五套板房。天热的时候,有村民给他们送来一餐可口的饭菜。村民说是乡政府安排的,李永刚叫大家抓紧时间吃饭,饭后睡上五六个钟头,然后再继续干。就这样,他们搭建了二十多间板房。李永刚接到贾星打来的电话时,群星市政工程处二十多人不仅完成了指挥部的搭建任务,还修建了一套厨房、厕所,开挖了山泉水井。

李永刚告诉大家说:"第一批援建人员快要到了,我们要把办公、睡觉的地方收拾干净,让他们来到新家后美美地睡上一觉。"大家在李永刚的带领下,把二十多间板房的连通铺架设完毕,又把总指挥部和技术员办公室收拾出来。"还有什么没想到的,大家检查一下。"李永刚一间一间查看后问大家。

"照明怎么解决?"有人问李永刚。

第十二章 群情激昂

李永刚一拍额头说:"我怎么把这件大事给忘了呢?"

旁边的人笑着说:"这几天压根就没有照明,黑灯瞎火也就习惯了呗。"

有人建议在厨房后面建个发电机房,这样可以利用厨房把噪音隔开,李永刚说:"可以,那就辛苦第一组的同志们了,第二组同我去灾区里面走走,来了这么多天,还没抽时间去看看呢。"于是,第二组七八个人换上干净工装,随李永刚去了。

在灾区居民安置点上,板房一片连着一片。周围是大片的残垣断壁,惨景让人心痛。大楼倒塌的废墟,堆着几丈高的砖头和水泥板块。没有坍塌的楼房,被震得东倒西歪。他们站在一座学校门前,大门连带着围墙全倒塌了。这个地方他们很眼熟,想起来了,中央电视台播放的地震画面,这个学校出现过好几次。就是在这个学校,一群孩子被埋在三层楼的废墟下。也就是在这个学校,一名女教师用脊背顶住一面坍塌的墙,她的身下还有三个可爱的小同学。李永刚他们一行面对着倒塌的学校默哀,他说:"这里应该为那位最美的女教师立块碑,让世世代代的人不忘她的精神和模样。"

再往前走,却走不过去了。当地公安武警拉出一条警戒线,有一位武警战士向他们敬礼,并做出右行的手势。李永刚在一个拐弯处看见一片废墟上竟然竖立着一块牌子,是建筑公司的招牌。同行看见这块木牌,格外亲切。李永刚回头说:"走,进去看看,毕竟我们是同行呀。"

在门口,李永刚他们被一名佩戴袖章的人拦了下来。"危险地带,请止步!"戴袖章的人操一口四川话,北方人也能听懂。李永刚热情地说:"我们是来援建的,大队伍还没开过来,看见建筑公司,就感到亲切,所以过来看看。对不起了,打扰了。"李永刚客气地后退了两步。

戴袖章的人一听是来援建的,脸上露出了亲切的微笑,他说:"我是这个公司的经理,轮流值班,看管设备,请问你们是哪里过来的?"

李永刚说:"蟒河市群星建设集团的,国家分配给我们三十万平米的重建任务,我们几个是打前站的。"

"蟒河市群星的?"戴袖章的经理想了想问道:"是不是曾经有过一次楼房倒塌事件的那个群星公司?"

李永刚面红耳赤,突然间他感觉自己的脸红了,他说:"是啊,你也知道这件事?"

经理突然热情起来,他转身向着办公室喊道:"张总,来客人了。"随着喊声，平房里出来了个戴眼镜的人。经理向李永刚介绍说："这是我们公司的张总经理。"

李永刚大步地向张总经理走过去，还隔着好几米，便把双手伸了过去。他握着张总经理的手说："张总，辛苦了，我们是蟒河市群星建设集团的，是过来援建的。"

张总经理非常惊讶，他说："我去过你们那里，记得是去开钢结构的一个研讨会，我主要是想听听成院士的讲座，还参观过钢结构研究院。"他握着李永刚的手，滔滔不绝地谈论着那次的学习感受。

张总经理本想着请大家进屋坐，由于办公室太小，他干脆说："就在外面说话好了。"张总经理和戴袖章的那位经理，忙着搬板凳，大家围坐在小院子里，两旁是倒塌的楼房。

李永刚说："这次地震给你们公司造成了巨大的损失，真让人心痛呀。"

"公司办公大楼倒了，只剩下这排平房和后面的库房。全公司死了十七人，伤了二十三人。那天，要不是在外作业，损失会更惨重，不过机器设备算是保住了，现在都派上用场，被抗震救灾指挥调去了，家里只剩下三台打桩机，还闲在那里，等重建工作开始，也能派上用场。"张总经理向李永刚介绍说。

李永刚噌地从板凳上站起身来，他问张总经理："打桩机能工作吗？机况如何？"

张总经理说："八成新，购置不到一年时间，怎么了，你对机械感兴趣呀？"张总经理不解地问道。

李永刚此时开始激动了，他说："张总经理，我们合作吧。我想我们董事长听到这个消息，也会很高兴的。"

"什么消息？"张总经理还是不明白李永刚说的事。

"就是三台打桩机呗。我们路远，大型机械调运困难，只派了两台，不够用呀。"

李永刚顾不上多解释，立即拨打了贾星的电话，好半天才接通，信号不是很好。"贾董事长，在灾区找到三台打桩机。"贾星在电话上问道："你说什么？再说一遍。"李永刚又重复一遍说："三台打桩机，是灾区一家建筑公司的，他们愿意合作！"

贾星的声音很兴奋："好呀，你这个李永刚，算是立大功了。"

贾星一路奔波，刚赶到援建指挥部，跳下车便喊李永刚，那时李永刚

第十二章 群情激昂

正在板房里酣睡着。连夜把三台打桩机拉到工地上，他一夜没合眼。李永刚还在张总经理的引导下去看了两个工厂，其中一个钢厂，李永刚认为可以合作，但事关重大，他是不能表态的，这得请示贾星和赵欣然。有一件东西李永刚是看到了，那就是这家厂的龙门吊。虽说被震倒了，但重新安装起来不费事。所以，李永刚回到板房便踏实地睡下了，他想躺一会儿，起来去接贾董事长他们，哪知道睡下去就睡过了头。

李永刚被贾星从铺板上叫起来，揉着惺忪的睡眼，一看是贾星，慌忙站起来说："你们啥时候到的，我说去接你们的，咋就睡死过去了。"

赵欣然一拳打在李永刚肩膀上："干得不错呀！派你打前站，果然没有派错呀！"

在李永刚的引荐下，贾星、赵欣然、徐洪刚、姬勇斌一行人，在当地那家建筑公司同张总经理见了面。张总经理紧紧握住贾星的手说："感谢贾董事长呀！感谢群星集团。"张总经理眼圈红了起来，这场灾难留给他的痛苦太深。也许在这时，他又想到公司那些遇难的同事和自己的亲人了。

贾星紧紧握着他的手说："你们受苦了！我们全看见了，让我们携起手来，共建新的家园。"

"好啊！"张总经理说："我们就盼着这一天的到来！想不到这辈子能和蟒河市群星集团共事，真是我们的荣幸！"

贾星说："你把工人们组织起来，群星建设集团所承建工程的基础桩，由你们来完成。"

张总经理热泪盈眶，他激动地抓住这个人的手，又去握那个人的手，不知说啥好了。最后他激动地说了一句："我听群星集团指挥！"

说干就干！张总经理又带贾星他们去附近一家金属结构厂，这个厂的损失较大，地震震塌了一座厂房，死伤了不少工人。主车间坍塌一半，整个工厂一片狼藉，杂乱不堪。贾星在厂里走了一圈，心情十分沉痛。多么好的一座工厂，一夜之间变成了一片废墟，能不让人心痛吗？贾星对群星建设集团的几位副董事长说："我们有责任帮他们一把，要把地方工厂重新建设起来。"

李永刚把厂长找来了。厂长听说群星建设集团贾星董事长来了，两步并作一步，来到贾星跟前时竟然痛哭流涕。贾星见一个壮实的汉子这般动情，站在废墟上的群星人更能体会到他们的苦难。就是眼前这位铁打的汉子，也融化在大悲大爱之中，眼中含满泪水。贾星紧紧拥抱住这位厂长。

金属结构厂厂长叫徐志钢，他向贾星介绍厂里的现状后说："厂里还有五十吨钢材，一台龙门吊车，如果群星建设集团援建用得上，全拿去好了。"贾星笑了起来，他对钢结构厂总经理徐洪刚说："两个厂长，都姓徐，名字又接近，我看这是天意嘞！"

徐洪刚叫徐志钢小弟，徐志钢叫徐洪刚大哥，两人像亲兄弟一般拥抱在一起，在场的人被他俩感动了，掌声哗啦啦响了起来。徐洪刚说："你可帮我大忙了，你们的钢材我们全要了。"

赵欣然说："这里不是说话的地方，还是去指挥部商谈吧。"

赵欣然提醒了贾星，贾星大声说："好啊，我们回指挥部！"

李永刚安排厨房多弄几个菜，一是给董事长们接风洗尘，二是欢迎当地两家合作单位的老总。李永刚要求厨师们拿出最好的厨艺，他从厨房出来，碰见了胡敏。胡敏微笑着说："咋这么馋呀，朝着厨房跑个啥的。"李永刚把事情说了一遍，胡敏神秘兮兮地告诉他："贾星车上有好酒。"

在群星建设集团援建指挥部里，贾星同张总经理、徐志钢两家公司签订了合同，贾星说："有你们两家的支持，群星建设集团如虎添翼，让我们一道共建美好家园吧！"

贾星话音刚落，李永刚便进来叫大家吃饭，他说："菜凉了可就不好吃了。"

贾星挥手说："吃饭，吃饭。"便带头朝厨房餐厅走去。李永刚忙着开酒瓶，贾星一愣，指着酒瓶说："这是我带来的酒吧，你什么时候侦察到的？"说着他朝大家笑着说："啥秘密都藏不住。"

人们围坐上来，看着这么丰盛的美味佳肴，都感到肚子饿了。贾星端起杯子说："我提议大家干一杯，为灾区重建家园干杯！"大家响应着，喝干了杯子里的酒。

徐志钢厂长说："好酒！好酒！"

群星设计院的几位设计师在胡敏的带领下，查看了地形和灾区重建规划图，按照国家建设部的规划，胡敏他们在现场对自己的设计作了修改、调整。部分施工图和一部分多层基础图绘制完毕后，立即报灾区建设总指挥部审定。国家建设部几位专家优化、认证后，当天便把意见反馈回来。贾星感叹地说："专家工作组的工作效率够快的。"他紧接着召集大家过来进一步研究讨论施工组织设计。

赵欣然说："先施工建设学校、养老院和部分民宅，这样有利于下步

第十二章 群情激昂

的施工。"大家伸头看规划图，赵欣然所指的这个片区，大约二十五万平米的建设规划，地势相对平坦，这对一期工程是有利的。在一期工程建设期间，推土机、挖掘机可把二三期工程的地段开辟出来，这样可保证工期，加快工程进度。没有人对此提出不同意见，算是通过了。

贾星说："抓紧时间按设计图纸把基础桩打出来，同时全力以赴准备建筑材料，根据地质状况，能高层的采用高层，不宜过高的可保持在十层左右，敬老院也不能低于两层。钢结构、轻钢结构，一律采用标准定型设计，现场组装，开工！"

基础打桩采取先易后难的办法，首先打了敬老院低层建筑桩，然后是学校，最后打高层民宅基础桩。周晟俊副市长到达灾区援建指挥部的时候，敬老院建筑的基础桩已经打好了。贾星建议就在第一期建筑工程现场举行开工仪式，请周副市长给建设者们鼓鼓士气。周晟俊说："这样也好，把消息发回蟒河市，让蟒河市人民都知道这里的建设情况，算是给蟒河市人民作第一次工作汇报。"

胡高从邻近灾区乡镇赶了过来，他对群星建设集团的开工仪式作了详细的报道。

建设工地一片繁忙的景象，吊车轰轰隆隆起吊着大型组装件。钢结构建筑房屋，一天一个样，不几天便像一座钢铁巨人耸立在这片新区的地面上。周边的群众都拥到工地旁，静静观看钢铁巨人的成长。

骄阳似火，工地上的施工人员汗流浃背，衣服湿透了一大片，安全帽被太阳晒得发烫，脸上的汗水不停地往下淌。揭开安全帽擦把汗，头发跟水洗过似的，湿漉漉地粘成一团。

住在板房里的当地妇女，自发地组织起来，架上大锅，为群星建设集团援建工人熬制绿豆汤，一碗又一碗地递到工人老大哥、小兄弟的手上。贾星、胡敏、赵欣然接过绿豆汤，道一声谢谢，这感人的场面被电视台记者拍摄下来。强市长还把电话打到灾区，向当地政府表达谢意。有这么好的群众，有这么坚强的灾区人民的支持，强市长要求群星建设集团一定要把最优质的建设工程献给灾区的父老乡亲们。

第十三章　建者大爱

蟒河市政府对群星建设集团的援建工程十分关注，不仅是《蟒河日报》、蟒河电视台新闻节目有连篇累牍的报道，市政府的工作要文也刊登了许多篇。强市长在一次工作会议上强调了援建工作的重要意义，要求市政府组织慰问团去灾区前线开展慰问活动。

二北就是在慰问活动中同灾区一所孤儿院取得联系的。这所孤儿院规模不算太大，收养了一百二十个农村孤儿。二北把他们录制的一段录像送到蟒河市电视台播放，引起全市干部、群众的强烈反响。为了这所孤儿院的孤儿，群星建设集团企业文化建设部，还发起了献爱心活动。有三十多个家庭给二北写了长信，表达了收养孤儿的愿望。

企业文化建设部一群年轻人带着全市人民的爱心，再次踏上了灾区那片土地。孤儿院的那群孩子，大的不过十三岁，小的只有四岁，地震给他们幼小的心灵蒙上一层痛苦的阴影。有的孩子不愿开口说话，成天孤独地坐在角落里；有的孩子却害怕孤独，害怕黑夜，依赖着阿姨，与阿姨们如影随行；有的孩子一晚上会被噩梦吓醒好几次，哭着叫着要爸爸妈妈。从他们稚嫩的脸上，可以看见他们内心的悲伤，他们的眼睛里充满了惊恐。

小北他们一行人为孩子带去了许多礼物：小熊宝宝、熊猫妈妈、狗熊欢欢，还有精美的学习用品和大量的儿童服装。在孤儿院里，他们和这群孩子们共同生活了三四天，给他们讲童话故事，教他们唱儿歌。他们喜欢小北老师教的舞蹈，就连最孤僻的孩子都参与进来了，脸上绽放着欢乐的笑容。小北打电话给大北,他们一道为孩子高兴。

那天,贾星从抗震救灾指挥部开会回来,在半道上碰见一个孩子。这孩子红红的脸,大大的眼睛,从个头上看不过十二三岁,人很机灵,很可爱。他主动拦住贾星,开口就叫老板。贾星误以为是乞讨的孩子,于是,贾星不等孩子开口,便掏出五十元钱递过去。孩子不接,他理直气壮地说:"我要给老板打工。"

贾星笑了,他弯下腰亲切地说:"我是啥老板啊,我不是老板。"

孩子不信,他指着贾星身后的那座房子说:"从那里出来的人都是老板,不是老板,不会去那里开会的。"

贾星转身看了看他刚才开会的那栋房子,回过头来笑了。这孩子还真有点判断能力,抗震救灾总指挥部的牌子挂在那里,你能不是老板吗?"你多大了?"贾星问孩子。

"刚满十八岁。"孩子向上伸着身子回答说。

贾星扑哧笑出声来:"说假话了吧?"他在孩子的鼻梁上刮了一下说。

孩子急了,跺着小碎步说道:"信不信由你,反正我是十八岁。你要不要我去打工呀?不要我也没有办法!"孩子表现得挺硬气。

"那你说你为啥要打工?说出理由我就要。"贾星说。

孩子站住脚步,他看了看贾星认真的样儿,知道这个老板不是哄骗他的,睁大眼睛说:"你说话可得算数啊,老师说做人得讲诚信。"

贾星一听,知道这事还真被弄得有点严重了,马上补充说道:"你的理由只要能说服我,我一定讲诚信。"

孩子竟然哭了,他说:"我要养我妈。"贾星心里颤了颤,这理由充分,难道儿子养母亲不是理由吗?天底下还能有比这更充分的理由吗?一个儿子以自己的劳动去赡养自己的父母,这是天经地义的孝道,谁都没有权利去剥夺别人的这份权利,贾星问他:"你才多大呀?还不该承担这么重的担子啊!"

孩子倔强地拧着头。

贾星干脆在路边的一块大石头上坐了下来。孩子见老板坐下了,好像看见了一点希望。他快步走到贾星跟前说:"我什么都能干,洗衣、扫地、煮饭、喂猪我都干过。老板,我还会捶背。"孩子说着便在贾星背上像模像样地捶了起来。一双小手呼呼地捶在贾星背上,贾星的心慌乱地跳了两下。他一把拽过孩子,抚摸着他的脸蛋,心里涌上来一股难以言表的酸楚。

他看着孩子那双忧伤的眼睛，猜测着孩子的内心。这孩子太懂事了。是什么让孩子过早地承受起不该承受的重担，答案只有一个，是苦难。他问孩子："你不想读书吗？"孩子低头不语。

"你能不能带我去你家看看？"贾星语调柔和地问孩子。孩子仍然低着头，泪珠一颗又一颗滴在贾星的手背上。贾星感觉到泪水的热量，但传递到心头的却是冰凉。贾星轻轻把孩子的头搂在怀里，这孩子在暗中哭泣，他那瘦小的肩膀不停地抽搐着。贾星推开孩子的身体，那孩子早已泪流满面，饮泣着自己苦涩的泪水。贾星鼻根酸了一下，他把孩子紧紧搂在胸口上，孩子呜咽着泣诉家里的不幸。

贾星从孩子的哭诉中得知，他叫张睿，今年十三岁，刚上小学六年级。父亲在地震中去世了，母亲双腿截肢，现在还躺在医院。家里的房屋倒塌了，什么都没有了。张睿要打工，他发誓要养活他的妈妈，他要撑起这个家。听了张睿的讲述，贾星掏出电话，让小北把他给领过去，暂时安顿下来。关于灾区的贫困儿童、孤儿的事，贾星让小北她们去全权处理。

小北和几个女孩子过来了，她们把张睿带到孤儿院，又给张睿的母亲挂了电话。电话是成都解放军医院转给她母亲的，她母亲在电话里一再感谢小北，希望张睿能在政府的关怀下继续上学。等她伤好出院，定来感谢小北这样的好心人。

群星建设集团的援建工程得到当地建筑公司张总经理和金属结构厂徐志钢的大力支持，建设进度加快了许多，第一期工程五万平米的建筑经过国家验收，成为援建的优质工程，现正在装修，再过几天便可以入住了。第二期十万平米的工程已峻工大半，贾星陪周副市长在工地检查后说："提前实现目标，现在看来已成定局。"

周晟俊说："总指挥部今天上午开了通报会，据中央气象台预报，下半月这个地区有暴雨，要求施工单位加快建设进度，严密观测山体滑坡，把次生灾害损失降到最低限度。老贾呀，后期工程不容乐观，必须慎重。"

"我们已制定出应急措施，如果天气条件不允许室外作业，也不耽搁工期，采取室内组装。一旦天气好转，便全力上架安装。"贾星向周晟俊汇报着，此时有人向贾星跑来，老远便喊着董事长，跑到跟前才看清是姬勇斌。

贾星向周晟俊介绍说："这是太阳能公司姬勇斌总经理，也就是总工

第十三章 建者大爱

程师姬丹枫的大弟弟，曾经在广东开公司，现在是群星集团高新科技的带头人。"

周晟俊握着姬勇斌的手说："早就听说姬总了，了不得哟。把新型能源安装在房顶上，人们都说住了你们盖的新房，一辈子不愁没电用。注意啊，供电局要找你们打官司噢。"周副市长同姬勇斌说起笑话来。

"我们真希望有那么一天。"姬勇斌很会说话，比他姐姐还健谈。贾星问他："跑这么急有啥事？我估计是什么好事吧，看你脸上的高兴劲儿。"

姬勇斌说："一期工程五万平米的建筑全安装了太阳能。今晚试运行，请两位领导亲自检阅。"

贾星笑了，他摆手说："言不由衷，不是叫我们去检阅，而是让我们去分享喜悦，是吧？"

姬总哈哈大笑，他说："两层意思都有。"

夜幕刚刚降临，周晟俊副市长宣布：一期工程是光明工程，合闸！五万平米钢结构建筑物顿时灯火辉煌，新区百姓和建筑工人欢呼雀跃。当人们得知这个电不用缴电费，是太阳发的电，一群大爷大娘拉着工人师傅的手说："你们给我们送来了光明，送来光明的人，就是太阳。"

贾星对李永刚说："永刚呀，快给我备辆车，我要去找小北，有事得同她们商量商量。"

李永刚看着贾董事长兴奋的样儿，他指着广场北面的车说："年新立的车就停在那里，我陪你一道去。"听说贾星要去孤儿院，胡敏、赵欣然也都要跟着去。贾星交代姬勇斌送送周副市长，他们去去就来。

孤儿院的一群孩子刚刚洗过澡，按规定是九点熄灯睡觉。但当他们听说爷爷、奶奶和叔叔们要来这里看望他们，大家都坐在大厅里耐心等待。孩子就这么单纯，把对他们有爱心善心的人们全都视为亲人，世界上有什么比爱更有力量的啊，爱能把本来不曾相识的人变成亲人。当贾星他们走进来的时候，孩子们扑了上去，大声喊着爷爷、奶奶、叔叔。孩子们稚嫩的童音，声声撞击着他们的心。

张睿很懂事，他给贾星、胡敏搬了板凳，帮着小北教师端送茶水。贾星他们每个人怀里都簇拥着两三个孩子，小北老师拍着手说："一二三，快坐好。"随着小北的拍子声，孩子们很快找到了自己的座位。

小北简单地向贾星汇报了工作情况，小北说："秋季开学临近，这些孩子绝大多数有了自己的家，民政部门审查、核实领养人的资格，正在办理手续。"小北的声调很低沉，她和她的同事都舍不得这些孩子离开。

"不够，这个数远远不够。"贾星说，"一百名孤儿和家庭贫困儿童，这是我们开会定的数额。群星建设集团一直供养到孩子们大学毕业，张睿、谭晶晶、林雪梅由我家负责。"贾星说着便搂住了两个孩子。

李永刚抱着杨静说："我和黄薇娜负责小杨静，不要集团公司操心。"

在蟒河市周副市长的关照下，市教育局选择了条件较好的学校负责安置灾区学生，这个学校正巧与群星建筑公司同名，叫群星小学，这个学校的扩建也是群星公司赞助。小北很感动，泪水都快流出来了，这是高兴的泪水，幸福的泪水。小北说："灾区小学我们联系了，他们想把优秀的贫困学生送到蟒河市群星小学去寄读。名单里的学生，大多数是单亲家庭或伤残人家的孩子，地震给他们造成了巨大的困难，使他们的家庭处在绝对贫困线以下。"

赵欣然和年新立异口同声地说道："能送到群星小学去的都送去。"

年新立抢着说："这辈子就是砸锅卖铁，也不能亏了孩子们。"

贾星指着小北她们说："快作准备，大北来电话说群星小学教师们开始培训了，要不了几天就报名招生，你们把孩子送过去，要快，别误了孩子们上学。"

群星建设集团在蟒河市区的建设工程也在飞快地进行，各个建筑工地上挂着的标语全是宋星和姬丹枫拟定的。灾区援建工程捷报频传，弄得在家干活的人憋着一股子劲，很多工程技术人员和工人找到群星建设集团在家的领导，纷纷要求去灾区。"不是过去说好的吗？一个月一次大轮换，他们都去了快两个月了，啥时候轮到我们呀？"

宋星和姬丹枫不停地解释说："现在情况有变化，灾区有个建筑公司和金属结构厂，他们与我们合作，给予人力、物力上的很大支持。群星建设集团同时也扶持他们，要为两个单位重建家园。大家要理解。"因为类似情况时常发生，要求去灾区的人太多，宋星他们一商量，干脆开展一场两地竞赛活动，并把竞赛成绩、表现纳入年终考核。

劳动竞赛开展得轰轰烈烈，群星建设集团请电视台搞现场报道，将两地的竞赛活动通过画面进行交流。工人们看了画面激动万分，相互之间为对方鼓掌加油。

黄薇娜和黄小阳招聘了五十多名酒店服务、管理人员，对他们进行了

第十三章 建者大爱

不同层次的培训。人手不够，黄薇娜还把她的一些同学请了过来。请过来的这几个高管人员，看见群星大酒店的规模及环境，都表示愿意留下来。黄薇娜通过李永刚向贾董事长汇报了此事。贾星在电话里对黄薇娜说："小黄啊，这事不必请示，你和黄小阳干得好。群星什么都不缺，就缺人才，能把上海、南京、北京的高管人员吸引过来，这是千金难求的好事呀。你们干吧，放手干。"

强市长给周晟俊、贾星分别打了电话。强市长谈了援建工作后，他要贾星把年新立派回来。世界门窗城建设刚有了个雏形，市政府就接到许多公函。最近德国、法国、俄罗斯要来一批专家、客商，说是考察，强市长认为是偷经验来了。年新立不在，这事可能不好办。贾星笑了，他非常感谢市长的支持和关心，表示让年新立明天就动身，打道回府。

贾星挂断强市长的电话，便给大北打了电话，他告诉大北："明天灾区有一百零五个孩子动身去蟒河，你告诉群星小学的老师们，把这批孩子安置好，过几天我就回去参加开学典礼。"

大北早知道这件事了，小北能不告诉他吗。二北在电话里商量收养孩子的事，开始大北有些犹豫，他说："小北呀，我可是家里的独苗啊。"

小北在电话上嘿嘿嘿地笑，她说："独苗苗咋了，现在谁不是独苗苗呀？"

胡敏、年新立和小北她们，十多个成年人带着一百多个孩子登上了大巴客车，他们将在灾区乘坐火车北上。孩子们排着队，穿上新衣裳，背着鼓鼓囊囊的大书包，在小北她们的引领下，唱着歌依次上车。这天，天空蔚蓝，白云朵朵，青山翠绿，鸟语花香，一改昨日灾难的低沉气氛。灾区民众欢送着自己的子女们踏上新的家园，这是灾区第一批孩子走向新的生活。

贾星不停地交代着年新立和小北，千叮咛万嘱咐，让他们一路小心，务必照顾好灾区的孩子们。胡敏牵着晶晶和雪梅，张睿像个大哥哥的样儿，身上背着妹妹们的书包，手里还提着两个袋子。上车后，他放下行李，伸出小手叫着："爷爷、叔叔们，再见，再见了！"

送走孩子的这天，也是群星集团援建任务第二期工程竣工的日子。国家建设部派来的验收组及时赶了过来，急民众所急，还有几千个家庭住在帐篷和板房里。夏天的高温和蚊虫，在南方生活过的人都知道，那滋味是不好受的。为了预防疾病，卫生医务人员每天喷洒消毒液。专家组提出的目标是：能早一天搬进新家，绝不拖到第二天。

二期工程十万平米的住宅，几乎全是小高层建筑。这块地方原是几座小山坡，为了城镇建设的合理规划，群星建设集团援建工程队在建筑第一期工程时，便开始用挖掘机、推土机把山头削平，在地质勘探技术人员的帮助指导下，进行基础打桩作业。小高层建筑有一个良好的地质结构层，这就可以节约大量的土地。群星建设集团不遗余力，发挥最大能量，并在这片小区建设上着眼未来，为当地群众建设了文化休闲、商业生活等基础设施。一二期工程的完工，使得小区有了较为完整的形态。

贾星摊开小区规划图纸，向验收专家汇报，整个小区建好后成"韭"字型，由于将来一共入住六七千户人家，所以必须考虑小区综合体建设要求，学校、医院、商业购物、文化休闲、绿化等要素，不可忽略。专家听了汇报，十分满意。

有专家评价说，群星建设集团援建工程有三个全国第一，太阳能开发利用，有这么大一个小区全面实现，这是全国第一；绿色环保门窗，特别是K值系数达到1.1至1.2，这在全国第一；钢结构民宅，三十万平方米连片建筑，这又是全国第一。

贾星感谢各位专家的好评，他说："我们群星建设集团把最好的科技献给了灾区，这可是我们的看家本事，为这我们使出了吃奶的力气啊。"贾星的三言两语，虽说得轻松，但专家们一听便知道是真话，是大实话。他们为贾星鼓掌，为群星建设集团鼓掌。

专家验收组离开后，贾星和徐洪刚、姬勇斌商量细则，认为在第三期工程没有开工之前，应该开个总结会。总结第一二期工程的经验，查找存在的问题，越是在这个时候，越是不能松劲。

援建工程中途的总结会开得很有效果，大家不仅总结了经验，主要是为骄傲情绪敲了警钟。有相当部分的技术人员和工人认为过去把困难估计大了，其实没有这么复杂。在灾区援建，同蟒河建筑工程没多大差别，所以，有工人嫌天热，不戴安全帽，认为余震级别低，不会对钢结构建筑产生摇晃，在高空作业的技术工人对系安全带的事敷衍，怕麻烦。

贾星听到这类情况，头皮都麻了。他自我批评道："忽视了对安全工作的检查，错在于我，我原以为派过来的全是一流技术人员和熟练工人，不会出现这么低级错误问题。"贾星在会上再次强调安全生产，"安全问题要高度重视，谁违犯操作章程，立即下岗，绝不姑息！"

第十三章 建者大爱

快散会时，周晟俊副市长赶过来了。他对大家作了勉励："刚才在抗震救灾总指挥部开会，总指挥长和专家组长要给群星建设集团请功，通报嘉奖所有援建工程人员。"

徐洪刚说："还有金属结构厂徐志钢和张总经理，我们取得的成绩，离不开他们。"

周晟俊副市长说："一个集体，都是一家人，我看就变成你们集团西南分公司好了。"

贾星点头说可以考虑，他对徐厂长和张总经理说："这得看你们的意愿，如果行，等援建工程完工后，我们可以坐下来进一步协商。"

张总经理站起来说："好啊，能成为群星集团的成员，我们求之不得，还希望董事长们能吸纳我们。"

贾星笑了，他说："过两天我要回蟒河参加群星小学开学典礼，把灾区的孩子安排完毕，就召开董事会议，讨论这件事情。周市长说得好，我们是一个集体，早是一家人了。"

徐志钢厂长和张总经理紧紧地握住了贾星的手，长时间不愿松开。

周晟俊和贾星一道乘火车回到蟒河市。市政府通知周副市长回去参加经济工作会议，今年蟒河经济发展有了良好势头，财政收入在全省排名第二位。市政府认为，能不能保持在全省的排名地位，关键是第四季度要稳住。周晟俊告诉贾星说："强市长的意图再明确不过了，那就是保二进一。"

贾星摆着手说："不可能，蟒河市比不过省会城市，工业短腿是致命问题。虽说近年工业发展了，但也是在起步阶段，高新科技跟不上。没有高科技的工业，尽是夕阳工业。抓工业一定要有高科技的支撑，否则，就没前途。"

"这次经济工作会议，就是要解决这个问题。"周晟俊靠在卧铺上，把脸转到车窗外说道。他看着窗外原野，铁路沿线的一排排树木，从眼前一晃而过，不停地变换着景色。远处的一座乡镇，一群孩子正在篮球场上打球。周晟俊看到孩子，便想到灾区一批学生去群星小学读书的事。他问贾星说："灾区的孩子全都安排好了吗？"

贾星说："群星小学有学生宿舍，有食堂。孩子们一到地方，便会得到很好的照顾。"

周晟俊说："孩子的学习有老师管，生活也必须有专人负责管理。

一百多个孩子供养到大学毕业，这是一笔不小的负担。是不是需要政府来帮助？写个报告，我们研究考虑。"

贾星急忙摆手说："不，不。不增加财政负担。我打算搞个认养活动，有条件的，有经济能力的，可以一对一领养或供给孩子的学习、生活费用。这不仅是为了减轻集团经济压力的事，更重要的是让孩子有个温暖的家，有亲情感，这对孩子更重要。"

"好啊，老贾，我家没有负担。老伴退得早，在家也寂寞，你给我选一个或两个。周悦独立了，成天不回家，领养或供养一两个孩子，周末和节假日就充实了，这多好呀。"周晟俊说着就来劲了，"你一定要把这事给落实了。"

"好啊，这批孩子是小北她们挑选的，又是学校推荐出来的优秀学生，一定能成才。我们一定要把孩子培养出来，让他们享受最好的教育。"贾星满怀信心地说道。

小北做事真是细致入微，她在火车上就给张睿的妈妈打了电话，告诉她张睿已经在去蟒河的火车上了。火车将路过成都，问她想不想见儿子张睿。张睿的母亲在电话上一再感谢贾董事长，感谢小北老师，她说她可以出院了，想去张睿的学校看上一眼。小北不敢表态，她把电话递给了胡敏。

胡敏说："那好呀，欢迎你来蟒河市群星小学。要不这样吧，我们的火车明天早晨到达成都站。你过来，我们一道走好不好？"

张睿的母亲泪流满面，喉咙像被卡住了似的，出不来声音。她说："我向医院提提，看他们怎么安排。"

胡敏眼圈红红的，她把电话放在张睿的耳朵上。张睿只喊了一声"妈妈"，便哭了起来。电话那头是张睿妈妈喊着"睿睿"，也是哇哇大哭的声音。

张睿的母亲在解放军医务人员的护送下，坐着轮椅来到站台。年新立、胡敏、小北等一大群人从解放军医生手中接过轮椅，把张睿的母亲抬上了火车。一名护士长将一大包行李物品送了上来，她和张睿妈妈抱头痛哭。列车上的顾客被感动了，大家都给张睿妈妈送来了好多吃的东西。

列车长带着几名乘务员过来了。一位美丽的女乘务员，抱着一捆红红的玫瑰，香气扑鼻。她给张睿的母亲行礼，用地道的普通话欢迎来自灾区的乘客乘坐本次列车。列车长把五位乘务员介绍给大家，他说："灾区孩子们的服务，由她们一路负责。如果有事，就找这几位同志。"列车长弯下腰对孩子们说："她们是大姐姐。"孩子们拍起小手，几个小女孩，拉着大姐姐们的手请她们铺上坐。

列车上的技术修理人员正忙着在卫生间安装坐便器，乘务员抱来两床新被褥给张睿妈妈铺上。坐其他车厢的医务乘客闻讯专程过来为张睿妈妈义诊，特别是一位上海市的外科大夫，他检查了张睿妈妈截肢伤情后，建议她去上海骨科医院做一副假肢，他说安上后完全可像正常人一样行走，他走时将一张名片递到胡敏手里，说："我们可以免费做这件事。"胡敏握着大夫的手说："感谢你，吴教授。"

蟒河市来了一百多名地震灾区的读书儿童，这消息是《蟒河日报》的记者周悦报道的。她的这篇题为《永不磨灭的爱，永不坍塌的家》的长篇通讯，让蟒河市民众谈论了好几天。地震给这些孩子的家庭造成的不幸，给孩子们幼小的心灵带来的伤痛，以及孩子们的生活现状和困难，让蟒河市干部、群众的内心隐隐作痛。他们知道这群孩子是来群星小学读书的。于是，群星小学成了市民关注的热点和焦点。

群星小学还没有开学，正在加紧筹备开学典礼。因为市政府强市长等一大批官员要来参加这所学校的开学典礼仪式，上至校长，下到每一个小学生，都在认真准备着。早上，老师领着一群学生，在学校给花草浇水，为绿化树培土修枝。一拨又一拨的市民走进校园里来，参观灾区孩子们的住宿，参观学生的食堂，人们赞不绝口。

当张睿妈妈坐着轮椅从食堂出来时，被一位市民认了出来，她惊叫道："张睿妈妈！张睿妈妈！那是张睿妈妈！"《蟒河日报》有过报道，人们都知道有一位不幸的母亲。很多人跑上前去同她握手，送上千言万语的问候，还有的人推着张睿妈妈合影留念。校园里挤满了市民，学校老师、保安不得不出面做工作，费了九牛二虎之力，才把群众请出了校园，并关上了铁大门。

大门封不住蟒河民众的关爱，围墙栅栏边也挤满了人，他们中有人无法表达自己对这群孩子的感情。甚至朝校园内撒了一把钱，十几张百元大钞，飘得到处都是。

小北她们惊呆了，急忙从教学楼上跑下来，把地上的钱拾起来，她们本想着退还出去，撒钱人却早没了踪影，而后面有人跟着撒了起来。而且钞票越撒越多，绿化树枝上、草坪上、花枝上，纷纷扬扬。场面很动人，她们实在不知如何是好，只是一个劲地鞠躬表示谢意。

电视台的摄像记者把发生在群星小学的这个场景录制了下来，在当天的晚间新闻中进行报道。一连好几天，群星小学围墙外围满了人，蟒河的民众那几天见面，相互问候的第一句话就是："你去群星小学了吗？"

"你去了吗？"有人问强市长。强市长抬头见是市政府办主任，他说："去了，能不去吗？我去不是捐款，是去受教育。是灾区的孩子教育了我们，从他们身上我懂得了什么叫坚强！"强市长停在楼梯的台阶上说着自己的感受。

"这个贾星，还真有一套。"政府办主任说。

强市长又停下上楼梯的脚步，他看了一眼政府办主任说："这叫大爱。"

贾星回到蟒河市，家都没进，便提着行囊去了群星建设集团。他在办公大楼刚露面，同事们全都拥到跟前，又是握手又是问候，董事长辛苦了！董事长您还好吗？董事长，我们可想你了。贾星亲切地与同事们握手，表示谢意。

集团办公室主任过来了，他把这两天发生在群星小学的事向贾星作了简要汇报。贾星一听，便问办公室主任说："二北他们呢？咋不作劝说、解释工作？"

办公室主任摇头说："谁制止得住呀，你是没看到那个场面。"主任神秘兮兮地俯在贾星耳边说："有人看见强市长了，他也挤在人群中间。"

贾星愣了愣，他又问："强市长没说什么吗？"

"他说这是大爱。"

贾星对主任说："你这就备车，把张秀琴叫上，我们一道去看看。"

主任说："好吧。"随手把一个卷宗递到贾星手里。

贾星问道："这是啥文件？"

"这哪里是文件，全是集团员工的申请报告，把我弄得吃饭、睡觉都得接电话。"主任说。

贾星翻开卷宗，第一份申请报告是张秀琴的，要求抚养或供养一名灾区的孩子。他往下翻，再翻，几百份全是申请报告。贾星笑了，他自言自语道："咋都想到一块去了？"

群星小学仍然围着不少市民，特别是老大爷、老奶奶。人多的时候，他们围不上边，现在过来看看这些孩子们。学校门口树着一块高大的公示牌，牌子上公示着几天来群星小学共收到社会各界爱心捐款数额一百一十多万元。

捐款存入蟒河市建行北京路分行，账号代码521。敬请全社会各界人

第十三章 建者大爱

士监督、查询详情。举报电话 5577888。

贾星回头看了一眼张秀琴，张秀琴说："这是我给他们办理的，这笔钱是爱心捐款，一定要公开透明，公示经费使用情况。"

贾星点头说："做得对。我们不仅要对孩子负责，还要对社会各界爱心人士负责。大笔开支前，也应公开征求爱心人士的意见和建议。支持的多就办理，反对的人多我们就不办理、不开支。"

他们一行走进校园，大北看见了，拉上小北跑了过来。正在打扫卫生的孩子们看见贾爷爷来了，一窝蜂地叫着喊着跑上前来，他们簇拥着贾星，大声喊着爷爷。

张睿跑到厨房，他妈妈正在案台前摘青菜："妈，贾爷爷来了。"他妈放下手里的活说："快，推我去见见。"张睿小心地推着轮椅朝外走。

小北抬头便看见张睿推着轮椅过来，她叫孩子们让开一条道。贾星看见张睿，不用别人介绍，便知道轮椅上坐着的女人是谁了。贾星大步向前，他伸手握住张睿妈妈的手。张睿妈妈声泪俱下，不停地说着感激的话。

贾星内心涌上一股悲痛之感，眼前这个女人还这么年轻，正值人生最好的时光，可她永远失去了双腿，一辈子坐在轮椅上生活，叫谁看了都会伤心。他紧紧握住她的手，竟然说不出一句话来。张睿拉着他的衣角叫了一声爷爷，他说："我妈妈能做事，她想留在学校给我们做饭、洗衣，妈妈什么都会干。"张睿抬着头，一双大眼睛闪动着希望的光，他是在恳求着他。他是多么希望妈妈留在身边，他也好天天照顾她。在他的生活中，他也不愿失去妈妈。

贾星摸着张睿的头，他说："好呀，就让妈妈为你们做点事吧。"

张睿妈妈用手擦抹着泪水，她说："我会炒菜，四川回锅肉、成都罐罐鸡、重庆火锅鱼，样样都会做。董事长，有空我做一回，请你尝尝。"

贾星笑着说："好呀，等有空，我把群星集团的老总都叫来，就来吃你给我们做的菜。"

"要得，要得。我一定把最好的手艺献出来，保证老总们满意。"

贾星从群星小学出来，对办公室主任说："通知集团副董事长、总经理们下午开会，我一方面要听听工作情况，另一方面有事同大家商量。"说完，他转头对二北说："二北，你俩也参加。"

张秀琴止住办公室主任说："董事长，你还没回家呢！会不能明天再开呀。"

贾星笑了笑说:"我和胡敏在灾区,不是天天在一块儿吗?再说,开会不是又在一块儿了吗?你咋婆婆妈妈起来了?"

"贾董事长。"张秀琴说,"我看你可瘦多了,又黑了。"

贾星呵呵地笑,"你没看见我更精神了?方方面面的工作都顺利,又顺心,有什么可以和这些好事相比的呀。我们群星建设集团越来越强大了,这是我们共同希望的事情呀。"

集团的副董事长们和各公司的高管,听说贾星董事长回来了,没到开会的时间都跑来了,他们有太多的话想和贾星说说,也有很多的事需要请示汇报。更重要的是他们心里都藏着点小隐私,都想请董事长替他们说说话。

会议分两个部分进行,首先是各位在家的副董事长、单位总经理谈工作,这没有啥可说的,生产情况明摆在那里,生产进度月月增长,两地的劳动竞赛进行得热火朝天,今年,是群星建设集团最红火的一年。

贾星在大家汇报完工作后,便向同事们介绍了灾区金属结构厂、建筑公司的情况。贾星说:"在他们两家的大力帮助和支持下,我们的援建工程才有现在这个进度和模样。赵欣然、徐洪刚、年新立、李永刚他们对两家的情况作了全面的了解,提出组建群星建设集团西南分公司。就这个问题,我想听听大家的意见。"

姬丹枫说:"灾区两家单位的情况,我们都知道了。姬勇斌在电话上告诉我,地震前,他们在当地很有业绩,也有实力。即使现在,他们在队伍、装备上依然不减当年。我举手赞成,一方面扩大自己、壮大自己是好事;另一方面,为灾区地方企业发展,提供支持和帮助,这更重要。"大家都同意姬丹枫的说法,很快达成一致意见。

贾星让办公室拟草有关方面的文件,这事就算定下来了。"还有一件事,我们得认真讨论,那就是一百多个孩子的大事,我的意见是……"贾星还没说完,就有人开口把话接过去了,说话的人是宋星,他说:"听说你们在灾区,把孩子的领养、供养之事瓜分完毕了。有没有这回事?要有的话,我看不作数。这么大的事,要召开董事会或扩大会来定。"在家的副董事长和总经理一起嚷嚷起来了,他们附和着宋星的意见。

办公室主任用眼光提示了贾星,示意他翻看一下手里的卷宗。贾星明白了,他让大家把话说完,他明白意见大的人,一定就是带头写申请报告的人。贾星笑了,这个宋星想法不少嘛,他想通过先申请、再研究这样一

第十三章 建者大爱

种正规程序，达到他的心愿。

贾星听了大家的发言，一个劲地笑，但他没有表态，是同意还是反对等会儿他们自然明白。他对大北说："你把企业文化建设部的方案给大家讲讲。"贾星环视着在座的人，又说道："在这个问题上，我们都得听大北他们的，因为这事是他们牵线办理的。"

宋星、张秀琴把头转向大北、小北，还没等大北开口，张秀琴先说话了，她说："大北呀，你放在我桌上的预算报告，我还没时间审核呢，等这会开完，我便给你们办理。"

大北很客气地说声谢谢，头都不抬起来。他知道大家都在拿眼光看着他，三百多份申请报告，这要他拿什么面对在座的各位领导呀。贾董事长把皮球推给他和小北，自有董事长的难处。

大北心里清楚，贾星事先打电话说，先搞个方案，一对一帮扶，不要怕得罪人，没有条件的家庭不勉强，你勒紧裤腰带，说得美，万一有点闪失呢。条件好的多的去了，按家庭条件好的搭配。有贾董事长撑腰，大北胆子稍大了一些，他念道：

张睿，男，十二岁，父亲去世，母亲残疾，群星小学五年级，由贾星家庭供养。

谭晶晶，女，八岁，父母去世，群星小学二年级，由张秀琴家庭供养。

林雪梅，女，九岁，群星小学三年级，由宋星家庭供养。

杨静，女，八岁，群星小学二年级，由李永刚家庭供养。

郭玉英，女，十岁，孤儿，群星小学四年级，由姬丹枫家庭供养。

戴燕，女，七岁，孤儿，群星小学一年级，由周副市长家庭供养。

舒芬，女，七岁，孤儿，群星小学一年级，由二北供养。

……

大北在一个孩子、一个家庭宣读的时候，小北便把打印好的资料、名单等分给参加会议的所有人员，这个资料比大北宣读的要详细。每个孩子的信息都写得清清楚楚，比如：张睿，男，出生年月日，籍贯，残疾母亲姓名、年龄等。一百零五个孩子的情况都在资料、名单里。同时，还介绍了供养家庭的基本情况。

贾星笑着问宋星、张秀琴、姬丹枫："你们看看，还有什么意见？"

宋星脸上乐开了花，他说："这事咋不早说？早知道有这个方案，我也不提意见了。"

张秀琴也笑了，她嗔怪贾星说："孩子刚到蟒河时，就听说被你们在灾区的人瓜分了。我跑到群星小学看望孩子们，那真是见一个喜欢一个。来自灾区的这些孩子真可爱，他们那么懂事，那么坚强，使我们很受教育。所以，我得为他们的生活，为他们的成长，出一把子力，做点贡献。"她谈了自己的真实想法说："董事长，我不是对你有啥意见，我是怕没有做贡献的机会，所以，才着急呢。"

贾星笑着说："我太知道你们了，从灾区回到蟒河，刚同你们见面，我就知道你们的情绪。原打算这批孩子由集团供养，有同志提议采取现在这个办法，不是钱的事，是让孩子有亲情，有家的温暖。我强调一点，我们仅仅是供养，必须遵守群星学校的管理制度，接孩子回家，只能是周末。疼爱不是溺爱，谁把孩子宠坏了，谁就是罪人，我们所有供养的家庭，在孩子成长的过程中，是有责任的。"

宋星说："二北呀，你们不能只发资料、名单给我们，还必须按照董事长的意见，作出一些规定或注意事项，提出一个指导性的东西供大家学习、参考。"

小北说："供大家学习、参考的资料，我们正在讨论，争取做到更周密、科学。不然的话，就会出现今天补充一条，明天修改一点的情况。讨论出草案，还要广泛征求意见，特别是教育学、心理学专家的意见。"

姬丹枫接着补充了一句："还有营养学方面的知识。"

群星服务公司总经理有意见，他说："二北啊，你们很不公平哩。办学校选地址，可是我一手操办起来的。现在灾区来了一群孩子，你们别把我忘了。"

大北、小北脸都给说红了，照说群星服务公司在扩建学校的事情上，是最有贡献的，特别是总经理，为挑选校址，苦口婆心地做那一带群众的搬迁工作。这小半年，他们与总经理在一起共事最紧密，精力都花在群星小学的扩建事情上，从个人感情上来说，那可是铁哥们。现在总经理意见提得这般尖锐，弄得二北两人不知咋开口作解释。

贾星见二北两人的窘态，便把话接过去了，"这是我的决定，你的情况特殊，在座的人都知道。上有老下有小，可以不谈，许多家庭都是上有老下有小。我只谈你妻子，她长期生病住院，还有你孩子在校读大二。据说你岳母今年七十多岁了，也是三天两头生病住院，你的负担不轻呀。"

第十三章 建者大爱

张秀琴说："你已经贡献爱心了，服务公司也都献了爱心。没有你们的努力，群星小学的扩建就会非常艰难，也赶不上秋季开学。好了，你的事就别谈了。再谈我可揭底子了啊。"

贾星、宋星、姬丹枫不知道张秀琴揭啥底子，面面相觑。胡敏咳了一声，她说："啥底不底的？这事我也是刚知道，没来得及给老贾汇报，就去灾区了。大家不知道啊，他老岳父去年生病住院有小半年，绝症花钱大，现在还有一万多元的贷款没还上呢。"

会场上的高管们发出一阵嘘声，贾星看着这位总经理，说："一年为公司创造上千万的营业额，养活着几百名职工，当年为群星公司分担了多少富余人员？在座的人心里都有数。"贾星问他说："这事咋不哼声呢？工会也不知道这事吗？"

在座的工会主席连忙说："不知道这事。平时我们把精力放在一线职工身上了，下来我们一定研究。"

服务公司总经理说："唉，你们把会议事项是不是引歪了。咋扯到我身上来了。"他指着工会主席说："研究什么？现在的日子这么好，我一个总经理还拿困难补助呀，这事闹出去，不砸我总公司的牌子啊。告诉你们，今年底我的奖金就可领十万，什么事情不能对付过去？好了，好了。我对供养孩子的事没意见了，这总该可以了吧。"

大家看总经理被吓的模样，都哄堂大笑起来。笑声落下，张秀琴严肃地说："这是我在查账的过程中发现的，总经理欠款，我当时内心就咯噔，后来核实，才知道事情的真相。趁出差之际，我还去过他农村的老家，父母年事已高，丧失劳动能力，日子过得不是很好。"张秀琴对二北说："这就是集团领导的榜样，你们不是在抓典型吗？能不能调查了解写一篇出来，这对集团廉政建设很有意义呀！"张秀琴很动感情地说着。人们都了解张秀琴，搞财务工作很严肃，平时批评得多，指出各公司财务问题多，但这次却不一样，她的话刚落音，会议室里便响起了掌声。

总经理站起身来，给大家鞠了一躬，他说："别拿我这点小事说事好不好，集团还有这么多大事，等待着我们来研究。谢谢大家了，谢谢同志们对我的关爱。"

贾星没等总经理坐下，便开口说："这事可不是小事，我看是大事。明天群星小学开学，强市长要参加学校的开学典礼。一个市长，参加一个小学的开学典礼，这可能是蟒河历史上从没有过的。所以，明天的这个仪式，我们每个人都得参加。最后，请张秀琴、二北谈谈四百多万元善款的管理、开支情况，这是对全市人民负责的事。"

张秀琴向大家汇报了捐款的情况，介绍了这笔钱的存入、管理等各项具体的操作程序。二北他们向各位领导汇报了管理支出方案，介绍了捐款经费的开支范围，申报手续程序，公开、公示程序等有关规定。

会议对讨论的各项工作，形成了会议纪要，接下来的任务便是落实实施。

群星小学的开学典礼，由于有强市长、周副市长等一大批政府官员的参加，举行得非常隆重，市直许多单位和社会各团体为群星小学赠送了一批现代化的教学设备。群星建设集团职工同一帮一的灾区孩子见了面，他们之间的交流让孩子们感到了温馨和幸福。

胡敏告诉贾星说："在火车上，碰见上海骨科医院的吴教授，他们愿意帮助张睿的母亲，订做一副假肢，让她重新站立起来。"

贾星说："这能行吗？啥时去上海？"贾星感到很高兴，他希望越快越好，一位三十多岁的女人，不能就这样坐在轮椅上生活一辈子。如果接上假肢，能够行走，这对于她来说是多么幸福的事呀。

"吴教授大致检查了她的伤情，认为手术后恢复半年时间就可以去。这会给她的生活带来新的希望。能站立起来，并且可以行走，那她就可以生活得更好些了。"

"要知道，她还这么年轻呀。"贾星望着不远处的母子俩说道。

周晟俊和周悦牵着戴燕过来了。小燕子今天打扮得像个小公主，两只小辫子梳得非常活泼，在后脑勺一跳一跳的，一双深红色的皮鞋亮锃锃的，一条翠花背带裙，脸上抹着胭脂，额头上点了一颗小红点，黑黑的大眼睛很明亮。她向贾星、胡敏问好。

"这一看就是周悦的手艺，把我们小燕子打扮得像个小天使。"胡敏蹲下身子，为戴燕整理着衣领子。

周悦快活得像个大孩子似的，她说："这可是我家的宝贝啊，星期五晚上接她回家见奶奶，还不把奶奶高兴坏呀。"

胡敏埋怨贾星说："我在灾区孤儿院有两个女儿，回来就叫宋星、张秀琴给领走了呢。你怕别人有意见，我不怕。"贾星没回话，他和周晟俊只是笑。

第十三章 建者大爱

"你们不用愁，贾月辰多能干，想抱孙女，这还不好办。"周悦说，"我把戴燕当女儿养，明天就去民政局办手续。"

胡敏捂着嘴笑，她说："结了婚，还不是要生。"周悦的脸一下红了，她拉着小燕子往花园跑。

贾星、周晟俊、胡敏看着周悦的背影，止不住呵呵地笑着。

"我明天就动身去灾区。"贾星说，"第三期工程还得加把劲。另外，关于组建西南分公司的事，还得进一步协商，看看怎样优化组合才好。"

"全市经济工作会还得开两天。"周晟俊说，"你先去。不然一个指挥长、一个副指挥长都不在抗震救灾现场，那怎么行呢。对了，家里的事也得安排好呀，否则，我们胡总有意见了。"

"我没意见。"胡敏说，"听建设局说他们要派人去，主要是参观群星援建的钢结构建筑。月辰这两天还在缠单位领导，她非要求去看看不可。"

"那就让她去呗，灾区条件艰苦。"周晟俊说，"我打个电话给建设局，不一定都得是专家、工程师去，各处室的中层干部去感受感受，我看有必要。"

贾月辰像孩子一样哼着歌在家忙着收拾行装，胡敏给她带的东西，她全扔了出来，裙子、高跟鞋之类的，她不要。带了一双爬山鞋，衣服都是工装。她说："去灾区，又不是去上海，别搞得那么小姐气好不好，去灾区就得同灾区百姓打成一片。"

胡敏不赞同她的话，同灾区人民打成一片，关键在思想感情。"你这副模样，姑娘不像姑娘，小子不像小子，年新立见了咋想？他认为你在给她难堪。"

贾月辰笑着对她妈说："年新立没那么势利吧，他要是真认为穿工装不好看，那我就脱了，这该行了吧？"

胡敏瞪了贾月辰一眼，她对青年人有些不理解。

"妈，你也不看看是啥年代了。像你和爸那样就好啊，谈了一年恋爱，手都不敢拉。那谈它干嘛？恋爱应该是浪漫的，更应该是幸福的！"

第十四章　城市抗灾

　　大剧院工程快要竣工了，宋星很兴奋，组织项目管理班子人员认真收集整理大剧院工程的全部资料，准备编辑出版四套文献：一是大剧院的项目管理经验。二是参加大剧院施工的各方面的先进人物和先进事迹，包括总承包单位、分包单位、业主方、材料供应商、机械租赁单位无私奉献的业绩。三是大剧院工程施工中，建筑业十大新技术的应用，还有获得的专利和积累的工法。四是大剧院争取鲁班奖的全部资料。可以说大剧院工程取得了四大成果，向社会交了一项优质工程，积累一套大型项目建设管理经验，研发和推广应用了一批新的技术、新的材料和新的工艺，造就了一批方方面面的工程建设的优秀人才。

　　就在准备召开竣工庆典的时候，天公不作美，连续下了四天瓢泼大雨，同时刮起了大风，整个城市在风雨中飘摇。有的电线杆和路灯大型标语牌被大风刮倒了，地面上堆积了各种垃圾。凡是低洼地带都积满了水，还有个别的公共建筑屋盖都被掀翻了，大剧院工程正在经历风雨的考验。用于竣工庆典的彩门、标语牌以及彩灯都已不像样子。最糟糕的是大剧院前面有一条很宽的街，在这条街下面有一条地下过街通道，下大雨的第四天，周悦坐着采访车来到大剧院，怎么也过不去，汽车一辆接一辆地排起了长龙。周悦足足在车里待了四个小时，最后还是掉头回去了。第二天早上，已经是下大雨的第五天了，在大剧院前的地下过街通道里，由于积水太深，一些汽车一旦进入地下通道就漂了起来，驾驶人员和乘车人员都无法逃生，其中有四辆车进水，造成八人溺水死亡。这件事引发了全市人民的一片怨声。在市人大会议期间，市区人民群众和市人大代表提出了二十个为什么，其中大家最关注的是：为什么我们的城市抗灾能力这么低？四天的大雨就淹死了十二个人，仅大剧院前的地下过街通道就死了八个人；为什么我们城市地下没有管沟？城市的上下水管线、电线、电讯线和煤气管线等，无论是检修还是铺设都要把马路开膛破肚，以至于有人说我们的马路是拉锁马路；为什么我们的建筑只管地上不管地下？有的楼房居然建在煤气管线上……所有这些问题都是直接指向建筑的前期规划。

周晟俊副市长本打算通过大剧院工程的竣工，对全市建筑业进行表彰。但这场大雨改变了市领导的思路和全市人民的认识。在市长办公会上，周副市长说："我们今天的城市建设已经取得了令人瞩目的成就，但是城市大了，城市人口密集，城市建设面临着一个很大的问题，那就是城市建筑的抗灾能力！也就是城市的抗灾能力！强市长让我抓紧召开大剧院的竣工典礼大会，我认为目前还不是时候，我们急需对这场大雨给城市带来的灾难进行反思。"

强市长不太赞同，"这是两码事，不能混为一谈，该反思的反思，该表彰的表彰。"他这么一讲，其他人都没法表态了，最后还是周副市长让了步，同意下周三在新建的大剧院举行竣工典礼大会，并举办一场现代芭蕾舞演出。

这次活动贾星也不同意举办，但宋星坚持要大操大办，两人为此事还有了分歧，就在准备召开庆功大会的当天上午，大剧院前面围了很多人，多数人都戴着白花，先是十几个人，之后有几十人，再之后有一百多人。大家围着要为大雨夺去的生命致哀，要为他们开追悼会，大剧院前面的一条街上全是人，大剧院前的庆典标语也被改头换面，原来是热烈庆祝大剧院竣工典礼的召开，现在成了强烈要求将六月三日定为城市灾难日。

强市长来了，随后公安局长、建设局长都来了，面对着如此混乱的局面，大家都毫无办法。最后周晟俊副市长拿起话筒和市民喊话："市民们，政府理解你们，但不要冲动，不要集会，你们可以派代表到市长办公室，我和你们一起商议此事。"经过这样再三地喊话，围观群众开始自动疏散。突然间，人群后面传出了一个巨大的爆炸声，紧接着冒起了火光。公安人员紧急集合围住了现场，眼看着建设局的两台车起火了，消防人员也上来了。经过半个小时的救援，两台车的火被扑灭了，但两台小汽车烧成了车架，强市长非常恼火，命令公安人员走到前面，强行带走了几个闹事的人。

这天夜里，市里有两个大厅灯火通明，一个是周副市长所在的会议厅，周副市长和建设局长一起与围观人群中派出的市民代表对话，周晟俊说："我是主管城建的副市长，对我市大雨中死亡十二人的灾难负有责任，大家有什么要求尽管提出，我和建设局长一定把大家的意见整理后，原原本本地向市政府、市人大报告，三天之内一定给大家答复。"

这时，一位代表站立起来说："我们老百姓不瞎，亲眼目睹了这几年我市的发展变化，但我们老百姓也不傻，看到我们的城市抗灾能力越来越低，可以说是王小二过年，一年不如一年。"又一个代表站起来说："我儿子是群星集团的工人，六月三日冒雨乘车去大剧院参加市里组织的座谈会，结果淹死在大剧院前面的地下过街通道里，他和出租车司机一起被淹死了……"老人哽咽地说不下去了。

当天晚上，公安局的会议室也是灯火通明，强市长在这里坐镇和今天带头闹事的几个人谈话，这些人是被抓来的，强市长的态度又很强硬。强市长问清了这些人的单位，才知道不少人都是群星集团的员工。有一个人站起来昂着头说，"市长要抓要杀随便你，但要让我们说上几句话，我们好几个人都是群星集团的，你们知道群星集团一边全力以赴救灾，一边夜以继日建大剧院，大剧院竣工了，我们也高兴。就在下大雨的六月三日这一天，我们有七八个师傅被邀请参加剧院竣工庆典前的座谈会，有早来的有晚来的，我早来了一会儿，但在我后面来的三个师傅都死了，就在这地下过街通道里淹死的，今天上午宋星总工要我们准备大剧院竣工典礼会标，我们不赞成，我们现在没有这份心情，也没有什么兴趣开这个庆功会，我们在忙着开追悼会。本来我们十几个人想找贾星董事长谈谈，没想到一传十，十传百，人越聚越多，惊动了您，我说的全是实话，政府要如何惩罚，请你们自己决定吧。"听到这里，强市长把贾星、宋星都叫来了，因为这样的会很难开下去，只好让他们来解围。

贾星一到，这几个员工打起了精神，都望着他，贾星也看了看大家。又在市长身边说了几句话，最后对大家说："你们都是被抓来的，抓得好！不抓你们，那就不是烧掉建设局两台车的问题了，有可能还要烧掉我们的大剧院，烧掉我们的城市！"

大家沉默了一会儿，有一个老工人站起来说："老贾啊，这是什么话，不能冤枉人，我们谁也没有烧汽车。"

贾星说："你们没有烧我相信，但汽车被烧了也是事实。没有你们带头集会，谁敢来烧？也就是你们这么一闹，坏人才有机可乘。今天强市长请你们来，我再次声明是请不是抓，当然了，不抓能请来吗？看看你们一个一个激动的样子。你们也知道不能把你们怎么样，但今天市长请你们来就是一件事，请你们协助市公安局抓住烧汽车的坏人。"

这么一讲大家纷纷表示同意，散会时，贾星对宋星说："宋总啊，凡事要动一动脑子，特别是有功劳、有成绩的时候更要冷静，要多想一想现代企业的社会责任。"

第二天，市政府召开了扩大的办公会，请市人大代表、报社记者列席会议，会议首先由周晟俊汇报群众代表提出的三点要求。会上的争论激烈。有人说，我们市本来是个地级市而且是个农业为主的地区，建市以来，城市建成这样，应该说是取得了了不起的成绩，不用反思也了不起。也有人说，我们过去是个地区总想变成市，改市之前盼改市，不知为何要改市？改市之后难办事，改与不改一回事。有人说，大剧院建得好，建出了精神，建出了文化。也有人说，这都是面子工程，叫地上建了不少高楼大厦，地下留下不少定时炸弹。有人主张由死难者所在单位开个追悼会，有人主张由市政府来操办。作为扩大会议的扩大人员，市人大代表贾星站起来说："各位领导，我作为企业负责人，特别是建筑企业负责人，我公司建了不少优质工程，也建过倒塌工程，现在想起来，有成绩、有问题，作为一个现代企业最缺的还是社会责任。"周晟俊听了心想，看来老贾有进步了。

在办公会上大家畅所欲言，大家心里想我们市有希望，要是我们的强市长能早一点这么做，能让大家发言、讲话，能这么开明就好了。最后强市长做了总结发言，他说："刚才周副市长跟我讲了对话会上群众代表提的三条意见，第一条我们接受，我和周副市长商量打算用一周的时间，在市直机关开展一场大讨论，就是要反省，要讨论我们城市的抗灾能力，增强我们城市建设的社会责任。第二条我们也接受，要以全市的名义为被大雨淹死的死难者开一个追悼会，并安抚好死难者家属。第三条我们也答应，但把这一天的名称改一改，把每年的六月三日定为我市抗灾同心日。"强市长一说完，大家热烈鼓掌，一致赞同。强市长也感到特别舒畅。他和大家多年相处，也算是老领导了，但很久没有听到这么长时间的雷鸣般的鼓掌声了。

强市长强调，公安局要尽快破案，抓住那个烧汽车的人，特别叮嘱参会记者要把今天讨论的情况和市政府决定告知全市人民。

时隔五天,公安局抓住了两名闹事的逃犯。他们最先策划是在大剧院庆典大会上或者是在芭蕾舞演出时投放一枚自制的炸弹,结果听说有这么多群众聚会,就趁机在人群中投放了这枚炸弹,炸弹被大家踢来踢去也没有响,还绊倒了好几个人。一不做,二不休,他们俩干脆把停在路边的汽车引爆了。

贾星回到公司总是在想,建筑与城市、建筑与抗灾、建筑与城市稳定健康发展这几个大题目。他找周晟俊,两人畅谈了巴黎的城市地下管沟可以开汽车、可以供游客观光,莫斯科的地铁四通八达,还畅谈了新型建筑工业化和城市现代化,特别是城市建设不能重地上轻地下、不能重规模轻功能、不能重建设轻管理。周晟俊提出了一个大胆的想法——在城市新区借鉴巴黎的地下管沟建设,把老城区横的竖的四条管沟打通,无论是新区还是老城区都要重新做地下工程规划图,让全市人民讨论。贾星喜出望外,表示坚决支持,周晟俊要求贾星带头联系更多的建筑企业做出实绩来。贾星说:"你可说到我心里去了,我打算把群星房地产开发公司改个名,大张旗鼓的将群星房地产公司改为群星房地产和地下工程开发公司,并联合港澳的几个大公司专门投资城市地下,专门开发城市地下,在群星设计院里成立一个城市地下空间设计事务所,真正把地下空间利用起来,这才是我群星集团真正的社会责任。"

一个月后,大剧院的竣工典礼大会召开了,这次大会当然也进行了表彰,并对大剧院工程的四大成果进行了总结。但这次大会给人们印象更深的不是庆功,而是城市地下开发建设动员大会。大家在会上纷纷表态,要让大剧院的四大成果变成城市地下工程开发的四大法宝。既要给子子孙孙建设一个功能设施齐全,抗灾能力强,可持续发展的城市地下空间;又要引进创新一套城市地下空间开发,城市地下设施建设的新技术、新材料、新设备;还要采用一整套城市地下建设和管理、信息管理、知识管理的新模式;当然更重要的是急需培养造就一批城市地下空间勘察、设计、施工、监理的技术人才队伍。

所有这些,《蟒河日报》均全方位地进行报道,极大地调动了全市人民的积极性,正如评论员所说:这是鲜血和生命的结晶,是人们对美好城市、美好生活的向往,也是城市建设专家、企业家的智慧。就连过去多次来过蟒河旅游、考察、从商的精英人士,也通过各个渠道向市政府表示愿意投资,愿意合作，愿意提供先进的设备和技术，纷纷表示要携起手来努力迎接城市美好的明天。

　　群星集团房地产和地下开发工程公司成立后，仅靠原房地产公司的员工已经远远不能满足现实需要，于是，又不得不招收了八十名农民工。

　　这批农民工进城后闹出了很多笑话，令人哭笑不得。焊工经过三个月的培训后仍有一半不合格，管工作业在一个月内砸伤脚的接近半数。有几个农民工也不懂得如何敬重师傅、如何对待同事。有一次两个年轻人因为吃午饭时争抢座位，发生斗殴事件，结果打得头破血流。

　　房地产和地下开发工程公司经理陈望新找到贾星说："这个经理没法当，他们干的活我也不放心，公司迟早会毁在他们手里。"

　　贾星说："你们动动脑筋，发动老工人，师傅带徒弟，一帮一，不会有问题吧？"

　　"现在的师傅也有毛病，他们很多人想的就是自己，没有耐心教，有的还说这一帮人不懂事，教了也白教。还有的说教会了徒弟，饿死了师傅。"

　　贾星说："不要急，了解一下其他公司有什么好的做法，咱们去学一学。"

　　陈望新说："为了这件事我走访了几个老同学，他们公司里的年轻人跟我们差不多，还有的说这帮农民工打不得骂不得，老师傅见他们都躲着，说他们那种样子那副派头烦死人了。"

　　就在他们俩谈话的时候，项目经理跑来说不好了，地下室里着火了，有两个工人烧伤了。陈望新赶紧问："人呢？"

　　项目经理说："火灭了，人送医院了。"

　　贾星和陈望新火速赶到医院，在病房里看见这两个人脸部被纱布包着。大夫说问题不大，属于轻度烧伤。贾星这才松了一口气，这究竟是怎么回事呢？经了解，油漆班的五六个人在地下室的管子上涂了防腐漆，工作服上沾上防腐漆，有人拿汽油擦了衣服上的防腐漆，一个年轻人要抽烟，另一个年轻人不让怕着火，两个人你一言我一语，发生了口角。抽烟的年轻人逞能，不听劝阻，说着说着真把工作服点着了。顿时，变成了一个火人，另一个年轻人扑上去给他灭火，这一扑反倒增加了个火人。幸亏门口的张师傅是个老师傅，他迅速拿起值班人员盖的被子猛地盖在两人身上，其他三个人跑过去把他俩按倒在地。好险啊，差一点把整个地下室点着了，这几个人就都得死。贾星的眉头锁得很紧，好几天露不出笑脸。

就在群星集团的员工接连惹事的时候,市建设局发通知要在全市范围内对建筑农民工素质搞个调查,还要搞个青工大赛。贾星召开了各公司院厂领导干部会议,作了周密的部署,要求大家必须认真地做好这件事,要真正掌握这帮年轻工人的素质情况,不能有半点虚假,待调查情况出来后,好好研究下一步的工作重点。

经过近半个月的调查,其中包括口头问答、当面考试、实际操作,真是不查不知道,一查吓一跳。全市近千名年轻的农民工相当多搞不清自己是什么工种的工人,就知道干活。有的管理人员也分不清现场有多少个工种,工人在操作规程笔试中,一大半不会说不会写,少部分的能说不会写,极少数的能说也能写,能说也能写的被选拔参加市的青工竞赛。这一次活动让群星集团落了榜,青工的素质低于全市平均水平,在青工竞赛中没有取得名次。

贾星在家里烦躁不安,让女儿贾月辰看在眼里。她去过香港,考察过香港的建筑业训练局。那里的年轻人认真学习,教材也很齐全,他们常年对建筑业产业工人进行培训,提高了建筑工人的素质。她回来后曾给领导写过一个考察报告,但由于人微言轻,这份考察报告放时间长了也就不了了之。在贾星任人大代表的那一年,也就是一号楼发生倒塌事故的那一年,贾月辰把这份考察报告改成了一个议案,她对贾星说:"爸爸,你现在还是人大代表,怎么样才能名副其实真正代表人民呢?"

贾星笑了笑说:"鬼丫头,这还要你教,只要自己坐得正、行得正,就能代表人民。"

贾月辰天真地摇摇头说:"那还不够,人大代表有监督权,还有高于别人的建议权,要有议案才行!"

说到议案,似乎触了贾星的神经,他还正在为此发愁呢,上次会议人大主任部署要求每一位人大代表每年要有一个到两个议案,这种议案有多大用处该怎么写?哪些该提哪些不该提?贾星真琢磨过一回,之后由于集团太忙,忽视了议案,他说:"我想就如何培养青年工人出个提案,因为青年是我们的未来,青年建筑工人是建筑业的未来。但怎么培养,我还没想出好的办法来。"

月辰借此契机,详细汇报了香港建筑业训练局的情况,贾星一听非常高兴,好像解决了他的燃眉之急,"我们也可以这么做,办个训练局还难吗?"

第十四章 城市抗灾

"写的考察报告交上去了,可是没有人理我,石沉大海了,我不就是个小处长吗,还是个副的。你现在是市人大代表了,您提就不一样了!"

"对,丫头,交给我吧。"

贾月辰调皮地蹦跳起来,"看看,人家没说错吧,女儿是爸爸妈妈的小棉袄,是贴心的小棉袄。知贾星者,贾月辰也。"说着就递上了一份"建议成立市建筑业训练局,全面提升建筑业素质"的议案。

贾星看了又看,拍了拍她的脑袋,"有见解,有水平,不愧为建筑世家的女儿!"贾星说完又签上自己的大名,并表示明天一早就上交。

两年前,贾星交上去的议案和现在差不多,及时传到了周晟俊副市长的手里,市长很快地作出批示,要求政府研究可行性和必要性,要求建设局调查全市建筑业从业人员素质,提出培训方案。建设局接到了这些批示,提出想搞个调查和青工竞赛活动的方案。这一方案贾月辰曾经参与过,但方案还未报到市政府,一号楼就倒塌了。开始是忙于事故无暇顾及,后来贾星的人大代表资格被免,自然他的提议也就没人重视了。今天她看到爸爸烦躁的神情,就提起了这件往事,一下子使贾星又精神了起来。贾星说:"现在我又是人大代表了,我要找回我那个议案。"

第二天,贾星来到周晟俊的办公室,当贾星说明来意要找回当年议案时,周晟俊想起来了,"我有责任,我让建设局搞个方案,不知道怎么样了。"周晟俊一个电话打给建设局长,要他查一查这个议案的办理情况,建设局自知是失职,马上组织查找这个提案。其实贾月辰手里就有这份议案,后来又将在全市开展青工素质调查和青工竞赛的方案又细化了一下。第二天给市长作了汇报,市长不但没有批评他们,反而说自己有责任,没有尽快落实。局长一听更是自责,连说是建设局的失职,一定抓紧补回来,由此才开展了前面讲的调查和竞赛。

在这次市政府办公会上,建设局详细汇报了建筑青工素质调查和青工技能大赛的情况,大家听了都感到满意。对贾星提议成立市建筑业培训局之事,大家一致赞赏。最后周晟俊决定自己亲自带队,组织建设局、人事局、税务局等相关部门领导和专业人员去香港一趟,全面考察香港训练局的机制。

贾星也跟着周晟俊去了香港,他是周晟俊点名去的;贾月辰也去了,她是建设局带去的。凑巧的是周悦也去了,她是报社派去的记者,要对香港城市建设做系统的采访。他们一行九人在香港停留了七天,除同香港发展局进行座谈，在香港建设业训练局和学员们一起听课外。还同另外建设局、发展局、房屋局、税务局等机构进行了对口座谈。这一次赴港考察坚定了周晟俊的决心，贾星还和香港的建筑公司签订了投资城市地下工程项目协议，进行了 BOT、项目实施的研讨，都觉得大开眼界。

贾月辰这是第二次来到建筑业训练局，显得非常熟悉，就像和老朋友重逢一样。她把训练局编制的教学大纲、教学机制、经费来源都弄得清清楚楚。周晟俊看在眼里，在办建筑业训练局一事上胸有成竹了。

考察组一行风尘仆仆，赶回蟒河市，市政府立即召开办公室会议，听取了三位局长的考察汇报。会议决定：第一，成立市建筑业训练局，局长由市建设局局长兼任，副局长由贾月辰担任；定编制、定人数、定职责，由市人事局制定下发。第二，建筑业训练局的经费由市税务局从地方税中划拨解决。第三,建筑业训练局除了建筑工人培训外，还可开设管理培训班，对全市建筑企业管理人员的培训提高实施有偿服务。第四，凡在本市施工的企业，现有的四十岁以下的工人都要到训练局参加分期培训，每期培训三个月，每期一百五十人左右，争取两年之内完成培训任务。第五，今后凡在本市施工的建筑工人都要有建筑业训练局的资格证书。

这些决定切合实际，上下一片叫好。当天陈望新专门请贾星和建设局长一起坐坐聊聊。陈望新说："还是政府威力大，解决了我多年的心头之虑，也可以说是扫除了心头之患啊。这个训练局我举双手拥护，我们积极参加，我将成为最大的受益者。这次贾总去香港还让我们和香港建筑公司有了协作，对城市地下工程的 BOT 运作有了新的认识，受益匪浅呀！"

建设局长也非常高兴，说话也就显得更加放松，"我这个局长有你们的企业家支持，工作就能落到实处了，我多次说过我不太赞成政府文件和一些大领导干部多次提到的农民工。人类社会从农业文明到工业文明，工人都是从农民而来，我们今天的任务是造就现代建筑业产业工人队伍，社会上有些人传言：什么建筑业人人都能干，狗戴上帽子也能干建筑业；建筑工人有什么了不起，现在垒鸡窝、盖猪圈的都能盖大楼；这个工那个工，扔下锄头进城就是八级工。最近，我们和人事局共同研究了一个建筑业产业工人资格管理规定，这个规定将各工种的工人划分为四级，学徒工通过必要的笔试和操作演示，合格者可升为一级工；两年后再往二级工升，二级工两年后再往三级工升，三级工后可以考工人技师和高级技师。不同的资格工人有不同的收入，班组长至少是二级工以上资格方可担任。"

关于贾星的议案、市建筑工人素质的调查和青工竞赛、市长一行香港考察、市政府的五项决定以及人事局和建设局关于工人资格的管理规定都陆续见报了。周悦还为此写了篇评论，题目是《产业工人的期待》，在市里引起很大反响。

房地产和地下工程开发公司是在原房地产开发公司基础上组建的，可以实现地上开发和地下开发的结合，或者说一体化进行，所有的房地产开发都要首先考虑地下的状况，地下开发的可能性，还要考虑城市地下开发的连续性。但是地下和地上施工的方式完全不同，最主要的地下施工所需的设备多，如盾构挖掘机械、铲运机械、掘进机械等。

建筑业训练局的成立帮助地下工程公司解决了工人的培养，但机械设备一直困扰着陈望新。陈望新感到有劲使不上，他和技术员一起商量，提出了一个机械设备采购计划。他把这个计划递交到贾星手里的时候，贾星愣住了。但也未表示反对，只是表现出万般无奈。陈望新也想过可能办不到，这次见面就这样陷入了僵局，很快就散了。分开后贾星到了建筑大学的EMBA培训班，找到了当年给他讲新型建筑工业化的老师，他跟老师说："我这次是带着问题请教的。我们集团成立了一家地下工程公司，但无力购买工程机械……"

老师说："机械不一定非要购买啊！贾星，租赁也是个办法，你可在网上查查租赁公司，以后跟他们谈谈。"

贾星说："租人家的机械恐怕矛盾很多，我们一直认为'公有婆有不如自己有'。"

"这就是你的不对了，这是死脑筋。新型建筑工业化强调专业化作业，只有专业化才能走出质量效益型的路子，租赁作业也是一种专业作业，租赁作业是发达国家遵循的惯例。"

贾星似懂非懂地回来了，迅速找到陈望新和技术员，把老师的意见讲了一遍。陈望新马上说："那恐怕不行，租赁之后谁指挥？机械完好率谁保证？机械作业人员谁管理？听谁的？"

贾星说："除此别无他法，公司无力购买这些设备，究竟租不租我们可以试试，我查了市里有三个工程机械厂，咱们分头走访一下，好吗？"

他们三人分别走访了三个建机厂，技术员去的是一个小厂，他们生产铲运机，但他们只卖不租。陈望新去的厂是市里的国营工厂，他们制造挖掘机械，曾经在不景气的年份里租赁过，但后来就不租了。贾星去了一个中央直管企业，他们的工程机械设备比较齐全，而且还和日本一个企业合作。最近，日方提出发展租赁业的问题，他们正在研究。贾星提出能否一起合作？对方的金厂长说可以，贾星又把他大学里的老师介绍了一番，并说他的老师对租赁业有很深入的研究。他们相约在三天后请这位老师一起到地下工程公司进行商谈。

  房地产和地下工程开发公司成立不久，市规划局找来了东城新区的地下规划图，根据这个规划图，东城开发区地下要建两纵两横的大型管沟，总长度近八公里。市政府要求年底前完成，为此事贾星专门找到周晟俊交换意见，"地下工程公司是刚组建的新公司，怕是很难完成任务。过去的装备还可以，有两台塔吊、四台汽车，还有不少卷扬机、提升机，但这些机械只有在房地产项目盖房子时能用上，现在搞地下有劲使不上。"

  周晟俊说："上次大讨论是你表态要带头的，还说要尽社会责任。上次开的大剧院竣工典礼大会，实质上开成了我市地下工程建设的誓师大会，你可是做过保证的。怎么了，现在要拉松套了？"

  贾星被将了一军，硬是撑着说："我再想想办法，想想办法。"

  他连夜找了宋星，把这些情况说明之后，要求宋星明天一早去一趟香港公司，请他们援助，周末之前必须落实。宋星二话没说就和陈望新去了香港，并如期回来。他俩向贾星汇报说："香港公司很热情，他们先和我们谈了谈情况，认为这八公里的管沟在十个月内完成没有问题，他们还开了两次经营决策会，会上决定投入一个亿和我们共同执行 BT 方案，所谓 BT 即建设移交，由我们两家投资并负责，建筑竣工后交付政府，政府负责偿还投资和利润。"

  贾星问："他们说没说如何施工啊？"

  宋星回答说："根据需求可协商，他们派来得力的技术力量和管理人员跟我们共同完成。"

  贾星问："机械设备呢？"

  陈望新接过来说："我去香港特别关注这个，和他们下面的机械设备管理处进行了交谈，才知道他们没有一台像样的机械设备，甚至都不如我们原来的房地产开发公司的设备。我万分质疑，说你们是香港比较有实力的大公司，没有设备你们怎么完成大的隧道施工呢？他们说设备走市场租赁之路。"

第十四章 城市抗灾

宋星和陈望新的汇报使贾星大失所望，就说："你先弄个租赁设备的合同样本给我，周一下午咱们共同研究。"

为了周一下午的研究，贾星带着拟订的合同又到老师那里请教一番。老师说："租赁业在发达国家很普遍，是惯例化的，我国建筑工业化水平不高，租赁业还未成气候。"

"是这样呀，我们不懂，机械设备厂也不太明白。我们去了三个厂，有一个不搞，有一个搞了一阵子又不搞了。现在这一家是中日合资的，日方代表已提出要发展租赁业，周一我们再讨论具体的情况，希望您能参加，并期待着您帮我们务必办成此事，我已经黔驴技穷了，已经被逼上梁山了。"

周一下午金厂长带着一个日本人过来了，老师也来了，宋星和陈望新也来了。在座谈会上，金厂长说："上周贾总来我公司谈了一些合作的想法，正符合我厂的经营方针，因此我们对这样的合作很欢迎。"

贾星表现出一贯的大度，说："我们都是大企业，都会按市场规律办事，讲究诚信，而且一定要做到双赢。"

宋星简要地谈了谈工程概况，并初步提出了一个工程施工方案。东城新区第一期地下工程八公里，呈"井"字形，中间四个交叉处要大开挖，在西边与老城区接头的两处也要大开挖，勘察已完成，开挖和掘进都是可以的。施工组织设计方案先完成中间四个结点的大开挖，并首先完成中间"口"字形的工程，整个作业面可由四组机械运作。日本人详细地看了看方案认为群星集团还是有实力的，这种施工方案作业面大，整体上有利于确保施工工期。最后由陈望新发给各位参会人员一份租赁合同草稿，陈望新就合同中明确的职责和报价做了说明。

当这些程序性问题讨论结束时，贾星邀请他的老师谈谈看法，老师说："新型建筑工业化其中一个很重要的内容是施工专业化，这个专业化包括土建安装、钢结饰施工专业化，还包括钢筋配送、模板、脚手架租赁、机械设备租赁，还包括混凝土搅拌、沙浆搅拌的工厂配送。今天你们两家的合作是我今后在案例教学中会直接应用的。"

贾星自始至终表现得很谦虚，他对会议作了简要的总结："今天我们有一个非常好的开端，今天的协议草稿各自带去，有什么不同意见随时沟通，如没有不同意见，三日后咱们签字。"

会议结束后贾星送走了老师，就马不停蹄地带着宋星和陈望新一起去城东新区甲方指挥部，给周晟俊和城东甲方指挥部做了详细汇报，周晟俊很高兴,"你看看,贾星的能量很大呀,只要形势一逼就能逼出个样子来。"汇报会上还确定了这个项目为 BT 项目,周晟俊说:"现在南城要开发,东城除地下开发外,地面上还有两个工业房地产项目的开发。相比之下今年城建投资,资金上可能要超一些,把这列到 BT 项目,能够缓解市财政的紧张局面。"

　　不久,周晟俊和甲方代表参加了群星公司与机械制造厂的合同签约仪式,参加了市建设局与群星公司和香港公司 BT 协议的签约仪式。城东地下工程项目没有举行开工典礼,但已按施工组织设计方案要求准时开工。工程一开工陈望新仍然有所担心,心想这个厂虽然机械制造信得过,但机械作业人员可未曾见过,也不知如何指挥他们。经过一段时间的运作,陈望新放心了,机械作业水平高,效率也高,根本用不着他去指挥,他只要负责验收每天工程的进度和工作量就行了,由机械租赁开始,陈望新进一步解放了思想,对此后工程项目施工的几项也实行了租赁承包。如混凝土模板施工、钢筋的现场配送、商品混凝土的施工等都实行了租赁和专业承包。不仅如此,陈望新也学会了对外租赁业务,他把本公司闲置设备和机械都租赁到其他工地上了。

　　现在的地下工程公司在经营管理上成熟多了,租赁业发展了,有租赁别人的,也有被别人租赁的。有自主承包,也有与港商合作实施 BT 项目承包的。工程项目主要是地下的,还有不少与地上紧密相连或者干脆就是地上的。对于地下工程来说,有自己独立完成的,更多的是几个公司,包括土建公司、钢结构公司、装饰公司、基础公司、岩土公司合作完成的,现在的陈望新显得很有力量,更有策略。

第十五章　政企共担

　　贾星从灾区回来，路上一直都在思考一个问题，我们在灾区建的三十多万平方米的房子，实际是个住宅小区，深受群众的欢迎。这样的小区在我们蟒河市还没有，这叫什么呢，叫墙里开花墙外红，能不能在我市也建一个这样的小区，或者在这个基础上再完善再补充，搞得更好一些。刚回到家里，他与胡敏就一同找到周晟俊副市长表明自己的想法。周副市长一听，情不自禁地笑了起来："老贾呀，真是英雄所见略同，我从灾区回来也在想这个问题。我看呀，这个工程非群星莫属。"

　　胡敏说："你们领导都是在想，而我已经行动起来了。上周市里要组织一个住宅小区的设计竞赛，我们院第一个报名，我正在组织参与灾区住宅设计的几位建筑师和结构工程师，研究设计方案，不知二位领导有何想法？"

　　贾星说："灾区的设计已经很好了，无论是布局还是朝向都比较合理，但从建筑美学远远不够。过去我在一个资料上看过这样一个报道，在澳大利亚的情人港里，一家地产开发商建起了一座白色房屋，就像我们市区的一个住宅楼，四四方方二十多层高。刚刚建成，市民们就开始组织上街游行，抗议这个新建筑破坏了情人港的神韵和情调，强烈要求拆除，还说政府不拆我们自己筹钱拆，结果政府顶不住压力还是忍痛割爱地拆了。"

　　胡敏说："我们院也议论过这个事，并且还说住宅的外装修颜色也是有问题的。"

贾星说："这个能有啥问题？"

胡敏说："城市的颜色很重要，绿色显得活泼，红色显得热烈，黄色显得庄重，黑色显得沉重，蓝色显得深沉，白色泽显得素雅，而灾区的住宅外装修显得有点太过单调。"

周晟俊说："从功能上来说，灾区无论是单位设计还是规划设计都很优秀，所以群众很满意。这里包括交通、学校、商场都是很方便人们的生活的。但是环境设计由于时间紧，装修布置过于简单，如果再有些小花园、小河小渠、喷泉水景和雕塑什么的，那就更好了。"

胡敏说："你们俩都快成住宅小区设计竞赛评委专家了！"

周晟俊说："哪里哪里，你太过奖了。我们只是说说而已，还是你的动作快。老贾呀，我们也要抓紧行动起来啊。"

贾星说："是啊，我在考虑扩大群星房地产和地下工程开发公司，把城东南这片规划中的住宅建成现代的两个小区，每个小区都有一百多万平米。"

周晟俊说："好啊，城东是开发工业区，城东南是商业住宅区，可以考虑。那么胡总设计师你们参加的设计方案是否考虑就这个地区来设计，一旦我们决定开发，我们就不再需要设计招标了。"

贾星说："这个主意好，但我们刚从灾区回来，灾区建设我们是救灾，是援助，是不挣一分钱的，还搭进了一部分老本，现在接开发项目没有资本可不行啊，俗话说巧妇难为无米之炊啊。"

周晟俊说："我帮你找建设银行联系，要和他们紧密结合，不依靠银行，企业也很难再上台阶，大不了让市政府给你们做个担保，还不行吗？"

贾星说："好，有这句话我就放心了。"

周晟俊走后，贾星马上召集了姬丹枫、赵欣然、陈望新、张秀琴，还有门窗厂、光电建筑公司的负责人开会，一起研讨关于成立扩大群星房地产和地下工程开发公司的事宜，还和大家沟通城东南两个住宅小区的开发问题。

大家听了之后一致赞成。最后贾星做了分工，由赵欣然负责总承包，由张秀琴负责找周晟俊联系建行贷款的落实，由陈望新负责抓紧办好项目开发的全部手续和项目前期准备工作。其他所有在灾区承担小区建设的单位都要根据设计的要求拿出更为先进合理的施工方案，房地产开发的所有工作都要各自负起责任，紧密有序地开展。

第十五章 政企共担

陈望新回去后，找到他的老同学张立仁，他是市房地产开发公司的副总，他一贯认为他那个国有企业工作效率太低，开发一个项目总要讨论，常常是主要领导之间有分歧，他们在城区和西城区划拨了好几块土地，每一块都有上百亩，城区主要是拆迁太难，而西城区是详细规划跟不上，他们刚刚完成一个只有二十万平米的小区，为动迁户在西城区和城区交界的地方新建了一栋两千平米的五层小楼，好说歹说总算签了协议，他听说陈望新要在城东南开发一个绿色小区，兴奋地问："我能不能进你们公司，给你当个副手？"

陈望新说："那当然好了，不过我们是民企，而你在国企，不要米箩里跳到糠箩里将来后悔，我告诉你世上可没有卖后悔药的。"

张立仁说："我不会后悔的，我已经想了好长时间，连我的女朋友小兰都劝我跳出来干，不要在那个不透气的地方待着。"

陈望新说："你这小子，找到女朋友也不跟老同学汇报汇报啊，想金屋藏娇？坦白交代，也好让这帮同学凑凑热闹去。"

张立仁笑了笑说："说来也巧，我们是不打不相识，当初我在负责拆迁的时候，闹得最凶的就是他们家，我好几次到他们家劝说，可他们一心想在市区安置，坚决不去城乡结合部。她爸是轴承厂的老人，还是很通情达理的，到新地方倒是离工厂近了不少，但女儿要在城区学校上班，这样就远了很多。后来我就反复做她的工作，聊得越多她那粉红色的圆脸盘、动听的话音就越让我心动。

有一天，我又到她家找她，她一开门见到我就说：'你怎么又来了？我说我也是要完成任务啊，这次动迁户就剩你们一家没签协议了，我能不来吗？她说他们也不愿意当钉子户，也想做良民。那天她爸妈都不在家，她才说她爸妈觉得我这人还不错，不想让我为难，说就按我的意思办吧。就这样来来去去，动迁协议终于签了，不经意间还找到了意中人，从那以后我跟小兰的交往就更加频繁，她了解到我那儿特别不尽如人意的时候，就说现在时代变了，不是单位开除员工，而是员工炒掉公司，人挪活树挪死，换个地方工作也不失为一个好的选择吧。"

陈望新说："看来你这个对象也挺有见解的嘛，这样吧，你到我们公司当副总，你先回去跟你女朋友商量商量，我也要跟贾总汇报呀。"

第二天晚上，张立仁来到陈望新家，两个人又谈了大半夜。

陈望新先说了起来："我跟贾总说了，他很高兴，说我们正缺人才呢，房地产开发最重要的事情就是前期准备，特别是市场准入、土地取得、融资、拆迁、还有规划审批和招投标这几个环节，工作量很大呀，而且都要合理合法合规，一点儿都不能马虎，这个张立仁大学毕业就进国企，还有一定的工作经验，一定错不了，让他当个常务副总可以说是如虎添翼啊。"

张立仁说："太好了，贾总真是敢用人啊。"

陈望新说："你来了就知道了，我们贾总是慧眼识才的领导，他尊重知识，尊重人才，我们都佩服他。对了，你那个小兰怎么说？"

张立仁说："她肯定高兴了，问我是不是那个全国劳动模范甄铁工作的群星集团？她还知道甄铁呢。"

陈望新说："那太好了，没想到甄铁这面旗帜影响这么大，要搞房地产开发责任就更大了，不能给全国劳模抹黑啊。"

接着，他俩就两块土地的开发开始谋划，他们计划分期开发，第一期为二十五万平米，第二期为四十五万平米，先落实第一期工程前期六个阶段的工作。

毕竟是在房地产公司工作过几年的管理人员，陈望新觉得张立仁在某些方面的确比自己要强出很多。对此，陈望新把他俩研究的每件事一一进行划分，张立仁更强调除了这六个阶段之外的一项重要工作——小区与城市的市政连接问题，如水、热、电、气、路、通信等，这一项项摆出来，又一项项列表落实具体责任人和时间，几乎忙到凌晨四点张立仁才离开。

这一天，实力住宅小区竞赛结果公布了，毫无疑问，群星小区一期工程的设计得了第一名，之所以能得奖，主要有两个原因：一是他们有援建灾区小区的基础；二是他们设计体现的是绿色小区、生态小区的建设理念，可以说在全市、全省乃至全国来说也是比较前卫的。

设计竞赛有了结果，群星一期小区的设计方案也就完成了，胡敏非常惬意但还不满足，她把设计方案做成了模型，在市大剧院展出了一周，设置了一个意见箱，还配有网站和留言电话，派专人负责收集群众意见。最终意见箱里面有七十多张卡片，网上有八十多条意见建议，留言电话里面还有部分群众的留言。主要是称赞意见，但确有专家指出小区地下开发不够，小区管理包括防灾智能化程度不高，小区应增添民族建筑的点缀等，对所有这些意见，胡敏又组织专家进行了讨论修改，并结合前些日子勘察报告所提示的地热资源信息，组织了强有力的队伍，展开地下工程设计和施工图设计。

第十五章 政企共担

　　陈望新与张立仁的商讨意见正在一一落实。他们夜以继日地争取尽快完成前期准备工作，争取十月份举行开业典礼。就在这关键时刻，不幸的事发生了。张立仁的对象小兰和他们邻居搬进了去年建好的动迁楼。农历中秋佳节这天，小兰一家邀请张立仁到家里吃饭，当晚，张立仁提着两盒月饼，捧着一束玫瑰和一盒巧克力高兴地来到了小兰家。全家在一起团团圆圆，十分温馨。小兰家在501房间，外边有个大的阳台，面向南边，晚饭吃得差不多了，小兰就拉着张立仁去阳台看月亮。张立仁对小兰说："今晚的月亮真好，你就是嫦娥。"小兰说："那你就是小兔子。"话音未落，只听轰隆一声，五层楼的一角坍塌了，他们掉到了四楼阳台上，小兰随即就昏了过去。等醒来找到张立仁，张立仁已摔折了小腿。消防车、救护车来了，附近武装部的官兵也来了，大家都在抢救，将近两个小时的时间，现场清理完成。五层楼的房子坍塌下来是501、401、301、302、201、202和101共七户人家，因为是刚刚动迁，真正搬进去的只有501和202两户。501就是小兰家，他们拼命的喊父母，但小兰的父母都被抬进了太平间。202房里只有奶奶和小外孙子两个人。奶奶因为身处厨房角落里被救了，但是小孩子因为当时在客厅玩耍被砸死了。不幸中的万幸是没有整栋楼都入住，只有三人丧命。小兰哭得死去活来。202的夫妻二人刚从商场回来，见小孩已经咽气更是痛不欲生。全楼的人以及周围的邻居都来围观，周晟俊也赶来了，马上部署建设局一方面继续清理现场，一方面调查坍塌原因。陈望新来了，派了两个人轮流护理张立仁，另外还派了两个人去护理小兰。事故原因很快调查清楚了。这五层楼建在了一条煤气管线上，由于东南角的地基基础有空隙，而且在空隙处煤气管线从这里经过，当煤气泄漏到缝隙里达到饱和时，煤气压力就掀倒了101这个角，导致全部坍塌，幸好尚未遇到明火，如遇到明火还要爆炸。这一结果在全市引起极大的震动，有的说房子的煤气管线像个定时炸弹，随时都可能爆炸啊；有的说我们的房地产得罪了地龙王、土地爷；有的还偷偷在现场附近烧了纸和香，求菩萨保佑。对此市政府召开了市长办公会，分析研究现状，要求各单位做好工作，要讲科学，不要人心混乱，并要求监察局对市房建领导者做出处罚决定，要求建设局和房地局责任人联手对在建工程进行安全检查，进行地下管道的普查和对群众反映的隐患进行检查，确保全市稳定安全。

　　群星房地产和地下工程开发公司由于张立仁的介入，使其公司业务的进展进度很快，但现在张立仁住院，贾星要求宋星和赵欣然全力协助陈望新，保证群星一期项目前期工作不间断，争取年内开工。

陈望新的前期工程进展顺利，一天，他打开网页了解本市建材行情时。看到群欣房地产经营有限公司的广告，说他们的二期工程已经通过市政府批准，并同意开工。总面积是二十五万平方米，约有三百户，这批房主要是为中低收入家庭而建，欲购此房只要按一平米一千元的标准交预订金，一年后就可以入住。陈望新觉得很奇怪，这个广告没有说房子的特征，没有具体地址，只说在市区，一千元一平方米就可以入住也太便宜了，他打电话问贾星，贾星说从未听说过此事。陈望新匆忙来到贾星家，刚坐下来贾星就接到周晟俊的电话，"老贾，你们一期工程做过广告？"

贾星说："没有啊。"

周晟俊说："现在有不少人说在网上看到你们的广告。"

"我也是刚刚听说，网上看到了是群欣，不是群星。"

周晟俊说："那你们先给这个公司打个电话，如果有什么情况，你们两位就都到我这里来说清楚，什么群星、群欣，不能糊弄老百姓。"

贾星说："好。"

放下电话，他们二人打开网站，又拨打了联系电话，结果没人应答，又到附近一家银行查找该公司提供的银行账号，结果银行工作人员说该账号已经销户了。贾星这时有点不详的预感，可能出问题了。他们马上来到周晟俊这里，向他报告情况。周晟俊当即决定让公安局立案侦查，并在全市各单位通报了这起诈骗案的情况，还从银行取款机的录像中锁定了范围嫌疑人的相貌，公安系统联网追查罪犯约半个多月，终于在我国边境发现了嫌疑人。在对方的帮助下将其连夜捉拿归案。所有交款人这才恍然大悟，仅仅不到一个月的时间里，总计诈骗的资金高达一亿元，全市人民无不愤慨至极。

市房地局在全市动员，要对房地产市场进行整顿，本是件好事，但是却引起了人民群众的不满，有的要还组织游行，有的人说要围攻市政府。

面对着即将爆发的大游行和对市政府的大围攻，强市长一直在反思政府和老百姓孰是孰非。强市长决定召开市政府扩大会议，认真讨论当前的群众舆论，并请市人大代表列席参加。

会上首先由市政府研究室通报了对群众舆论的调查情况，然后大家自由发言。一阵沉默后，贾星第一个站了起来表达自己的看法，对房地产市场进行整顿没有错，房地产市场秩序混乱和不正当竞争的行为是需要整顿，但不管怎么整顿，中低收入者还是买不起房子，也买不到房子。"

一位人大代表站起来说："短短一个月，近三百户人家上当，为什么这些人家都是中低收入的人家，证明他们迫切需要房子。"

又一位人大副主任说："我们人大去年开会，关于房地产问题，至少有十个议案，一个也没有真正解决，你们建设局的回答都是'议案很好，我们正在研究，谢谢你们'，就没有下文了。"

市政府顾问说："五层楼坍塌说明什么问题，固然有技术问题，更重要的房地产开发商对动迁户不负责任，也就是对社会不负责任。"

一位刚刚离休的老市长说："人民群众说得对啊，我们不能光让老百姓学全国劳模甄铁同志对社会负责，我们作为领导，作为父母官，要带头学才对。要让人民群众相信我们是人民的政府，是为人民的。"

会议期间还有很多发言，最后周晟俊对强市长说："我先说两句，你再作总结。"

强市长说："好。"

周晟俊说："我作为主管城建的副市长有责任，确有不称职之处，从学习甄铁开始，我就问过自己，今天大家的发言更是我要自问，我们应该如何尽到社会责任？在城市化迅速发展的情况下，城镇人口猛增和住房稀缺这一矛盾越来越尖锐，我不想多说，至少要做到居者有其屋，说白了就是要建房，要建中低收入者买得起的房。还要动员各方面力量、资金建更多的房，希望市建设局组织专家拿出个意见供市政府决策，房地产属于市场行为，该整顿的必须整顿。"

周晟俊说完，大家几乎要鼓起掌来。强市长说："我是一市之长，我有责任，对刚才大家提出的意见我表示感谢，周副市长的意见我很赞成，可以作为今天的市政府办公室的决定，记者们你们可以如实报道，我郑重声明，学习甄铁烈士，增强社会责任感从我做起，我们的社会责任就是对全市人民负责。"强市长话音一落，全场响起了长时间的热烈掌声。

第二天，《蟒河日报》的大标题就是：《增强社会责任感，从市长做起》。这对各级领导是一个无声的命令，也是一次极大的鞭策。

经过讨论，市政府作出了三项规定：

第一，今后所有小区建设，所有房地产开发商的房屋都要按成本价交给市政府百分之二十，市政府按成本价的百分之二十的价卖给中低收入者，但这只能作为有限产权房，买后只能自己住，不交任何租金。如要出卖或出租，其收益的百分之八十返还给政府。前几年政府补助建的房低价卖给了中低收入家庭，也要纳入有限产权的范围处理。

第二，近几年，政府无偿拨出土地，免各种税费，建设二十万套经济适用房和公租房，每套面积在六十平米左右，中低收入得到街道和单位的两方证明就可以购买，获有产权。

第三，鼓励各单位、企业集资建房，所有集资建房必须由审计局制定，审计部门审计。

这三项规定合民心、合市情。有人测算过，如果能认真落实此政策，不出五年，一定会实现我市人民居者有其屋，这里要说的有其屋，不是都有产权，大致可以分为三类：有全部产权、有有限产权，还有没有产权的廉租房。

这一政策的制定，极大地调动了建房的积极性，建房的规模越来越大，建筑市场设立了监督站，招投标的任务更繁重，质量安全监督站的工作要更加扎实，我们的市政工程要更加紧跟住宅建设的需求，从而快速发展。

至于房地产市场的整顿步骤，首先要求各开发商自我检查，同时发动全体市民举报房地产市场中存在的问题，特别是重大案件，要坚决认真查处，对于政府的各部门也要检查，看看有无失职渎职的地方。

蟒河市建设银行在自检过程中发生了一些分歧，有的认为群星是民营企业，作为政府的银行，贷款给它们是否合适，双方意见争执不下，周晟俊找到行长谈话，明确指出政府应全力支持中小民营企业，银行也要承担社会责任。银行行长当即表示没有问题，定当全力支持，请市长放心，嘴上是这么说的，但心里不踏实的，晚间他们又悄悄给省行拨了电话请示，没想到这个请示遭到了省行领导的严厉批评，希望他们努力提高素质，当好中小企业发展的后盾和保护神，还要尽力指导好中小企业的资本经营。此后，总会计师张秀琴成了银行的座上客，也确实学到了不少金融知识，找到了企业资本经营的方法和途径。

诈骗嫌疑人被捕后，押解回蟒河市，公安局迅速组织侦查人员对其进行审讯。

侦查人员："你叫什么名字？"

犯罪嫌疑人："我叫张二狗。"

侦查人员："你从事什么职业？"

第十五章 政企共担

　　犯罪嫌疑人："我自己开了个饭馆。"

　　侦查人员："你组织的诈骗所得钱财现在藏匿在哪里？"

　　犯罪嫌疑人："汇往英国银行有五千万元，储存在我国边境城市有两千万元，还有的可能还在原账户上。"

　　侦查人员："你为什么诈骗？"

　　这时张二狗沉默了。

　　侦查人员："坦白从宽，抗拒从严，你想明白！"

　　考虑到事态的严重性，张二狗终于开口了："我说，我全说。我的一个技校同学在英国留学，他已给我办好了一切手续，让我下个月去英国上学，因为费用很高，我没有钱，我就试试登了假广告，看能否有人给我打钱，真没想到仅仅一周时间，就进账四千多万元，不到一个月就有一亿多，我马上收手，想先去边境躲一躲，过一段时间我再回来，我们两人去英国的私人护照也办得差不多了。"

　　侦查人员："两个人？哪两个人？"

　　犯罪嫌疑人："我对象，她在银行工作。"

　　侦查人员："她叫什么名字？在哪个银行？"

　　犯罪嫌疑人："在市城商银行，叫赵女娃，那个款都是她帮我收的，汇入英国银行和边境城市银行也是她帮我办的。"

　　侦查人员："你在英国的同学叫什么名字？"

　　犯罪嫌疑人："叫刘万贵。"

　　侦查人员说："住在什么地方？"

　　犯罪嫌疑人："本市人，他爸是城西区规划局长。"

　　侦查人员："你的群欣房地产经营有限责任公司在什么地方？"

　　犯罪嫌疑人："没有这个公司，随便取了个名字。"

　　侦查人员："为什么叫群欣？"

　　犯罪嫌疑人："因为老百姓都把房子寄希望在群星房地产开发公司身上，我起这个名字，人们很容易就认为是群星，就更相信我了。"

　　侦查人员："好，今天就到这里，回去后再好好想想，想出什么就写下来或者再找我们。"

　　侦查人员把审讯记录拿给他看了看，并让他在上面签字画押。

　　公安局随即传讯赵女娃，并快速进行审讯。开始她极不配合，大哭大闹，说自己是上当受骗的，死不交代。侦查人员搜查了她的家，搜到了两本出国的私人护照，一本是张二狗的，一本是她本人的。当侦查人员把两本护照放在她面前时，她一下子像是变了一个人，痛哭流涕。这时侦查人员开始对其进行讯问：

侦查人员："你叫什么名字？"

犯罪嫌疑人："我叫赵女娃。"

侦查人员："干什么工作？"

犯罪嫌疑人："在银行上班。"

侦查人员："你和张二狗是什么关系？"

犯罪嫌疑人："他说我是他对象，我爸妈还没有同意呢。"

侦查人员："你帮他转存了英国银行和边境城市银行多少钱？"

犯罪嫌疑人："英国银行五千万元，边境城市银行两千万元。"

侦查人员："你为什么要帮他，你知道他的钱是怎么来的吗？"

犯罪嫌疑人："听他说是人们买房的预付款，我帮他也是帮我，他要带我一起去英国上学，我才帮他的。"

侦查人员："你知道不知道他的钱是诈骗来的？"

犯罪嫌疑人："我估计差不多，但也没有办法，他有其他办法弄钱也绝对不会干这个。看人家刘万贵有的是钱，就在前几天，大力房地产开发有限公司老板又让我往他的英国银行打进了十万英镑，谁肯帮我们啊。"

侦查人员："那个老板叫什么名字？"

犯罪嫌疑人："叫钱大发。"

经过对这两个人的审讯，公安机关领导觉察到城西区规划局长与大力房地产开发公司老板钱大发可能有经济问题，随即向强市长和周副市长作了汇报。强市长说："前不久有人举报说有个规划局长在城西买了十几套房子，这份举报信已转到哪里了？"

周晟俊说："被举报的就是这个规划局长，叫王力。我看到你的批示，要认真查处，我签了同意，让房产局办理，现在看来不妥，应当让检察院的同志下午来我办公室，我让房产局把此举报信送到我这里，现在看来，检察院可以先传讯这两个人，必要时实行拘留审查。"

强市长说："要抓紧，还要保密，不要打草惊蛇，对腐败行为绝不能手软。"

当天下午，检察院传讯了钱大发，检察人员："知道我们为什么要传讯你吗？"

第十五章 政企共担

犯罪嫌疑人:"不知道。"

检察人员:"你这几年在城西区开发了多少面积?"

犯罪嫌疑人:"竣工的有八十万平方米,在建的有三百万平方米。"

检察人员:"怎么样,开发进展顺利吗?"

犯罪嫌疑人:"还行啊,政府对我们支持很大。"

检察人员:"规划局对你们怎么样啊?"

犯罪嫌疑人:"很好,这几个项目规划都给了我优惠。"

检察人员:"怎么个优惠?"

犯罪嫌疑人:"规划局帮我们把总体规划上定的烈士陵园边上的公园用地改为住宅小区用地,还让我们适当的提高了一点容积率,我们就好干多了。"

检察人员:"你是不是很感激王力局长?"

犯罪嫌疑人:"是的,我们大力房地产开发公司的名字还是他给起的,他说你们在我这里开发,有我王力的一个力字就好办了,真是这样,他对我们的帮助可不小。"

检察人员:"你们就这样白用人家这个大局长?"

犯罪嫌疑人:"哪儿能呢,我们是兄弟,什么时候我都不会忘了他,我说过公司有他的一半。"

检察人员:"怎么个一半?"

犯罪嫌疑人:"再过七八年,他要提前退休,到那时我俩一起干,让他当董事长,我当总经理,肯定能干好。"

检察人员:"现在呢,你怎么报答他?"

犯罪嫌疑人:"现在我要给他开一份工资,他不干,只好逢年过节给二十万的小意思。另外,他小孩要去英国留学了,所需要的费用我全包了,他不应该还有意见啊。"

检察人员:"真是个法盲,你知不知道这是犯罪啊?"

犯罪嫌疑人:"犯什么罪啊?我又没有偷鸡摸狗,杀人放火。"

检察人员:"这叫行贿罪,你懂吧。现在向你宣布,你被正式逮捕了。"

这时钱大发还在说:"这怎么做人啊,这还犯罪,什么世道啊。"

钱大发被逮捕后,检察院马上传讯了王力。王力一进检察院腿就软了,看到周晟俊也坐在一边,马上说:"周副市长,你是了解我的,这几年我跟你搞城市建设,没有功劳也有苦劳,你可要帮帮我啊。"

周晟俊说："那就要看你态度了，群众的眼睛是雪亮的，我们哪些是做对了的，哪些是犯罪的，他们可看得清清楚楚。"

王力说："我知道，我做错了，他们不少人喊我是房叔，我不就是多买了几套房子吗，我可以全部退还就是了。"

检察人员："你儿子上学是谁提供的费用？"

犯罪嫌疑人："谁啊，我自己，我就这么一个儿子，上学还是供得起的。"

检察人员："不对吧，是钱大发给你拿的吧。"

王力低下了头，难道钱大发交代了？想来也许是他们诈我呢，钱大发不会跟他们说的，抬起头说："这肯定是有人造谣，钱大发跟我关系是不错，但我从没跟他要过一分钱。"

检察人员："你是没有要过，都是他主动给的，他已经被捕了，要不要叫他过来跟你说说？"

王力又低下了头，很快意识到，这下完了，该死的钱大发，害人精。

检察人员："怎么不说话了，现在我向你正式宣布，你被逮捕了。"

王力和钱大发被逮捕后，先是城西区炸开了锅，有的说不得了了，大力公司胆大包天没几天的工夫就发了；有的说这是权钱交易的典型；有的说城西区成了钱大发的天下，开发的速度不快，质量不好，水平不高，还能挣大钱；有的说房地产市场就是要整顿，不整顿怎么能揪出他们这种人，行贿受贿应属于集团犯罪，不易侦破，但所有的强盗躲过初一，躲不过十五，总有一天会露馅的。

七月的骄阳似火，市法院召开了审判大会，经审判，诈骗犯张二狗采用假信息骗取近三百户居民购房款一亿多元，犯诈骗罪判处无期徒刑，并没收全部赃款。

共同诈骗的赵女娃，帮助诈骗犯张二狗非法收益和转移资金达一亿三千万元，构成了共同诈骗罪，判处有期徒刑十五年，并没收全部赃款。

原西城区规划局长王力，滥用职权，收受贿赂五十万元人民币和二十万英镑，构成受贿罪，判处无期徒刑，并没收全部非法所得，包括十三处政府补贴房产。

原大力房地产开发有限公司钱大发，因行贿罪，判处十年有期徒刑，并处以三百万元罚款。

这一次审判，审得大快人心，房地产市场的整顿情况取得了显著的成效，全市召开了总结大会并通报了市建设局，没收市房地产开发公司在城北征用的农田三百亩，征收三年没有开发，还给原有农村的耕地。查处了多家房地产公司的虚假广告，查处了土地交易的暗箱操作和违规查处了合同订立与履行中的陷阱和霸王条款，查处了房屋施工中的质量通病。会上表扬了群星房地产开发公司，发扬了甄铁精神，敢于创新，敢于承担社会责任。

经过这一时期的工作，人们基本上确定了两个概念：居者有其屋是政府行为，政府要承担社会责任，多建房，建经济适用房、有限产权房、廉租房，要建好房，建节能、节地、节水、节电的房，还要抓好房地产市场的调控和整顿。

房地产企业要健康发展，也要承担相应的社会责任，要讲诚信，讲科学，讲创新，在房地产开发的各个环节，所有工作都要合情合理合规合法。

第十六章　援建英雄

年新立刚从灾区回来没几天,贾月辰又要动身走了。贾月辰在临去灾区的前一天,邀年新立一道去看了他们的新房。房子坐落在河滨大道临风小区,这个小区的开发商是江南人,开发商想在北方的城市打造一片南国的景色,因此不惜成本弄了一座假山,还开挖了一条小溪,像模像样地沿小溪栽种了大片翠竹。贾月辰和年新立购置的新房在月芽楼第十五层,这里环境不错,楼房算是依山傍水而建。小溪清澈透明,水流潺潺,恰好在一片茂盛的竹林边转了弯,流向蟒河。四周树木同蟒河沿岸绿化连成一片,数条小道穿插其间,漫步在小道上,让人感觉丛林深深。蟒河人称这片小区为富人区,房价高得惊人。

贾月辰喜欢这个地方,虽说离市区繁华闹市远了些,但交通便利,空气清新,特别是到了晚上,更显得宁静,好似世外桃源。年新立对这个小区也感到满意,他夸贾月辰有眼光,多次说这个地方好,将来也建议群星建设集团搞几处小区,让群星集团的建设者们享受到自己的劳动成果。

"你是不知道呀,"贾月辰指着小区东面说,"那边早被群星房地产公司买下了,说是建你们集团退休员工区。"年新立朝贾月辰手指的方向看去,一团漆黑,什么都看不见。他说:"我咋看不见呢?"

贾月辰说:"那是没有开垦的处女地,黑灯瞎火的谁看得见?"

贾月辰和年新立说说笑笑,乘电梯走进他们为结婚准备的新房里。房里没有开灯,贾月辰拉着年新立的手朝里走。在客厅里,贾月辰推开总开关,

第十六章 援建英雄

房屋里一片光亮,看到了装饰华丽的宽敞客厅。

在没看到新房之前,年新立还以为是刚装修好的空房,谁知道贾月辰早把家具购齐了,卧室、书房、厨房、卫生间,还有客厅,应有尽有,完完全全一个新家。贾月辰在年新立跟前转着圈儿,她问年新立说:"怎么样?谈谈感受吧。"

"能干"年新立说,"比我想象的还好。"

贾月辰问他说:"你是说人,还是说屋?"

年新立看了一眼幸福模样的贾月辰,"两样都有。"

"你没回来之前,我全都置齐了。"贾月辰拉年新立去看卧室说,"空放在这里,我都没舍得住上一天。"她说着便倒在席梦思大床上,用左脚蹬掉右脚的鞋,又拿右脚蹬掉左脚的鞋,很灵巧地滚到大床中间,她朝年新立招招手说:"今晚就住这里让它沾沾烟火气息。"

年新立有点打怵,他说:"这行吗?"

贾月辰说:"这有什么不行。"

胡敏送贾星他们到火车站,市建设局一帮人早到了,他们中间没有贾月辰。胡敏拖着贾月辰的旅行包,在车站月台上找了一圈,不见丫头的影子。贾星同建设局的人登车了,他回头对胡敏说:"没事的,赶不上这趟,让她坐下趟来好了。"说着,他便摆手叫胡敏打道回府,"走吧,走吧,别等她了。"

贾月辰跑着进了站,相隔二三十米便大声喊胡敏道:"妈,快把行李送上去。"

胡敏转身看见贾月辰,便大声说道:"车都快开了,跑到哪里去了嘛?手机也不开。"

"睡死了。"贾月辰感到有些不好意思地笑着说,"醒来就八点了。累死我了。"从她妈手里接过旅行包,呼啦啦拉着便朝车厢门走。

"昨晚上哪儿睡去了?"胡敏还在埋怨着贾月辰。

贾月辰敷衍着说:"谁知道呀,像吃了迷魂药似的,不知道人在哪里了。"说过她便哈哈笑。乘务员正打算关门,见到车门口来了两名匆匆忙忙的旅客,只好伸手帮着接旅行包。贾月辰动作敏捷,抓着门把手,噔噔两下上去了,她回头朝胡敏挥挥手,喘着气说:"再见,妈。"

胡敏来不及说什么话,火车已经在滑动了,她只喊了一声"听话啊",车身已向前远去了。胡敏看着贾月辰挥动的手,只好摇头叹气。

贾星过来接女儿贾月辰，手在她后脑勺上拍了一下，"鬼丫头，把你妈急坏了。"贾星说着便扛着旅行包，朝里边卧铺床位走。市建设局的同事们都来同贾月辰打招呼，"还以为你不去了呢，贾处长不去，说得过去，忙结婚呗！"贾月辰知道这伙同事不好对付，她嚷着喊道："还不快过来帮忙，把行李给我放上去，想叫老头子累死呀！"车厢里好几位同事拥上来，把行李从贾星肩上接下来，举着放到行李架上去了。

　　崔奕铭和贾星睡下铺，贾月辰在中铺。崔奕铭说："贾月辰生在北方，咋有四川辣妹子的味道？"

　　贾星哈哈笑了，他对崔奕铭说："打小，我们就没把她当丫头养。"

　　贾月辰从中铺很灵敏地跳了下来，站在他俩中间说："我咋觉得自己太斯文了呢？一去建筑工地，都说贾处长呀，你文文雅雅地来工地干啥，这是你贾处长待的地方吗？"贾月辰学着别人的腔调夸自己文雅，逗得崔奕铭和贾星直乐。

　　贾月辰从床上随身的包里取出一副扑克牌，召集几个人过来玩扑克，"不来耍赖的，谁输了，请吃饭意思意思就行了。"贾月辰把手里的牌洗得哗啦哗啦直响，过来几个人争位子，他们都愿同贾月辰打对家。

　　哪里有贾月辰，哪里就有笑声。笑声叫声一浪高过一浪。贾星在旁边喊道："你们几个不能安静些吗？别影响其他旅客休息。"那边根本就没听见。崔奕铭起身过来看看，"乖乖，看的人比玩的人还多。"他说着便退了回去。

　　一大群朋友、同事一道儿乘火车，是一件非常快乐的事儿，不寂寞，也不疲劳，时间跟车速一样很快地溜过去了。两场扑克，两顿啤酒，贾月辰美美地睡了一觉，眼看着火车过了成都。

　　年新立没有这么清闲，贾月辰走后，强市长催着年新立做方案。蟒河市世界门窗城刚有个架子，八字还没有一撇，让外国专家看什么？强市长说："我咋知道看什么？他们过来看什么，只有你们搞专业的才知道。你想叫他们看什么，他们就看什么，现在是你说了算。"

　　强市长办公室里人来人往，忙得不可开交。他只有一个要求，国内市场不能丢，世界市场还要去抢占。年新立没办法，他只有打电话找周悦，当初是她的一篇报道才把这些人给招来的。周悦接到年新立的电话，听他这么一说，她便佯装生气："噢，我给你们企业搞宣传，还做错了？怪不得你跟贾月辰能睡到一块，都有一个特点，那就是霸道，不讲理。"

第十六章 援建英雄

年新立说:"我没时间说笑话,这事都火烧眉毛了,哪有什么心思开玩笑呀,我这不是在向你请教嘛。"年新立在电话里向周悦示弱。

"这还差不多,你比贾月辰要知道好歹,就凭这一点,我这个当姐的给你支两招。"周悦在电话里为年新立出谋划策,第一条主要是介绍蟒河市世界门窗城的宏伟蓝图,讲伟大理想,说先进理念,让外国专家展望未来。到中国来,就得按中国传统文化,给他们先洗脑。

年新立问周悦说:"这能行吗?我听着咋有些假大空。"

周悦这时更霸道了,她说:"我说行就行,你到外国去,他们不是这样给你洗脑的?至于空不空,那就看你们搞专业的咋往里装了,装的东西多了,就不空了嘛。"周悦又在电话里讲了第二条,那就是筹备召开世界门窗科技研讨会,主要围绕节能、低碳、环保主题进行学术讨论。第三条就简单多了,参观考察群星门窗总厂。周悦说:"要有信心,拿出中国气派。中国是世界经济发展的火车头,那些老外看什么都新鲜,看什么都一惊一乍的。中国所有的一切,都是他们在自己国家里看不到的,这跟中国人到外国一个样。你去外国考察是什么感觉,他们就是什么感觉。"

年新立在电话里笑了,他说:"周悦姐,你真是个好参谋。要生在三国,诸葛亮哪敢三气你祖宗。有你在,还不把诸葛亮给气吐血啦。"

周悦一听不是好话,她反唇相讥:"年新立可别忘恩负义啊,当年你祖上年羹尧是咋死的,你是知道的。"两个人在电话里一来一往,笑得都很开心。

胡敏从灾区一线回来后,一直忙个不停,群星设计院的一大堆事,群星建设集团里的不少事务,还有宋星负责施工的大剧院,姬丹枫负责的世界门窗城,一系列同设计院有关联的事情,都需要胡敏去处理。原本计划这个周末把张睿妈妈和张睿接到家里来,一家人好好团聚的。贾星和贾月辰都去了地震灾区,团聚的事只能作罢。胡敏第二天有会,参加年新立他们那个迎接外国专家考察组的筹备会,强市长点的名。她想到了李永刚,只有请李永刚去看看张睿母子俩最合适。

她给李永刚打了电话,把这事告诉了李永刚。李永刚知道胡敏忙,他说:"这事你就放心好了,我和薇娜商量好了,明天接杨静去逛逛街,到儿童游乐场玩玩,正好一道带着张睿去,你就安心开会吧。"

胡敏给李永刚打电话的时候,黄薇娜和黄小阳就在李永刚身边。黄薇娜说："永刚，群星集团的人都忙着，你一个大男人就别接孩子、送孩子了，你忙你的去吧。明天，我和小姑带孩子出去玩就行了。"

李永刚有些不放心，他怕万一有啥闪失，那就坏事了，"你俩能行吗？游乐场容易出事的。"

黄小阳说："我们女人莫非比男人还粗心？这点小事都做不好，今后谁来带孩子，去忙你的去吧。"

李永刚想想也是，女人总比男人细心，"光细心还不行，还要有爱心。"

黄薇娜笑了，"我们会像亲人一样去爱他们的。"

李永刚也觉得自己的话有些多余，"明天我得去市政工程处看看，还要到高速公路工地跑一圈，也许当天回不来。"

黄薇娜一听高速公路工程，便心有余悸，"永刚，工程质量要有保证啊。那昧良心的钱可不能赚。"

李永刚看看黄小阳，蟒河市高速公路质量是有过教训的。黄小阳知道这件事，她坦然地说："我看不会，贾星董事长不是昧良心的人，你看他所做的事，就知道他是一位有良心、一心干事业的企业家，他同郝华能、全督佑不是一条道上的人。"

李永刚点点头说："郝华能、全督佑他们干的事，丧尽天良。我们群星有今天，没有贾董事长这样的人，能成功吗？一个工程就是不赚钱，哪怕是赔本，只要对社会有利，对人民有利，群星集团都会去做。灾区援建，你们没看见，但灾区的孩子，你们是看见了的，群星集团是一个有大爱的集体。"

李永刚的话，深深打动着黄小阳。

黄小阳推着张睿妈妈，黄薇娜一手牵着一个孩子。她们不敢给孩子买过多的东西，贾董事长宣布过纪律。黄薇娜给杨静买了一只毛绒熊猫，杨静喜欢得不得了，她说她要抱着熊猫弟弟睡觉。黄小阳给张睿买了一部学习机，张睿一路上爱不释手，他说："谢谢阿姨！"

要换季了，转眼间天就会凉下来，北方的冬天远比南方冷。黄小阳同黄薇娜商量着给张睿妈妈买件棉衣。黄小阳有经验，给她挑了一件红棉袄。张睿妈妈皮肤白，瓜子脸，黄小阳拿一件红棉袄在她身上比试比试，黄薇娜说："漂亮。"

从商场出来，黄薇娜提议去饭店吃顿饭。张睿妈妈说："我看回家自己做，三个女人还做不出一顿饭菜啊？"

第十六章 援建英雄

黄小阳也喜欢做饭炒菜，"好呀，我们三人每人炒上一个菜，怎么样？"三人都说好。于是，她们又返回商场，到菜市区选挑时令蔬菜。

快吃饭的时候，黄薇娜给胡敏打了电话。她怕贾星，从不敢给贾星打电话，有啥事都是通过李永刚去说。但她不怕胡敏，只一两次交谈，她们就熟了。"胡阿姨，开完会你能过来吃饭吗？张睿妈妈炒了好几个菜哩！"

胡敏正在回家的路上，接到黄薇娜的电话，便让司机送她去李永刚家。黄薇娜听见她和司机的对话，高兴地说："胡阿姨我们等你呀！"

张睿和杨静跑到楼下接奶奶，胡敏下车就看见两个孩子，他们牵着小手喊着奶奶。胡敏让司机从后备箱里提了两袋礼物，她独自跑上前去和张睿、杨静亲了亲，牵着他们上楼去李永刚家里。

客厅桌上摆放着好几样菜，香味扑面而来。胡敏跨进屋子就说香，她看看黄薇娜，问她："还好吧？"

黄薇娜知道胡敏问的啥，她抚摸着肚子说："昨天孕检，一切正常。"

胡敏说："我看是男孩，肚子收得紧，不下坠。"

张睿妈妈自己推着轮椅过来了，胡敏快步朝她走过去，握住她的手，张睿妈妈说："手上有油，刚炒菜的手。"

胡敏把她推到餐桌跟前，一起看她的手艺。"四川回锅肉，这菜一定是你炒的。"胡敏指着菜盘子说。

张睿妈妈点头，她说："还有这菜，鱼香茄子煲。"

胡敏说她都馋了，说着便脱下外套，做出了准备吃饭的架势。黄小阳今天特别精神，穿着一件蚕丝无领、七分袖的职业装，显得高贵优雅。她端着一盘江南的清蒸鲈鱼，盘沿烫手，她惊叫着小跑上来，放下盘子，双手急忙捏耳垂，"烫死我啦！烫死我啦！"黄小阳叫着，见胡敏在桌前，便亲切地打招呼说，"大姐，你来啦？"

胡敏闻闻鱼香，她说："真是好手艺，看这鱼做得这么地道，就知道是干大经理的。"

黄小阳被夸得有些不好意思，她向前去拉胡敏的手，让她坐下尝尝，她说："凉了就不好吃了。"

胡敏拿起筷子，先给张睿妈妈来了一块，又给黄薇娜夹了一块，她说："你得多吃鱼，吃鱼对胎儿有益。"胡敏说着，便把盘里的鱼分出了一大块，夹到黄薇娜碗里。"嫩，香嫩可口。这道菜列为群星大酒店的必备菜，我看准能打响。"

"这鱼叫啥来着？"胡敏问黄小阳。

小阳说："清蒸鲈鱼，各大饭店都有做的。"

胡敏摇头说："不能重名，菜也要有自己的特色，我给这道菜起个名字，有机会打在菜单上，就叫'小阳蒸鱼'。"

黄薇娜说："这是一个很好的创意，群星大酒店该有一套自己的菜名，比如这个茄子，我看就可以改名为'农家鱼香茄'。"

胡敏说："不仅菜名不一样，在做法上也要有自己的一套，就拿'小阳蒸鱼'来说，如果滴上几滴咱中原的小磨芝麻油，从本质上就与江南菜区别开了。"

她们一边说话一边品尝着桌上的菜。张睿拍着小肚子说："我吃饱了。"小杨静也跟哥哥学，把小肚子拍得嘭嘭响，她说："我也吃饱了。"

胡敏说："我今天什么都没干，洗碗的活就让给我吧。"黄薇娜、黄小阳都不同意。黄小阳说："这活大姐不能干。我今天给张睿妈妈买了件小袄，你给参谋参谋，平时你也没时间，就陪张睿妈妈说会儿话吧。"

胡敏看着黄小阳认真的样儿，知道自己干不成洗碗的活儿了，"欣赏衣裳我可是外行，在家都是贾月辰给我买衣服。"

"大姐，如果你不见外，以后我来给你挑衣服，我在酒店学过这一行。"

"好啊。明天是礼拜天，我正想去逛逛街呢，我们一道去好了。"

胡敏今天吃的这餐饭收获很大，她不仅同张睿妈妈、黄薇娜、黄小阳进行了感情上的交流，拉近了她们之间的情感距离，还对她们有了新的认识。就拿黄小阳来说吧，过去对她总是有一些成见，一旦走进她的内心世界，你就会发现，黄小阳的本质其实很善良。最让胡敏感动的是黄小阳对她自己的反思，黄小阳说她过去活在世上，根本不知道自己想要什么，看见别人发财、挥霍，便觉得自己也得这样过，去拼命抓钱，拼命花钱。现在想想都觉得脸红。人的生命只有一次，如果这唯一的一次人生虚度了，可没有任何人能够真正安慰你。自打认识到这一点后，她才对自己的人生产生出强烈的责任心。

黄小阳说她喜欢歌德的一句话："责任就是对自己要求去做的事情有一种爱。"而胡敏在自己的书房，挂着的就是这句名言。她就是因为对建筑设计有深深的爱，所以尽心尽责，从而获得心灵的满足，这本身就是生命意义的实现。黄小阳也能认识到这一点，真是不简单。胡敏从来没有这么多愁善感，但她在与黄小阳说再见的时候，竟然拥抱了小阳，并俯在她

第十六章 援建英雄

耳边说："我会尽力帮助你的，不过，人生的责任，只能靠自己来承担，一丝一毫都依靠不了别人。"黄小阳坚定地点着头，她把胡敏搂得更紧了。

胡敏对人生的态度非常严谨，她始终坚信，对自己的责任心是其余一切责任心的根源。只有对自己的人生负责的人，才能建立真正属于自己的人生坐标，并由此出发，自觉地承担起对他人和社会的责任。她经常和贾星讨论这类的问题，对此还要打破砂锅问到底。她时时扪心自问，一个人的责任心是从哪里来的？她从自己的成长中，得出的结论是：不是天生的，是后天培养出来的，靠的是传统历史文化的熏陶，是青春少年时期阅读优秀文学作品获得的。贾星在一次员工大会上，讲到企业文化建设，谈到工会工作，就曾经号召职工业余时间读读文学作品，比如《红楼梦》《三国演义》《红岩》《钢铁是怎样炼成的》等，听起来很随意，仔细想想，却有着深刻的意义。胡敏在回家的路上一直这样想着。

年新立这几天忙坏了，他照周悦的建议做了一个方案，其中添加了一条，那就是邀请科学院院士钱教授，在活动期间来蟒河市举办一次学术讲座。强市长知道这个钱教授，在北京参加人民代表大会时见过一面。他是中国著名的科学家，专门从事新材料、新能源和绿色环保方面的研究。

强市长指示年新立抓紧时间联系，要让钱教授作时间上的调整。年新立听过钱教授的学术报告，那次他还就环保节能门窗的事请教过这位科学家。钱教授面授机宜后，表扬年新立有创意，鼓励他写一篇学术文章。年新立想他们仅仅是一面之交，不如周悦那么熟。

周悦从前年开始，在全国采访百位科学家系列报道活动中，就多次采访过钱教授。如果请周悦出面邀请钱教授，可以说是稳操胜券。年新立给周悦打电话，他知道她是会帮助他的，况且还有强市长的指示。

电话响了半天也没人接听，这让年新立有些焦急，咋回事呀，她平时很少出现人机分离的情况呀。年新立不停地打，周悦终于接电话了，她开口就没有好话地说："你有完没完呀，骚扰电话一打就是二十多个，真够执着啊。"

年新立笑着说："悦姐，我心里急呀，这事不找你不行啊。"

"别，别，别！"周悦在电话里说，"千万别来酸的，你急去找月辰好了。我听不得你那些酸不溜秋的话，还悦姐悦姐地叫。啥事？说好了！告诉你，我这可是长途加漫游，长话短说。"

年新立哈哈大笑，"悦姐，我马上给你交电话费，你听我说。"年新立叽里呱啦把事说了一遍,他央求她说:"这事你得帮我,谁叫你是名记呢。"

周悦呵呵笑了,她说:"谁是名记?这词不要在电话里乱用,要是电话被监听,监听员没文化不说,还特别敏感,以为你在嫖娼呢。"

"你咋扯到那方面去了?"年新立明知故问。

"你不是和名妓打电话了吗?"周悦哈哈大笑,"你那点小把戏跟我玩,嫩了。"

"我不是逗你乐吗?"年新立咋不知道周悦见多识广,他有意开个小玩笑,周悦这人,正经事就得嘻嘻哈哈地同她讲,她才听得进心,如果同她来严肃的,没门,除非你是大领导。年新立问:"悦姐,你在哪里,咋一天不见就成长话了?"

"你大姐在北戴河,正在海里泡着呢。"

"大姐,你左边可有鲨鱼呀,把大腿咬掉一条可是找不到婆家了。"

电话里传来一阵笑声,还有小女孩的童声,"年叔叔是大鲨鱼。"

年新立一听是戴燕的声音,便在电话里叫道:"燕燕,叫阿姨带你去北京。"

"好了,好了。不就那点事嘛,回来找你报机票。"周悦说完就把电话给挂断了。年新立高兴地打了一个响指,他知道有门了。

外国专家、学者和客商来蟒河考察,整个活动让强市长感到满意。最出彩的当然是钱教授的学术报告会了,法国、德国、俄罗斯的许多专家、学者过去就听过钱教授的学术报告,这次来蟒河,又一次聆听了钱教授的最新研究成果,真是耳目一新。特别是当翻译人员介绍说,钱教授是蟒河市世界门窗城首席顾问的时候。专家们个个表态支持明年在这里召开世界门窗论坛年会,客商们也说他们愿意参加明年在这里举办的博览会,还纷纷表示愿意同蟒河市世界门窗城签署协议。

强市长在协议签订酒宴上,嘴都笑裂了,那天他把自己喝高了。

年新立把蟒河市世界门窗城的工作通过电话向贾星作了汇报,贾星说:"干得好!群星建设集团的事业要靠你们年轻人,放手干吧!"

年新立打算为蟒河世界门窗城请一批专家当顾问,他说:"这次钱教授的学术报告,很说明问题,世界门窗城必须有一支科学家队伍作后盾,只有这样才能立于不败之地。"

贾星认为聘请这样的科学家当顾问,仅靠群星建设集团的资历是不够

第十六章 援建英雄

的，为了对等，贾星建议年新立向市政府写报告，以市政府的名义聘请，最为适合。

贾星把这方面的工作交代完毕后，简要说了说援建的第三期工程。目前进度很快，在原定的时间内全面完成任务没问题。"门窗用量越来越大了，你要把手里的工作抓紧办完，然后再调运一批门窗过来，我看是最后一批了。"

年新立说："没问题，最迟一周就能把货运到灾区。"年新立听到电话那面的声音断断续续，便大声喊道："咋弄得，信号这么差呀，你能听见吗？"

贾星的声音还是断断续续，像发电报一样，一个字一个字地传输过来，他说："有——余——震，地在——晃动。"

"董事长，你们千万注意安全啊！"年新立在电话里喊着，对方没有声音，他看看电话，电话早已断了。年新立不放心，便拨打贾月辰的电话，拨了好几次，才把贾月辰给拨了出来。"月辰啊，那边情况怎么样？"年新立急着问道。

贾月辰一直在笑，她说："看把你吓得，没尿裤子吧？小余震，没事。"

年新立批评她说："什么时候了，还有心情开玩笑。你这人平时大大咧咧的，让人放心不下。在灾区，余震不断，还有山体滑坡，哪一样不是致命的？"

贾月辰在电话里说："算你有良心。放心吧，这里对女同志保护得很好，危险的地方，他们都不让我去。噢，对了，听爸爸说，建筑门窗不多了，你什么时候过来呀，我们可能再待上一个礼拜就返程了。"

"快了，手里的一些事办完就来。"年新立说，"咋了，想我了？"贾月辰哈哈大笑，她说："谁想你了？这里女人不多，男人倒是不少。"她在电话里不停地笑，年新立醋性大发，热恋中的男人就爱吃醋。

男女恋爱是一件很有学问的事，年新立想。在大学他曾有过一次经历，那次经历让他深深懂得了一个道理，那就是爱情这东西，受理想原则支配，婚姻受现实原则支配。大学时代的爱情，具有一股盲目的力量，它让人不顾一切，甚至有些疯狂地去追逐心目中的偶像。在这个过程中，年新立发现一种有趣的现象，当你考虑是否要与不太爱自己的，或者说自己不太爱的人结婚时，这个人实际已经在受现实原则支配了。在大学里，男生普遍认为主动追求异性是幸福，被女人追求是痛苦。年新立同贾月辰恋爱后，对爱与被爱的关系有所感悟，爱和被爱同是人的情感需要，而悲剧在于，两者常常发生错位，爱上了一个不爱自己的人，或者爱自己的人又不是自己的所爱。

年新立头脑里一团乱麻，他想理清这里面的事情，却越理越乱。他发现贾月辰太在乎被爱了，而年新立给予她爱后，她又看轻了被爱，认为理所当然。年新立不愿再深思这类的事，他认为他是想不清楚这些深奥的事情的。他只抱定一个信念，人生在世，真正重要的事情是如何做人，与之相比，同谁一起过日子全是次要的。

年新立想把刚才的思想记录下来，写进日记里，他想今后说不定有些意义。但如果贾月辰看了，她会咋想？年新立犹豫着。

贾月辰是一个单纯的女孩。别看她处长当着，一副清高的模样，心底清纯着哩。在她与年新立的爱情问题上，她并没有追求完美。她有时也在想：完美的爱情，是什么样的呢？周悦是结过婚的人，曾经告诉她说，完美的爱情应该是两方的事情，即自己遇到了自己深爱的人，同时这个人也深爱着自己。周悦说这话时，还是叹了口气。她说在现实生活中，这种情形几乎没有，爱情的困惑就在这里，因为现实生活中没有这样的理想对象。所以，贾月辰迟迟不愿恋爱，就因为不想去冒风险。任何婚姻都是有风险的。贾月辰大大咧咧的性格，便把她的婚姻风险降低到较为保险的地步了，既然寻求不到理想，那就不必过分苛求婚姻。贾月辰的这种态度，反倒让她与年新立之间非常和谐。

贾月辰刚放下手里的电话，崔奕铭便来了，他对贾月辰说："这段时间，我们考察了兄弟省市区的援建工程，有了个总体印象，给市政府和局里的报告，由你来起草。这样行吗？"

崔奕铭的工作作风一贯是商量着办，从不拿领导架势压人，局里上上下下都喜欢同他共事。贾月辰说："行，没问题。反正有崔总把关嘛。"

崔奕铭点头说："有你起草，还谈什么把关不把关的。"崔奕铭学着贾月辰的口气说话。

贾月辰笑了，她说："崔总，别学着踢皮球，报告最终要由你签字，责任是你的。"

崔奕铭也笑了，他想这个贾月辰鬼灵精怪的，平时大大咧咧，工作倒没说的，处处跟你认真。

"想啥呢？"贾月辰看崔奕铭盯着她笑，便开口说，"考察群星建设集团援建工程，我认为注重抓两头，好的经验和存在的问题。"崔奕铭一听

第十六章 援建英雄

贾月辰的这个建议,打心眼里高兴。他掏出自己的工作日志,把早两天自己的思考记录拿给贾月辰看。

贾月辰佩服崔奕铭的工作态度,思考问题周到缜密,不仅有独到的见解,还注重事态的发展走向。贾月辰大学毕业来到市建设局跟着他学到不少知识,她的成长,离不开他的教育和培养。贾月辰看着崔奕铭的工作日志,上面清清楚楚写着考察要点和重点内容。按照崔奕铭的预见,认为群星建设集团援建工程,是蟒河市,乃至全国建筑行业的发展趋势,钢结构加太阳能。为此,必须认真总结经验,严格查找问题和不足。贾月辰笑了,她说:"看来我是班门弄斧了。"

崔奕铭不这样认为,他说:"这叫英雄所见略同。"崔奕铭话一出口,贾月辰急忙鞠躬作揖,她两手抱拳高拱,身子略弯,像在舞台唱戏一般,逗得崔奕铭哈哈大笑,他指着贾月辰说:"怪不得你爸叫你活宝丫头,我看名副其实。"两人说说笑笑朝建设工地走去。

蟒河市建设局来灾区就援建工程进行考察的这批人,全是业务骨干。崔奕铭在人员挑选上同样着眼未来,大多是中青年业务尖子。国家建设部在筹划援建工程时,听取了国家地震局专家的意见和建议,那一带的援建工程必须采取先进的科学技术,无论高层还是低层建筑物,必须保证抗八级以上地震。

崔奕铭他们跑了一圈,掌握了其他兄弟建筑部门的先进技术资料,这是一笔十分珍贵的第一手材料。他说:"这些技术和经验,一时半会儿是不可能消化的,带回去研究,为我市下一步的建设提供参考。"

群星建设集团三十万平方米的援建工程,几乎全部采用钢结构建筑技术建造,这很有特色。不管在抗震能力、建筑成本,还是建设工期上,崔奕铭认为都是最优选择。整个援建工程,可能有望提前半月完成。最让灾区政府和人民群众看好的是,太阳能技术的应用,不仅节能环保,同时还减轻了灾区人民的家庭经济负担。

他们在建设工地上查看了一圈,坐在一棵大树下临时休息。贾星和徐志钢也来了,他俩搬了一块大石头当板凳,贾星问大家说:"你们都是专家,看了整个援建工程,给我们提提意见吧,也好在第三期工程建设中改进改进。"

大家畅所欲言,说的都是好的经验和做法,也提出了一些问题。崔奕铭说:"你们就没发现钢结构的问题?我不信。"

贾月辰同身边的几个人交头接耳一阵,她说:"问题是有,但不关全局,最突出的可能是油漆和涂料。第一期工程才不过一两个月,就有明显的表现。"

"算你有眼力。"崔奕铭说,"我们都是摆弄建筑的,传统的油漆建筑材料不适合钢结构建筑。"

"说得好,批评的对,到底是吃这碗饭的专家。"贾星指着几个年轻人说,"后生可畏呀。这些意见,对蟒河市大剧院的建设非常珍贵。一般民宅,不管咋说都过得去,可大剧院的建设就不行,那是精品的工程,是形象工程。我建议你们回去后,也像这样认真地为大剧院工程作一次方方面面的会诊。"

崔奕铭笑了起来,他说:"贾董事长,就你脑子好使,把整个大剧院工程过过细,这得花多少时间和精力啊!那事是监理公司的事,我们可做不来。"

"你啥时候也学会斤斤计较了,群星集团啥时候亏待过建设局和你崔总了?你说来我听听。"

"你看,把问题说偏了不是。"崔奕铭说,"蟒河市至今还没有一片钢结构民宅小区,我们想在这里认真总结你们的援建工程,看能不能把这些经验搬到蟒河建设上去。"

贾星一听崔奕铭的这个想法,便从石头上站了起来,他说:"这里的工程半个月就能完工,我正想着这个事情呢。老伙计,我们联手干吧,这是个好主意。"

崔奕铭摆手让贾星坐下,他笑着说:"急啥?八字还没有一撇的事,不可揭锅太早,否则一锅夹生饭。这要看这次考察报告和工程分析报告,等我们掌握了科学依据时,条件才算成熟。"

贾星没有坐下,他转身指着一期、二期工程说:"这可是国家建设部专家组检验、认证过的,我们有合格证书。"贾星是认准这条道了,他认为没有什么好论证的,市建设局同意也好,不同意也罢,他说他回去就给政府写报告,在蟒河市率先建设一片钢结构民宅小区。

崔奕铭见贾星的牛劲上来了,有意跟他抬杠,"这得看考察报告情况,谁说都不算,让事实说话。"

贾月辰笑着说:"爸,崔总都把报告草拟好了,你还蒙在鼓里呢。"

贾星看了看崔奕铭,又转身看了看坐在周围的这群骨干小伙,大家故

第十六章 援建英雄

作一脸严肃样，贾星恍然大悟，他笑着说："逗我干啥呀，我又不犯傻。"

大家终于忍不住哄地笑起来，崔奕铭哈哈大笑着说："拿你寻开心呗。"

援建工程仓库现成的门窗不多了，贾星很着急，这样下去怕是要拖整个工期的后腿喽。他们正在商量着解决问题的办法，贾月辰便打电话过来了，"爸，年新立的车队在十公里处抛锚了，让派车去现场看看，万一有什么事情，我好协调解决，省得电话过来电话过去的。"

贾星说："这样也好。门窗一到工地，通知安门窗人员连夜加班，把丢失的时间抢回来。"

赵欣然点头说："行。"说着他便朝车队方向走去。

群星建设集团援建工程进入冲刺阶段，恰逢阴雨连绵。南方就是这气候，进入秋天，雨就密了起来。灾区有几处大滑坡，公路被阻断好几天了。崔奕铭他们想走，几次都没有走成。于是，他们索性再待几天，把要整理的资料、报告一并整理好了再走也行。

群星集团援建的最后一处工程，是一栋小高层建筑，要是放在天晴时，大楼主体工程早就完工了。即使在这样的天气条件下，建设者们仍然克服困难，下小雨时穿着雨衣上高架。大雨来了，便下来躲一阵子。雨衣穿在身上，干活不得劲不说，还特别碍事，不是手伸不起来，就是雨衣下摆被什么挂住、勾着，工效不高。

下面的工人也不轻松，地面泥泞。黄土地被夯实后，大雨一浇，路面特别滑，就像抹上了一层油，重车遇到坡路，四轮打滑原地转圈，根本爬不上来，需要许多人拿铁锹往车下撒碎石块，为重车铺路填坑，很费事，又很危险。

高架起吊车在小高层高的空间中，视线不好，雾霭里一片模糊。操作人员看不见指挥员的手势，东西南北每每发生错位，悬吊在空中的钢架梁落不到恰当的位置上去，就只能那么悬着，等着雾霭被风吹开再操作。

贾星和赵欣然在工地来回跑了两遭，"这怎么行呢？"贾星抬头看了看天空，黑云成团，没有晴天的意思，他说："把徐洪刚、徐志钢叫来，我们一块儿合计合计。"

不一会儿工夫，五六个穿着雨衣的人过来了，雨衣下面只露着一张脸，等人走近才能看清楚他们的面容。是徐洪刚、张总经理、徐志钢、年新立、姬勇斌，还有一名工程技术人员。贾星朝他们说："这么巧呀，都到齐了。好吧，我们就在这里研究，大家说说……"

贾星话还没说完，突然脚下有强烈的晃动，还有放在高层架子上的物品从上面掉下来，砸在钢梁上的撞击声，"哐当、哐当"地一路向下敲击着滚落下来。赵欣然高声喊着："小心！地震！"几个人迈着箭步向响声发出的落点冲了过去。

贾星站在原地没有挪步，他朝人们跑去的地方看着。谁都没有注意到身后的高架起吊车，车身在地震中摇晃了一下，便发生了倾斜。徐洪刚本打算奔向物件落点的地方，刚跨出两步，见赵欣然他们奔了过去，便停下脚步，转身想对贾星说什么，突然发现贾星身后的吊车在倾斜，来不及喊出声音，说时迟，那时快，他以迅雷不及掩耳之势，飞身扑向贾星，一把推在贾星的胸口上。

贾星不知发生了什么事，跟跟跄跄地被推得向后退去，一个屁股墩坐在了水泥坑里。只听见"轰隆——哐当——"几声巨响，一座庞大的吊车架子砸在地面上，泥浆四溅，贾星大叫一声便昏了过去。

赵欣然、年新立闻声赶过来，眼前发生的景象让他们惊呆了，赵欣然撕心裂肺地叫喊起来，"董事长！""快来人啊！""徐总！徐洪刚！"……人们手忙脚乱，奋力搬动着倒在地上的吊车，五六个人根本掀不动这个庞然大物，有人在大喊大叫道："快来人啊！快来人啊！"

天空电闪雷鸣，大雨如注，吊车架下浸出了一团鲜红的血水。从四面八方跑过来的工人在赵欣然的统一指挥下，一鼓作气抬起了吊车架。年新立把贾星拖了出来，赵欣然、徐志钢钻进车身，把徐洪刚给拉了出来。鲜红的血液，在地下划出一条长带子。人们大声喊着徐洪刚的名字，事故现场乱成一团，叫声哭声咒骂声呼天号地。

几名医务人员背着药箱，在瓢泼大雨中迎面跑来。

徐洪刚的心脏停止了跳动，头颅砸开了，整个后背被吊车架压扁了。贾星昏迷不醒，右下肢小腿至脚面被铁架砸扁了，灾区医务所无能为力，只能做止血处理后进行简单包扎。医生摇头说："伤腿保不住了。"贾月辰伏在她爸身上哭得像泪人似的。

年新立紧急调来一辆面包车，联系了几家医院都说过不来。暴雨倾盆，河水暴涨，淹没了一条公路，再加上东西两个方向的山体滑坡，伤员都被困在工地上。年新立一连打了十几个人的电话，告诉了他们，灾区援建工地上发生的事，胡敏、宋星、姬丹枫、李永刚、二北都在第一时间获知了这个不幸的消息。

第十六章 援建英雄

胡敏对宋星说:"你在家留守,我抓紧时间赶过去。"

宋星说:"家里的事交给姬丹枫、张秀琴她们,我和李永刚陪你赶过去。"

钢结构厂、钢研究院听说董事长重伤,徐洪刚牺牲,一下子便炸开了锅,高级研究员、高级工程师、技术人员和车间主任,噼里啪啦扔下手里的活儿,乘车赶到建设集团总部。大楼里到处都是人,他们大声嚷嚷着要求赶过去,有很多人卷着衣袖大声喊道:"我和董事长血型相同!""我也是,我们都是O型血!"

特别是群星钢结构厂的总工程师、车间主任和工人、技术人员,他们悲痛万分,他们要去看看徐总,要送送徐总,他们悲痛地说离不开徐总。

宋星从来没有遇到过这种场面,如果不答应他们去吧,在情感上是说不过去的。一旦答应他们的要求,灾区援建指挥部没有这个接待能力,吃喝拉撒睡都是问题。再说生产任务这么忙,停产谁负责。宋星、胡敏、姬丹枫、张秀琴和李永刚碰了碰头,力求拿出一个解决问题的方案出来。

张秀琴神情沮丧,她说:"人肯定要去的,关键是去多少。要给大家解释清楚,出了这么严重的事故,大家心里都难过,但条件不允许我们都去呀。我看这样吧,钢结构厂给徐洪刚设灵堂,供干部、员工寄托哀思。同时,集团向政府写报告,追认徐洪刚烈士称号,他是英雄。"张秀琴头脑十分冷静,处变不惊,她的建议得到了大家的同意。

"老宋,"胡敏说,"钢结构厂选二十名代表,护送徐洪刚的爱人、孩子去灾区。在家的副董事长留姬丹枫、张秀琴主持工作外,副总经理以上的领导都得去。徐洪刚不仅是抗震救灾的英雄,更是我们集团的骄傲,大家都舍不得他走啊。"

宋星通知集团办公室主任,让他同火车站联系,把情况讲清楚,请求支援,预定一个卧铺车厢。办公室主任说:"二北他们正在火车站谈这事,刚才来电话说,站长在请示,争取能挂两节卧铺车厢。"

宋星刚挂断电话,胡敏的手机铃声响了起来,电话是小北打来的,她说:"胡董事长,周副市长亲自到车站来了,今晚七点二十分有车直达灾区,周副市长说他要亲自去。"

"有多少座位?"

"站长说尽最大能力满足我们的要求。"

"谢谢你,小北。我们这就通知下去,七点二十分准时上车出发。"胡敏把小北的电话内容告诉大家,"我们分别通知人吧。"

李永刚说："先列个名单，让办公室和二北去做这个事。现在我们去大会议室向工人同志们做解释工作。实在是做不通工作的人，要求去就去吧。"

宋星、姬丹枫、张秀琴在员工中有威望。关键时刻，群星建设集团的干部、员工，是通情达理的，他们以大局为重，听从领导们的安排。对在钢结构厂为徐洪刚设灵堂，工人师傅们举双手赞成，他们纷纷表示要为徐洪刚守灵。

在钢结构厂的灵堂大厅，前来悼念的队伍排成长龙，哭成一片。他们千呼万唤着自己的总经理，悲情汇成一句话：徐洪刚一路走好。

胡敏、宋星一行人，在当晚七点钟登上火车，便碰见周晟俊，他紧紧握着胡敏的手，心里涌上千言万语，但他一句话都说不出来。周晟俊向胡敏、宋星介绍了他身后的两位骨外科专家，"这是市政府请来的，特意赶去灾区援建工程队为贾董事长诊断、治疗。"

胡敏万分感激，她同两位专家握手，不停地说道："谢谢！谢谢了！"

周晟俊在宋星、胡敏的陪同下，看望了徐洪刚家属。徐洪刚的爱人叫婉香，是位家庭主妇，他们的儿子叫徐军，在读大学，已是大二的学生了，长得跟徐洪刚一个样，一副男子汉的气质。他搀扶着母亲婉香，感谢周副市长的关心。婉香眼睛哭肿了，身体显得很虚弱，没有一点儿精气神儿。儿子徐军抱着她的膀子，给她最大的安慰。

地震灾区抗震救灾援建指挥部为徐洪刚设了灵堂，群星集团的工人们，用松枝翠柏捆扎了一道悼念墙，无数朵洁白的花上写着悼念人的名字。徐洪刚的遗体安放在灵堂中央，鲜花翠柏簇拥在他的周围。徐洪刚身着崭新的群星钢铁工人的服装，殡仪化妆师为他整了容，面部表情依然安祥。

贾星躺在病床上，他非要让人把他抬到灵堂。贾星说："我日夜在这里陪着我的兄弟，在最后这几天的日子里，我要和洪刚兄弟说说话。"贾月辰没办法，只好依了他，在灵堂大厅旁置了一张床，同医生护士一道守护着他。

周晟俊和群星建设集团的工作人员们，风尘仆仆，赶到群星建设集团援建指挥部，胡敏来到贾星跟前，紧紧握着他的手，泪流满面地说："老贾，你受苦了！"贾星故作轻松地笑了笑，劝她别这样，要坚强。他虚弱地说："没事的，徐洪刚为灾区人民付出了生命，他是真正的英雄。"

"老贾。"周晟俊用力握住贾星的手说，"对不起，我们来晚了，当初

第十六章 援建英雄

我真不该回去开会。"周晟俊听到援建工程事故的时候，就在想，如果他在现场，是否会避免这场灾难的发生呢？在那么恶劣的气候条件下，他会制止的，他不会同意他们在大风大雨下工作。一期、二期工程就遇到过这种天气，都是他出面干涉。周晟俊想，现在说什么都没有用了。他让两位骨科专家立即给贾星诊治，不能再耽搁了。

两位骨科专家检查了贾星的伤情，一致意见是截肢。小腿已经腐烂，骨头砸成了无数细小碎块，皮肉压成了血浆，如不尽快手术，怕是有生命危险。贾月辰哭着闹着不让截肢，她求医生想办法保住爸爸的小腿。她说："医生，我爸是一个建设者，他不能缺了一条腿啊！"她阻止母亲在手术书上签字，很多人劝她都没有用。她说："我要陪他去北京、上海各大医院去，爸爸不能没腿呀。"

胡敏心里发怵，拿笔的右手签不下这么沉重的字。

年新立从来没有在贾月辰跟前说过重话，这回他们对这件事吵得不轻。年新立说："你是要爸爸的命，还是要爸爸的腿！你是个有文化的人，孰重孰轻你不知道吗？"

贾月辰也在气头上，她说："不是你爸，你不心痛！你咋就知道保不住呢？"

"这不是感情用事的时候，要尊重科学！"

"不行！就是不行！我明天就带爸爸去北京！"

"来回折腾又要好几天，不但保不住你爸的腿，恐怕还要害了你爸的命。我坚决不答应！"

"他不是你爸，你没有权利答应不答应！"贾月辰朝年新立吼叫着，她一边同年新立争吵，一边收拾着行装。

"月辰，我可告诉你，"年新立很平静地说，"他是不是我爸，这不重要。可他是群星的董事长，是我们群星的主心骨。就凭这条，我就得管。我们大家都得管！"

就在贾月辰和年新立关着门争吵的时候，贾星已被推上了手术台。两位骨科专家把利害关系说给了周晟俊、胡敏听。周晟俊让胡敏下最后的决心，贾星笑着对胡敏说："听大夫的。缺一条腿，不是还有你在身边嘛。"胡敏含着眼泪点头答应了。

贾月辰看见从手术室出来的爸爸，她目瞪口呆，冲上前去抱着爸爸的腿呼天抢地，她的头磕着床梆，双腿跪在地上，哭喊着爸爸。年新立把贾月辰抱在怀里,贾月辰悲痛地咬着他的肩膀,发泄着内心的痛苦。

在雨后天晴的那天,群星建设集团为徐洪刚举行了追悼会。赵欣然主持,宋星致悼辞,周晟俊代表蟒河市政府宣读了追认徐洪刚为"抗震救灾英雄"称号的文件,并向徐洪刚家属颁发了烈士家属证书。大北代表群星建设集团员工在追悼大会上发言,倡导开展"学习徐洪刚英雄模范事迹,弘扬徐洪刚英雄精神"活动。

徐洪刚烈士墓坐落在援建小区东侧的山头上,从那里可以俯看到小区的全景,英雄可以天天看见用自己的鲜血和生命换来的灾区人民的幸福生活。人民生活幸福,是对为此付出牺牲的英雄最好慰藉。在烈士墓四周,群星建设集团的工人们栽种了许多棵松柏,还在山腰间修建了一座英雄纪念亭,成为这片小区的一处自然公园。

前来参加追悼大会的群星集团的代表共有一百多人,他们都不愿意离开灾区,他们纷纷要求上工地,在英雄徐洪刚的岗位上干几天。"就让我们替徐洪刚干一阵子吧。"有人苦苦向赵欣然央求着说道。更多的人没有说话,他们戴上安全帽,拿上工具,攀登到钢梁铁架上,埋头苦干。

周晟俊来到建设工地,他看到这个情景,感慨地说:"一个徐洪刚倒下去,千百个徐洪刚站了起来,这是什么精神?这就是英雄徐洪刚的精神。"

崔奕铭对周晟俊说:"我们来灾区考察这段时间,每时每刻都被群星人感动着。"

手术后的贾星还躺在床上,周晟俊考虑到灾区的医疗条件状况,决定带贾星回蟒河市。他就此事请示了强市长,灾区援建副指挥长的职位暂时由赵欣然代理。临走的时候,周晟俊向赵欣然作了工作上的交代。

贾星不愿离开,他放心不下这里的工作。赵欣然握着贾星的手说:"董事长,你安心养伤,这里的工作有我和年新立、姬勇斌、徐志钢,还有张总经理,我们一道商量着干。"

提到徐志钢、张总经理两人,贾星便想到群星集团董事会的决定,那就是将这里的金属结构厂、建筑公司几家单位重新组合,变成群星建设集团西南分公司。贾星说:"组合是大事,双方要坐下来协商好,达成一个协议。群星建设集团在援建地的所有设备等,一切归属于他们,不要来回搬运了。"

赵欣然点头说:"放心吧,我们会把此事办好的。"

贾星还有很多想法,腿受伤来不及去实施了,他对赵欣然、年新立说:"发挥群星建设集团的实力,以优质工程为品牌,你们要在西南灾区多申

第十六章 援建英雄

报援建项目，只有这样，才能发展群星西南分公司。这事靠你们了！"

来接贾星的救护车停在大门口，为贾星送行的人站了一大片。贾星在担架上抬了抬头，他环顾着周围一个个熟悉的面孔，向他们挥了挥手，高声喊道："同志们，再见了！祝你们一切顺利！"

大家都向贾星告别，"再见！董事长！""再见！""一路平安！"大伙高声向贾星祝福，救护车载着祝福，驶在崎岖不平的山道上。群山翠绿中，公路像一条飘带，伸向远方，伸向一座又一座高山的那一边。

群星建设集团援建工地，机器轰鸣，人声鼎沸。高架起吊车伸出巨大的手臂，把一件件钢铁组合物体，举到空中。几百把焊枪哧哧嚓嚓点在钢架上，火花飞溅，像是献给灾区人民的礼花，一座座建筑在礼花里拔地而起。

人们远远望着一座钢结构巨型框架，高耸入青天，就像英雄徐洪刚威武高大的身躯，将世世代代镌刻在灾区人民的心间。灾区人民后来把这座钢结构大楼命名为"洪刚大厦"。

徐洪刚永远同灾区人民在一起。

徐洪刚永远长眠在这块英雄的土地上。

第十七章　真金火炼

贾星在蟒河市第一人民医院住了大约一个月，便拄着拐杖站了起来。因为没有用过拐杖，这给他的行走带来了极大的不便。胡敏让他用轮椅车代步，同时打算请个保姆，帮忙料理他的生活。贾星又是摇头又是摆手的，他说："哪有那么娇气呀？穷孩子出身，又在建筑工地上摸爬滚打了大半辈子，啥苦没吃过，又有啥苦不能吃哟！"

从灾区援建回来的人都来看望他，还送来一盆黄土，栽种了一株高山杜鹃花。"春天到来之时，它会绽放出美丽的花朵来。"送花的工人说，"这是对那段日子最好的纪念。"

蟒河市召开了灾区援建工程庆功大会，三十多位一线建筑工人被评为市级劳动模范。赵欣然、年新立、姬勇斌等人被评为先进工作者，同时受到表彰的还有大北、小北率领的那支团队。贾星因在医院接受治疗，所以没有出席这次盛大隆重的庆功。刚出院那天，他就被二北他们接到了群星建设集团博物馆，二北把收集来的珍贵资料、实物，精心设计布置了一个展厅，供建设集团和全市人民参观。

贾星拄着拐杖，肃立在徐洪刚的大幅照片前，那是一张他在工地的照片。照片上的徐洪刚穿着工作服、头戴安全帽，满脸笑容。贾星对他的这副模样再熟悉不过了。大北说："这是一位技术员偶然抓拍到的。"

贾星突然问道："婉香的事安排得如何了？"

小北说："按照你的指示，早已落实好了，在服务总公司当保管员。

第十七章 真金火炼

孩子大学读书的一切费用都已经落实。"

"你们还要多关心孩子的学习，让他感受到我们大家庭的温暖。"

小北过来搀扶贾星，她说："我们一直在和他联系，孩子坚强，像徐总。"

贾星看完整个展厅，对二北的工作给予了充分肯定，他说："我们没想到的事情，被你们想到了，并且做得很好，很有意义。我看这个展厅应该是永久性的。这是群星集团的历史。"

贾星回到家，就听到贾月辰同她妈胡敏在大声说着贾日辰的事。胡敏在厨房做饭，贾月辰坐在客厅的餐桌上剥着蒜瓣。胡敏的声音从厨房传出来"叫你不要给他说，你非说不可，何必让你弟弟在国外分心呢？"

贾月辰很有点情绪，她认为这事没有做错。"这么大的事能瞒得过去呀，迟早他都会知道。打个电话过去说说，我看错不到哪里去，让他有个思想准备。"

胡敏用锅铲重重地敲着炒菜锅说："他听了还不急坏了呀，思想准备有必要，但你也得跟我们事先商量一下，我看你弟八成在国外待不下去了。"

贾月辰说："我让他抓紧办手续回国，在国外那么多年了，早该回来了。"

"我是希望他博士毕业，再实习两年，这样更能检验他自己。"

"群星建设集团更能锻炼人。"贾月辰说，"什么都比不上国内的实际锻炼。"

贾星进门时咳了两声，胡敏和贾月辰便中止了对话。贾星是小北送回家的，小北在门口没有进屋，因为下午还有一场展览解说，她必须赶回去。贾星见胡敏和贾月辰不谈这个话题了，便主动开口说："月辰跟她弟弟说了就说了吧，反正说出去的话，也收不回来了，回来也好。"贾星拄着拐，在客厅的沙发上坐下又继续说："趁我们还能干几年，带带他也有好处，你我都老喽。"

胡敏笑了起来，"你现在正视现实了，你不是说自己还年轻吗？好，好，听你们的，你们咋说都是理。"

贾月辰不爱听这话。她噘着嘴说："是理不是理，我管不着。反正爸的伤得告诉日辰，他该有知情权。"

胡敏当然懂得这个道理，但道理从贾月辰嘴里说出来，让她感觉有些变味，好像有气往她身上撒似的。这孩子从小就给宠坏了。所以，胡敏也没有客气话，"我还不至于是武则天吧，一手遮天，封杀你们的知情权。"她说着便朝卧室走去，随手砰的一声把门给带上了。

贾月辰伏在饭桌上,吐了吐舌头,装做被吓着了似的。贾星指指贾月辰:"你去把你妈叫出来,吃饭是第一要务,肚子真有点饿了。"

贾月辰起身走去敲门,她叫了声妈,说:"爸饿了,爸问这饭啥时候吃。"贾月辰把她爸抬出来,这一手可管用了。

胡敏开门说:"咋不吃饭呢,菜都炒好了。"说着,便出了卧室门,来到客厅。

贾星费力地从沙发上站起身,对胡敏说:"日辰回来,你咋安排的?"

"博士生有通病,实践经验不足,我想最好是跟赵欣然到项目部去锻炼。"胡敏起初不是这样想的,她让儿子去机关,这样可以更多地了解整体性工作。后来她和贾星进行了一番争执之后,却改变了自己的想法。

贾星完全同意胡敏的意见,"这很好,从基层干起,着眼长远。"贾星没有使拐杖,他是用单脚跳过来的。

胡敏看见贾星这种状况,突然想到有一次在火车上碰见上海骨科医院吴教授的事来。"你这个样子让儿子看见,肯定会难受的。我倒有个建议,就是在日辰没回来之前,去上海安个假肢,这样或许对日辰的打击要小得多,而对你的行动也会带来方便。"

"这能行吗?"贾星问:"就是在火车上你遇见的那个教授?这话他可是对张睿妈妈说的,是吧?"

贾月辰把盛好饭的碗递给她爸说:"怎么不能。我看体育频道,外国有个运动员接上假肢,还可以参加百米竞赛呢。再说这又不是什么现代高新技术,早就有了的。"

"好呀,这倒是个好办法,免得我在大庭广众下拄个拐。知道的人没啥,不知道的人真还以为我残疾了呢。"贾星吃着饭说,"一并把张睿妈妈带上,我俩一道去安假肢。"

胡敏见贾星同意她的建议,很高兴地说:"这回我又当回家,说了算。"她说着看了女儿贾月辰一眼。

贾月辰笑了,说:"皇帝永远都是皇帝。好吧,我就再当回臣民,陪爸爸走一趟。"

贾星被月辰给逗乐了,"什么臣民刁民的?你不用去,我让小北、大北去,他跟张睿妈妈有感情。不影响你上班。"

贾月辰说:"我和张睿家就没有感情了?你去问问张睿和他妈妈。"

胡敏理解贾星,他的意思是叫贾月辰筹备结婚的事。她说:"不去就不去吧，你和年新立的事，可以办了吧。"

"那也得弟弟和爸爸回来呀。"贾月辰说，"爸爸不回来，我咋能办这事呢。爸爸，你说是吧？"

贾星点点头说："丫头现在才开始懂点事了，算你知道养育之恩。"

"年新立那小子，不知是爱我，还是爱爸爸？你受伤的时候，我们为你吵了一架。他把老爸看得比我还重要。"

"这样的人是可以依赖的。"胡敏说道。

一家人在饭桌上一边吃饭一边说着话，小院外有人敲门。贾月辰"呀"了一声，说："可能是周悦。"说着便跑去开门。门外站着一男一女，贾月辰不认识，那男的肩上扛着一只鼓鼓囊囊的编织袋，样子像是挺沉的便问："你们找谁呀？"

门外女人笑了起来，她说："你是懂事家大丫头吧？长得真俊。"

贾月辰懵了，谁是懂事家的丫头，她说："你们找错人家了吧？"

扛袋子的男人急忙开口说："这是我家媳妇，不会说话。"他朝老婆说道："什么懂事不懂事的，是董事长。"

女人哈哈大笑着："硬是记不住，是董事长，懂事那个长。"

贾月辰感觉同他们对不上话，说起话来有点风马牛不相及。她干脆不说了，让他们进家来。男人扛着袋子朝里冲，女人跟在后面小步跑，样子挺滑稽。贾月辰伸头向外看看没人了，随手把门关上。

"贾董事长！"扛袋子的男人大声喊着。

贾星拿着身边的拐杖准备起身，男人放下口袋，一个箭步向前把贾星给扶了起来。"刘有才！"贾星高兴地说："怎么是你，吃饭了吗？"贾星向胡敏、贾月辰介绍了刘有才。胡敏、贾月辰知道刘有才，那个农民机修工。

刘有才的媳妇进屋有些拘束，她也跟着叫了一声："懂事长。"她不说贾字，为这事同男人争吵过，懂事是真懂事，不是假懂事。男人说人家姓贾。女人固执地说姓假也不能喊，俺一辈子都不喊，看你把俺怎么样。

贾月辰笑了，她这才搞清楚是怎么回事。"董事"跟"懂事"在这个女人那里变成了一码子事了。她想到刚才这女人说她是"懂事家的丫头"，便忍不住大笑起来。贾星问贾月辰笑啥，贾月辰笑着摆手说："没啥，没啥。"

刘有才知道贾月辰笑的是啥，他说："董事长，是我家媳妇闹笑话了。你跟她就是解释不清楚，'董事长'和'懂事长'不是一回事。"

贾星糊涂了，他问道："什么'董事长'和'董事长'不是一回事？

就是一回事。"

哈哈哈，刘有才的媳妇笑着说："是吧，俺说是一回事，他非说是两码子事。现在懂事长都说是一回事了，你还有啥话可说呀？"

胡敏琢磨出来了，女人说的"董事长"不是"董事长"，而是"懂事长"。胡敏把话说出来，贾星更摸不到北了，他说胡敏是在绕口令，什么董事长不是董事长，而是董事长。说来说去还是董事长。

贾月辰听着他们的对话，笑得呵呵的。她抹了抹眼角上笑出的泪水说："爸，大嫂说的'懂事长'，是懂得道理的'懂'，不是监督管理的'董事长'。"

贾星这下子就明白了。他想这事很难给一个乡下女人解释明白，她不明白董事是什么，你咋解释呀，越解释可能别人越糊涂，干脆不解释，就按她的理解不是更好吗？董事长要做懂事的人，做明白人，才是老百姓心目中的董事长。

"我懂事吗？"贾星有意问刘有才媳妇。

"咋不懂事呀？"刘有才的媳妇说："那天到俺家去，说起孩子进城没学上，不能读书，你们扩建了群星小学，让俺家的孩子上学。了解俺家的心思，就叫懂事长。"她的话逗得大家又是一阵大笑。

"俺也要做懂事长。"刘有才的媳妇说："懂事长有腿伤，俺俩一听说，就急得不行。俺俩商量说，俺来家里当保姆，伺候你一辈子，俺也得懂事啦。"

贾星他们一家人都笑了，这位乡下的年轻女人，脑子好使着呢，简直就是在活学活用，刚才说的懂事，现在就搞了一个懂事理。贾星说："那怎么行呢？你家刘有才上班，还有两个孩子，你出来当保姆，家怎么办？孩子谁管呀？"贾星摆着手一个劲地说不行。

刘有才的媳妇不管这些，稀里哗啦地收拾起桌上的碗筷来。胡敏拉都拉不住。这女人动作麻利，三下五除二，不一会儿便把厨房给清理干净了。刘有才说他媳妇能干，又爱干净，今年三十六岁，正是伺候人的年龄，在家闲着还怕她闷出病来。孩子在群星小学上学，奶奶从乡下进城来了，家里闲人多，婆媳住在一起还不利于团结。大家一商量便过来了。

贾月辰为大嫂削了一个苹果，胡敏给刘有才倒了一杯龙井茶。贾月辰喜欢这位农村大嫂，人直率诚实不说，看长相一点都没有乡下女人的粗壮。虽没有文化，却很清秀。要是不说她有两个孩子，真还看不出来。贾月辰把削好的苹果递给大嫂说："你来家照顾我爸，我和我妈都放心了。大嫂，那就辛苦你了。"贾月辰自作主张，也不征求他爹妈的意见，便给定了下来。

第十七章 真金火炼

"月辰！"贾星说，"你刚才还臣民、臣民的，怎么一下子就成家里的大王了？我看你妈说得对，你骨子里就没打算做臣民。"

胡敏用手指戳着贾月辰的额头说："这丫头就爱自作主张，随意表态。我说有才呀，你家上有老，下有小的，还是回去吧，把孩子培养好，这是大事。"

刘有才笑着说："胡董事长，我们大字不识得几个，咋培养孩子？群星小学的老师了不得，哪能靠我们这几个字。再说我母亲六十不到，身体好着了。我妈自己说，要搁在以往搞集体的时候，还能抢个全劳力工分的哩。"

"我们家要啥保姆呀？我马上去上海住院安假肢，回来跟好人一个样。能走能跳，能吃能睡的，咋能要人来伺候呢？"贾星说着把桌上的茶端起来，递给了刘有才。

"懂事长！"刘有才的媳妇吃着苹果说，"你对俺家这么好，说啥都得报答你。你去上海住院，俺跟你去上海，给你洗衣、端水，这事我看俺妹妹说得好，我当保姆，省得她娘俩操心。"

贾星还想开口说什么，见刘有才的媳妇起身提编织袋，以为是她两口子送的什么东西。正想说几句客气话，没等话说出来又咽了回去。原来不是什么礼物，而是一袋衣物。刘有才家的说："我的换洗衣物都扛来了，我看先试一个月，不行你们可以退货。"

贾月辰看着爸爸的模样，坐在沙发上，前俯后仰着笑，她笑得上气不接下气地说："大嫂，试用期一个月，不叫退货，那叫辞退。"

刘有才的媳妇也爽朗地笑着说："都一样，俺就是那意思。"

胡敏被这两口子感动着。刘有才厚道，他家里的女人不是装出来的，乡下女人没有那么功利，这是她的一种感恩方式。胡敏说："好吧，留下来吧。董事长过几天去上海，你去当个护理员，我看一定称职。这活儿还真得由你来干，不然谁都干不下来。"

刘有才两口子高兴坏了，刘有才说："董事长不仅是我的领导，更是我家的恩人。不说孩子读书的事，就拿我来说，当个副厂长，每月领五六千，还有这奖那奖的，这事要是放在过去，我们想都不敢想。"

"别再提你那个狗屁副厂长！"刘有才的媳妇说，"懂事长呀，俺还没告诉你呢，当个副厂长，尾巴翘到天上去了，天天晚上到蟒河大学去上课。那大学是你去的呀？"

259

贾星听说刘有才去大学听课，很是惊喜。"这很好呀，机械修理仅仅凭经验是不够的，还要懂原理、性能和构造，有了理论知识加实践经验，才能取得进步。"

刘有才的媳妇一听贾星表扬他，就问道："你说这是好事啰？俺还以为他这是鼻子上插大葱呢。俺是怕他骄傲，出洋相多丢人呀。"

"有才呀！你把学到的知识用到实际中去，认真总结一套经验出来，就像中医郎中看病一样，一看二听三查四修，说不定能弄出个土专家呢。"胡敏鼓励着他。在工作中，她曾听一位工程师说到刘有才，说他那一套就连工程师都感到惊奇。工程师曾说，刘有才就是理论知识不多，要是有理论知识，能把他的经验表达出来，可以写几本书出来。他们把刘有才说得不好意思了，他坐在沙发上搓着厚实的手掌。

贾星家里有说有笑，两家人拉家常，越说越亲热。胡敏起身去收拾房间，刘有才的媳妇来家里，总得有个休息的地方，她问刘有才说："我还没问你爱人姓啥呢。"

刘有才的媳妇说："俺姓郭，大名叫银花，小名叫二妮，排行老二。这名是俺爹给起的。俺爹说俺娘真会生，一连带来两朵花，俺姐叫金花，俺就叫银花。"

他们正在说笑话，有人在敲门。贾月辰的手机也响了起来，一看是年新立打来的，就知道敲门的是他，"蟒河人念不得。说曹操，曹操到。"说着便跑去开门。来了几个人，崔奕铭、赵欣然在前，年新立在后，他们逐一进了小院。

崔奕铭进门便叫着贾星，"这段时间忙得也没抽时间来看你。"说着便向贾星走去，两人的手紧紧握在一块儿。

贾星说："今天咋有时间过来呀？"

崔奕铭指着赵欣然说："小赵约我来看电视节目，这不就来了。"

"啥节目呀，非得跑到我家来看？"贾星问赵欣然。

赵欣然急忙打开电视机，调到中央台。他说："今天中央台要报道灾区重建家园的专题节目，市政府电话通知了我们。他们心里都明白，灾区重建家园专题片，肯定要有群星建设集团的事，还在建设过程中，就上了几次中央台了。"

刘有才和郭银花见他们有事，便起身告辞。赵欣然说："刘有才难得来，坐坐再走嘛。"

第十七章 真金火炼

刘有才摆着手说不了，你们说正事吧。郭银花过去和胡敏打招呼，她说她走了，明天一早再过来。胡敏让贾月辰和年新立送送他们，开车快，也方便。

他们几个人出去了，崔奕铭、赵欣然便开始同贾星谈建筑上的事。崔奕铭说："从灾区援建工地考察回来，就有一个问题缠在心头。你受伤住院，我也就找不到人交换意见了。"

赵欣然向贾星、胡敏汇报了崔奕铭的想法，那就是他们想把群星建设集团在灾区援建工程的经验搬过来，在蟒河市建几个钢结构住宅小区。

"老贾。"崔奕铭说，"蟒河市直到现在都还没有一处钢结构住宅小区。大剧院落成后，肯定会引来全国各地的考察、观摩团，如果能建几处住宅小区，那不是更完美了？"

贾星非常赞成崔奕铭的设想，他在灾区援建工地上望着一片片钢结构的民居大楼，心里就琢磨这件事。一个一辈子从事建筑的建设者，拿什么留给我们的后代。他想到成院士曾经讲过的一件事：一个美国建筑大师，到中国南方的一个城市参观，他指着一座座高楼大厦，嗤之以鼻地说，我们留给后代的是钢铁，而你们留给后人的，只不过是一堆垃圾。贾星每每想到这，脸上就发烧。他何曾不想给后代留下可再循环利用的钢铁呢？谁愿意给后人留下一堆垃圾呀。不是科学技术跟不上嘛，还有就是决策层的理念。贾星着眼发展钢结构建筑，苦口婆心地去说服决策者。然而，人们的传统观念总是那般的根深蒂固，险些把大剧院这类的工程扼杀掉。贾星知道，要在蟒河市发展钢结构建筑事业，单凭群星建设集团单打独斗是不行的。一个民营企业，毕竟人微言轻，只能是听命于人，现在有市建设局崔总工程师的支持，钢结构建筑事业便能在蟒河市大力推广、快速发展。人同此心，心同此理。贾星终于找到了知音。

中央电视台的专题节目开始了，他们静静地观看着。

贾星看后感觉这个节目制作得很内行，特别是记者撰写的解说词，像是专业人员搞出来的，"谁这么了解钢结构理论原理呀？"贾星问赵欣然。

"是你家胡高写的解说词，为写这个东西，他缠了徐洪刚好几个晚上。"

"那小子还真有点灵气。"贾星说。

崔奕铭对中央电视台的这个报道也很满意，这无疑是给钢结构建筑做了一期广告。他想还得找找电视台，把这个专题片复制下来。这可是最有力的资料，将来给市政府写报告，可以把它附在后面。崔奕铭目前正在着手规划城南新区，中央提出加快城镇化建设步伐，蟒河市根据国家的要求，制定了城镇化建设发展战略。他的指导思想很明确，城南的建设以钢结构建筑为主，看能不能搞一个示范区。崔奕铭把这个想法说给贾星听。

贾星说："这太好了。群星建设集团一定要拿出最佳的设计方案，采取最先进的施工技术，在城南实现我们群星建设者的心愿。"

崔奕铭见贾星这么有信心，打心眼里高兴，他摆着手说："现在八字还没一撇呢。先搞规划，然后审批。这里面还有漫长的路要走，不是说干就能干的事。现在最关键的问题是，先说服决策层，让他们拍板。"崔奕铭突然想到一件事情，这事是听他的一位在省城的同学说的，真假还不知道，但他还是告诉了贾星，"听说周晟俊要当市长了。"

赵欣然问道："强市长要调走吗？"

"是。可能是当市委书记。领导层的变动谁也搞不清楚，都是些小道消息。"崔奕铭看着贾星笑笑，"现在只要风吹草动，小道消息便满天飞，民间组织部有时猜得很准呢。周晟俊对城市建设这块熟悉，是个行家。当然，他能当市长，蟒河市的城镇化建设肯定会迎来一个快速发展期。"崔奕铭的分析有道理，大家都了解周晟俊。

贾星认为不管形势如何发展，先做好准备是很有必要的。他多次说过，机遇是给有准备的人提供的。一旦条件成熟，拉上去就能干事，这是很重要的。贾星对坐在一旁沉默不语的胡敏说："建筑设计要跟上，灾区援建工程的设计比较单一。我刚才看电视画面时，就有这种感觉。"

胡敏说："你的感觉是对的，当时任务重，时间紧迫，很多都是重复设计，没有多大变化，楼与楼像孪生兄弟。没办法呀，条件不容许我们多想，也来不及多想。三个月能干出这个工程，很不错了。"

赵欣然说："西南分公司的徐志钢、张总经理来电话说，我们申报的承建项目有望得到批复。他们说承建项目可能要大大增加，他们问是接还是不接？"

贾星说："糊涂，怎么不接呢！告诉他们接得越多越好。群星建设集团有实力，也有能力承建所有工程。说句内心话，灾区重建家园，是我的另一个心愿。群星集团要把最优质的工程，奉献给灾区人民。"

胡敏语重心长地说："赵欣然，有时间你还是去看看，遥控指挥会带来诸多问题的。"

"好。这事我知道。等我把手里的事忙出个头绪就去。"赵欣然答应到。

第十七章 真金火炼

"宋星那头怎么样了？"贾星问胡敏。

崔奕铭插话说："我昨天去看了一下，主体工程全部峻工，他们正在抓紧装修。工程宏大，听监理部门的人说是个优质工程，宋星都瘦了一大圈。"崔奕铭是以赞扬的口吻说话的。贾星吃了一颗定心丸。

崔奕铭接着说："在适当的时候，我们将组织召开一次灾区援建工程的研讨会，从方方面面总结你们的经验。主要还是为城南开发建设服务，新区要搞综合体的城市建设模式，居住、服务、商业、教育、卫生、文化和交通等，功能要齐备，大约是三十万人口的发展规模。"

赵欣然一听，兴奋得摩拳擦掌。他分管工程项目工作，有职业习惯，在好利跟前，有些按捺不住。他扳着手指头对崔奕铭说："钢结构研究院、群星建筑设计院、钢结构总厂、门窗总厂、钢结构建筑公程公司、太阳能公司，还有市政工程公司，有实力的单位一起上，一两年便可打造出一片新城区！"

大家看着赵欣然着急的样儿，实在是忍俊不禁了。

贾星在去上海骨科医院之前，召开了群星建设集团董事会。由于会议议程太多，董事会一连开了两天。贾星就群星建设集团近年来的工作作了系统的总结回顾，提出了三年发展规划，目标是建设成为全国一流的民营建筑集团企业，在进军全国五百强企业的基础上，冲刺世界五百强。贾星的讲话鼓舞人心、令人奋进。

宋星全面介绍了蟒河市大剧院的建设情况，并总结了钢结构大型建筑的经验。

姬丹枫汇报了蟒河市世界门窗城的建设规模，整体建筑在明年十月竣工。

年新立把筹备世界门窗博览会暨学术研讨会情况向大家作了汇报。他说："明年春暖花开之时，蟒河市将举办一次世界性的门窗盛会。"

李永刚在会上告诉大家，群星市政工程公司承建的一百公里高速公路，已通过国家验收，优良率达到百分之九十五以上，公司还被国家交通部确定为质量信誉单位。

群星大酒店即将落成，酒店管理人员和服务人员培训已结束。

徐校长代表群星小学参加了会议。在会上介绍了群星小学的教学改革以及灾区孩子们的学习、生活情况。灾区孩子已走出阴影，进入了正常的生活状态。群星集团的子弟给予他们无私的帮助，表现出小主人公的优秀品质。这一切充分说明，群星集团的员工对子女的教育方法得当。半学期市教育局组织专家考评，群星小学各项指标名列第二，道德品质分值全市最高。徐校长的汇报，博得了一片热烈的掌声。

贾星代表群星建设集团感谢徐校长和全体教职员工付出的心血和汗水。他说："我们一定要把群星小学建设成为一座好学校，让我们的子孙后代在德、智、体各方面得到发展，把他们培养成为祖国需要的合格人才。"

大北紧接着徐校长的话题，报告了社会为灾区孩子募捐经费开支使用情况，除了一些必要的生活设备开支之外，经费几乎没有使用。他提议从中拿出一笔钱，作为张睿妈妈在上海骨科医院的治疗费用。大家对此事都表示赞同。

西南分公司的徐志钢、张总经理介绍了分公司的发展情况。徐志钢说："国家援建工程项目很多，初步同群星建设集团签订的协议是：五所中小学校、两所养老院、三所卫生院和一个工业园区。建设要求是，全部实施钢结构标准化建筑。正式合同下个月必须签订。"

贾星说："好啊，这说明我们群星建设集团的援建工程得到了灾区政府和人民群众的认可，那么，我们就再接再厉为灾区人民搞好服务，把最优秀的建筑工程献给那一块土地。"

胡敏说："灾区建设走到我们蟒河市的前头去了，在蟒河市还没有这么大规模的钢结构建筑啊。这说明灾区人民尝到钢结构的甜头了，而我们也要努力拓展蟒河市建筑工业化的规模，加快钢结构建筑开发的进程。"

"给我们子孙后代，留下一幢幢可循环利用的绿色环保建筑，这是我们建筑人的心愿。"贾星说，"让我们为这个目标奋斗共同努力！会议之后，各个部门按照会议的决定，把各项工作任务落实好，年终要见成效。"

散会后，大家都来与贾星握手，祝愿他上海之行一切顺利。贾星拄着拐杖说："争取能把这东西给扔了，行动起来也自由些，你看现在多费事呀。三条腿，还不如你们两条腿管用。"贾星不想把气氛弄得太沉闷，有意大声同大家说着笑话，想用乐观的情绪感染大家。

不管贾星多么乐观，大家看着他，内心都是沉重的。大家都向他道一声珍重，手握得紧紧的。

贾星在大北的搀扶下走向飞机旋梯，郭银花背着大包，提着旅行箱，跟在后面。小北和贾月辰推着张睿妈妈的轮椅，胡敏、黄小阳为张睿妈妈提着行李。黄薇娜挺着大肚子，老是跟不上趟，没有进入候机室，她站在广场上，等待飞机起飞。李永刚擦着轿车的挡风玻璃，叫她去车里等，看她老是站着怕累着她。

上海市骨科医院知道贾星和张睿妈妈来院治疗，非常重视。院方还派出一名医生和一名护士去机场迎接，他们举着一幅横标，上面写着：欢迎抗震救灾重建家园的英雄！欢迎灾区英雄的母亲！

贾星一行几人走下飞机，受到贵宾的礼遇。他们把贾星和张睿妈妈抬上救护车，一路风驰。郭银花紧贴着贾星的座位坐了下来，对面是大北和小北。郭银花和他俩都熟悉，是他们把"懂事长"带到她家去的。郭银花内心对他俩充满了感激之情。

小北和大北看着眼前的这位农村大嫂，感动得说不出话来。

郭银花怕花钱，坚决不住宾馆。总不能这样在医院待着吧，这不是办法，又不是一天两天的事。大北想出了一个主意，他自己去上海同学家住。这样一来郭银花该不心疼了吧，反正房钱是付了的，她不住也退不回钱来了。小北给大嫂解释了好多遍，大嫂才答应了。

上海一行，小北和大嫂相处得像亲姐妹一样。

贾日辰从德国回来了。他事先没给家里人说，想给他们一个惊喜。在路上他便设计好了，谁都不喊，不吭气地往家里一站，保证家里人一个个都会惊呆。

贾日辰来到家门口，按了下门铃没动静。又拍了几下，仍然没有反应。于是，他便对着门缝大声朝里喊，没人答应他。贾日辰明白了，大家都上班去了，这让他有些扫兴。怎么办？总不能在门口傻站着。贾日辰干脆提着大包行李，在路边要了一辆出租车，直奔姐姐单位。

建设局门卫拦住了贾日辰，保安询问贾日辰找谁？有什么事？在什么单位工作？事前有没有预约？是公事还是私事？贾日辰觉得有意思，回国到家先遭到一连串的盘问。表面上看是保安对工作负责任，可是这事如果发生在德国，这位保安已经违法了，贾日辰完全可以起诉他。但这毕竟是中国。

贾日辰没有理会保安，在保安盘问他的时候，他正在取背上的背包，左手的行李箱放在门卫室的条椅上，右手的旅行包放在一张方桌上。背上的大背包没地方放，干脆往值班人员的小床上搁。保安急了，一个劲地向贾日辰嚷嚷，弄得好几个在外面巡逻的保安冲进来。

"干啥！干啥！"一个保安指着贾日辰的大包小包说，"出去！出去！

这里不能放东西！要上访，前面就是市政府。"

贾日辰笑了，"我不是来上访的，是来找人的。"

一名大个子保安，上下打量着贾日辰说："看你就不像上访的，找谁呀？"

"我找贾月辰。"贾日辰解开手腕上的手表带，刚才放行李的时候，把手腕咯了一下，他很客气地对保安说道。

大个子保安自作聪明，"看你这副派头，就知道是我们贾处长的粉丝。告诉你，贾处长早就名花有主了。"

贾日辰捂着嘴笑，他央求大个子保安说："请你帮我叫一声，就说我从小就崇拜她，只求见上她一面。"

"好吧，看你这小子还诚实。"大个子保安提起内线话机说，"我就帮帮你吧。"不一会儿电话接通了，大个子保安弓着腰叫了一声贾处长，他说："大楼门卫室有人要见你。"贾月辰问："谁呀？"保安回答："我也不晓得，他说他从小就崇拜你。唉，我观察了，像是你的真粉丝。"

大个子保安放下电话，指着贾日辰说："你等着吧，处长马上下来。告诉你，老实点为好，可不能激动得失去理智噢。"大个子保安一边把内线电话放下一边说道，很像个保安的样子，背着手，叉着双腿，挺胸站在大门口。

贾月辰从电梯口走出来，贾日辰控制不住自己的激动，一个箭步朝贾月辰迎了上去。大个子保安早有防备，说时迟，那时快，拦腰便把贾日辰给抱住。

"姐姐！"贾日辰双手伸向贾月辰，大喊道。

"大牛，你干啥？他是我弟弟！"贾月辰对大个子保安说。

那个叫大牛的保安吓了一跳，松开手转身便逃之夭夭了，他知道自己出差错了。好在贾日辰顾不上这些，他和贾月辰紧紧地抱在一块儿说："姐姐，我好想你们呀！"

贾月辰高兴极了，她拍着弟弟的肩膀说："走，回家去！"

"妈！"贾月辰打电话给胡敏说，"弟弟回来了！"

"他回国咋不说一声呢，说回来就回来了，我这就回去。"胡敏不知是埋怨，还是喜悦，在电话里啰唆了一阵，便往家里赶。

"新立呀，日辰回来了！"贾月辰又给年新立打电话说，"你不是说想他了吗？"

第十七章 真金火炼

年新立一听贾日辰回家了，很是高兴，在电话上有意开玩笑："你是不是通知我过去结婚呀？"

贾月辰今天心情好，她说："是呀，你准备好了吗？那你就赶紧来吧。"两人在电话里笑。年新立那年在德国考察，同贾月辰一道见过弟弟贾日辰，他觉得贾日辰是一位优秀的建筑学博士，同他在一起，有说不完的话，他会给你讲许多新知识和新理念。年新立感觉到贾日辰同他父亲一样，是打过交道就很难让人忘记的那种人。年新立在临去贾月辰家时，又给赵欣然和李永刚打了电话，邀他们一道过去坐坐。

贾月辰有啥好事总忘不了周悦。她打电话给周悦时，周悦正在现场采访，电话里乱哄哄的。周悦说："啥事呀？让你高兴得说话都有颤音。"

"日辰回来了，你这个当大姐的，不是早就说想见见嘛。"

周悦在电话里说："我这边的事马上就完，我这就过来！"

不到一个小时，贾日辰身边便围满了人。先是他妈妈胡敏。贾日辰是一个有孝心、懂事的孩子，他给母亲买了一颗红宝石戒指，给姐姐买了一条绿宝石项链。胡敏说："你哪来这么多的钱？"

"这几年你们送的和我打工换的，全在这上面了。现在我可真是无产者了。"贾日辰摊开双手说，"身无分文了。"

胡敏把戒指戴在手指上，反复欣赏着。她转身在抽屉里取出一个信封说："你爸到上海治腿去了。他临走时，给你写了一封信，你看看吧。"贾日辰抽出信来，贾月辰觉得有些新鲜，啥事不能打电话呀，这个年代还写信。她也挤过来和弟弟一起看。贾日辰被爸爸的信感动着。爸爸让他跟一个叫赵欣然的副董事长一道去西南灾区走走，那里将有很多工程项目。到中国的基层去，是很锻炼人的。如果愿意的话，就去当西南分公司副总经理，一步步干着朝前走吧。贾星在信上写道。贾日辰读着信，便向姐姐借手机，他说要给爸爸打个电话，见不到爸爸的面，总得听听爸爸的声音呀。

贾月辰拨通了爸爸的电话，"有人想同你说说话，你有空吗？"月辰和爸爸说着调皮话。

"谁呀？"贾星在电话上问贾月辰。贾月辰笑笑，没有回答，把电话递给了贾日辰。

"爸爸！"贾日辰接过电话便喊了起来。

电话那头贾星喜笑颜开地说，"儿子，你回来了？回来就好！回来就好！"

"爸爸，你好吗？我真想过去看看您！"贾日辰哭了，他喉咙、鼻腔都有些堵塞。

贾星也有种想流泪的感觉，但他却在电话里流露出喜悦之情，"我这里很好，医院条件也很好。你不用过来，你又不是医生。"

贾日辰在电话里告诉贾星："年新立，还有群星的叔叔们都到家里来了。"

"好吧，代我向他们问好。你们多聊会儿吧。"贾星说完便将电话挂断了。

家里来了好多人，贾月辰一一向弟弟贾日辰介绍说："宋叔叔你没见过，但一定知道他，群星建设集团副董事长。还有赵欣然、李永刚、年新立副董事长。这两位是群星大酒店的高级管理，黄薇娜姐姐、黄小阳阿姨。"贾日辰同他们一一握手。

这时有人进小院来了，还没进屋便高声喊了起来。房屋里的人都笑了起来，周悦来了。年新立说："大家可要鼓掌呀！"

周悦前脚刚踏进屋，房间里便响起一片掌声，贾月辰大声宣布："欢迎周悦同志闪亮登场！"

周悦哈哈一笑，她知道贾月辰、年新立又拿自己开涮了。"什么闪亮登场，我又不是模特儿！"周悦说着，索性像模像样地走了一圈猫步，把大家逗得前俯后仰，房间里顿时热闹起来。

贾日辰走上前去，彬彬有礼地叫了一声："周悦姐姐好！"

周悦知道是贾日辰，她伸出手去和他握了握，然后顺势搂抱了一下贾日辰，她说："干脆来个外国式的礼节吧！"大伙儿一笑，倒把贾日辰搞得不好意思了。

宋星问周悦说："你咋跑来了？市政府今天可有重大活动啊！"

大家不知道宋星说的是啥重大活动，都拿眼睛看着宋星，宋星故意卖关子，他朝周悦扬了扬下颌，意思是让周悦自己说。周悦不谈这事，她拉着贾日辰坐在沙发上。宋星像宣布什么重大事件一样，他挥了挥手，让大家安静下来，然后说："今天市里召开领导干部大会，省里来宣布周晟俊同志的任命决定，周晟俊当市长了！"

"哎呀，真是好消息哩！"赵欣然走到胡敏跟前说："今天是个好日子，我们去自家大酒店聚聚吧！"

胡敏把脸转向黄小阳、黄薇娜那边，黄小阳站起身来说："能行吗？酒店还在试运行。"

第十七章 真金火炼

"试运行,我们更得去。就是有问题,也是出在自家人的身上,别把丑丢到外面去。"宋星早几天去过一次,是同市旅游局考核组一道去的。那回的效果,就很不错。宋星说:"小阳蒸鱼,很对上海人的胃口。"

李永刚说门外有三辆车,不如现在就过去。大家都说好,便起身往外走。

"贾日辰的欢迎宴",这是周悦给聚会找的一个由头。这个欢迎宴像滚雪球一样,人越来越多,胡敏等第一批人刚坐下时,姬丹枫、姬勇斌领着几个人过来了。两桌菜刚刚上席,张秀琴和集团办公室主任一帮子人又进来了。张秀琴捏着胡敏的手说:"大侄子回家了,谁都想过来热闹热闹呀!"

胡敏站起身来,向周围几个餐桌上的人表示欢迎,"贾星说了,儿子贾日辰回来,他对建设集团的情况了解不多,还请各位在今后的工作中多多帮助,谢谢大家了!"

宋星举起酒杯说:"董事长不在家,这里数我年长,这个欢迎仪式就由我来主持吧。我提议为日辰学成归来,干杯!"大厅里大家高喊着干杯!

大家都来敬贾日辰的酒,贾日辰不善饮酒,大多都由年新立代替他喝。赵欣然敬酒,当然不让年新立代喝,赵欣然说:"这酒不能由你代,贾董事长走时交代我,日辰由我带几个月,你说这酒日辰该不该喝!"

贾日辰二话不说,端起杯子同赵欣然碰了一下,一扬脖子,酒下肚了。

"像群星集团的汉子!"赵欣然说着也干了杯。

周悦给贾日辰送来了一摞关于群星建设集团的资料,这是她这么多年来追踪采访群星建设集团的报道材料。贾日辰阅读后对姐姐说:"周悦很不简单哩,不仅文字功底好,还有一双锐利的眼光,写出的文稿有思想,给人很大的启发。"

贾月辰不知是在夸周悦还是在夸自己,她说:"姐姐玩的朋友,还能错喽。年新立说她是蟒河市的第一名记。"

贾日辰腼腆地笑了笑,他说:"这个词不能乱用,很容易弄混淆,特别不好翻译。外国有名妓、歌妓,却没有名记。courtesan 名妓,geisha 歌妓。"贾日辰说了两个英语单词。姐姐贾月辰捂着嘴,脸通红。

贾星在上海医院作了诊断,按照专家们的意见,他还得再做一次手术。原来的伤情在灾区处理得不够合理,只有再手术后,才能重新接假肢。贾日辰得到这个消息时,很想去上海看看父亲。但贾星不允许,他说没啥大事,不用来回折腾了。他告诉儿子贾日辰,最重要的是工作,要为蟒河市建设做贡献,为群星建设集团做贡献。

对于贾日辰的工作安排，贾星和胡敏各有各的想法，两人为此事争执了一段时间。胡敏希望孩子回来后先安排在总裁办公室工作，让他熟悉公司的基本情况。贾星却认为儿子已经二十五六了，长大成人，长期在国外学习，已经掌握了全新的理念和高深的知识，可以先到基层锻炼，跟着赵欣然，让他做经理助理，锻炼一段时间再去机关，一步步把他培养成公司的接班人。

贾星和胡敏虽有争执，但最后贾日辰自己还是倾向于贾星的看法，他不愿意成天待在机关里，希望能够早日施展自己的才华。他去项目部报到，遇见赵欣然。赵欣然万分高兴，认为这是贾总对自己的信任，高兴之余，他又担心这位公子是个洋博士，能不能当好助理还是个未知数。赵欣然特别注意观察这位洋博士的一举一动，他跟别人不太一样，凡事不用笔和纸，整天离不开电脑，工地的人、事、物几乎都在他的那台电脑里存放着。

贾日辰终归还是太年轻了，在实际工作中缺乏经验，再加上他太希望有所作为、有所贡献，这种迫切的心理，导致他犯了两次错误。

刚从国外回国，贾日辰对国内市场不了解，出于好心，却办了错事儿。他在网上看见一条消息，有一批钢材需要处理，说是工厂生产不景气，卖钢材还国家贷款，每吨比市场价低两千元。贾日辰心动了，决定去看看。来到现场，又去仓库看了货，货物确实大大低于市场价，当场就预订了五十吨，回到蟒河，他二话不说，就给了对方十万元的预付款。一个星期后，不仅没有把货送来，连人都找到不到了。贾日辰急坏了，一个大活人，有工厂又有仓库，怎么就一下子蒸发了呢？公安部门帮助查找，还是杳无音信。贾日辰不仅没有做贡献，反而损失了十万元。这只是经济损失，接下来的一件事，可就闹大了。那天，贾日辰去建筑工地检查工作，看守工地的值班员听说他是董事长的儿子，便如实地向他反映了工地经常被偷盗的情况。贾日辰笑笑说："对付几个小毛贼还不好办吗？"他在材料堆放场附近安了个电子眼，谁经过那儿都能记录在案。而且又在钢材一端安置一根暗线，只要搬走钢材，必须挪动这根暗线。平时不通电源。那天贾日辰和几个工人值班，悄悄地接通了电源，没想到夜里两点听见工地一声尖叫，这尖叫声太大，惊动了值班人员，值班人员走出值班室打开照明灯一看，有两个人倒在钢材堆里。贾日辰迅速赶到，他像猎人抓住了一个猎物一样有种满足感，但很快又生起了一种负罪感，人命关天啊！工人们将这两个小偷抬到帐篷外，用手试了试鼻息，还有气，马上叫来救护车把他俩送进了医院。这时公安人员也赶到了，他们一看就认出了是一对惯偷。由于抢救及时，保住了两个小偷的生命，但他们的胳膊被电火花烧坏了，做了截肢手术。手术后，公安人员进行了审问，两个小偷本想着在蟒河市偷最后一批钢材，然后溜之大吉，没想到这最后一次却被逮住，而且成了残废。紧接着，公安人员审讯贾日辰，并要告他杀人未遂，这下子惊动了全家，也惊动了群星集团。贾星千方百计地从法律、情感等方面为贾日辰解脱，最后周晟俊也出面为之说情。法院只能以故意伤害罪判处贾日辰一年有期徒刑，监外执行。贾星百思不得其解，一次被骗，一次被盗，把儿子送到国外读书，怎么读出个这样的博士呢？

在相当长的一段时间里，贾日辰也在苦苦思索，为什么中国会有这些骗子？必须想尽一切办法把这个骗子找到，否则还会有更多的人上当受骗。于是，贾日辰花了较长的时间寻找网上的蛛丝马迹。偶然的一次，他在网上又看到工厂外迁、急需处理一批铝型材的销售广告，这种方法跟上次要处理钢材的方法、条件基本相同，这一次他很谨慎，得到消息后便与赵欣然商量此事。

贾日辰说："这个人很可能就是诈骗公司钢材厂的人！我在网上找了很长时间，就是为了找他，凭我的直觉就是他，如果我们不抓他，肯定还会有人跟我一样上当受骗。"

赵欣然觉得贾日辰说得有道理，"十万元钱也不算小数，不能就这样打水漂了。但我们不能胡来，要有法律意识，这样吧，明天你和我去公安局听听他们的意见。"

公安干警听了举报后，决定让贾日辰在网上跟对方联系，联系上之后让赵欣然去接头验货，贾日辰和公安干警在外面等候，伺机抓捕。贾日辰和对方联系上的第二天，公安干警迅速制订方案，顺利地把这个骗子抓回了蟒河市。

从被骗到被判刑，说明了什么？难道就是个留学归来的博士踏入社会的见面礼吗？贾日辰感到无颜见德国同学，无法面对慈父之余，更担忧的是自己在今后还能干成事吗？

在贾日辰最沮丧的日子里，曾实起了重要作用。他从法律层面给予贾日辰力量，教他如何对待现实，振奋起精神。一个人在成长的道路上，不可能一帆风顺，总会有曲折、有磨难，凡是有作为的人，都有不平凡的经历，主要取决于自己如何对待。是就此消沉下去，还是以教训作镜子，两种态度，决定两种不同的人生结局。曾实还给贾日辰讲了大量的案例，引导他积极向上。

曾实讲了三个故事，一个是外国老太婆在路上被一阵旋风刮倒了，她去法院告房地产商，因为小区建了两栋高层楼，使得楼中间形成旋风。第二个故事是一个老太太给猫洗澡后把猫放在电烤箱里想把毛烘干，结果猫死了，她也去法院告电烤箱生产厂家。因为电烤箱说明书里写着可以烤一切东西，没有说不可以烤有生命的东西。这两个老太太都胜诉了。曾律师说要是在中国，法院肯定不会受理。接着他讲了第三个故事，一个黑人留学生来中国学中医，有一天他感觉肚子疼，同学们说买两个大粒丸吃下就不疼了。他真的这样做了，结果疼个半死。后来做了个小手术，把大粒丸取出才完事。原因是大粒丸由蜡包裹着，外面还有个塑料壳，他整个吞了下去。在他出院之后要去告药厂，因为说明书上没有说要去掉塑料壳，去掉蜡，只说一次两粒。到了法院律师说，黑小子，告不赢的，中国人吃了两千年了，没有一个像你这样的。

贾日辰听了觉得非常好笑，便问道："我们的法律什么时候能够健全？"

曾实说："正在逐步健全。"

曾实和贾日辰谈了很多法律知识，为他成为一名企业家打下了法律基础，但仍未打消他的顾虑。

那天，贾日辰接连写了两封信，一封给父亲，一封给德国的女朋友末莉。父亲很快地回了信，让他认真反思，接受教训，勇于面对，以积极的姿态投入到现实生活中来。贾星建议儿子去灾区，到灾区援建工程上去，那里可以帮助他改造思想，更能发挥他的专长。女朋友末莉在信中给他讲述了多位世界名人的人生经历和磨难，让他挺起胸膛，走好自己今后的每一步，她甚至用中国故事说了"失败是成功之母"的道理，还说了"吃一堑，长一智"的故事。

在贾日辰监外执行期间，贾星托人把他送到清华大学总裁研究班学习深造。贾日辰表现突出，特别是对信息管理、知识管理，对绿色建筑等理解和见解胜过他人，研究班把他召回到人间、真正召回到现实，使他深深认识到虽然现场经验不如赵欣然，技术业务不如宋星，做企业的胆识不如爸爸，但我们这一代是幸运的一代，也是艰苦探索的这一代，后来者肯定会超越前人。总裁研究班结业后，贾日辰便被派往西南灾区，担当起工程管理的重任。

第十七章 真金火炼

贾星在贾日辰去地震灾区的路上收到了贾日辰的又一封来信。读着贾日辰的来信，一种幸福感充满心间，他感到万分欣慰。这孩子懂事了，信里不仅谈了工作和今后的打算，更有一股亲情的温馨充满其间。贾星放下信，自言自语地说："这孩子，像女孩子一般细腻，男孩心细，是父母之福啊！"

他激动地给贾日辰拨电话。电话通了，但杂音很大，像是信号不好。贾星在电话里大声叫着："日辰吗？"

电话那头混着杂音喊道："爸爸，我到灾区了！唉——唉——这里天气不好！"

通话效果不好，贾星便长话短说："日辰，好好干！"电话里传来一串盲音，贾星不知道日辰有没有听到他的话，木讷地拿着电话出神。

"董事长，没事的。"郭银花给贾星盛来一碗米饭说，"艰苦环境最锤人了。"

贾星端着碗，对着大北和二北说："郭银花这个字眼用得好，锤人！锤炼人，钢铁是怎样炼成的？烈火高温，千锤百炼。"

"我最喜欢大嫂说的话了。"小北说，"语言像发电报，该省的省了，意思却更深刻了。"

贾星突然指着大北说："李建达，你下去锤炼锤炼吧。回去把工作移交给小北，去门窗厂任副总经理，业务上的事有年新立，你负责业务技术以外的所有事务。"

大北吓了一跳，"董事长，你不要我了？"

贾星说："年轻人待在机关干什么？刚才说锤炼，我便想到了你们这些年轻人。"

小北拍了拍大北，半带嗔怪地说："还不谢谢董事长呀，看你傻愣的样儿。"

贾星像对贾月辰一样，用筷子指了指小北说："就你精！"

小北给张睿妈妈碗里夹了一块红烧狮子头，笑着问贾星："董事长，我咋办？也放下去锤锤吧！"

"我看你最适合待在原岗位，都走了，企业文化谁来做？"他扒了两口饭，接着对小北说："我想交给你一个任务，不知你能不能完成？"

"啥任务？"小北变得一本正经起来，端正身子，面朝贾星问道。

"帮一帮你这位大嫂，看能不能进群星幼儿园，去当一名保育员。"

小北惊呆了，她认为董事长真有一双慧眼，看人看得真准。昨天夜里，大嫂还给她讲了许多许多养育幼儿的诀窍。她问贾星说："董事长，你咋看出大嫂有这方面的特长的？真是神了！"

贾星说："这是因为你还不是母亲。只有当父亲母亲的，才有这本事。告诉你吧，这是张睿妈妈提出来的。"

小北高兴地搂着张睿妈妈的脖子，摇了两下说："你真行！"

大北叫了小北一声，说："吃饭就吃饭，又搂又抱的干啥？"

小北正是好心情的时候，突然被泼了一瓢冷水，面子上有些挂不住，她怔了一下，却很快便想出对策来了，她向贾星告状说："董事长，你看他，人年纪轻轻的，大男子主义重得不得了，下去能锤炼出来吗？"

贾星被大北小北逗乐了，他有意想再逗逗这个与他女儿有些相似的姑娘，"这事我管不着，听说有的人就服大男子主义收拾。"

小北撒娇地一跺脚不理他们了，她问大嫂说："大嫂，刘有才耍大男子主义时您如何对付他？"

郭银花说："俺拧他耳朵。"

小北冲上去便拧着大北的耳朵不放，大北直叫唤。门外冲进来两名护士。贾星急忙道歉说："对不起，对不起，他俩在实习。"贾星话音刚落，他们便一起大笑起来，两位护士也跟着嘿嘿嘿地笑。

贾星和张睿妈妈两人的假肢模型还没有出来，医院里的护士有空便到他们病房坐坐，听张睿妈妈讲地震灾区的故事，时常把一群护士讲得泪眼汪汪的，但她们却乐此不疲地听着。在抗震救灾的故事中，她们受到了教育，获得了向善的力量。

第十八章　子承父业

　　大地震给灾区人民留下的创伤，正在逐渐修复，半年后全国各地的援建工程基本竣工。表面上看，人们已经恢复到正常的生活状态了。但地震给灾区人民心理上造成的阵痛，还远远没有结束，也许永远都不能抚平。孩子失去母亲，老人失去孩子，妻子失去丈夫，健康的人变成残疾，这巨大的苦难，深深印在灾区人民的心上，印在全国人民的脑海里。

　　贾日辰一踏上这块土地，就感受到了这种痛。赵欣然对贾日辰说："西南的建设，牵动着群星建设者的心。董事长把建设美好的大西南、为灾区人民奉献优质工程作为自己的心愿，这也是群星建设集团的心愿。"

　　遥望着巍巍群山，贾日辰坚定地点点头。

　　群星建设集团西南分公司举行了一个简单的欢迎仪式。在欢迎会上，贾日辰谈了自己在地震灾区的所见所闻所感，表示愿意同分公司全体员工一道，奋战在这里，把所学到的知识奉献给这片土地。"我会努力向一线工人师傅学习，向奋战在工程上的技术人员请教，共同建设我们美好的家园。"

　　贾日辰在国外学习多年，养成了良好的工作习惯，有着一丝不苟的敬业精神！不分白天黑夜地工作，就连赵欣然都感到支撑不住了。贾日辰笑着说："建筑事业要求我们对每一个环节都不可忽视，都要做到心中有数，不仅要精益求精，还要精打细算。"

　　赵欣然摇着头说："那总不能事必躬亲呀。"

"不事必躬亲，但也得掌握事情的关键环节。"贾日辰阅览了所有的工程合同书，去实地比照规划设计方案，这一忙又二十多天便过去了。

那天，贾日辰冒雨从工地回来后，把徐志钢、赵欣然和建筑公司的张总经理叫了过来。贾日辰认为天气较为恶劣，为安全生产着想，应该通知各工程队，变室外作业为室内作业，雨天干加工组合的工作，晴天全力以赴干组装，一定要吸收以往的教训，争取所有工程不出一起伤亡安全事故。大家商量了一阵，同意贾日辰提出的工作方案。贾日辰说："在这几天，我打算把工程技术人员作一次培训，就由我来讲课。"

徐志钢说："你的工作量大，我看不行。干脆请示集团，派宋星、姬丹枫过来，同你一道来授课。"

贾日辰摆着手说："折腾几天，雨停了咋办？他们不是空跑一趟了呀？没事的，我只是把在外国学的一些基本知识讲讲，累不着我的。"

第二天，一百多名分散在各个工地上的技术人员全都集中过来了。他们听说贾日辰要讲课，都很想过来听听，毕竟是从国外留学回来的博士。贾日辰站在讲台上，首先声明他讲的不是前沿学术问题，而是他这段时间在各个工地上发现的一些问题，必须提出来给大家讲讲。

贾日辰从工程质量新概念开讲，共讲了四个方面的新内容。"一是结构质量概念。我们在灾区重建中，要求工程牢固，增强抗震性能，这就要求我们强调结构优化，但不能因为要牢固就把所建工程搞成碉堡。"他举了大量施工中的实例来说明，前来听课的工程技术人员听得津津有味。大家专注的神情更加激起了贾日辰讲课的兴致，他接着说："二是魅力质量概念。我们是建设者，一座建筑物，就是一处景观。中国人去欧洲旅游，在街上不停地指着房屋议论，甚至流连忘返，为什么？是欧洲的建筑风格吸引了他们的眼球，让他们享受到建筑之美，就像看到了一幅美好的油画。三是功能质量概念，也就是建筑的复合功能和智能。四是可持续发展概念，强调建筑的节能环保和舒适性……"

赵欣然同贾日辰打交道的日子不长，也不过二十多天的时间，但就这二十多天让他看到了贾日辰的未来。

徐志钢不是搞建筑出身的，但他对贾日辰的讲课内容非常感兴趣。他想，深入浅出，能让一个外行听懂，听进去，可见这位洋博士的水平。徐志钢一节课都没落下，天天都是第一个进课堂，坐在第一排，认真记笔记。

贾日辰用工程质量的四大标准体系，作为最后一天的课程内容。他在系统讲解了 ISO 9000 质量保证体系，ISO 14000 环境体系、SOHSAS 18001 建筑安全体系和 SA 8000 社会责任体系之后，还特别强调了树立质量经营和质量自觉理念。

质量经营就是用质量意识统领企业经营的全部。没有质量，一切都无从谈起。所以，质量是衡量企业经营管理的天然尺度。对一个国家、一个民族来说，强调的是文化自觉，而对一个企业来讲，那就必须培养质量自觉理念，树立以质量为中心，以质量为宗旨、以质量为前提的自觉意识。贾日辰还强调了安全也是质量的理念，他说："生产安全是生产管理的质量，施工安全是施工的工作质量。"

贾日辰的课广受工程技术人员的欢迎，大家都对他赞不绝口，他却谦虚地说："这不是什么新知识，这是我们从事建筑行业所必备的基础性的东西。问题的关键在于，我们如何在实际工作中去应用。常见的毛病就是抓了这头，忘了那头。强调施工进度，忽视施工安全或者施工质量，这需要我们工程技术人员的综合素质，学会十个指头弹钢琴。这就是我们这次培训的目的。"

西南分公司把贾日辰的讲课内容通过录音和速记全部整理了出来，印发给了每位工程技术人员。

一场暴雨之后，西南地区出现了少有的晴朗景色，蓝天白云，彩霞满天。建筑公司的张总经理说："气象预报说下周都将是晴天。"

贾日辰看了看赵欣然，赵欣然笑着说："看我干啥？有事你就安排呀。"

贾日辰说："我不怕你说我是工作狂，时不我待，晚上我们召开分公司领导干部会，把生产任务布置一下如何？"

建筑公司张总经理抢走了话头："我来通知，晚上几点？"

贾日辰说："七点半准时开会。"

张总经理出去了。贾日辰望着他的背影，在心里盘算了一下，他问赵欣然说："我们能不能在灾区承建工程上，创造出新的深圳速度？"

赵欣然不解地道："你说的建设速度是个什么样的概念？"

"一天一层楼！"贾日辰斩钉截铁地说。

"只要老天肯帮忙，这个目标没问题。"赵欣然指着天说道。

群星建设集团在灾区援建的小区被命名为"洪刚小区"，贾日辰忙完手里的工作，就到这里进行钢结构工程的调查，他想看看钢结构建筑的居民小区的整体效果，这是一个课题。听赵欣然说蟒河市目前还没有，这就说明在中国的城市建设上，钢结构建筑有着巨大的市场潜力。钢结构建筑在国外已经很普遍了，特别是美国和欧洲，现在已经不搞大型的钢筋混凝土工程了。

"洪刚小区"成为县城最热闹繁华的地方，学校、医院、商店、交通配套设施较为完整。小区街道熙熙攘攘，小区居民安居乐业，学生们放学从校园出来，脸上绽放着幸福的笑容，这里跟德国的小镇很相似，有一种亲切温馨的感觉涌上心头。贾日辰喜欢这个小区，不仅是因为父亲曾在这里建设，还因为这里有经历过灾难后坚强、坦然地面对生活的乡亲们。

贾日辰一连来了三天，他把所有的建筑都认真仔细地看了一遍，还爬上小区东侧的山头上，来到爸爸的老战友徐洪刚墓前，献上了自己亲手编织的松柏花圈，他默然肃立，心中腾起一股崇敬之情。

下山的时候，贾日辰特意在英雄纪念亭坐了一会儿，从这里便能俯瞰小区全景，更能看到他想看到的东西。贾日辰掏出笔记本，把他的收获记录下来。兜里的电话不停地叫着，他想肯定是赵欣然在找他，离吃饭的时间还早呀。贾日辰没有接，把最后一段话写完，才拿出手机查看。

电话不是赵欣然打过来的。手机上显示的电话号码是蟒河市的座机号。贾日辰不熟悉，便把电话打了过去。贾月辰正在办公室整理资料，快到下班的时间了。桌上的电话铃唱起了歌，她喜欢蒋大为的这首《在那桃花盛开的地方》。贾月辰年轻漂亮，身边有无数的崇拜者。她也有自己的偶像，歌唱家蒋大为就算一个。现代的女人不太讲究年龄差别，只要自己喜欢就行，追求的是理想化的感受。要是放在以往，她非把这首歌听完才接听电话。但今天贾月辰没有这样做，她看到来电显示知道是弟弟贾日辰打过来的，便迫不及待地把话筒拿了起来。高声喊着："弟弟！"贾日辰同样喊了一声姐。她唉唉个不停，说："爸爸回来了！他让我问问你那边事情如何了，如果走得开，就回来一趟吧！"

贾日辰高兴坏了，"这边一切顺利，有赵欣然在，没问题！"

"爸爸可想你了，他不说我都看得出来。"

姐弟俩在电话里有说不完的话，贾月辰说她正在筹备一个研讨会，群星集团援建工程你看见了吧，市里打算在城南开发上建一个钢结构住宅小区，大约四十万平方米的建筑面积。这样，就不得不对灾区援建工程进行全面论证，以保证城南新城镇建设的完美质量。"你来参加吧，也给我们提提意见。"贾月辰说。

第十八章 子承父业

"我回去的首要任务是看爸爸。"贾日辰说,"当然,有时间我一定参加,听听有好处。"

就在贾月辰姐弟俩通话的时候,赵欣然也接到了群星建设集团办公室打来的电话,让他做好准备在市建设局召开的研讨会上发言,这次研讨会基本上就是政府城南建设的决策会。赵欣然听说贾星董事长从上海回来了,他二话没说,便给自己和贾日辰订了返程票。

贾日辰从东山下来,找到赵欣然打算交接近期工作。话还没说出口,赵欣然便把车票递了过来,说:"我们两个人都得离开一段时间,我已经把工作给徐志钢和老张他们作了交代。"

徐志钢说:"放心回去吧,回去见到董事长,代我们向他问个好。等我们这边竣工后,我和老张亲自去接他,为学校、医院和敬老院的落成,剪个大彩。"

他们说话的时候,老张领着两个人进来了,肩上扛着麻袋,他说:"日辰呀,也没啥好带的,野香菇、野竹荪是这地方的特产,特意弄些干货给你爸带去。在山区这不算个啥,拿到大城市,可是好东西呀,天然绿色食品。"

贾日辰看看赵欣然,用眼光询问着他,这事咋办?赵欣然点头说:"这可是好东西啊,董事长最爱吃的。"贾日辰听赵欣然这么一说,便向张总经理他们几个人表示了谢意。张总经理摆着手说谢啥谢,咱们都是一家人,快过年了,总得带点啥吧。

徐志钢说:"你们先去,我和老张忙完手里的事,一定赶过去看董事长,到时候牵两只野山羊过去。"徐志钢用手比画着,他对贾日辰说:"野山羊你吃过吗?"

贾日辰说在外国那是受保护的,只在公园里见过。老张笑着说我们这森林里多得很,保护不过来,那家伙繁殖能力强,吃庄稼、啃树木厉害得很。

北方的气候进入冬季就不一样了,西南虽说潮湿阴冷,但深山大川依然一片绿景,好多灌木乔木都没有落叶。蟒河的天空上已有雪花飘落,风也有些刺骨。贾日辰、赵欣然提着旅行包从火车上下来,一眼就看见年新立、贾月辰、李永刚他们几个人站在月台上等候着。年新立接过贾日辰的旅行箱,贾日辰说:"还有托运的行李。"

"咋还托运行李?"贾月辰领着贾日辰向外走时问道:"都是些什么呀?"

"是徐总和张总送爸的山货。"

贾月辰明白了，不用说就知道是野香菇之类的东西。她在地震灾区吃过，那香气好像至今还残留在嘴里，她咽着口水，盘算着回去要立马请张睿妈妈亲手做一顿。

车到家门口，贾日辰跳下车朝家里跑去。他推开院门开口喊道："爸！妈！"一声比一声叫得响，叫得急。郭银花吓了一跳，放下手里的菜从厨房走出来。胡敏从客厅的沙发上起身向外走，贾日辰差点同母亲撞了一个满怀。胡敏拍了拍儿子："看把你给急的！"

贾日辰笑着叫了一声："妈！"便从母亲的身后不远处看见站在沙发前的爸爸。

贾日辰大步向前，激动地喊了一声："爸爸！"

贾星脸上绽开了花，他一边答应，一边把双手伸向前去，拍着贾日辰的肩膀说："儿子，你长高了，也长胖了，像个大人样儿了！"说着，拉着贾日辰到身边的沙发上坐下来。这时贾月辰他们也从门外进来了，大包小袋像搬家似的。贾星惊诧地问道："你们扛啥东西呀？竟然连麻袋都用上了。"

李永刚哗啦啦的把麻袋从肩上卸下来，喘了口气说："是徐志钢、张总送您的野山货。"

贾月辰放下包，就叫年新立去接张睿妈妈，她说："请她过来，这山货把我馋坏了。川菜还得她来做才地道。"

年新立看她，说起吃来，就垂涎欲滴，便附在她耳边说："害喜了吧？"

贾月辰推了他一把说："叫你去，你就去，哪来那么多话呀？"

年新立拿着车钥匙出去了。

贾月辰心跳了一下，她平时没在意这些事。年新立的玩笑话真还把她给吓着了，她想今天几号了，这个月是否有过？记不得了。眉头一皱，也没想起来，抽空看看不就得了。她想着，便去解麻袋。

贾星同儿子贾日辰说得很亲热。"爸，你的腿伤痊愈了？"贾日辰俯下身子，便去提他爸爸的裤管。一支假肢裸露了出来，手摸上去冰凉冰凉的，一直凉到贾日辰的心尖上。

贾日辰双腿跪了下去，头枕在父亲的膝盖上，抱着父亲的大腿，哭了起来。"爸，孩儿不孝啊！我没能在你身边照顾你。爸爸呀，爸爸！"贾日辰哭得让胡敏也心酸起来。

郭银花流着泪，递过来一条热毛巾给"懂事长"。她说："让孩子哭哭吧，哭出来总比憋在心里好。"说着便转身跑进厨房去了。赵欣然在贾日辰身边坐了下来，用手轻轻地拍着他的背。

贾星扶起贾日辰说："别哭了！没啥！这算个啥呀！"说着给贾日辰擦泪水。贾日辰接过毛巾，捂在脸上，哭得更加厉害了。贾月辰给她妈妈送了杯热水，又转身去贾日辰那头，抚摸着他的头发，不停地安慰着他。

年新立和周悦扶着张睿妈妈进屋，周悦本想开口说话，看见眼前这幕便把到嘴边的话给咽回去了。他们身后还有黄薇娜、黄小阳、大北、小北。年新立去接张睿妈妈的时候，他们几个正在陪她练习走路。张睿妈妈安装上假肢，走路还是不习惯。医生说没有几个月的练习是不行的。他们给她制订了一个练习计划，今天又逢周末，大家都去陪张睿妈妈练习走路。

周悦不愧是记者，走到贾日辰跟前哄着他说："你再哭，你爸妈也会跟着你伤心。听话啊。再说满屋子都是人，总不能让大家都跟着你哭呀。好了，去洗洗脸，我们做饭吃。"贾日辰果然很听话，起身向洗手间走去。

郭银花跟着进去，给贾日辰放了一盆热水，她说："不要沾凉水，那会把眼睛弄红的，热水散血。"

黄小阳、黄薇娜、张睿妈妈、周悦几个女人开始忙了起来。贾月辰拿出野香菇、野竹荪之类的干菜放在水里泡，让张睿妈妈教郭银花做。然后她挤在人堆里帮忙洗菜、摘菜，干得特别来劲。

"我可能怀上了。"贾月辰装着没事的样儿，对着周悦的耳朵小声说。

"活该！"周悦声音稍大了些，贾月辰连忙拿眼瞪她。周悦笑了笑，装着漫不经心地说："明天给你找医生做掉。"

"不，不。"贾月辰头摇得像货郎鼓，认真地说："算了，趁早办了。"

周悦问她订日子了没有，贾月辰摇了摇头。周悦掐着指头像巫师一样算了算，"大年初五，黄道吉日。"

厨房今天掌勺的是黄小阳和张睿妈妈，两个人都喜欢下厨，喜欢看着光鲜亮丽的蔬菜瓜果在她们的手下改变着造型。在厨房里，黄小阳更显得如鱼得水。她俩风格各异，张睿妈妈做的是农家菜，黄小阳能做一手宴席大菜。这个搭配，用胡敏的话说是最佳组合，相得益彰。在厨房，她俩就像大画家、大艺术家、大魔术师，进去的是萝卜白菜，端出来的却是一盘盘色香味俱佳的艺术品。

贾星今天心情特别好，五个男人喝了三瓶酒都没事。贾星对贾日辰说："干建筑的不会喝酒哪行？！"

贾日辰笑了，他说："天天陪你吃饭，还怕锤不出来呀！"

郭银花说："咋锤不出来？你去灾区俺一看就锤出来了。"大家听郭银花说话都笑了起来，接着，饭桌上笑话一个接着一个说开来。

大家说了一阵笑话后，便陆陆续续离开了贾星的家，他们让贾日辰多陪陪他爸爸。郭银花开始收拾餐桌，贾星和胡敏让张睿妈妈走给他们看看。张睿妈妈走了一圈，贾星说："有进步，要敢于迈步，把大腿抬起来。"

黄小阳和小北说："请董事长放心，再有一个礼拜，保证她行走的跟正常人一个样。"

人们都走了，郭银花给"懂事长"和贾日辰沏了壶茶，又给胡敏倒了一杯果汁。贾月辰什么都不要，她只想和家里人在一起说说话。一家人听贾日辰述说着国外的事。日辰说："我在德国谈了一个女朋友，中文名字叫茉莉。"说着还拿出照片给大家看。

贾月辰很惊讶地说："长得那么漂亮，不会是伊丽莎白吧？"

贾日辰不好意思起来，"不是的，她爸爸也是一名建筑工程师，她本人是学园林设计的，在她爸爸的公司工作。"

贾星和胡敏都说好，都让贾日辰尽快请她来中国看看，总得到家里坐坐吧。胡敏问道："茉莉会说中国话吗？"

"她正在孔子学院进修，明年就毕业了，中国话说得有些绕口。"

"到中国来生活就会说了。"贾星说，"学语言，要有一个语言交流环境。"

这天，贾星和儿子贾日辰谈了一个通宵。贾星谈自己人生的思考，他对贾日辰说："生活在世上，必须知道自己究竟想要做什么。一个人只有懂得他在这个世界上要做的事情，并且在认真地做着，他才会获得一种内在的平静和充实。"

他用自己人生道路的坎坷和挫折，自己在追求理想事业的过程中，遭受了事故责任，遭受了检察机关的调查，还有过停职、"双规"的经历，现在两条腿还折了一条。突如其来的灾难，无数次打断了自己所习惯的生活，使一个忙忙碌碌的人突然停了下来。在黑房子里，在病床上，重新审视自己，思考着人生。只有利用这种机会，思考才会获得对人生的新认识，获得一种新的眼光。

贾日辰听得非常认真，他看着爸爸两鬓的白发，看着爸爸饱经风霜的皱纹，心想，一个经历坎坷却仍然热爱事业的人，胸中一定藏着许多从痛苦中提炼出的珍宝。

第十八章 子承父业

　　与父亲的交谈，不仅让贾日辰学到了知识，还让他懂得了许多道理。他把一次次交谈后的感想记在笔记本里，偶尔翻看，又有不少新的理解。回国后，贾日辰感到自己的人生丰富多了，也成熟了不少。

　　贾月辰负责筹备的关于钢结构建筑住宅小区研讨会，在市建设局会议厅如期举行。参加这次研讨会的嘉宾，可以说全是蟒河市建筑行业的精英。新任市长周晟俊亲自来了，原打算在研讨会开始前讲讲话，听一听前面几个人的发言便离开。自从当了市长之后，周晟俊就没闲下来，很少有时间同贾星、胡敏、崔奕铭等一大批建筑行业的老朋友聚在一块儿了。但他却没有按计划先走，听了几个人的发言，他听出了门道，引起了兴趣。况且，蟒河市城南开发建设是省里的重点工程。省政府的意图再明确不过了，那就是要把省会城市同蟒河市连成一片，毕竟蟒河市是一座新兴城市，发展潜力巨大。所以，抓好城南开发建设，是省政府下达给蟒河市政府的重要任务。省长说："这不仅是经济社会发展的大事，还是一件政治任务。"这句话给蟒河市政府带来了压力。

　　贾日辰得到姐姐邀请，前来参加会议。从灾区承建工地回来，他曾谈起过群星建设集团灾区援建工程。贾月辰知道弟弟对钢结构援建项目工程的看法有独到之处，甚至可以说是真知灼见。贾日辰坐在后排，用心听着别人的发言，他认为崔奕铭、宋星、姬丹枫、姬勇斌、年新立、赵欣然、李永刚等人的发言是有水平的，在调查研究的基础上，是经过思考的，这对贾日辰有很大启发。

　　胡敏的发言，观点主要针对的是建筑设计方面存在的问题。胡敏发言结束后，周晟俊两次表示支持胡敏的观点，强调建筑设计的美学功效。会场突然出现了冷场局面，大家似乎都不知该如何开口了。市建设局长抬头环视四周，正准备开口问话，贾月辰突然站起身来，她对周晟俊和建设局长说："我们是不是请贾日辰谈谈，他算是列席会议人员，这次会议筹备时，他正在灾区承建工程工地上，所以没有通知他写论文。"贾月辰处长向与会人员作了解释和说明。

　　周晟俊放下手里的笔，眼睛离开笔记本，环视了一圈，他不认识贾日辰，但早听周悦提起过。他问："贾日辰在哪里呀？"

　　贾日辰很有礼貌地站起身来，恭恭敬敬地给大家鞠了一躬，说："我叫贾日辰。"然后坐了下去。

　　周晟俊见贾日辰长得比他老子还帅气，初次相见，就打心眼儿里喜欢，难怪周悦夸他，小伙子给人的第一印象就很好。周晟俊看到胡敏身边有一个空位子，便指着空位子说："日辰，到前排来，上来，上来。"

贾日辰的脸庞开始发红，他有点不好意思，在座的绝大多数是长辈、是老师，哪有他的分儿，但市长叫着，又不能不坐上去。况且又坐在母亲身边，有些拘谨。贾日辰刚刚落座，周晟俊就说话了，他说："现在就让我们的大博士谈谈。"周晟俊看了看贾星又说："将门出虎子，是吧，老贾。"

贾星笑着向周晟俊摆着手说："还需要在实践中锻炼，苗子不错，日辰，你就谈谈你的体会吧。"

贾日辰清了清嗓子，端着茶杯呷了一口茶，便开始了他的发言。贾日辰很谦虚地说："原本是来听听的，各位老师发言都很精彩。这是我回国后第一次这么集中听到的专业讲座，我这次在西南灾区待了一段时间，实地考察了群星建设集团钢结构建筑援建工程。说实话，很受教育，很受鼓舞。同时，也有很多考虑和想法。这里首先声明，我的考虑和想法没有同父母交流过，因为我摸不准他们的想法。我们中国人都有自恋情结，建筑物就是建设者的作品，就像一位作家的一部小说、画家的一幅画作、书法家的一幅书法作品，都说自家的孩子好。这得感谢崔总的发言，也感谢市建设局的考察报告，有他们的直言不讳，那就恕我直言了。"贾日辰说了一段客套话后，便转入了正题。

"西南地区是一片美丽的土地，山清水秀，风景如画。地震给那片土地带来的灾难是暂时的，而我们建设者的建筑物可是长久的。所以，我发现建设总体设计缺乏前瞻性，没有把'洪刚小区'同四周自然生态融为一体去考虑设计规划，自然资源被忽视和浪费掉了。在欧洲，不难发现人们对于自然的敬畏和热爱，缘于屋前房后的风景，包括路旁的树木、花卉、草地、河畔等，处处充满了人与自然的和谐，谈到我们对灾区的援建，又是怎样看待自然，融入自然的呢？这方面显得有些欠缺。

再说楼房建筑设计，既没有地域民族特色，也缺乏建筑造型。远远望去，方方正正，循规蹈矩，不思变通。建筑大师也是艺术大师，建筑之美同样可以陶冶情操，因此，在设计上，要让我们的建筑给人以美的享受。大家也许知道，美国有个州的一所中学，学生经常旷课，发生打架斗殴事件，弄得社区治安混乱，警察很头疼。什么原因呢？一位心理学专家经过调查分析后得出结论：是校舍建筑设计有问题，青春期的孩子，看见那种建筑造型便烦躁不安。后来拆掉校舍，重新设计建造了一所新的校舍，结果不

第十八章 子承父业

仅风气好了，后来这所学校竟然成为远近闻名的一流学校。

还有整个援建工程的建筑颜色也十分单调，同周边自然生态以及西南地域的气候条件不协调。一个小区的色调，千万不可小视。大家都懂得绿色活泼、红色热烈、黄色庄重、黑色沉重、蓝色深沉、白色素雅。使用什么颜色，要考虑周围环境，还要考虑谁来居住、单位性质等，并不是随心所欲之事。

我在'洪刚小区'看了两三天，小区功能较为合理，只是休闲娱乐设施不足，广场太小，没有花园、喷泉、雕塑之类的装点，居住时间一长，居民便会产生厌倦疲劳的感觉，无处可走，无处可看。这次我们群星建设集团要在西南承建的多处工程，无论在整体规划、建筑设计、功能建设、利用自然环境，甚至建筑颜色等方面，都要力求讲究科学性。"

贾日辰在结束讲话前，特别强调了城南建设开发，一定要科学论证。他说："一片小区，一座标志性建筑，都应该召开研讨会，听取方方面面的意见。政府在城市建设上要不怕批评，欢迎批评。良药苦口，忠言逆耳，在城市规划建设问题上更为重要。这只不过是自己的一己之见，如有错误的地方，请各位老师、专家们赐教。"

贾日辰起身立正，再次恭恭敬敬地向大家鞠躬。

会场上响起了热烈的掌声，贾星边鼓着掌边向儿子贾日辰说了一声："谢谢！"他对大家说："这是我听到的最严厉的批评，把我从沾沾自喜中拉了回来。我们原先总是拿援建工程作为骄傲资本，现在我清醒了。"

参会人员都笑了起来，崔奕铭在一片笑声中说："老贾啊，把儿子放到市建设局来吧，我们需要这样优秀的人才！"建设局长带头鼓掌，但掌声不是很响亮，群星建设集团一大帮工程师、设计师、建筑师们并不附和，有人说千万别挖我们的墙脚啊。

周晟俊还在埋头记着什么，掌声停止后，他才把笔放下来，清了清嗓子说："我没啥说的，后生可畏。这次研讨会是我在蟒河市遇到的最好的一次，大家畅所欲言，实事求是，说真话，说实话，敢于批评，勇于批评，在鸡蛋里挑骨头，在优质工程中找不足，这就是我们建设者的品格！"周晟俊正讲着，忽然叫了一声贾日辰，大家都不明白市长要干啥，静静地听着。周晟俊翻着笔记本看了看，指着贾日辰说："城南开发建设，你来任总指挥长兼总工程师，你老子和崔奕铭当你的副手。"

散会后，周晟俊没有留下来用餐，他事情太多了，电话一个接着一个打进来,也必须赶回办公室,一大堆事在那儿等着他。处理完办公室的事后,他才疲惫地步行回到家里,老伴和女儿周悦在看晚间新闻。老伴起身问道:"还没吃吧?"

"吃过了,在政府食堂胡乱垫了垫。"周晟俊坐下来说,"周悦,你上次说的贾日辰,果然优秀,算得上青年英杰,我看发展势头要超过他老子。"

"那还有假?我看的人错不了。"

周悦和她爸闲聊着,贾月辰就打电话来了,她说:"年新立加班去了,我打算陪弟弟贾日辰看场电影,你去不去?"

周悦说:"那还用问吗?"

电影屏幕上演的是什么,周悦根本就没看进去,她只顾着同贾日辰说话。好在旁边没有人。周悦和贾日辰天南海北、古今中外地谈论着,很是愉快。贾日辰建议周悦发挥专长,办一个《建筑月刊》。贾日辰说:"《建筑月刊》只要办得好,一定有市场。"谈到建筑,贾日辰可以滔滔不绝。他说:"建筑记载着人类社会的进步,无论是战争,还是和平;无论是天灾,还是人祸,建筑都有详细的记载。如果一座楼房是建筑的微观,那么一座城市就是建筑的宏观,建筑记录着城市乃至社会的文明进步和发展。今天人类社会已到了低碳文明时代,绿色建筑、生态建筑、智能建筑,必然应运而生,这对《建筑月刊》是一个挑战。

"难道你害怕挑战吗?"贾日辰问周悦。

周悦的眼直勾勾地盯着贾日辰,说:"不怕!"

电影散场时,贾月辰半开玩笑半认真地悄悄对周悦说:"日辰可是有女朋友的呀,再说你比他大好几岁呢!"

周悦的脸有些红,她也半开玩笑半认真地说:"那又能怎么啦,现在流行姐弟恋!"

贾月辰笑着说:"姐弟恋。"说着她们一起放声大笑起来,携手走出电影院。

与贾月辰姐弟分别后,周悦走在回家的路上,开始严肃地审视自己的内心世界。姐弟恋?难道我真对贾日辰动了感情?不可能的。可与他在一起那么快乐,那么渴望见到他,不是感情又能是什么?周悦没有从城市的中心大道回家,而是绕道在河边的滨江花园里漫步。很久以来,她第一次那么认真地正视自己的心态。不是老的,就是小的,怎么就没有与自己般配的呢,到底是什么地方出了问题?周悦开始反思她个人的情感经历。青

第十八章 子承父业

春年少时，曾有过火热的恋爱，后来也拥有了幸福美好的家庭。自从灾难降临后，她才把心给封闭了起来。与自己同龄的男性，总能让她想到那个爱她的丈夫，那个对她呵护倍至的爱人。周悦一直以为自己是坚强的，是有足够的勇气战胜灾难带给她的痛苦的。但此刻她才发现，其实她越是故作坚强，内心越是脆弱。否则，为什么她一直不愿意与她年纪相仿的人交往呢？甚至连普通朋友似的交往，都会让她想起曾经的他，从而让她感到心里阴冷。她回忆起了心灵窗口再次洞开的时刻，那是在贾星的办公室，是这个同父亲一样的男人，让她心跳，让她感觉到自己受伤的心可以停靠。与贾星在一起，只是正常的交往，工作的交往，都让她特别有安全感。周悦觉得，就这样已经足够了。可是，现在却又跳出一个年轻版的贾星，再次点燃了她的激情。贾日辰渊博的学识，认真的态度，腼腆的表情都让她有一种想要去亲近的渴望。周悦想想都觉得好笑，她不是一个喜欢把心事隐藏起来的人。于是，她打电话给贾月辰，让她到河滨花园的咖啡屋坐坐。

听着咖啡屋若有若无的轻音乐，周悦把她的心事向贾月辰和盘托出。她把与贾家的一系列不解之缘，归咎于贾月辰。贾月辰呵呵地笑着说："这事咋是我的责任呢？是你太多愁善感，情商太高。"

周悦说："不是你的责任是谁的，这叫爱屋及乌。"

周悦的感情世界，随着贾日辰的回国开始动荡不安。

贾月辰没有把周悦的心事向任何人提起，周悦的喜怒哀乐，她都能感同身受。她明白，周悦只是从理想化的角度上被贾日辰暂时迷住了。当局者迷，旁观者清。周悦处在情感的饱满期上，她看不到现实的因素。但这一切，贾月辰却看得清清楚楚，她最了解周悦，也最了解贾日辰，所以，她知道他们俩在一起只会奏出一声半调的插曲，彼此都不可能是对方的终身伴侣。但在这种事情上，贾月辰既不能往里面加催化剂，又不能釜底抽薪。因为，只要她插手了这件事，无论事情发展到什么程度，无论插曲在哪个地方终结，都有可能让三个人处于尴尬的境地，她就有可能失去闺蜜，或者失去弟弟的信任。贾月辰想，最好的办法就是顺其自然，大家都是成年人了，该走的路总要走下去。

周悦对贾日辰的心动，贾日辰一点儿也没有察觉，他喜欢周悦姐，但那种喜欢，与他对姐姐贾月辰的喜欢是一样的，有时候他甚至分不清哪个才是他的亲姐姐。月辰姐和周悦姐都乐观大方，性格都有些大大咧咧，天生一副乐观派，在生活中都直率、天真、我行我素，但在工作上却都认真到可以用兢兢业业来形容。不同的是，月辰姐学理科，更理性一些；周悦姐学文科出生，又天天和文字打交道，更感性一些。贾日辰希望周悦能把《建筑周刊》办起来，让她在工作之外能有一块展示才华的阵地。他想：只要她用心去经营这块自留地，她会感到人生更充实、更有价值。

周五晚饭后，贾日辰打电话给周悦，请她去"月满楼"喝茶。别看贾日辰在国外多年，却一直喜欢喝茶。他觉得茶有茶的味道，咖啡有咖啡的特别，他两者都喜欢。就像对中西方不同的文化一样，贾日辰都不排斥，都喜欢去了解，去学习。一个人，什么多了都未必是好事，只有文化知识，甭管它姓东还是姓西，掌握得越多越好。

接到贾日辰的电话，周悦感到了少有的紧张。无论周悦平时有多么开朗，但此刻，面对自己喜欢的人的邀请，她表现出了一个女人固有的娇羞。尽管她并不觉得自己比那些没结过婚的女孩子差，但在男人与女人的问题上，她还是逃不掉那些根深蒂固的观念。如果贾日辰不主动约她，她倒更自信，但真要去单独与他见面，她反而觉得有些许自卑了。好在自己是吃记者这碗饭的，见过大场面，所以，在贾日辰见到她的时候，他没有发现周悦与以往有任何不同。

在贾日辰的精心策划和建议下，周悦坚定了办《建筑月刊》的决心，但她认为办月刊更好，可以试办几期，如果前景好，反响好，再改办旬刊、周刊。

"办这个《建筑月刊》，最好能与群星建设集团合办，一是专业对口，二是群星集团企业文化部的小北，可是这方面的高手。"周悦兴奋地说。

贾日辰拍了一下大腿，说："我怎么没想到这点呢？这样更完美。"

两人正谈在兴头上，一个身材纤弱的女服务员过来为他们添水。女服务员穿着一袭素雅的白裙，走起路来娉娉婷婷的，与茶楼古典风格的装饰很般配。她一手提着铜质的小水壶，另一只白皙的手做成一朵兰花型轻搭在壶柄上，贾日辰和周悦都不约而同地把目光投在了她的身上，一直到白裙服务员袅袅娜娜地走开，他们才回过神来。这时，茶楼的背景音乐突然变得凄凉起来，周悦看着服务员的身影，感叹地说："这是《枉凝眉》，此景此曲配上此人，倒真有些古典气息，恍然让人觉得真进了大观园。"

贾日辰说："是呀，刚才那女子，如果再多三分病态与傲骨，活脱脱一个林妹妹。"

贾日辰的话让周悦惊愕得张大了嘴巴，她没想到日辰居然也对《红楼

第十八章 子承父业

梦》感兴趣。"你以为我在国外就对咱祖国的文化精粹一窍不通吗？"看到周悦不敢相信的神情，贾日辰接着说："很多男人不屑于看《红楼梦》，觉得一群女人和一个不算男人的男人没什么好看的。他们不知道，女人是半边天，再爷们儿的作品，看得再多也只有半边天，只有把有关女人的作品读通了，读透了，才拥有一片完整的天。外国人就很喜欢《红楼梦》，觉得那才是体现女人自觉意识的伟大作品。"

"我还以为你除了搞建筑都不涉猎其他方面了，好样的，比你月辰姐有内涵。"周悦掩饰不住自己的兴奋，眼前这个看似幼小的男孩，内心是那么的成熟稳重。想到这里，周悦问，"那你喜欢《红楼梦》里的哪个女孩？"

贾日辰又开始了他招牌式的脸红，"没有喜欢不喜欢之说，每个角色都有她的美和不足，我个人最喜欢平儿。"贾日辰喝了口水，接着说，"在贾府里，她算是生存能力最强的女人之一，不管是对强势的凤姐，还是府里的主子与下人，她都把关系处理得很好。不怨天，不尤人，该安静时安静，该热闹时热闹，扮演好了自己的角色。最重要的是，她的心态很好，没有刻意去争名夺利，没有膨胀的私欲，所以，她得到了善终。"

"那你说我比较像哪个？"周悦好奇地追问道。

"嗯……"贾日辰顿了顿，想了想，说，"你比较像史湘云。"

周悦愣了一下，问："哪点像？"

贾日辰说："豪爽，豁达，明理，感性。"

周悦一下子便从幻想中醒了过来。她知道，今生，她是没有办法做他的"平儿"了。但那又如何，一辈子的朋友，又何尝不是最好的归宿？既然像"湘云"，就应该像她一样，拿得起，放得下，在喝醉了的时候，找块大石头便能安稳地睡下。周悦这样想着，心里又陡然明朗了起来，她内心的忐忑与念想彻底消失了，这才正儿八经地与日辰讨论主办《建筑月刊》的事。

蟒河市政府正在申报全国文明城市创建工作，特邀省城文艺团队在春节期间来蟒河市演出，以丰富人民群众的文化生活，增添节日气氛。省城文工团过来了一大群人，有导演、舞台总监，他们指定大剧院为演出场地。他们说春节天冷，不适合广场演出，不能不考虑群众的感受。

蟒河市政府下了决心，答应对方的要求，并且签了演出合同。周悦同省城文工团导演、舞台总监关系很好，还特意请他们在群星大酒店吃了一顿饭。搞文艺工作的几乎都是性情中人，再加上群星建设集团热情好客，贾星、宋星、赵欣然又是敬酒，又是夹菜，把导演、舞台总监接待得很舒服。

贾星开玩笑似的说："来蟒河演出两场就走，多麻烦呀，又是布景，又是拆台的。既然这样，不如多演一场。"

导演举着杯子说："演几场都没有问题，可费用不够，总部就给我们这点预算呀，哪能跟你们群星集团比呀。"

宋星这个上海人很精明，他端着酒杯过来了。"群星大酒店咋样？吃住都还满意吧？"

导演说："算得上五星级了，特别是饭菜，很有特色。"

宋星笑着说："你们过来演出，吃住免费咋样？"

导演也不傻，哪有天上掉馅饼的好事，他一本正经地说："别，别，有事明说，亲兄弟还是明算账的好。"

满桌子的人都笑了。周悦同舞台总监交头接耳说了一阵子，舞台总监点点头，站起身朝饭桌对面的贾星、宋星说："演一场的成本，少说得这个数。"舞台总监伸出一个巴掌。

贾星不明白地问："三百万？"

导演拍着贾星的肩头说："三十万。"

蟒河市政府用文艺演出作为大剧院的落成庆典，一连演了两场。群星建设集团也拿演出当作大剧院的竣工庆典，同样演了两天，第一天答谢全市人民对群星建设集团的支持，把门票分发给了政府机关、各人民团体以及建筑行业的其他部门；第二天是群星集团的专场，这天正逢大年初五。

大年初五是周悦给贾月辰选定的结婚吉日。按照贾星的意见，贾月辰同年新立的婚礼庆典不能大张旗鼓。否则，群星建设集团下属那么多单位，不都跑来了。这样不好，人家会说闲话，说你贾星利用女儿婚礼，大肆敛财。贾月辰最近正被市委组织部考察，拟任建设局副局长，还在公示期内，听说是全市最年轻的领导干部，很多人都拿眼睛盯着她呢，何必抢这个风头。

贾月辰只请了建设局的职工，年新立的门窗厂倒是来了百十人，贾星只把群星建设集团的董事们叫了过来。胡敏到宴会大厅时还是吓了一跳。她说不铺张不铺张，还是来了两三百人。建设局长说，这算啥事嘛，就凭你们集团就该来几千人，这算是很低调的了。

周悦感觉贾月辰有点亏，就为一个乌纱帽，被弄得束手束脚的。结婚这么大的事，人生能有几回呀，她在家里这样说时，周晟俊却说贾月辰做得对。这不是什么乌纱帽不乌纱帽的事，是影响，是社会舆论，是群众的

第十八章 子承父业

口碑。

胡高下午找到周悦,他说:"周悦姐,我倒有个主意,可以给月辰一个惊喜。"周悦正想不到好法子为贾月辰弥补,听胡高说他有好主意,便让他说来听听。胡高却卖起了关子,他不说正事,而是问周悦敢干还是不敢干。周悦急了,推了胡高一把说:"不说是不是?你姐除了杀人怕见血外,没什么不敢干的。"

周悦的胆识,胡高是清楚的,他知道周悦能干、敢干。但他的确还没想好,这个主意一旦实施,到底对贾月辰是有利还是无利,他也没有十足的把握,千万别搞出什么乱子。胡高想到这里,他开口了,"打算利用大剧院门前的电子屏幕,为月辰姐写点什么。"胡高看见周悦眼睛一下子明亮了,他一直是看着她的眼睛在说话的。

周悦和胡高抓紧时间编了一段文字,没有明提贾月辰结婚的事,却把结婚的信息揉在文艺节目的评介之中,让人读后立即便感觉到了新婚祝福的意思。他俩跑去把这段文字输进了大剧院门口的电子屏内,黑幕红字异常耀眼。

傍晚,群星建设集团的员工带着家眷立在屏幕前,噢,今天董事长的女儿贾月辰结婚了,年新立那小子有福气啊。真得祝福这对新人。人们通过电子屏幕,有秩序地进入了大剧院检票口。

省城文工团的文艺节目演出结束,观众席上的观众没有一个人离开,他们都以为节目还没结束。最后一个节目应该是贾月辰和年新立的,进场的时候,门外的电子屏上不是说得很清楚嘛。

贾星、胡敏起身回头环顾了剧场四周。突然有人带头鼓掌呐喊:贾月辰来一个!年新立来一个!掌声如潮。贾月辰和年新立没办法,不登台看来是不行了。他俩手拉着手,登台唱了一首《今天你要嫁给我》。

群星建设集团的职工不放过他们,在一片喊声里,他俩又唱了一首《知心爱人》。新婚夫妻的歌喉和工人们的热情感动着省城文工团全体演职员工,他们百余人同时出场,为新婚佳人、为集团员工献上了一首《今天是个好日子》。

台上台下顿时成了歌的海洋,人们都沉浸在幸福与祝福之中,久久不愿离去。

第十九章 鲁班奖项

春节前，群星建设集团西南分公司收到了灾区政府的公函，要求群星建设集团承建的所有工程在年底必须竣工，特别是在建的中小学，务必在秋季开学前交付使用。

徐志钢、张总经理在电话上请示了贾星。贾星态度明确，不论什么情况，一线工人都得放假回家过年。一年到头，建筑工人和技术员这么辛苦，总得回家过个年吧，年三十不管咋说也得和老婆、孩子团圆。否则，如何向职工家属交代啊。贾星说："有什么事，你们过来说，到蟒河市来一趟，我们共同商量。"

于是，徐志钢和建筑公司张总经理领着分公司七八个人，在大年初二动身过来了。贾星握着徐志钢的手说，你们来的正是时候，啥事都别说，明天看演出。群星建设集团的领导陪着他们一起看了慰问演出。第二天，才集中听取徐志钢他们的工作汇报。

徐志钢说："群星建设集团在西南地区承建的工程，工期必须提前，特别是中小学的建设工程，要求在秋季开学前竣工。灾区目前有四个县的中小学生，仍然在板房里上课。"

"县、乡教育部门找我们交谈很多次了。"张总经理说，"他们要求迫切，学生家长和社会给他们的压力很大。还有卫生院、养老院。卫生局、民政局也找上门来了。"张总经理把这些部门的信函递给贾星。

贾星读了信函，便递给宋星和胡敏他们，让他们传阅。他问徐志钢："目前工程进度如何？"徐志钢把工作情况作了比较详细的汇报。赵欣然、贾日辰把了解的情况也向大家作了介绍。所承建的工程有一半完成了主体工程，而另一半只是有个基础。现在的主要矛盾是工期短、任务重，不仅施工队伍力量不够，还缺乏大量的施工技术人员。

徐志钢说："单凭西南分公司的力量，很难完成承建任务。"

贾星侧过身问宋星："大剧院竣工后，钢结构施工队和机械设备又调整到什么地方去了？"

"大剧院工程争分夺秒，施工队伍没有一天休息，有的人身体累垮了。春节期间放假半月，大型机械设备正在保养维修。"宋星知道贾星在考虑把大剧院的这支队伍拉上去，所以他不得不为施工队叫苦。

贾星没有直接回答徐志钢的难题，问过宋星后，又问姬勇斌："太阳能公司现在的情况怎样呢？"

姬勇斌说："前段全部拉到大剧院的建设工程上，突击完成了大剧院的安装任务。"

李永刚没等贾星问话，便主动说："群星市政工程队没有大项目的在建工程，可以派出一支市政工程队，支援西南分公司在建的道路交通和市政设施建设方面的工程。"

贾星对姬丹枫说："世界门窗城建设工程，市政府一催再催，任务不轻。如果抽出一支太阳能安装队去西南，这得看你的安排了，原则是不影响这里的工程进度。"

姬丹枫认为抽一支安装队伍没问题，但五六月份必须赶回来突击世界门窗城，否则，年新立搞的世界门窗博览会要受很大影响，市政府会追究责任的。

群星集团的各位副董事长和各公司的总经理对西南分公司当前面临的困难，都发表了看法，他们提出了很多有价值的建议。但也都认识到，必须从蟒河这边抽派施工队伍和大批技术员过去，就地招收农民工是不能承担钢结构建筑工程的。所有人在发言中，都要求去西南建设工程工地，态度坚决。

贾星综合大家的建议，最后决定将大剧院建设工程的施工队伍派过去，包括大型建筑机器设备，还有太阳能安装第二分公司的队伍。考虑到大剧院工程刚竣工，施工队还没有完全休整好，去西南的时间可放在正月十五之后，让工人们过个快乐的元宵节吧。但李永刚的市政工程队，必须抓紧时间把基础设施建设好。

姬勇斌提出，太阳能安装队可以晚些到位，先干世界门窗城的活。等西南分公司那边主体工程搭建起来，再去突击安装两个月，这样调配队伍比较合理。贾星点头同意姬勇斌的建议，他说："太阳能安装队和门窗安装队一起过去。那个时候，我想钢结构施工队和市政工程队也该返回了，这样可以缓解工人的吃住压力。"

宋星说："大剧院工程建设的这支施工队伍，包括技术人员，我都了解。建议由我带队，去指挥工程施工的工作。"大家都说西南地区承建的工程所在地域条件艰苦，宋星副董事长年龄大，身体又不好，还是年轻人去比较合适。贾日辰站起身来说："这事别争了，当初集团领导是把任务交给我的，我去最合适。"

赵欣然说还有他。宋星不同意，他咋说都要去，灾区援建工程说什么都该轮到他了。大家争得面红耳赤，一个都不让，争着要去灾区。徐志钢和建筑公司张总经理很感动，他们说由宋星、贾日辰、赵欣然、李永刚的四人组合比较理想。

"好啊，我看可以。"贾星说，"老宋，辛苦你了，你就带带他们吧。但要注意安全，灾区工作条件差，别像我一样，千万别丢了零部件。"

"不会，虽说同样是任务紧，条件可比你们那时候好多了。"

贾日辰、赵欣然、李永刚带着工程队，年还没过完，便踏上征程，奔赴祖国的大西南。

蟒河市城南开发建设规划得到了省政府的批复，市政府拿到批复文件后，组织专家、学者就城南建设开发进行了专题研讨、座谈。专家、学者们的一致意见是，钢结构建筑工程应在城南建设中占主导地位，要有超前意识，起码一百年不落后。千万要避免以往的错误做法，新区才盖一半，工艺材料设计便被淘汰。在城南开发建设中，不仅工程项目要进行招标投标，而且在建筑设计上更要进行招标投标，请建筑设计专家严格把关。

周晟俊市长完全赞成专家、学者们的建议，他认为要把城南建成绿色城区。建筑业是蟒河市的优势产业，要通过城南开发建设，展示蟒河市的建筑水平，无论是建筑材料、设计风格、片区规划，还是施工技术，都必须赢得行业的认可、赞扬。周市长责成建设局制订一个详细的招标方案，每个关键环节都要提出要求。

群星建设集团对蟒河市城南开发建设，很重视。他们知道，钢结构建筑是自己的强项，如果在设计上跟不上，就不那么完美。自己的施工队伍拿着别人的设计图纸在那里施工建筑，等到将来城南建设好了，人们看到这楼房造型有特色，很别致，别人问是谁设计的啊？那还不把群星建设集团的脸面丢尽啊。

贾星把蟒河市城南开发建设规划图纸摊开，他和胡敏、姬丹枫等人围着图纸端详了半天，也没弄出个头绪。城南建设规划分四个部分，按照省政府的要求，在这片地方建教育园区，把省里的一座职业教育院校和幼师学校、建筑工程学院等，搬迁过来。省教育厅特别强调了幼师学校的建设，这是全国第一所特别类型的学校，国家教育部要亲自组织专家验收。另一部分是高新科技园区，省级有两家科研单位落户，一家是农业研究院。这家研究院贾星知道，主要研究小麦、玉米和棉花，在全国名气大得很。省政府把靠近城南的一个乡镇，划归农业研究院作示范区。另一家据说是军工方面的，对外叫锅炉厂，建筑条件要求高，并带有保密性质。选择的地址是靠近西南的丘陵地带，那里有一片茂密的森林，蟒河在林区转了个弯，向市区流去。再就是居民生活区和商业集贸批发区。

胡敏说："城南的开发建设，规模相对城东来说是大了许多，但较为宽敞，不像城东那么密集，所以在建筑设计上更要有特色，四大小区风格各异，在小区内又有差别。比如说教育园区里的三所学院，应有各自的特点，建筑工程学院是建筑的最高学府，设计上稍有不慎，便会遭到一代又一代学子的嘲笑，甚至作为不好的设计，用来作教学点评。目前，应集中几天召开工程技术人员大会，动员全体工程技术人员，开动脑筋，积极参与招标投标的准备工作。"胡敏看了看贾星他们几个人，继续说："就凭我们几个人，在这里商量来商量去是不行的。"

"三个臭皮匠，顶上一个诸葛亮。"贾星说，"好，我们就搞个群英会。有条件的话，还可以请大学教授、建筑专家、工程院院士过来帮我们一把。听听他们的意见，给我们指导指导，都是有好处的。"

群星建设集团为备战城南开发建设，专门就投标之事召开了董事会。胡敏、姬丹枫两人还去了一趟北京，请来了京城一名牌大学的著名教授和中国工程院院士，为群星建设集团出谋划策。贾日辰从西南赶回来，通过电话，把远在德国的女朋友末莉以及末莉的父亲请到中国来。末莉的父亲是德国有名的建筑工程师，在群星集团董事会上，贾日辰当翻译，把末莉和她父亲的意见、建议告诉给大家。他们的建议是注意环境，人与自然相融，尊重自然生态。他们考察了城南，虽说荒芜，却清新宁静。野生树木、花草看似零乱，却是一片和谐，在德国境内很难找到这么自然的原生态。所以，他们主张在小区尽可能保留这些处女地，即使建设，也要有园林，中式园林，欧式园林，甚至中西园林。末莉是学园林设计的，群星设计院请她按照规划，设计三四处中式园林。胡敏对末莉说："可以先去苏州等地考察一下，我们集团期待着你的杰出设计。"

贾日辰把他母亲的话翻译给末莉听，末莉高兴地说："我要拿出最佳的设计方案，争取获你们的祖宗奖。"

贾日辰笑了，他说："祖宗叫鲁班，不是祖宗奖，是鲁班奖。"

末莉拍着手念道："鲁——盘。"

贾日辰嘿嘿嘿笑着，向她伸着大拇指。贾星在董事会上，除了感谢专家、学者对群星建设集团的帮助之外，还特别就末莉的父亲提出的人与自然的关系，谈了自己的看法。城市的物象大同小异，表面看富丽堂皇，其实内心荒凉失落。唯有自然风光独特、真实、多彩、宽广。蟒河市城南郊区，让人们想起少年时期的山坡、小河、原野、丘陵、花鸟、草树，这些都让人怦然心动。现在要开发，让建设者陷入矛盾之中。那么，建设者如何才能做到生命和自然和谐相融、互为依存，这是一道放在眼前的难题，在城南建设设计中，必须把它解决好。

群星建设集团决定把赵欣然抽调回蟒河市，负责制订城南开发建设方案，主抓投标工作。贾星认为城南开发建设工程项目，投标竞争会非常激烈。省政府要求所有工程项目，不搞地方保护主义，谁家工程选价合理，谁设计理念新颖，造型美观，谁家就上。群星建设集团在全省是有实力的，但从全国范围看，在许多方面又有不足之处。好在城南开发项目划分的标段较细，比如教育园区，几家学校共建一座图书馆，一座体育场，这样就把教学大楼和实验室、宿舍区、教师公寓分割开了。群星建设集团各公司都有望夺得标段。贾星向各公司提出要求，全力以赴，抢夺标段。他问赵欣然："能不能把三分之二的标夺过来？"

赵欣然摇着头说："刚刚回来，还没到各公司去商量具体事情，心里没有底。各公司要根据自己的优势特长，选定投标方向。这里必须防止自家同自家争标的情况发生，比如说，太阳能公司应把投标目标放在整个城南建设上，让新城南全部用上太阳能。还有群星市政工程公司就去抓新城南的市政工程，不要眼睛盯着什么图书馆、体育场项目。"赵欣然谈了自己的看法，他对各公司总经理说："明天召开分析协调会，防止自家人打自家人。"

贾星说："西南建设项目现在看来得提前，一旦城南工程项目中标，群星集团就得集中优势兵力，打歼灭战。赵欣然呀，在投递标书时，凡是群星集团的工程项目，通通工期最短。在这一点上，要强过别人。集团优势在哪里？就是人力、物力、财力等资源的合理配置。一个公司中标，三四个公司都可以拉上去。像战争年代那样，集中优势兵力，各个击破。"

赵欣然多年来都在从事这项工作，照说应付一下市里的招标投标，可以说是轻车熟路，凡是他组织的投标方案，基本上都是成功的。但这次他认真分析情况，又去市建设局打听了消息。市建设局的同事告诉他，这次评标由省厅负责，专家组成员在专家库里随机提取，现在根本就不知道是谁。赵欣然一听这事，认为不能掉以轻心，必须认真对待。好在他大概掌握了一些情报，比如某省建筑工程公司参加投标，某省建筑设计院报了名，屈指一算，省外前来投标的就有十几家。

"知己知彼，百战不殆。"赵欣然对项目公司的人讲《孙子兵法》，他让下面的人去收集外省十几家建筑公司、建筑设计院的情况，主要是收集人家的优势。对方的长处一定要实事求是地反馈过来，否则就很难打赢这场战争。项目公司的人员都离开了办公室，各司其职，各行其是。赵欣然便把这几年的投标方案翻出来，翻来覆去作了研究。虽说大多都是他亲自做的，但有的教训或经验重新温习一遍，还是有很大帮助的。

贾星参加了由赵欣然主持召开的协调会，十几家公司都将参加蟒河市城南开发建设工程的投标，各公司总经理谈了自己的优势，在制定标书时，这是至关重要的。赵欣然说："各公司老总的眼光不够开阔，对贾董事长的指示理解不深，眼睛老是盯着公司内部，要知道集团的优势在资源共享。最起码有四大资源大家都可以利用，一是环保节能型门窗，二是享有环保节能太阳能安装，三是基础设施建设的市政工程，四是钢结构建筑工艺。你们公司没有，不要紧，集团有呀。集团的资源，就是各家公司的资源。如果在制订投标方案中，把这些资源写上去，百分之百中标。"

赵欣然指着群星房开建筑公司举例说："你们公司如果投标校园宿舍、教师公寓，便可把太阳能这个优势放进去，凡是你公司建的房，都可以享受绿色环保能源，并且不用花钱。教育园区的评标专家看了，还不高兴坏啊。"他滔滔不绝说着投标技巧，还说不会利用优势资源的人，是傻瓜。

经赵欣然这么一说,各公司的老总茅塞顿开,心里有了把握,底气也足了。他们纷纷表示,一定让所投出去的标开花结果。

群星建设集团下属各公司目标明确,对准自己看中的项目,科学制订建筑设计方案、施工方案,并统一按照 ISO 9000 质量管理和保证体系,注重工程质量和生产安全。几乎所有工程的竣工工期都比标底工期短,提前三十天,甚至五十天。

方案送到集团项目部,赵欣然首先搞了一次模拟评标活动,让大家对方案品头论足。然后根据大家的合理化建议,作最后的修订。赵欣然不好意思地说:"这是贾日辰临走时交代我的。他说在国外,一个方案拿出去,在家得先过几道坎。"赵欣然说到贾日辰,让贾星突然想到德国女孩末莉,他在心里盘算着,她去苏州也该回来了。他问赵欣然说:"日辰来电话了吗?"

赵欣然说:"我俩天天打电话交流,不然我咋有那么多点子呀!"

末莉她父亲回德国去了,末莉留了下来。末莉原打算跟贾日辰去西南那边,贾日辰不想让她去,便说西南还没有建设好,不对外开放,你去怕引起非议。末莉耸耸肩,只好作罢。

她用半个多月时间走访了群星集团的所有公司,对设计院、钢结构研究院、群星学校、门窗厂和世界门窗城有了很多了解。她给德国的父母同学写信,谈了很多群星建设集团的情况。看完了蟒河,因园林设计需要,胡敏又陪末莉去了一趟苏州。

中国园林历史文化给末莉很大的启发,她走一路写一路,还画了上百张的草图,从苏州、杭州到南京、上海,她还觉得没玩尽兴,没有看够。缠着胡敏给她讲西湖的故事,讲雷锋塔,讲白蛇传。有的地方好讲,而有的地方又让末莉无法理解,弄得胡敏不知如何表述是好。

胡敏从末莉那里学会了不少东西,特别是末莉的速写草图。末莉爱画画,她所画的画,在中国叫漫画。胡敏想德国也许同样叫漫画,现在的动漫就是舶来品。末莉根据胡敏讲的白兔童话故事,画了一系列白兔漫画。胡敏看着看着,就想到幼儿师范学校,能不能以大白兔童话的故事设计出一座幼师学校呢?

胡敏的这个想法不仅大胆,而且别致,幼儿、教师、童话、学校是有关联的。她把想法同设计院的同事一商量,引起大家的兴趣。说干就干,五天后便拿出了设计方案,还依据设计,搞了一幅效果图。

第十九章 鲁班奖项

姬丹枫把效果图送到广告公司，制作出了几幅喷塑宣传广告。趁蟒河市召开教育工作会议期间，贴在会场外，征求教育工作者和教师的意见，结果出乎意料。省教育厅的领导找到群星建筑设计院，用童话故事的理念，给全省小学和幼儿园设计新校园。他们说："全省有一百多所县、乡小学急需改造，危房旧楼今年都得拆建，感谢群星建筑设计院，解决了我们一个很大的难题。"

紧接着，蟒河市城南开发建设工程开始招标投标了。第一轮下来，群星建设集团得到了教育园区的全部招标工程项目。居民住宅和商业集贸批发区得到一大半工程。蟒河市一建，成绩也不错，科技园区基本上被他们拿到了手。

赵欣然在给群星建设集团董事会汇报工作时，介绍了这里面的情况，他说："两家科研单位以钢筋混凝土工程为多，特别是地下工程较为庞大，像农业科学研究院，他们需要地下冷藏库。军工也是如此。地下工程土木建筑为主，市一建扬长避短。但是，科技园区所有的钢结构建筑，群星建设集团中标。从总体上看，集团在城南建设工程上占了三分之二。"

胡敏说："最可喜的是，城南整体的市政建设被李永刚他们弄到手了。"

李永刚显得很激动，他说："功劳是茉莉的，她的几处园林设计，让评委们傻眼了，中西合璧，专家们说古今中外结合得天衣无缝。"

"好啊，这叫功夫不负有心人。"贾星说，"付出一份心血，收获一份回报，再有一两个月，我们在西南地区承建的工程也要全面竣工了，告诉大家一个好消息，今年全国建筑业的鲁班奖，我们在西南的承建工程榜上有名，现在正在公示。"

"建议各公司尽快动工。"姬丹枫说，"趁大队人马没有上阵前，获标工程基础作业应着手干起来，把集团的大型机械全部拉上去，不够的可以再租用一批。"

贾星说："这个主意好，科学的统筹法，编排施工，这可以加快工期。"贾星说着有些兴奋，他继续对大家说："从明天起，所有集团领导和有工程的公司领导，通通下到一线，办公室不留人，一律现场办公。哪个环节出问题，追究领导责任。好吧，就这样了，我们提倡开短会。"

西南地区群星建设集团承建的工程终于完工了。宋星、贾日辰、徐志钢和建筑公司张总经理，不负众望，一举获得多项鲁班奖。消息传到蟒河市城南建设工地，群星人一片欢呼。

贾星同胡敏、姬丹枫、张秀琴等人商量，决定下午在建设工地会餐。中国人一有喜事，最少不了的就是喝酒。平时管理严格，不许施工喝酒，这把大多数工人馋坏了，许多人晚上倒床上，喝上二两不过瘾的小酒，就蒙头大睡。贾星是了解的。所以，提出喝顿庆功酒，也是给建筑工人找个喝酒的由头。

大家喝到兴头上，一说明天是周末，贾星便决定放假一天，也让工人们回家看看老婆孩子。年新立端着酒碗找贾星，他说："老爸，董事长，这是人性化管理。"

贾星说："叫爸就叫爸，别遮遮掩掩的，又补叫一个董事长干嘛？"胡敏用胳膊拐他。

年新立红着脸说："大庭广众之下还是习惯叫董事长，这样自然。"

周围的人举着杯子或者大碗，一个劲地调侃年新立说："有那么优秀的爹，还不想叫，真是身在福中不知福呀，我们想叫都攀不上嘞。"

贾星冲着说话人大声嚷着说："对不起了，当初就该多生两个女孩，多招几个上门女婿！"

胡敏说："有本事你去生呀。"

姬丹枫对贾星说："生一个优秀一个，生俩优秀一对，还不满足呀。"她说着便朝胡敏笑，"胡敏再生一个，拿给他去养。"

胡敏说："想得美啊，等着抱孙子好啦。外孙生下来，他就给我带。"

年新立说："岂敢岂敢，区区小事，不劳董事长大驾。"年新立平时话不多，一说笑话，总能把大家逗乐。

就在群星建设集团放假的那一天，蟒河市城南发生了一桩惊动全城的大事。市第一小学校，在周末有两个班级的学生，利用好天气去郊游。当返回的时候，突然发现少了十一个学生。开始并没有意识到情况有多严重，两三个老师回头去找，没有踪影，便回到集合地点再次清点人数，还是不够。于是发动学生分头找，还是找不到，时间也被拖延得不短了，眼看天就要黑下来，老师便拨打了"110"电话。

城南区派出所十几名警察火速赶到现场，他们带着手电开始搜索。学生郊游的地方是一片林区，平时很少有人进入。警察们发现，这片林区属小丘陵地带，三座小山头成品字型，山头与山头之间，大约相隔五六里地，中间是洼地，芦苇杂草一两人高。有两名警察钻了进去，好不容易才找回

第十九章 鲁班奖项

原路，还差点掉进泥水里。

回来的警察说苇地里是沼泽地。所长一听，背上猛然袭来一阵冰凉，他感觉到事情不妙。赶紧打电话报告市局，同时，在四周寻找当地村民。好不容易找到一个老头儿。老头儿说那片洼地听说叫犀牛洼，不知咋叫这个名字，没有见过什么犀牛啊。这周围的人不去那里，听上辈人说，有人进去就没出来过。

派出所长爬到一处高地，用公安武警使用的特殊电筒往里照，没用，光柱跑到洼地里像似被吃掉一大截。整个犀牛洼没有一点光亮，深处黑着呢。四周树林阴沉，洼里芦苇野草，在夜风中摇荡，发出沙啦啦、沙啦啦的响声，令人毛骨悚然。

一大群学生家长跑来了，爷爷、奶奶、爸妈、舅姨、大姑、小叔上百人。他们把警察给围住了。派人找啊，站在这洼边干啥？不作为可不行呀！人群中有央求的，有指责的，有愤怒的。公安武警理解他们的心情，一边安抚着，一边向上级汇报这里发生的情况。市公安局领导赶到现场，一看情况比他们想象的还严重，立即向市政府汇报。周晟俊刚准备睡下，接到电话又穿衣出门，在电话里告诉公安局长说："调派武警，拉网式展开搜寻。要快！有没有警犬？全部出警。"周晟俊感到责任重大，他又打电话给地质局、林业局、国土资源局的领导同志，让他们派专家或者了解那一带情况的人快速过去。

武警支队政委打电话给周晟俊，他问要多少力量。周晟俊严肃地说："不惜一切代价！"政委一听周晟俊的口气，立即说："我们全部出发，请市长放心。"公安武警二三百人进洼地了，由于天黑，他们什么都没看见，险些搭上两位战士的性命。他们陷进沼泽里，费了九牛二虎之力，才把两名战士给救出来。黎明时分，公安武警全部从洼地里撤了出来。

学生家长听说进去的人空手出来了，哭声一片。有的家长不听劝阻，死活都要自己进去找。周晟俊让武警战士严格把守，绝不允许放人进去。周晟俊刚把话说完，市地质局的一名退休工程师来了。他说这片洼地他曾进去过，那是几十年前的事情了。当年大炼钢铁，想进去找找看有没有铁矿石，结果什么都没有，是一片湿地。他给周晟俊画了一张草图，说是从三边丘陵往下走，才能进入洼地。

一天一夜的艰难搜救，结果是令人大喜。喜的是武警战士在山洞里找到十一个孩子，确切地说是在一座地下宫殿里发现了他们，五男六女，十一二岁的学生，他们迷路被困在地下宫殿，吓得浑身颤抖，哭得跟泪人一样。还好，没有大碍。

蟒河市把情况翔实报告上去，引起省政府办公厅、教育厅、公安厅十分重视。同时也引起省林业厅、国土资源厅和旅游局的重视，几个部门联合组织了一个科考队，把方圆几十公里给考察了一遍。省文物管理局考察了地下宫殿，他们惊喜地发现，这是他们寻求已久的一处历史遗迹。过去只见历史记载，却找不到印证的实物。只有民间传说，走遍全省各地没有寻到一点蛛丝马迹。现在却在这块荒芜的沼泽泥地找到了它。地下宫殿古墓、石碑、石牌坊上都有记载，上面写得清清楚楚。一千多年前，颖慧英俊的皇太子，厌倦宫庭生活，反感权利争斗，更不愿亲骨肉之间的相互残杀，便让位给其他兄弟，来到蟒河，修建了这座"世外桃源"，在此寿终正寝，活到八十有九。一块大石碑刻有当年一幅景观图，只是，昨日的辉煌，早已烟消云散。

林业部门调查得知，这片森林能保存得这么好，不是管理得法，而是封建迷信。四周人家，世世代代往外搬迁，越搬越远，甚至不敢靠近林地和沼泽，久而久之，这片水域便被后人遗忘。听老人说这一带闹鬼，几乎四周的住家户都曾死过孩子。有的是水中毒，有的是鬼毒缠身，浑身溃烂。最近的事情发生在大炼钢铁那个年代。进去砍树的人死得惨，跑出来的人皮肤红痒，后来流脓，根本无法医治。树没砍到两棵，人倒死了十几个。从此，再也没有人进去砍树了。

专家说："沼泽地里的水的确有毒，而且还会施放毒气，这都是自然现象。至于闹鬼之说，主要是过于阴森，形成了独特的小气候，再加上水和瘴气，让这块地方在民间变成了神秘之地，越传越邪。"

这片林区的树木以松树、古柏为主，生长着梨树、枣树、柿树、樱树、蜜桃、核桃等果树，这也许同皇室园林栽种有关，大量果树都已退化，变成野黄梨、野酸枣之类的品种。丛林里的枯树干上，生长着五花八门的野生菌，一朵叠着一朵，把枯树包裹得像根花柱子。地下遍地都是中草药材。沼泽地里鸟粪堆得很厚，一看就知道是候鸟的栖息地。考察人员不小心惊动了一群野鸭子，它们嘎嘎地叫着飞向丛林。

省里还为这片林区沼泽之地进行了航拍绘图，计划列入自然生态保护区，开辟几条环山观光线路，恢复几座仿古建筑，再把地下宫殿修复整理出来，到时候可供游人参观，将这段鲜为人知的历史展示给国人。

蟒河市城南开发建设不受这片自然保护区的影响，正好同自然保护区搭界，职业教育学院靠近林区，建筑工程学院与沼泽地相隔一里多路程，建筑设计与景区自然风光相匹配，专家建议把外装饰的颜色变一变，千万别惊吓栖息的候鸟。

群星建设集团所承建的基础性工程结束了，大规模的高层建筑开始施工时，贾星一行到实地进行了施工论证。凡是朝向自然保护区的建筑面，一律采取隔离式、封闭式操作，架设隔音板，外面悬挂绿色伪装网。他们的做法受到环境监测保护机构的好评。文明施工、环保施工得到省建设厅、省林业厅、旅游总局的表扬。一位著名科学家、工程院院士说："这叫什么？这叫文化自觉，环保自觉，质量自觉，这样的企业才称得上信得过企业。"

西南地区的工程竣工后，贾日辰被国家建设部专家组留了下来，等着领奖后再离开。宋星领着大队人马，刚一回到蟒河，便不顾鞍马劳顿，直接投入到城南工地上来。不到半月时间，贾日辰、徐志钢和西南建筑公司的张总经理，带着几百人的建筑队伍和大型机械，也过来了。

在城南建设工地上，是群星建设集团历史上从没有过的群英会聚。贾星看着周围的人说："不作任何通知，我们集团的人都到齐了，怎么这么巧呀！"大家相互看看，还真是呢，设计院、钢结构研究院、钢结构总厂、门窗厂的，就连群星服务总公司的老总也来了。贾星想得周到，从服务总公司抽调了几十个炊事员，分散到各工程队做饭，一来节约开支，二来饭菜可口。大厨师炒的菜，能不可口吗？贾星说："再细心也比不上我们的张总会计师，她还搞了个服务部，把服务公司的小卖部搬来不算，又弄了个澡堂子，连衣服都给洗上了，精打细算的人就是不一样呀！"服务公司的总经理笑着给大家出了道题，让各位董事长、老总猜猜，服务公司一天纯利润有多少？有人大着胆子说："两千元。"总经理呵呵地笑，他说："两千元你发工资呀？单说洗澡的人，每天不下一千人。香烟上百盒，老白干烧酒几十斤。这还不算各种小零食，还有牙刷、香皂、毛巾、卫生纸。整个工地，算上外地的、市一建的，还有其他兄弟单位的，人员数达千人哩。"

贾星哟了一声，"还真没想到呢。"

"我们的总会计师算盘早就拨到位了，这等事不让董事长操心。"

一群老总拿张秀琴说事，她急了，转着圈子对大伙儿说："我招谁惹谁啦？拿我开涮呀。想吃涮羊肉找董事长去。"

有人把话题又扯到吃上来了，宋星真有些馋了。一个上海人在西南过不惯，不是麻就是辣，饭没法儿吃。他提议为西南工程竣工获奖开个庆功会，趁机也好吃上一顿。大家指着宋星笑。贾星说："我们早庆祝过了，又是会餐，又是放假的。可惜你来晚了。"贾星说着做出一副无奈的样子。宋星埋怨他们，怎么把庆功会提前开了呀，奖状什么的都还没拿到手，就庆祝了，不算不算，得重新整一回。

一群人站在树荫下说笑，大路上开来一辆轿车，是集团办公室主任过来了，他手里拿着一张白纸，走到面前才看清是一份传真。主任说："周市长办公室发过来的，市长为群星建设集团西南工程获奖庆功，时间是下午六点。地点群星大酒店，群星集团参加人数不能超过六十人。"主任不看传真电报，便能倒背如流，这是办公室主任的能耐。行政工作干长了，都有这个能耐。主任说着又从文件夹里抽出一份名单，他说："这是我初步拟定的。请贾董事长批示，以便于我们通知。"

贾星对主任说："你通知黄小阳，群星那六桌，每桌再多加一把椅子，我们十一人一桌，多去六个人。"贾星说着在名单上添加了六个人的名字，她们是：张睿妈妈、郭银花、末莉、周悦、小北、徐校长，六位女士。贾星说："董事长、副董事长、各公司总经理、副总经理，再加上这几位特殊的女将，这样更圆满些。"

主任把在场的人通知了一遍，他说："我这可是当面锣鼓哟，没听清楚的我就不管了。"说着他便匆匆忙忙离开了。

贾星见大伙都在，他说："我一直有个想法，趁大家都在场，我打算把总裁的位子让出来，你们看咋样？"

宋星第一个表态赞成，"让贾日辰来挑这副担子，我看行。"

赵欣然说："没错，董事长这个班交得好。"大家不约而同地嚷嚷开了，一齐把手举了起来。贾日辰站在母亲身边，脸红红的，向大家鞠着躬说："我来试试，请多包涵，多关照。"他的内心非常激动。群星建设集团由爸爸创业开始，白手起家，走过不知多少艰辛的路，终于走到了今天，现在父亲把这副重担放在自己的肩上，自己是否能承担起这个重任，这将是一个严峻的挑战。贾日辰想，在国外读书，寒窗十年，从大学到博士，别人给了不少的优越条件和优厚待遇，自己没有动心，选择报效祖国这条路是正确的，谁说留学生回国没有前途？在贾日辰看来，恰恰是大有作为。你为祖国贡献聪明智慧，为祖国建设作出贡献，祖国和人民是不会忘记你的。

第十九章 鲁班奖项

在西南灾区承建工程的项目工地上，贾日辰就是这么想的，他要把自己的知识和智慧奉献给那片土地。无论是建筑设计、房屋造型，还是颜色装饰，他都认真对待。特别注重建筑与环境的关系，力求做到建筑与自然生态的协调，把建筑设计理念融入自然生态之中，在建筑材料、生活污水处理、垃圾填埋，甚至建筑朝向与阳光等细节上，贾日辰都没有忽视。当他捧着鲁班奖奖杯的时候，他对这块土地充满感激之情。

周悦在颁奖现场采访贾日辰时，他一句话都说不出来，脑子里只有一首诗，他记得这首诗是艾青的。贾日辰想诗人一定是写给建设者的，于是，他深情地看着周悦说："为什么我的眼里常含满泪水，因为我对这土地爱得深沉。"周悦当时激动得要命，她就以这句诗为标题，深情地为贾日辰写了一篇通讯。通讯饱含着爱，写得真切动人，被多家报纸和网站转载了。

周晟俊宴请群星集团的领导层和业务骨干，为贾日辰庆功。同时也把市一建集团的领导叫过来了。一个是国营企业，一个是民营企业，两家企业目前都是蟒河市的骨干企业。周晟俊想两个企业都有各自的特长，可以互补，联合起来能增强对外竞争的实力。最好是资源共享，反正都是在蟒河市这块土地上。再有一层意思是城南建设需要一个统一指挥，他曾经说过，让贾日辰任总指挥。现在贾日辰从西南建设工程上回来了，又拿了鲁班奖，趁此机会，可以让贾日辰上任了。他握着贾日辰的手说："总裁，不简单呀，这么大的企业，家大业大摊子大，年纪轻轻的就当总裁了。不知道我的信息准不准确，恐怕你是全国同行业里最年轻的一位总裁吧？"周晟俊说着，在许多老总跟前转了一圈，想听听不同的意见，大家只是笑，没人有什么异意。他又说道："群星建设集团给你一个官，我今天也给你一个官，那就是我曾经宣布过的——城南开发建设总指挥长。"周晟俊看着贾日辰，心里高兴，他让秘书把任命文件拿过来。"市政府的红头任命文件，口头说的没谱，以文件为准。"周晟俊把文件递给贾日辰，并带头鼓掌。

群星荣获鲁班奖，开了蟒河市建筑史上的先河。自从国家设立了鲁班奖项，蟒河市建筑行业的前辈们为之奋斗，几代人的梦想，今天终于成真。贾星、胡敏、崔奕铭、宋星、姬丹枫等人都曾为之付出，为之奋斗。贾日辰在童年时代，就听爸爸妈妈讲过鲁班爷爷的故事，一遍又一遍，鲁班的故事铭刻在心。一片锯齿状的草叶，竟然启发了鲁班爷爷发明了一件工具，那就是锯子，一把锯子给人类带来了巨大的福音。在没有锯子之前，先民们的居住状况是个什么样子的？贾日辰在童年时代，常常被这个问题所问住。一把锯子，几乎纠结了他的整个童年、少年时代。

第二十章　高层防火

蟒河市城南开发建设比较顺利，有些小问题刚出现便立即得到解决，也不成其为问题。贾日辰所遇到的难题是有关幼师学校的事。设计院采取末莉的童话理念，设计出来的小白兔造型，有两个难点：一是这所学校周边是一片古柏树，这倒不碍事，碍事的是学校的主色调，同这片古柏树不协调；二是姬勇斌提出来的太阳能安装，不仅破坏了小白兔教学大楼的造型，在色调上也不一致。太阳能板不能是白色的，白色反光，不利于太阳能的吸收。

胡敏、末莉同姬勇斌的太阳能公司意见不统一，开了几次会都没把矛盾解决下来。贾日辰那天去了幼师学校建设区，他突然萌发奇想，"末莉，你知道小白兔最喜欢吃什么？"

末莉说："知道的，萝卜、白菜！"

贾日辰笑了，问她说："那你们在设计造型时，为什么不把萝卜、白菜这些元素考虑进去呢？"他俩会心一笑。拉着手跑着去找胡敏和姬勇斌。

学校小白兔形状的综合大楼，被修改成一个硕大的圆萝卜，萝卜头上生长出五片萝卜叶子，正好给姬勇斌派上用场。红萝卜绿叶片，与不远处的古柏树木交相呼应，组合成树林深处有童话的谐调画面。有了这个思路，胡敏便在单调的白色造型边上或者加上一棵白菜，或者添上一朵蘑菇，这让整个校园充满了童话般的浪漫。

蟒河市的城南开发建设很有超前意识，省长多次在全省经济工作会议上表扬周晟俊，说蟒河市的领导有眼光，中央最近提出"四化"发展战略，其中就提到城镇化。省长掰着指头说："工业化、信息化、城镇化和农业现代化，蟒河市走到了前头，推进城镇化建设有力度，值得学习。"

会后省长多次对周晟俊表示，有时间一定去你们城南看看，还可以搞一次现场观摩会，把好经验介绍推广，推动全省城镇化建设快速发展。周晟俊谦虚地说："欢迎省长到蟒河指导工作，同时给蟒河鼓鼓劲。城南建设没有省长说得那么好，请全省专家过来提提意见，对我们下一步改进工作会有很大的帮助。"

就在蟒河市城南建设初具规模的时候，省政府决定在蟒河市举办一次城镇化建设观摩会。参加这次观摩活动的，除全省地市机关和相关厅局外，省政府还邀请了国家建设部、国土资源部、林业总局、旅游总局等部门的领导、专家现场指导。用省长的话说，把这次观摩活动，搞出成效来，真正起到推动作用。

周晟俊接到通知时，只有半个月的准备时间了。周晟俊最先想到的是贾日辰，他是城南开发建设的总指挥长，现在他是否在着手准备呢？于是，周晟俊亲自给他打了一个电话，他问："日辰啊，你得有所准备才是，否则，客人们来了看什么呀？"

贾日辰笑了，"请市长放心。"

周晟俊说："那好，客人来了，听什么是政府的事，秘书班子正在准备，看什么全由你们负责了。"

贾日辰很清楚官方组织的现场观摩会，关键是一听二看，只要听的事解决了，一切都好办了。贾日辰无须准备，要看的东西就放在那里，他想到民间的一句俗语：是骡子是马，拉出来遛遛便有分晓啦。城南的建设不怕看，无论从整个规划和布局，还是设计造型、节能环保、新材料应用上，都无可挑剔。在贾日辰看来，不仅不次于西方国家的建设理念，在人居环境、生态和谐这个大课题上，还略占鳌头。

贾星开头还有些担心，群星建设集团和一建集团为此召开了一次联席会议。贾日辰在会上谈了自己的看法后，讨论的话题也就结束了。两个集团的负责人和总设计师、总工程师相信贾日辰的眼光，一致认为总指挥的认识很到位，他有信心，大家就有信心。贾日辰对市一建老总说，两家还有一件事要共同做，那就是城南建筑，整体申报鲁班奖项。大家都觉得这个理念有新意，以往都是单项或单个建筑物拿去参评，现在两家把城南打成捆，作整体项目进行申报。他们一起合计，认为可行。市一建由崔奕铭牵头，群星集团由宋星、姬丹枫负责。

贾星十分高兴，如果城南项目申报成功，市一建和群星集团的关系将是亲上加亲了。他指着群星里的一大群人，谁不是从市一建娘家出来的。大伙都笑了，他们说贾总裁这个题目出得好，有分量。如果申报成功，将在蟒河市建设史上，浓墨重彩地写上一笔。

周悦说："这不是今天讨论的议题呀，我可是带着任务来的，社会上关心的是你们两家为大会备战的情况，而你们可好，坐在这里大谈鲁班奖。我咋交差呀，这不把我害苦了呀！"

年新立说："我们谈得都是主题呀，日辰首先给城南建设定了位，后来又为城南建筑树了目标。你没听见？耳朵干什么去了？"

周悦脸红了，她想这小子又在损自己，看我下来怎么收拾你。她用眼瞪了他两下。

贾星对周悦说："如实报告，写篇会议纪事多好，不仅有新意，还能看出我们的底气和信心。"

周悦点头，"这样也行。"

全省城镇化建设观摩会，举办得非常成功。第一天是现场参观、考察。蟒河市城南建设让参加会议的地市政府官员看傻了。他们摇头自叹不如，有人竟当着省长的面说，这种模式是否要求太高了，这不是哪一个市都能做出来的。省长不松口，他指着大片的建筑物说："这难道不是人创造出来的？人家能建设出来，你们为啥不行？得认真找思想差距。"

第二天，周晟俊代表蟒河市作了经验介绍。其中有一条就是人才问题。他全面客观地介绍了群星建设集团和市一建集团在这方面所做的努力，特别推介了城南开发建设总指挥长贾日辰。

省长在台上问谁是贾日辰呀？话音刚落，贾日辰举手站了起来，他向主席台鞠了一躬，又转身向参会的领导们挥了挥手。会场一片嘘声，咋是一个年轻娃娃，英俊少年。省长的笑声从麦克风里传出，他说："自古英雄出少年啊！"

会议第三天按照议程是分组讨论，然后大会交流。但参加会议的领导纷纷建议，会议讨论干脆放在现场，请建设者现身说法，再由专家评论，在这个基础上，大家发言谈看法。省长笑了，他说："各地市想取经呀，这样也好。"侧身对省政府秘书长说："按大家的意见办。"

人们在现场一个小区一个小区听讲解,然后听国家建设部的专家点评。省长不想随大队人马转,他让周晟俊、贾星、贾日辰,还有市一建的老总和崔奕铭等人陪他走走。贾日辰悄悄对周晟俊说:"省长特别对幼儿师范学校感兴趣。"周晟俊突然间反应过来了,他们一行驱车去了幼儿师范学校。

在校园转悠的时候,省长突然问周晟俊:"你咋知道我想到这个地方转转呢?"

周晟俊不知如何回答才好,只好如实说:"是贾日辰告诉我的。"

"哦。"省长哦了一声转身问身边的这个年轻人,"说说你的看法。"

贾日辰摸了摸后脑勺说:"这里有条西洋街。前天路过这里时,我见省长回了两次头,我就在想,省长一定会再来看看的。国外有唐人街、华人街,还有什么亚太街、非洲街。随着中国对外开放,经济增长,国家富强,国外游客必定大量涌入国内,基于这个考虑,我们便修了这条西洋街。"

省长笑了,他说:"有眼光!"

省长同贾日辰谈到了欧洲,谈到了德国,越谈越亲切,原来他们都是德国的留学生,先后同在一座城市。省长是学制造业的,贾日辰是学建筑学的,不是一个大学,但相隔不远。省长说他有二十年没有回母校了。贾日辰说那所大学变化很大,特别是发动机制造专业,为奔驰公司培养了大批研究人才,是一所很著名的大学。

省长问贾日辰说:"城南建设理念,缘自哪位大师的理论?是你的导师,还是别的什么?"

贾日辰说:"大多来自英国的著名园林设计师、规划师和教育家伊安·麦克哈格,他有一本著作《设计结合自然》,我回国最大的愿望就是搞绿色建筑,把所学的知识献给祖国。"

"什么是绿色建筑?"

"绿色建筑包括绿色设计、绿色材料、绿色施工、绿色建筑技术。"贾日辰很认真地向省长讲解说,"绿色建筑的基本内涵应包含三个元素,一是减轻建筑给环境带来的负荷,也就是在建筑的寿命周期内,最大限度地节能、节水、节地、节材;二是提供安全、健康、舒适型的生活空间;三是与自然环境融合,人与建筑,与环境和谐共处,可持续发展的建筑。"贾日辰见省长在思考,又补充说:"西方国家和香港地区相应制定了一些绿色建筑的标准。"

"目前国内有绿色建筑吗?"省长问贾日辰。

贾日辰摇头说："还没有听说呀。"

"造价可能很昂贵吧？"省长笑着问道。

"造价不仅不昂贵，在建筑物的全寿命周期内，可节约很大的一笔开支。"贾日辰说，"设计好了，还能带来经济效益呢。"

省长打趣地说："你是说出租吧。"

贾日辰笑了，他说："太阳能发电，用不完可直接输送到国家电网，我指的是卖电。"

省长站住脚，不往前走了，身边的人也停了下来。省长问周晟俊说："你们政府大楼有二十多年的历史了吧，我看挺旧的。蟒河市是一座伴随改革开放而诞生的新兴城市，明年该是建市三十五周年了。好吧，就让贾日辰建一座绿色建筑，在全国或全省建一栋标志性绿色大厦，你看怎样？"

"市里早研究过建新楼，办公条件的确很差。"周晟俊犹豫地继续说下去，"中央三令五申不许建，我们才放弃了。大家都说，要保持艰苦奋斗的优良传统。"

省长说："这个由省政府报告有关部门，我看没问题。关键是能不能建成一座标准化的绿色建筑。贾日辰你可要立军令状哟！"

"市政府给省政府写个报告，作个规划。"周晟俊说，"请贾日辰整理个建设方案，一并送上去。"

"还有工期，一年时间能不能竣工？"省长说，"三十五周年市庆，我们要来检查哟。"

贾日辰挺着胸膛说："群星建设集团敢立军令状，省长放心，保证把一流工程交给您。"

省长对省政府秘书长说："就这样定下来，回去搞个材料，上省长办公会，然后发个批文。"

全省城镇化现场观摩会刚结束，周晟俊送走各市领导后，立即召开市长办公会，安排布置省长交办的工作。随后又马不停蹄地来到群星建设集团，组织专家研究建设方案，由市政府向全国及港澳地区建筑设计部门征集设计方案。

全国及港澳地区共有十二家愿意参加建筑设计竞标，他们表示支持全国首座城市率先建设绿色建筑，这对推动绿色建筑、对推动绿色建筑事业的发展，将产生重大而深远的影响。末莉帮助贾日辰收集资料，她写信告诉父亲这件事。她的父亲收到信后，便给他们写了回信，还寄来一包书籍和最新的资料。

那天，末莉和贾日辰在家翻译、整理资料，郭银花咋呼着进了院门。她抱着贾月辰的孩子进屋来了，怀里的孩子像个电动玩具，往地上一放，玩具似的娃娃，迈着不稳定的步子，一步三摇晃。郭银花跟着他，教他喊舅舅。"舅——舅"叫完又用手指着末莉叫"姨——"

贾日辰有大半年没见小年蛋了。此时的小年蛋竟然会走路了，嘴里还能发出单音节的词了。末莉动作快，起身把小年蛋抱在怀里，孩子一双黑黑的眸子盯着末莉的鼻子。

末莉高兴坏了，这孩子真聪明，她高声朝贾日辰喊着说："我们也生个蛋，我要生个蛋！"

年蛋也跟着喊着："蛋！"

贾日辰站在跟前，不知道说什么好。

末莉太爱孩子了。当郭银花接过她手里的孩子时，末莉感到意趣未尽，耸着双肩，不停地逗着小年蛋。

贾日辰放在书桌上的手机响了，他从末莉身边走开，跟往常一样拿起手机喂了一声，电话那头是副董事长赵欣然的声音。赵欣然越是着急，越是大声喊叫，贾日辰这头越是听不清楚。贾日辰不知是啥事，他让赵欣然慢慢说，又吼又叫一点都听不明白。

赵欣然喘着粗气，说："总裁，装修工地失火了。"

贾日辰大叫一声说："什么？我这就赶过来。"

赵欣然说的装修工程，指的是西城区房屋的粉刷工程。蟒河市申报全国文明城市创建，目前各项创建指标都还不错。省里来检查的官员说："美中不足是西城区那一片，房屋比较旧，如果上边来检查验收，扣分的地方便是西城区。"蟒河市怎么办？在短时间内不可能全面改造，有人提出粉刷。鉴于西城区绿化较好，专家建议墙面使用红油漆。由于时间紧，工作量大，市政府决定，市一建和群星建设集团负责高层建筑物的粉刷，其他建筑单位负责低层建筑房屋的粉饰。这算是全市建筑行业总动员了。

当贾日辰赶到西城区施工现场时，消防官兵架着六辆消防车的高压水龙头朝着大楼喷水，六条水柱就像六条蛟龙，展开了一场水与火的厮杀。一会儿大火腾空，从窗口冒出来，一会儿被水龙压了下去，变成了滚滚浓烟。大火是从大楼第九层引发的，九层以下的住户，大人、小孩挤成一团，拼着命往外冲。九层以上住户被大火堵住，根本下不来。消防官兵不顾一切，一边用高压水枪压制火势，一边派战士往上攀爬。冲上去的消防人员用灭火器为高层居民开辟了一条求生的通道。整个大楼过道里，黑烟弥漫，呛得让人无法呼吸，甚至睁不开眼睛。消防官兵奋战了四个钟头，终于将大火扑灭。经现场探察，火因是九楼一户人家的液化气罐爆炸，引发刚粉刷的油漆着火。这场大火，烧死、呛死、踩踏致死，共计十三人，受伤三十四人。城西百姓一片埋怨声，面子工程害死人。

市政府领导和群星建设集团的领导忙于做群众的思想工作，去医院看望受伤人员，到殡仪馆悼念死难人员和慰问家属。贾星表态："本着人道主义的精神，群星建设集团愿意承担全部赔偿。"周晟俊市长紧紧握着贾星的手，一句话都说不出来，在这个关键时刻，他多么需要他们站出来为政府担当啊，这不是钱的问题，而是社会的稳定，是对民众的安抚，还有政府的形象。

贾日辰考虑的更多更远，他对周晟俊等一大批政府官员说："这场事故值得我们总结。一是我们的建筑材料不防火；二是高层建筑消防难题，目前全世界都在攻克这个难关。我建议就此召开一次学术研讨会，成立一个建筑火灾消防研究所。随着全市高层建筑的迅速发展，这项工作势在必行。"周晟俊听了贾日辰这番话，意识到这项工作的重要性，当即表态要支持，并指派一位副市长亲自抓。

西城区高层建筑的火灾，提醒了贾日辰，在高层建筑消防问题上一定给予更多的考虑，从防火材料到高层自动灭火措施，都得放在建设者的工作议事日程中，对生命财产负责，对人民负责，这才是一个合格的建设者。

贾星处理完西城区失火事故，接连参加了贾日辰主持召开的建筑火灾消防研讨会。蟒河市政府重视这个科研课题，贾日辰全面介绍了西方发达国家高层消防的情况。来自全国各地的专家、学者阐述了自己的学术观点，就高层建筑消防措施进行了学术讨论。贾星感觉收获很大，学到了不少知识。在外忙了这么多天，回到办公室开始处理日常事务。他的心情格外好，对贾日辰的表现也是满意的。一场火灾，在他那里能弄出这么大的动静，又是研讨会，又是科研所，把一件坏事变成了有意义的事，并且影响深远。这是什么？贾星认为是知识，是未来的眼光。贾星品了一口绿茶，在翻阅文件时，竟然吹起了口哨。

一个中年男子站在办公室门口问道，"请问是贾董事长吗？"

贾星抬头正想回答，门外又拥进来三四个人。贾星见有两个穿制服的，有一个是公安服装，这倒好分辨。另一个穿的是哪一路服装，他一时却说不上来。好在进来的人向贾星作了自我介绍，他说："董事长，我是市环保局的罗卫东，你叫我小罗吧。"

贾星笑着问道说："你们有啥事？噢，请坐，请坐。"他一边请着，一边叫办公室的小青年过来给客人倒茶。

罗卫东开门见山地说道："贾董事长，贵集团下属的造纸厂已被查封。对不起，蟒河受到了污染，直接威胁着全市人民饮水安全。我们也是不得已而为之，请你理解。"罗卫东说着把一沓材料呈送给贾星。

贾星接过材料没有看，他心里清楚对方一定搞错了。群星建设集团下属没有造纸厂，要是有的话，他这个董事长还能不知道吗？所以，贾星表现得很自然，他请大家喝茶。他说："我们集团没有什么造纸厂，是不是这家造纸厂私下里打着我们公司的旗号呀？"

坐在沙发上喝茶的年龄稍长的人放下茶杯，说："这个造纸厂是我们给你们注册的，工商局有档案。法人代表叫贾星，我想就是董事长你本人啦。"

贾星蒙了，他这时才低头翻阅手里的那沓材料。这个造纸厂办了一年多时间了，手续申报审批等文件上，都有群星建设集团大印。"这，这是咋回事？"贾星自言自语着。他大步跨出门，大声叫办公室主任。办公室主任小跑着过来，见董事长脸色难看，急忙翻阅贾星递过来的材料。主任一看是这事，心一下子轻松了起来，他说："这个造纸厂是胡敏副董事长一手办起来的，有啥事吗？"主任说着，把头转向办公室坐着的人问道："手续不齐全吗？开工一年多了。"

贾星意识到问题的严重性，一个造纸厂，一年多的生产时间，这对蟒河危害多大呀。但这事咋又牵扯到胡敏呢？这是胡敏什么时候背着我干的蠢事呢？他不想再想下去。贾星叫办公室主任通知下去，马上召开董事长会议。他对罗卫东说："小罗同志，请你们放心，这事我们一定会认真处理的。保证给你们一个满意的答复。"

罗卫东站起身来，伸手握了握贾星的手说："谢谢董事长，感谢对我们工作的理解和支持，市政府分管领导说了，为维护社会的稳定，暂不对外公布此事，视其态度再作处理。"

贾星还想说点什么，还没张开口，罗卫东便从公文包里抽出一份红头文件和一张罚款通知单，白纸黑字：一千万元整。贾星一阵无奈，嘴都合

第二十章 高层防火

不拢了。

在董事长会议上，贾星脸拉得老长，他坐在那里一言不发，眼盯着桌上的那叠材料，也不同谁打招呼。大家都坐下来了，贾星还是不说开会的事。贾日辰说话了，他见老爸一脸的不高兴，就说："爸，人到齐了，啥事，说呀。"

贾星抬头四下看看，胡敏不看贾星，她心里很清楚是咋回事，两天前她就得到通知，说是造纸厂被查封了，环保局的人提取水样，已送省化验去了。胡敏不是不作为，为了这事，她上下说情。让她心安的是，造纸厂的财务她并没有沾手，由张秀琴派人专管的，财务报表清白。胡敏知道自己的错误，是擅自做主，投资造纸厂。她原想等到赚钱后，把投资额给补上，然后再讨论造纸厂何去何从。现在看来她的决策很失误。

贾星真不想多说话，他请胡敏说。贾星压着一腔怒火，很客气地说："先请胡敏副董事长介绍群星造纸厂的情况吧。"

胡敏没想到贾星给她来这一手，顿时脸涨得像猪肝，她真想找个地缝钻下去。可是，她不会变戏法，更不是孙悟空。她只好硬着头皮，厚着脸皮来应对眼前的尴尬。胡敏如实说："各位董事长，我胡敏有生以来干错了一件大事，那就是背着各位同仁，擅自做主投资了一座造纸厂。厂子现在已被环保部门查封，如果追究刑事责任的话，由我胡敏一人承担。我在这里先作口头检讨，下来再向董事会写书面检查，听从集团处理。"胡敏说完，站起身来向大家鞠躬认错。

胡敏能这样做，让贾星事先没有预料到。他原想凭她的性格，肯定会强词夺理，争辩一番，没想到她倒来了个先发制人。贾星的步骤被搅乱了，他咳了两声，严肃地说："这不是追究什么责任问题。蟒河是我们的母亲河，是全市人民赖以生存的生命之河。污染了这条河，就是对蟒河人民的犯罪。一个造纸厂，没有污水处理设施，简单的粗放式生产，亏你还是知识分子、是专家，这最起码的知识都没有。况且，纸厂竟然设在蟒河上游，简直令人不敢想象。"

姬丹枫说话了，她首先作了自我批评，"这件事我是知道的，胡敏大姐找我商量，当时我就支持她，一个小工厂有什么大不了的。后来工作忙，我也没有过问此事，现在对蟒河造成了污染，我也有一份责任，请集团也给我作处分，我要向集团作检查。"

"严重的问题是没有组织纪律，背着这么多人擅自投资，瞎胡搞！"贾星很生气地说，"主要责任在胡敏。真是头发长，见识短！"

"董事长。"张秀琴喊了一声贾星,人们从她的声调里听出了与以往的不同。贾星当然感觉到了,他急忙朝张秀琴摆手解释说:"我不是那个意思。我是说胡敏缺乏思考。"张秀琴不管贾星如何解释,她照她的想法继续说话。张秀琴说,这件事她也是知道的,当时在家的就她们几个,其他同事都去抗震一线的援建工地了。胡敏当时找到她,说有一座造纸厂正在拍卖,她了解了一下,几百万拿到手很合算。从经济角度看,没问题,一年多的运行,已获利五百多万,投资早已收回。

贾星没等张秀琴讲完,便把桌上的罚款通知书递了过去。张秀琴停下嘴里的话,看了看这份文件,又抬头看看贾星,无话可说了。"怎么不说话了?把话说完呀!"贾星对张秀琴说。

张秀琴知道事情的严重性,便不再谈造纸厂的具体事宜,她坦诚告诉大家,胡敏没有经济问题,资金账目由集团派驻的财务人员经手,经得起审计。她说:"我也有不可推卸的责任,假如财务部门抵制,胡总想干也干不成,主要责任在我。请求集团处理,各位同仁不要手下留情,为了集团的发展,大家都要接受教训。"

会议还在进行中,办公室主任慌慌张张进来了,他请贾星接听电话。贾星想很可能是污染问题,市政府有问责制,不追究是说不过去的。贾星大约出去了十几分钟,他回来便告诉大家说:"纸厂被查封,一百多名工人在市政府广场,还有一两百名家属。大人喊,孩子叫,市政府通知过去处理。"

参加会议的董事长们神情严肃起来。胡敏从座位上弹了起来,她手机上来了一条信息,说造纸厂有位副厂长跑了,工人上个月的工资没有发出去。胡敏站起身,向大家读着信息。赵欣然说:"工人去市政府,八成是为工资上访的。"

贾星低头不看大家,更不想抬头看胡敏。贾日辰见状,说:"我和赵欣然、年新立、李永刚去处理。我们一定会处理好的。"姬勇斌也要求去,徐志钢也要求去。贾星头都不抬地朝他们挥挥手,意思是让他们赶紧去。

在去市政府广场的路上,李永刚对贾日辰说:"在国内,劳资关系一贯紧张。"贾日辰点头说是,原因是劳动者的权益没有法律保障。李永刚说是,又不全是。有些纯粹就是刁民。贾日辰转头看着李永刚问道:"什么是刁民?难道他们是在无理取闹?"贾日辰突然严肃起来,他对李永刚继续说:"我看你就别去了,把工人视为刁民,不利于矛盾的解决。"

第二十章 高层防火

"我这不只是说说吗？"李永刚有些尴尬，他还没见过贾日辰这样生气地对他说过话。

"我们怎么就不能进行换位思考呢，假如你是工人，你会怎么做？"贾日辰态度坚决。

"我是农村走出来的。"徐志钢说，"西南大山里走出来的民工，经常领不到工资。手持白条不说，连基本的医疗都没有得到保证。我赞成总裁的观点。"

"我建议按照总裁的思路，做好思想工作。"赵欣然说，"不激化矛盾，哪怕集团受点损失，千万不可把事态扩大化。"他们几个人统一思想，并且作了分工。同时也考虑到许多可能出现的情况。但当他们驱车赶到现场时，广场上一片平静，除了游玩的市民外，什么人都没有，好像根本没有发生过集体上访的事件。

贾日辰站在广场中央四处望了望，便看见周晟俊的秘书朝这边走过来。秘书说："周市长等你们多时了。"说着侧身做了一个手势，请他们去政府大厦。贾日辰顾不得这么多礼节，快速向大厦走去。秘书小跑着跟了上来，他对贾日辰说："今天下午全国政协委员视察蟒河市。"贾日辰他们明白了，为了迎接委员们的视察，讨要工资的工人被劝走了。

周晟俊正在打电话，贾日辰他们几个人便在外客厅等候。不多会儿，周晟俊过来了，他劈头盖脸地把贾日辰他们给批评了一通，"芝麻大点的事，差点酿成了大事件。工人讨要几个工资，为什么偏偏选在今天？这说明事情本身的复杂性。所以，我采取了非常手段，用车把他们送回去了。"周市长说着，在一张沙发上坐了下来。看得出来，他很疲惫，用双手在脸上揉搓几下，又理了理头发。他对贾日辰说："这事还没有完，我向他们保证，三天解决他们的工资问题。"

"感谢周市长。"贾日辰说，"是我们的工作没有做好。"

周晟俊看看在座的几位，他说："你们可以说是集团的少壮派，怎么就不能为你们的父辈多担当些呢？净犯类似低级的错误。年轻人要有新的工作思路，劳资关系紧张，是表层、是现象，我们要从深层次上去考虑问题。千万不要头疼医头，脚疼医脚。"周晟俊说着话，客厅门口又来了几个人。他们与贾日辰都很熟悉，周晟俊招呼他们说："来来，坐下说。"刚来的人是工贸局局长、人力资源和社会保障局局长，还有市政府副秘书长。他们一一坐下来，周晟俊开诚布公地说："今天的事你们都知道，因为工资拖欠问题，上百人围坐在市政府大厦跟前，这个影响是很恶劣的。为了类似的事件不再发生，或者少发生，我提出由你们牵头，依据现有法律法规、条例，就劳动者权益保障工作进行一次大检查。注意啊，大检查不是搞形式、走过场，要防止企业拿文件、制度或简报应付检查。要看落实，多听听工人和群众的意见和呼声。"

听了周晟俊的一番谈话，群星建设集团在座的年轻领导成员很受教育，他们赞成市政府的这项决定，表示首先从群星建设集团检查开始。欢迎检查组在实际工作中帮助群星建设集团完善制度。建设和谐的劳资关系，需要社会各方面的共同努力。

从市政府大厦出来，贾日辰一行径直赶回集团总部，向在家的领导汇报情况。贾星认为周晟俊这事处理的不妥，仅仅是委员们视察，就强行把工人送走，这只能激化矛盾。他想着想着，便感到心跳加速，头晕眼花。贾星有经验，这段时间血压不正常，很可能是不好的症兆。他慢慢将头靠在椅背上，口里念道："120，120。"

坐在贾星身边的贾日辰听见了，但又没有听清楚，便俯过身子问爸爸说的啥。贾星一动不动，又念了一句，说："120。"贾日辰脸都吓青了，他双手示意大家不要说话。贾日辰掏出电话拨打"120"救助电话。

"120吗？我在群星路18号，请赶快派一辆救护车，要快！另外请一位心血管专家随车过来。"贾日辰的电话让会议室里的人感到十分紧张，有人从座位上跑过来，贾日辰示意不要动，不动就不会有事的。小北反应敏捷，她抱来一只氧气袋，轻轻给贾星插上。贾星的眼光在说话，他在感谢小北。

医院大夫和几名护士进来的时候，贾星的状态比刚才好多了，也许是氧气袋的功劳。大夫认真检查了一下，他说："没有危险，但需要住院治疗，你们对病人处理的方法是科学的。这种状况不能胡乱动，静下来，等待医生的到来是对的。"大夫说着便请护士把担架抬过来，年新立、赵欣然、李永刚、徐志钢争着抬担架。

贾星躺在担架床上，轻轻地拍着贾日辰的手，他心里有许多话想对他说。他一句都没说，担架就进了电梯。胡敏手扶担架，按了电梯的键盘，门就给关闭了。贾日辰说："我们继续开会，先研究工作，再去医院也不迟。"贾日辰知道这是父亲的意思。这事是母亲惹出来的，你要他咋处理。交给集团的年轻人办这事，是贾星最好的选择。

第二十章 高层防火

　　胡敏办的造纸厂坐落在城南，离城南新区有四五里路程。这个村叫张家岗，在蟒河边上。贾日辰一行人达到村口时，被一排路障挡住了。几位年轻人不让他们进村，不补工资，他们就要卖厂里的设备，拆厂房。贾日辰站在乡村公路上，耐心地与他们谈，他说："我就是来处理这件事情的，不把问题弄清楚怎么补发大家的工资呢？"守路障的人不理睬贾日辰，说得再好也没有用，要见钱才放行。有人回村去报信去了，朝着村里跑的那个人，不一会儿便消失在一片树林里了。

　　贾日辰没办法，不能硬往里面冲啊，他只好耐心等待。说不定去报信的人能把村主任叫来。他们看自然风景，从方位上判断，这里离城南那片森林、沼泽不远，很可能是沼泽地的边沿，应该属于大兴镇。赵欣然沉不住气了，不能就这样无止境地等啊。他叫那边的几个人过来说话。那几个人装着听不见，蹲在路边抽烟。赵欣然打算翻过去，把腿抬起，刚踩在木架子上，蹲在路边抽烟的人扛着锄头、握着扁担地向赵欣然扑过来，嘴里骂着难听的话。赵欣然从架子上回到地面，他说："这是群星建设集团的总裁，是来解决问题的，不是找你们打架斗殴的。"

　　扛锄头的年轻人把手塞在嘴里打了一声呼哨，马路拐弯处出现一群人，棍棒举得高高的，像潮水一样向路障涌来。李永刚、徐志钢用身子挡着贾日辰。一位中年男子手里啥也没拿，像是领头的，他开口说话了。"你们回吧，明天不送钱来，我们就从水路把机器设备运走了。政府的人我们惹不起，又是公安又是武警的。我们不上访了，我们拿设备顶工资。"

　　年新立听这人说话的声音很熟悉，仔细看看似乎在什么地方见过，一时想不起来了。说话的人一挥手，让年新立认出来了，这人小名叫六指，左手长有六根手指头。他们在一起吃过饭，喝过酒。这里不是大兴镇，该是柳树乡呀。那年，年新立代表市政府送门窗下乡，就是这个叫六指的人接待的。年新立想到这里，急忙扒开跟前的人，伏在路障上大声叫了一声："六指。"六指刚想转身走人，见有人叫他小名儿，回头看看，不认识。年新立拍着胸脯笑着说："我是年新立，门窗厂的，你老兄不认识我了？"

　　六指用手指着年新立叫了一声："年总！"他把手伸过来，"你咋在这里？我去市里找过你。一次说你出国了，另一次说你开会去了。"六指一边说一边让人打开路障。

　　年新立不等路障打开，便翻了过去，一把拉着六指的手，亲热得不得了。他说："这造纸厂是我岳母办的，也就是集团的副董事长胡敏。"

六指脸红了，他问年新立："门窗总厂也是集团的吗？"

"当然喽，我还是集团的副董事长呢。"年新立拉着六指的手，向贾日辰他们作介绍。

"大水冲了龙王庙，自家人不认自家人啦。"六指村长握着贾日辰的手说道。

"要我说，我们集团同你们张家岗，还有这个乡，干脆结对子，百年好合。柳树乡真是个好地方。"贾日辰刚提到柳树乡，乡长便乘车赶来了。张家岗村民讨工资的事，乡长挨了批评。听说群星建设集团的人过来了，乡长怕出事，急忙赶了过来。他一下车就看见了年新立，那年年总到乡里为民服务，他们结下了交情。乡长老远就叫年总，并小跑着过来和年新立握手。年新立想起来了，是乡政府办公室杨主任。

六指说："现在是杨乡长了。"

贾日辰同杨乡长握手，大家都感到不好意思，早知道是这层关系，还闹个啥劲的。张家岗村的群众太热情了，他们杀了一头猪，弄了好多样菜接待贾日辰他们，酒一直喝到天黑。村民强烈要求纸厂不能垮，六指说："我们村里的造纸原料特多，麦秸、杨树、芦苇，再大的厂也用不完。"

杨乡长摆手说："不搞了，那家伙污染大，蟒河得保护。没有这条河，也就没有了蟒河市。"

六指趁着酒劲说："一年要赚几百万不说，光是工人每月的收入超三千。不干，村民受损失不小呀。"

年新立看看贾日辰、徐志钢，两人的脸被酒烧得通红，李永刚有酒量，跟没事似的，他刚想说话，贾日辰开口了，他说："纸厂要办。关键是污水处理问题，这个不难。有两件事我在这里表个态，一是拖欠的工资明天就补；二是造纸厂的技改这个月就着手办。"

周围站着的村民朝贾日辰鼓掌，有人大声说："如果你们有难处，暂时记账，等生产开业再说也可以。"

这话把李永刚逗笑了，他站起身子说："请放心，别说二十万，就是二百万，两个亿，群星集团都不会眨下眼，我说过不能亏工人。只要好好干，就能走上致富路。"

杨乡长介绍了本乡的情况，"柳树乡的青壮年，百分之八十都在沿海从事建筑业，大多数人学到了技术，往家里寄回了不少钱。农民都想盖新房，申请宅基地的不少。"赵欣然一听便听出了门道，他向杨乡长建议，请这些打工的建筑工人回乡来，群星建设集团搞培训，然后组建柳树乡建筑工程公司，属集团旗下的分公司。这样的话，柳树乡便是名副其实的"建筑之乡"了。杨乡长同意赵欣然的意见，"我们正愁找不到组织呢，这敢情好，在家门口建公司，比在外打工强百倍。"

待在一旁没有说话的姬勇斌，一直在琢磨建"光电之乡"，推广太阳能屋顶计划。他听杨乡长说新农村建设建新房，便接过杨乡长的话题说："如果农户用上不要钱的电，而且这电随便用。烧水、煮饭、取暖，干什么都方便，他们愿意干吗？"

杨乡长笑起来了，"真有这等好事？现在全是用火电，农民点灯，看电视都省着钱，节约着用。如果有不花钱的电，要农户投点资没有问题。"

姬勇斌来劲了，他说："好，这事我来办。先拟一份方案，然后签合同，就从柳树乡开始进行推广。"

贾日辰一行回到市里，先去医院向董事长汇报了情况。又去市政府找市长，把造纸厂的事、拖欠工资的事、建设"建筑之乡"的事和农村太阳能推广应用的事，竹筒倒豆子，哗哗啦啦倒给周晟俊。周晟俊忙得不可开交，他让秘书详细记录，通知环保局、建设局、国土资源局、人力资源与社会保障局、供电局等有关单位主要负责人，周六晚上在群星建设集团召开办公会。周晟俊问贾日辰："你们这一揽子事，我组织召开这个会，一次性解决行吗？"

"感谢周市长。大周末的，让您又不能休息。"

虽说贾日辰说的是句客套话，周晟俊深受感动，心里很舒服，一市之长，成天忙里忙外，哪来周末啊。周晟俊说："联席会开得好坏，能不能为你们解决问题，这要看你贾日辰有没有说服大家的能耐了。好吧，你们办自己的事情去吧，我这里还有很多事要处理呢。"

贾日辰回到群星建设集团，先开了一个小型会议，准备一个办公会的汇报提纲。然后他同赵欣然、年新立、姬勇斌、徐志钢、李永刚，又把大北给叫上，一块儿去医院向贾星汇报周晟俊的指示。胡敏、宋星、姬丹枫、张秀琴他们也在医院，好像正在交谈关于绿色建筑的事，一群少壮派进来，把房间挤得满满的。医生进来交代事项，按规定不许这么长时间同病人谈话。贾日辰说："对不起，保证十分钟就走人。"

紧接着，贾日辰简单汇报了周晟俊的意见，并把办公会议需汇报的内容，提纲式地叙述了一遍。贾星摆手说："这些不必细说，由日辰全权处理。"

他说着指指宋星几个人，又继续说："这是我们几个人的意见，关键时期，是锻炼你们的时候了。"

贾日辰站起身说："请你们放心，我们会把事情处理好的。"贾星想到了什么事，他想坐起来，胡敏急忙帮了他一把，在后背上垫了一条折叠的薄被。贾星半躺着身子说："联席会上，把造纸厂技改之事放在最后说，先谈'建筑之乡'，二谈太阳能工程，三谈劳资关系。每件事要往大处着想。"贾日辰点头称是，而张秀琴伸出了大拇指朝大家比画着。

贾日辰在从医院回集团总部的路上，对身边的几位副董事长说："别看他们年龄大，思想相对保守，但他们的阅历就是一笔宝贵财富。联席会上的内容先讲后讲，效果肯定不一样，这其中包含着《孙子兵法》的思想。"

周晟俊亲自主持会议，"今晚联席会议专题讨论群星建设集团的问题，算是现场办公，一件一件地来，能拍板的现场拍板，不能定论的报市政府。贾日辰你先说吧，时间短，任务重。"

贾日辰把关于"建筑之乡"的事说了说，在座的领导认为是件好事，建设局、人力资源社会保障局坚决支持。目前，全市最需要这样的企业来做这类事情。把分散的农民工组织起来，技能培训，建立行业公司，使他们一辈子有个组织，终身有保障。人力资源局局长说："我们培训，我们开支培训经费，从行动上支持这件事。今后无论哪个行业公司都效仿着这样做，你们认为怎么样？"

工商局局长说："这是件功德无量的事，我们一路绿灯，保证上门服务。"他的话一出口，大家就笑了，有人开玩笑说，不会是去检查假冒伪劣产品吧。"不，不。"工商局长说，"我说的上门服务，指的是办证事务。"

贾日辰接着谈农户太阳能安装工程。他说："这是一项让全国民众受益的阳光工程，群星集团研发的光伏组件质量很好，德国几乎全用中国的光伏组件。开始光伏组件是单晶硅的，后来是多晶硅的，现在是薄膜的。群星集团还在不断研发新品种，可以骄傲地告诉大家，中国占领着光电科技的高地，走在世界的前面。群星建设集团在灾区的援建工程，全部安装了太阳能，用不完的电直接上网卖给国家，灾区人民早已受益了。"

贾日辰的话还没说完，便被供电局局长把话头接过去了。他说："电力供求矛盾突出，电力不足已成为全省经济发展的瓶颈。用电高峰季节，我这个供电局长到处买电，有时急得都想哭，恨不得从电力大楼跳下去。你们群星集团有这般能耐，为啥不早实施啊，想逼我跳楼是吧？"供电局局长很幽默,他有电力工人的气魄,又继续说:"说吧,要什么条件,需要我们投入多少钱,只要你们开口。能让千家万户用上自己的电,不用国有的电,况且还能把多余的电卖给我们,你们说这多好。如果全市普及,可当几个电厂。"

"好。这事说办就办。全省缺电,特别是我市,工业用电量大,常常被限电拉闸。你们下去协商,不增加农民负担,我看可以卖电还钱,安装一户五年卖电可以收回成本,给你们十年的经营权。"周晟俊说着,翻阅着议程,他看了看时间,继续说:"劳资关系处理好了,这里就不谈了。说说造纸厂的污染治理技术问题,这是大事,必须给予重视。"

贾日辰首先作了检讨,代表群星建设集团承担责任,并接受了环保部门的监管和处罚。他态度诚恳,没有丝毫抵触情绪,还赞扬了环保部门高度负责的精神,铁面无私的惩罚措施,让群星企业认识到了错误。贾日辰一方面表示感谢,另一方面赔礼道歉。群星集团在报纸和媒体上公开向全市人民承诺,保证用实际行动保护母亲河。

参加联席会议的相关部门领导对群星集团给予了严厉的批评,还提出了一系列合理化建议。贾日辰多次从座位上起身道歉。在大家说完之后,他全面介绍了蟒河市的造纸资源,以及国内纸张市场情况。他说:"我市是小麦主产区,每年,大量麦秸都被焚烧掉,真可惜。再说我市还有大面积的芦苇、杨树等,是发展造纸工业最好的地方。群星建设集团已向政府报告,引进国外先进污水处理设备,加大技改投入,扩大纸张产量,带动全市农民变废为宝,增收致富。请环保部门对企业严格监管,并派监测人员进驻造纸厂,发现问题及时处理,绝不姑息。生态建设关系到人类生存环境,我们要勇于担当,为生态文明建设贡献力量。"

环保局局长表示将全力支持造纸厂改扩建工程,他说:"如能把造纸厂建设成环保型现代化企业,这次罚款处理可以暂缓执行,以观后效。如果再发现问题,那别怪我们不客气。丑话说在前头,到时候新账旧账一起算。"贾日辰站起身来,向环保局局长鞠了一躬,带头向他鼓掌,表示谢意。

"今天的联席会议开得很好呀,解决了不少问题,效率很高嘛。"周晟俊指着副秘书长交代说,"整理一个会议纪要,环保局长说了,以观后效。我们也要有据可查。散会。"

参加会议的人收拾着桌上的文件资料说,这样的短会开得好,要是都这样开会,那就好了。他们不知道,会后还有内容呢,乘坐的三号电梯直接把他们送进了餐厅，一桌丰富的夜宵摆在了大家面前。周市长笑了，"这个贾日辰想得周到呀。既然摆上了，不吃也浪费了，吃了再走。"

城南郊区的柳树乡热闹起来了，这个乡背靠蟒河市城南新区，为全乡经济发展提供了一个良好的发展环境。乡政府一个文件通知送出去，在沿海城市打工的三四百名青壮年，全都回乡来了。赵欣然、姬勇斌看着他们身强力壮的样儿，打心眼里喜欢。千万不要小看这群农民工，干什么的都有。有人电焊拿过建筑竞赛奖，开吊车、推土机、挖掘机的，做木工的，电工的，干爆破的都有，他们在建筑工地上摸爬滚打了十几年，练就了一身好手艺。建筑业务培训班，人人考试都能过关。赵欣然惊讶地说："不简单，你看这图绘制得挺专业啊。"

姬勇斌大胆地搞了一次施工实习，往农户屋顶架设太阳能。一天下来，通过检查验收，合格率竟然达到了百分之百，优良品种达到百分之九十。姬勇斌鼓励他们说："就这样干吧，尽快把全乡农户屋顶都装上，然后再扩大到全县。干得好，带你们到外国干去。"

"建筑之乡"挂牌那天，贾星出院了。他打着领带对胡敏说："三喜临门，说什么都得去看看。"

"哪来的三喜呀？"

贾星把衣领正了正，"造纸厂技改工程开工算一喜；柳树乡农户太阳能房顶安装完毕，这是二喜；第三喜便是挂牌。"建筑之乡"是我的一个情结，在贾日辰手里总算弄成了。当然，你也是功臣。"贾星与胡敏出门的时候说道。

胡敏正关着院门，她转头看了一眼贾星说："我算什么功臣，除了搞我们的建筑设计，我可啥也没干啊。"

贾星摇着头打开车门，他让胡敏先上，然后才坐上去说："不是你搞的造纸厂这出戏，能有今天这个局面吗？"

胡敏的笑脸突然不见了，她拉着脸说贾星，"你是在表扬，还是在讽刺？咋没完没了的，再提此事我可要翻脸了啊。"胡敏把身子一歪，面朝车窗，赌气地挪了一下屁股。

贾星爽朗地笑了两声，"造纸厂咋啦？办造纸厂是件好事。通过技改，这个产业带动千家万户，什么麦秸呀、苇草呀、杨树棍子呀，这些没用的东西都变成宝贝了。农民烧电，不烧过去那些东西了，我们就给它来个变废为宝。这难道不是你的功劳？"

第二十章 高层防火

　　胡敏想想都觉得好笑，当时建造纸厂还真不懂里面的门道，认为把麦秸打烂，石灰水浸泡，做成纸浆，便可以赚钱了，根本就没想到污水会把蟒河给污染了。这么大一条河，经不起这点脏水，这说明自然生态的脆弱。这件事得感谢儿子贾日辰，还是年轻人有头脑，否则，这张老脸还不知道往哪儿搁呢。这也应了一句老话，隔行如隔山。有这样的经历也不错，能让人明白许多科学道理。以后退休了，一定把这个教训写进科普书里去。胡敏搞了一辈子的建筑设计，退下来后再也不想干了，她想从事建筑的科学知识普及工作，让更多人了解这个伟大的行业。

　　贾星和胡敏想着各自的事，轿车在宽阔的公路上奔驰。他们穿梭在一片林海之中，窗外风景如画。轿车开进柳树乡的时候，便从不远处传来了锣鼓声。集市上人山人海，鞭炮阵阵。贾星和胡敏从小车里走下来时，杨乡长热情地伸出双手说道："欢迎董事长光临！"

　　贾星双手握着乡长的手说："感谢你这位乡长才是！你看看，你们把挂牌仪式搞得比过年还热闹。"

　　贾日辰、宋星、赵欣然他们十几个人早已来了，站在乡政府大门口，看柳树乡建筑公司的工人舞狮子。一个大雄狮带领一群小狮子，夺绣球，抛彩带，攀梯子，红红火火闹腾着。在舞狮队的左边，突然冲出一条巨龙。龙嘴喷着火焰，展开了一场龙狮竞技。贾星往上一看，两个条幅垂了下来，上面写着：产业振兴柳树乡，正是龙腾虎跃时。

第二十一章 绿色建筑

蟒河市世界门窗城,这是当年强市长抓的重点工程项目,花费三年时间搞了个雏形。贾日辰回国后,联系了两家德国门窗生产厂家,引进了新的科研成果技术,群星门窗总厂的新产品把热传导系数 k 值,从原来的 1.5W/ m^2·K 降到了 1.3W/ m^2·K,成为全国首家达到国际标准水平的生产厂家。周市长在第一批产品上市那天,特意参观了世界门窗城的门窗博览馆。他感叹地说:"不容易呀,国内门窗从过去的 3.0 以上的热传导系数值,发展到现在 K 值系数 1.3W/ m^2·K,是个飞跃。科技进步的每一步都付出了巨大的艰辛。当年强市长提出的世界门窗博览会,我看条件成熟了,可以干了。"

年新立搓着手说:"等这一天都等了四年多了,我们努力筹备好这个世界性的大会。"

"促进科技进步,推动产业发展,是我们建世界门窗城的目的。"周晟俊临走时说,"举办世界门窗博览会,要紧紧抓住这个主题。你们的目标还没有达到,我记得你当时还提出一个数据,是多少我记不起来了。"

年新立说:"市长好记性,当时提的数据是热传导系数 k 值为 1.0W/ m^2·K 以下。"

周晟俊抬头看看天空,"是啊,我们的目标还任重道远。"他若有所思地说着钻进车里。

年新立同大北赶紧商量,遵照市领导的指示,向群星建设集团汇报,

第二十一章 绿色建筑

并制订了一个科学的方案提供讨论。关于国外的门窗研究机构、生产厂家和客商,还得找贾日辰,他能把德国的同行拉来。大北说:"我这就着手准备。"

贾日辰对举办世界门窗博览会表示了积极的态度,他认为博览会的规模不在于大,特别是生产厂家这一块,必须设个门槛。生产厂家自主研究开发的门窗产品,至少要达到或接近国际标准。否则,一律不准入会。

"怎么促进科技进步?只有把高能耗、高污染的低劣产品挤出市场,才能促进科技进步。蟒河市举办的门窗博览会,一定要坚持走高端。不然的话,就赢不来世界同行的信任,树不起权威。"贾日辰拍着姐夫的肩头说,"你看咋样?"

年新立见他拍他的肩头说话,好像他比自己年长似的,便说:"你姐夫我明白了。"

贾日辰笑了,"这和姐夫不姐夫没关系,在国外儿子叫父亲,全是直呼其名。"

"那是在国外,现在是国内。等到国外时,我们再说国外的规矩,反正你得叫我姐夫。"

贾日辰笑着说:"这是中国人的心态,我这个总裁嫩了是不是?"

"我是你姐夫,不叫回去我找贾月辰算账"。年新立说着装着不高兴,调头就走。

贾日辰突然想起未莉给他的交代,急忙在年新立身后喊道:"姐夫!"

年新立转身站定,大声地答应了一声:"哎!"

贾日辰笑了,"明天把年蛋带过来吧,未莉想他了!"

年新立在那头大声说:"不行!有本事自己去生个贾蛋!"

年新立对贾月辰把儿子的小名叫作年蛋,本来就有想法,一听贾日辰也叫年蛋,心里咯噔一下。他曾对贾月辰发誓说,今后日辰有了孩子就叫贾蛋,你们不叫我一个人叫。贾月辰笑得呵呵的,年蛋倒成了他们的乐子。

省政府的动作够快的,关于蟒河市政府新建大楼的批文下来了。蟒河市政府接到省里的批文,二步并作一步走。一边拆除旧大楼,一边搞新大楼的设计招标。仅仅是大楼的造型设计招投标和建筑施工这块,省长跟贾日辰谈好了,就由群星建设集团来完成,要求理所当然是绿色建筑。

贾日辰报给省政府的方案里提出了十项承诺,省长看了,用红笔在一些重要的地方画上红杠杠,这是省长感兴趣的地方。省政府办公厅特意将省长画红线的地方用传真发到周晟俊办公室。周晟俊把贾星、贾日辰、宋星、姬丹枫等一大帮子人叫过来,逐字逐句嘱咐他们。这可是省长最关心的啊。首先是节能,也就是说零能耗建筑,屋顶、幕墙、外墙、遮阳板等,全都装上太阳能发电板,除大楼用电外,剩余的上交国家电网。为了更好地接收日照,大楼的大外窗像葵花,始终向着太阳旋转。姬勇斌回答周晟俊说:"这个没问题。"

办公楼所用热水不仅来自太阳能,所排污水可自行处理,并循环使用。宋星说:"这个不难,可以办到。"周晟俊说大楼十六层,十层以下室内新鲜空气来自最高层。地下空间除停车外,还用作大楼内冷热空气的交流。他不明白这是咋回事。贾日辰笑着说:"这好比一个天然的换气扇。"周晟俊哦了一声,他说还有大楼的智能化问题。贾日辰说:"给省政府送的方案,我们都能做到。所谓智能化,是指大楼所有门窗开启、电源和通信设备、网络连接,甚至包括窗帘、遮阳板之类的,还有消防设施、保安设施等,全是智能化操作,既简单又方便。"

贾星补充说:"大楼所使用的建筑材料,比如钢材、油漆、门窗等,清一色绿色环保,没有一点污染。就是施工,也讲究绿色技术,无噪音、无粉尘。"

周晟俊听了他们的介绍,也就放心了。他问大家说:"当前最大的问题是什么?"

胡敏说:"是设计。这么一座现代化的绿色建筑,没有一个与之相匹配的外型设计,那简直就是糟蹋。所以,建筑设计这个标,一定要慎之又慎,开弓没有回头箭啊,一旦将选定的建筑设计方案动工,就无法弥补了。"

周晟俊点着头说:"你们放心,市里将请全国一流专家来评标。"

贾日辰在市政府旧大楼彻底拆除之后,带领一班人马进行了现场规划。过去大楼正面是蟒河市的一条主要大街,楼与大街的距离不过二十米,进出车辆很不方便。而在大楼背后,是一片开阔的停车场,一圈铁栅栏把政府大院同外围隔离开来。贾日辰隔着栅栏往外看,那是市中心的陶然公园。记得孩提时代,他和一群小伙伴常来这里玩,公园依旧,垂柳依依,雪松挺拔,松柏古树仍是那般苍劲,只是远处的几座小亭倒显得有些残旧。贾日辰有点触景生情,要不是背后赵欣然叫他,他会将少年时代的情景继续回想下去。

"你们看主楼建在什么地方?"贾日辰转过身来问宋星、姬丹枫和赵

第二十一章 绿色建筑

欣然,"还得把陶然公园的保护考虑进去。"

宋星目测了一下,他建议主体大楼后退,紧贴陶然公园边界,楼前宽阔,更能体现政府大厦的庄重之美。

姬丹枫不以为然,她认为取了政府大厦的庄重之美,可苦了陶然公园。大街与公园之间只有两百多米的距离,在这中间建一座钢结构的高层大厦,不得不考虑一个和谐因素。姬丹枫的一个和谐因素,对贾日辰很有启发,但他没有把自己的考虑告诉大家,想多听听不同的意见。

果然,赵欣然与宋星的观点截然相反,他认为政府大厦依然建在原位,车辆进出问题可以想其他办法解决,比如地下通道。赵欣然说:"过去是因为大楼门前停有车辆,稍显拥挤,现在有地下停车场,问题不存在了。"

他们正讨论得热烈时,贾月辰跑过来了。她是来找弟弟贾日辰的。赵欣然笑着说:"住建局领导来了,正好给我们出出主意。"

贾月辰根本不知道是啥事,"出啥主意?"

姬丹枫把情况简单地说了说,贾月辰点头说,听起来都有道理。市政府她来得多,每次到市政府办事,她都隐隐约约感到有什么绊着,当时没有往细处想,现在他们讨论这件事,倒是提醒了她。贾月辰把自己过去的感受说了出来。她认为市政府跟前的这条大街,是蟒河市的老城区。任何城市的居民都有同样的记忆,无论这个城市的新区建设,是现代还是繁华,都抹不掉城市居民的记忆,他们总爱到老城区转转看看,在他们的心目中,这里是街。把到这里来转来看,称为上街。这一带的生意为啥最好做,关键问题在于这条街。"要我说,在原来旧址的基础上,往后退八十米,即可以给百姓建个公园广场,又不影响陶然公园的风光。"贾月辰说着便问贾日辰,"大厦主色调的颜色定了吗?"

"你是以官员的身份询问我呢,还是随便问问?"贾日辰藏在心底的秘密,被人触摸了,他原本不想过早透露他刚刚想到的这点东西,打算给人来个惊喜。

"不愿说就算了。"贾月辰感觉到他在卖关子,有些不耐烦地说道。

宋星和姬丹枫都拿双眼询问着贾日辰,想让他把想法说出来。贾日辰看姐姐贾月辰有些不高兴的样儿,知道刚才的话稍有不礼貌。笑着对贾月辰说:"既是白色,又是黑色。就是看你站在什么角度看大厦。"

大家都惊呆了。

"日辰,这是政府大楼。"宋星说,"你这不是暗示着功过是非,五五开嘛。

那年，我去前苏联考察，看到赫鲁晓夫的墓碑，就是黑白相间构成的。"

贾日辰看到大家惊讶的表情，又听到宋星的这段讲解，笑得不能自主。他用手挨个点着，"这……这是哪跟哪呀，建筑咋和政治混到一块儿啦，国内的专家学者是不是都这样啊！"贾日辰津津乐道。

贾月辰作为市建设局副局长，她是比较敏锐的，不仅建筑同政治有关，什么事都可能同政治发生关系。她严肃地说："你这个设想通不过，最好别有这个念头。如果不信，你拭目以待好了。"贾日辰见姐姐贾月辰那么严肃地说这事，生怕把自己的设想给毁了，急得在姐姐脸前直摆手。

"你们听懂我刚才的意思了吗？不同视角是关键。"贾日辰说，"不是你们说的那样，在同一时间、同一地点，只能看见一种颜色。街上老百姓肯定会说是白色，白色钢结构大厦。而我们却说是黑色大厦，因为黑色对我们来说至关重要。"

贾日辰的话再一次把大家搞蒙了。

"你又不是魔术大师。"赵欣然说，"就是玩魔术，也不可能在众目睽睽之下玩。"

贾日辰想了想，干脆把想法趁早和盘托出，不然到时候不能统一，特别是刚才他们谈到的政治问题，真的传到周晟俊市长耳朵里，即使将来再好的设想，都有可能被枪毙。于是，贾日辰原原本本将设想说了出来。他说："姬老师刚才说和谐元素时，我就确定大楼主色调为白色。但考虑到幕墙如果是白色，不利于太阳能的吸收和利用，便想到年新立他们生产的百叶窗，这就把黑与白的问题给统一起来了。"

在场的建筑学专家一听就明白了。宋星、姬丹枫拍着手说："有创意，真是一个奇妙的创意！"

赵欣然拿手掌比试着百叶窗片，表面黑色朝天，下层面为白色朝地，只要调试好角度，大街上行走的人看大楼便呈现白色面，空中俯视时，却是一座黑色大楼。

贾月辰惊奇地叫好，她调侃地说："你还有战争理念，符合战备要求！"

贾日辰皱着眉头想了想，又摇摇头说："只是一个设想，八字还没一撇呢。"他说着便对赵欣然交代任务，叫他去找年新立、姬勇斌，请钢结构研究院支持，作实验后，做个模型，叶片宽度、安装角度一定要有精确数据。同时还要计算采光面，能不能达到要求。贾日辰又自言自语说："幕墙百叶窗微微朝上，下雨怎么办？"

第二十一章 绿色建筑

宋星拍了拍贾日辰的膀子，说："技术细节问题都好解决。真要不行，我建议雨天百叶窗整体朝下，封闭雨水，变成黑色大楼，最大面积地接收日光。"

姬丹枫笑了，"老宋真逗，阴天变成黑楼，那不成了全市人的晴雨表了。如果用智能化控制，每次准确无误，久而久之，真能变成气象台。"

贾月辰认真了，她赞成姬丹枫的看法，不仅仅是雨天，而且能不能所有的夜晚，把幕墙演变成大块黑色的电子屏幕，朝向广场，把市政府的当日新闻或信息播报给大家。他们一下子全变成了诗人，展开了想象的空间，一人一个点子地出着，把贾日辰的想法补充得近乎十全十美了。

贾日辰说："刚才大家谈论的东西，在当代科学技术发达的条件下，都是可以办到的。我看应该先在试验室进行试验，然后再应用到工程上来。这事我找市长谈。"说着，他看了看手表，时间不早了，太阳爬到头顶上了，总该吃顿饭吧。

"我请客，这老城区有家不大的饭馆，炒的一手地道的家乡菜。日辰，保证你喜欢吃。"贾月辰说着便在前面带路。大家嘻嘻哈哈跟着走，有人请吃饭，不去才是傻子呢。

在饭桌上，贾月辰告诉弟弟贾日辰说："省里非常重视城南那片森林、沼泽地带，指示市建设局、林业局、环保局、文物局、旅游局等好几家单位，搞一个整体规划。生态文明建设关系着几代人的切身利益，这是一个新课题，从中央到省里，都在抓这件事，听说生态保护和建设将列入基本国策。局里从群星建设集团抽调了五六个人，其中把茉莉抽过来了，主要任务是在恢复仿古建筑周围，设计一套欧洲式园林园。中西合璧，供游人观光。"

贾月辰滔滔不绝地对贾日辰说着这事，其他人只顾埋头吃饭。等贾月辰说完后，伸筷子夹菜，三四个盘子早就见底了。她敲着盘子说："这是咋了？你们这不是和我的钱过不去吧！"大家装着无辜的样儿，贾月辰明白他们是在敲她的竹杠。她连忙喊："小二，这菜咋炒得不够吃呀，再炒几个拿手的来。算我倒霉，算我倒霉，都是一群饿死鬼投的胎。"

茉莉很乐意去城南林区，原生态不仅风光秀丽，空气还新鲜，是个天然氧吧。她来到中国生活的时间不算短了，还学会了做中国饭菜。茉莉给德国的家人写信，大肆炫耀自己的厨艺。中国饭菜很养人，茉莉眼睛深蓝、皮肤白皙，中国饭菜一吃，满面红光，看上去更加漂亮了。

规划队的人也都喜欢茉莉，她说中国话像吃夹生饭似的，有时的交流就像打哑谜,拿手比划来比划去,常常引起茉莉的误读,闹出不少笑话来。小北听说这事,便把自己的同学白丽莎找来。白丽莎学的是德语,在市农科院资料室工作。贾月辰出面协商,把她抽调了出来。不几天,她便和茉莉成了好朋友。

白丽莎和茉莉是规划队里的一对活跃人物。由于工作任务不同,茉莉时常同大部队分离,独自去考察皇家园林遗址。白丽莎采集野花,给茉莉编织了一顶花冠戴在头上,她自己也编织了一个挂在脖子上。她们相互拍着照片,在原野从林里兴高采烈,手舞足蹈。民间谚语说得不假,乐极生悲。白丽莎哎呀一声,脚脖子被蛇咬了一口。茉莉惊叫着,用手里的棍去打蛇。白丽莎懂得一些被蛇咬的常识,在惊慌中让茉莉扯裙摆布条,用劲把脚腕捆扎起来,然后急忙让茉莉给贾日辰打电话。

贾日辰和赵欣然刚刚做完一道实验,驱车准备回家。接到茉莉的电话,一阵德国尖叫声从话机里蹦了出来,把贾日辰的脸都给吓白了。他在电话里大声喊叫着,"我马上就到。"贾日辰放下电话对赵欣然说,"去城南,茉莉被蛇咬了。"赵欣然全身一颤,他哎呀一声,加大油门直向城南冲去。

赵欣然从后视镜看到,交警的摩托车距他的车只有四五十米。他不理睬他们,用最快的车速往前冲。车一直开到没有路的地方停了下来,贾日辰跳下车一边打电话,一边朝森林小路上跑。赵欣然跑在前面,他大声朝树林里喊着。

茉莉搀扶着白丽莎往外走。白丽莎的脚肿得通红,脸色苍白,满身是汗。茉莉接到了贾日辰的电话,同时又听见赵欣然的喊声。茉莉挥手向喊声传来的地方尖叫着。赵欣然听见茉莉的叫声,拼命奔了过去。

赵欣然没问一句,他知道时间就是生命,扶起地上躺着的女人,放在背上转头往回跑,茉莉提着没有裙摆的裙子,喘着气跟在后面。贾日辰跑上来,见茉莉没有受伤,便拉住她的手,紧紧追着赵欣然。

就在赵欣然的车边上,四五个身穿制服的人等在那里,三辆白色摩托排成一排。赵欣然没顾上同他们打招呼,打开车门,把白丽莎放在后座上,又转身扶茉莉坐上去。一名交警给赵欣然敬礼。贾日辰跑来打开车门,坐在副驾驶座上,喊了一声:"快!"赵欣然没心思理会交警的询问,他不管不顾,拉开车门准备上车。

交警不知发生了什么事情,上去拽赵欣然的胳膊。赵欣然急坏了,用力一推,把没有防备的交警推得倒退了三四步。他说:"我是群星集团的赵欣然，要杀要剐等会儿再说，现在救人要紧。被蛇咬了，救人你们懂不懂！"

赵欣然像头愤怒的雄狮，一惯讲究的头型，乱蓬蓬的，有一绺还在额头上竖着，怒发冲冠的架势。交警这才反应了过来，一个小伙子跳上摩托，为小车前方开道，警笛一路鸣叫着向医院驶去。

在医生的全力抢救下，白丽莎有惊无险，总算脱离了危险。主治大夫揭开口罩说："晚半个钟头，人就危险了，你这年轻人是干啥吃的。"大夫狠狠剜着赵欣然。贾日辰知道，大夫误会了，他把赵欣然当成女孩的丈夫了。闻讯赶来的小北在一旁对大夫说："对不起，给你们添麻烦了。"她转过头来接着大夫的话说："干什么吃的，一个不称职的丈夫，连自家的女人都保护不好。"小北说完，偷偷地坏笑起来。

有一次，大夫值班，没见赵欣然的人影了，便萌生了打抱不平的正义感。他翻开送病人来的记录，查到了赵欣然的电话，用座机打过去。大夫开口就骂道："你小子还是高级工程师，也算是有知识的人啦，妻子住院，你不露面。我看你就不称职。"赵欣然被大夫骂得心直跳。

小北不想看到大夫陷入尴尬，同时也有心撮合他们。有次赵欣然来看白丽莎，小北当着大夫的面说："丽莎，你爱人看你来了。"白丽莎和赵欣然满脸通红，不一会儿全都笑了起来。大夫说："这样就很好嘛，年轻夫妻就得这样相爱才是。"

无巧不成书，他们两人后来真的恋爱上了。白丽莎辞去了公职，调到群星建筑设计院，从事外文资料的翻译工作。赵欣然知道市第一人民医院的那位主治大夫喜欢喝点小酒。那天，他和白丽莎竟然给他送去了一箱果酒。主治大夫喜欢得不得了，"小两口真好，常言道，无功不受禄。不过酒不是禄，好吧，好吧。我收下，成全你俩的心意。"大夫很幽默地说。

胡敏率领的设计团队，一个多月都没闲下来过。群星设计院举办了一次设计大赛，全院设计人员划分为六个设计组，在胡敏的指导下，开始了各自的设计，最后拿出六个设计方案，不仅精心制图，还制作了大厦模型。胡敏邀请群星建设集团二十多人过来投票。效果不错，选票比较集中，第四设计小组的设计方案获得了一等奖。

胡敏拿着那个设计方案，带上五六个人，动身去了香港。她在蟒河市政府出台设计竞赛招标时，便同香港托马斯建筑设计院相约，两家共同参加设计竞赛招标。托马斯建筑设计院是世界屈指可数的设计院之一,名满全球。总裁的意见是群星设计院提供初步设计方案再由托马斯设计院专家会诊。胡敏也表示赞成。

群星设计院的设计图纸和模型送到香港托马斯建筑设计院,得到了他们的赞誉,随即便开始了专家会诊。后来让胡敏不解的是,没几天竟然出来了两个设计方案。托马斯设计院的总裁,叼着英国式的烟斗说:"当时我们怕你们搞不出来,便组织设计师开始了自己的设计。现在看来,你们的设计很好。"

胡敏眼前放着两座大厦模型,香港的日月型,群星集团的帆船型,胡敏斩钉截铁地说:"两个方案都送,算是我们两家的成果。"

总裁高兴地说:"很好,叫别人去评判。"说着就向胡敏伸出了大拇指,表扬胡敏有胸怀。胡敏一阵脸红,低头看了看自己衣服上的第二颗纽扣。

蟒河市政府大厦设计竞赛招标,总共收到国内外设计方案十个,境外四家,国内六家。周晟俊请来五位院士级的专家担任政府招标办的评委。专家评委知道参加这次设计竞赛的境外设计院全是有分量、有影响的,就连国内的这几家,也是甲级设计院所。设计模型精确美丽,大约可以分为扁平高耸型、庭院型、帆船型、日月型几大类别。五位专家认真负责,独立投票,第一轮淘汰一半。经过讨论、反复论证、比较,第二轮投标集中在日月型和帆船型两个方案上,一个是三票,一个是两票。专家建议把两个方案优化组合,这样会更加完美。周晟俊接受专家的意见和建议,把优化设计任务交给了群星设计院。

胡敏下来对周晟俊说:"市长真是行家!"

周晟俊很纳闷地说:"我咋成行家了?"

胡敏很认真地说了建筑设计的国际通行办法,也就是说,设计方案一旦确定,施工图设计单位必须对建筑设计进行优化。换句话说,就是你设计,我优化。而施工图我方设计,又必须经过建筑设计部门去优化。这样才能达到更先进更合理的效果。"市长刚才的任务分配,便是一个内行人的做派。"

得到胡敏的赞扬,周晟俊脸上浮出了笑容。他说:"能得到总设计师的夸奖我很荣幸,这说明我这个市长在专家跟前,没有说外行话。这方面的知识,还得感谢你和老贾长期的教诲。"

胡敏不好意思起来,她说:"周市长谦虚了。作为一市之长,工农商学兵,各行各业都是有研究的。否则，如何开展工作呀？"

周晟俊摇摇头，他心里清楚，一个官员，不像专家、学者有专业学科成果，那是他们一生的追求，是一份事业。而官员却是万金油，到处都要抹抹，抹来抹去，把自己抹得没有了，退休后只好看看报纸、浇浇花、放放鸟、遛遛狗了。回头看看，其实什么都没有。一代人过去，第二代人谁也不认识你了。以往的政绩，早被后来社会发展的脚步淹没，甚至不留一点痕迹。周晟俊说这就是官员的悲哀。古往今来，帝王将相求不朽之法，无疑是把姓名刻在石碑上，石不腐，人也不朽。后者看来，全是痴人说梦。人真想不朽，只有一个办法，干出推动人类社会进步的一番伟业，或者像曹雪芹、托尔斯泰他们那样，写出不朽之作。

胡敏笑了笑，她细心聆听周晟俊感慨人生，说道："那些都是不平凡的人。平凡的人，只能做平凡之事，对得起社会，不虚度年华就行了。"

周晟俊点头说："是呀，即使做到这样一步，也不是容易的事。"

蟒河市政府大厦造型为日月型。在进行设计方案优化时，吸纳了帆船型设计方案的诸多优点。对建筑布局做了调整，使大厦更有利于节能，形成了微气候环境，便于良性的生态循环。群星建筑设计院大胆地在日月造型下的裙楼层，增添了乘风破浪的造型。这样不仅体现了日月的宏大，又预示着社会发展的螺旋式前进。

宋星、姬丹枫、赵欣然看后，非常满意。贾日辰对设计图纸进行反复对比，他感觉大厦较为沉重。贾日辰对宋星说："钢结构建筑并不是用钢越多越好，合理最好，这个你们可是内行。"

宋星看看姬丹枫，他想让她先说说看法。姬丹枫埋头看图纸，宋星便开口说道："这一点我们已经注意到了，在结构设计和围护结构上，我们对所有的结构受力、承重体进行了反复的实验核对，尽最大可能地减少用钢量，同时改善建筑围护结构的保温隔热性能。"

贾日辰的工作进入到了最紧张的阶段，政府大厦设计方案确定，基础性建设开始着手施工。围绕着大厦的一系列事情，自然而然地放在他的议事日程上来了。直到这个时候，他才深深体会到，父亲的白发是怎样爬上鬓角的。那天，贾星打电话询问儿子，有没有什么困难需要他来协调的。贾日辰在电话上说得很轻松，他说有宋星、姬丹枫、赵欣然、新立哥、李永刚、姬勇斌、大北、小北这一大群人的帮助，没有事的。话是这么说，可任何关键环节都是事必躬亲，来不得半点马虎。

建筑材料调度会是贾日辰要求召开的第一个联席会议。门窗厂、太阳能公司、钢结构总厂和市政工程公司等单位的老总们都到会了。贾日辰在会上特别强调了绿色建材问题。他对大家说："绿色建材不是指单独的某个建筑材料，它是对建筑材料健康、环保、安全品行的评价，是人的健康、环境保护与材料相关的大事。所以，绿色建材必须要具有消磁、消声、调光、隔热、防火、抗静电的性能，同时要具有适应人体机能要求的特殊新型功能建筑材料。"

贾日辰的讲话，引起了参会人员的热烈讨论。年新立表示要想方设法把大厦塑窗 k 值降到 $1.2\ W/m^2·K$ 以下。自动转向的遮阳伞、光电自动遮帘要与窗户配置。窗户的玻璃用采光性能好的特殊玻璃，除减少室内照明功效外，还应在夏天隔热隔紫外线，冬天降低热量损耗，防火防噪音。一句话，门窗是建筑物的眼睛，更是节能环保的关键，门窗总厂一定要达到大厦建设的要求。

姬勇斌、李永刚等人相继谈了单位的情况，汇报了为建设政府大厦所作的准备工作。李永刚没有一套套的理论，话说得相当朴实。他说："请总裁放心，市政工程公司，别说像水管、电线之类的材料，就是一个开关，一个阀门，我们都讲究品牌，要树立起品牌意识。"

李永刚的话受听，贾日辰插话说："这话说得好，品牌意识。如果说质量是产品的物理属性的话，那么品牌不仅有产品的物理属性，更有产品的情感属性。任何一家创造品牌的企业，在品牌产品上，都投入了人们难以想象的情感因素。我告诉你们，蟒河市政府大厦就是我们群星建设集团的品牌。"

有一天，宋星、姬丹枫到集团总部开会，他们对贾星说："贾日辰这个年轻人真不简单，市政府大厦工程这么重的一副担子，他挑着跟没事似的，真有你当年的劲头。"姬丹枫拿出一份由贾日辰起草的施工组织设计方案，对贾星说："别看日辰年轻，考虑问题可是很成熟的。过去谁考虑过施工污染问题？都是抢起工具就干。这次可不一样，施工现场与外界封闭隔离，把施工中可能对环境产生的污染的防治对策事先就作了应对准备。比如火灾、水污染、噪声、粉尘、废弃物，甚至油料跑冒滴漏等，全都写进这份文件里了。"姬丹枫不轻易夸谁，她说："群星建设集团，有这样的年轻人，我们也就放心了。后继有人，这是一个企业最大的幸事。"

贾星询问了工程进度，宋星作了简明扼要的汇报，基础桩已经打完，

第二十一章 绿色建筑

地下工程也基本结束。按照贾日辰的要求,构件运输几乎全在下半夜进来,白天进行安装。施工完全是在城市居民不知不觉中进行的。宋星说:"现在我担心,当大厦建成那天,突然把四周屏障打开,会把街上来来往往的人给吓住。天哪!什么时候盖了这样一座漂亮的大厦啊!"宋星学着市民惊讶的神情,绘声绘色地像个说书人在说一个精彩的故事。

姬丹枫说:"贾日辰提出在大厦广场建一个水景喷泉,集声光电为一体的水景喷泉,可能增加建设成本,他正在给集团起草报告呢。"

贾星在国外见过水景喷泉,那可是高科技的东西,一会儿美女出水,一展歌喉和舞姿;一会儿又变成城市景观,一根五彩的水柱影映出文字。贾星说:"这个水景喷泉可以丰富群众的文化生活,只是费用看从什么地方解决。"

宋星笑着对贾星和姬丹枫说:"我们不服老不行啊。贾日辰昨天告诉我说,用广告收入来解决。他说水景喷泉肯定每天会吸引成千上万的群众,水景屏幕可以做广告的。"

"群星集团有这小子,再加上年新立、赵欣然、姬勇斌、徐志钢、李永刚、大北、小北这群年轻人,我们用不了多久,便可以交班了。"贾星说着,便想到了另外一件事,这事在脑子里放了好长一段时间了,今天正好提出来一块商量商量。想到这里,他说:"我们在临风小区那边,还有一块土地。随着城南建设的推进,那一带将会繁华起来,基础设施很快就会完善。我想……"

贾星还没开口,宋星和姬丹枫两人异口同声把话接了过来,一起说:"建一座建设者之家。"

贾星感到惊奇了,"你们又不是我肚子里的蛔虫,咋晓得我的想法呢?"姬丹枫神秘地说:"你身边有人出卖你。"

"哦!"贾星恍然大悟说,"胡敏,肯定是胡敏!她竟然偷看我的工作日志!"

市政府大厦日夜奋战八个月,主体工程已经结束了,姬勇斌太阳能建筑安装公司的员工们正在进行安装调试。李永刚的市政工程公司同样很忙碌,大厦的管道地上地下,分支太多,太阳能供热系统、地热供暖系统、光纤电缆、智能控制系统,把工程技术人员头都搞大了。

贾日辰和赵欣然领着监理人员一层一层检验着各个环节部位,用贾日辰的话说,就是要给大楼每一层各个部位,做一次CT检查,省得质量综合验收组说三道四,更不能出现工程或安装等项目上的返工。吃二道饭,等于是受二道罪。

群星建设集团把这座大厦作为群星品牌来建造。

贾日辰把建设绿色大厦的事情,写信给德国的同学商青,他是华侨后裔。他们两人从大学本科 到硕士研究生,又到博士研究生,一直是最要好的朋友。商青向贾日辰学中文,贾日辰向商青学德语,相互帮助,相互勉励。现在商青很有成就,在《世界建筑周刊》任首席编辑,主持世界建筑领域新科研和新成果栏目。贾日辰从绿色建筑设计、施工、材料等方方面面向商青作了介绍。七八封长信,有博士论文的水平,同时,他还把周悦主办的《建筑月刊》寄给了商青。

商青以他职业的敏锐,像是捕捉到了一条大鱼似的,不停地跟踪。他来电话对贾日辰说:"大厦竣工,《世界建筑周刊》计划作一次全面介绍,主要倾向于绿色建筑的科学技术创新。周女士的《建筑月刊》,给我们很大的震撼,刊物办得很有水平。"

现在市政府大厦马上就要全面竣工了,商青给贾日辰写了一封长信,大意是说,他把中国蟒河市政府大厦的建设情况,向他的父亲作了介绍。父亲表现出了极大的兴趣,他非常希望能去中国的蟒河市看看。商青在信上说,后来他才知道,父亲所在的州,也要建一座议会大厦。

贾日辰读了信件后,立即向周晟俊作了汇报。商青的父亲是位议员,伯父是商会会长。他父亲打算邀州长先生一道来蟒河市考察。贾日辰向周晟俊建议,看能不能结为友好城市。国内大中城市同国外城市结为友好城市,在沿海已有先例,这样可以相互学习,取长补短,促进两个城市共同发展进步。周晟俊一听有这等好事,当即拍板说:"商青和他父亲来蟒河市考察,我们表示热烈欢迎,邀请函由市政府递到省里。省里批示关于结为友好城市的事宜,等州长到来后,再具体商谈。"

贾日辰把蟒河市长的态度,转告给了商青,请他再转告州长先生。

金秋时节,肥沃的大地一望无际。高粱收割了,玉米收割了,地里的大豆也收割了。遮挡视线的庄稼被勤劳的农民置入了粮仓,劳累一年的土地歇了下来,它们敞开辽阔的胸怀,舒舒服服晾晒着自己的身子,这是一年四季最爽心的日子。秋高气爽,黄花吐香,群星集团的建设者们在这个季节,更是意气风发。

第二十一章 绿色建筑

张秀琴拿着一摞子报表进到贾星办公室，进门便开口问贾星："董事长，今年各公司年度计划提前两个月便全面完成了，年初定的奖励办法，是否要调整？"张秀琴在贾星对面坐下来，把报表递给贾星审阅。

贾星不明白张秀琴的意思，为啥要调整？年底调整年初的规章，不符合情理嘛。

张秀琴稍稍抬了下身子，伸手在报表几个栏目上指了指，她请他看仔细些。贾星点头说："你这个管家心疼了是吧？要我说这是好事，效益好，是大家拼命干出来的，就得重奖。"

张秀琴说："几千万可不是小数目。钢结构厂、门窗总厂、太阳能公司，一年翻一番。世界门窗博览会再一推，我看明年很可能还要再翻。"

贾星一边听，一边查看报表，他问张秀琴："群星大酒店的经营情况如何？"

张秀琴说："群星大酒店超负荷运转，黄薇娜有个报告，她建议在主楼旁边建附楼。随着城南自然生态园的开发，来蟒河市旅游的人数有很大的增长。市旅游局说，群星大酒店接待能力跟不上，关键是硬件。"

贾星认为蟒河市的旅游业这几年发展速度太快，当年建群星大酒店时，集团领导成员还有不同的看法，一些同志认为规模过大。这才几年，接待能力就不足了。他感觉社会发展如同百米赛跑，"群星大酒店的报告在哪里，我怎么不知道这件事。"

"报告递给贾日辰了，总裁的意思是建群星生态园大酒店，不再建在市里。"

贾星点头说："这样更好。"

小北的歌声从走廊上传了进来，她心里像抹了蜜似的，不是唱就是跳。小北人刚站在办公室门口，贾星便开口叫她说："啥事儿让你这样高兴呀？你先别说，让我猜猜看。"

小北像只可爱的小白兔，她把手里拿着的请柬藏在背后，蹦蹦跳跳地来到贾星和张秀琴跟前。她歪着头，声音甜甜地说："好吧，你俩各猜一次，只一次啊。"

"结婚。"贾星猜道。

"也是结婚。"张秀琴跟着猜过来说道。

"什么样的方式？"小北用纤细的食指朝天指了指，又让他俩猜。

"旅行度蜜月呗。"张秀琴这次抢先猜。

贾星摇头，他并不同意她猜测的结论。大北、小北是有创意的人。他们选择这个时间结婚，肯定跟刚刚完工的政府大厦有关，总不能在市政府大厅举行婚礼吧。贾星突然想到水景喷泉，大北、小北一定会在这个上面做文章。贾星像是早就知道这事儿一样，他不当什么秘密的事说："市政府大厦广场，水景喷泉上一对新人的结婚照用光束打在上面。"

小北嘴张着，她感觉到董事长真是神了，不仅说出了婚礼地点，还把设计方案里最亮点的东西给曝光了。小北觉得太没劲儿了，本来是过来汇报这事的，还没等到你说，别人早知道了，小北想肯定是大北透风了。她问贾星说："大北把活动向你汇报过了？"

贾星一头雾水，他问道："啥活动？你结婚还搞活动，让大家都去瞎掺和呀？"

小北察言观色，认定董事长不知道活动的事，刚才是他瞎蒙的。于是，小北向贾星和张秀琴汇报说："我们企业文化建设部同市妇联、共青团、工会，还有关心下一代工作委员会联合，举办首次全市百对新人集体婚礼活动，移风易俗，倡导文明风尚。市委宣传部、市文明办大力支持，还邀请省、市新闻媒体进行宣传报道。现得到通知，中央电视台也要过来，现场做个专题节目。"

贾星很敏感，他已感觉到问题的重大。市政府大厦落成典礼，百对青年举行集体婚礼，中央电视台现场录制，做成一个时尚的专题节目。这无形中给群星建设集团做了宣传片，说是百对青年集体婚礼宣传片，不如说是绿色建筑的专题宣传片。贾星坐不住了，他双手撑着桌面站了起来，走到身后的窗户跟前，又转过身子，对小北说："活动举办成功，我给你发年终创新奖！"

小北急忙摆手问道："大楼落成典礼是哪一天？市委宣传部要我们报时间，以便通知中央电视台等新闻媒体。"

贾星问小北："你们活动定在哪一天？"

"农历八月十五，这天是中国传统的中秋节，结婚就选这个吉日。"

"好，大楼落成典礼就定在农历八月十五。"贾星翻看着台历说："刚好还有半个月。"

小北挪挪身子，她向外走着说："我去给市委宣传部打电话，告诉他们大厦举办落成典礼的具体时间。"

贾星急忙叫住她说："别走，别走，还有事说。"

第二十一章 绿色建筑

小北转过身来，走到办公桌跟前问道："董事长，你要赞助这场活动呀？"

贾星笑着说："你个精灵鬼，你咋知道的？"

小北不好意思地说："董事长脸上写着的呗！"

贾星摸了摸脸，没有接小北的话，他问张秀琴："你看我们给每对新婚青年送个啥好？"张秀琴想了一会儿，说："请金融部门设计两枚纪念币，金币和银币，重量分别是五克和二十克。小北说："纪念币上不仅有结婚纪念字样，还应有群星建设集团的字样。有意义,这是一种最美好的祝福！"

"就这样定了。这事得由你来办了。"贾星说着便把报表递还给了张秀琴。

张秀琴起身对小北说："这事在没办成前，不要对外说，也给新婚夫妻一个惊喜。"小北答应得很爽快，拶着她的胳膊一道走出办公室，两个人头挨头，亲密地跟一个人似的。

贾星等人陪同周晟俊等大批官员检查政府大厦落成典礼的筹备情况，周晟俊接到省里的通知，来参加大厦典礼仪式的有国家建设部领导、省长等重要官员，还有德国的那位州长、《世界建筑周刊》主编等建筑专家、学者。省长告诉他们，这么多人来蟒河市，不是看你政府大厦的，是来参观考察绿色建筑的。如果不是绿色建筑，别人是不会大老远跑来的。当然，你们政府大厦就是绿色建筑，变成了一个概念，新闻媒体报道不说政府大厦落成，而是重点报道绿色建筑落户蟒河市。周晟俊明白省里的意思，一个市政府大厦落成，是不值得搞什么庆典的。

蟒河市政府大厦的庆典，全由群星建设集团操办，市政府不插手，只是陪领导来参观绿色建筑工程。贾星明白市领导的意思。周晟俊上上下下看了一遍，体验了办公环境的舒适感受以及方便快捷的智能化享受。周晟俊指着贾日辰说："到时候给各位领导、州长们详细介绍一下，我们也听一听。"

他们正在说话，太阳稍有偏西。大厦外的阳台自动旋转了起来，还有西面窗户的遮阳伞，也在转动着。周晟俊抬头往上看，他问贾星："这家伙可耗电？"

贾星笑着对领导们说："整个办公大厦为零消耗。太阳能发电剩余部分输送给国家电网，所得收入完全可以支付办公用品的消耗，比如笔墨纸张的开支。大厦的污水处理，残渣可培植花草、树木，当肥料用外，二次用水后，还可用来浇灌城市的绿化树木、草坪，这笔收入也是可观的。"

贾日辰指着大厦周边的施工遮挡屏障，有些遗憾地对领导们说："这些屏障还没有拆除，不能从较远的地方观看大厦全貌。否则效果会更好。"

"你们想一夜之间拆除，给大家一个惊喜，是这样的吧？入洞房再揭红盖头。"周晟俊来了一句形象的比喻，把在场的人都给说笑了。

市领导走后，贾星对贾日辰、赵欣然说："加紧筹备，注意细节。你们都还年轻，必须在实践中历练自己。大处着眼，小处着手。方向确定之后，成败的关键取决于细节，切忌不可忽视哟。人手不够，可以把大北、小北那群年轻人调过来。"

贾日辰从父亲的言谈中，体会到父辈的老道，这不是从书本上和课堂上能学得来的。虽说只是一个庆典仪式，但它牵涉着方方面面。贾日辰对国情认识不够深，但他隐隐约约地感觉到了点什么。比如说绿色建筑，本来是一件利国利民的事，但首先得取得官方的认可。老百姓说好，应该说是真好。可老百姓没有权利，别人给他们盖什么房子，他们就认命住什么样的房子。要想把绿色环保建筑推广开来，就得有官方的认可才行，否则，将一事无成。要说贾日辰这几年有很大的进步，就是对国情有了很深的了解和认识。

贾日辰独自考虑问题的时候，赵欣然一直在身边接听电话。他接听电话的样子，使贾日辰感觉到有点好笑，不停地点头哈腰，一副谦卑的样儿。又不是可视电话，做那个样儿干什么呢，即使五体投地，对方也看不见呀。贾日辰侧耳细听，赵欣然不像是在同领导打电话，他一再强调说不行、忙呀、脱不开身。这能是和谁在说话呢？贾日辰在背后朝他大声问了一句说："谁的电话呀？让你这个熊样！"

赵欣然转身朝贾日辰摆摆手，又用手指了指电话，还挤眉弄眼的，他说："我真没有骗你，忙得恨不得能生十双手出来。不信？贾总裁就在身边，你问问他好了。"赵欣然把电话递给贾日辰，想让他为自己证明。贾日辰接过电话问赵欣然："谁打来的？"赵欣然不敢开口说话，一个劲地用手比画着。贾日辰看不懂他的手势是啥意思，没有多想，便喂了一声说："你好！"

电话里传来了清脆的声音，他一听就知道是白丽莎。贾日辰问她："有什么要紧的事？说给我听听。"白丽莎在电话里叫了一声总裁，说："没啥事，我爸妈想请赵哥吃顿便饭，就这事，如果忙就改天吧。"

第二十一章 绿色建筑

贾日辰急着说:"要是便饭就算了。如果是在群星大酒店请客,那我得过来吃一顿。忙这么长时间,说真话,我都想吃顿大餐了。"

白丽莎发出一串银铃般的笑声,她说:"总裁,您说话算数吗?要是算数,就过来,我现在就订一桌,请你们过来解解馋。"

"怎么不算数呢?那就下午六点,我和末莉一道来。"贾日辰听见了对方高兴的声音。

白丽莎的确高兴坏了,"好呀,好呀,我去接末莉姐姐。"

贾日辰把电话挂了。在贾日辰打电话的时候,他朝贾日辰又是摆手又是跺脚的。听到贾日辰在电话里答应了她,一下子没主意了,低着头没精打采的。贾日辰拍着他的肩说:"只有媳妇怕见公婆的,哪有大男人怕见丈母娘的呀?"

赵欣然摇头说:"你是不知道,白丽莎她妈说我年龄太大了,比丽莎大上十二岁,你猜她爸咋说?"赵欣然没等贾日辰问话,便告诉他说:"她爸说一对桀骜不驯的野马,今后咋办噢?"他满脸沮丧,灰心失望到了极点。

贾日辰不太了解白丽莎,只是见过几次面,那时她和赵欣然还没那层关系。所以,长相现在想想还有些模糊。但他了解赵欣然,三十五六正当年,小伙子不帅,也不丑,不胖也不瘦,一米八的个头,照说女孩子是喜欢的,况且还有救命之恩。贾日辰想,必须帮他们一把,在他们中间给点力。想到这里,他说:"我看这事成了。"

赵欣然问:"你咋知道?你又不是他父母。"

贾日辰朝他嘿嘿嘿地傻笑,说:"不成我负责。既然人家想见你,就说明人家有诚意啊。"

赵欣然拍着大腿说:"有点道理。"

白丽莎和母亲早早就到了群星大酒店,丽莎的爸爸下午有两节课,要晚一会儿才到。黄小阳、黄薇娜听说贾总裁要过来,便陪着白丽莎恭候着。贾日辰、末莉、赵欣然进入大堂的时候,白丽莎迈着小碎步迎了上来,她站在贾日辰跟前,身子稍稍鞠下,她说:"感谢贾总裁赏光,给我家这么大的面子。"

贾日辰定眼仔细打量了一番白丽莎,第一眼看过去,就是美女的形象,身材不高不矮,脸蛋不肥不瘦,眼睛不大,睫毛却又浓又密,垂眼一泓秋水,抬眼波光粼粼。这是贾日辰在白丽莎鞠身、低头、抬头时看见的。

"哎呀呀!"贾日辰回头对赵欣然大声说:"这么漂亮的女朋友,你还这样那样地挑拣，你认为自己当个副董事长就不得了？"他说着便回头和白丽莎握手，眼睛的余光观察着白丽莎母亲，刚才的话他是说给她听的。白丽莎拉着贾日辰的手，向母亲作介绍，贾日辰彬彬有礼地叫了一声："杨老师。"

白丽莎很大方，她把赵欣然推到母亲跟前说："妈，这就是赵欣然。"

赵欣然像个中学生，腼腆地叫了一声："杨老师好。"

白丽莎的母亲看见身材魁梧、仪表堂堂的赵欣然，很高兴地说："好，好。"

黄小阳走过来的时候，首先碰见的是赵欣然，她用酒店的礼仪说了一声："赵董事长好。"

赵欣然纠正说："副董事长。"

黄小阳笑笑，从他身边走过去，同贾日辰握手说："总裁，你可是有段时间没来了。"

贾日辰握着黄小阳的手说："有你和黄副总经理在，工作上的事，我没什么不放心的。过来就是吃饭。唉，对了。今天可是白丽莎请客啊，把酒店最好的菜都点了。"贾日辰开着玩笑。

白丽莎抱着黄小阳的手臂说："黄阿姨，有好的尽管上。"

白丽莎这桌客请得有意思，一会儿李永刚过来了，一会儿贾星、胡敏又来了。像滚雪球似的，一餐饭加了两桌。不知是谁说的，赵欣然副董事长今天有订婚宴。姬丹枫、姬勇斌、张秀琴、大北、小北、还有张睿妈妈、郭银花两口子等一群人，吵吵嚷嚷，进门就指责赵欣然说："订婚宴悄悄办呀，把老朋友扔在一边叫啥话呀。"白丽莎的爸妈不知道如何是好，一个劲地叫白丽莎去张罗。

大家给白丽莎爸妈敬酒，说着祝福的话。你家丽莎和赵副董事长，真是天生一对，珠联璧合，男才女貌。般配得不能再般配了。白丽莎的爸妈一个劲地说好，他们说，女儿跟着贾董事长、贾总裁，我们当老的也就放心了。

贾星端着酒杯对白丽莎的父亲说："丽莎优秀，调到设计院不到半年，翻译了不少资料，很多设计师都表扬她呢。"他和白老师碰了杯。

贾星问赵欣然说："咋没见宋星的面？"

赵欣然说："我也是才知道的，宋星请假回上海了，说是爱人住院，回去一个礼拜了。"贾星想起来了，他听老宋说过他老伴的胃病，所以没跟宋星到蟒河来，一直住在上海，和子女在一起。宋星是个有事不爱吭声的人，如果爱人的病不严重，他不会离开岗位。现在政府大厦落成，大家忙得脚不沾地，他却去了上海。贾星想等忙过这一阵，一定过去看看。

十点左右，蟒河市政府大厦周围的施工屏障拆除，一座日月造型的白色大厦在阳光下，像白雪公主一样闪亮登场，大街上来来往往的行人驻足惊呼，这座大楼太漂亮了。不到一个小时，上千人拥到广场上，他们要看的东西太多了，大厦、广场、水景喷泉、园林绿化、人像雕塑。当人们读到大厦的介绍说明后，才知道这是一座现代化的绿色建筑，个个都称赞群星建设集团。

贾星主持大厦的庆典仪式，建设部的领导和省长为大厦剪彩。贾日辰今天特别精神。他担任了这座大厦的讲解员，向各位领导，还有商青的父亲等外宾，详细介绍了大厦的设施和功能。茉莉和白丽莎跟在贾日辰身后，为州长等外宾当翻译。商青能听懂中文，有时用中文同身边的周悦交流几句。

省长一行参观了大厦太阳能发电系统，还亲自登上了太阳能旋转阳台，走进大厦智能化操作室，发出几道指令。大厦参观的人很多，但室内空气新鲜。省长问贾日辰这是如何解决的。贾日辰很专业地向省长作了介绍，他说大厦十层以下的室内空气，全部来自顶层，室内的二氧化碳自然排除，是一架无形的换气扇或者叫抽油烟机。

"这座绿色大厦，在全寿命周期内，最大限度地节约资源，几乎对周边环境没有丝毫污染。绿色建筑的各项指标达到世界先进国家的标准，有些指标还遥遥领先。"贾日辰对来宾们说道。

商青最为活跃，他职业敏感性强，意识到这项工程的深度报道必然会引起世界建筑领域的关注。他同周悦谈建筑月刊和周刊的异同之处，不停地表扬周悦的敏锐、深刻，特别是她那篇《民族建筑风格和古建筑保护》一文，商青说对他启发很大。中国是一个文明古国，古人留下大量的建筑物，称得上是建筑艺术的经典。商青向周悦提出要求说："我们是同行，能不能陪我去北京、苏州这些地方走走，要知道我是带着采访任务来中国的。"

周悦正求之不得，她高兴地答应商青说："我愿意给你当向导，跟你在一块儿可以学到很多知识。"

商青简直乐坏了，他抓着周悦的手吻了一下，说："谢谢！"周悦的心突突乱跳，脸上有羞色。接着，商青说："晚上可以请你喝咖啡吗？"

周悦脸红扑扑的,她一个劲儿地点头。

商青在群星大酒店自己动手煮咖啡,满屋飘香。他说:"我煮咖啡的手艺,是妈妈教的。我妈妈是一流的咖啡师。"

周悦用小勺品尝着,一股醇香沁人心脾,她从来没有喝过这样可口的咖啡。"真好。"周悦说。

周悦今晚是去政府大厦广场报道集体婚礼的,可吃了晚饭,商青热情地把她给叫来了。周悦喝着咖啡对商青说今天广场有集体婚礼。商青听不明白,怎么结婚还有集体的。他问是群婚吗?一夫一妻制又怎么搞集体婚礼呢。周悦呵呵地笑,她起身拉起商青一道去现场看看。商青感觉特别有意思,抓起相机跟着周悦往外跑。

他们去晚了,等他们来到大厦广场时,根本就靠不上边,人山人海,商青个头高,能看见广场上耀眼的灯光下,站着无数穿着婚纱的女人。周悦急中生智,她看见几个维持秩序的警察,立马上前掏出记者证,向警察说明情况。谁知有位警察认识周悦,他说:"这不是周大记者吗?"警察说着,便召集几名警察,他们一道把周悦和商青护送到场地中央。

商青看到了极为精彩的一幕,他感觉到中国人的开放。在西方,这事只能放在神圣的教堂。而中国却不这样,婚礼成了大众欢乐的海洋。他手里的相机一直没有停下来,商青拍了很多新人幸福的场面。大北、小北幸福极了,贾星、贾月辰、周悦不停地同他们拥抱。商青拉着周悦,要同大北、小北照张相。他激动地对周悦说:"我们算不算也是一对新人。"周悦的脸一下子红到脖根上。

贾月辰把一束鲜花送给商青,她说:"算!按中国的风俗,你俩正式结婚了!"

周悦捶着贾月辰说:"死丫头,你疯了。"

商青可是正儿八经的,他把手里的一束鲜花献给周悦说:"他们结婚了,我求婚总可以吧?"商青说的是德语,周悦听不懂。贾月辰把贾日辰拉过来,她说:"商青在向周悦姐求婚呢。"

贾日辰笑着给商青一捶,用德语说了一句:"真有你的,刚到中国,就把最漂亮的女人抓走了。"他回头对周悦说:"议员儿子娶市长的女儿,我看很般配的。"

贾日辰的介绍给周悦吃了一颗定心丸,毕竟贾日辰是了解商青的。

周晟俊同商青父亲谈得非常顺利,教育、科技、文化、制造业、农业,

第二十一章 绿色建筑

方方面面，无所不谈。两个城市各有优势特长，双方可以互补，对口交流，相互帮助，推动两座城市共同发展。双方达成一致，签订了四项协议和六个合作项目。

议员很幽默，他举着酒杯说："我们两座城市结为友好，而我儿子已向市长千金求婚，我们可是一家人了。"

周晟俊昨晚知道这件事了，他和老伴都不太放心，毕竟对商青不太了解，批评周悦过于草率。周悦说是贾日辰作的介绍，还有什么不放心的，商青可是一个优秀的男人。周晟俊对着议员笑着说："议员先生，你可能会失去一个儿子，我听说商青要到中国居住。"

议员OK、OK直叫唤，他希望这样。"中国了不起，太伟大了！"州长兴高采烈地同周晟俊碰了杯，脖子一仰，把红酒干了。

议员和商青等一批官员、专家，考察了解了群星建设集团，他们去了设计院、钢结构研究院、钢结构总厂、门窗总厂、太阳能公司，还参观了世界门窗城，对群星集团的业绩赞不绝口。让商青他们感兴趣的是群星集团的博物馆。议员在参观蟒河市大剧院时，抬头望着剧院的空间问道："群星集团钢结构屋面跨度最大能做到多少米？"

赵欣然说："议员先生，只要能设计出来，屋面就能做出来。"

"建这么一座大剧院，用了多长时间？"州长又问道。

"不到两年时间。"贾星说，"西南大地震稍有些影响，不然工期还会缩短，计划是一年半。"

"我们要建州会议大厦，钢结构绿色建筑，你们愿意参加我们的招标投标吗？"

"我们当然要走出去，参加国际建筑行业的竞标。"贾星说，"只要接到你们的招标书，我们会全力以赴去竞争的。"

"很好。"议员说，"欢迎你们到德国来，希望你们能够夺标成功。"

议员同贾星谈得异常顺利，他说中国之行非常开心，感谢蟒河市，感谢群星建设集团，来日方长，后会有期。周晟俊接受了议员的邀请，正在筹划一次德国之行，举办一个推介会，引进德国商家企业，开展双方的对外贸易。

商青同周悦去北京、苏州、上海，又转到深圳、珠海等改革开放的前沿城市。这一趟来回半个月，他们俩加深了相互间的了解。一回到蟒河市，周悦就迫不及待地给贾月辰打电话，她说："月辰呀，半个月不见，怪想你的，我请你吃饭。"

贾月辰在电话里说:"看把你乐的,说来听听,感受如何,来电了吗?"

周悦大大方方地说:"还真来电了,商青很投入,那小子像是第一次恋爱。"

贾月辰在电话里笑着说:"外国的太阳比中国的烫啊,小心烧死你。"

周悦在电话里惊叫一声,说:"真还有死的感觉,是舒服死了。"

贾月辰和周悦在一块儿,有时候疯得没有样子,对话天一句地一句的,旁人听着不知道她们俩在说啥。而商青就是这样一个人,站在周悦身边一句也没有听懂。

第二十二章　走出国门

宋星从上海回来了，他瘦了一圈，看上去倒还精神。贾星不让他再住公寓吃食堂，把他安排在群星大酒店，让黄小阳帮着料理。宋星对贾星和胡敏说："搞建筑的，成天和钢筋水泥打交道，没那么娇气，你们看我这不是好好的吗？"

贾星不高兴地说："你别逞能呐，都是五十大几的人了，身体可是本钱呀，听我这一回，先在大酒店住几个月，等身体恢复原样了再说。"

胡敏也劝宋星，"这段时间很忙的，德国联邦大厦竞标，怕你连洗衣服的时间都没有喽。我和老贾还指望你去德国，帮日辰一阵子。"

宋星一听是这回事，他说："好吧，德国建筑工程可能是我们最后一拼了。"

群星建设集团趁商青还没有离开，请他给群星董事会讲讲德国的建筑市场，特别是招投标的相关法律法规。群星建设集团的法律顾问曾实，也在抓紧时间研究德国的法律，同样搞了几场法律知识讲座。贾日辰认为，这点知识在德国还远远不够，德国是个法治国家，有时候让人不可思议。在中国人眼里没什么的事，在德国可不行，再琐碎细小的事，也得讲法律。于是，贾星又请高校的专家来给工程技术人员上外事法律课，开礼仪知识讲座。工程技术人员有时听着听着便哄堂大笑起来。

商青回国后，一直关注着联邦大厦招标的事。大厦设计图纸和方案公布后，他在第一时间通知贾日辰。他问贾日辰看见设计方案了没有，群星建设集团准备得怎么样了。贾日辰告诉商青,让他放心,施工方案做好了,投标小组这就动身去德国。商青在网络上同贾日辰通过邮件后,又找周悦聊。商青很搞笑,给她发了一首诗。周悦一看是中国诗人徐志摩的《沙扬娜拉》:

> 最是那一低头的温柔,
> 像一朵水莲花不胜凉风的娇羞,
> 道一声珍重,道一声珍重,
> 那一声珍重里有着甜蜜的忧愁——
> 沙扬娜拉!

周悦笑傻了,她抹着眼泪想,这洋小伙倒还知道点浪漫。她想了想也给他回了一首,同样是徐志摩的诗,那首《偶然》是她的最爱:

> 我是天空里的一片云,
> 偶尔投影在你的波心——
> 你不必惊异,更无须欢喜——
> 在转瞬间消灭了踪影。
>
> 你我相逢在黑夜的海上,
> 你有你的,我有我的,方向;
> 你记得也好,最好你忘掉,
> 在这交会时互放的光亮!

周悦在诗的后面留言,问他说:"你为啥要送我徐志摩的诗?"

商青说:"我喜欢中国的这位诗人,他是浪漫的,想恋爱便爱得昏天暗地无所顾忌,就像现在的你和我。"

贾日辰领着赵欣然、末莉、白丽莎,还有设计、施工、材料、报价等一批人飞抵德国。他们同商青会合后,首先去了贾日辰的母校,拜见了他的老师,然后又去末莉家,末莉的父母设宴盛情地款待中国朋友,德国啤酒喝了一大桶。

贾日辰请末莉的父亲看群星集团的施工设计方案,把拍摄的 DVD 光盘播放出来。末莉的父亲是高级工程师,他看了施工光盘,特别是联邦大厦旁边的中国园林,一个劲儿地称赞贾日辰。他认为能建造出蟒河市政府大厦绿色建筑,来德国投标没有问题。末莉要求父亲把评标的专家朋友请来,

第二十二章 走出国门

一道为贾日辰他们参谋参谋，看有什么地方需要改进或补充的。末莉的父亲摆着手一个劲地说："不用，明天我在会上，提议联邦议会大厦设计方案，请中国群星建筑设计院进行优化，必须要达到中国蟒河市大厦的绿色建筑标准。"

贾日辰一行人在德国的投标顺利得都不敢让人相信。七八个专家评委观看了蟒河市政府大厦施工光盘，一直说着想不到，不看不知道，一看吓一跳。中国经济发展迅猛，这是全世界公认的。但建筑领域也如此科学规范，并且建造出这么有水平的绿色建筑，令同行刮目相看。有一位专家说："昨天看了这期的《世界建筑周刊》，今天又看了这个光盘，印象深刻。"

末莉用德语对在场的各位专家说："中国群星建设集团还将在联邦会议大厦旁建一座中国式的古典园林，这里顺便请老师们提提意见。"末莉是搞园林规划的，在座的大多数专家都当过她的老师。他们开始不以为然，因为末莉的设计水平在德国，也不过是个二流水平。末莉说："这不是我设计的，是中国群星设计院的杰作。"

中国气派的古典园林画面让在座的专家评委们目瞪口呆，他们几乎都看傻眼了。二十分钟的宣传片，重复放了三次，并且展开了激烈的讨论。州联邦会议大厦，选址在公园旁边。这座公园占地五十多亩，多年来州政府多次动议改造，但拿出来的设计方案都不太理想，就这样一直放在那里。贾日辰在德国留学期间，就参与过公园的设计规划学术讨论，对公园的情况有所了解。他同末莉凭着记忆为胡敏一群设计师画过草图，设计师们根据草图的地理概貌，为公园量身定做了这个中国式园林设计方案，并用三维图像制作了光盘，打算利用建设联邦大厦的机会，一并打造一座园林，这样便于同联邦大厦相呼应。

中国式园林只占公园的北部和西部，大约二十亩土地面积。最有特点的是西部山林区，有土石相间的山林一座，占地十亩，建土石假山。山体东西狭，宽三十米，南北长六十米，山高九米左右。山用积土，间列德国山石，采取"小山用石，大山用土"的方法。山堆砌自然，上下有致，山势北陡南缓，南坡下正是原公园小溪清流，其东顺山势建有一堵云墙，高山起伏，与东一墙之隔，山上枫林茂密，高出墙外，恰成为东西中间景区最好的借景。山林广袤，漫山遍植枫树或法国梧桐，春夏绿荫蔽日，金秋红叶似锦，形成了园林中少见的山林美景。

山林中建有中国古典亭宇两座，一座圆形攒尖顶，一座在山腰间，给人至高无上的感觉。山前有小溪一湾,建古石桥一座,从溪边向山上望去,备觉山高林远。游人从一进园门起,便开始在长廊中漫步,无论炎夏烈日,还是寒冬雨雪时,你可以不受日晒雨淋,这里贯通公园连绵不断的回廊曲榭,将园内厅堂阁建筑连成一体,廊长一千多米,随形而变,依势而曲。长廊壁上,嵌《圣经》故事的壁画和西方油画经典。廊两旁植竹、梅、桃、李,还有各式盆景。

公园北部也有特色。游人一过月洞门,一排棚架蜿蜒连绵,挂满德国优质葡萄藤蔓,架下嵌花石路径,随架延伸,两旁栽种德国时令瓜果。在一片竹林丛中,建有农家小屋两三处,远处小溪对岸是大片草场,正是州奶牛养殖场,这些正好和西部的厅堂亭楼榭形成鲜明对比,颇有一番乡村田园风味,别有天地。

末莉用流利的德语给专家们解说:"泉石的胜景,有待各位先生登临;花木之美景,有待各位女士来游玩;亭台的幽深,有待情侣双双来此游憩。但愿中国园林落户我的故乡。"

州政府招投标大厅,响起了热烈的掌声。群星建设集团以满票中标。

群星建设集团在德国竞标取得成功,消息传到国内,全国各大媒体争相报道。周悦在多年的记者生涯中,一直没中断对群星建设集团的跟踪报道。所以,她对群星集团参与国际同行业的竞争,并且取得佳绩是有深刻认识的。国内所有报刊,就群星集团的新闻报道,周悦的文章最有分量,也最有价值。许多读者看了她的文章,了解了深层次的内幕。群星集团之所以能取得如此大的成功,靠的是脚踏实地,苦练内功。

贾星感慨地说:"多年的心血没有白费,群星以自己的实践,证明中国建筑业是能够走出国门的。我相信,用不了多少时间,国内将会涌现出一大批像群星集团这样的企业。"

群星集团承建的联邦议会大厦设计方案,得到群星设计院的重新优化。外观造型没有改变,使大厦整体的空间面积增大了,利用率更科学,自重量也减轻了。胡敏带领的一批设计师,借鉴蟒河市政府大厦的优点,根据德国人的生活习惯,在太阳能旋转阳台上,设计了一座小型的歌德式酒吧,白墙红顶,像森林里生长着的一朵红蘑菇,很有童话色彩。重新优化的设计方案返回到原设计单位,让那些当初的设计大师们拍手叫好。他们搔着后脑勺,带着尴尬的表情在想,这事当初在设计时,为什么没有想到呢?现在竟然让中国的设计师给添上了,德国这家设计院是全球有名的,院长说:"有机会一定要见见中国的建筑设计师,看他到底长着什么样的头脑。"

群星集团首批工程技术人员三十八人,几乎全是从事土木工程的。随着一批施工人员一同前往的还有宋星、姬丹枫和李永刚。贾星考虑到中国人在德国生活,饮食上可能不习惯,还让黄小阳带去两个厨师。刘有才作为机修工也跟着过去了。贾日辰来电说:"大型工程机械,采取租赁方式,已同德国一家公司谈妥。修理工最好是自己的,德国修理师要价昂贵。并且要求法律顾问曾实也过去,许多法律问题急需解决。"

刘有才的媳妇郭银花,在群星幼儿园当保育员,逢人就说老刘要出国了。到街上豪华商场给刘有才弄了两套男式花衣裳。别人说太花了,穿得出来吗?她放着嗓门笑,说别人真是老土,没有出过国。她说:"没吃过猪肉,还没见过猪跑呀?电视没看见呀,外国人谁不是穿身花衣裳的。"

刘有才一向听郭银花的,他说:"我这一穿,别人不会把我误当董事长了吧?"

郭银花说:"那敢情好,你家祖坟我看埋得好。"

刘有才快上飞机的时候,给郭银花打了一个电话,他对着手机大声说:"银花呀,家里的存折在床垫下面,密码是654321。"周围的人都吓了一跳,用奇怪的眼神看着刘有才。

郭银花也不知他是咋回事,她问:"啥意思?"

刘有才憨憨地说:"没啥意思,把密码记好就是了。"

郭银花大叫着说:"神经病。"

有人在机座上调侃刘有才,叫他再打电话,让老婆快改密码,这还是密码呀,大家都知道了,就不是秘密了,而是"明码"了。刘有才还是一脸憨憨的笑样,他说:"哄妇人的话,把你们也给哄住了,这是我和我家女人登机的暗号。你们懂什么呀,连女人都不会诓。"他的话把大家都逗乐了。建筑工人谈女人,那真是一套一套的,就像砌砖一样,老道得很哩。

土木工程人员到达后,曾实跑来找贾日辰和宋星,说附近居民听说这里要搞建设,向州长提出抗议,噪音、粉尘会给他们生活带来诸多不便,让州长表态保证他们正常的生活。州长助理特此过来交涉这件事。贾日辰笑了,他了解德国人的生活习性,什么事都是事先告诫,连鸡毛大的事,都得先有预约,否则根本不予理睬。宋星很注意这些细节,他提出绿色施工,隔离施工现场,挖掘、打桩等尽量放在白天。贾日辰犹豫了一下,他不得不考虑成本预算。宋星说总比打官司强。贾日辰想想也是,于是作出了夜晚不加班的决定。

商青有办法，《世界建筑周刊》杂志社在公园小区举办了世界建筑图片展，特别为中国群星建设集团开辟了一块天地，让小区市民了解公园的建设变化，时不时邀请市民进入施工现场参观。使中国建筑工人有机会同小区市民沟通，取得小区居民的理解和支持。这法子很管用，小区人家小院子坏了，跑来叫中国工人替他修修、补补，很快大家都熟了。

建筑地桩和土木工程结束，钢结构施工队过来了。钢结构框架主体工程完工，姬勇斌和年新立带着太阳能公司、门窗厂的队伍又一次进入工地。贾日辰称之为车轮战术，这样既不窝工，又减少了成本费用。合理调配、使用人力技术资源，这让群星建设集团在国内外建设工程上都没有压力。更主要的是，锻炼了队伍，更多的工程施工人员到国外增长见识、增强意识，为下一步承建国外建筑工程奠定了基础。

周悦从国内飞过来了。德国这边的工程快要竣工了，联邦议会大厦和中国式古典园林，几乎同步。周悦必须赶在落成揭幕之前，第一时间把消息发布出去。

商青不知周悦是来采访的，她没有在MSN上告诉他。他俩好得恨不得合成一个人，天天在MSN里聊啊聊啊，这头天亮了，那头天黑了，老是拜拜、拜拜的，谁也撒不了手。周悦的到来，让商青兴奋不已。商青说了，快来呀，教堂牧师都等急了。周悦来了，商青急不可耐，见面的第一句话就是"WYMM（愿意嫁给我吗），你愿意嫁给我吗？"

周悦腰都笑弯了，她说："急得像动物世界里的大公猴，你看脸红的！"

"你不急吗？看你额头上的汗。"商青嘿嘿嘿地笑着说。

周悦把结婚的事告诉了她爸妈，同时还带上贾日辰的婚事。贾星在电话上说："日辰呀，我看在德国也搞个集体婚礼吧，放在教堂行吗？"

贾日辰说："那不叫集体婚礼，充其量只能是一块儿举行婚礼。"

群星建设集团的同事听说贾日辰、赵欣然、周悦在德国教堂举行婚礼，都要求前往参加。贾星向市长周晟俊汇报。周市长笑笑，他说："不是去参加婚礼，是去参加大厦和中国式园林落成典礼。叫商青他们杂志社发邀请函，问题不就解决了。"周晟俊说完，朝贾星狡黠地笑着。贾星明白了。贾月辰和黄薇娜都是带着孩子去的,她俩让郭银花跟着,好有个替换。大北、小北搀扶着贾星、张睿妈妈登机。胡敏、张秀琴跟在周晟俊老两口的身后，

第二十二章 走出国门

胡高一只手提着手提包，另一只手扶着白丽莎的母亲，白老师乐得合不拢嘴，他说："结啥洋婚嘛，非得跑到地球那头去不可。"

白丽莎的母亲杨老师扭过头来，说："吃不到葡萄是吧？当初有能耐也让我开开洋荤啊。"

"那时不是没开放嘛，这次要不我们给补上。"白老师挺认真地说道。一群人正在旋梯上，哄地大笑起来。门口的空姐以为出啥事了，伸出大半个身子往下看。

贾月辰大声说："打电话让丽莎再准备一套婚纱！"

杨老师幽默地说："别！别！我这张丝瓜瓢子脸，还没把婚纱套上，德国牧师就得晕过去。"

贾月辰捂着小腹大笑，等缓过一口气后，她又说："那还当啥牧师啊？这么抗不住打击。"

胡敏在她身后拍了她一巴掌说："别没大没小的。"

杨老师笑了笑，说："不说说笑笑，啥时候到德国呀。"

贾日辰、商青等三对新人的婚礼在公园小区教堂举行，教堂不宽敞，被群星集团的工程技术人员挤得满满的，他们从没见过在教堂举行的婚礼仪式，全都拥进来了。牧师身穿黑袍，手捧一本厚厚的《圣经》，叽里呱啦地念着，手在额头、胸口、左右肩画着十字，他问贾日辰什么话，下面的人不明白，可能是说："你愿意娶末莉女士为妻吗？"

贾日辰说："愿意！"全是德语，人们可以想象。

牧师转身又问末莉说："你愿意嫁给贾先生吗？"

末莉满脸庄重地说："愿意！"牧师和末莉同样说德语。然后贾日辰单腿跪下，给末莉戴上了结婚戒指。一对新人吻了吻牧师的《圣经》，在几个花童的牵引下走出教堂。

接下来是商青和周悦，然后是赵欣然和白丽莎。仪式一模一样。教堂异常肃静，气氛庄重而神圣。一群中国工人看着这洋婚礼，看得云山雾罩的，他们你看看我，我看看你，都很纳闷：完了？就这样算是结婚了？有人说："你们还想怎么样？你以为像在中国，还要没大没小，没完没了地闹洞房呀。这是德国。"

当然，仪式之后，少不了中国式的庆贺方式，大杯喝酒，高声说笑，欢天喜地。遗憾的是没有地方闹新房，赵欣然和白丽莎住的是大酒店。而商青和周悦、贾日辰和末莉却回了家。贾月辰没有放过周悦，她去了商青家，把手里的年蛋往新床上一搁，同年新立回大酒店睡觉去了。年蛋一直哭闹着要妈妈，周悦整晚都不得安宁。周悦打电话给贾月辰，贾月辰在电话里说："你可不要狗咬吕洞宾，不识好人心啊。我这是给你放了一个引窝蛋呀。"

周悦大叫着说："你这个坏蛋！"

州联邦大厦落成，德国人没搞什么仪式，只是把德国最高建筑奖颁给了中国群星建设集团。上台领奖的是董事长贾星，他在颁奖仪式上发表了热情洋溢的答谢词。然后，贾星把奖杯正儿八经交到了贾日辰手中，他说："薪尽火传，成家立业，是时候了。"

周晟俊市长握着贾日辰的手，又拍了拍他的肩膀说："好好干，让群星更加灿烂！"

宋星、姬丹枫、张秀琴、胡敏、赵欣然、年新立、李永刚一大群人拥到台上，他们同贾日辰紧紧拥抱。贾月辰、周悦、黄薇娜、白丽莎、末莉在台下跳跃着，向贾日辰挥手呼喊。

贾日辰双手把奖杯举过头顶，向着台下的建设者们挥舞着，挥舞着。

群星建设集团首个国外建筑工程在商青主编的《世界建筑周刊》上作了重头报道，世界许多建筑专家均从非常专业的角度撰写了学术文章。有绿色环保、高新科技运用、设计理念、自然生态、文明环保施工等方面的论述。商青开辟了特别栏目，邀请一大批专家进行了深入的讨论。周悦重新整理了关于中国群星建设集团创业之路的介绍文章，深层次剖析了群星建设集团的成功之处。商青花了整整一天时间，给周悦的文章写了按语。

群星建设集团的几对新人的婚礼刚刚举行完毕，建设者们还没有全部撤离异国他乡，好几个国家的邀请函便送到了商青的手里，他们邀请群星集团的工程师们去考察交流。这正合了贾星的心思。几十年的精力全花在了繁忙的工作中，他早就盘算着趁还没退休的这几年，到国外走走看看。贾星同胡敏商量好了，退休后要著书立说，写两部建筑专业的书。胡敏还建议他写一本企业管理方面的论著，就以群星建设集团为实例，从企业管理的角度，作深刻剖析，为中国建筑行业的经营管理提供一个范本。

胡敏早有这方面的准备，她说退休后她就整理出版《中国建筑设计》。这本书照她的说法，属于历史经典类别，主要内容是研究历朝历代的皇家建筑设计，带有建筑设计的科普性质。作为一个建筑设计师，用建筑设计的理念或知识帮助读者了解、认识中国的古典建筑，这对于提高中国民众

第二十二章 走出国门

文化自信，增强民族自豪感，是有着积极意义的。贾月辰很支持母亲的想法，闲暇时她也帮母亲收集整理着有价值的资料。

贾星把想在国外考察的事告诉宋星，宋星也支持，他说他和姬丹枫也有这方面的打算。退休以后干什么呢？浇花养鸟，自己不爱好。上次从贾星办公室出来，姬丹枫便在路上给胡敏打电话，请她在设计建设者之家时，考虑安排一个图书馆，便于今后大家的读书写作。宋星当时打心眼里佩服姬丹枫，这个人自己给自己作了一个长远的规划。宋星当时就表态，要与姬丹枫合作写本书。姬丹枫说从现在起，就开始作准备，总不能等呀。

商青再次过来的时候，又给贾星、贾日辰他们带来了好消息。阿联酋的酋长打算建一座世界公园和国际大酒店，请德国《世界建筑周刊》给他们组织一次论证会，在论证会的基础上向全世界建筑企业招标。商青的意思是先请中国的群星建设集团过去跟他们谈，省得他们又是论证会，又是招投标的，麻烦。商青有把握，只要群星建设集团过去，阿联酋一定是欢迎的。

贾日辰请商青给阿联酋发个函，就说《世界建筑周刊》给他们请到了中国群星建设集团，过几天就赴贵国考察，并商谈工程建设事项。商青懂得贾日辰的意思，他说："到时我和周悦一道陪你们过去。"

贾星拍手说好，他兴奋地看着儿子说："日辰啊，你就和赵欣然、年新立、姬勇斌一道过去看看，能谈成当然好，谈不成也不碍事，顺便考察中东一带的建筑风格，将来中国在那块地域的工程建设不会少喽。"说完，顿了几秒，又继续说道："月辰想过去，开支由我个人出。去吧，就算一次旅游。"

胡敏对贾日辰说："我看去了肯定要谈工程的，商青刚刚宣传报道了我们，人家就把函发过来了，很可能是冲着我们来的。人家欢迎，那我们就真诚，拿最好的东西出来。我想请张秀琴一道过去，建筑工程核算、造价，她是一把好手。"

"我们这些人不是分成两摊子啦。"贾星说："这样也好，只是家里没有人了。"

李永刚说："我和徐志钢回去，家里的事，我们先顶着。大北、小北回不回？"

贾星说："不回，他俩今后出来的机会不多，就跟在我们身边好了，这样，我们也有年轻人照料。另外，白丽莎也留下来，我们需要一个翻译。黄薇娜去阿联酋做后勤事务。再说张秀琴身体不好，也需要照顾。"贾星把事情交代完毕，大家便分头作准备。

贾星、胡敏、姬丹枫、宋星一行，走了好几个国家。每到一处，都得到同行业的热情接待，还参加了好几个国际性的学术报告会。欧洲国家的建筑风格有着浓厚的宗教色彩，古典建筑保护得很好，措施也到位。加之，民众有知识，保护意识强。从城市规划上来说，现代建筑、高层建筑几乎都远离保护区，既不破坏古典，又很好地把现代和古典结合起来，使社会的民众能更好地接受文化的熏陶。

贾星一行在欧洲收获颇多，得到了各国建筑学家给他们提供的宝贵资料，大北和小北的背包里全是书。白丽莎说："回去够忙一阵子的了，仅仅是翻译这些资料、书籍，可能连生孩子的时间都没有了。"

贾星说："回去后，你找几个人，成立一个翻译小组。把书翻译出来，集团给你们出版。这类的专业书，在中国肯定有市场，不仅给你翻译工作的报酬，还叫你领版税。"

白丽莎乐得合不拢嘴，"这下我可发财了。"

贾日辰的阿联酋之行也比较顺利，商青在这个国家小有名气，特别是其中的几位建筑学家又是财团的董事，分别招待宴请商青和贾日辰。提议修建世界公园和大酒店的是阿勒特家族。这家是阿联酋的油气寡头，掌控着全国五分之二的石油，还支配着当地金融业。阿勒特家族的首席代表是刚从美国深造回来不久的年轻人，商青叫他阿勒特。阿勒特在美国学习过土木工程，回国后并不从事这个专业，听从父命改行从事金融业。阿勒特说他去过中国，对中国的皇家建筑佩服得五体投地。

在饭桌上，阿勒特问贾日辰："能不能建一座中国古典式大酒店？"

贾日辰用英语同他交流，"别说中国古典式大酒店，只要先生愿意，再造一座阿房宫都不成问题。"

阿勒特高兴地拍手叫好，"钢结构的阿房宫，那可是有创意的。"

末莉说："我更喜欢伊斯兰教文化，在这个古老文化的影响下，这块地域的建筑不仅古老，还给人神圣之感。把中国的皇家建筑搬过来，同这块文化不谐调，总会让人感觉到别扭。我建议用现代化钢结构绿色环保建筑酒店，更具时代特色。"

"现代化建筑，必须有伊斯兰教文化元素。"阿勒特说，"这块地域和生活在这块土地上的人，对宗教有种情结。"

贾日辰赞成他的观点，"任何国家的建筑，都摆脱不了历史文化的影响，我搞出几套建筑设计方案，请阿勒特家族选定。"

即将分别时，贾日辰邀请阿勒特去中国，去蟒河市参观考察群星建设集团，增强双方的文化交流，促进友谊，达成共识。商青把近两期的《世界建筑周刊》赠送给了阿勒特家族，让他们更多地了解中国群星建设集团。

阿勒特说他一定会去中国，到中国蟒河市去看望好朋友。他要求贾日辰尽快把设计方案做出来，他好向当家主事的汇报。贾日辰感受到了对方的友好与诚意。在回国的途中，商青告诉他，大酒店的工程非中国群星集团莫属，他说他了解阿联酋人的办事风格。

贾日辰他们回到蟒河市没几天，父亲贾星带领的考察队伍也回来了。贾星主持召开了集团中层以上管理人员大会，贾日辰向集团汇报了国外建筑工程的情况，并就下一步工作进行了安排。宋星宣读了国外工程建设的表彰决定，受集团表彰的先进单位共有三个公司和部门，三十二位个人被评为了先进，贾星最后作了总结性讲话。

干部大会结束后，群星建设集团紧接着又召开了董事会。会议有五个议题，首先是国家下达的援建任务，帮助非洲的一些国家搞建设。群星建设集团承建了四个大型钢结构货运仓库，大约七八万平米的建筑总面积。由于道路远，工作条件艰苦，许多工人有畏难情绪。贾星特别强调中国同非洲国家的友情，要求从政治外交和国际贸易这个大局看问题，不仅要建，而且要建设出一流水平，拿出群星集团的干劲，为国争光。这项建设任务由赵欣然和徐志钢负责。

关于阿联酋的工程承包，由贾日辰负责，规划设计由胡敏负责。

姬丹枫就建设群星集团的"建设者之家"一事向董事会作了说明，集团公司工程师以上技术人员，集团中层以上管理干部，全国、省、市级劳动模范，退休后，都能在"建设者之家"分配一套住房，享受到集团的福利待遇。董事会对此进行了热烈的讨论。

贾星听得很认真，把重点一一作了记录。他想董事们的意见和建议是有道理的，把全市建筑行业的功臣集中在一块儿，大家有共同的语言，可以很好地进行交流，相互之间又有个关照，这事有意义。贾星要做好这件有意义的事。他说："我看这个事要做，无非多那么十几个人，但影响却是广泛的。请姬丹枫把这个提议梳理一下，写进报告中去，下面我们研究商青的事。"

贾日辰把商青的个人情况详细介绍了一番。大家对商青都有所了解，他同周悦结婚后,打算在蟒河市定居。群星建筑集团同蟒河日报社商量,计划办一份自己的刊物,并采纳了商青的建议,刊物叫《群星建设周刊》,聘请商青任主编,周悦为特约首席记者。商青在《世界建筑周刊》的身份改变了,变成了特约记者、首席评论员。群星建设集团利用商青的人脉资源,不仅可以把刊物推向世界,还可以得到全世界建筑专家、学者的支持,让群星建设集团更好地走出国门,有利于国际建筑市场的竞争。

大家一致认为群星建设集团应该办一个专业性刊物,杂志社不仅有商青、周悦,还应把胡高调过来,然后再从全国高校毕业生中招收有真才实学的博士生。要办就办成一个全国建筑核心期刊,贾星、宋星、胡敏、姬丹枫当刊物的顾问。大家正在讨论中,商青来了。

他走进会场,附在贾日辰耳朵上叽里呱啦说了一通。其实,他即使不交头接耳,大声说话,也没人能听懂。贾日辰噢了一声,他对参加会议的人说:"阿联酋的穆罕默德族长和阿勒特已经到蟒河了。"

贾星的脸拉得老长,脸上写满了严肃,"通知黄小阳和黄薇娜,尊重伊斯兰人的风俗习惯,在饮食上别闹出事情来。"

宋星掏出手机,打黄小阳的电话。黄小阳在电话里笑,她说:"请董事长放心,各国礼仪、礼节,宾馆服务人员都是培训过的。"

贾星听了宋星的转告,悬着的心才落了地。

贾日辰跟着商青走出会议室。贾星开始谈最后一个事项,那就是交接班问题。各位副董事长没有意见,贾日辰完全可以胜任。张秀琴说:"这事再缓一下,我认为等非洲援建任务完成、阿联酋建设项目完工,到那时,可以说水到渠成。"张秀琴考虑得很周到,贾日辰肯定要出国主管工程建设,长期在国外,家里一大摊子事情咋办?如果贾日辰被家里的事务缠住,国外的工程谁又去管呢?

贾星想了想,"这样也好,等这批工程完工了,日辰将锻炼得更加成熟。到那个时候,群星集团来个集体交班。"

阿联酋客人的确是专程到中国蟒河市考察群星建设集团的。贾日辰同商青陪同客人参观了蟒河市大剧院、政府大厦,还向他们讲解了群星建设集团的历史。在博物馆,外国客人听得很仔细,特别是对历史上的坍塌事故询问了一系列细节问题。赵欣然没有隐瞒事实真相,把当时的问题通过贾日辰的翻译,一五一十地说给他们听。就凭这一点,让阿联酋客人非常感动。于是他们提出双方讨论一个建设方案,尽快达成协议。

第二十二章 走出国门

就在贾日辰陪同他们参观的这几天，群星建设集团把建筑设计方案、建筑施工方案制作成了光盘，在双方的讨论会上播放给客人观看。穆罕默德、阿勒特一大帮客人在观看光盘时，兴奋得大叫着，用其民族的方式，表达着自己的感情。

阿勒特告诉商青和贾日辰："世界公园的设计和建筑，他们交给美国的一家建筑设计院来完成，工程由意大利建筑公司来承建。国际大酒店就交给中国群星建设集团。"

阿联酋客人回国后，贾日辰紧锣密鼓地进行着准备工作。贾星、宋星、胡敏、姬丹枫没有插手，一切都由年轻的一批人来打理。贾日辰、赵欣然、年新立拥有去德国建设工程的经验，轻车熟路地组织力量，合理地使用技术力量。工作方案呈送到贾星手里，他看后感到满意，对宋星、胡敏说："资源配置科学合理，技术力量应该向国际大酒店倾斜了，这项建筑理所当然是科技含量高的工程。"

商青通过关系，把以色列的一位建筑学专家请到了蟒河市。这位专家曾多次在《世界建筑周刊》上发表研究成果，是位犹太人，长期在美国麻省理工学院任教，现已退休回到以色列。他对阿拉伯国家民族宗教文化及建筑很有见地。他来到蟒河市，参观了群星集团的建设成果，很负责任地为群星建设集团的工程技术人员搞了两场讲座。根据这位犹太教授的建议，胡敏率领建筑设计团队把阿联酋国际大酒店的设计做了好几处修改。特别是在尊重民族宗教文化方面，添加了不少细节。犹太教授叫伊尔，大家习惯喊他伊尔老师。伊尔老师今年七十三岁，是个浪漫乐观的老头。他乐意给贾日辰在阿联酋的建设工程当顾问。他说："周游世界是他这一生的梦想，走到哪里都有我的学生，他们都很棒。"

正在喜上眉梢之时，群星建设集团第一批援建非洲的工程队出发了。白丽莎腆着肚子，送赵欣然上车。赵欣然说："多去父母那里住，不要累坏身子，学会照顾自己。"

"我知道，放心干你的事吧，家里有父母照顾，单位有那么多好大姐照顾着，没事的。"

末莉在一旁拉着白丽莎，对赵欣然说："我要和白丽莎一道翻译文稿，还要一道生孩子。回来后孩子不认你了，可别哭鼻子啊。"

赵欣然哈哈笑着说："我家孩子一生下来就会叫爹，你不相信我和你打个赌。"赵欣然把车上的人都给逗乐了。

在送行的人群中，周悦的肚子是胀得最高的。赵欣然把周悦叫过来，问她："我们一道举行的婚礼，咋偏偏你要早一个月呢？"

周悦知道赵欣然没安好心，她回头看了看白丽莎，笑着说："品种不一样呗。"

白丽莎咧着嘴笑，她说："外国莫非都赶早啊？在中国农村，那叫早玉米。"

贾月辰来劲了，她牵着年蛋说："周悦姐搞的是地膜覆盖，大棚瓜，高科技产品。"

周悦笑着拧着年蛋的屁股说："就你妈懂，小坏蛋！"

年蛋说："妈妈说你肚子里的弟弟是恐龙蛋！"

大家又说又笑的时候，车子启程了，车上车下的手招个不停，喊声也不停。

尾声　未来建筑

贾星坐在"建设者之家"小区的一片树林里，看着绿茵茵的草坪上，一群孩子追逐打闹的场景，便回想起贾月辰和贾日辰的孩提时代。那时，他们跟眼前这群孩子一个样，整天不是吵就是闹，满地里打滚，脸弄得像花猫似的。贾月辰从小就野，常和院子里的男孩子打架。在贾星的记忆里，贾月辰好像从不吃亏，不是孩子找到家里告状，就是大人领着被揍的半大小子上门说理。遇到这种事，贾星便笑着同对方说话："孩子的事别这么认真，今天打得嗷嗷叫，明天又跑到一块儿捉迷藏去了。孩子嘛，终归是孩子。"

胡敏却不是这个态度，她说棍棒底下出孝子，贾月辰小时候可没少挨巴掌。有时贾月辰不服，便同她妈说理，那张小嘴厉害得呀，许多次竟把胡敏说得哑口无言。给贾星印象最深的一次是老谢的孩子，那孩子调皮捣蛋，很多次对着女孩子撒尿，贾月辰都没理他。有一次，他竟把尿撒到了贾月辰的裤腿上，贾月辰没有忍让，一拳打在了那男孩的鼻子上，当时就流了血，鼻子、脸上都是血。老谢领着孩子找来了，胡敏吓住了，抓起扫帚就打贾月辰的屁股。贾月辰说她打的是流氓，妈妈不应该包庇坏人！

贾日辰跟他姐不一样，小时候性格就比较内向，像个女孩子。胡敏就总说两个孩子弄颠倒了，女孩子是男孩性格，男孩倒像女孩子的样儿。日辰成天像个跟屁虫，跟在月辰屁股后面。

贾日辰留学回国，一连出了两档子大事，贾星当时还真被吓住了。他不是对事件害怕,而是对贾日辰的智能担心,这孩子是不是读书读傻了?贾星仔细思考着,他出的两件事不是傻,恰恰是被聪明所误。后来的事实证明贾星的判断是对的,到了大西南,条件艰苦,郭银花当时就说能锤出来。艰苦环境中,贾日辰得到了锤炼,还获得了鲁班奖。

　　人的一生虽然漫长,但关键时刻却只有那么几步。

　　贾星想了想自己人生的几步,最重要的一步还是当年的下海创业,这的确是要点勇气的。放下铁饭碗,在那个年代,特别是当他走到了市一建副总的位置上,要下这个决心,谈何容易啊。遇到多少挫折,遭受多大的风浪,都挺住了。贾星现在想想都还有点害怕,万一当时挺不住,熬不过来咋办?生活是没有假设的。群星建设集团能有今天,来之不易。创业那阵子,干什么事都难,没有资金,没有土地,能不难吗?好在当时身边的一群人,个个都有技术、有本事,高级工程师、高级设计师、高级会计师,建筑行业每个岗位和环节上都有精英,群星建筑公司不缺人才,他们在商海中,称得上八仙过海,各显神通,才得以把这块蛋糕做大做强。

　　不远的地方,传来一阵咚叭咚叭的声音。贾星知道周晟俊、宋星等人又开始打网球了,树林边上的网球场里,有人在大声喊着,还有周晟俊朗朗的笑声。贾星的腿不灵便,不愿意参加他们的运动。他喜欢下象棋,有事没事便同西南建筑公司的张总杀上几个回合。他俩是棋逢对手,围观的人,比下棋的人更着急,这个喊跳马,那个喊出车。贾星的棋艺略占上风,大家都帮老张,往往是一群人与一个人对局,搞得贾星直挠头,每到关键的步子时,贾星便对周围的人喊叫:观棋不语真君子。没人听他的,看下象棋的人,谁都说上两句。有的人不仅动嘴,还动手。旁观者清,常常把贾星的杀招给破掉了。

　　楚河汉界,就是两军厮杀的战场。棋盘上空,人头攒动,喊声杀声骂声搅作一团。不知道发生啥事的女人,都伸头朝这边张望,以为谁和谁干起来了呢。女人们不解地说:"看这些老爷们,下个象棋这般较真。"

　　贾星说:"她们懂个啥?跳马卧槽,炮打将军,在博弈中一招一式,你都可以自如地展开自己的个性,发挥自己的聪明才智,实现自己的抱负。在这个过程中,甚至发泄自己的不满和牢骚。一步绝妙的棋技,还可以让你开怀大笑,回味好多天。"

　　胡敏说:"说得再好,也当不得饭吃。"

　　周晟俊不赞成胡敏的观点,他认为退休人员要有新的生活。他给大家

尾声 未来建筑

讲了一个故事，听说有个人刚退下来的时候，总有种空落落的感觉。于是，他把家里进行了装修，卫生间不叫卫生间，挂牌叫卫生厅；厨房是食品监管局，过道挂着交通厅的牌子，孙子住的房子是教育厅，儿子和媳妇的房间是计划生育委员会，自己和老伴的卧室称为老干部局，院子是旅游总局，树上钉着林业厅的牌子，家里的客厅也不放过，称作是文体广播电视厅。凡是能挂牌的地方，这位老领导都得找个单位给挂上。

他给大伙讲这个故事，逗得人们捧腹大笑。贾星建议给这位领导家大门也挂个牌子，就叫"唐吉诃德山庄"。小院里弄一架风车，再送领导一副盾牌和一杆长矛。周晟俊笑着说："这位领导退休后有一种错觉，整天陷于失落感中不能自拔。我们的生活多丰富，除了读书写作，像老贾、胡敏、老宋、老姬这帮人，不仅出版了不少专著，还经常参加些公益活动。平时大家凑在一块打球、下棋，聊聊社会生活和各家的琐事，这多好呀。"

贾星理解周晟俊讲这个故事的寓意，无非是在告诫退休的人，特别是领导干部，要用新生活的新内涵，去补充失去的空缺，那些曾经的成大事者，用更新的方式去淘汰已经得到的成就、名誉、地位，在新的空间寻找新的状态、新的发展，忘记失落。周晟俊似乎习惯于失落，知识分子本该如此，总不能埋怨生活的不公，幻想重新收复失地。

大家都很佩服周晟俊，退下来后，仍然坚持读书，还写了一部《企业文化》专著，以市一建和群星建设集团为解剖对象，客观阐述了文化对企业的重要意义。在全国企业文化论坛大会上，他的这部专著被评为社科成果二等奖。这是周晟俊长期对蟒河市建筑业关注的结果。

贾星与周晟俊不仅是领导与被领导的关系，更是工作生活中的朋友。一个人与另一个人是两个不同的世界，能成为朋友，是一件很不容易的事情。鲁迅曾经说过，一个人一生能有一个知心朋友，就是很幸福的事了。两个人能成为朋友，成为知己，必然取决于性格、文化、修养、思想以及爱好的趋同。正所谓：物以类聚，人以群分。贾星和周晟俊，从一开始便是一见如故。

周晟俊在副市长和市长的领导岗位上给予贾星和群星建设集团很大的支持和帮助。在贾星最为困难的时候，得到过周晟俊的热情鼓励，让贾星在挫折面前，重新奋起精神。特别是在群星建筑公司发生一号楼坍塌事故上，那时候的周晟俊力排众议，主持正义，才让弱小的群星建筑公司没有被扼杀在摇篮里，方能生长成参天大树，成为全国建筑行业的佼佼者。后来贾日辰的成长，同样得到了周晟俊的帮助和扶持。

贾日辰在大西南援建工程中，得到了实际的锻炼。周晟俊市长还真是一位伯乐，眼光独到，他竟敢把蟒河市城南开发建设这副担子交给他，这无疑给了贾日辰一个很好的平台。而贾日辰的确争气，无论在城南建设的整体布局上还是在建筑设计上，都很有创意和超前意识，就连未来建筑理念，都得到了充分体现。有了城南建设开发，蟒河才得到了省领导的高度评价，才有政府大厦这座绿色建筑工程的出炉。

一个篱笆三个桩，一个好汉三个帮。说的是一个人的成长离不开外部环境。虽说内因是决定成败的关键因素，但如果没有外因这个条件，依然会一事无成。国外的哲学家曾提出，环境决定理论。一个坏人，你把他放在非常好的环境中去，他想做坏事都做不成，坏人也能改造成好人；一个好人，如果置身于豺狼虎豹的环境条件下，好人也会变成豺狼虎豹。就像人民群众赋予某些领导的权力一样，如果没有制度，没有监督，权力便会走向反面。没有法律监督的权力，是最危险的权力。无论什么人去执掌，都是不行的。所以，必须要建立一个法制的环境。

贾日辰留学归来，吃了不少苦，经过磨难和砺历练，终于成熟起来了。贾星是看到这一点的，他凭自己的人生经验，看到了一个年轻人成功的未来。集团一大帮子人，胡敏、宋星、姬丹枫、张秀琴一大批老行家，都极力推荐贾日辰。就连崔奕铭也跑来为贾日辰说话，他说："老贾呀，我看你家小子是个人才，少年老成啊，将来很可能是我们蟒河市建筑事业的福音。"老崔这人，从不把话说满。

贾星将群星建设集团的接力棒传给贾日辰，起因缘于两件事。在这两件事情发生后，贾星他们才真正认识到自己老了，不仅知识需要更新，思想观念更是跟不上形势了。

第一件事是修建大桥。虽然周晟俊对群星集团一向关爱有加，而恰恰是在修建大桥这件事情上，把群星集团一帮老家伙骂得狗血淋头。市政府抓住这件事，又是通报，又是罚款，弄得群星集团很难看。说起这事，还是他们自找的，怨不得谁。

蟒河市政府出于对城南发展考虑，决定从市区到城南新区修建一座跨河大桥。这座大桥把城南新区同蟒河市区拉得很近，直线距离只不过三四公里，去城南也不用上高速了。这对于城南房地产市场、商铺都会得到拉动发展，城南居民就盼着有这一天。

尾声 未来建筑

但是，计划修建大桥的蟒河市政府没有这笔钱，全市经济发展过热，投资加大，财政压力不堪重负。有一天，贾星在电话上与贾日辰聊天，说到这件事，贾日辰说："政府没有钱不要紧的，采用BOT模式，不就把问题给解决了？"

建桥的事谈得很顺利，周晟俊一班子政府官员听了，很是新鲜，还有这等好事呀。周晟俊考虑到民众利益，主张过桥费不能收高，否则群众会有意见的。贾星按照儿子贾日辰事先出的主意说："那好呀，收费不高无法抵回群星的投资，要么这样吧，桥两边的空地划拨给群星建设集团，作为补偿。"

周晟俊想了想，桥两头也没有多大的利用价值，便说："可以。但必须执行市政府的规划，建一个桥头公园，建几栋廉租房，你们看咋样？"

贾星他们几个交头接耳了一番，查看着地形图说："好，我们签个协议，然后就履行手续。"

群星建设集团一旦得到政府批文后，首先找到一家有实力的港商，对方愿意投百分之五十的资金，并交由群星建设集团监理和代建。群星建设集团同路桥总公司合作，大桥设计由群星建筑设计院和路桥总公司共同完成，主桥施工交给路桥总公司建设，宋星是代建工程的顾问。

这次修建的大桥确实是一座非常漂亮的桥。胡敏会同路桥总公司的设计人员，参照了国内外几十座大桥的造型，最终设计成了这样一种款式：河北面三分之二是一座斜拉桥，南端三分之一是平跨桥。这个造型别开生面，让人耳目一新。然而，美丽的桥，在全面竣工的前一天，断裂开了。

蟒河市刚刚竣工的大桥断裂了，全国新闻媒体争相报道。一时间，说啥的都有。让人生气的是，有些报道胡乱编造，充分发挥自己的想象力。大桥不可能无缘无故地断裂，所以说成是腐败工程。大桥断裂肯定要死人的，哪有大桥断裂不死人的事呢？因此，被说成有多少辆车掉进河里，死了多少人，还有一个不满周岁的婴儿漂在河面上。故事越编越离奇。

周晟俊被电话质问得心里起了火，有上级来电话说："你们是不是瞒报了什么，特大事件难道不死人呀？腐败分子一定要严查，触犯法律的移交司法机关，你们不能包庇呀。"周晟俊就是有一百张嘴，都不能把事情解释清楚。

怎么办？心里窝着无名火的周晟俊，只有找贾星出气。他知道桥是胡敏设计的，宋星是总工程师，负责施工，便劈头盖脸把他们狠狠批评了一通。

市政府作出了通报，责成相关部门对群星建设集团进行严厉处罚，以正视听，挽回负面影响。

胡敏和宋星挨骂不少，一座好端端的大桥，为啥就断裂了呢？贾星要求他们尽快查明原因，他们什么办法都用上了，就是找不到断裂的症结。设计没有问题，胡敏与路桥总公司的设计人员进行了反复的比对与论证。设计完成后，还请专家进行过评审，完全符合标准规范。胡敏认为问题应该出在施工上。宋星把路桥总公司的总工程师、施工技术人员、材料人员全都召集过来，查看施工过程的全部资料，化验建筑材料，最后得出结论是没有问题。

断桥只有放在那里，必须查明原因，才能制订修补的技术方案。原因都不知道，咋弄修补方案呢？市政府一天要打过来无数次电话，宋星作为代建工程的顾问，压力大得都快扛不住了。

那天晚饭后，胡敏给儿子贾日辰打了电话，把大桥断裂情况复述了一遍。贾日辰在电话上说："不可能没有原因，世界上没有无缘无故的事情，什么事情都有因果关系。"于是，贾日辰求助茉莉的父亲。茉莉的父亲刚退休，正打算去中国看望贾星和胡敏，这倒是一个机会。他在德国请了一位桥梁专家，贾日辰又请了一位中国工程院桥梁专业院士一道来给蟒河大桥会诊。

茉莉的父亲，德国桥梁专家，中国桥梁院士到现场查看，一致认为是技术责任事故。贾日辰把他们的看法翻译给爸爸、妈妈和宋星后，当即遭到了胡敏和宋星的否定。他俩强调，各项指标都是合规合标的，并且经过了专家的审核。中外两名专家都笑了，他们说胡敏、宋星的做法没有错，错就错在目前全世界还没有这种标准规范。三分之二拉桥，三分之一平跨桥梁，世上哪找这样的标准规范呀？德国桥梁专家说："你们说的标准规范是两个，一个斜拉桥标准规范，另一个是平跨桥标准规范。但两者的结合处，你们的依据是什么呢？"

贾日辰学过这个理论，他把专家的意思用中文向贾星、宋星、胡敏等人作了详细的阐述。就这座桥来说，简单地套斜拉桥标准不行，套平跨桥标准更不行。在斜拉桥和平跨桥的结合处，就必须充分考虑这两个端点力的相互作用，受力方向和力度都要重新测算，这样才能保证它不会断裂。而你们恰恰机械地追求标准。桥梁院士还说："作为一个高级工程师和设计师，要正确对待标准规范。标准有两个功能，一是为安全考虑，必须强制工程达到这个要求，另一个是为技术作参考用，不可脱离实际机械套用。"

胡敏、宋星干这一行已经大半辈子了，听了中外两位专家对标准规范的阐述，可以说茅塞顿开，受益匪浅。他们认识到又犯了一个很低级的错误，而且带有常识性。盲目机械地简单套用标准规范，是大桥断裂的根本原因。

贾日辰很机灵，他请岳父和德国专家在中国参观几天，顺便给群星建设集团做个修补技术方案。德国专家竟然爽快地答应了，他说："很好，这个不难。重要的是要精确计算，请胡女士、宋先生当助手。"说着，他问贾日辰："这样可以吗？"

贾日辰没有正面回答他，他说："我请你喝中国啤酒，吃烤鸭。"

群星建设集团大桥代建工程多花了一千多万元，这让胡敏、宋星很不好意思，他们一个劲地说自己老了，知识需要更新了，观念也跟不上时代了。他们在为自己找台阶下。周晟俊批评归批评，心里还是能理解的，谁能没有点失误或差错呀，人非圣贤。

第二件事，贾星认为儿子贾日辰同样办得漂亮。那是周晟俊市长任期的最后一年，他亲自到群星建设集团总部，找到集团的老总们商谈建蟒河市敬老院的事。社会生活水平提高，加快了社会老龄化的进程，老年人的问题越来越突出，除了孤寡老人，更多的是子女不在身边的老人，他们的生活需要人去照顾。人老了最害怕的是孤独、寂寞，连个说话的人都没有。蟒河大佛寺里住着许多老人，为啥住在那里，他们说，是因为那里有人陪着说话，陪着乐。

对老有所养的问题，政府不能不重视，"羔羊跪乳"是中华民族的传统孝道，社会忽略了老人精神生活层面的需求。群众反映非常强烈，每年市里的两会，都在不断地提这方面的议案。周晟俊说他最近召开了一次老龄座谈会，呼声强烈。但政府目前财政不宽裕，只有到群星集团来问计。

贾星知道周晟俊的性格，他一般都不会求谁的，不是过不去的事，他是不会开口的。贾星想，群星集团应该帮政府一把。如何帮呢？大家心里都没有谱。贾日辰见贾星、胡敏有为难的情绪，便首先发言说："建敬老院是件积德惠民事业，群星建设集团应该为政府分担社会责任，要我看可以采取 BOT、BT、BOO、BOOT 等模式。"

周晟俊一下子明白了，贾日辰曾找过他，说要实现贾星的一个愿望，那就是建一个"建设者之家"，照说这是违背政策的，如果各行各业都建自己的行业之家，这风气不好，只能引起老百姓的反对。如果建两个敬老院，一个小区管理也是可以的。周晟俊想到这里，他说："我选择 BOOT 模式，也就是群星集团建群星敬老院，集团拥有，集团经营。但又是社会性公益项目，政府愿意划拨一块地盘。你看咋样？"

贾日辰不愿失去这个商机，他没有征求父母的意见，也没有与其他人商量，立马表态说："很好，下来我们就签协议，拟公文。向市长保证，九九重阳节，群星敬老院举行竣工典礼，让第一批老人住进新家，真正做到老有所养、老有所敬、老有所乐、老有所为。"

周晟俊被贾日辰说乐了，他问道："怎么个老有所为？"

贾日辰屈着手指头说："种菜栽花，琴棋书画，读书遛鸟，想什么就干什么，还有教师辅导。"

周晟俊一拍手掌说："好！真能这样，我们全市领导为你们做广告，把敬老院办得红红火火。"

后来的事实证明，贾日辰这步棋走得对，"建设者之家"就在群星敬老院旁边，实际上就是一个敬老院，只不过建筑行业的这帮老头子爱这么称呼罢了。周晟俊退休后也搬进来了，老两口缴一个人的工资，所有费用就够了。周悦和商青每周都带着孩子过来看他们。贾月辰的家就在附近的临风小区，她和年新立把孩子放在了敬老院，说是给姥爷、姥姥作个伴儿。贾星和胡敏都喜欢孩子。贾日辰比较忙，半个多月才过来一次，末莉倒是经常带着孩子过来。

敬老院的老人们不再孤独，老年人在一块儿，有说不完的话，讲不完的故事，养鱼栽花，学书法，学画画，时不时还举行摄影比赛、网球比赛。最值得一提的是，老年人的菜园子，一年四季，瓜呀桃的，没断过茬，时令蔬菜自己吃不完，还送给附近的学校食堂。

贾星和周晟俊在敬老院这个小区还担当了业余管委会主任职务，无非是收集整理老人们的意见和建议，负责来人来访的杂务事，协助小区办事处做些社会服务工作。他们两人干得很起劲，大家都信任他们俩，有啥话都找他们唠唠。据贾星统计，住在敬老院的老人，所有的亲人或子女都来看望过老人，他们对敬老院的管理服务工作很满意，走的时候都说一百个放心，比在家还好。这是真心话。

群星敬老院从规划到设计，再到建设，一切从老年人出发，为老年人着想。图书馆、健身房、网球、门球场、食堂、医务室、还有花园、菜地，凡是老人常去的地方，几乎没有沟沟坎坎。群星建设集团在施工时，对任何细节都作了认真处理。当然，修建敬老院争论的焦点是规模，建多大，容纳多少人最适合，这是没有答案的问题。贾日辰让小北他们作了一个调查，全市七十岁以上的老年人有五万多人，九十岁的五百多人，上百岁的还有几十人。接下来的十年，中国将进入退休高峰期，还有许多中年人步入老年。贾日辰、赵欣然、年新立认为，创办社会服务型的敬老院，是一项大有作为的公益事业。像群星敬老院上千人的规模，可为社会提供百余个就业岗位。

蟒河市政府把老龄工作列入了政府的议事日程，群星建设集团也就此作了产业方面的调整，由群星房开公司抓敬老院的建筑项目，自己投资，自己设计施工，自己管理。贾日辰要求他们还要成规模地建设开发老年公寓，提高和完善服务功能。

群星敬老院建成那天，贾星、胡敏他们五六个人便集体宣布退休了。

实际上胡敏和宋星早就退下来了，蟒河大桥断裂，贾日辰请专家作了修补技术方案后，他们就不再去工地。大桥的后期工作是贾日辰、赵欣然一帮年轻人修复的。竣工剪彩那天，贾日辰多次请胡敏出场，胡敏死活不去。她说："还嫌不够丢人现眼呀！"

退休后的胡敏，倒成了这伙老年人中最忙的人。她一直在撰写建筑科普书，书一出版，便招来高校、职业技术学校的青睐，他们都来邀请她开讲座，专题讲解建筑美学、建筑历史文化、中国古典建筑欣赏等。据学生们反映，胡敏的讲座受欢迎，她的科普书也因此得到了再版。贾星开玩笑地说："当初你该去当老师。"

群星建设集团的一群年轻人曾提议，在群星集团大厦为第一代创业者塑一座雕像。贾星他们思考着，认为这样不好，这不符合自然法则，一代人有一代人的使命，使命完成了，那个时代也就结束了。至于干得好与坏，自有历史去评说。

贾星对群星建设集团新一代建设者的影响是深刻的，让人们最难忘却的是，贾星在退休会上的演讲。周悦把这个讲话作了整理，以《对自己的人生负责》为大标题，在《蟒河日报》发表，据说群星建设集团的人把这份报纸作为珍藏品，致使那天的报纸很快被抢购完了。

贾星认为，人生有两大幸福：一是做自己喜欢做的事，做得让自己满意；二是和自己喜欢的人在一起，给他们带来快乐。他就这两个问题结合自己的体验进行了深入探讨，其中蕴含着让人受教育和受启发的经验之谈。

他的这次讲话在群星建设集团引起了强烈反响，领导层的班子成员、中层干部和工程技术人员，特别是年轻人，对人生进行了热烈的讨论。大家都说董事长说得好，很多人生哲理应该终身铭记。一个人在世界上只有生存一次的机会，谁也不能代替，这唯一一次生存的机会，谁不珍惜呢？所以，对自己的人生要有责任心。不能把自己的人生交给别人去管理，自己人生的责任，只有自己来承担。当生命快结束的时候，回首过程，应该没有遗憾、没有愧疚和悔恨。所以，人活着就应该明白或者认清，来这个世界上自己要做的事情，并且为自己选定的方向，持之以恒地做下去，这样就会获得内心的平静和充实。贾星就是这样做的，几十年把建筑事业视为生命，并为之奋斗，就是退下来了，也仍然笔耕不辍。

人们讨论最激烈的还有幸福问题。一群年轻人是这场讨论的主力军，由小北他们发起，由于把热点、焦点办了两期简报，所以参与进来的人更多了。幸福是物质的，也是精神的；是物质生活的产物，也是精神生活本身的属性。贾星的讲话，无疑为年轻人树立正确的幸福观奠定了良好的基础。

关于幸福这个古老的命题，道理并不深奥。只是在市场经济的商品大潮中，人们不作深层次的思考，只看表面的东西。人生的幸福不在于外在条件，它更取决于你对生活的关注程度。如果一个人的心只放在追逐名利、地位上，你对生活就会视而不见，生活就毫无乐趣可言。如果一个人热爱生命，用心品味生活中各种细节和场景，你便会发现乐趣无所不在。

在日常生活中，我们往往忙于日常的琐碎，忙于工作、交际和娱乐，很难静下心来想一想自己，想一想人生。贾星结合自身的人生经历告诉大家，一个历尽坎坷而仍然热爱人生的人，他胸中一定藏着许多从痛苦中提炼的珍宝。最终，群星建设集团的年轻人明白了，人生的本质绝非是享乐，是要在平凡的角落奏响生命的凯歌。

一个人的退休生活是休闲的，但必须有规律。这是保健医生一再告诫贾星他们的。每天第一课便是晨练。那天，贾星起了一个大早，绕着人行小道慢跑一周后，便在操场上同一群老头子、老太婆一道，打了一套四十八路太极拳。贾星刚刚作了拳路收势，挂在小树上衣服兜里的手机响了起来。贾星掏出电话看了看，手机屏幕上显示着小北的名字。这孩子，这么早打电话，有啥事呢？他想着，便接听了电话。

尾声 未来建筑

"董事长,没打扰你吧?"小北说。

"没有。我刚晨练完毕。有啥事呀,丫头?"贾星一直觉得小北就像他的另一个女儿一样,语气充满了慈爱。

小北高兴地说:"今天有一批客人要来看望你。"

"什么客人呀,他们从哪来?"贾星提着外衣往家里走着。

小北在电话上故意支吾着,说:"还是先不告诉你吧,来了你就知道了。大家建议给你们一个惊喜。"

小北说着就拜拜了两声,贾星看着挂断的手机:"这孩子。"他笑着摇了摇头。

吃早点的时候,胡敏问贾星说:"日辰来电话,说是在我们这里召开个座谈会,啥座谈会?"

贾星说:"我也不知道,刚才接到小北的电话,那孩子也是神秘兮兮的,只说有一批客人要来。"

"客人?"胡敏自言自语地说:"可能又是什么参观团之类的活动吧?"

周晟俊端着一碗面条朝贾星走来,他对贾星说:"周悦打电话过来了,她让我上午不要出门,说什么有个座谈会,你知道不?"

贾星明白了,肯定又是这群臭小子、疯丫头们搞的名堂。他说:"别当回事,哪次他们来,都给我们这些老头子们出哑谜。他们想要惊喜的效果,今天我们就装个不惊喜,破破他们的兴致。"

"好。"周晟俊说:"我们该打球的打球;该下棋的下棋,平时干什么,还去干什么。"

宋星补充说:"还不够,他们来时,我们装着没看见,气气他们这帮臭小子。"大家都笑了,说宋星这招高明,不能让他们一而再、再而三地牵着鼻子走。

果然,网球场上笑声四起,咚叭咚叭的打球声穿过树林,惊起一群小鸟。和煦的风吹得树叶沙沙地响。大树下人们围着棋盘,思考着更深的谋略。

一辆面包车驶了进来,停在小区中央的广场上。从车上钻出一群朝气蓬勃的青年,男生身着白净的衬衫,女生穿着秋裙,红花衫上缀着蝴蝶结,两条小辫搭在肩上。他们满面红光,精神抖擞。从车上下来,便朝着大树下的人群跑过来,兴奋地大声喊着爷爷。

贾星扒开挡着视线的人群,一眼就看见谭晶晶、林雪梅和戴燕。贾月辰牵着郭玉英的手,旁边站着舒芬。贾星噌地站起身来,拍了拍自己的额头,

"想起来了，想起来了，这该死的脑子，上个月就听小北他们说，这群孩子正在参加高考，咋把这事给忘了呢？真是的，太不应该了。"贾星一边说一边走出人群。

当年那群苦难的孩子，转眼间长成大小伙子和大姑娘了。他们绽放着阳光般的笑脸，一个劲儿地叫着爷爷。周晟俊和宋星从网球场跑来，胡敏、姬丹枫和张秀琴也闻声从房间里走了出来。

小北领着一群还在读高中的孩子，从另一辆车里下来。他们手捧着鲜花，不像前面的那群大哥哥、大姐姐鸟儿一样叽叽喳喳。小北在他们跟前交代了一阵，然后他们才展开笑脸，跑到爷爷、奶奶跟前，把手里的鲜花献上。直到这时，他们才表现出孩子的天性，亲着爷爷奶奶们的脸，喊着爷爷、奶奶。

有人在图书馆楼下的阅览大厅布置出一个会场，贾日辰与集团一班子年轻人过来告诉贾星、周晟俊，说是要开个座谈会，孩子们有话要讲。贾星看着一群幸福的孩子，眼里噙着泪花，他说："喜事临门，不仅要开座谈会，还要为他们举办一次隆重的欢送会。"

"那年张睿上大学，只有他一人。"胡敏说，"今年是一批，整整十五人。明年可能又有二十几个。知识改变命运。看见孩子们上大学，我就想到我们进校园的情景。那是多么让人兴奋的一幕呀！"

张睿现在在上海建大读二年级，建筑学专业，他多次来信说要用优异的学习成绩，报答社会，报答群星集团。毕业后哪儿都不去，回蟒河市，为群星建设集团争光。张睿妈妈对贾星说："孩子暑假没有回来，跟着贾日辰董事长到国外进行工程实习去了，让他去锻炼锻炼很好。"张睿妈妈是敬老院的管理员，工作、生活都很幸福。

贾星在孩子们的座谈会上，鼓励大家要向张睿哥哥学习，刻苦读书，掌握科学知识，今后大学毕业，用知识建设祖国，报答社会。贾星代表群星集团，向考取大学的孩子们表示祝贺。

谭晶晶考上了医科大学，她向爷爷奶奶表示，要努力学习科学知识，攻克医学难关。跨进大学之门，仅是人生的开端，今后还要读研、读博，用所学的医学知识为人类服务，为爷爷奶奶服务。她的梦想，就是让人们健康生活，快乐活过一百五十岁。

戴燕和舒芬是这批大学生里年龄最小的，她俩一南一北，读的是师范大学。戴燕学中文，她说她要当一名作家，要向周悦阿姨那样，用手中的笔去讴歌建筑工人，去描绘幸福的生活，要把美好的作品奉献给爷爷、奶奶。舒芬不一样，她说她报考师范大学，就是想当一名人民的园丁，用自己的知识和智慧去哺育像自己一样的孩子，让他们成为一个对社会有用的人，用知识去改变苦难孩子的命运。

林雪梅学食品安全检验，郭玉英的专业是生物工程学。她们两个属于定向招生。大学毕业后仍要回蟒河市，林雪梅同市海关部门签了合同，郭玉英同制药集团签了合同。也就是说她俩的工作岗位，在跨进大学校门时，就已经由国家定向安排了。

当年群星建设集团从灾区带过来的孩子，在蟒河市得到了良好的教育。现在绝大多数已进入高中阶段，市教育局基础教育科，曾经作过一次调查，学习成绩全在中上等。而群星集团资助的孩子，几乎有一个共同点：女孩子不是学医，就是进入师范院校；男孩子大多也是两个取向，一是建筑学科类，另一类便是军事院校。

今年考取的八个男生中，有两名被军事院校录取，其他六人全进了建筑学院，他们这批孩子思想都很活跃。朱小虎考取部队的工程学院，立志做一名科技型的职业军人。朱小虎说他当军人，不是为了战争，而是要让战争远离人类。他梦想发明一种武器，是专门对付现代化战争的各种武器的武器，它能使各种战争武器失去功效。没有了武器，战争自然就远离了人类。

学建筑学的几个男孩子把自己学习和今后的研究方向，定在了未来建筑学方面。未来建筑学是个什么样的呢？他们特别会想象，有的说未来的建筑是能够移动的，有的说是能呼吸的，还有的说是能唱歌的，更有的说未来建筑是多功能的。

马小华发言说他设计的房屋是在水下，建筑物自身能生产氧气，待在房间里，便像进入氧吧一样，不受环境影响，人们天天可以呼吸到新鲜空气，室内处在自然的常温状态下，是最适合人类居住的建筑物。

吴翔在灾区的房屋是被山洪泥石流埋没的，当时只有他一人爬了出来，对这场恶梦，他刻骨铭心。他说他学建筑学，一定要把人们居住的房屋，建成智能型的，就像贾日辰叔叔和姬勇斌叔叔这样，利用太阳能量，监测地质灾害、自然灾害，一旦灾害发生，人们居住的房子便像汽车一样，自动开走，开到安全的地带去，或者像直升飞机一样，升到天空，然后在安全的地方降落，以此减少人类的伤亡和损失。

大家一个接一个地发言，钱小强在一边老是抢不到机会，还没等吴翔的话落音，他便把话接过来了。钱小强报考的专业是建筑材料。他说大家谈未来建筑，都有很受启发的东西。但是，你们千万别忽视了建筑材料。建筑材料将有一场革命，比如纳米材料的使用和普及，必将对未来建筑产生巨大的影响和推动。有了新的建筑材料，将来就没有固定在某处的建筑了。那时，人类的住房全都背在人们的背上，或装在手提包里。要想睡觉或休息，随便找块儿空地或山林，按动一下太阳能的智能开关，房子就撑开了。屋子里的日用家具和生活用品，全是新材料的，方便得不能再方便了。你们不信，等我博士后读完，建一座新材料城市给你们看看。

大家鼓起掌来，掌声不只是给钱小强的，更是给大家的。

贾星说："年轻人充满着想象，有着美好的建筑梦，但一定要扎实地学好基础知识，要把梦想变成理想，把理想变成现实！希望你们用未来建筑建设我们美好的家园！人类社会美好的生活，需要我们一代又一代建设者们无私奉献。未来美好的生活是你们的，你们是我们的未来，更是祖国的未来！希望就寄托在你们身上。努力吧，让我们共同努力，建设我们美好的新生活！"

后　记

　　大多数读者认为阿瑟·黑利是一位讲故事的高手，人们往往被那些扣人心弦的故事所吸引。我个人则更多的欣赏阿瑟·黑利的小说题材，他的《大饭店》、《航空港》、《汽车城》等等，都已涉及人们不很熟知的领域。多年来，我心怀一份期待，希望通过自己的思考，创作一部关于中国本土的建筑业产业小说。

　　去年秋冬时节，我和家人欣然前往澳大利亚度假，在彼国生活游玩时，一家人和和美美，令人心向往之。然而国外的生活习俗、价值取向，让我感到一缕缕先天的隔膜，内心的孤独感油然而生，这种孤独来自于思乡的情愫。面对着国外的现代建筑，我又一次陷入了深深地思索。在澳洲闲来无事，我开始草拟小说的提纲，并且尝试着进行小说创作。作为一名从未和小说打过交道的门外汉，提起笔来，却是一发不可收拾，短短一个月的时间，竟然写满了十个笔记本。回国之时，我携带着这些宝贝，内心洋溢着满载而归的成就感。

　　初写这部产业小说时，我本打算写成一部建筑业的百科全书，在构思小说人物和故事情节时，却遇到了前所未有的困难。我开始慢慢琢磨：享有百科全书之称的《人间喜剧》，包含了近百部小说，我这部三四十万字的小说由于篇幅所限，难臻其美。于是，在写作的过程中，我不得不放弃原初的计划，将写作范围和专业领域进行了有效的缩减。

　　作为一部产业小说，我试图通过对政府主管部门和建筑业企业家的言论和行动，来肯定建筑业在人类生活中的地位和作用，也希望借此来揭示建筑业发展中的问题，提出建筑业发展的一系列新的主张。如：凭保险投标、工程代建、建筑下乡、绿色建筑、地下建筑、高层建筑消防、城市抗灾能力等等。

  小说写的建筑是宏观建筑，如果我们将一幢建筑物看成是建筑微观的话，那么，一座城市就是建筑的宏观。小说叙述了城市建设、工程建设、市政公用设施建设和住宅建设的人和事，这里的建筑还指的是广义建筑。狭义建筑通常就是营造，广义建筑包括建筑业、房地产业、市政公用事业、建筑门窗、配套件等制造业以及相关产业。这里的建筑是历史延续的建筑，其中贯穿着古代建筑、近代建筑、现代建筑以及未来建筑的人和事。

  从事建筑业多年，建筑是我一生为之奋斗的事业。几十年来，我亲历了企业家成长的坎坷，见证了建筑企业发展过程中经营管理的成败，目睹了建筑过程中的喜悦与纠纷，感悟着建筑的情与理，洞察着建筑的古与今、国内与国际。这些亲身经历，在小说中进行了艺术的加工，具体而微地展示出来。书中的很多事是我经历过的，但经过艺术的加工，虚虚实实，读者切不可对号入座。自从我退休以后，我的人生已经进入了"既耕亦已种，时还读我书，俯仰终宇宙，不乐复何如"的阶段，但我仍然关注着我国乃至世界建筑行业的发展和变迁。写此小说，只是一个心愿，书中定有不尽如人意之处，恳请读者批评指正。

  小说初稿出来后，有失精良，不很自信。在这举步维艰之时，同窗好友杨守松、著名作家毕淑敏给予了很大的鼓励，让我有了自信心。我的家人也参与其中，为我的构思进行了查漏补缺的梳理，还有很多朋友参与了文字的修改，给予了多方面的帮助，深表谢意。特别是我的忘年交挚友龚勤舟，年轻恳切、诚朴无私，他那孜孜以求的敬业精神深深打动了我，自始至终，勤舟对小说稿逐一审订，付出了艰辛的劳动，在此由衷致谢。

姚立发
2013 年伏暑谨叙于京西